BALLADYNY I ROMANSE

D1340878

IGNACY

BALLADYNY
I ROMANSE

KARPOWICZ

WYDAWNICTWO
LITERACKIE

CZĘŚĆ PIERWSZA
BALLADYNY

ROZDZIAŁ PIERWSZY

CHIŃSKIE CIASTECZKO

Nazywom się chińskie ciasteczko. Składom się z mąki, cukru, jajek, oleju, waniliowego aromatu, szczypty soli, migdału bez skórki i mądrości. Najpierw należy mnie zagnieść na twarde ciasto, rozwałkować. Potem wyciąć kwadraty, a w środek kwadratu włożyć migdał i karteczkę z sentencją. Rogi zlepić u góry. Piec dwadzieścia minut na blasze wysmarowanej olejem, na złoty kolor, w temperaturze około dwustu stopni Celsjusza. Podawać na zimno. Najlepiej po kaczce (po pekińsku).

Jestem mało pożywne, niezbyt smaczne, lecz to nie ma najmniejszego znaczenia, ponieważ zawierom w sobie mądrość. Mądrość składa się z cienkiego paska, na pasku są litery. Pasek papieru zwykle jest natłuszczony. W przeciwnym razie mógłby spłonąć w piekarniku.

Najpierw występowałom jako ciekawostka w restauracjach i barach. Teraz jestem wszędzie, zatrułom cały świat. Jestem bardzo toksyczne oraz zjadliwe. Przenoszę się kropelkowo, płciowo, w rozmowie, w transfuzji, na spowiedzi — w każdy sposób, jak Duch Święty. Mądrość z mego środka objęła w posiadanie cały świat, jestem w powieściach typu broszurowe i okładka twarda, w przemówieniach polityków, w wystąpieniach przywódców religijnych. Właściwie to nie wiem, czy gdzieś mnie jeszcze nie ma.

Po lekkiej pracy ciężki odpoczynek; Duch jest jak świeca: jej płomień może zgasnąć, ale ona istnieje; Potok, który zmienił bieg, nie powróci więcej do starego łożyska; Jesteś jak zamknięta źrenica, która na próżno łudzi się blaskiem światła wśród ciemności.

To tylko kilka moich odsłon, a jest mnie legion, legion mądrości, już się mnie nie da wytracić, ludzie uwierzyli we mnie, powtarzają mnie, zwyciężyłom. Jestem bestsellerem. Jak gówno zalałom cały świat. Słyszycie ten chlupot? To ja. Nowy potop. Nazywom się chińskie ciasteczko. Do usług.

OLGA

1.

Mieszkała na trzecim piętrze pospolitego bloku z wielkiej płyty. Miasto jak miasto, ulica Broniewskiego, widok z balkonu: na prawo technikum mechaniczne, szkoła z internatem, na lewo przystanek autobusowy.

Niosła dwie plastikowe reklamówki. Odczuwała zmęczenie. Po pracy pojechała do biedronki. Biedronka to był owad, kiedyś, dawno temu, na łąkach. Dziś biedronka to najtańszy supermarket.

Przystawała na każdym półpiętrze, aby złapać oddech. W reklamówkach dwutygodniowy zapas jedzenia. Wszystko co najtańsze. Makaron, ryż i kasze — bez marki, kraju pochodzenia, tylko kod kreskowy. Golonka, kaszanka i ścinki wędlin, podobno wieprzowych, z chemicznym koktajlem zamiast krwi; krew ma zbyt krótki termin przydatności do spożycia. Ziemniaki, główka kapusty i buraki, które odbarwiały się w gotowaniu; nawet kwasek cytrynowy nie utrwalał koloru. Proszek do prania (dosia), płyn do mycia naczyń (ludwik) — (cała rodzina w komplecie) i gazeta telewizyjna („Kropka").

Przed drzwiami do swojej kawalerki postawiła reklamówki na podłodze, poprawiła przekrzywioną wycieraczkę, pooddychała. Ze skajowej torebki wyciągnęła klucze. Dwa razy obrót w lewo. Potem drugi klucz dwa razy w prawo.

Zapaliła światło, minęła siódma wieczór, ciemno. Wniosła torby do środka. Zamknęła drzwi. Zdjęła czapkę, rękawiczki, szalik i płaszcz. Torebka zawisła na wieszaku. Klucze wylądowały na stoliku rozmiaru drzewka bonsai. Ściągnęła buty i założyła papucie. Spojrzała na plastikowe reklamówki z uśmiechniętym owadem. Usiadła na dywaniku w korytarzu. Płakała nie dłużej niż pięć minut. Otarła łzy, dotknęła dłonią policzka:

— Już dobrze, dobrze, cicho, Olga, już dobrze — powiedziała w imieniu kogoś, kto powinien ją kochać albo chociaż udawać.

Wstała i zaniosła zakupy do kuchni, małej wnęki z jeszcze mniejszym oknem. Porozkładała pudełka w szafkach, otworzyła lodówkę, wszystko na swoje miejsce.

— Taka jestem zmęczona. Nogi brzękną.

Postawiła czajnik na gazie. Zanim zagotowała się woda, zjadła kolację (dwie kanapki z mortadelą i kiszonym ogórkiem). Zmyła talerz, stolniczkę, nóż i widelec. Zaparzyła herbatę. Przeszła do jedynego pokoju. Usiadła w fotelu, herbatę postawiła na stoliku. Obok kubka rozłożyła program telewizyjny. Dziś piątek, jutro — pierwszy z dwóch wolnych dni; do pracy dopiero w poniedziałek. W sobotę posprząta mieszkanie i zrobi pranie, w niedzielę odwiedzi matkę, ale to aż dwa dni; jakkolwiek by liczyć: wte i nazad, z rymem i bez.

Włączyła telewizor. Obejrzała Wiadomości na TVP. Nic nowego, nic dobrego. Nie spodziewała się zresztą, aby od wczorajszych Wiadomości coś się poprawiło. W skrytości ducha liczyła na jakąś wstrząsającą informację, na przykład śmierć kogoś znanego, niespodziewaną i po długiej walce z chorobą, żeby mu powspółczuć. I rodzinie zmarłego. I sobie samej. Olga nosiła w sercu wiele współczucia.

Po Wiadomościach film. Dziś puszczali *Ze śmiercią jej do twarzy*. Obejrzała. Głupia komedia, nieśmieszna, za bardzo... za bardzo... — szukała odpowiedniego słowa. A może nie za bardzo, lecz za mało?

Po komedii zaparzyła ziółka, melisa z miętą, na uspokojenie, spokoju nigdy za wiele. Otworzyła tabliczkę czekolady, mleczna z orzechami laskowymi, E. Wedel, Eduardo W. Edel, jak z telenoweli.

Obejrzała maraton kabaretowy na Dwójce. Długi, trudno dobiec mety. Czuła zmęczenie po przepracowanym tygodniu oraz zadowolenie z dwóch nadchodzących dni. Oczy trochę piekły. Najwyraźniej była już za stara, żeby płakać sobie ot tak, po nic, na pusto. Poszła do łazienki, zatknęła korek w wannie, nalała różanego płynu bez marki i producenta i odkręciła kurek z gorącą wodą. Para wypełniła niewielki sześcian pomieszczenia, Olga zastanowiła się chwilę, usiadła na sedesie. Niektóre z włosów łonowych już posiwiały, pierwsze jaskółki starości, gdy latają nisko, latają na deszcz. Sikała wąską strużką.

Przypomniała sobie — to jedno z bardziej upokarzających wspomnień — ostatnią wizytę u ginekologa.

— Pani jest dziewicą — powiedział ginekolog. — W tym wieku! Nie mogę obejrzeć dokładnie.

— Niech pan nie ogląda — odpowiedziała, spalona rumieńcem.

W malutkiej łazience z wanną pełną różanej piany Olga zapaliła świecę zapachową: wanilia za 3,99; wolała lawendę, lawenda rzadko bywała w promocji. Z półki w pokoju zdjęła powieść Danielle Steel *Dary losu*, w twardej okładce.

Rozebrała się do naga jak kura do rosołu, do filmu zostało pół godziny. Puszczali *Trędowatą*. Zanurzyła się w gorącej wodzie i pianie, z romansem w dłoniach. Przeczytała pierwszy rozdział, woda ostygła, spuściła trochę ostygłej, dolała wrzątku. Wiedziała, jak skończy się romans, tylko dlatego czytała, że znała koniec, zanim go poznała. Życie jest od niespodzianek. Książki muszą być stabilne, solidne. Dobro do dobra. Kara za zbrodnię. Mężczyzna do kobiety. Za wyrzeczenia — nagroda.

Wyszła na chodniczek niczym Afrodyta z morskiej piany, dość dawno temu. To była skromna wersja, dostosowana do skromnego życia, w atrybucji codzienności. Jedyna dostępna muszla — klozetowa. Zamiast amorków — dwa kinkiety. I lustro zaparowane jak pojedyncza fasetka wielkiego oka. Olga odłożyła książkę na złożoną deskę sedesu. Wytarła się dokładnie. Wklepała balsam w ciało. Na ciało założyła szlafrok. Szlafrok przewiązała paskiem.

Zabrała książkę, weszła do pokoju i włączyła telewizor. *Trędowata* już się zaczęła. Nic nie szkodzi, znała początek na pamięć. Oraz koniec.

Olga była starą panną, według nowszej nomenklatury: singielką. Macica nietknięta, nerwy na wodzy, lat pięćdziesiąt.

Olga dawno temu pogodziła się z tym, że wielkie uczucia przeżywa wyłącznie na stronach romansów. Tak jest sprawiedliwie, dobrze. W życiu trzeba jechać do pracy, dwie przesiadki, na szóstą rano, sklepik spożywczy w Grabówce, ponad godzina w jedną stronę, pobudka o czwartej. Na wielkie uczucia pozostawałoby bardzo niewiele czasu, w jej życiu wielkie uczucia zmarnowałyby się jak nic, musiałaby poprosić o bezpłatny urlop, żeby mieć czas coś poczuć porządnie. Dobrze, że wielkie uczucia przytrzaśnięto okładkami. Tak jest sprawiedliwie. Każdemu według potrzeb i możliwości. Jakoś tak.

Olga miała siostrę i dwóch braci. Utrzymywali kontakt, może niezbyt bliski, acz regularny, najczęściej telefoniczny, w ramach najniższego abonamentu, naliczanie sekundowe.

Olga rozsiadła się w fotelu, okutana szlafrokiem, w swoim miniaturowym bezpiecznym świecie, z pilotem w dłoni, niby bogini płacy minimalnej. Włosy umyje jutro, z samego rana, żeby sen ich nie skołtunił w jakieś afro (nie żeby była rasistką).

Ktoś zadzwonił do drzwi. Usłyszała dzwonek, mimo to nie zareagowała. Nikt nie dzwonił o tej porze, czasem w lewym uchu. Spojrzała na budzik. Dochodziła północ. Dzwonek rozbrzmiał ponownie. Wstała, ściszywszy telewizor. Na palcach podeszła do drzwi, wyjrzała przez judasza. Na klatce paliło się światło. Żywej duszy. Tylko wycieraczka dziwnie ułożona. To nie wycieraczka, uświadomiła sobie. To ktoś. Ten ktoś leżał na wycieraczce.

Serce Olgi zabiło żywiej. Przestraszyła się. Nie wiedziała, co zrobić. Zadzwonić do szwagra? Na policję? Pogotowie? A jeśli ten ktoś odpełznie, zniknie, nim przyjedzie policja lub szwagier, ewentualnie pogotowie, co wtedy? Wyjdzie na starą, zdziwaczałą pannę. Tego obawiała się najbardziej, że inni zobaczą w niej tę, którą jest naprawdę: starą i zdziwaczałą pannę. Dlatego — rozpięta pomiędzy różnymi rodzajami strachu — przemogła się: z kuchni wzięła największy nóż, wyciągnęła z szuflady ostrzałkę, krawędź noża podostrzyła dla pewności, a potem przeszła niepewnie do przedpokoju i uchyliła drzwi.

Światło na klatce już zgasło.

Nacisnęła włącznik.

Leżał nieruchomo. Pewnie uczeń technikum mechanicznego. Włosy zlepione krwią.

Dotknęła nieznajomego czubkiem kapcia. Nie poruszył się.

Olga przykucnęła, oddychał.

Z szafy wyjęła stare prześcieradło, którym zaścieliła rozkładany do spania fotel. Nie chciała, żeby ten ktoś zabrudził tapicerkę krwią. Ludziom należy pomagać, to prawda, ale równocześnie świat należy utrzymywać w czystości.

Stękając, wciągnęła go do środka. Chłopak starał się współpracować, tak się Oldze wydawało. Wreszcie pokonali korytarzyk i dotarli do fotela. Chłopak skulił się w nim, przyciągając wszystkie członki do tułowia.

Olga spojrzała na własne dłonie, umazane krwią. Jak w *Balladynie*, tej szkolnej lekturze, która zamieszkała w jej pamięci. Szlafrok również we krwi. Zamknęła wejściowe drzwi. Umyła ręce. Uświadomiła sobie, że jest naga, jeśli nie liczyć szlafroka. Z szafy wyjęła majtki i biustonosz. Potem skarpetki, spodnie i bluzkę. W łazience przebrała się, szlafrok wylądował w koszu z brudnymi ubraniami. Chętnie wyrzuciłaby tam też swoje ręce, ale nie umiała. Z łazienki zabrała samochodową apteczkę, urodzinowy prezent od bratanka, nieszczególnie pierwszej pomocy.

Do plastikowej miski nalała gorącej wody. Wróciła do pokoju i odgiąwszy dłonie chłopaka obejmujące czaszkę, przemyła skrzepłą krew. Dość głębokie rozcięcie na czole. Pewnie należałoby założyć szwy. Wodą utlenioną zdezynfekowała ranę. Chłopak zasyczał, coś mamrotał, jego język pracował na jałowym biegu. Założyła jałowy opatrunek.

Wylała brudną wodę do sedesu. Pociągnęła za spłuczkę. Dwa razy. Wróciła do pokoju. Zdjęła chłopakowi adidasy. Na dużym palcu lewej skarpetki dziura. Zdjęła mu skarpetki. Powąchała i zarumieniła się. Potem wyciągnęła igielnik i zacerowała dziurę. Przykryła chłopaka kocem. Potem usiadła na wersalce. Na meblościance położyła nóż i słuchawkę bezprzewodowego telefonu. Wyłączyła telewizor. Zapaliła lampkę i zgasiła górne światło.

Siedziała na wersalce. Dochodziła pierwsza. Nie czuła senności. Bezpieczny świat kawalerki nagle wydał się niewystarczający, ciasny. Olga złapała się na zdumieniu podobnym do tego, które dopada osobę przymierzającą po dłuższej przerwie ulubione spodnie, na przykład. Spodnie grzęzną już na udach, sprint do talii wykluczony, szwy dostają zadyszki, trzeszczą. Jakże to tak? Przez nieuwagę przybyło kilogramów? Mieszkanie skurczyło się niby wygotowany wełniany sweter?

W końcu zmorzył ją sen. Kiedy się obudziła, po chłopaku nie było śladu. Jak kamfora. Wydało jej się, że to sen. To był sen. Piękny sen. Dar losu. W miękkiej okładce sennych majaków.

Ale jednak nie. Koc złożony w kostkę. Otwarta apteczka na stoliku. Zaplamione prześcieradło. Ich pierwsza wspólna noc.

Poderwała się gwałtownie.

W korytarzu przekręciła zamek. Obeszła mieszkanie. Z lodówki zniknęły dwie parówki. Z portfela w torbie sto złotych.

Olga przysiadła na brzegu wersalki, trzymając w dłoniach starą portmonetkę. Uśmiechała się. Chłopak ukradł sto złotych, w środku było trzysta, resztę jej zostawił.

2.

Brat podwiózł ją do Białegostoku. Trochę marudził, ponieważ musiał poczekać, aż Olga skończy zmywanie i sprzątanie po urodzinach matki. Marudził, ponieważ jego kac się potęgował, a nie mógł wbić sobie klina: żona czujnie śledziła elipsy i łuki, po których poruszały się butelki wódki, nawet nagłe zmiany kierunku nie myliły żony.

Olga wczłapała na trzecie piętro. W siatce niosła dary od matki: makowiec, jaja, kawałek wędzonej szynki i słoik marynowanych maślaków. Zamknęła za sobą drzwi, przekręciła zamek i odstawiła siatkę. Co za ulga, wreszcie u siebie, sama, jak dobrze.

Minęła siódma wieczór. Olga oddała się bez reszty rytuałowi codziennych czynności: kąpiel, potem krem na twarz i balsam w skórę, potem melisa z miętą i coś słodkiego (dziś matczyny makowiec), potem kilka rozdziałów *Darów losu*, film, program satyryczny, a pomiędzy Wiadomości albo Panorama, żeby upewnić się, iż inni mają gorzej w świecie niż Olga u siebie w kawalerce.

Olga lubiła swoje życie, zwyczajne czynności, nadające dniom treść i formę, jak szczeble drabiny, po której wspinają się stopy, zanim dotrą na dach. Z dachu łatwo spaść, kark skręcić, nazbyt wiele widać, dlatego Olga miała nadzieję nigdy donikąd nie dotrzeć, nie patrzeć „za" ani „przed", a jedynie kontynuować codzienną litanię drobnych kroków, odmieniać przez siebie zwyczajne i mało szlachetne bezokoliczniki, stąpające gęsiego od zmierzchu do świtu.

Olga nigdy nie zapamiętywała swoich snów, czasem odnosiła wrażenie, że przychodził do niej ojciec, siadał na brzegu łóżka, materac nie uginał się pod jego ciężarem, ten materac to było ostatnie, co zapamiętywała, albo raczej, co miała wrażenie, że zapamiętała.

Położyła się kwadrans po dziesiątej. Słyszała krople wody rozbryzgujące się o kuchenny zlew: rytm nieregularny, krople uderzały szybkimi seriami po trzy-dwie albo pojedynczo z kilkusekundowym interwałem. Od lat zasypiała do tych kropel: nieregularnie, zrywami i z pauzami pogrążała się we śnie, w którym, może, na materacu przysiądzie jej ojciec.

Jej mieszkanie, jak każde mieszkanie samotnej osoby, stało się ostoją dźwięków; dźwięków nikomu niepotrzebnych i zazwyczaj skrupulatnie usuwanych. Kapanie z kranu, skrzypienie zawiasów i klepek podłogi. Bulgotanie wody w kaloryferach, wiatr pogwizdujący w szczelinach okien, buczenie prądu w kontaktach.

Olga myślała o urodzinach matki, kap-kap-kap-pauza-kap--kap, o Ani, swojej bratanicy, o chłopaku z bandażem, kap--kap-pauza-kap-kap-kap, o tym, czy jutro do sklepu przyjedzie dostawa nabiału, o *Panu Tadeuszu* czytanym w liceum pielęgniarskim, o tym, jak wygląda brama Raju, czy przypomina kocią źrenicę, o — pauza.

Prawdę mówiąc, nie wiemy, o czym Olga myślała (jeśli w ogóle), zasypiając, mamy jednak wgląd w to, co śniła:

Podchodzi do ołtarza w nieokreślonym, pustym kościele, pada na kolana, zaczyna się modlić, zapomina słów modlitwy. Traci głos.

Sen ów powtarza się raz po raz w bardzo zbliżonych wariantach, jak gdyby w poszukiwaniu wariantu, który boleśnie ugodzi nosicielkę snu po to, żeby wydostać się na jawę, niby jakaś pasożytnicza larwa.

Gdy o czwartej rano dzwoni budzik, Olga zapomina, że zapomniała słów modlitwy. Włącza światło i półśpiąca wykonuje wszystkie poranne czynności: od sikania i ablucji przez śniadanie po przekręcenie kluczy w zamkach.

W czasie jazdy prawie pustymi autobusami nie myśli o niczym. Możemy to stwierdzić z całą odpowiedzialnością: umysł Olgi jest przezroczysty i gładki jak okienna szyba, niewielkie zabrudzenia to odciski poprzednich dni, starczy przejechać ścierką.

Z torby wyciąga klucze i otwiera sklep. Włącza światło i chłodziarki, elektroniczną wagę i kasę fiskalną. Układa wędliny i warzywa. Z wybiciem szóstej otwiera drzwi. Właśnie przyjechał pan Gienek z piekarni. Pan Gienek jest pod sześćdziesiątkę, grubawy i łysawy, bardzo miły, zawsze znajdzie ciepłe słowo albo pączka. Olga lubi pana Gienka. Pan Gienek bardzo lubi Olgę. Pan Gienek owdowiał pięć lat temu. Trochę flirtują, od trzech lat, mimo to pan Gienek nie zaprosił dotąd Olgi na dancing lub — jak młodzi — do kina. Całe szczęście. Olga nie wiedziałaby, co odpowiedzieć ani jak się ubrać.

Szefowa przychodzi dopiero około południa. Wcześniej przyjeżdżają warzywa. Młody gnojek próbuje wcisnąć worek nadgniłej cebuli. Pewnie Żyd, myśli Olga. Olga nie ma nic przeciwko Żydom, nigdy nie poznała żadnego Żyda. Wyniosła z domu głęboko zakorzenione w jej stronach przekonanie, że jeśli ktoś próbuje zarobić nie do końca uczciwie na handlu, to pewnie jest Żydem. Polacy, Rosjanie, Niemcy byli od wyżynania całych wiosek, od wojen i grzechów ciężkich. Żydom pozostał tylko ten pociąg, trochę śmieszny, trochę uciążliwy, do handlu. Może dlatego, myślała Olga, że oni nie wierzą w Chrystusa. Według Olgi przed czasami Chrystusa nie istniały grzechy ciężkie. Bo gdyby istniały, myślała Olga, Chrystus pojawiłby się wcześniej, żeby je odkupić.

Olga wierzyła w Boga, ponieważ wierzyli jej rodzice i wierzyłyby jej dzieci. Olga wierzyła w Boga, ponieważ On jest wszechmogący i niepojęty, a przecież człowiek nie zdoła pojąć jedności w Trójcy: skoro Olga nie pojmuje, to znaczy, że Bóg istnieje. Olga wierzyła w Boga, ponieważ każdy płacił rachunki, a tylko Bóg gwarantował, że wszystko zostanie uczciwie podliczone: nadpłaty zwrócone, zaległości ściągnięte. To jest Boża ekonomia. I wreszcie — Olga wierzyła w Boga, ponieważ bez Boga byłoby wszystko wolno, bez Boga nie byłoby dobra ani zła.

Po warzywach przyjechali z cukierni, potem nabiał i mrożonki. W poniedziałki zawsze była zajęta. Dostawa za dostawą i klienci. Olga znała prawie wszystkich klientów. Prawie wszyscy klienci znali Olgę. Rozmawiali o dzieciach, o psach, o tym, że źle się dzieje w Polsce. Spożywcza demokracja. Wszystko jest względne, pomyślała Olga, nawet marża: dla klientów za wysoka, dla szefowej za niska.

Po dziesięciu godzinach spędzonych na układaniu, ważeniu i pakowaniu do reklamówek, nabijaniu na kasę, wydawaniu reszty i rozmawianiu Olga wydostała się z mikroświata spożywczego sklepiku.

Przesiadła się w centrum, poszła do apteki (najtańsza w mieście), kupiła rutinoscorbin, coś ją drapało w gardle oraz płucach, a także — bandaże i jałowe opatrunki. Do domu dotarła przed siódmą.

Odniosła niejasne wrażenie, że coś się zmieniło. Wszystkie przedmioty wyglądały tak, jak przed wyjściem, ale szczegóły, nie zapominajmy o tym, były pasją Olgi. Oto kapa na wersalce jakby przekrzywiona o milimetr. Oto obicie fotela jak gdyby bardziej ugięte pod ciężarem obcego dotyku. Oto klamka zbyt ciepła, zlew zbyt suchy, nawet wiatr fałszował w szczelinach okien.

Olga obeszła i obejrzała uważnie całe mieszkanie. Nie miała wątpliwości, wszystko pozostało takie samo, a jednocześnie zupełnie inne, co może oznaczać tylko jedno — jest przemęczona i powinna wziąć zaległy, bardzo zaległy urlop, wyjechać do matki na tydzień. Matka się ucieszy, Olga odpocznie, w skrócie.

— Wszystko takie samo — powtórzyła na głos Olga — a niepodobne.

3.

Tygodniowy rytm: pobudka o czwartej, praca, zakupy, dom, telewizja i *Dary losu*, sen, pobudka: uspokajające następstwo oswojonych godzin, hipnotyzująca monotonia życia, stabilna płyta poniedziałku i niedzieli. W środę zadzwoniła do Anki, swojej bratanicy:

— Upiekłam biszkopt, może przyjdziesz? A jak tata i mama?

— Bez zmian.

— To dobrze.

— Mów za siebie, ciocia — odpowiedziała bratanica.

Olga lubiła gotować i piec. Preferowała potrawy tanie i trwałe, na przykład bigos lub piernik. Można jeść przez tydzień, zajadać się, a człowiek nie tyje, portfel nie chudnie.

Ten tydzień, choć tak podobny do poprzednich jak wydma do wydmy, nie przypominał żadnego tygodnia z pracowitego życia Olgi. No, może jakoś tam, w nieoczywisty i niewypowiadalny sposób, kojarzył się z dwoma niezwykłymi tygodniami z odległych lat, które zaważyły na jej życiu, tak dawno temu, że wstyd pamiętać. Olga była pielęgniarką, w poprzednim systemie, którego włodarze obrali sobie, cynicznie lub daltonistycznie, czerwień za kolor przewodni. Jej ręce były wtedy delikatne i sprawne, uśmiech szeroki, skóra biała, krucze włosy. Pacjenci lubili Olgę, Olga lubiła pacjentów. Świat wydawał się grać fair względem Olgi, Olga również nie łamała reguł gry, nawet prześcieradła nie wyniosła ze szpitala, chociaż nikt nie patrzył nikomu na ręce, ponieważ każdy spoglądał pod swoje nogi. Gdyby zastosować dziwną logikę obowiązującą w tamtym systemie, doszłoby się do wniosku, że Olga — zachowując się uczciwie — zachowywała się skandalicznie: robiła to, o czym każdy mówił, aby czynem zaprzeczyć własnym słowom. Słowa Olgi pozostawały w doskonałej harmonii z jej uczynkami, na jej oddziale nie gubiły się poszwy ani piżamy, nie znikały strzykawki, lekarstwa ni igły, dlatego koleżanki Olgi nie przepadały za Olgą. Nie lubiły jej, lecz nigdy nie zdobyły się na szykany lub otwartą wrogość. Według jednych Olga zwariowała, a z wariatką nie idzie dojść do ładu czy składu. Według drugich Olga miała wysoko postawionych przyjaciół, bardzo szerokie plecy, mimo że szczupła.

Pracowała na oddziale neurochirurgii. Pacjenci w jej wieku, skończyła była trzydzieści dwa lata, rzadko się przytrafiali, jeśli już, to najczęściej po wypadkach drogowych. Niektóre wypadki drogowe przydarzały się na posterunkach lub w trakcie przesłuchań. W tamtym systemie ruch drogowy nie należał do najlepiej zorganizowanych.

Pacjenci nie przypominali ludzi, przypominali gałgany z otworami w różnych miejscach ciała. Praca Olgi polegała na obsługiwaniu tych otworów: z niektórych wydobywał się jęk i ten jęk należało ukoić, z innych ciekła strużka moczu i ten mocz należało uprzątnąć.

W poniedziałek Oldze przypadł nocny dyżur. Zadzwonił sam ordynator i nakazał przygotować salę zarezerwowaną dla specjalnych gości: dygnitarzy partyjnych lub ich ofiar; ci pierwsi woleli nie stykać się bezpośrednio z elementem robotniczo-chłopskim, ci drudzy (według tych pierwszych) — nie powinni. Owo zrównanie oprawców i ofiar, przybierające w wymiarze przestrzennym kształt izolatki, niektórym wydawało się zabawne: system wypaczał ludzi, ludzie wypaczali system, poczucie humoru utraciło najlżejszą styczność z godnością czy przyzwoitością.

Olga zastanawiała się, kogo przywiozą: członka miłościwie panującej PZPR, pieszego, który wpadł pod ciężarówkę, gdy szedł do toalety więziennym korytarzem? (czy to w ogóle możliwe?) Kogo by nie przywieźli, Olga zachowałaby się tak samo: skurwysyn i święty cierpi podobnie. Tak sądziła, po objawach.

Przywieźli ofiarę wypadku. Oficer Służby Bezpieczeństwa poinformował Olgę z drwiącym uśmieszkiem na ustach, że jego „młodszy brat" potknął się w łazience, co doprowadziło do wielu złamań, uszkodzenia rdzenia kręgowego i odwodnienia. Musieli operować. Operacja się udała, ale pacjent nie zmarł, ci z opozycji bywają nieuleczalnie oporni, pomyślał.

— Powinna pani bardzo uważać, biorąc prysznic — poradził oficer.

Oldze przez myśl nie przeszło, że usłyszała właśnie groźbę, całkiem zgrabnie opakowaną.

— Zawsze uważam — odpowiedziała. — A teraz proszę wyjść. Nic tu po panu.

Oficer burknął coś pod nosem i wyszedł. Olga znała tego oficera, widziała go już wcześniej trzy razy, zawsze w cywilu.

„Młodszy brat" leżał na łóżku. Wodził oczyma po suficie i ścianach, jeszcze niezbyt przytomnie, dopiero co wybudzony z anestezjologicznego snu. Olga spojrzała na kartę pacjenta, Jerzy bez nazwiska, wiek 28, waga 58, zawyżona. Olga westchnęła.

Zaglądała do Jerzego wiele razy. Tamta noc przeszła bardzo spokojnie. Gdyby istniała jednostka bólu, nazwana, powiedzmy, dol (od łacińskiego dolor), to Oldze przypadłaby tamtej nocy najwyższa liczba doli; jej dola.

Już dniało, Olga siedziała przy łóżku Jerzego jak ktoś z rodziny, żona lub siostra. „Starszy brat" pewnie już napisał raport i smacznie zasnął. Oczy Olgi sklejały się: trzy wypite kawy to nie zapałki, które można między powieki wetknąć, ot tak sobie, żeby odegnać sen.

— Boję się.

Olga drgnęła. Niekiedy rozmawiała z własnym sumieniem, najczęściej sobie potakiwali, nigdy dotąd jednak sumienie nie przemówiło tak bezpośrednio.

— Boję się. Siku, proszę.

Olga wybudziła się z drzemki. W pierwszej chwili pomyślała, że sumienie nie ma pęcherza, w drugiej — wstała z pielęgniarskim automatyzmem, żeby sięgnąć po kaczkę.

Olgi nie krępowało dotykanie męskiego członka. Członek to nie jest coś, co sprawia rozkosz. Olga znała członek, powiedzmy, z drugiej strony, od podszewki. Członek to kawałek ciała, udręczonego i niedomagającego ciała, przez który wydostaje się mocz. Mocz należy sprzątnąć. Ciału współczuć.

Jerzy zamknął oczy. Olga przytrzymywała jego członek, czekając, aż zacznie sikać.

— Pomóż mi, proszę.

— Pomagam. Proszę sikać śmiało.

— Nie tak, inaczej.

— Jak?

— Zabijesz mnie?

Olga znieruchomiała.

— Jerzy, lat dwadzieścia osiem, bez nazwiska, sikaj, proszę. Majaczysz po anestezji.

— Ty nie rozumiesz.

— Zrozumiem, co zechcesz. Teraz sikaj.

— Obiecujesz?

— Tak.

Wróciła do domu. Nie umiała zasnąć. Przez dwa tygodnie brała nocne dyżury. Siadała przy łóżku Jerzego. Słuchała. Najczęściej nic nie mówił; wenflonem spadały krople soli fizjologicznej. Nie dotknęła go ani razu bez wyraźnej konieczności. Jej obecność przy łóżku chorego była aseptyczna, rzeczowa, tak jak jej dotyk, bardzo praktyczny, suchy.

— Jutro — poprosił.

Skinęła głową. Nie protestowała.

— Potrzymaj mnie za rękę.

Olga dotknęła opuszkami grzbietu dłoni Jerzego, spierzchniętej skóry, wysuszonej na wiór.

— Nie tak. Zrób to jak ona. Jak moja żona.

W domu zasnęła kamiennym snem. Nawet nie umyła zębów. Zadzwonił budzik. Wypiła kawę, wzięła kąpiel, starannie ułożyła włosy, umalowała się, wyciągnęła najlepszą sukienkę, z szafy — buty na wysokim obcasie.

Kwadrans po północy weszła do szpitalnej izolatki. W jednej ręce trzymała szpilki, w drugiej ptasie mleczko — Temida realnego socjalizmu. Zamknęła drzwi. Zdjęła fartuch i szpitalne papucie. Założyła szpilki i poprawiła włosy. Podeszła do łóżka. Ptasie mleczko odłożyła na szafkę.

— Czekałem na ciebie.

Położyła mu palec na ustach. Czubkiem języka dotknął jej skóry. Miał suchy język. Jego dotyk przypominał dotyk papieru, dotyk gazety.

— Boję się.

Takie były ostatnie słowa Jerzego. Olga cofnęła palec z jego warg, sparzony słowami, strachem i zaimkiem zwrotnym. Potem go pocałowała. Starła szminkę z jego ust dopiero, gdy umarł. To była ogniście czerwona szminka średniej jakości. Pasowała do życia Olgi i śmierci Jerzego.

Założyła pielęgniarski fartuch. Zdjęła szpilki. Wsunęła nogi w papucie. Zabrała nierozpakowane ptasie mleczko. Wyszła z pokoju tak, jak weszła.

Rano złożyła wymówienie.

Dwa razy wezwano ją na przesłuchanie. „Starszy brat" wypytywał o to, co robiła tamtej nocy, gdy groźny przestępca zmarł. Czy miała rodzinę. Z kim utrzymywała stosunki płciowe. Setki drobnych, obrzydliwych pytań. „Brat" Jerzego był znacznie inteligentniejszy od Olgi. Olga zdawała sobie z tego sprawę. I to właśnie dotykało ją do żywego, że ludzie inteligentni, znacznie inteligentniejsi od niej, zaciągają się na służbę po stronie zła.

— Pani go zabiła — stwierdził „brat". — My wiemy wszystko.

— To wy go zabiliście — odparła.

Oficer roześmiał się jak z dobrego dowcipu.

Nie wróciła do wyuczonego zawodu. Wykonywała najmniej popłatne prace: sprzątaczka, recepcjonistka, kuchenna pomoc. Gdyby nie rodzina, nie miałaby z czego wyżyć.

Upadek komunizmu ucieszył Olgę. Była posłuszna staremu systemowi, będzie posłuszna nowemu. Zastanawiała się czasem, na marginesie, jakie plagi przyniesie nowy ustrój. Nie wierzyła, że będzie lepiej, cokolwiek miałoby to oznaczać.

Uczciwości od zmiany konstytucji nie przybędzie. Przed Okrągłym Stołem również można było być uczciwym człowiekiem, uczciwością okrojoną, pojedynczą, trudną, ale jednak — uczciwością.

Zaparzyła melisę z miętą. Ukroiła dwa plasterki makowca, dwa czarne wiry w drożdżowym cieście, leżące na talerzyku nieruchomo jak mysz pod wzrokiem węża; brawurowe porównanie, pojedyncza samotność.

4.

Ania, bratanica Olgi, zjadła biszkopta i wyszła, Olga zaś nie potrafiła znaleźć sobie miejsca w oswojonych i nielicznych metrach kwadratowych swojej kawalerki. Ktoś wszystko poprzestawiał i pozmieniał, choć nic się nie zmieniło. Najbardziej obce stają się rzeczy znajome (Epiktet) (czyżby?).

Bratanica obiecała wrócić o dziesiątej wieczór. Miała się z kimś spotkać, no i musiała zabrać jakieś drobiazgi z domu.

— Ciocia, rodzicom powiem, że nocuję u koleżanki.

Olga nawet nie skinęła głową w odpowiedzi. Nienawidziła tajemnic i niedomówień. Przyznała jednak Ance rację. Lepiej nie niepokoić rodziny informacjami o dziwacznych przeczuciach, o lęku, nagłym wyobcowaniu i wyszorowanym piekarniku. Po co rodzina ma się zamartwiać tym, że u Olgi coś się poprzestawiało: w jej mieszkaniu albo głowie? Poza tym w pewnym sensie b y ł a przecież koleżanką Anki.

Olga rozumiała, że niepowiedzenie prawdy to pierwszy krok w grzęzawiska kłamstwa. Po pierwszym kroku przyjdą następne, coraz szybsze, coraz bardziej chaotyczne i bezradne. Trudno będzie się zatrzymać. Wreszcie się potknie i upadnie. Po łokcie i szyję zanurzy. Utonie. Powyżej dziurek w nosie. Bez brzytwy na horyzoncie.

Zmyła naczynia. Naszykowała czystą pościel dla Ani. Próbowała coś obejrzeć w telewizji. W ramach oszczędności zrezygnowała z kablówki. Miała tylko Jedynkę i Dwójkę. Telewizja publiczna realizowała tak zwaną misję publiczną, to znaczy ochronę narodowej kultury i świata wartości, w sposób dość przewrotny, acz Olgę satysfakcjonujący. Olga lubiła filmy na podstawie powieści Danielle Steel, kabaretony i gwiazdy na lodzie czy gdziekolwiek bądź. To była rozrywka niewysokich lotów, czasem komuś udawało się skoczyć pojedynczego loopa, gnuśna i łatwa. Zdawała sobie z tego sprawę, jednak po przepracowanym dniu nie oczekiwała niczego wyrafinowanego lub, co gorsza, prawdziwego. Między dziewiętnastą a północą pragnęła świata, w którym nie pojawiał się sklep spożywczy, w którym nie było miejsca na nie otarte łzy, a rozterki udawało się zamknąć w krótkim zdaniu z prostych słów i jednego westchnienia.

Olga dokonała precyzyjnego rozdziału między życiem a sztuką. Im mniej prawdziwego życia w sztuce, tym lepiej dla obojga. Życia ma człowiek w nadmiarze na co dzień. Po co katować się jeszcze wieczorami?

Anka wróciła punkt dziesiąta. Wypiły herbatę. Porozmawiały chwilę. Umyły się i poszły do łóżek. Przed snem Anka ucałowała ciotkę w policzek. Olga zapamiętywała wszystkie takie czułości. Rzadko się przytrafiały. Należało je gromadzić i — w wolnym czasie — przeglądać jak strony klasera, pocałunek po pocałunku, uściśnięcie po uściśnięciu, objęcie, dotknięcie. Blade i delikatne wzruszenia.

Olga leżała z otwartymi oczyma. Za cicho. Woda nie kapała. Spokojny rytm oddechu bratanicy: zbyt regularny, aby nabrać mocy sprowadzenia na Olgę snu.

Olga nie opowiedziała Ance o chłopaku, któremu pomogła. Anka spała teraz na jego miejscu. Było w tym coś niestosownego.

Myśli Olgi obracały się jałowo dokoła tej niestosowności, próbując dojść jej istoty, ale później myśli, coraz bardziej zmęczone gonitwą, zaczęły mieszać się z nabijanymi na kasę kodami produktów spożywczych, z cenami. Dawniej przed oczyma wirowały ogniste plamy, teraz — kod kreskowy i termin przydatności do spożycia; człowiek się starzeje nieco szybciej niż świat, pomyślała w osobnym trybie.

Rankiem wstała dziwnie wyspana, na kilka minut przed budzikiem. Starała się wykonać wszystkie czynności możliwie najciszej i przy jak najmniejszym udziale światła, żeby nie obudzić Anki.

Już wyszykowana do wyjścia, spojrzała po raz ostatni na bratanicę: na jej dziecinną twarz z narzuconą plamą ciepłego światła z lampki i trupim, bladoszarym prostokątem okna, za którym wstawał do pracy nowy styczniowy dzień. Olga zgasiła lampkę.

Wyszła z pokoju niezdecydowanym krokiem.

W autobusie zastanawiała się, czy postąpiła właściwie, zostawiając Ankę i narażając ją na — w najlepszym razie — swoje własne fobie i niepokoje. Myśli stawiały opór, gładkie i ciężkie jak kamienie w potoku. Olga stawiała pytanie, lecz nie potrafiła udzielić odpowiedzi. Odzwyczaiła się od trudnych rozstrzygnięć, pod prąd.

Nie znajdowała w nikim oparcia, w nikim z krwi i kości, czy choćby z papieru. Nawet nie umiała utożsamić się z bohaterką którejś z czytanych przez siebie książek. Bohaterki cierpiały z powodu odrzuconej miłości, nie cieknący kran i wyszorowany piekarnik nie występowały w tamtym świecie.

5.

Przez cały dzień nie mogła wygonić z siebie niepokoju. Nie chodziło tylko o bratanicę. Niepokój sięgał głębiej, przykrywał wszystko delikatną nieostrością jak para łazienkowe kafelki.

— Siedem pięćdziesiąt — powiedziała Olga.

Klientka, pani Basia, wdowa, wygięła usta w obrażoną podkówkę. Ta podkówka nie przynosiła szczęścia. Olga brutalnie przerwała dłuższą wypowiedź na temat wnuków. Pani Basia nie wiedziała, czy wypada kontynuować. Że kochane, zawsze pamiętają, a pamięta pani, jak mówiłam, co dali na moje urodziny mi, schab z wczoraj zaś wcale nie był taki świeży, raczej przedwczorajszy?

Pani Basia, chociaż nie wiedziała, czy wypada kontynuować, wiedziała, że nie może tak stać przed kasą z ustami wygiętymi w podkówkę. Mogłoby to skompromitować ją — i jej wnuków — w oczach ekspedientki.

— Coraz drożej u was — stwierdziła.

— Takie czasy — odpowiedziała Olga.

Zawsze odpowiadała w ten sposób na zaczepki klientów. Nie czuła się odpowiedzialna za gospodarczą kondycję kraju ani sklepową marżę, ani za wysokość rent i emerytur. Gdy strajkowali górnicy, stoczniowcy, lekarze, nauczyciele, rolnicy, to mówiliście: Mają rację, trzeba im więcej płacić — myślała Olga — no to teraz macie: oni rację, a wy chudsze portfele; jak człowiek daje, to od dawania nie staje się bogatszy, chyba że wewnętrznie. Wewnętrzne są na przykład także krwotok i dusza, podobno.

Pani Basia ponarzekała chwilę, aby zapytać na zgodę:

— A kiedy przyjedzie kawa?

— Może jutro. Rano nie dowieźli.

Między dwunastą a czternastą prawie nie miała klientów. Wpadło tylko dziecko po gumy do żucia i mężczyzna w garniturze po apap. Apapu nie prowadzili, wziął ibuprom. Pomyliła się przy wydawaniu mu reszty, na swoją korzyść, o pięć złotych, co ją zirytowało albo nawet rozzłościło. Taka pomyłka była prawie nie do odróżnienia od oszustwa.

Na domiar złego — choć nic złego jeszcze się nie wydarzyło — szefowa spóźniła się godzinę. Olga nie zdążyła na autobus. Nie chciała czekać na przystanku czterdziestu pięciu minut. Postanowiła się przejść.

Kroczyła wąskim, krzywym chodnikiem. Szare styczniowe powietrze, brak światła wymieszany ze spalinami — dostała kolki. Zupełnie jak w czasach dzieciństwa, gdy bawiła się z braćmi w wojnę. Bracia najczęściej wyznaczali Oldze rolę piechoty. Dlatego Olga sporo biegała i często ginęła. Czasem bracia litowali się nad swoją siostrzyczką i brali ją do niewoli. Jako piechota wzięta do niewoli, Olga siedziała zamknięta na skobel w parniku i czekała, aż jej oddech się uspokoi, a kolka zniknie. Niekiedy przez malutkie okienko bracia podawali jej kubek zimnej wody. Jeniec też rodzina.

6.

Nadwerężając własny budżet, i tak przetrącony setką, która poszła w ślady kamfory, znikając z portfela jednocześnie z dwiema parówkami (z lodówki), Olga nabyła ćwierć kilo jabłecznika oraz — w sklepie obok cukierni — butelkę alkoholu. Wybrała białe martini, ponieważ sądziła, że to modny i elegancki alkohol, w sam raz dla młodzieży, tej od lat osiemnastu, nietrzeźwym sprzedaży się nie prowadzi. Ponadto był w promocji. Litr soku pomarańczowego gratis.

Po drodze do domu zastanawiała się, co przygotować na obiad. W zamrażalniku powinny jeszcze być kurki, może więc zupa grzybowa? Grzyby smażone z cebulą plus bonus — odrobina tłustej śmietany? Naleśniki z grzybowym farszem?

Potencjalne menu zajęło jej myśli wystarczająco skutecznie, żeby nie myśleć, co się stało, co mogłoby się stać w mieszkaniu pod jej nieobecność. Właściwie nie znajdowała dobrego rozwiązania. Jeśli nic się nie stało, Anka po prostu czeka — niedobrze, Olga powinna udać się do doktora od głowy; czas wypędzić to, co w niej siedziało. Jeśli coś się stało, ktoś próbował dostać się do mieszkania, jak Olga przypuszczała lub sobie roiła — niedobrze, trzeba wymienić zamki, poprosić sąsiadów o zwrócenie baczniejszej uwagi, policję może nawet? Tylko o co? Jak lęki starej panny przełożyć na zrozumiały i nie wzbudzający podejrzeń język?

Z ciężkim sercem nacisnęła guzik domofonu:

— Słucham?

— To ja, ciocia — odpowiedziała.

Zatem wszystko w porządku, pomyślała. Czyli jednak nie, pomyślała.

Anka czekała w uchylonych drzwiach. Przepuściła ciotkę, całując ją w policzek, a potem zamknęła drzwi.

Olga zdjęła płaszcz:

— Jadłaś coś?

— Nie, tylko jogurt. Ciocia, jestem na diecie. Tak jakby.

— Zrobię zupę grzybową. Zjesz?

— Pewnie.

Olga poszła do kuchni. Do kuchni, w której kran nie kapał, piekarnik lśnił, jednym słowem, w której działało bez zarzutu wszystko to, co powinno niedomagać.

Olga, kolekcjonerka szczegółów, zauważyła, że bratanica nie jest taka sama: niby taka sama, a niepodobna do siebie jak dwie krople wody. Jakaś zmiana się w niej dokonała i utrwalała, podobnie jak w mieszkaniu: takim samym, a zupełnie innym.

Gdybyż przedmioty można było podłączyć do wariografu, zadać im pytanie, żądając prostej odpowiedzi tak/nie, może wtedy Olga poczułaby ulgę, wpatrując się w nieruchomy wykres, w prostą jak drut wizualizację tak zwanego śladu emocjonalno-pamięciowego.

Olga pomyślała o wariografie i przedmiotach. O krześle podłączonym do wykrywacza kłamstw: Czy ktoś obcy na tobie siedział?. Bała się myśleć o podłączaniu ludzi. Ludzie nie są tak niezłomni i prawdomówni jak przedmioty. Ludzie mają problemy z tak/nie. Popełniają błędy. Żałują. Błądzą. Etece.

Nie wyszła z kuchni, dopóki grzybowa nie była gotowa. Pokroiła chleb. Rozlała zupę do dwóch talerzy. W garnku jeszcze zostało. Na jutro albo na dokładkę.

Anka słuchała radia. W radiu piosenki, które bardzo się rymowały: noc-koc, ciebie-niebie, smutek-skutek, dotyk-erotyk. Za czasów młodości Olgi świat mniej się rymował, ze szkodą dla rymów i wielkim zyskiem dla świata.

Skończywszy zupę, zjadły po kawałku jabłecznika. Olga sięgnęła po butelkę martini i dwie szklaneczki. Nie miała kieliszków do martini; nie wiedziała nawet, że coś takiego wymyślono, że istnieje zasada decorum: zgodność treści z formą, alkoholu z naczyniem.

— No i? — zapytała Olga, wpatrując się uważnie, niemal agresywnie w twarz bratanicy, gotowa wychwycić najlżejszy fałsz.

— Ciociu — powiedziała Anka — nie martw się.

— Więc jednak coś się dzieje.

— Daj mi jeszcze kilka dni.

— Na co?

Anka nie wiedziała chyba, co odpowiedzieć. Nawet kłamstewka i wykręty, zwykle tak łatwe, tym razem nie przychodziły Ance do głowy. Aby zyskać kilka sekund, wzięła głęboki łyk martini.

— Nie wiem — przyznała. — Nie wiem na co. Ale proszę cię o kilka dni.

— Dziecko…

Niedokończone zdanie zawisło w powietrzu, całkiem materialne. Wydawało się nawet, że można je uchwycić za kropkę.

PAMIĘĆ

Nazywam się Pamięć. Bywam krótka, kurza i niesprawiedliwa. Jestem święta, błogosławiona i przeklęta. Nieodżałowa-
na i świetlana. Pogrzebana i utracona. Potrafię wbić się, wryć
lub zapaść, przyczaić — jak słowo — na końcu języka. Potrafię dodać skrzydeł lub ciążyć kamieniem u szyi. Potrafię
wylecieć z głowy, zatrzeć się. Jestem wzrokowa lub słuchowa,
mieszkam w dotyku i smaku, wyczuwam przypalone kotlety
i niebezpieczeństwo. Jestem wszędzie.

Używa się mnie, by oddać cześć czyjejś pamięci. Występuję ku i dla pamięci, również za pamięci, ale także bez. Jestem
liczona w pamięci i przywoływana z pamięci. Uczą się mnie
na pamięć. Pojawiam się w izbach ze skrótowcem im. W kom-
puterach bywam ram.

Jestem epizodyczna, ferrytowa, świeża, holograficzna. Jestem zdradliwa i niewierna. Z chorób miewam skłonności do
skrzywień, zaćmień i olśnień.

Przechowują mnie, kopiują i przekazują: w genach, słowach, plikach. Dzielą się mną jak opłatkiem.

Jestem niezbędna i niezastąpiona. Beze mnie świat trwa
zawsze chwilę.

JANEK

1.

Bardzo bolała go głowa, napierdalała wręcz, łubu-dubu, umpa-
-umpa, niemieckie techno, można powiedzieć: fajne cycki,
masz papierosa? Obudził się, dotknął dłonią czoła. Wymacał opatrunek. Potem otworzył ostrożnie oczy. Nie wiedział,
gdzie jest. Jakieś mieszkanie. Światło sączyło się przez zasłony, przez skórę powiek. Starsza kobieta leżała na wersalce,

przykryta kocem. Obok niej nóż i słuchawka telefonu. Głupia pizda, pomyślał; odbierając telefon, odetnie sobie ucho — głuchy telefon. Wstał cicho. W kuchni zjadł dwie parówki. Z głodu. Wrócił do pokoju. Kobieta oddychała miarowo. Zastanawiał się, czy jej nie uderzyć. Nie podciąć gardła nożem. Miałby co opowiadać w szkole. Nie chciał tego zrobić, tak tylko mu się pomyślało. Zauważył, że nie ma skarpetek i butów. Zaklął bezgłośnie. Skarpetki i buty znalazł na korytarzu. Założył. Wszedł do łazienki. Wysikał się do umywalki, obmył twarz i wyszorował zęby. Jej szczoteczką, tej starej cipy. Równie dobrze, pomyślał, odkładając szczoteczkę, mógłbym użyć szczotki do klopa.

Wrócił do pokoju. Kobieta spała. Zupełnie nieświadoma obecności obcego. Złożył koc w kostkę. Na korytarzu zauważył torebkę. Potrzebował pieniędzy. Wygrzebał portfel. Otworzył. Dwa zdjęcia, chłopak i dziewczyna, na oko w jego wieku. Z portfela wyjął stówę. Mógł zabrać wszystko, ale nie chciał, żeby flądra poczuła się okradziona. W końcu on jest człowiekiem honorowym. W końcu mu pomogła, chyba. Do tego — patrząc na mieszkanie — nie cierpiała na nadmiar gotówki, debilka, kolejny przegrany człowiek.

Ze stolika na korytarzu wziął klucze. Odcisnął je w specjalnej plastelinie. Dorobi zapasowe. Sobie na przyszłość. Starej ku przestrodze. Klucze odłożył na miejsce. Lepiej, żeby nie zmieniła zamków. Pokręcił głową z dezaprobatą. Jak można kogoś obcego wciągnąć do domu, opatrzyć i zasnąć?! Idiotka. Ptasi móżdżek. Dobry samarytanin. Jak ona przeżyła tyle lat?! Pojebane miasto, po prostu: szkoda słów.

Usiadł w fotelu, na którym spędził noc. Pociągnął ze dwa łyki jakiegoś świństwa z filiżanki. Patrzył na kobietę. Stara. Starsza niż jego matka, gdyby miał matkę. Włosy pomalowane na rudo, czarne odrosty i pojedyncze, wyraźne pasma siwizny. Niekształtne ciało pod kocem, kopiec Kościuszki, piersi jak naleśniki i dupa rozmiaru karaweli. Karaweli nigdy nie widział, może na jakimś zdjęciu w podręczniku do historii, lecz tak się mówiło, odkąd pojawiła się piosenkarka J.Lo. To o niej tak się mówiło, w sensie, że ma dupę jak karawela. Portorykańska wielka armada.

Zaśmiał się cicho. Patrzył na twarz śpiącej kobiety. Twarz, w sumie, nie była zła. Prawie bez zmarszczek. Pogodna. Mogłaby reklamować jakiś szpital psychiatryczny albo jesień. Policzki lekko zwisały, grawitacja i te sprawy, po tym, jak Newton oberwał jabłkiem, nie ma zmiłuj, wszystko ciąży, nawet fiut. Ale — mimo to — twarz bardziej jednak pasowała do kobiety niż matki, obie jako kategorie. Tak mu się wydało.

Wstał i wyszedł na klatkę. Zamknął dokładnie drzwi. Poprawił przekrzywioną wycieraczkę, a potem się roześmiał, zszedł schodami. Nie spodziewał się, żeby ktoś na niego czatował, mimo to sprawdził na wszelki wypadek, czy nikogo nie ma. Nie było.

Dostał wpierdol, kontrolny wpierdol, ponieważ nie oddał na czas kasy dilerowi. Nie wisiał dużo, sześć stów. Dużo-niedużo, to zależy. Jak się ma osiemnaście lat, a rodzice gdzieś zdezerterowali po drodze, to całkiem sporo. Do dezerterów — Janek nie miał wątpliwości — należy strzelać. Niechby i w plecy. Ważne, żeby nie prosto w serce. Powinni pocierpieć przed śmiercią, tak przez kwadrans. Kwadrans byłby w sam raz. Kulturalni ludzie nie czekają dłużej.

Niespiesznym krokiem skierował się w stronę dworca PKP. W barze mlecznym coś ciepłego zje. Dziesięć, może piętnaście minut marszu. Spacer dobrze mu zrobił. Zamówił barszcz z uszkami i kompot. W kompocie pływały stare wiśnie z pestkami. Pestki nie tonęły, unosiły się jak królicze bobki. Dziadkowie Janka hodowali króliki.

Potem plątał się po mieście. Wchodził do sklepów na Lipowej, żeby się ogrzać. Sprzedawcy patrzyli na niego z niechęcią. Nie wyglądał na klienta, nawet bardzo potencjalnego.

Brudas i ćpun — myśleli. Potem pojechał na gapę do centrum handlowego na Miłosza. Usiadł na ławeczce i oglądał ludzi. Szybko mu się znudziło; zoo jest jednak trochę ciekawsze.

Bał się wrócić do internatu. Oberwał, ale też dostał dwa tygodnie na zwrot długu. To był, przyznał przed sobą, uczciwy układ: czas to pieniądz. Bał się wrócić do internatu nie dlatego, że coś mu groziło, bał się swego wstydu. Wszyscy byli świadkami nocnej bójki i jego upokorzenia. Czołgał się w tempie ślimaka do najbliższej klatki, pojękując i płacząc. Brakowało, żeby się posikał. Potem urwał mu się film, aż do rana. Rano taśma ruszyła ponownie.

Wrócił do internatu po dziewiątej wieczór. Poszedł do swego pokoju. Na szczęście współlokator nieobecny. W powietrzu śmierdział tani dezodorant. Dziś sobota, wszyscy wyszykowali się na dyskotekę. Czyste majtki na krocze, na włosy żel i jest okej. Budynek internatu opustoszał.

Rzucił się na łóżko i przykrył głowę poduszką. Po chwili wstał i przekręcił klucz w zamku. Bolała go głowa. Piekła, swędziała. Dotknął czoła. Rozpalone. Nie ma wątpliwości, gorączka. Szkoda, że ta krowa, która opatrzyła ranę, nie była wiedźmą, pomyślał. Wiedźmy potrafią zamówić rany tak, aby się szybko goiły i nie bolały. Znowu nie miałem farta, pomyślał.

Ten ból był gorszy niż ból zęba.

Janek wstał, zebrał czyste ubranie i poszedł pod prysznic do wspólnej łazienki na końcu korytarza. Starał się nie zamoczyć opatrunku. Już czysty, nie poczuł się lepiej. Odpoczął chwilę w swoim pokoju, postanowił zajrzeć do apteki. Kupi coś przeciwbólowego albo paczkę tabletek na kaszel, tussipect, zje wszystkie pigułki i odjedzie, odleci, coś z od-, w końcu i tak czekał go the end, a wcześniej — weekend.

Banknot pięćdziesięciozłotowy schował w najbezpieczniejszym miejscu: pomiędzy kartkami podręcznika do polskiego.

Nikt tego nie tknie. Sam dotykał okładki z obrzydzeniem, trudno — wyższa konieczność.

Poszedł do spożywczego. Do koszyka włożył dwa piwa, pod kurtką ukrył tabliczkę czekolady, kinder bueno, jego ulubiona. Przed kasą dorzucił apap i ibuprom. Zapłacił. Wracał niespiesznym krokiem do internatu. Coś mu się niewygodnie szło, no tak, czekolada, prawie się roztopiła, zapomniał, że ukradł. Dopóki nie oberwał, nigdy o niczym nie zapominał. Przestraszył się, że ma alzheimera. Nie pamiętał aktualnie, czy alzheimer to wstrząśnienie mózgu. A może jakiś rak?

Usiadł na huśtawce między blokami, niedaleko szkolnych budynków. Wycisnął na dłoń cały listek ibupromu, sześć tabletek, popił. Kończył się styczeń, beśnieżny i powyżej zera, ciepły styczeń, właściwie brzydka wiosna. Niedługo ferie zimowe. Pojedzie do dziadków albo gdzieś w teren, może do jakiejś roboty, coś zajumać, dopomóc starszym, nastraszyć kogoś? Nie podjął jeszcze decyzji.

Starał się nie huśtać za bardzo, bowiem piwo się pieniło, a i głowa nie najlepiej znosiła przeciążenia. W sumie nie był pilotem myśliwca.

Janek nie lubił myśleć na pusto, o niczym, czyli o życiu i przyszłości. Od myślenia o niczym są laski, foki, świnie, inne ssaki, tak je nazywali z kolegami. Janek lubił myśleć nie o tym, po co żyje, ale za ile.

Oglądał zasłony i zapalone światła w oknach mieszkańców bloku. Bloki były stare, mieszkania niewielkie, najwyżej M2, idealnie dopasowane do mieszkańców, też niewielkich i w sumie starych. Osiedle nieudaczników, pomyślał Janek, pierdolonych frajerów.

Po jakimś czasie uświadomił sobie dwie rzeczy. Po pierwsze, że wpatruje się w jedno okno na trzecim piętrze. Po drugie, że za okienną szybą znajduje się mieszkanie, w którym spędził noc. Nic się nie działo. Niebieskawe błyskawice programu telewizyjnego. Zgadywał, co stara ogląda, a przez chwilę wyobrażał sobie nawet, że siedzi z nią — tam — w pokoju. Ta myśl go przeraziła. Nie myśl jako myśl sama w sobie, ale to, że zaczął sobie coś takiego wyobrażać. Zamiast siebie w nowym bmw, on przed telewizorem z wiedźmą. Załamka i zjazd, normalnie.

Zaklął w myślach i wrócił do internatu. Ta pustka w pokojach i na korytarzach, to aż dziwne, pomyślał, że strach.

Głowa bolała jakby mniej. Albo przyzwyczaił się do bólu, albo ibuprom rozpuszczony w piwie okazał się skuteczny. Powinienem to opatentować, pomyślał, no jasne, jasne jak żarówka.

W rzeczywistości Janek, myśląc, korzystał z innych słów niż te, których użyliśmy. Było to przede wszystkim słowo „kurwa", poddawane intensywnej obróbce deklinacyjnej oraz koniugacyjnej. „Kurwa" rzeczownik, czasownik, zaimek; „kurwa" we wszystkich czasach i trybach, w pięciu rodzajach, małą i wielką literą, jako przydawka i okolicznik, a także — z błędem ortograficznym.

Janek zasypiał. Usłyszał jeszcze, że kolega wrócił, nawet jakby podwojony, sobowtóry są znowu na topie, bo zderzał się z dwoma meblami jednocześnie. Do tego chichotał i robił „ciiiiiii", jak dziewczyny. Potem kolega padł na swoje łóżko, albo raczej: padł na podłogę i na łóżko równocześnie, co brzmiało jak klapnięcie torby z mięsem o PCV, aż sprężyny materaca zadźwięczały. I ten podwojony kolega chyba się obmacywał. Ale Janek już odpłynął. Odpłynął w swoją bajkę. Dziewczyna z fotografii, którą widział w portfelu starej, pochylała się nad nim, żeby go pocałować.

2.

W niedzielę spał długo. Śnił piękny sen, śnił o kobiecie, poznał po półwzwiedzionym i mokrym członku. Współlokator na szczęście gdzieś przepadł. Janek miał cały pokój dla siebie. Prawie zawsze dostawał to, czego chciał, tylko w nieodpowiednim momencie, za późno lub za wcześnie, w złej kolejności, dobry Boże, litości.

Głowa nie bolała, chyba, na wszelki wypadek wypił trzy tabletki, nie zaszkodzą, warto się zabezpieczyć i pożycie nie ma tu nic do rzeczy. Lub jego brak.

Zastanawiał się, kiedy trzeba zmienić opatrunek. We wtorek wypadały zajęcia praktyczne z frezerki, pielęgniarka zawsze dyżurowała w swojej kanciapie, wtedy do niej pójdzie, coś skłamie albo o coś poprosi. Może nawet zrobi wyjątek i powie prawdę, część prawdy, tak dla sportu, żeby nie wyjść z wprawy, warto trenować, nawet jak się nie chodzi do spowiedzi, żeby odruch nie zanikł.

Taka żaba, pomyślał Janek, to ma łatwo. Nawet martwa, ale prądem podrażniona, skurczy odnóże. A taki człowiek, nawet podrażniony obecnością policji lub sędziego, prawdy nie powie. Póki żyje.

Janek nie odczuwał głodu. Sądził, że powinien coś zjeść, mimo to nie uśmiechało mu się maszerowanie do wspólnej kuchni. Przypomniał sobie o ukradzionej wczoraj czekoladzie. Zjadł i nie poczuł smaku, a podobno kradzione lepiej smakuje. A może zapomniał smaków? Od uderzenia ludzie zapominają o bożym świecie, dlaczego on miałby pamiętać smak czekolady? Janek przeprowadził test, na biurku leżała paczka miętówek. Rozwinął papierek i włożył cukierka do ust. Cukierek smakował jak czekolada. Smak różnił się tylko konsystencją: czekolada miękka, miętówka twarda. Nie wiedział, czy twardość lub miękkość to jeszcze część smaku, czy inny zmysł — dotyk; dotykam cię językiem, pomyślał bez związku z podniebieniem.

Janek przestraszył się, że to niekoniec niepamiętania, zanikania wspomnień i nawyków; przestraszył się, że w końcu zniknie on sam, sam futerał zostanie, opakowanie. Myśl tę Janek pomyślał w sposób bliższy mu i bardziej zwięzły, pomyślał: „Kurwa, kurwa". Przemknął się do łazienki, umył zęby i twarz, obejrzał się w zmatowiałym lustrze. Rozpoznawał siebie, co za ulga, chociaż dałby głowę, że jeszcze w piątek wyglądał inaczej, niby młodszy brat samego siebie z dzisiaj, powiedzmy.

Wyszedł na ulicę, ciepły, niepodobny do żadnego wcześniejszego styczeń. W niedzielę ulice świeciły pustkami, ludzie polowali na opłatek i promocję: supermarkety i kościoły miały w niedzielę największe wzięcie. Potem ludzie siedzieli w domach, jedli zasmażaną kapustę ze schabowym, pierdzieli w wersalki i przed telewizorami tracili wzrok na wyścigi z mózgiem. Niektórzy się spotykali, żeby wspólnie jeść i pierdzieć, akcja rodzina, zamiast telewizji — obmawianie bliskich i przyjaciół, korekta: praktycznie nieprzyjaciół. Czy tego właśnie chcę?, pytał siebie Janek. Zakorzenienia w kredytach oraz małej stabilizacji w zasmażanej kapuście i zatykającym się kiblu?

Po mniej więcej dwóch kwadransach Janek zdał sobie sprawę, że nogi zaniosły go przed dom kolegi: typowy komunistyczny sześcian, wymieniono niedawno okna na plastikowe, trawnik w nieokreślonym burozielonym kolorze przypominał obesrany i rozmoczony dywan. Kolega zajmował się działalnością wkraczającą na pole, które zarezerwowało dla siebie państwo polskie, to znaczy oszukiwał ludzi, to jest: nie wszystkich, swoich się nie oszukiwało. Różnica między kolegą a państwem polskim, tak to rozumiał Janek, sprowadzała się do skali (państwo działało na nieporównanie większą) oraz potencjalnej odpowiedzialności karnej (państwo było bezkarne) (o trybunale w Strasburgu Janek nie słyszał).

Kiedy po dwóch godzinach wychodził z domu kolegi, w kieszeni trzymał dwa świeżutkie, jeszcze ciepłe klucze.

Miał nadzieję, że będą pasować. Nie miał nic specjalnego do roboty. Uczyć nigdy się nie uczył. Nauka zabierała czas i niczemu nie służyła. Żeby przejść z klasy do klasy, wystarczyło kupić nauczycielowi wódkę albo — jeśli zdarzył się taki, co alkoholu nie nadużywał — wykorzystać psychologię: przekłuć opony w samochodzie, przybić buty gwoździami do podłogi, skosić trawę na działce, rozładować ciężarówkę pustaków, co popadnie, zależnie od wrażliwości i predyspozycji. Janek lubił swoich nauczycieli i jednocześnie ich nie szanował: podli, mali krętacze, złamani przez życie, ale na tyle uczciwi, by nie udawać, że kluczem do sukcesu jest nauka albo wierność jakimś tam zasadom. Klucz do sukcesu nie powstanie na tokarce, nie odciśnie się w plastelinie, co do tego panowała w technikum mechanicznym międzypokoleniowa zgoda. Już lepiej wierzyć w kwiat paproci.

Janek wiedział, że nie istnieją żadne zasady, to znaczy: one są, tylko że każdy porusza się w obrębie tych zasad, które sobie wybrał do szanowania i przestrzegania. Innymi słowy, nie ma żadnych uniwersalnych zasad. Jest wielka chujnia. Nieskończona i twarda jak kutas zanurzający łeb w wilgoć cipki. Gdyby Janek czytał cokolwiek ponad etykiety żelu do włosów, mógłby dojść do wniosku, że tak wygląda słynna jaskinia Platona, ale Janek nie czytał i do takiego wniosku nie doszedł.

Powłóczył się bez celu pustymi ulicami, ciężkimi nogami, słońce w szarym abażurze. Ani razu nie kopnął puszki, nie urwał sznura w budce telefonicznej, nie zerwał rozkładu jazdy na przystanku, słowem — nie zrobił nic z rzeczy, które dotąd robił z wielką satysfakcją. Janek sądził, że wandalizm jest dobry. Kiedyś obejrzał program o anarchistach i lubił o sobie myśleć, że niszcząc rzeczy wspólne, przyczynia się do zniszczenia państwa, a państwa nienawidził bardziej nawet niż szkoły czy rodziców. Zresztą szkoła to jedna z przybudówek państwa.

W parku, niedaleko ławeczki, na której przysiadali emeryci i gołębie, ci pierwsi dla odpoczynku, te drugie za potrzebą, zauważył portfel. Podniósł go i krzyknął:

— Halo!

Ten okrzyk sam jakoś się wymknął, wyślizgnął sam z siebie, sam z gardła, jak kostka mydła z mokrych rąk, Janek go nie planował. W planie miał przywłaszczenie sobie zawartości portfela. Na okrzyk zareagowała kobieta, otyła dość, czterdziestoletnia na oko. Odwróciła się, spojrzała na krzyczącego chłopaka i z dziwnym wyrazem twarzy podeszła doń. Zanim Janek zdołał zareagować, wyjęła portfel z jego ręki, powiedziała:

— Dziękuję, bardzo panu dziękuję.

Odeszła szybkim krokiem, jak gdyby wybawca mógł się rozmyślić albo zażądać znaleźnego. To chyba dziesięć procent. Uczciwość jest warta dziesięć procent, pomyślał, przy takim kursie świat nie może być uczciwy.

Janek stał oszołomiony, nawet nie opuścił ręki. Uczynił kilka kroków w stronę ławki. Jeszcze w piątek spróbowałby urwać jakąś deskę albo chociaż nasrać na środek, dziś usiadł na niej, zupełnie jak nie on.

— Ja-cię — wykrztusił. — Co się ze mną dzieje?

To pytanie, hamletyczne i głębokie, de profundis i per anum, bez odpowiedzi, zachwiało podstawami jego myślenia i postrzegania. Zachował się uczciwie, zwrócił portfel i zdarzenie to ciążyło mu kamieniem u szyi, piekło niby najbardziej upokarzające wspomnienie. Janek przypuszczał, że uderzenie w czaszkę zniszczyło w nim układ nerwowy, jakiś ośrodek normalności, i teraz zostanie dobrym człowiekiem: nie będzie kradł, kłamał ni unicestwiał mienia społecznego. Że będzie jak ci ludzie na etatach poniżej średniej krajowej, którymi głęboko pogardzał. Wolałby umrzeć. Dziesięć procent. Nie do wiary, ja pierdolę.

Zaczął dygotać na ławeczce, oblały go siódme poty i siedem boleści obsiadło, zęby szczękały niby z zimna, w sumie styczeń. Jakiś przechodzień zapytał, czy nic mu nie jest. Janek zwymiotował w odpowiedzi. Nie mógł znieść tego dobra. Dobro jest dobre dla kurew i pedałów, pomyślał. Walcząc ze sobą, zebrał się, żeby uderzyć przechodnia, ale nie potrafił. Nie potrafił jebnąć frajera. Koniec świata. Świetliste niebo otwarło się przed nim, a głos jego ojca powiedział kpiąco: „I to było dobre".

Nie pamiętał drogi do internatu. Przeszedł obok portierni, wpadł do pokoju, współlokator spojrzał nań i zapytał:

— Kurwa?

Janek chciał odpowiedzieć grzecznie, aby kurwa, lecz powiedział:

— Jakiś nieswój jestem.

— Kurwa — rzucił kolega. — Zbajerowałem fajną ścierę.

Janek nie zareagował, tylko walnął się jak długi na wyro. Rzeczywiście jakiś nieswój, pomyślał kolega za pomocą słowa „kurwa", słowa klucza.

Przeleżał wiele godzin, bijąc się z myślami, jak w tendencyjnej powieści, o czym Janek prawdopodobnie nie wiedział; z powieści umiałby wymienić *Chłopców z placu Broni* i *Dziady* Słowackiego, może jeszcze *Pana Dubito* (bez *Cogito*), czy jakoś tak, kogoś tam, jakiegoś autora, że niby lektury, sieczka i matura — dziękuję, nie podchodzę.

Przerażało go, że już do końca życia będzie dobrym człowiekiem, wbrew sobie. Co za niefart i skurwysyństwo! Kara niewspółmierna do grzechów. Przecież nie byłem aż tak zły, myślał, żeby teraz musieć być dobry!

Janek zapadał w krótki sen, budził się i rozpaczał, śnił. Śnił na przykład, że dostaje Order Uśmiechu za dobre uczynki. Obudził się z krzykiem, spocony, powiedział:

— Nienawidzę dzieci. Dzieci to zakała ludzkości (Słonimski).

A potem gorzko zapłakał. Poczuł smak łez, nie były słone, były jak czekolada. Czyli gorzkie albo mleczne. Miękkie albo twarde. Już nie pamiętał. Wszystko zależy od zawartości kakao. Nawet emocje i etyka.

Nagle, gdzieś nad ranem, wpadł na rozwiązanie, proste i genialne. Musi wrócić tam, gdzie wszystko się zaczęło, i zdjąć z siebie urok. Musi zwrócić tej piździe opatrunek i pieniądze. Nie! Stop! Błąd! Korekta! Nie może postępować uczciwie, jeśli chce siebie ocalić. Musi wrócić do tej flądry, zdemolować mieszkanie, ukraść to, co się da wynieść i nie jest za ciężkie, a na koniec skopać właścicielkę kwadratu albo poderżnąć jej gardło.

Uspokojony, zasnął po raz kolejny. Jęczał przez sen, snu nie zapamiętał, lecz my widzieliśmy, co śnił:

Podchodzi do stołu, przy którym siedzą jacyś ludzie, zanurzeni w księgach, niektórzy ze skrzydłami. Słyszy szelest przekładanych papierów i stroszonych piór, aż wreszcie mężczyzna zajmujący centralne miejsce stwierdza: „Idziesz do nieba", a jakieś inne istoty wykręcają Jankowi ręce do tyłu i rzucają nim o podłogę. Zakładają kajdanki. Tenże sam głos rozkazuje: „Wykonać!".

W poniedziałek urwał się ze szkoły. Do kieszeni kurtki włożył finkę. Na klatce oddychał głęboko, bał się, że nie znajdzie w sobie siły, żeby przeprowadzić swój genialny plan. Człapał na trzecie piętro z sercem, które wydostało się z klatki piersiowej, biło gdzieś w okolicach pięt. Pomyślał, że to zły znak; takiego Achillesa pięta wykończyła, a rokował dobrze i całkiem nieśmiertelnie. Nacisnął dzwonek, zacisnął palce dłoni na rękojeści noża.

Nikt mu nie otworzył.

Z drugiej kieszeni wydobył klucze.

Dwa razy obrót w lewo. Potem drugi klucz dwa razy w prawo. Pasowały.

Wszedł do mieszkania najciszej jak potrafił. Istniała szansa, że wiedźma mocno śpi. To ułatwiłoby całą sprawę: wycelować w serce, nie zawahać się, pchnąć z całej siły.

W mieszkaniu nie było nikogo. Otarł pot z czoła. Bał się, że zamiast zabić, podziękowałby za założenie opatrunku. Przecież tak nie da się żyć, pomyślał, z tym obciążeniem, o kurwa. Zaschło mu ze zgrozy w gardle.

Poszedł do kuchni, nalał szklankę wody. Woda śmierdziała chlorem. Wypił, powstrzymując odruch wymiotny. Usiadł na fotelu, na którym obudził się w sobotę, dwa dni temu. Postanowił czekać na powrót starej. Może wyskoczyła na zakupy? Zabije ją, gdy tylko ona zamknie drzwi. Jedno zdecydowane pchnięcie, ninja, szaolin i tak dalej, awans na kolejny level, przetnie wszystkie tętnice, aorty i co tam naszykowały jej tkanki, tej wiedźmy; może miotłę? Skoro wiedźma?

Siedział i czekał. Czekał i nasłuchiwał. Denerwowały go krople rozpryskujące się o kuchenny zlew. Podniósł się z fotela, w szafce pod zlewem znalazł kilka śrubokrętów, kombinerki i pakuły. Poszedł do łazienki i zakręcił pion, potem wrócił do kuchni i naprawił kran.

Odłożył wszystko na miejsce. Odkręcił pion. Kran nie przeciekał. Mógł czekać i nasłuchiwać w spokoju. Wyciągnął się na dywanie. Dywan w maki. Mak to opium. Opium to Hypnos. Miękki dywan. Zasnął i nie męczyły go koszmary. Śnił o kobiecie z fotografii w portfelu starej. Potem wstał, sprawdził, czy wszystko jest tak, jak było, nienaruszone, i wyszedł.

3.

We wtorek szkolna pielęgniarka zmieniła mu opatrunek. Nie zapytała, co się stało, dlatego też Janek, zakłopotany i zdziwiony tym, że nieznajomy dorosły umie zachowywać się przyzwoicie, zaczął tłumaczyć…

— To twoja sprawa — przerwała mu. — Mnie nic do tego.

— Dziękuję — bąknął spalony rumieńcem.

Nie mógł wagarować tak często, jak by chciał. Zbyt dużo nieusprawiedliwionych nieobecności i straci prawo do pokoju w internacie. Nieusprawiedliwiona nieobecność, pomyślał, każda nieobecność jest czymś usprawiedliwiona. Ta myśl go zaskoczyła, a właściwie nie myśl, tylko fakt, że pomyślał ją za pomocą pięciu wyraźnych słów — Każda. Nieobecność. Jest. Czymś. Usprawiedliwiona — a nie, jak dotąd, za pomocą uniwersalnego słowa „kurwa". Janka przebiegł dreszcz prawie erotycznego podniecenia, to było coś rzeczywiście nowego, że można myśleć wyraźnie, że myśl może składać się z niepodobnych do siebie słów. Ten dreszcz na granicy rozkoszy i bólu; niedobrze, niedobrze, pomyślał, będą kłopoty.

— Każda. Nieobecność. Jest. Czymś. Usprawiedliwiona — powiedział na głos, na próbę.

Nie odważył się usprawiedliwić nieobecności matki i ojca. Miał nadzieję, że za nieobecność w jego życiu smażą się w piekle, przełykają smołę zamiast śliny. Takich rzeczy się nie robi, nie wolno. Nie wolno urodzić, żeby zdezerterować. Nie wolno, nie ma przebacz. Jest piekło, miał nadzieję. Matkę poproszę lekko podduszoną, a ojca drobno posiekanego z ogórkiem kiszonym — Janek złożył zamówienie w czarciej stołówce.

W szkole, której nie mógł uniknąć, starał się trzymać na uboczu, nie mówić za wiele. Po pierwsze, nie miał nic do powiedzenia. Po drugie, bał się, że przemówi pełnym zdaniem bez wulgaryzmów. Jedno upokorzenie, korona z bandaży, w zupełności mu wystarczało. Nie trzeba pogarszać sytuacji, rozpoczynając zdanie wielką literą, a kończąc kropką. To mogłoby się skończyć linczem. Janek nie znał słowa „lincz". Znał słowo „klincz", w sumie różnica nie może być wielka, to przecież tylko jedna spółgłoska.

Koledzy z klasy dali mu fory. Zgodnie uznali: bandaż uciska mózg i taki uciskany mózg potrzebuje trochę czasu, żeby się rozluźnić i do siebie wrócić. Skoro nie chciał z nimi rozmawiać, dali mu spokój, na razie, potem się zobaczy, ewentualnie wpierdoli, w sensie: wpadłeś między wrony, musisz tak jak one, albo do rosołu, cwel i ciota.

Sytuacja z portfelem, ta nieprzewidziana i niechciana uczciwość, eksplodowała w nim jak szrapnel, siekąc odłamkami wewnętrzne narządy. Odłamki frajerskiego zachowania piekły do żywego, kiedy tylko o tym pomyślał, a nie potrafił nie myśleć. Nic dotąd tak bardzo go nie upokorzyło. Nigdy nie czuł się tak bardzo bezsilny jak wtedy, gdy patrzył na plecy odchodzącej kobiety.

Odbębniwszy lekcje, leżał na łóżku w pokoju, na wznak: mapę sufitu poznał lepiej niż własną kieszeń, każda grudka tynku, pęknięcie, zabrudzenie. Gdy pojawiał się współlokator, zamykał oczy, symulując sen. Przed oczyma, także przy zamkniętych powiekach, wisiał sufit.

Kiedy nie leżał na łóżku, krążył dookoła bloku. Kilka razy wydało mu się, że zauważył starą: niosła reklamówki z zakupami. Codziennie wchodził do jej mieszkania, zwykle po południu, gdzie spędzał dwie-trzy godziny. Naprawił kran w łazience, spłuczkę, naoliwił zawiasy w drzwiach, dokręcił uchwyty szafek, wyczyścił gazową kuchenkę.

Za każdym razem miał nadzieję, że zostanie nakryty, że stara kobieta wejdzie do mieszkania, zobaczy go i — tutaj, po tym „i", zaczynały się schody, Janek nie wiedział, czego oczekiwać. Stara zejdzie na zawał/on rzuci się na nią i ją zabije/przydusi ją do ściany i zażąda pieniędzy. Janek chciał, żeby wydarzyło się coś takiego, coś w stylu hollywoodzkich thrillerów, mała apokalipsa na W. Broniewskiego. Janek widział też inne rozwiązania ich pierwszego, a praktycznie drugiego spotkania. Na samą myśl, na cień myśli o alternatywnej wersji, mało hollywoodzkiej, dostawał gęsiej skórki, ze strachu, stresu i dziwnej błogości, błogostanu, któremu nie potrafił się oprzeć, nie chciał. I chciał.

Wersja beta, testowa, ich pierwszego (praktycznie drugiego) spotkania przedstawiała się mniej więcej tak:

Janek naprawia czajnik elektryczny, wchodzi stara, wiesza torbę, kładzie klucze na stoliku, przechodzi do pokoju, zauważa Janka. Jej wzrok zatrzymuje się na jego twarzy (pochylonej nad czajnikiem), uważnie dotyka policzków, ocenia długość rzęs, gładkość skóry, muska wyraźny jednodniowy zarost (trzydniowy? — Janek nie mógł się zdecydować). Następnie wzrok starej przebiega po jego mięśniach, spoconych (Janek nie chciał zrezygnować z tego elementu; niedogrzane mieszkanie w styczniu plus naprawa czajnika z trudem przekładały się na pot). „Kupiłam ci coś", mówi stara. Janek podnosi wzrok. Dopiero teraz patrzą na siebie, po raz pierwszy. Stara ma oczy jak woda w jeziorze, chłodne i zielonkawe, z plamkami butwiejącej, jaśniejszej (ciemniejszej?) roślinności, z wyspą kaczeńców przy źrenicy lewego oka. Janek wyobrażał sobie tyle razy jej oczy, tyle razy meblował i przesuwał kolory w jej tęczówkach, że poznał te oczy równie dobrze jak prostokąt sufitu swego pokoju.

Janek nie posunął się nigdy o krok naprzód, stał z uniesioną stopą, nie wyszedł, można rzec, poza oczy Olgi. Już droga do nich wiele go kosztowała, wstyd palił, członek nabrzmiewał, puls gubił krok; jestem zboczeńcem, powtarzał raz po raz, ale to nie pomagało. Ciemność — jak w powieści soft porno — ogarniała Janka z każdej strony, podcinała ścięgna, ptasim piórkiem łaskotała najbardziej wrażliwe miejsca: punkt, nie większy od dwugroszowej monety, między łopatkami, muszlę ucha, płatek nosa, krater odbytu, czasem dymi, otwórz okno.

Janek jęczał, pot przesiąkał prześcieradło, prześcieradło i poszwa kołdry przylepiały się do ciała, jak na pół zrzucona wężowa skóra, jak stary zjełczały koszmar. Janek nie potrafił powstrzymać ręki, wybuch rozkoszy wyrzucał go na wyspę kaczeńców.

Janek nie wiedział, czego się spodziewać po pierwszym (drugim) spotkaniu. Że rzucają się w swoje ramiona, chwytając je jak brzytwę? Że Olga go przytuli, a on opowie o tym, co go spotkało, albo o tym, czego nie miał okazji zaznać?

Bał się myśleć, co mogłoby się zdarzyć. Matka i kochanka. Kochanka i matka. Związek dawno już zdiagnozowany, w greckich miastach i kawiarniach Wiednia; bardzo ładnie wypadał w tekstach, czarno na białym, niekiedy z rymem.

4.

Dziś nie musiał uciekać z lekcji. Koledzy zadzwonili na policję z informacją, że w budynkach technikum mechanicznego podłożono bombę. Przyjechała policja, pogotowie, straż pożarna, agenci CBŚ, ABW, FBI, ręce do góry! Ewakuowano uczniów. Zero paniki. Nabyli sporego doświadczenia w ewakuacji. Bomby w technikum podkładano niemal równie często, jak zdarzały się sprawdziany. Terroryści widocznie nie chcieli, żeby na jaw wyszła jakość kształcenia w publicznej szkole.

Chłopcy zbijali się w grupy przed wejściem do szkoły. Rozmawiali i rechotali, spluwali i ostentacyjnie okazywali swoje lekceważenie policji, chociaż ostentacja zatrzymywała się na granicy mandatu. Lekceważenie policjantów: psów, co jeżdżą na kogucie, w-dupę-jebanych ciot, krawężników z przeoranym rowem i tak dalej.

Niektórzy policjanci byli niewiele starsi od chłopaków z mechaniaka. Ale mundur ścierał z nich twarz, a z twarzą — wiek.

Janek usłyszał fragment rozmowy mundurowych:

— Która to już bomba w tym miesiącu?

— Dopiero pierwsza.

— Telefony nie działają czy co?

Policjanci zaśmiali się.

Janek oddalił się od grupki kolegów, splunął z wirtuozerią, powiedział:

— Narka.

— Narka — odpowiedziało kilka głosów.

Pozostając w polu widzenia kolegów, szedł luzackim krokiem, szeroko rozstawiając nogi, jakby pomiędzy nimi utkwiła męskość rozmiaru haubicy, z rękoma w kieszeniach spodni, głową lekko przekrzywioną, plecakiem niedbale przerzuconym przez ramię. Za rogiem odetchnął, wyprostował się, plecak poprawił i poszedł dalej — już zupełnie zwyczajnie, zgodnie z normą, buhahahaha, lol.

W spożywczym kupił ptasie mleczko. Mógł w sumie ukraść.

Minął psa, najwyższego i najchudszego. Pies, pewnie rasowy, był tak chudy, że widoczny wyłącznie z boku. Kiedy stawał naprzeciw, znikał jak ustawiona na sztorc kartka papieru. Chyba jakiś chart. Albo żart.

W kwiaciarni wahał się bardzo długo. W kwiaciarni nie był nigdy. Raz zdarzyło mu się wejść do księgarni. Pomylił drzwi. Ale w kwiaciarni — nigdy.

Chciał kupić jakieś kwiatki, goździki na przykład, są takie trwałe, wszak zaniepokoił się, że któryś ze szkolnych kolegów mógłby go zauważyć z bukietem. Bukiet nie byłby wielki. Kwiaty zimą — zauważył Janek — były dużo droższe od narkotyków. Może, zastanowił się, powinienem rzucić trawę i fetę i przerzucić się na dilowanie goździków?

Janek zrezygnował z bukietu.

Kupił odżywkę do kwiatów, taką jaką widział w domu starej. Kosztowała pięć złotych.

— Czy może pani zapakować? — zapytał kwiaciarkę.

Spojrzała na niego z wyraźną niechęcią, przechodzącą w zdumienie. Zaśmiała się. To musiał być żart. Janek, spalony wstydem, rzucił na ladę pięciozłotową monetę i wyszedł prędko, upokorzony.

Ostatniej nocy wpadł na kolejny pomysł. Skoro nie może starej zabić — nie żeby nie mógł, po prostu starej nigdy nie ma w domu — postanowił wyznać starej swoją miłość czy coś takiego; może nie miłość, tylko nienawiść?

Może w ten sposób zły urok zostanie zdjęty, a upokorzenie, którego zazna, przebudzi w nim dawnego Janka, dawnego dobrego złego Janka?

Butelka odżywki do kwiatów ciążyła w plecaku, gdy zbliżał się do klatki schodowej. Przed szkołą nadal stały karetki, radiowozy i straż pożarna. Koledzy rozpełzli się po osiedlu. Ile można ekscytować się bombą, o której wszyscy wiedzą, że jej nie ma?

Jankowi udało się dotrzeć niepostrzeżenie, miał nadzieję, do klatki. Przed drzwiami wejściowymi do kawalerki starej zatrzymał się. Z plecaka wyciągnął klucze. Potem poprawił wycieraczkę. Przygładził włosy, te, których nie więził bandaż.

Czuł strach. Nigdy wcześniej nie czuł takiego rodzaju strachu — jakby połączonego z nadzieją. Nie potrafił tego nazwać ani opisać. Dopiero uczył się nowych słów i nowych uczuć.

Janek założył na siebie najlepsze ubranie. Błękitną koszulkę levisa i dżinsy diesela. Wszystko pochodziło z bazaru i nielegalnych interesików.

Zakasłał.

Otworzył drzwi i wszedł do mieszkania. Mam kilka godzin, pomyślał, przekraczając próg, żeby się ogarnąć i stchórzyć.

Plecak położył obok stolika rozmiaru drzewka bonsai. W jedynym pokoju, już znajomym i przyjaznym, czekała go niespodzianka.

W rozkładanym fotelu spała obca dziewczyna. Na j e g o miejscu.

Pierwszą reakcją okazała się chęć ucieczki, dzika i nie poddająca się rozumowi.

Janek powstrzymał uciekające nogi. Nie dlatego, że był twardzielem, którym nie był.

Wpatrywał się w dziewczęcą twarz, jednocześnie pragnąc czmychnąć jak najdalej i nie mogąc pokonać oporu, który stawiały własne stopy, ciężkie i obute w betonowe kamasze.

Powstrzymał dygot. Dygot praktycznie wygasł sam z siebie. Tylko pocił się obficie. Odniósł wrażenie, że u jego stóp zebrała się kałuża, jak gdyby się posikał ze strachu. Tego nowego strachu wymieszanego z czymś jak pieprz z solą. Ładna faktura, tak na marginesie.

Wpatrywał się w nieznajomą twarz, powoli się uspokajając. Oddychał oszczędnie i cicho. Jeśli coś mogłoby go zdradzić, to ostra woń, którą wydzielało jego ciało.

Wpatrywał się w nieznajomą twarz. Oddychał miarowo. Wyczuł wzwód. Bolesny i nie na miejscu. Oddychał.

Oddychał.

Wdech i wydech, wdech i wydech.

Jak najciszej.

Żeby jej nie zbudzić.

Janek odnalazł w twarzy nieznajomej znajome fragmenty. Kość policzkowa napinała skórę we wzruszający sposób. Dwa pasemka blond włosów, spocone i nietrwałe, przylepiły się do skroni niby elektrody. Zmarszczka przecinała szyję jak ślad po przyszłej samobójczej próbie. Powieki, nieco ciemniejsze od reszty, pokrywała sieć zmarszczek, tak gęstych, że brak słów. Także kształt warg, nieznacznie rozchylonych i odsłaniających przednie zęby, kształt niczym zapomniany wykrój dziecięcego sweterka z szablonu „Burdy", także i on wydawał się coraz bardziej znajomy.

Z każdym Jankowym mrugnięciem twarz nieznajomej znajomiała coraz bardziej.

Janek podszedł do rozłożonego fotela. Delikatnie ściągnął kołdrę, odsłaniając nieładną koszulę nocną w radosne słoniki z uniesionymi trąbami. W niektórych miejscach koszula przylepiała się do ciała. Patrzył na obfite piersi. Patrzył na fragment uda, słoneczny niby plaża w Egipcie na wycieczce all inclusive, odsłonięty przez podwiniętą na kształt fali koszulę nocną.

Janka drażniła obojętność nieznajomej. Drażnił go ten brak czujności. Wpatrywał się w kobiecą postać jak w fotografię. Nie potrafił się opanować. Położył rękę na jej udzie, na tej plaży z folderu turystycznego. Złocistej, chociaż za oknem brzydki styczeń. Rozgrzanej, chociaż zima.

Prowadził swoją dłoń w górę.

Między palcami przesypywał się złoty piasek.

Drugą ręką uchwycił dłoń nieznajomej, aby tę dłoń włożyć za poluzowany pasek swoich najlepszych dżinsów. Palce śpiącej kobiety ignorowały jego członka, zwiotczałe na jawie.

5.

Znał wszystkie sprzęty. Wiedział, że palnik gazowy zapłonie po nieparzystym, trzecim-piątym-siódmym pstryknięciu iskrownika. Wiedział, w której szafce stoją kubki, w której — herbata. Świat Olgi był światem dobrze urządzonym, łatwym w obsłudze, intuicyjnym, w kształcie wyszczerbionego sześcianu o wymiarach sześć kroków na sześć. Kroki przedzielono ścianami.

Czajnik zagwizdał niczym lokomotywa z czarno-białych filmów, oczywiście tych niemych, nie licząc tapera. Janek zalał wrzątkiem granulki herbaty. Członek poszedł na dno slipek jak kamień w wodę, szukaj wiatru w polu. Z łazienki dochodziły odgłosy kąpieli. Dobrze, że naprawiłem prysznic, ucieszył się.

Ta dziewczyna nie była aż tak bardzo nieznajoma. Janek czuł, że coś ich łączyło, coś na kształt samochodowego wypadku.

Oboje przeżyli.

A teraz — coś należało z tym fantem zrobić. Z tym życiem. I w ogóle.

Na zdjęciu w portfelu starej dziewczyna wyglądała poważniej. Może to wina spękanego skaju, fotografa, makijażu, formatu? Żałował, że nie wyciągnął zdjęcia z portfela. A nuż na odwrocie znalazłby jej imię?

Przenosząc do pokoju kubki i czajnik z herbatą, zdał sobie sprawę, że penis przeszedł ze stand-by w on. Wzwód, ponownie, bolesny i nie na miejscu. Oczywiście to nie parzenie herbaty ani czynienie użytku z obcych przedmiotów tak Janka podnieciły. Aż tak zboczony nie jestem, pomyślał.

Myślał, że nieznajoma dziewczyna jest intruzem w świecie należącym do starej i do niego. Myślał, że nieznajoma dziewczyna jest miłością jego życia. Myślał, że chciałby się z nią kochać. Myślał, że chciałby ją usunąć poza zasięg własnych członków. I wzroku, słuchu, węchu. I smaku, dotyku, a nawet pamięci. Tej odmiany pamięci, która pamięta tylko to, co się nie zdarzyło i na co nie znalazł się czas.

Janek — co skrzętnie ukrywał przed kolegami w obawie przed blamażem — nie zgromadził zbyt wielkich doświadczeń seksualnych. Dwa razy masturbował się z kolegą w trakcie oglądania jakiegoś pornosa, dzieląc uwagę na troje, między telewizor, własnego chuja i chuja kolegi, wyraźnie mniejszego, zauważył z satysfakcją, kątem oka, ślepa plamka. Trzy razy jakaś lachon trzymała jego prącie w swoich ustach w heroicznej i chybionej próbie sprawienia komuś przyjemności.

Nie miałem szczęścia, pomyślał, do lachonów. Traktowały mojego kutasa jak polskie oddziały wzgórze na Monte Cassino: zdobyć za wszelką cenę, za cenę krwi.

Janek pościelił łóżko. Pościel schował do skrzyni w fotelu. Fotel złożył. Próbował wygładzić fałdkę opornej tapicerki fotela, gdy nieznajoma dziewczyna wróciła do pokoju.

Ubrana w szlafrok starej. Janek znał ten szlafrok. Założył go wczoraj. A może tylko chciał założyć? To znaczy nie chciał nigdy? Nie pamiętał.

Patrzyli na siebie, bardzo skrępowani.

Trudno ustalić, kto tu był intruzem.

Oto sytuacja, w której każdy krok najprawdopodobniej przerodzi się w potknięcie, a potknięcie w upadek. Dlatego stali, patrząc na siebie i nie mając dosyć śmiałości, aby wykonać jakiś ruch.

Stan zawieszenia nie może trwać długo, albowiem to, co miało być powstrzymaniem się od pierwszego pochopnego kroku, stopniowo przechodzi w ów pierwszy i pochopny, niechciany krok.

— Jak masz na imię? — zapytał Janek, spuszczając oczy.

— Anka — odpowiedziała.

Wypowiedzenie własnego imienia przełamało gęstniejący bezruch. Anka z ostentacyjną swobodą usiadła w fotelu, podwinęła nogi i nalała herbaty do kubka.

— Przynieś sobie krzesło z kuchni — powiedziała. — Nie będziesz przecież tak stał. — Janek przyniósł z kuchni krzesło, sobie. — A teraz opowiadaj.

— Nazywam się Janek — opowiedział i zamilkł.

Zwyczajnie się zaciął. Jak przy tablicy.

Przyszło mu do głowy, że od autoprezentacji zaczynają się nieporadne wypracowania. Nigdy nie pisał wypracowań, jeśli już, to je odpisywał, nie zwracając szczególnej uwagi na jakość, fonetycznie. Ani treść.

Nazywam się Janek, mam prawie dziewiętnaście lat...

Własna nieumiejętność wiązania słów w zdania, a zdań w akapit tak bardzo go przygnębiła, iż nie pomyślał nawet o następnym kroku — akapitach składających się na historię. Powiedział:

— Kurwa.

A potem roześmiał się z ogromną ulgą. Nie potrafił opanować swego śmiechu, tak jak nie chciał poskromić tej niespodziewanej ulgi. Od tak dawna nie udało mu się wypowiedzieć (pomyśleć owszem) wulgarnego słowa, że ta „kurwa" jakby go oswobodziła. Pękły jakieś kajdany. Zobaczył jasne słońce. Egzekucję odroczono. Jest szansa, że znowu będzie normalnym złym człowiekiem.

Jeśli istnieje coś takiego jak wewnętrzny pejzaż osoby, to w pejzażu Janka wzeszło słońce, obudziły się wiewiórki, wzleciały jaskółki, gałęzie okryły się pąkami. Albo (mówimy o małomiasteczkowym chłopaku, nie o gejowskiej ikonie, na przykład Werterze) (Goethe, J.W., von, 1749–1832): gnał drogim kabrioletem z jednego końca Las Vegas na drugi, opromieniony światłem neonów i platynową visą.

Janek śmiał się z ulgą, śmiał z prawdziwego szczęścia tak zaraźliwie, że ten śmiech, a właściwie szczęście i lekkość udzieliły się Ance. Śmiali się razem. Śmiech znosił grawitację. Zrywał okowy przyciągania i tak dalej. Zresztą nie unieśliby się wysoko, ograniczał ich sufit, beton zbrojony stalowymi prętami.

6.

Współlokator nagle się rozchorował. Lekarz wypisał mu dwa tygodnie zwolnienia i kilka recept. Współlokator postanowił wyjechać do starych, na wieś. Janek odprowadził go na dworzec autobusowy. Niby dobry uczynek, ale tak naprawdę chciał mieć pewność, że współlokator wsiądzie do autobusu i zniknie na dwa tygodnie.

— Stary — przemówił kolega — jak byłem mały, to autobus stawał, kurwa, w mojej wiosce i starych. No i kierowca mówił: „Kto z Walił, ten wysiada". Zrywanie boków, jarzysz? Kto z w a l i ł, ten wysiada. Jarzysz, kurwa?

— Jarzę — odpowiedział, żeby dodać z ulgą: — Kurwa.

Kolega wsiadł do autobusu. Zajął miejsce przy oknie. Autobus ruszył, Janek pomachał koledze. Przez brudną szybę dojrzał jego zdumioną minę. Tylko pedały i dziewczyny machają sobie na pożegnanie. Mógłbym go jeszcze, pomyślał Janek z wściekłością, ucałować w policzek. Tfu.

Tfu.

(Wytarł usta o rękaw kurtki).

Janek pocieszał się, że kolega — jako jednostka niezbyt zdrowa — zapomni o tym przykrym incydencie. Niezła wtopa, pomyślał. A jednak ten gest, który mu się dosłownie wymknął z ręki, w jakiś sposób był mu na rękę; bo przecież Janek naprawdę cieszył się z odjazdu autobusu, nawet za cenę własnej kompromitacji, to nie tak znowu drogo.

Przeszedł kładką łączącą dworzec PKS z dworcem PKP, kupił świeże pieczywo i jajka. Przygotuje jajecznicę. W plecaku nadal tkwiła butelka z odżywką do kwiatów. Wczoraj zapomniał ją wyjąć.

Szedł miarowo, choć wolniej niż zwykle. Wiele rzeczy wzbudzało w nim zadowolenie. Po pierwsze, współlokator, który wyjechał. Po drugie, własne ciało, dokładnie wyszorowane i schludne. Po trzecie, wizyta w domu starej.

Owo „po trzecie" łatwo przyszłoby rozbić na szereg cząstek, z których każda dostarczała nie tylko radości, ale też okazywała się źródłem niepokoju. Bo po pierwsze (z tego trzeciego), nie jest już prawiczkiem. Bo po drugie, zobaczy się z Anką i pewnie powtórzą wczorajsze wyczyny. A po trzecie, znajdzie się w mieszkaniu starej, w którym każdy przedmiot nosił na sobie wyraźny ślad obecności swojej pani. Nieobecnej obecności albo jakoś podobnie. Nawet odwrotnie. Janek nie wiedział.

Wiedział za to, że świat niemożliwie się rozrósł. Od uderzenia w głowę, gdy puściły jakieś śruby czy też nity, jakieś nerwy, gdy zdarzenia i sądy wysypały się z zajmowanych przez siebie szuflad — świat stał się mniej jednoznaczny, pewniki wymieszały się z niepewnikami, co powodowało zarówno zamęt, jak i radość. Świat tak niespodziewanie i brutalnie poszerzony dawał bowiem więcej powodów, aby odczuwać zadowolenie. Dawał również więcej powodów do odczuwania niepokoju, lecz Janek nie dotarł jeszcze do tego stadium, niektórzy rozwijają się wolniej.

Przestawiał stopy w rytmie tego zadowolenia. Głowę trzymał wysoko, w bandażu przykrytym czapką. Wyglądał — tak pomyślałby jeszcze tydzień temu — na przygłupa.

Wszedł do mieszkania. Nie zadzwonił, nie zapukał. Anka już ubrana.

— Powinieneś zapukać — stwierdziła kwaśno. — Nie nauczyli rodzice?

— Przepraszam. Zamyśliłem się.

Anka zdusiła w sobie jakąś jadowitą myśl.

— Dzień dobry — powiedziała.

— Dzień dobry — odpowiedział.

Zdjął kurtkę. Z plecaka wyjął zakupy. Najpierw o d s t a w i ł odżywkę do kwiatów na miejsce.

— Jadłaś śniadanie? — zapytał.

— Jeszcze nie. Jestem jakby na diecie.

— Że słucham?

— Że na diecie — powtórzyła zniecierpliwiona. — Dziewczyny już tak mają. Zawsze są na diecie — dodała.

— Nie wszystkie — odburknął.

Poszedł do kuchni. Nie spodobała mu się ta rozmowa. Za wcześnie, żeby się sprzeczać. Zdawał sobie sprawę z absurdalności dialogu, który właśnie skończył się gniewnym fuknięciem. Dwie osoby w obcym mieszkaniu. Dwie obce sobie osoby w obcym mieszkaniu. Janek głęboko poczuł, że czegoś brakuje, może kogoś. Nie wiedział.

Narrator zwykle jest po stronie swoich bohaterów, a narrator wszechwiedzący zawsze jest po stronie swoich bohaterów. Nie ma innego wyjścia: narrator wie przecież, jak wszystko się skończy, a wszechwiedza skazuje na miłosierdzie. Nie można być jednocześnie wszechwiedzącym i niemiłosiernym. Tako rzecze chińskie ciasteczko.

CZAS

Nazywam się Czas. Trwam nieprzerwanie, miewam tautologiczne skłonności, na przykład jestem punktem w sobie samym, jestem odcinkiem samego siebie. Jestem miarą siebie i tylko kwestią. Liniowy i punktowy. Letni i zimowy. Gorący i ogórkowy. Gramatyczny i wolny. Z mojej perspektywy zawsze widać lepiej.

Mam specjalizację medyczną: goję rany, a mój ząb nadgryza wszystko. Jestem pieniądzem. Do mnie dzban wodę nosi. Po mnie każdy mądry.

Umiem wiele: naglę, pokazuję, przychodzę, a mimo to bywam zabijany. Wtedy mi siebie szkoda.

Bywam najwyższy i niedługi, i rychły, czyli spóźniony: pojawiam się poniewczasie. Jestem muzykalny, od czasu do czasu ludzie grają na mnie; takie granie określa się mianem gry na zwłokę. Zwłoka w liczbie pojedynczej oznacza opóźnienie pewnej czynności, nie występuje w liczbie mnogiej. Zwłoki w liczbie mnogiej oznaczają martwe ciała, nie występują w liczbie pojedynczej, podobnie jak drzwi bądź pchły.

Pojawiam się z o, z po, z do, z przed, a nawet z z.

Dawnymi czasy miałem brodę i reumatyzm oraz chyba sklerozę. Czasem pojawiam się jako duch. Beze mnie nie istnieje nawet nic.

Czas na mnie.

ANKA

1.

Nie zdjęła zegarka. Czuła się zejściowo, ale każde zejście kiedyś przejdzie. Wystarczy prysznic, makijaż, czyste ubranie i półtoralitrowa butelka wody mineralnej, gul, gul, potem siku i voilà: cud dziewczyna, chodzi do kościoła w każdą niedzielę. Nie zdjęła zegarka, bransoleta ocierała nadgarstek. Nie odważyła się otworzyć oczu, aby sprawdzić godzinę. Szkoda, pomyślała, że zegarek nie jest bezpośrednio podłączony do mojego mózgu, w ten sposób oszczędzałabym oczy i czas.

Rekapitulacja wczorajszych zdarzeń: sobota, koleżanki, dyskoteka, alko i dragi, pozwoliła się wyrwać jakiemuś małolatowi, pojechali do niego, gdziekolwiek bądź, zderzyła się ze ścianą, krzesłem i materacem w tym bądź-gdziekolwiek i niekoniecznie w takiej kolejności. Wcześniej musiała przeczołgać się pod okienkiem ze śpiącym portierem. Małolat ją obmacywał, acz nie postawił kropki nad „i", małolat sflaczał, choć miał dobre chęci oraz, chyba, za dużo pryszczy. Za dużo dobrych chęci i pryszczy nie mogło przełożyć się na udany seks, na jakikolwiek seks, chyba że in spe. Seks in spe tym różni się od, dajmy na to, tego ze SPA, że trudniej zajść w ciążę. No, ale tak to już jest, pomyślała dość wesoło, gdy celuje się w wiek 3xP (podpadający pod paragraf). Rekapitulacja zdarzeń zakończona, nadeszła niedziela, jeżeli nie wróci do domu na czas, matka dokona dekapitacji.

Anka przestraszyła się, że ma kilka rąk, niby hinduska bogini. Otworzyła jedno oko. Na szczęście nadliczbowe ręce należały do małolata, zaplątały się w jej garderobę i ciało jak ryby w sieć. Strząsnęła z siebie niepotrzebne członki. Wstała cicho. Gdyby była Indianką, jej imię brzmiałoby: Bezszelestna, oczywiście z niewielką liczbą szeleszczących spółgłosek. Umiała wrócić niepostrzeżenie do domu z imprezy, umiała niespodziewanie znaleźć się za czyimiś plecami, żeby położyć swoją dłoń na czyimś ramieniu, w ogóle umiała robić różne rzeczy bezdźwięcznie. Nawet orgazmy przeżywała niegłośno. Lecz to akurat, pomyślała radośnie, nie wymaga szczególnego wysiłku. Dobrze, że nie ziewam.

Rozejrzała się dookoła. Okno, dwa biurka, dwa krzesła, dwie szafy, pokój w internacie. Do tego dwa małoletnie ciała na dwóch łóżkach. Jedno ciało zastygło w dziwnej pozycji, ni to na łóżku, ni to na podłodze, popsuty owad w gablocie. To był jej małolat. Chrapał. Anka pomyślała, że gdy wyjdzie, on nie będzie o niej pamiętał. Postanowiła zawiązać mu siurka w supeł. Dokonawszy prędkiego rekonesansu, uznała, że nie ma na to najmniejszych szans, szkoda brudzić ręce. Nie dysponuje nadprzyrodzonymi mocami, nie jest supermanem i nie przemieni tego kartofelka w trąbę; korekta: supermanką.

Drugi małolat też leżał na swoim łóżku w dziwacznej pozycji. W ubraniu, z poduszką przytkniętą do ucha, na czole opatrunek. Ładny chłopiec, pomyślała Anka, ładniejszy od mojego, bo bez pryszczy i go nie znam. Anka wiedziała: im lepiej kogoś poznajesz, tym mniej ci się podoba — tak brzmi pierwsza zasada kontaktu człowieka z człowiekiem.

Zebrała swoje rzeczy, wciągnęła buty, wyciągnęła z torebki lusterko, obejrzała się dokładnie, nie jest źle, uznała. Dzięki ci, Panie, za kosmetyki odporne na ślinę, pot i paluchy. Założyła kusą kurtkę i wyjrzała przez okno. Parter, to dobrze. Internat technikum mechanicznego, to źle.

Otworzyła okno. Powodowana jakimś impulsem, podeszła do łóżka z drugim chłopcem i pocałowała go w usta. Jestem jak Matka Teresa z Kalkuty, pomyślała, taka dobra, współczująca i samotna; ach!

Westchnąwszy, wyszła oknem. Obciągnęła niezbyt długą spódniczkę. To tyle na dziś, pomyślała, jeśli chodzi o obciąganie. Zaczerpnęła styczniowego powietrza w płuca. Akurat przejeżdżała taksówka. Anka zamachała i wsiadła. Dopiero w samochodzie spojrzała na zegarek. Dochodziła ósma rano. Rodzice wczoraj paśli się na przyjęciu u wujostwa. Prawdopodobnie nie wstaną przed dziewiątą. Miała czas.

Gdy ułożyła się w swoim łóżku i zamknęła powieki, do pokoju wczłapała matka. Słyszała ranne pantofle, przeciągane po parkiecie. Szkoda, że pantofle nie krwawią, pomyślała Anka.

— Pobudka — oznajmiła matka. — Nowy dzień — dopowiedziała mściwie.

— Jeszcze nie — odburknęła Anka.

Zostało jej pół godziny, żeby odpocząć. Potem łazienka i do samochodu. Dziś niedziela, osiemdziesiąte urodziny babci. Stawią się w wiejskim domu w komplecie, może nawet nadkomplecie. Zagrają w kochającą się, wielopokoleniową rodzinę. Anka lubiła tę grę. Reguły są proste: żeby wygrać, trzeba mało się śmiać, dużo słuchać i potakiwać starszym. To łatwiejsze niż wyrywanie małolatów, a przełożenie na seks jest prawie takie samo.

Ubrała się skromnie (babcia ceniła skromność). Założyła złote, niegustowne kolczyki, prezent od babci, chyba na pierwszą komunię. W samochodzie usiadła z tyłu. Rodzice kłócili się z przodu. W uszy wetknęła słuchawki iPoda. Musi ściągnąć nową muzykę. Ta już jej nie bawi.

Anka miała raczej niepospolity i bardzo osobliwy gust muzyczny, a właściwie — gust bardzo pospolity typu rmf fm i radio zet, choć w nieoczekiwanym kontekście. Kochała muzykę najgorszej jakości, wtórną, źle zaśpiewaną, zagraną, zaaranżowaną.

Anka wychwytywała każdy fałsz. Cieszyło ją tropienie twórczej niemoty, nieudanych aranżacji i koślawych fraz. Niekiedy czule mówiła o swoich ulubionych muzykach: moje debilątka, kto was posłucha, jeśli nie ja? Kto wytrzyma ten

brak talentu? Jestem waszą świętą, pod wezwaniem umpa-
-umpa, rym dokładny, jestem wasza aż do dna, dopóki prąd
nas nie rozłączy.

Anka nie potrafiła słuchać dobrej muzyki. Stawała się nie-
spokojna, płakała. Dała sobie spokój. Ludzie czytają Browna
i żyją, ja mogę słuchać Ich Troje lub J.Lo.

Po godzinie dojechali na wieś. Droga zajmowała zwykle pół godziny, tym razem jednak ojciec miał kaca — takie
małe borsucze oczka prawie nie widziały drogi, do tego na
przednim fotelu siedziała matka, groźniejsza niż kac: kac mijał, matka trwała. Brama na podwórko otwarta, na podwórku
stały trzy samochody. Zielony passat (starsza siostra jej ojca
plus małżonek i dwaj synowie), czerwona łada (siostra babci z Gródka plus jej syn) oraz nowiutki czarny range rover
z warszawską rejestracją (niespodzianka).

Ojciec zaparkował, złorzecząc i narzekając. Wygramolili
się z samochodu. Pies ujadał na łańcuchu. Pies przypominał
kozę. Chudy i w ciapki. Brakowało mu tylko rogów. Zżerał
wszystko. Zżarłby nawet emalię z miski, gdyby emalia się
uchowała. Weszli do domu. Anka rzuciła okiem na zegarek:
idealny czas, minęła pierwsza, zaraz podadzą obiad, nie trzeba będzie pomagać w gotowaniu, krojeniu, doprawianiu i tak
dalej.

Prawie wszyscy rozsiedli się w gościnnym pokoju. Cała rodzina w komplecie; korekta: nadkomplecie; dziś widać rodzina była w promocji, w sumie niedziela. Nieznajomy chłopak,
trzydzieści plus i całkiem przystojny, okazał się n a r z e c z o-
n y m Kamy, siostry ciotecznej Anki. Na palcu Kamy błyszczał
zaręczynowy pierścionek, w jej brzuchu pływało dziecko. Narzeczony Kamy uśmiechnął się do Anki. Pewnie pomyliłam
mu się z narzeczoną, pomyślała Anka, wzrok mu się omsknął,
osunął. Poza tym Anki nie interesowali mężczyźni tak starzy,
właściwie w ogóle nie interesowali jej mężczyźni.

Złożyła babci życzenia urodzinowe, wręczyła bombonierkę kupioną w tej intencji przez matkę, przywitała się ze wszystkimi, cmok-cmok, nieco śliny, zaschło jej w przełyku, a potem pomogła ciotce Oldze, starszej siostrze swego ojca, przenieść do pokoju półmiski z jedzeniem. Ciotka Olga niedawno skończyła pięćdziesiąt lat, była starą panną, ewentualnie singielką. Anka bardzo lubiła ciotkę Olgę, na swój sposób podziwiała. Pochodząc z wiejskiej rodziny, trudno postawić na swoim, wybrać i obronić staropanieństwo (ewentualnie: singielstwo). Tym bardziej że ciotka Olga za młodu (Anka widziała zdjęcia) była śliczną kobietą. Tak śliczną, że mogłaby być głupia.

Jak zawsze gdy grali w wielopokoleniową i szczęśliwą rodzinę, czas mijał szybko, każdy coś mówił, jadł, pił alkohol lub kompot, służył dobrą radą, bawił samego siebie winylową anegdotą. Nawet babcia wypiła dwa kieliszki i poczerwieniała na twarzy. Śpiewali sto lat. Babcia skończyła osiemdziesiąt. Dasz radę, babciu, dociągniesz, pomyślała Anka.

W pewnym momencie, przed herbatą, Anka wymknęła się na podwórko. Przeszła obok nie używanego parnika, otworzyła furtkę, kilka kur apatycznie krążyło między stodołą, kurnikiem a szopą. Usiadła na czymś, co kiedyś było dyszlem furmanki. Z torebki wyciągnęła mentolowego papierosa i miętówkę. Przebalowana noc dawała się we znaki. Najchętniej gdzieś by przysnęła. Patrzyła na kury i zastanawiała się, czy taka kura przeczuwa, że jej teleologią jest rosół? Albo że skończy jako hot wings? W końcu nawet kura ma wybór, stosunkowo ograniczony.

Anka, trzeci rok polonistyki, Uniwersytet w Białymstoku, fenomenalna pamięć: prawie się nie uczyła i zaliczała wszystko na piątki. Literatura jej nie interesowała, nawet w szerokim ujęciu. To klucz do sukcesu, wpadła na to w liceum, podpatrując członków rodziny: chcesz odnieść sukces, wybierz sobie coś, co cię nie interesuje, a następnie rób to najlepiej, jak potrafisz, a wyjdzie jak zawsze.

Anka wyglądała niczym dziewczynka, licealistka. Drobna i szczupła, kręcone włosy, naturalny blond, piękne nogi i zawstydzająco duże piersi.

Anka przejawiała nieposkromiony apetyt na seks, wyłącznie z młodszymi od siebie chłopakami. Nisko zawieszona poprzeczka wiekowa tak bardzo ograniczała liczbę potencjalnych kandydatów, że Anka zastanawiała się nieraz, czy nie powinna przerzucić się na pedagogikę. Albo przeczekać — gdybym osiągnęła wiek babci, pomyślała, dobór partnerów seksualnych okazałby się znacznie łatwiejszy, choć sam seks dużo trudniejszy technicznie. Nie ma rozwiązań doskonałych.

Nieposkromiony apetyt seksualny był jedyną chorobliwą czy też dokuczliwą skłonnością, która wżarła się w jej ciało. Anka nudziła się w trakcie seksu. Gdyby nie to, że nią potrząsano, pewnie by zasnęła. Lubiła tylko pierwszy etap: pierwsze spojrzenia, zagajenie i drinki, pierwsze dotknięcia, nieśmiałe kreski amfy i zalotne propozycje. Czar pryskał, gdy jakiś zabezpieczony gumą członek wchodził w jej ciało, albo też czar pryskał jeszcze wcześniej, już w taksówce — i w tej pustce pozostawało tylko zakasać rękawy oraz spódnicę, zależnie od garderoby, aby skończyć, co się zaczęło. Czuła się wtedy jak Siłaczka, jak Polka Matka, zawsze na stanowisku, na placówce, z nogami rozłożonymi zwycięsko w literę V — dla Niemców i Rosjan moja wieliczka jest zamknięta, mówiła do siebie, jestem patriotką, daję swoim.

Jeżeli potrzeby określają życie człowieka, Anka potrzebowała innego życia. Zdawała sobie oczywiście sprawę, że coś jest nie w porządku z jej psychiką i seksualnością. Że jest nimfomanką albo pedofilką, nie mogła się zdecydować. Wiedziała, że nikogo nie zabije. Nie skrzywdzi. Najwyżej siebie. Najwyżej zajdzie w ciążę.

Anka optowała za aborcją przed czterdziestką, a po czterdziestce — za eutanazją.

Zaciągnęła się papierosem. Ktoś położył dłoń na jej ramieniu. Podskoczyła ze strachu.

— Przepraszam — powiedział głos, niski i bardzo męski, ładnie rezonował z zapuszczonym podwórkiem. — Poczęstujesz papierosem?

Anka wyjęła z torebki papierosy i zapalniczkę.

Po raz pierwszy nie pamiętała gry wstępnej. Perfumowany tytoń i ogień, powiedzmy. Kochali się pospiesznie, w stodole. Nie potrafiła powstrzymać krzyku. Artur wyszedł pierwszy, Anka przejrzała się w lusterku. Wszystko w porządku. Rumieńce da się wytłumaczyć chłodem. W końcu to styczeń. Anka poczuła się jak bohaterka gry komputerowej awansująca na kolejny poziom; teraz będzie dużo trudniej. Trzeba zrezygnować z małolatów, pomyślała, dorosnąć albo zacząć łykać brom. Mroźny Boże, daj mi siłę, poprosiła, a następnie weszła z uśmiechem do sieni, żeby zaliczyć kolejnego questa pod tytułem: wielopokoleniowa i szczęśliwa rodzina, poziom dla średnio zaawansowanych.

2.

Najpierw odwieźli ciotkę na Broniewskiego. Gdy wrócili do domu, zmęczeni urodzinowym przyjęciem i wczorajszym pijaństwem, Anka poszła do swego pokoju. Słyszała, jak ojciec otwiera w kuchni piwo, a matka wypowiada złotą myśl o tym, co o tym wszystkim myśli, czy jakoś tak lub podobnie. Matka Anki nie grzeszyła precyzją. Miała za to wyostrzony węch, zwłaszcza do alkoholu. Prawdopodobnie pójdzie do nieba z ominięciem czyśćca. Moja matka, myślała Anka, marnuje się w aptece, ona powinna pracować w straży granicznej, zamiast labradora.

Anka bardzo była zmęczona. Nieprzespana i stracona noc, potem babcia i seks w stodole. Nawet nie znajdowała sił na wyrzuty sumienia. Zajmie się nimi jutro, postanowiła, poczuje i pocierpi, zatrwoży się i nad własnym postępowaniem zastanowi, a tymczasem rozebrała się i wyciągnęła w łóżku. Zastanawiała się, jaką muzykę włączyć. Uznała, że na tak beznadziejny wieczór powinna wybrać coś stosownie beznadziejnego. Przeglądała w myślach płyty, aby zdecydować się na absolutną katastrofę muzyczną (repeat one, wcisnęła na pilocie) — Majka-Zombie-Jeżowska, *A ja wolę moją mamę.* Matka właśnie — Anka słyszała przez nigdy wystarczająco zamknięte drzwi — wypowiadała drugą złotą myśl o tym, co myśli o drugim piwie ojca i w ogóle, że o świecie, w sensie, ty chuju.

Anka zasypiała. Majka, jak to Zombie-Jeżowska, zawodziła i wolała, najprawdopodobniej siebie. Anka wiedziała, że tekst napisała Agnieszka Osiecka, ceniła Osiecką, ale zmyślne słowa Osieckiej rozbiły się o lodowiec beztalencia Jeżowskiej. Ze starcia geniusza słowa z geniuszem kolorowych falbanek zwycięsko wychodzi ten drugi; korekta genderowa: ta druga. Taka była ostatnia pełna i świadoma myśl Anki, chwilę później jej ciało zwiotczało: Anka zasnęła, czując niespodziewany punktowy ból między łopatkami, nie większy od dwugroszowej monety:

„Więc to tak — przemówił do Anki władczy głos. — Za naszymi plecami uwodzisz narzeczonego swojej ciotecznej siostry?!" Anka nie odpowiedziała, we śnie często zawodził ją głos, czuła pustkę, lub raczej nic nie czuła, zależnie od wyznawanego światopoglądu; w tej pustce, którą czuła (lub której nie czuła), nie wyznawała żadnego światopoglądu. W jakiś niepojęty sposób głos rozeznał się w jej myślach i rzekł uspokajająco: „Pustka się wypełni", co zabrzmiało, tak na marginesie, jak groźba.

Słyszała ojca i matkę, kłócili się bez przekonania, poranne swary, taka rozgrzewka przed spotkaniem z innymi ludźmi.

— Nie wiem, po co za ciebie wyszłam. Chcesz kakao?

Zaraz pójdą do pracy: ojciec do zakładu stolarskiego, matka do apteki. Zaraz matka otworzy drzwi i powie:

— Pobudka. Wstawaj, głupia dziewczyno.

Albo:

— Pobudka. Leniwa krowo.

Albo:

— Pobudka. Nowy dzień.

Drzwi się uchyliły, matka powiedziała to, co zawsze mówiła, Anka zaś przewróciła się na drugi bok. Bolało ją coś w środku. Delikatny, kruchy ból. Musiała się na nim skupić, żeby poczuć. Może to sumienie?, pomyślała, po czym wybuchła śmiechem.

Odczekała pół godziny, aby mieć pewność, że nikt z rodziców niczego nie zapomniał, i podeszła do telefonu. Zaraz zadzwoni matka w celu ostatecznego obudzenia Anki oraz wykorzystania abonamentu komórki do końca, także miesiąca. Czekała minutę, zadzwonił telefon, podniosła słuchawkę.

— Już nie śpię.

Chciała zaparzyć kawę. Kawa się skończyła. Z herbatą, popielniczką i laptopem rozsiadła się na kanapie w dużym pokoju. Sprawdzała, co się zdarzyło na świecie. Nawet cienia informacji o szybkim seksie w stodole na pudelek.peel.

W poniedziałki pierwsze zajęcia wypadały dopiero po południu. Pomyślała, że się urwie. Profesor nie zauważy. Nie zauważał nawet, gdy przychodzili. Mamrotał coś pod nosem, jakby zawstydzony audytorium.

Włączyła telewizor. Kolorowa papka szamponów, cieni do powiek, jogurtów i trzęsień ziemi w jakimś świecie z innego wymiaru, pewnie trzecim świecie, łagodnie sączyła się z głośników i ekranu, absolutnie nieistotna i komfortowa. Gdyby chcieć zasiać w widzu niepokój — Anka wpadła na to zeszłego roku — trzeba by przez tydzień pokazywać jedynie dobre wiadomości. To dopiero byłby wstrząs dla świata z jej wymiaru, dla ludzi, których znała. Anka przypuszczała, że wszyscy rzygaliby jak koty od tego dobra i szczęścia. Kto mógłby na tym zarobić? Tylko producent farmaceutyku powstrzymującego wymioty. Fajny pomysł na kampanię. Pastylki Dobra Nowina™, przed zażyciem skonsultuj się z kimś, pitu-pitu, twemu zdrowiu lub życiu.

Chciała zaparzyć kolejną kawę, ale nie wypiła nawet pierwszej — kawa się skończyła, poza tym bardzo miły poniedziałek, jak na styczeń. Aby zabić nudę, wygrzebała w netowej książce telefonicznej numer do firmy, w której pracował Artur, narzeczony jej siostry ciotecznej. Zgłosiła się sekretarka, po kilku chwilach połączono ją z Arturem. Ankę zdziwiło schludne „słucham", znała Artura, krótko co prawda, z zupełnie innej strony.

— Puk, puk — powiedziała z radosną dwuznacznością — to ja, twoja muza ze stodoły.

Po drugiej stronie cisza. Cisza.

— Ania? — zapytał wreszcie. — To ty?

— To ja. Jestem z tobą w ciąży.

Cisza. Cisza. Anka nie potrafiła powstrzymać śmiechu:

— Żartuję, kretynie! — wykrzyknęła i się rozłączyła.

Niezły żart, stwierdziła. Dopiero przy trzecim papierosie uświadomiła sobie, że — choć to mało prawdopodobne — jej słowo mogłoby stać się jej ciałem. Precedensy istniały (por. chrześcijaństwo). Poza tym nie użyli gumki. Anka wyobraziła sobie, że dostaje od papieża telegram z gratulacjami i wskazówkami na przyszłość: Nihil. STOP. obstat. STOP. B 16.

Anka wzięła długą kąpiel, uważnie przyglądając się własnemu pępkowi: środkowi środka jej ciała, pamiątce po matce, bliźnie po rodzinie. Ciekawe, czy Adam miał pępek? A jeśli tak, to czy Bóg miał pępek? Jeżeli stworzył Adama na swój obraz i podobieństwo, to powinien mieć, tak na zdrowy rozum, ale chyba Bóg nie wierzył w Darwina i ewolucjonizm. Kto Go tam zresztą wie.

Wytarła się dokładnie, wklepała tysięczne balsamy i kremy. Zadzwoniła do przyjaciółki, umówiły się w Czarcim Pubie za dwie godziny. Strzelą sobie po piwie. Wczoraj Anka dostała od babci stówę. Anka, jako ulubiona wnuczka babci, przyjęła banknot z dygnięciem, ze staropolską gościnnością. Bez określonej przyczyny pomyślała, że oto zapłacono jej za seks. Sądziła, że jest więcej warta, w końcu przespała się ze staruszkiem, choć na początek dobre i to. W sumie nie od razu Rzym zbudowano. W sumie lepiej, żeby Artur miał kochankę w rodzinie. Żeby wszystko pozostało pod kontrolą; rodzina się wspiera — to chyba jakieś przysłowie, wypadło z głowy.

Nago przeszła do swego pokoju. Z wykładziny podniosła błękitne pióro; skąd ono? z poduszki? Z szafy wygrzebała bieliznę, dżinsy i jedwabną bluzkę. Teraz prasowanie i w miasto.

W korytarzu rozłożyła deskę do prasowania. Na desce rozłożyła bluzkę. Nie mogła znaleźć żelazka. Żelazko zniknęło. Poradziła sobie z tym trudnym problemem niczym MacGyver: po prostu założyła nie uprasowaną bluzkę.

Po drodze do Czarciego Pubu Anka przyglądała się twarzom w autobusie. Fascynowały ją zwłaszcza kobiety w wieku jej matki, które nic nie wiedziały o wyższości orgazmu łechtaczkowego nad pochwowym, ponieważ realny socjalizm stawiał przed nimi inne wyzwania, najczęściej — pustą lodówkę.

Do knajpy dotarła pierwsza. Zamówiła piwo i paczkę mentolowych l&m-ów, oczywiście slim, jest przecież na diecie. Zanim dopaliła drugiego papierosa, przyszła przyjaciółka. Wypieków nie ukrył nawet podkład. Przyjaciółka usiadła, poprosiła o piwo:

— Ty wiesz, co się stało?! — przemówiła konspiracyjnym i bardzo scenicznym szeptem.

— Odzyskałaś cnotę?

— No coś ty! — przyjaciółka roześmiała się, a następnie splunęła przez ramię dla odczynienia uroku. — Tego tylko brakowało! Tfu! Wiesz przecież, ile się naharowałam, żeby spławić wianek.

— A co ty też taka nie uprasowana jesteś?

— Wczoraj wyprowadziła się Mariolka, moja dzięki Bogu już eks-współlokatorka. I ta mała dziwka ukradła żelazko.

— To o tym chciałaś mi opowiedzieć? — zapytała Anka.

— Och, zapomniałam o czym.

3.

W środę Anka pojechała do ciotki Olgi na biszkopt. To był ich mały sekret, niegroźny rytuał, raz–dwa razy w miesiącu spotykały się na cieście, godzina–dwie rozmowy o niczym ważnym: coś takiego jak lewatywa, żeby wypłukać z jelit zalegające słowa, które w przeciwnym razie mogłyby się wydostać w najmniej odpowiednim momencie, jak bąk, na przykład przy stole, okno zamknięte.

— Wierzysz w krasnoludki? — zapytała ciotka.

— Siedmiu małych ruchaczy?

— Co?

— Nic. Wymknęło mi się. Niech ciocia nie zwraca na to uwagi. Jestem w tym wieku, w którym wszystko kojarzy się z seksem. Czytam teraz Rabelais'go.

— Kto to?

— Taki Francuz. *Gargantua i Pantagruel*.

— To — Olga zapytała nieśmiało — o miłości?

— Bardziej o jedzeniu. To w sumie taka książka kucharska.

— Aha — westchnęła Olga.

— No to co z tymi krasnoludkami? Ciocia w nie wierzy?

— Nie — Olga urwała, żeby po chwili, ostrożnie i z wahaniem kontynuować: — ale w moim mieszkaniu dzieje się coś dziwnego.

Anka rozejrzała się dokoła, nie dostrzegła żadnej zmiany.

— Posłuchaj — nakazała ciotka. Anka słuchała, nic niezwykłego nie usłyszała. Może ciotka zwariowała z tej samotności? — Słyszysz?

— Nie bardzo. Ktoś próbuje dodzwonić się na pogotowie?

Teraz ciotka się roześmiała. Rzadko się śmiała, często uśmiechała.

— Nie. Nie kapie z kranu.

— To coś dziwnego?

Olga podeszła do drzwi, zamknęła je i otworzyła kilka razy.

— Nie skrzypią.

Anka nie miała żadnych wątpliwości, ciotka zwariowała.

— Tak właśnie powinno być, prawda?

— Powinno — zgodziła się Olga — i nigdy nie jest.

Olga przekręciła zamek i wróciła do stołu.

— Teraz wiesz, dlaczego zapytałam o krasnoludki.

— Ciocia chyba nie myśli, że krasnoludki mają kwalifikacje hydrauliczne albo ślusarskie!

— Nie zwariowałam. Nie bój się.

— Co ciocia chce mi powiedzieć?

— Chcę ci powiedzieć, że kiedy mnie nie było, ktoś naprawił krany, spłuczkę, naoliwił zawiasy i wyszorował piekarnik.

— A kto niby miał to zrobić?

— No właśnie! Już krany nie dawały mi spokoju, przyzwyczaiłam się zasypiać, żeby kapało. Dlatego nie umyłam dziś rano kuchenki. Zawsze myję, ale chciałam mieć pewność, że nie zwariowałam. Wracam do domu, a w domu katastrofa — czysto.

— Daj Boże każdemu takie problemy — stwierdziła Anka. — Jak nie krasnoludki — Anka grzecznie przemilczała obłęd ciotki jako potencjalne rozwiązanie — to co?

— Jak jestem w pracy, ktoś chyba przychodzi do mojego mieszkania.

Anka roześmiała się.

— Przychodzi, żeby posprzątać?! Podrzuci ciocia mu lub jej mój adres.

— Wiem, że to dziwnie brzmi. Mam do ciebie prośbę.

— O co ciocia prosi?

— Przenocuj u mnie. Rano pojadę do pracy, a ty zostaniesz w mieszkaniu, dopóki nie wrócę.

— Świetny plan. A jeśli ten lub ta hydraulik, zakładając oczywiście, że ciocia mówi do rzeczy, okaże się zboczeńcem i skoro już naprawił, łamane na naprawiła, krany i spłuczki w kiblu, rzuci się na mnie, to co wtedy?

Olga patrzyła w zdumieniu na swoją bratanicę. Nie przyszło jej do głowy, że plan, który dojrzewał w niej od poniedziałku, wiązał się z pewnym stopniem ryzyka. Olga chciała się tylko dowiedzieć, co się dzieje; zapomniała, że wiedza ma swoją cenę, nawet ta niekonieczna.

— Masz rację. Przepraszam. Nie pomyślałam. Przepraszam — Olga położyła dłoń na skroni. — Przepraszam, chyba zgłupiałam.

— Ciociu, nie martw się, przenocuję. Nic mi nie będzie. Jak ciocia chce, żeby mieszkanie znowu się sypało, to proszę bardzo. Jestem właściwą osobą.

4.

Zazwyczaj nie miewała najmniejszych problemów z zaśnięciem. Potrafiła spać wszędzie, w każdych warunkach, o każdej porze, w dowolnym wymiarze. Najbardziej lubiła spać w obcych łóżkach i nieznajomych pokojach.

Gdy tylko odpowiedziała „dobranoc" na „dobranoc" ciotki, zapadła w sen. Śniła krasnoludki, później plamy świetlne, które mogłyby uchodzić za zorzę polarną, przy odpowiednio dobranej wadzie wzroku i wyobraźni. Po zorzy polarnej pojawili się kontrolerzy w autobusie. Sprawdzali, co pasażerowie mają w swoich CV. Wśród pasażerów nastąpiło poruszenie, niektórzy współpracowali z SB. Kontrolerów zastąpił furkot powietrza. Potem nieważkość, potem nieważność. To cudowna umiejętność: śnić abstrakty. Później wzeszło słońce. Słone powietrze i ostra woń: wyrzucone — chyba z teczki w autobusie — skorupiaki. Gniły na kamienistej plaży, na której ustawiono przystanek. Anka czekała na autobus wodny.

Zanurzona we śnie, poczuła czyjąś dłoń przesuwającą się pod prąd jej skóry. Jakaś fala uniosła jej rękę. Jej palce ześlizgiwały się z gładkiej powierzchni. Mógł to być kawał drewna obrobiony przez wodę.

Senna jeszcze i już półrozbudzona, otworzyła oczy. Nad sobą zobaczyła niebo z kieszonką i perłowym guzikiem. Niebo skurczyło się, przybierając postać błękitnej koszulki. Z koszulki wyrastała głowa w poszarpanej aureoli i ramiona.

— Znam cię — powiedziała.

— Jestem twoim aniołem stróżem.

Odpowiedź ta uspokoiła Ankę, choć przecież Anka nie zdążyła jeszcze poczuć zaniepokojenia. Ręka anioła stróża próbowała dostać się do jej serca wejściem kuchennym, od strony ud.

— Ile masz lat? — zapytała.

— Prawie dziewiętnaście — odrzekł anioł stróż.

Anka zamknęła oczy. Coś się nie zgadzało. Była o kilka lat starsza od swego anioła stróża. Jej umysł wynurzał się na jawę. Czy to znaczy, że przez pierwsze lata swego życia pozostawałam bez opieki? A może poprzedni anioł stróż zrezygnował? Ciecie też rzucają robotę.

Anka nabrała świadomości własnych granic. Wiedziała, gdzie trzyma głowę, dokąd biegną nogi, ręce. Jej ręka dotykała nabrzmiałego członka. O ile przypominała sobie właściwie dawną wiedzę z lekcji katechezy, aniołowie nie mają płci. Brak płci — jak rozumowała — powinien skutkować brakiem członka i/lub waginy. Wtedy krzyknęła.

Szarpnęła własnymi kończynami, ostatecznie zrywając więzy snu. Siedziała w rogu fotela zastępującego łóżko, z nogami pod brodą, w nocnej koszuli z radosnymi słoniami o trąbach wzniesionych w euforii, cokolwiek niestosownej, zdecydowanie przedwczesnej.

Anioł stróż w pośpiechu zapinał klamerkę paska od spodni. Skrzydła musiał zostawić w korytarzu. Anka drżała.

— Nie bój się — powiedział. — Nic ci nie zrobię.

— Kto ty jesteś?! Złodziej? Złodziej!!!

Anka chciała krzyknąć ponownie, dłoń prawdopodobnego złodzieja wylądowała na jej ustach.

— Nie bój się — powtórzył. — Nic ci nie zrobię.

Twarz małolata wydawała się Ance znajoma.

— Widziałam cię — nagle sobie przypomniała. — W internacie mechaniaka, spałeś.

— Chcesz herbaty? Zaparzyć? — zapytał małolat, nieudolnie próbując zmienić temat.

Zaczerwienił się. Zdawał sobie sprawę z nieodpowiedniości własnych słów.

— Jak się tu dostałeś? Oknem? Na trzecie piętro? Skaczesz o tyczce?

Anka widziała, jak jego twarz się wykrzywia, przybierając dziwaczne maski. Rysy twarzy przymierzały kreski i zmarszczki, odrzucając jedne po drugich, wszystko źle skrojone.

Anka pamiętała, że w takiej sytuacji powinna czuć przerażenie. Popkultura dysponowała wyraźnie rozgraniczoną paletą popemocji. W popscenariuszu, w którym młoda atrakcyjna kobieta budzi się/jest budzona przez młodego atrakcyjnego mężczyznę, istniały dwa mało alternatywne popschematy: pierwszy to thriller (po prostu), zostanie zabita, drugi to thriller erotyczny, zostanie zgwałcona, a następnie zabita, ewentualnie odwrotnie (nekrothriller).

Możliwe poprozwiązania rozbawiły Ankę. Dlatego nie odczuwała przerażenia. Poza tym patrzyła na kogoś bardziej przestraszonego od niej samej.

— Herbata może być — powiedziała swobodnie. — Ty przygotuj, ja wezmę prysznic. Potem mi wszystko opowiesz.

Chłopak skinął głową. Poszedł do kuchni.

Już w łazience Anka doszła do twardego wniosku, że coś jest z nią nie tak. Nie zachowywała się normalnie. To wszystko wina popkultury, pomyślała z przedwiosenną wesołością. Bez dwóch zdań. Chłop na schwał i cosmogirl; Aniu, przemówiła Ania do siebie samej, czas dorosnąć do poważniejszych tytułów, na przykład „Naj", „Przyjaciółka", „Chwila dla Ciebie", albo od razu przeskoczyć do „Archeologii" i „Zeszytów Literackich".

5.

Kiedy opadła na wersalkę — mokra i jednocześnie sucha niby poszewka przepuszczona przez starodawną wyżymaczkę — zamknęła oczy. Na swojej skórze poczuła chłodny ciężar, jakby na rozgrzane ciało ktoś rzucił prześcieradło: wykrochmalone, gładkie i zimne, wyjęte przed sekundą z przepastnej szafy. Szafy, która — podobna lodówce — zamraża to, co minęło.

Ta gładź, ten dywan z bawełny, krochmalu i lodu, ten ciężar, który mogłaby zanieść na tak zwany koniec świata, chociaż wolałaby nie tak daleko, tym wszystkim stało się ciało Janka.

Jego głowa spoczywała między jej piersiami: włosy przeplatane strzępkami bandaża. Ważył tak niewiele, zaskakująco niewiele. Ptasie kości, wypełnione powietrzem i przykryte odrobiną mięśni, mięśnie zaciągnięto skórą. Skóra rozścieliła się na ciele Anki. Anioł stróż na pół etatu. Niebieski cień.

To zaskakujące, że ważył tak niewiele. Anka nie mogła oprzeć się myśli, absurdalnej i tandetnej, w której łączyły się ciężar z istotnością. Anka myślała, że Janek waży tak niewiele, jak gdyby go nie było, jak gdyby w ogóle nie był ważny. Oddychając — z każdym wdechem i wydechem chłopak unosił się i opadał, całkowicie poddany rytmowi narzuconemu przez jej płuca — myślała, że nie można odróżnić spraw istotnych od nieistotnych, nie można ich zważyć ani lekce sobie ważyć: tak pierwsze, jak drugie ważyły niewiele, pyłek i alergen. Różnica wagi, jeśli w ogóle się pojawiała, mogła uchodzić za błąd pomiaru.

Jego członek, wrażony w jej ciało, zachował twardość.

— Ogródek przekopany — powiedziała. — Wyciągaj szpadel. Za kilka godzin wróci ciotka.

Powyższe słowa, których nie chciała wypowiedzieć, wymknęły się same, wbrew jej woli. Witamy w realu, pomyślała. Helou.

Położyła dłoń na jego plecach. Palce osunęły się we wgłębienie, napiętą strunę kręgosłupa, cięciwę łuku jego ciała oraz tym podobne porównania. Mogła coś wystrzelić z tego porównania, ponieważ była kobietą, na przykład list w butelce. Albo strzałę Erosa. Obawiała się, że ta strzała wróciłaby do niej jak bumerang. Albo topos. Zakochałaby się w samej sobie. Prawdopodobnie bez wzajemności; jest za stara.

Janek zaczął opowiadać. Prostymi słowami i zdaniami, w których zgodność rodzaju nie zawsze występowała, zaś zaimki to kompletna katastrofa, szkoda, że ich milczeniem nie da się pominąć. Gdy tak mówił, gdy nie pomijał, ja pobruszę, ty poczywaj, Anka zastanawiała się, czy w dzień Sądu Ostatecznego ludziom zdarzy się robić gramatyczne i leksykalne błędy? Czy grzechy mają składnię? Czy „cierpieć" poddaje się niebieskiej koniugacji? Czy przykazań jest dziesięć, a przypadków siedem?

Czy te, potencjalne i spełnione, błędy mają wpływ na werdykt? Może jury Sądu Ostatecznego — jak w łyżwiarstwie figurowym — daje dwie noty? Pierwsza za wartość techniczną, druga za styl? Tu dobrozło, tam wrażenie artystyczne. I jak te noty wpływają wzajem na siebie? Się dodają, odejmują, korygują? Czy grzeszyć można brawurowo, pomysłowo, pełna innowacja i prekursorstwo? Czy dobre uczynki mogą wzbudzać śmiech i lekką odrazę, gdy nieładne, gdy na ślepo, po omacku, jakby człowiek był kretem w moralnej glebie?

Janek skończył swoją opowieść. Gdyby znalazł się na miejscu Szeherezady, prawdopodobnie dałby głowę pod topór — czy jak tam zabijano w tamtym porządku kulturowym — już pierwszej nocy. Całkowicie pospolite życie, nieinteresujące i kiepskie stylistycznie. Schemat na schemacie: rodzice, którzy umarli, dziadkowie, którzy wychowywali, szkoła, która nie uczyła, i tak dalej, do przodu, aż po wersalkę, na której leżała pod nim Anka.

Opowieść Janka rozwijała się równolegle z opowieścią snutą przez Ankę na własny użytek. Opowieść Janka — on chyba rzeczywiście nie potrafił kłamać — nie zasługiwała na wysoką ocenę. Najwyżej mierny plus. Grzechy małe, okrągłe jak kamyk, dobrze leżące w dłoni, łatwo rzucić. Dobre uczynki równie nieistotne, nieco kanciaste i nieforemne, wstydliwe.

U końca tej opowieści pojawiły się Anka i jej ciotka. Trudno ocenić, po której stronie należało je ustawić. Czy wypadałoby zaliczyć je na konto zła, czy też a conto dobra?

Anka stopniowo odzyskiwała władzę nad sobą. Zrzucała z siebie słodki i lepki ciężar.

— Tu ziemia — powiedziała miękko, zabierając swoją dłoń z pleców Janka. — Musisz już iść. Nic nie powiem ciotce.

Janek skinął głową, a właściwie tylko nią poruszył, bo przecież nadal leżał.

Odprowadziła go do drzwi, zapytała:

— Przyjdziesz jutro?

6.

Następnego dnia Anka, siedząc w fotelu, myślała o tym, że się trochę pogubiła: nie żeby od razu w ciemnym lesie i na amen, acz jednak, bądź co bądź. No bo jak to wytłumaczyć? Poszła do łóżka z małoletnim, co akurat w dzisiejszych czasach nic nie znaczy i nie jest karalne, więcej znaczy niepójście do łóżka. Niepójście do łóżka to są przecież jakieś emocje, obiekcje, przekonania i wartości, głównie niewymierne, a pójście — to jest nic, zakupy w supersamie, dziesięć minut i transakcja zakończona pomyślnie, żebyś tylko nie pomylił PIN-u, nie trzy razy z rzędu. Ponadto ten małolat, szykujący aktualnie jajecznicę, jest prawdopodobnie włamywaczem, takim nieklasycznym: najpierw przeleci, potem okradnie. No ale, mimo to i tak dalej — przecież czekała na niego cały dzień łamany na życie. Dla niego skłamała. Nie, poprawiła się, dla siebie skłamałam. Anka pomyślała, że jak nie wiadomo, o co chodzi, to chodzi o jedno: zakochała się.

— Przejebane mam — stwierdziła.

— Mówiłaś coś? — zawołał z kuchni.

— Nic ważnego. Ot, miałam drobną refleksję. Nie przejmuj się. To się zdarza co jakiś czas, zwykle co dwadzieścia osiem dni, no wiesz, jak ciota.

Janek nie odpowiedział, Anka przysięgłaby, że się w kuchni zarumienił. Małolaty tak mają, starczy wspomnieć macierzyństwo, małżeństwo lub menstruację, a gotowi zemdleć. W sumie, dokończyła Anka, moja matka ma podobnie. Kiedy ona dorośnie? Albo się zestarzeje?

Janek przyniósł dwa talerze z parującą jajecznicą oraz chleb posmarowany masłem.

— Chcesz ketchup?

— Obejdę się.

— No to smacznego.

— Skoro nalegasz — odpowiedziała.

Zjedli. Janek zabrał talerze. Zmywał naczynia i szykował herbatę. Wrócił i usiadł na krześle, wtedy Anka przerwała ciszę:

— Jesteśmy niezłymi frikolami.

— Słucham?

— Ty lepiej nie słuchaj. Ty lepiej pomyśl!

— Oho — odpowiedział z lekkim rozbawieniem — zbliża ci się okres? To jest okres refleksji?

— No proszę, to ty masz poczucie humoru?!

— Nie wiem — odpowiedział, prawdziwie zakłopotany.

Janek spuścił głowę nad kubkiem z herbatą. Anka spojrzała na niego jakby po raz pierwszy: zabandażowana głowa, gładka twarz, do mężczyzny daleko. Anka poczuła coś niewyraźnego, jakieś wzruszenie, jak gdyby macierzyństwo się w niej szarpnęło i natychmiast osłabło.

— Ty naprawdę nie umiesz kłamać?

Milczał. Wreszcie podniósł wzrok.

— Śmiej się, śmiej. Ale to nie jest śmieszne.

— No dobrze. Powtórz za mną: mam trzydzieści lat i jestem pedałem.

— Sama sobie powtórz!

— Mam trzydzieści lat i jestem pedałem — powtórzyła Anka. — Widzisz, to jest proste. Kłamstwo jest proste.

— Naprawdę masz trzydzieści lat?

Anka prychnęła śmiechem.

— Z jakiego ty zakładu uciekłeś?

— Ja nie...

— Wiem, wiem — przerwała mu. — To było pytanie retoryczne.

— Jakie?

— Retoryczne. To znaczy, że nie musisz odpowiadać, ponieważ znam odpowiedź.

— Zosia samosia.

— No.

Milczeli.

— A wiesz, o czym teraz myślę?

— Pewnie... — Anka przerwała, żeby ciężko westchnąć —
pewnie o tym, żeby mnie przelecieć.

— Moje pytanie było... retoryczne?

— Nie — odpowiedziała. — Głupie.

— A to nie to samo?

— Niezupełnie. Nie gadajmy. Chodźmy do łóżka. Muszę
się zrelaksować. Stres mi nie leży.

— Czy ty mnie kochasz?

Anka zaśmiała się, gardłowo, prawie wulgarnie.

— Nie — powiedziała. — Nie powinieneś zadawać takich
pytań! To są pytania bardzo intymne.

— A seks to nie jest sprawa intymna?

— Jesteś mentalnie nadal ze wsi, prawda?

— Bo myślę, że seks to sprawa intymna? — wykrztusił
Janek, purpurowy.

— Więc jednak ze wsi — westchnęła Anka. — Janek, powiedz szczerze: ty się ruchasz czy trzeba z tobą chodzić?

OPIS, MIĘDZY INNYMI, PRZYRODY

Opis to podstawowy element narracji, obok opowiadania.
We współczesnej prozie opis i opowiadanie są trudne do roz-
graniczenia, tworzą wiele form przejściowych, dają płodne

krzyżówki, nie jak muł czy żubroń albo Lacan (Jacques, 1901––1981).

Przyjęło się uważać, iż opis przedstawia pozaczasowe składniki narracji. W prozie realistycznej jest prezentowany najczęściej z perspektywy wszechwiedzącego narratora, co samo w sobie jest niezwykle komiczne — to połączenie w jednej definicji wykluczających się (obecnie) pojęć: realistyczne i wszechwiedzące; naprawdę dowcipne. W prozie nowszej opis uległ subiektywizacji. Subiektywizacja polega na uczynieniu czegoś stronniczym albo na uzależnieniu procesu poznania od indywidualnych sposobów percepcji (Wikipedia).

Obecnie opis „realistyczny" pojawia się jedynie w powieściach Danielle Steel, *Alchemiku* Coelho — oraz jego kolejnych częściach, na przykład: *Pielgrzym* (okładka twarda), *Weronika postanawia umrzeć* (seria kieszonkowa), *Być jak płynąca rzeka. Myśli i impresje 1998–2005* (z naciskiem na „i") — oraz utworach fantasy i science fiction.

Obecnie opis „realistyczny" służy uprawdopodobnieniu światów istniejących tylko i wyłącznie na stronicach tekstów.

Opis, między innymi, przyrody, zarówno w konwencji realistycznej, jak i zsubiektywizowanej, występuje po to, żeby czytelnik miał co pomijać.

ROZDZIAŁ DRUGI

ENTROPIA

Nazywam się Entropia. Rosnę od swoich narodzin. Moje wzrastanie nie ma końca. Koniec mego wzrastania będzie stanem równowagi. Stan równowagi będzie końcem wszystkiego. Koniec wszystkiego bywa, żartobliwie i na wyrost, choć nie zawsze wprost, nazywany niebem.

Jestem bardzo skryta, trudno mnie objąć i zmierzyć, dlatego wyszłam na jaw całkiem niedawno. Najpierw łączono mnie z termodynamiką. W istocie druga zasada termodynamiki to pean na moją cześć. Do twarzy mi w różniczce zupełnej. Rzucano pod moje rosnące i metaforyczne stopy wiele całek, ciągów, bitów i wartości stałych, że wymienię tylko Plancka i Boltzmanna, aby się nie przechwalać. Udało mi się wyzwolić z mezaliansu z ciepłem i termodynamiką. Pozwoliłam się odkryć w teorii informacji, weszłam w czarne dziury, a nawet do literatury. Mój debiut literacki, wyjąwszy falstarty, to opowiadanie amerykańskiego pisarza Thomasa Pynchona pod moim tytułem. Do dziś mi nie podziękował.

Jestem gawędziarą. Lubię dygresje, puste przypisy, odnośniki donikąd. Moim żywiołem są literówki, pomyłki i zdarzenia pozbawione celowości. Przeglądam się w gwiazdach i oczach. Mieszam porządki. Tnę wątki. Śpiewam kołysanki rozumowi. Głos mam nie najlepszy, słuchu wcale, lecz nic to, bardzo jestem fm i ukf.

Bywam kojarzona z bałaganem, sobiepaństwem i niezorganizowaniem. Nic bardziej mylnego! Jestem pedantką. Rosnę sekunda po sekundzie. Nie łamię szyku w zdaniach. Sprzątam po sobie i codziennie myję zęby. A raz do roku obowiązkowo mammografia.

Jestem konsekwentna i uparta. Pojawiam się, w sensach mniej ścisłych a bardziej potocznych, wszędzie. Nie ma na mnie rady ani siły.

Jestem podstawową Zasadą, jestem Stałą Fizyczną i Transcendentalną. Mam miriady skrzydeł o pawim oku. Pióra upadają, oczy mam bez powiek: ciągle patrzą.

ARTUR

1.

To on nalegał, aby pojechać wspólnie na osiemdziesiąte urodziny babci Kamy.

— Musisz mnie w końcu pokazać swojej rodzinie — przekonywał. — To będzie dobra, neutralna okazja. Jeśli mnie nie zobaczą, gotowi pomyśleć, że zaszłaś w ciążę niepokalanie. Po co ci takie podejrzenia? Chcesz trafić na ołtarze czy przed ołtarz?

Po dwóch tygodniach Kama ustąpiła. Chyba dlatego, że straciła zainteresowanie całą sytuacją, jak traci się zainteresowanie zimową, niemrawo pobrzękującą muchą: trzeba zdusić w sobie irytację, a palca żal, by muchę rozdusić. Machnęła ręką z zaręczynowym brylantem:

— Chcesz, pojedziemy — stwierdziła, żeby powrócić do własnego brzucha, w którym dziecko wywijało seryjne toeloopy i rittbergery. — Zobaczysz — powiedziała do Artura — to będzie łyżwiarz figurowy.

— Uchowaj Boże — mruknął na własny użytek; wolałby piłkarza.

Artur bywał rozdrażniony, nosił ciążę na równi z Kamą. To było również jego dziecko, to były jego zmienne nastroje, tabliczki czekolady, przesolona zupa i strach.

Artur poznał Kamę na urodzinach Pawła, przyjaciela z pracy, jakiś rok temu. Od razu przypadli sobie do gustu. Ona podpierała ściany, on także, nie mogli się nie spotkać: ściana była po tej samej stronie, opatrzność niekoniecznie. Ponieważ podpierali ściany nie tylko dlatego, że bawili się nie najlepiej, ale także dlatego, że sporo wypili — rozmawiali szczerze i otwarcie.

— Chcę mieć dzieci, dużo dzieci — powiedziała Kama i czknęła.

— Ja też — odpowiedział Artur i się zakochał.

Zaprosił ją na kolację, potem do kina, potem do aquaparku, aby zlustrować jej ciało. Jej ciało zdało egzamin, żadnych śladów współpracy ze służbą plastycznych chirurgów, zwłaszcza jej szerokie biodra ugrzęzły mu pod powiekami, śniły się nocami, znacząc prześcieradło jak za nastoletnich czasów. Piąta randka skończyła się w starym rycie — pod kołdrą i przy zgaszonym świetle. Zrezygnowali z prezerwatywy, ponieważ prezerwatywa stała przeciwko ich marzeniom. Chcieli mieć dzieci, dużo dzieci. Każde osobno, lecz osobności udaje się wiązać, na przykład węzłem małżeńskim.

Po dziesiątej randce Kama oblała test ciążowy. A oblawszy, siedząc na sedesie, wyrzuciła ręce do góry w geście zwycięstwa:

— Kurwa, jestem w ciąży!!! Alleluja!

Pobiegła do telefonu kaskadersko, nie zadawszy sobie trudu wciągnięcia majtek. Artur bardzo się ucieszył, tak bardzo, że urwał się z pracy i pojechał do jubilera. Na pierścionek zaręczynowy poświęcił porsche, na które odkładał i o którym marzył w wolnych godzinach. Porsche nie jest, uspokajał się, samochodem rodzinnym. A godzin wolnych od pracy nie było znowu wiele. Na pierścionek poświęcał tak naprawdę godziny pracy, stres opakowany w drogie garnitury i drogie dania z business lunchów, które po wszystkim wyrzygiwał, przytrzymując lewą ręką krawat, żeby ten się nie zabrudził, z czystego jedwabiu.

Miało być jak na filmie, elegancka restauracja, świece, dźwięki fortepianu. On przyklęka i się oświadcza. Ona mówi „tak". Do przyklęknięcia wszystko przebiegało zgodnie z filmową fabułą, potem strzeliło w kręgosłupie schematu. Zadawszy sakramentalne pytanie, sakramentalne i — jak sądził — retoryczne, nie usłyszał „tak". Retoryka najwyraźniej nie należała do najmocniejszych stron Artura. Wstał, żeby mu się spodnie na kolanach nie wypchały.

Kama zaczęła stawiać warunki. Artur poczuł się pewniej, to przypominało jego pracę, właśnie renegocjował zasady partnerskiego związku, a może nawet własnego życia. Nie próbował grać nieczysto, brutalnie. Czuł, że wygra, jeśli Kama pozwoli założyć sobie pierścionek. Poświęcił porsche, gotów był dać więcej, grać va banque, zaryzykować, zaciągnąć kolejny kredyt, niech spłacają następne pokolenia.

Punkt pierwszy zrozumiał i zaakceptował: żadnej rozdzielności majątkowej.

— Nie byłoby czego rozdzielać — stwierdziła przewrotnie Kama. — Ja nic nie mam.

Punkt drugi nie budził podejrzeń: najważniejsze będą dzieci.

Punkt trzeci:

— Obiecaj, że będziesz uważny.

Artur skinął głową.

— Ty nie rozumiesz — powiedziała bardzo smutno, bardzo smutno. — Jeżeli wdasz się w jakiś romans, musisz być uważny. Żadnych głuchych telefonów lub szminki na twojej koszuli. Musisz mnie okłamać, jakby co. Nie mogę się dowiedzieć. Jeżeli się dowiem, zrujnuję cię i zostawię. Musisz być uważny. Nie żartuję. Może nawet zabiję.

Przysiągł, że będzie i jednocześnie zaprzeczył:

— Oczywiście. Kocham cię, żadnych romansów na boku.

Przed restauracją na placu Trzech Krzyży czekali na taksówkę. Piękny wieczór. Brylant na dłoni narzeczonej wzeszedł w pełni światła ulicznych latarni. Artur naprawdę był szczęśliwy. Spotkał kobietę, o której marzył. Kobieta ta zgodziła się zostać jego żoną, a — nieznacznie wcześniej, przy zgaszonej lampie — matką jego dzieci.

Rodzice Artura mieszkali w Kanadzie. Rodzice Kamy mieszkali w Białymstoku. Wnosząc z rozmów, Quebec leżał znacznie bliżej niż Białystok, wystarczyło wsiąść do samolotu. Aby dostać się do rodziców Kamy, należało pokonać milion przeciwności. Kama niewiele mówiła o swojej rodzinie, niechętnie wspominała rodziców i rodzeństwo. Gdy zaczynał pytać o coś związanego jakkolwiek z jej rodzicami lub rodzeństwem, Kama zmieniała temat. Wreszcie zebrał się na odwagę:

— Wstydzisz się mnie i dlatego nie chcesz, żebym ich poznał?

Kama dostała ataku śmiechu. Zastanawiał się, czy to bezpieczne w piątym miesiącu ciąży.

— Moje kochanie, nie. Oczywiście nie. Wręcz przeciwnie.

Artur lubił planować i opracowywać strategie, za to mu płacono. W wolnych godzinach sportowe porsche zastąpiła modelowa rodzina. Zaplanował wszystko w szczegółach aż do trzeciego dziecka, w kilku wariantach. Jeden z nich zakładał kochankę lub raczej, prawdę mówiąc, każdy kochankę przewidywał. Żona miała być opoką i matką, ale matka i opoka potrzebują odskoczni. Tę niszę, ułamek wolnych godzin i strzał spermy w gumową torebkę, zapełnić powinna kochanka. Artur wiedział, że kochanka jest niezbędna, niby drugi samochód w rodzinie, pojawi się tak czy siak, lepiej uwzględnić ją już teraz, kiedy jej nie ma, kiedy nie ma imienia.

— Chcesz, pojedziemy — powiedziała Kama.

Bardzo przeżywał ten wyjazd i denerwował się nim. Pewnie dlatego, że od spotkania z rodziną Kamy już nic nie zależało. Data kościelnego ślubu została wyznaczona, dziecko w drodze, suknia ślubna również. Mogli go zaakceptować albo nie, to nie miało praktycznego znaczenia. Najwyżej w nadchodzących latach będzie się męczyć w czasie wigilijnych spotkań. Człowiek najbardziej denerwuje się, kiedy wszystko już postanowione, pomyślał czyimś plagiatem. Ciężar, nieznośny ciężar. Newton.

W drodze — trzy i pół godziny z Warszawy — zeżarł sześć kalmsów, dyskretnie. Podczas obiadu starał się niewiele mówić: nie mówiąc, zazwyczaj trudno powiedzieć coś głupiego, choć ta reguła zna wyjątki. Postanowił zgadzać się na wszystko, zespół disco polo na weselu, ksiądz słynący z antysemickich poglądów, na wszystko, w imię sakramentu. W pewnym momencie, kiedy mięśnie mimiczne piekły od uśmiechów, przeprosił i wyszedł na dwór.

Pokonał podwórko, przeszedł obok nieczynnego parnika, zauważył Ankę (siedziała na dyszlu rozpadającej się furmanki), siostrę cioteczną swojej przyszłej żony. Podszedł cicho, położył dłoń na jej ramieniu. Podskoczyła ze strachu.

— Przepraszam — powiedział.

Anka paliła. Mentol rozchodził się w styczniowym powietrzu.

— Poczęstujesz papierosem?

Anka wygrzebała z torebki papierosy i zapalniczkę.

Nie pamiętał gry wstępnej, ktoś go lekko pchnął. Podstawił nogę albo wyhodował korzeń. Upadli w stodole.

Stare siano drażniło nozdrza, jej zapach również. Kichnął: na siano miał alergię, na cipkę nie. Krzyknęła. To był świetny seks, szybki i gwałtowny, na końcu świata. To był seks niebezpieczny. Bez celu, bez powodu i bez gumki. Anka była śliczna, jak ze świętego obrazka, loczki, blond loczki jak kółka aureoli, jak logo olimpiady albo firmy Audi, krążek twarzy i ogromne piersi.

Kiedy fizjologia ustąpiła refleksji, Artur powiedział:

— Przepraszam.

Potem zaczął sucho płakać. W żadnym z wielowariantowych scenariuszy nie przewidział, że jego kochanka będzie siostrą cioteczną żony. Że będzie miał kochankę przed ślubem.

— Kama miała rację, nie powinienem poznawać jej rodziny.

— Stary — przemówiła kochanka, instalując stringi na przyrodzonym miejscu — wyluzuj. Bzykłeś mnie, ale wyluzuj. To nie koniec świata. Potop odwołany.

Nie przestawał płakać, płakał na sucho, bez łez. Wiedział, że to pretensjonalne i żałosne. Anka pocałowała go, długo, z językiem dość dokładnie zapoznającym się z anatomią żebrowanego podniebienia zdrajcy — tak o sobie myślał.

— Arturze — przemówiła z ironicznym patosem — ja udźwignę wszystko. Ty tylko staraj się zachowywać naturalnie. A jak będziesz niedobry dla mojej siostry, to cię zajebię.

— Grunt to rodzina — odpowiedział, pociągając nosem, i się uśmiechnął.

Artur zapakował członek w majtki, a majtki w dżinsy i suwak. Wyszedł pierwszy. Oddychał głęboko. Przysiągł Kamie, że będzie uważny. Uważnie się obejrzał, usunął źdźbła słomy. Jeszcze nie jestem mężem, to się nie liczy, próbował się uspokoić, usprawiedliwić, chociaż — przecież — przewidział takie zdarzenie. Po prostu przyszło wcześniej niż w grafiku. Trzeba grafik poddać modyfikacjom. Będzie dobrze, nic się nie stało, wystarczy kłamać, obiecał przecież.

Siedzieli przy stole jeszcze ze dwie godziny. Artur pożegnał się ze wszystkimi wylewnie, chociaż nie pił alkoholu. W drodze Kama prawie się nie odzywała, skupiona na adoracji własnego brzucha. Dojechali do Warszawy, wysiedli z samochodu. Kama pocałowała Artura.

— Dobrze się spisałeś — powiedziała.

— Starałem się — odpowiedział; głos mu nie zadrżał.

Weszli do mieszkania na Balladyny, róg Łowickiej.

— Mógłbyś wyskoczyć po wodę mineralną? Skończyła się.

2.

— Przez godzinę proszę mnie z nikim nie łączyć — wydał sekretarce polecenie.

Potem odepchnął się nogami od biurka i pojechał na fotelu aż pod szklaną ścianę gabinetu, z którego rozciągał się piękny i luksusowy widok na Warszawę z Pałacem Kultury i Nauki, z biurowca.

Zdziwił go telefon od Anki. Nie przestraszył się, nie przypuszczał, aby Anka kiedykolwiek zdecydowała się mu grozić lub go szantażować. Mieli tyle samo do stracenia — potencjalną rodzinę. Poczuł coś innego, nie umiał tego nazwać: jakby zakochanie. Tamten seks w stodole, którego nie przypominał sobie wyraźnie i, jednocześnie, o którym nie potrafił zapomnieć, to pewnie nic innego jak odreagowanie napięcia, taki bezpiecznik, pstryk-pstryk, rachunek przyniesie listonosz. Albo bocian.

To „jakby zakochanie" brało się ze słów, których Anka użyła w niedawnej rozmowie. Poinformowała go o ciąży. Dopiero gdy odłożyła słuchawkę, dotarło do niego, w całkowitej rozłączności z jej słowami, że to żart. Nikt nie wie już następnego dnia, że zaszedł w ciążę. To niemożliwe. Niemożliwe, a jednak się zakochał (jakby). Przypomniał sobie pierwszą rozmowę z Kamą.

— Chcę mieć dzieci, dużo dzieci — powiedziała Kama i czknęła.

— Ja też — odpowiedział Artur i się zakochał.

Chyba jestem bardzo nieskomplikowany, pomyślał, wystarczy wspomnieć o dzieciach i już się mnie ma, trafiony--zatopiony.

Nie odczuwał wstydu. Czego miałby się wstydzić? Nie zrobił nic, czego by zrobić nie chciał. Nikogo nie skrzywdził, trzymał się litery umowy zawartej z Kamą. Co prawda kłamał, prawdy nie powiedział, lecz to kłamanie czy też prawdy niemówienie było tym, co Kama na nim wymogła: punkt trzeci ich przedmałżeńskiej intercyzy duchowej.

— Wszystko jest w porządku — powiedział na głos.

Poprosił sekretarkę o kawę. I żeby połączyła go z Pawłem, dział PR. Sekretarka oddzwoniła po kwadransie.

— Nie ma kawy — powiedziała. — Wiem, że to dziwne, ale nie ma. Nawet w sklepie na dole nie mają.

— A Paweł?

— Zapomniałam. Ups. Przepraszam, zaraz połączę.

— Nie trzeba, dziękuję.

Zadzwonił do Pawła na prywatną komórkę. Paweł odebrał po zbliżonej do nieskończoności liczbie dzwonków.

— Nie jesteś w pracy?

— Nie jestem. Maciek wyrzucił mnie z mieszkania.

— Dlaczego?

— Przyłapał mnie na zdradzie.

— Co mu powiedziałeś?

— Nic — Paweł odchrząknął. — Miałem zajęte usta. Jak to w czas zdrady u pedała.

Artur pomyślał, że przyjaźń bywa zaskakująco symetryczna. On również zdradził, nie został jednak przyłapany. Chyba że wróci do domu i natknie się na zatrzaśnięte drzwi. To by nawet mogło być zabawne, gdyby nie takie smutne.

— Gdzie teraz jesteś?

— U znajomego.

— U tego, że tak powiem, corpus delicti?

Paweł zamilkł skonfundowany, potwierdzając w ten sposób przypuszczenie swego przyjaciela. Artur nie rozumiał Pawłowego zachowania: niszczący przymus kopulowania z nieznajomymi, kopulowania rozpaczliwego, ciągłego, anonimowego, oddzielonego od emocji. Zapytał go kiedyś:

— Masz z tego chociaż przyjemność?

— Trochę. A co innego mógłbym robić?! — zaatakował go Paweł.

— Nie wiem. Może to samo, tylko z jedną osobą?

— Heteronormatywny się znalazł!

Paweł milczał. Artur nieszczególnie dobrze odnajdywał się w roli najlepszego przyjaciela geja. Nie miał nic przeciwko homoseksualistom. Tej akceptacji nauczyło go warszawskie życie (wersja dla tych, którzy przekroczyli drugi próg podatkowy), skuteczniej niż jakakolwiek kampania przeciwko homofobii. A jednak czuł się niezręcznie, gdy Paweł wpadał w zachwyt na widok wspólnych kolegów albo rzucał seksualne żarty (z aluzjami Artur dawał już sobie radę). Jego zakłopotanie brało się z jednej strony z niesmaku (trudno mu było wyobrazić sobie coś okropniejszego niż dotyk innego męskiego ciała), z drugiej strony współczuł sobie braku wyobraźni, ponieważ nie umiał postawić się w sytuacji Pawła.

Cisza trwała już zbyt długo. Artur zapytał:

— Chcesz się spotkać?

— Tak. Ale mój Dowód Rzeczowy Przestępstwa wróci dopiero za dwie godziny. Nie mam kluczy.

— To może o szóstej? W Szpilce?

— Dobra, na razie.

Siedział nieruchomo w fotelu przez godzinę. Z zamyślenia, które nie było zamyśleniem, ponieważ nie pojawił się w tym zamyśleniu nawet cień jakiejkolwiek myśli, wyrwał Artura telefon. Jaka szkoda, że telefony są, a kawy nie ma. Odebrał, to był szef, wściekły — Artur zapomniał o spotkaniu. Nigdy dotąd mu się to nie przydarzyło. Pamiętał o wszystkim, zwłaszcza o obowiązkach: Bóg, Honor i Ojczyzna (kolejność w porządku alfabetycznym).

Od wpół do szóstej siedział w Szpilce, sam jeden nad kuflem bezalkoholowego piwa. Chciał zamówić kawę, kelnerka spojrzała na niego, jakby powiedział jakieś świństwo, dlatego zdecydował się na piwo.

Paweł spóźnił się ze dwadzieścia minut. Nie wyglądał na przybitego. Również zamówił piwo. Alkoholowe. Bębnił palcami o szkło blatu. Rozpacz, którą odczuwał po niefortunnym (tak to określał) zdarzeniu w klubie, kiedy to na jaw wyszła zdrada, cała ta rozpacz wyparowała, lub też została zepchnięta gdzieś głęboko przez odkrycie, jakiego dokonał dzisiejszego dnia. Nie mogąc się doczekać piwa, postanowił wszystko opowiedzieć Arturowi w wersji rozbudowanej o szczegóły i impresje. A więc:

Miał doła, co oczywiste, w końcu zdradziwszy partnera in flagranti, można mieć doła, ale nawet najczarniejszy dół nie usprawiedliwia niechlujnego wyglądu, a już na pewno nie w knajpie na placu Trzech Krzyży, gdzie bywało tylu przystojnych kolesi. Wybrał sobie coś ładnego z obfitej garderoby Dowodu Rzeczowego Przestępstwa. Koszula wymagała prasowania. Przeszukał mieszkanie, żelazka nie znalazł. Znalazł deskę, perfumowaną wodę destylowaną, a nawet pudełko po żelazku, bezprzewodowy model Philipsa, całkiem kosztowny, lecz samego żelazka — co to, to nie. Znalazł również pokaźną kolekcję filmów pornograficznych, nie czas odbiegać od tematu, gdy płoną lasy…

Poszedł do sąsiada w celu żelazka pożyczenia. Nawet jeżeli sąsiad żelazka mieć nie będzie, istniała szansa, iż sąsiad okaże się boskim mężczyzną i — szansa śladowa, lecz ślad to zawsze więcej niż nic — prześpi się z Pawłem. Sąsiad okazał się okropną, włochatą kobietą, nie posiadającą żelazka ani — stwierdził dobitnie Paweł — krztyny rozumu, o dobrych manierach nie wspominając.

— Gdyby nawet miała żelazko — powiedział poważnie — do niczego między nami by nie doszło. Może do wymiany uszczypliwości.

Doznawszy podwójnego rozczarowania, Paweł powrócił w gościnne progi Dowodu Rzeczowego Przestępstwa. Włączył komputer, aby zamówić jakieś żelazko w sklepie internetowym. Na każdej stronie identyczny komunikat: towar niedostępny. No to musiał założyć inną koszulę. Jak tylko przybył DRP, Paweł ruszył w miasto, odwiedził wszystkie sklepy w okolicy z RTV/AGD. I nic.

— Żelazka przepadły, mój drogi — skończył Paweł.

Artur siedział spokojnie. Nie potrafił przejąć się czymś takim, jak brak żelazek w sklepie. Nawet ludobójstwo w Darfurze niezbyt go obchodziło. Przełożenie na giełdy zerowe. Znaczenie ludobójstwa — zerowe.

— Czy ty dobrze się czujesz? — zapytał. — Powinieneś cierpieć, właśnie rozpadł się twój związek, a ty o żelazkach!

Paweł spojrzał kwaśno na swego przyjaciela, żeby odpowiedzieć lodowato:

— Pedały tak mają. Nie możemy chodzić nie uprasowane. Możemy być samotne i załamane.

— Sorki. Nie wiedziałem.

— No to już wiesz.

— I co ty teraz zrobisz? — zakpił Artur.

— Nie wiem. Chyba wyjadę z tego homofobicznego kraju.

— Myślisz, że w innych krajach żelazka nadal są w sprzedaży?

Artura zaczynała bawić ta rozmowa. Paweł, musiał przyznać, działał na niego odprężająco, wbrew własnym intencjom.

— No pewnie! — wykrzyknął. — Brak żelazek to jest na pewno kolejna akcja prawicowego rządu, żeby dopiec mniejszościom seksualnym! Pojebusy.

Artur się roześmiał.

— Niech ci będzie. Ale odkładając na bok żelazka, co zamierzasz zrobić?

— W niedzielę spakowałem się i przeniosłem do DRP. Niby co innego mógłbym zrobić? Maciek kazał mi się wynosić.

— A ty coś czujesz do tego corpus delicti?

— Dobrze się ubiera, ma super ciało i jest dla mnie miły.

— To bardzo sporo. A wiesz przynajmniej, jak ma na imię?

— O to akurat nie zapytałem. Słabo się znamy. Nie chcę mu zadawać intymnych pytań tak od razu.

3.

Artur odwiózł Pawła i wrócił do domu przed Kamą, w ostatnim czasie rzadko się tak składało. Jej obecność w domu była równie oczywista jak to, że ściany pomalowano na biało.

Poszedł do kuchni. Z lodówki wyciągnął butelkę wody mineralnej, odkręcił korek i już miał nalać wody do szklanki, gdy niespodziewana myśl, drobne wyładowanie elektryczne gdzieś na synapsach, przebiegła mu po głowie, wstrzymując jego rękę w pół gestu.

Niekiedy ludzie, także bohaterowie literaccy, nabierają wielkiego dystansu do własnej osoby. Sytuacja taka wydarza się nieczęsto i trwa niedługo. Zdolność do spoglądania na siebie z dystansu nie jest promowana przez dobór naturalny.

Gdyby gazela umiała zdystansować się do samej siebie, na przykład gdy lew ją goni, a więc gdyby strach, chęć przeżycia i co tam jeszcze czuć może ścigany organizm przestały ściśle przylegać do uciekającej gazeli, gazela zaś przyglądałaby się własnej ucieczce bez większego zainteresowania, to nie mówilibyśmy o gazeli inaczej niż jak o wymarłym gatunku. Dystans i refleksja — pozwolimy sobie na sentencjonalny żart — nie ułatwiają przeżycia w świecie (Quasimodo, Salvatore) (wstąpił do partii komunistycznej w roku 1945, a następnie zmarł w roku 1968).

Artur poszedł do kuchni, żeby napić się wody. Zanim wypełnił szklankę płynem, w jego głowie doszło do krótkiego spięcia, wskutek którego spojrzał na samego siebie jakby z dali. Dal znajdowała się niedaleko, w okolicach sufitu, co wystarczyło, żeby bez śladu emocji dojrzeć siebie: zadbanego mężczyznę, który przyszedł do kuchni w celu, jak podpowiadał kontekst (szklanka, butelka wody mineralnej) oraz rzeźba terenu (kuchenne meble), ugaszenia pragnienia.

Artur przyglądał się sobie bez zainteresowania, ponieważ tak miejsce, osoba, jak i sama czynność zaliczały się do doskonale pospolitych, i nikt przy zdrowych zmysłach — nawet jeśli zmysły lewitowały pod sufitem — nie zdołałby dopatrzyć się i w jednym, i w drugim czegoś interesującego.

Artur był kiedyś małym chłopcem. Przypadłość ta trafiła mu się w czasach, w których mali chłopcy czytali książki adresowane do małych chłopców, ponieważ nie wypadało nie czytać, a gry komputerowe i kablówka istniały jedynie jako pewna potencja, jedna z wielu możliwości przykrytych groźbą atomowej wojny. W książkach tych często pojawiali się Indianie, zwani tamże czerwonoskórymi, bez związku — jak się wydaje — z komunizmem.

Artur przypomniał sobie teraz inne zdania, inne marzenia, pragnienia i potrzeby, inne sytuacje i zaprzepaszczone ścieżki, jednym słowem — Artur przypomniał sobie, że kształt, w jaki oblekło się jego życie, nie jest jedynym możliwym kształtem. Że nadal można coś zmienić, wymazać, podkreślić czy skorygować. Wyjustować.

Artur nie wiedział, czy pragnąłby cokolwiek zmienić w sobie i w swoim życiu. Raczej nie. Zdecydowanie nie. Gdyby chciał zostać Indianinem, wyjechałby do Indii albo zapisał się do partii. Nie wyjechał i się nie zapisał. Jest dobrze, jak jest, pomyślał, ponieważ jest tak, jak chciałem, żeby było, mniej więcej.

Artur wypił szklankę wody jednym haustem. Po elektrycznej iskrze, przeskakującej z nerwu na nerw, nie pozostał ślad. Artur wypił drugą szklankę wody. Miała dziwny smak. Poczuł się nieswojo. Każdy by się tak czuł na jego miejscu: żadna to przyjemność spojrzeć na siebie swoimi oczyma.

Potem poszedł do garderoby zupełnie jak człowiek, który czegoś szuka. Na półkach i wieszakach panował pedantyczny porządek. Artur lubił porządek. Podczas samotnego pomieszkiwania nigdy nie zdarzyło mu się zamówić sprzątania. Nie rozumiał, dlaczego miałby płacić komuś za to, co sam robi z przyjemnością i za darmo.

Artur stał w garderobie z pustymi rękoma. Nie przypomniał sobie, czego szukał. Zgasił światło. Poczuł nagłą obezwładniającą senność, której nie potrafił przemóc. W salonie padł na sofę i zasnął. Po chwili ktoś go szarpał za ramię. Podniósł powiekę. To była Kama.

— Wstawaj, spóźnisz się do pracy — powiedziała.

4.

To niemożliwe, pomyślał, dopiero co zasnąłem. Jednak poirytowana mina Kamy dawała jasno do zrozumienia, że nowy dzień się rozpoczął.

— Wstawaj — powtórzyła, potrząsając nim za ramię. — Spóźnisz się do pracy.

— To niemożliwe — wyszeptał.

Kama zignorowała go, poszła do kuchni, gdzie z hałasem przestawiała naczynia. Szczególnie uciążliwe było ostre brzęczenie blendera miksującego owoce i kostki lodu w poranną bombę witaminową. Artur odniósł wrażenie, że w istocie blender miksuje kawałki jego mózgu.

Na języku poczuł smak owocowego koktajlu i jeszcze coś, ten wczorajszy smak, kiedy pił wodę.

Wstał z ociąganiem. Z przyzwyczajenia, neutralnym i obojętnym gestem dotknął czoła. Rozpalone.

Poczłapał do kuchni, przytykając dłonie do uszu. Odkaszlnął, wypluwając niebieskawe piórko, pewnie z poduszki.

— Chyba zachorowałem — poskarżył się.

Usiadł na krześle. Kama rozlała koktajl do dwóch wysokich szklanek. Jedną szklankę postawiła przed nim, tę soczyściej — według niego — szarą. Dopiero zająwszy miejsce przy stole, spojrzała na Artura.

Westchnęła ciężko. Powiedziała:

— Chyba tak.

Nie wypiła koktajlu. Odstawiła prawie pełną szklankę wprost do zlewu. Wyszła z kuchni. Artur słyszał, że czegoś szukała. Wróciła z telefonem, notesem i jakimiś papierami.

Wykonała trzy telefony. Pierwszy do sekretarki Artura, którą poinformowała, że Artur („mój mąż", przejęzyczyła się) nie przyjdzie dziś do pracy; jest chory. Drugi do kliniki, podała numer ubezpieczenia i ustaliła godzinę wizyty. Trzeci do korporacji taksówkarskiej („Jak już taksówka przyjedzie, proszę zadzwonić na ten numer albo domofonem — tutaj nastąpiła pauza, Kama słuchała głosu po drugiej stronie. — Taksówkarzowi odrobina ruchu nie zaszkodzi. Może ruszyć dupę i podejść do domofonu").

— Weź prysznic — zwróciła się wreszcie do Artura, choć nie zaszczyciła go spojrzeniem. — Za czterdzieści pięć minut przyjedzie taksówka. Jesteś umówiony z doktor Rybak. Biorę twój samochód. Po lekarzu wracaj do domu. Postaram się wcześniej wyjść z pracy.

— Po co? — wyrwało się Arturowi.

Kama spojrzała na niego ostro, gotowa podjąć rękawicę i rzucić coś jadowitego, ale po sekundzie jej oczy złagodniały. Pojawiło się w nich to ciemne światło, jakieś dziwne rozmiękczenie, coś łagodnego, czy też bezbronnego, coś bezkształtnego, jak w otwartej muszli ostrygi.

Kama wyszła z kuchni. Słyszał, że szuka kluczyków do samochodu. Podniósł się dopiero, gdy trzasnęły drzwi.

Wziął prysznic: woda letnia, nie miał siły wycisnąć na rękę żelu. Po prostu postał z pięć minut pod niezbyt silnym strumieniem, wyszedł i wytarł się. Starał się nie dotykać własnego ciała. Zauważył, że gdy jego skóra dotykała jego skóry, powstawał nieznośny dźwięk, zgrzyt podobny do noża przesuwanego po szkle.

Ubrał się. Usiadł w korytarzu na niewygodnym zydlu, niedaleko telefonu. Słuchawka została na kuchennym stole. Droga do kuchni wydała się Arturowi zbyt wymagająca. Postanowił rozmawiać przez bluetootha wbudowanego w korpus aparatu, czy jak się to coś bezprzewodowego nazywało. Nie miał głowy do wyszukiwania odpowiednich słów. Blender zmiksował jego mózg. Przypomniał sobie, że nie założył majtek. Droga do garderoby również wydała się Arturowi zbyt wymagająca. Slipy leżały gdzieś obok słuchawki telefonu, na niezdobytym szczycie czegoś. Może jakiejś góry. Góry stołowej.

Po milionach lat, w czasie których życie wypełzło z wody, żeby rozpanoszyć się na lądzie, zadzwonił telefon. Dopiero trzeci czy czwarty przycisk okazał się właściwy:

— Już schodzę, proszę pana — powiedział.

Zjechał windą. Na dole uświadomił sobie, że nie zamknął mieszkania. Taksówkarz czekał przed klatką. Artur próbował sobie przypomnieć, czy Kama przypadkiem nie powiedziała, że klient jest niepełnosprawny. Klient, czyli on, Artur.

Wysiadł przed kliniką. Taksówkarz zaproponował, że poczeka. Artur skinął głową. Kobiecie w recepcji powiedział:

— Artur Wojski doktor Rybak.

Potem zachichotał. Bardzo go rozbawiło, że z jego wypowiedzi nie wynikało, kto pacjent, a kto lekarz. Recepcjonistka jednak poradziła sobie z tą niejednoznacznością:

— Gabinet 10B. Prosto korytarzem i pierwsze drzwi na lewo.

Artur udał się do wskazanego gabinetu w znakomitym humorze i kiepskiej formie. Dzwonienie w uszach, wysuszony język i czarne skrzydła, którymi ktoś wymachiwał mu regularnie przed oczyma, żeby go — najpewniej — rozwścieczyć, nie pozbawiły go zdolności do oceny własnego stanu, lub raczej stopnia własnej niemocy.

Zapukał. Pamiętał, że należy pukać. Jego matka kładła wielki edukacyjny nacisk na pukanie. Teraz mieszkała z nowym mężem w Quebecu, na co dzień porozumiewała się kanadyjską francuszczyzną. Warto było pukać. S'il vous plaît.

Odczekał kilka sekund, wszedł do gabinetu.

Doktor Rybak okazała się kobietą. Bardzo atrakcyjna, w okolicach czterdziestki. Na długim eleganckim nosie opierał się mostek eleganckich okularów.

— Dzień dobry — powiedział. — Artur Wojski doktor Rybak — przedstawił się i znowu zachichotał.

Te cztery słowa były najzabawniejsze.

Najzabawniejsze na świecie.

— Proszę usiąść — odpowiedziała Doktor-Rybak-Artur--Wojski.

Artur grzecznie przycupnął na rogu krzesła.

— Co panu dolega?

— Nie wiem. Narzeczona mnie przysłała. Chce pani do niej zadzwonić?

Pani doktor wstała zza biurka, lekko poirytowana. Nowy pacjent wydawał się równie niegramotny jak dzieci. Pani doktor kiedyś była pediatrą. O dzieciach wyrobiła sobie jak najgorsze zdanie.

Zbadała pacjenta, który posłusznie wykonywał wszystkie jej polecenia („Proszę powiedzieć aaa", „A teraz oddychamy głęboko").

— Proszę zdjąć koszulę i położyć się na łóżku. Zaraz wracam.

Doktor-Rybak-Artur-Wojski udała się do łazienki. Kiedy wróciła do gabinetu, spłonęła rumieńcem: pacjent leżał na łóżku tak nagi, że bardziej nie sposób.

Skrępowana, chrząknęła.

— Może jednak poproszę o numer do pańskiej narzeczonej — odezwała się ostrożnie.

— Czy pani ma dzieci? Bo ja bardzo chcę mieć dzieci. Dużo dzieci.

— Proponuję otworzyć przedszkole — odpowiedziała pani doktor.

5.

To był długi i bardzo zabawny dzień. Nie wszystko przypominał sobie wyraźnie. Przeżył ten dzień w jakimś oszołomieniu, lub też rozdwojeniu. Wstał rano, nie pamiętając, czy odrobił pracę domową. Do szkoły nie poszedł. Okazało się, że jest chory.

Pojechał do lekarza, sam. Sam! W końcu jest już prawie dorosły. Skończył dwanaście lat, albo nawet trochę więcej, nie umiał się doliczyć. Nie był dobry z matematyki, ponadto zrobiono mu zastrzyk. Opowie kolegom, że mu pobrano słoik krwi. Ależ będą mieli miny!

Lekarka nazywała się Rybak-Wojski, czy jakoś tak. Bardzo zabawna. No i nie traktowała go jak dziecka, za co zdobyła plusa. Jeszcze jeden plus i w zęby, pomyślał Artur i się zaśmiał.

Z przychodni odebrali go ciocia i wujek.

Niby znajomi, a jednak obcy.

Ciekawe, gdzie podziali się rodzice?

Leżał na kanapie w salonie, przykryty kraciastym kocem, i oglądał bajki w telewizji. Wujek włączył mu stację, na której leciały same kreskówki. I to jakie! Kolorowe niby zagraniczne mazaki. Artur nie rozumiał za wiele z tego, co działo się na ekranie. Działo się za dużo, za szybko i bez morału. Tak, bardzo dziwne bajki, bez ściemy. Jak opowie w szkole, kumple skręcą się z zazdrości. Może nawet zaprosi któregoś z nich do siebie, żeby zobaczyć tę zazdrość właśnie tutaj, na kanapie w pokoju.

Wujek zasnął w fotelu. Miał na sobie nie uprasowany podkoszulek, który z kolei miał na sobie jakiś napis w języku prawdziwie obcym.

W blaszanym zagranicznym pudełku po herbacie Dilmah Artur przechowywał swoje największe skarby. Opalizujący zielono chrząszcz, zatopiony w sześcianie twardego plastiku. Cztery czarno-białe karty z talii, cztery damy (karo, kier, pik i trefl) — wszystkie panie na waleta. Kilkanaście kapsli z wklejoną od wewnątrz flagą; najcenniejszy był kapsel po piwie budweiser w barwach Ameryki Stanów Zjednoczonych. Paczka po mentolowych salemach: gdyby ją otworzyć, można by wciągnąć w nos delikatny zwietrzały zapach tytoniu, mentolu i sreberka.

Wczoraj podłożyli dwie stonogi do piórnika Alicji Kabel. Na plastyce otworzyła piórnik i zaczęła krzyczeć. Szkoda, że żadna stonoga jej nie ugryzła. Stonoga ma sto nóg, lecz widocznie ani jednego oka, bo niby czemu nie dziabnęła

Kablary? Ale i tak nauczycielka się wściekła. Zwyzywała ich od degeneratów i szympansów. To była w sumie bardzo fajna lekcja. Nauczycielka poczerwieniała i wydęła policzki. Usta zrobiły się malutkie i okrągłe. Twarz nauczycielki przypominała dupę przed pierdnięciem.

Artur podłubał małym palcem w nosie. Do opuszka przylepiła się koza, dorodna i całkiem zielona, już dojrzała. Zjadł kozę. Niczego sobie. Pomlaskał trochę. Sprawdził tym samym palcem drugą dziurkę od nosa, która okazała się pusta. Trzeba widać trochę poczekać, aż się nazbiera.

Wujek pochrapywał, albo raczej świstał.

Ciekawe, gdzie podziali się rodzice?

Artur poczuł pragnienie. Wstał. Kręciło mu się w głowie od kolorowych obrazków i gorączki. Wiedział, gdzie jest kuchnia, znał to mieszkanie, a równocześnie dziwił go każdy sprzęt i mebel. W dechę ta choroba. Każdy chciałby taką. Jeżeli ta choroba jest zaraźliwa, to jak pójdzie do szkoły, będzie zarażał kumpli i brał za to pieniądze albo kapsle. Albo kanapki? Nie mógł się zdecydować. W sumie rzadko bywał głodny. Chyba jednak kapsle. Kapsle się nie psują.

Otworzył lodówkę. Na moment zaparło mu dech. Wnętrze lodówki było tak kolorowe jak ekran telewizora, tylko chłodniejsze. Czego w niej nie było! Były wędliny i sery, owoce i warzywa. Były puszki piwa i napojów. W myślach przeliczył te puszki na kapsle i nowych kumpli, nawet tych ze starszych klas. Aż mu zawirował świat przed oczyma. Jest nieskończenie, niewyobrażalnie, niemożliwie b o g a t y! Najbogatszy w klasie, a niechby i w szkole.

Na razie jednak puszki nie przedstawiały żadnej wartości. Należało je opróżnić. Najpierw wypił dwie cole i dwa sprite'y. Beknął. Zachciało mu się sikać. Wujek spał.

Artur podszedł do zlewu. Ten zlew został bardzo nisko zamocowany. Bez trudu, ściągnąwszy spodnie, odlał się do aluminiowej komory. Sikał po ściankach, żeby było ciszej. Na kratce odpływowej mocz pienił się niby morskie fale. Powstawały tęczowe bąbelki, pękające bezgłośnie. Trochę śmierdziało. Dlatego charknął. Plwocina przylgnęła do ścianki. Odkręcił wodę, żeby spłukać ślady.

Po napojach wypił dwie puszki budweisera. Nie smakowało mu. Potem wypił dwie puszki heinekena, cudownie zielone. Tak zielone, że smak nie miał znaczenia. Potem wypił czarną puszkę z apolitycznym napisem Cuba Libre.

Trochę go zemdliło. Rzucił pawia zupełnie swobodnie, z ominięciem własnej koszulki, niewielkiego. Ten paw był praktycznie pisklęciem, przedwcześnie wyklutym. Rzucenie pawia okazało się równie proste jak puszczanie kaczek. Pawia przykrył ścierką. Bardzo go to rozbawiło. Wydał z siebie krzyk, pawi albo łabędzi, w sensie — niemy. Wujek spał. No i gdzie podziali się rodzice?

Przypomniał sobie urywek rozmowy podsłuchanej na przyjęciu wydanym przez rodziców. Oni ciągle wydawali przyjęcia, ponieważ pracowali w dyplomacji, Artur zaś notorycznie podsłuchiwał. Zapamiętywał to, czego nie rozumiał. „P e r m a n e n t n i e zastanawiam się nad sensem życia", powiedział ojciec. Jakiś głos go zapytał: „No i?". Ojciec odpowiedział: „Zanim dojdę odpowiedzi, jestem kompletnie ululany". Śmiech.

Potem wypił dwie puszki guinnessa. Ciężkie i wstrętne, jakoś przemógł wstręt. Poklepał się po brzuchu, który urósł jak balonik. Beknął.

Następna puszka okazała się niewypałem. Zawierała jakieś żyjątka. Jakby ślimaki bez muszli. A taka ładna i niebieska. Żyjątka się nie zmarnują. W szkole podrzuci je do tornistra Alicji Kabel. Facetka się wścieknie. Znowu zrobi sobie z twarzy dupę. Bombowo. Za to kolejna puszka z napisem Carlsberg dała się wypić bez bólu.

Chwiejąc się, wstał z podłogi i na blacie stołu ustawił w równym — mniej więcej — rządku puszki. Niezłe. Prawdziwa naprawdę bomba, pomyślał.

Usiadł na podłodze. Miał jeszcze przed sobą złote puszki ze złotym bażantem. Otworzył pierwszą i zasnął.

Obudziły go jakieś odgłosy, jakby kłótni albo jakiejś innej formy wzajemnego okazywania sobie szacunku i rewerencji. Potem ktoś go szarpał za ramię. To była ciocia. Powiedziała:

— To niemożliwe.

Artur zauważył, że cały wytytłał się w swoim własnym pawiu. Dobrze, że ten był niewielki i mało kolorowy, prędzej jak wróbelek. Ciocia zawołała wujka. Wujek i ciocia zgodnie załamali ręce i patrzyli na siebie z wyrzutem. Mało brakowało, a skoczyliby sobie do oczu.

— Zabiorę go do łazienki, a ty doprowadź do porządku kuchnię — rozkazała ciocia.

Ciocia pomogła Arturowi wstać z podłogi. Jeszcze w kuchni zdjęła z niego zarzygany podkoszulek. Podkoszulek wylądował na podłodze. Wujek zaklął pod nosem. Z szafki wyciągnął plastikowy worek i do tego worka zaczął wrzucać puszki ze stołu. Artur rzucił się, chcąc obronić swoje skarby, jasnogórski klasztor.

— Tylko nie puszki! — wykrzyknął.

Ciocia pociągnęła go do siebie. Uderzyła otwartą dłonią w jego policzek. Artur się rozpłakał.

Ciocia zaprowadziła go do łazienki. Rozebrała i wepchnęła pod prysznic. Potem wyszła na korytarz. Artur już nie beczał. Jest przecież prawie dorosły. Nie będzie się mazać. Zemstę obmyśli później. Może podrzuci do ciotczynej torby te żyjątka z niebieskiej puszki?

Stojąc pod strumieniem wody, nie mógł nadziwić się własnemu ciału. Ależ wyrosło! Przede wszystkim wszędzie miał włosy. Na nogach, klatce piersiowej, no i dookoła siurka.

Prawdziwy las kabacki. Musi te włosy pokazać kolegom. Będą mu zazdrościć. I to jak! Może nawet pozwoli się dotknąć, ale na razie sam dotknął ręką własnych pośladków. Tam też wyrosły włosy. Nie mógł uwierzyć własnemu szczęściu. Wsadził w odbyt własny palec, niegłęboko, po paznokieć. Obejrzał palec. Gówno wyglądało zupełnie zwyczajnie. Jak zawsze. Zaśmiał się. Co za szczęście, że świat nigdy nie zmienia się od strony kuchennego wyjścia!

Nie użył mydła. Nie lubił się myć. Ciotka wepchnęła go pod prysznic, więc postał trochę. Potem wyszedł i się wytarł. Powąchał się, pachniał mlekiem i świeżym powietrzem — chyba, na przykład.

6.

Odbijało mu się regularnie. Niekiedy przykładał rękę do ust, tłumiąc beknięcie. Wtedy w nozdrza uderzał zapach truskawek. To dziwne. Artur wiedział, że truskawek ostatnio nie jadł. Wiedział też, że to, co się zjada, w środku poddawane jest działaniu jakichś kwasów oraz procesów gnilnych, i jak potem się beka, ewentualnie rzyga, to zapach nie jest truskawkowy. Zapach jest nieprzyjemny, coś pomiędzy łzami a kupą. Taki miszmasz.

Ciocia zaciągnęła go do sypialni. Położyła w wielkim łóżku, przykryła kołdrą. Artur patrzył, jak ciocia się rozbiera. Miała wielki brzuch. Ładna była. Jak z magnetowidu. Ciocia zgasiła światło i wyciągnęła się obok. To zaniepokoiło Artura. Zwykle sypiał sam; kiedy był mały, to z babcią; kilka nocy spał z matką, gdy gorączkował; ale z ciocią — nigdy.

Artur próbował sobie przypomnieć, skąd ta ciocia jest, czy może z Ameryki Stanów Zjednoczonych? Znał ją, nie miał wątpliwości, nie wiedział tylko skąd. To ciocia ze strony matki czy ojca? Bo każda ciocia musi mieć stronę. I gdzie są rodzice?

Chciał zapytać o to wszystko, lecz znowu mu się odbiło truskawkami. Poza tym ciocia zasnęła. Oddychała równomiernie.

Kręciło mu się w głowie. Chyba z gorączki.

Artur poczuł, jak ciotczyna ręka wślizguje się pod gumkę piżamowych spodni, żeby objąć i zacisnąć się na jego pośladku. Artur leżał na brzuchu, pośladki miał niewielkie; to pierwsze nie wynikało z drugiego, podobnie jak drugie nie wynikało z pierwszego.

Miał nadzieję, że ręka cioci uwolni jego pośladek i popełznie dalej. Sama myśl o tym, obsceniczna i rozkoszna jednocześnie, doprowadziła do erekcji. Artur bał się: przypuszczał, że gdy ciocia dotknie jego członka, to wtedy on zostanie ojcem. Przypominał sobie niezbyt wyraźnie jakiś obraz, chyba z Kaplicy Sykstyńskiej, Michała Anioła, obraz, na którym czyjaś ręka dotykała czyjegoś członka; a może jednak ręki? Te stare obrazy nie zachowały się zbyt dobrze do naszych czasów.

I tak spędził noc, w strachu, podnieceniu, alkoholowym zatruciu. Rozwidniało się, zadzwonił budzik, Artur zacisnął powieki, a ciocia cofnęła swoją rękę z jego pośladka, tak jak cofa się obietnicę nagrody.

Ciocia przeciągnęła się, wstała, wyszła z sypialni. Arturowi bardzo chciało się sikać, mimo to nie podniósł się z łóżka. Po prostu bał się podnieść, dopóki ciocia jest w mieszkaniu. Coś mu mówiło, że ciocia niedługo wyjdzie do swojej pracy w obozie farmaceutycznym. I rzeczywiście, nie upłynęła godzina, co dla pęcherza trwało kilka wieczności, a usłyszał, jak drzwi wejściowe się zamykają. Z ulgi o mało nie popuścił w prześcieradło.

Poszedł do toalety. Podniósł deskę. Usiadł. Sikał długo, nie spieszył się, ciurli-ciurli, przyglądał się delikatnemu rysunkowi liści na kafelkach. Nacisnął spłuczkę. Super klop. Jak z filmu SF.

Artur postanowił wrócić do łóżka. Skoro nikt nie wyprawiał go do szkoły, to znaczyło, że może leniuchować. Poza tym nadal kręciło mu się w głowie. No i był pewien, że nie odrobił pracy domowej. Nawet nie pamiętał, co zadano.

Wracając do sypialni, pomylił drogę i znalazł się w salonie. Na sofie nadal spał wujek. Jego noga wystrzeliła w górę niby minaret. Widział w podręczniku wieże minaretu: Hagia Sofia w Konstantynopolu. Konstantynopol już nie istnieje. Zmienił imię jak człowiek po bierzmowaniu. Mimo to noga wujka pasowała do porównania. Artur podszedł do sofy. Nie do końca uświadamiając sobie, co robi, połaskotał wujka w podeszwę. Wujek chrząknął, schował nogę pod kołdrę, otworzył oko: najpierw jedno, po nim drugie, i powiedział z zaśpiewem muezina:

— O, już wstałeś.

Wujek zamknął oczy, następnie otworzył je gwałtownie; aż dziw, że powieki nie odpadły. Zerwał się z posłania.

— Arturku, nie denerwuj się. Zaraz ci wyjaśnię, co tu robię.

— Jestem bardzo niezdenerwowany — odpowiedział Artur.

Wujek wstał szybko, wciągnął na siebie podkoszulek. Potem poszedł do kuchni. Artur usiadł na sofie, w ciepłym, wygrzanym miejscu. Przykrył się nawet kołdrą. To kłopotliwe, pomyślał, tak niewiele pamiętać, a jednocześnie to bardzo miłe. Może ten spanikowany wujek jest moim ulubionym wujkiem? Z Ameryki albo Kanady? W Kanadzie jest Quebec oraz łososie. To pamiętał. Oraz Kanadyjska Policja Konna.

Wujek przygotował mu śniadanie (dwa tosty oraz szklanka soku pomarańczowego). Artur zjadł, potem musiał połknąć kilka tabletek.

— Chcesz kawy?

— Nie wolno mi — odpowiedział Artur — ale chcę.

— No to zaraz zaparzę.

— Dzięki, wujku.

Wujek zaczął się śmiać. Zadzwoniła komórka.

— O — powiedział — dzwoni twoja... dzwoni pani ciocia. Wujek odebrał.

— Co?! Zapewnienie o czym?! O nieistnieniu okoliczności wykluczających zawarcie małżeństwa? I ja mam to napisać?! No jasne, sorki, Artur, oczywiście, że Artur. Wiesz co, Kamuś, łatwiej przekonasz sałatę niż twego ukochanego do napisania czegokolwiek — pauza. — Co robi? Psuje właśnie ekspres do kawy. O nie, nie jestem złośliwy. Jestem pedałem. Jakbyś zapomniała — pauza, pauza. — Nie przepraszaj. To ja się nieodpowiednio zachowałem. To ja cię przepraszam. Nie płacz. Jesteś w ciąży. Jeszcze się odwodnisz.

IMIĘ

Nazywam się Imię. Mój rodzaj jest nijaki. Jestem pozbawione pierwszo-, drugo- i trzeciorzędnych cech płciowych: jeśli zarost, to nie na mnie, jeśli jabłko Adama, to nie w mojej szyi, a szyja — nie w moim sadzie. Mimo że nie mam genitaliów, zdarza mi się nosić miano: chuja, pizdy, kutasa, cipy. Mogłobym układać rymowanki z tych mian: pizda okręt chuj śrubokręt, na przykład.

Jestem niezbędne. Jestem związane z każdą żywą istotą. Potrafię przetrwać śmierć, chociaż — przyznaję — nie zawsze.

Niekiedy przylegam tak mocno jak piętno. Bywam tatuowane i skuwane ze starożytnych reliefów. Zapominane i nagle przywołane. Pojedyncze i wielokrotne. Święte i zbrukane. Rzucane na wiatr i ze splunięciem. Wypowiadane przed snem i przemilczane na co dzień. W ścisłym związku z prawie wszystkim: pogardą miłością nienawiścią, na przykład.

Pojawiam się w paszportach i dowodach osobistych. Data ważności mnie upływa zwykle po dziesięciu latach. Potem należy mnie odnowić w stosownym urzędzie. Czasem bezpłatnie.

Mam znaczenie.

Moje znaczenia występują w imienniku.

Umiem się przyśnić.

KAMA

1.

Kiedy Artur wyszedł, Kama wylała do zlewu dwie butelki wody mineralnej. Nie wiedziała, dlaczego to zrobiła. Może w ten sposób zapewniła sobie alibi? Nie lubiła, gdy przyłapywało ją na kłamstwie lub nieuwadze — uraz z dzieciństwa.

Chciała pobyć sama. Wymęczyło ją rodzinne spotkanie. Wszystko poszło dobrze, chyba. Rodzice Kamy polubili Artura, polubiwszy jego kosztowny samochód, czyli jednak Artura. Dawno temu zauważyła, że ludzie mylą ludzi z rzeczami, ze szkodą dla rzeczy — rzeczy są niewinne.

Być może z powodu własnej rozchwianej równowagi hormonalnej urodziny babci wydawały się Kamie nieszczere i przerysowane, lub raczej — narysowane zbyt grubą kreską. Ciotka Olga zachowywała się niczym dziecko we mgle, nieporadna i dająca każdym gestem do zrozumienia, że skrywa tajemnicę. Anka wybuchała krótkim, fałszywym śmiechem, maskującym zmęczenie albo jakieś grzeszki. Nawet babcia WKU, Wielka Królowa Upierdliwości, tak ją Kama nazywała w myślach, nie była sobą: grzeczna i łagodna, taktowna, po dwóch kieliszkach nalewki zdobyła się na dwie piękne, przejrzyste jak górski kryształ łzy, po jednej łzie na wojnę światową. I coś jeszcze kapnęło z nosa, na przyszłość.

Kama otworzyła butelkę czerwonego wina. Lekarz pozwolił, kieliszek, dwa dziennie, do obiadu lub kolacji, jeśli już musi. Nie musiała, ponadto była po obiedzie, mimo to otworzyła butelkę. Korek wyskoczył z plaśnięciem niby język odrywający się od podniebienia.

Wolałaby już urodzić, gdyby to od niej zależało. Zajęłaby się dzieckiem. Dziecko zajęłoby się jej czasem, wypełniło wszystkie godziny, nosiłaby pod oczyma podkowy z niewyspania jak ciężkie naszyjniki: czarne perły worków i rubiny przekrwionego białka.

Klapnęła na fotel, bezkształtna i ciężka niczym stos kamieni. Sączyła wino malutkimi łyczkami, w drugiej ręce trzymała pilota. Przeskakiwała z kanału na kanał, bez fonii, wyłącznie obrazki. Nie potrzebowała komentarza.

Zadzwonił telefon. To pewnie ten niezguła, Artur, pomyślała, nie wie, jaką wodę kupić. Podniosła się ze stęknięciem, do słuchawki rzuciła:

— Nałęczowianka.

Wróciła na fotel.

Zdrzemnęła się, obudził ją dopiero brzęk odkładanych na stolik kluczy. Poczłapała do kuchni, Artur wyjmował butelki wody.

— Dlaczego kupiłeś żywca? — zapytała ze złością. — Mówiłam, n a ł ę c z o w i a n k a, głuchy jesteś?

Nie dał się sprowokować. Artur coraz częściej puszczał mimo uszu jej złośliwości, rzadko podejmował rękawicę, co Kamę irytowało, czasem nawet mamrotała pod nosem, ale na tyle wyraźnie, żeby mógł usłyszeć: „Mąż pierdoła".

Obawiała się pokazać mu rodzinę. Wstydziła się rodziny, wszyscy wykonywali zwyczajne zawody, w większości niewymagające nawet matury: robotnik budowlany, sklepikarka, pracownik tartaku, alkoholik, emeryt, rolnik — świat ludzi zdecydowanie poniżej średniej krajowej. Nie pasowali do high-life'u Artura. Nie pasowali nawet do jej posady: jedna z warszawskich wicedyrektorów działu badawczego dużej firmy farmaceutycznej.

Obawiała się pokazać mu rodzinę. Nie chciała, aby on pomyślał, że poślubia kogoś z genami skażonymi brakiem ambicji, z mózgiem zabajonym biesiadnym humorem TVP, utrzymywanej, bladź, z abonamentu, który ona płaciła z praworządności, zgrzytając zębami ze złości. Kama uważała, że jeśli chce narzekać na telewizję publiczną, musi ją finansować. Że jeśli chce narzekać na dzieci — musi urodzić; jeśli na męża — musi go poślubić.

Obawiała się pokazać mu rodzinę. Poszło chyba dobrze. Artur nie zdawał sobie sprawy z napięcia, jakie wywołało w niej spotkanie. Sam zresztą siedział spięty i małomówny. Poszło chyba dobrze. Była mu wdzięczna. Dlatego nie zrobiła awantury w drodze powrotnej. Miała nadzieję, że Artur to zauważył i docenił.

Kama krzywiła się, myśląc o osiemdziesiątych urodzinach własnej babci. Krzywiła się przez dwa tygodnie, aż machnęła ręką:

— Chcesz, pojedziemy — powiedziała.

Pojechali i wrócili. Żywi. Nadal razem.

Artur siedział teraz za biurkiem. Przeglądał jakieś dokumenty w komputerze. Obok stała szklaneczka whisky. Kama podeszła cicho, w jej rodzinie kobiety umiały zbliżać się bezszelestnie, i położyła mu dłoń na ramieniu. Potem przytuliła się do niego, szepnęła:

— Przepraszam.

Przestraszyła się — tak nagle jak w horrorze, gdy ktoś bez ostrzeżenia wypada zza węgła z siekierą — że Artur może zniknąć. Ten spokojny, nudny, dobrze sytuowany mężczyzna, którego wybrała na męża i ojca swoich dzieci.

Klapnęła na podłogę, ostatnio prawie wszystko robiła nie- zdarnie, kiepskie noty za styl, nawet awantury, zamiast się wzbijać w przestworza ironii, człapały jak ptak dodo, wymar- ły zresztą, do szczętu.

Odsunęła fotel od biurka, siły miała za dwoje, z równą łatwością mogłaby odsunąć pozbawione kółek biurko od fotela zajmowanego przez Artura.

— Co robisz? — zapytał. — Przecież widzisz, że pracuję.

— Zamknij się — warknęła zalotnie.

Rozpięła mu rozporek.

Na początku chyba się bał, miękki i nieprzydatny, wreszcie zesztywniał. Doszedł, długo to trwało, Kama myślała, że zapadnie na chorobę morską od tego kolebania własną głową wte i nazad.

— Dzięki — powiedział Artur, gdy wstawała.

Szlag ją trafił:

— Prezent na osiemdziesiąte urodziny mojej babci — wy- dusiła.

Skierowała się do łazienki, musi umyć zęby, mężczyźni są głupi, mój Boże, jak bardzo głupi, pomyślała, jeżeli urodzę syna, to odetnę mu siusiaka, nie pępowinę. Pępowinę zosta- wię na później. Z nie odciętą pępowiną da się żyć, z kutasem pod jednym dachem — nigdy.

2.

Odkąd zaczęła nosić luźniejsze sukienki, maskujące ogrom- niejący brzuch, koledzy i koleżanki z pracy unikali jej, traktu- jąc jak zadżumioną, jakby mogli się od niej zarazić nieuleczal- ną chorobą, na przykład ciążą albo rzymskim katolicyzmem. Bardzo ją to irytowało. Nie musi przecież czekać do czter- dziestki, żeby w panice rodzić dziecko, modląc się, aby nie okazało się downiątkiem, ewentualnie — adoptować Mu- rzynka. Jeszcze będziecie mi zazdrościć, myślała, wasze cipy wyschną, biust opadnie i zostaniecie same, a ja będę miała gromadkę dzieci, męża i mojego pana Boga w hostii i winie; nie przyjdzie mi do głowy zastanawiać się nad tym, czy życie ma sens, bo nie znajdę na to czasu. Każdy oszukuje się jak może, ja swoją ścieżkę już wybrałam: rodzina w ujęciu zachodniochrześcijańskim.

Mimo to, mimo podjętych decyzji Kama musiała przyznać, niechętnie, że coś jest na rzeczy w powszechnej niechęci do zawierania związków małżeńskich. Egoizm? Materializm? Snobizm? Małżeństwo jako archaiczna, niedopasowana do współczesnego świata forma wiążąca ludzi? Przeterminowany sakrament?

Jeżeli ktoś ze znajomych Kamy zakładał rodzinę, to tylko po to, żeby móc się rozliczać korzystniej z fiskusem, albo po to, by załatwić czy ułatwić rozliczne, czysto praktyczne kwestie. Małżeństwo przestało być głębokim związkiem dwojga ludzi, a stało się firmą, spółką z ograniczoną odpowiedzialnością, której działalność wolno bez większego trudu zawiesić albo nawet — ogłosić upadłość, bankructwo. Wyznaczyć syndyka masy upadłościowej, teściową na przykład.

Gdyby Kama odebrała wykształcenie mniej farmaceutyczne, a bardziej humanistyczne, wiedziałaby, iż monogamiczne małżeństwo jest jedną z wielu form wiążących ludzi. Gdyby Kama odebrała wychowanie mniej rzymskokatolickie, a bardziej feministyczne, wiedziałaby, iż małżeństwo jako głęboki związek dwojga ludzi jest pomysłem stosunkowo nowym i z gruntu literackim, małżeństwo w takim kształcie bowiem dotarło pod strzechy razem z Gutenbergiem, a przecież wcześniej — i długo później — małżeństwo stanowiło o pogłębieniu patriarchalnej wizji świata, w której rola kobiety została zredukowana do urządzenia służącego rozpłodowi i pracy. Kobieta, stworzona z Adamowego żebra, długo nie miała duszy, bodaj do soboru trydenckiego. Gdyby Abraham miał córkę

Izaaka, Bóg — Kama nie wątpiła w to ani chwili — pozwoliłby ją zaszlachtować. Bóg był jak świat, okropny, dlatego Kama w Niego wierzyła, najczęściej w niedzielę przed obiadem.

Poniedziałek to dzień papierkowej roboty, Kama nienawidziła papierków, rubryk, kolumn. Przed lunchem zadzwonił Maciek, daleki przyjaciel i serdeczny znajomy, obecnie przybity i smutny. Umówili się w Szpulce na placu Trzech Krzyży, o siódmej. Pewnie jakiś zawód miłosny, pomyślała, i to właśnie stanowi o przewadze związków heteroseksualnych nad homoseksualnymi. My, myślała Kama, możemy mieć dzieci; obsługując je, trudno znaleźć czas na zawody miłosne. Oni, myślała, są skazani na świat niepotrzebnych emocji, czują, co ślina im na serce przyniesie, bo poza uczuciami (najczęściej rozczarowaniami) nie mają czym wypełnić pustki.

Kama wiedziała, co czuje i jak powinien wyglądać świat. Wiedziała, co jest dobre, a co złe. Po części wyniosła tę pewność z domu, po części — samodzielnie wyciągnęła wnioski z zastanego obrazu. Kama — z pełną odpowiedzialnością możemy sobie pozwolić na takie stwierdzenie — jest pośród naszych bohaterek tą, której rzeczywistość ma najwyraźniej określone granice. Która nie ma trudności — w czym podobna jest do biblijnych proroków — z odsianiem ziarna od plew. O tym, czy sito jest odpowiednie, nie nam wyrokować.

Kama, jako małomiasteczkowa i świeżo upieczona członkini wielkomiejskiej wspólnoty, uznała, że z pewnymi zjawiskami musi się pogodzić: na przykład ze smogiem, korkami, pedałami oraz lesbami (w myślach nie korzystała z bardziej poprawnych politycznie określeń) (pejoratywne określenia dobrze oddawały jej niechęć do wszelkiej inności czy mniejszości) (mniejszość nie leży w interesie firm farmaceutycznych).

Nauczyła się prostej sztuczki: nie krytykować ludzi, pomiędzy którymi się obracała, a wszystko ułoży się samo i po jej myśli; brak krytyki zostanie wzięty za wyraz tolerancji i luzu. Ta tolerancja i ten luz, domyślone przez otoczenie, to w istocie zlepek oportunizmu i konformizmu. Kamę nawet bawiło takie przełożenie pojęć z języka ogółu na jej prywatny język. Bawiło ją, ponieważ miała poczucie humoru, nienachalne i niezmiernie rzadko uzewnętrzniane.

Skorośmy przystali na bezpośrednią charakterystykę Kamy, nie pozwalając jej schronić się w gąszczu zdarzeń i sytuacji, zawsze bardziej wielowymiarowych i pośrednich, dopowiemy, że Kama zaliczała się do tej mniejszości, która popierała polityków narodowej prawicy; Kama chciała, aby w preambule Europejskiej Konstytucji pojawił się zapis o wartościach chrześcijańskich; Kama sprawnie godziła świat wewnętrznych przekonań ze światem zewnętrznych zachowań, pomiędzy tymi światami istniała nić prawdziwego porozumienia, głęboko skryta i opacznie interpretowana przez jej otoczenie, co Kamę — powtórzmy — bawiło, ponieważ miała poczucie humoru, dystyngowane, czy też mgławicowe, ale zawsze.

Zadzwoniła do Artura, żeby go poinformować, iż wróci później.

— Świetnie się składa, bo spotykam się z Pawłem.

— Rzeczywiście, świetnie. Mam dużo pracy. Do wieczora.

Kama nie znosiła Pawła. Podła, próżna ciota, tak o nim myślała, niekiedy karcąc się za te myśli, najczęściej w święta kościelne i państwowe, kiedy to zostawało trochę więcej czasu, żeby być dobrym człowiekiem. Maciek to co innego niż Paweł, jego chłopak; Maciek, bardzo młody i jeszcze nie zepsuty, jeszcze się wyleczy, zostanie heterykiem i założy rodzinę. Już mu Kama w tym pomoże: żeby był szczęśliwy, w sensie że. Z kobietą. Dzieckiem. Kredytem. Jak prawdziwy mężczyzna.

Około pierwszej zeszła do niewielkiej hinduskiej restauracji, gdzie zwykle jadła obiad. Uwielbiała indyjską kuchnię, wyraźne, głębokie smaki. Kama z racji farmaceutycznego wykształcenia i ciekawości świata nie przekraczającej granic własnej gminy, w porywach sięgającej województwa, wiedziała o Indiach tyle, co nic, albo też tyle, co zjadła. To, co zjadła, wędrowało do kanalizacji, to, co wiedziała — tam powinno wylądować.

Poprosiła o kawę.

— Nie ma.

— To sok z mango.

Przed spotkaniem z Maćkiem wpadła do sephory, kupiła kilka bardzo drogich kosmetyków, płacąc kartą Artura: za karę, że ośmielił się spotkać z Pawłem, tą zadowoloną z siebie, pustą jak wydmuszka gnidą.

Kama nie miewała snów erotycznych. Miała jeden sen, czy też senne marzenie, lecz snute w istocie na jawie i świadomie: wyobrażała sobie, że z jej tułowia wyrastają dwie pary ogromnych skrzydeł z pawimi okami, a w dłoni dzierży świetlisty miecz. I staje się aniołem zagłady, wypalając dewiacje i pomagając sprawiedliwym, na przykład: niszczy Iran za chęć posiadania bomby atomowej. Po zniszczeniu Iranu Kama odbiera Pokojową Nagrodę Nobla, skromnie ubrana w szarą suknię. „Dziękuję bardzo za nagrodę. Nie spodziewałam się, naprawdę. Ten milion euro przeznaczam na własne potrzeby". Prawdopodobnie ów sen snuty w pełni władz umysłowych mieścił się w kategorii snów erotycznych lub kompensacyjnych. To było najprawdziwsze marzenie senne, dwuwartościową logikę jawy diabli bowiem brali: Kama niszczyła Iran, wypierając z pamięci, że w ten sposób wspiera Izrael. Kama nie określała się jako antysemitka, mimo to cieszyła się, że Izrael nie leży w Europie. Wszelkie podważanie jej geograficznej wiedzy, na przykład Festiwal Eurowizji, niezmiernie ją drażniło.

Przyszła pierwsza do Szpulki.

— Poproszę kawę.

— Nie ma.

— Dziwne.

— No nie?

— To sok z mango albo bananów, wszystko jedno. Byle szybko.

Maciek spóźnił się dwadzieścia minut. Na jego obronę powiemy, że wysłał esemesa — którego Kama nie przeczytała — informującego o spóźnieniu: „spoznie sie o 15, 3maj sie".

— Straszne korki. Sorki — przeprosił. Potem streścił sobotnio-niedzielne zdarzenia, krótką historię nakrycia swego partnera in flagranti. — Kiedy wróciłem w poniedziałek do domu, myślałem, że wszystko mi się przyśniło. Ale nie, znikły rzeczy Pawła, ubrania, książki. Kutas zabrał nawet żelazko i kawę. Bardzo za nim tęsknię. Ja go kochałem.

— Będzie dobrze. Widzisz, nawet użyłeś czasu przeszłego.

— To przez nieuwagę. Kategoria gramatyczna nie oddaje moich emocji ni uczuć — powiedział z niezwyczajną oschłością i dystansem.

Siedzieli ze dwie godziny. Nie rozmawiali o Pawle, wszystko zostało powiedziane; tych kilka zdań to było wszystko, co można powiedzieć. Maciek mówił o problemach w pracy, o książce Michała Witkowskiego („Świetna!"), pytał o dziecko i Artura, słowem — klasyczna i wyzbyta znaczenia rozmowa, którą później księguje się w rubryce: udane i bogate życie towarzyskie.

— Muszę już iść — stwierdziła Kama nagle, sięgając do torebki.

— Ja zapraszam.

— Dzięki.

3.

Omal nie doprowadziła do wypadku. Nie zauważyła czerwonego światła. Tylko ułamki sekund i metrów pozwoliły jej (oraz czarnemu range roverowi) wyjść bez szwanku, draśnięcia.

Zdenerwowana zjechała na pobocze, co nie było wcale takie proste w zatłoczonym mieście. Wcisnęła się między kiosk Ruchu i dostawczego fiata ducato. Mandat za takie parkowanie — dwieście złotych. W uszach ciągle jeszcze słyszała klakson wozu, z którym prawie się zderzyła.

Gdyby doszło do wypadku, prawdopodobnie by przeżyła. Prowadziła bardzo bezpieczny samochód. Nie jechała szybko. Wyjątkowo zapięła pasy.

Od dwóch tygodni nie zapinała pasów, brzuch przeszkadzał. Dziś przez roztargnienie zapięła. Roztargnienie mogłoby uratować jej życie, gdyby doszło do wypadku. Nie doszło.

A jednak takie otarcie się o śmierć, niebezpośrednie, Kama bowiem siedziała w aucie — żeby dostać się do jej ciała, należało pokonać blachę, tworzywa sztuczne i poduszki powietrzne — wytrąca człowieka z równowagi.

Kama przypomniała sobie, że jest śmiertelna, nawet bardzo. Dusza Kamy jest oczywiście nieśmiertelna. Nieśmiertelność duszy w kontekście śmiertelności ciała to tylko scholastyczne dywagacje. Monty Python.

Kama oparła dłonie na kierownicy. Palce już nie drżały. Kątem oka spojrzała w lusterko. W pierwszej chwili nie rozpoznała własnej twarzy. Właśnie w tym momencie, między spojrzeniem na czerwono pomalowane paznokcie a siebie samą, pomniejszoną i zawieszoną w samochodowym lusterku, Kama utraciła wiarę, a z wiarą — duszę, powiedzmy.

Utrata wiary dokonała się w Kamie w ułamku sekundy. Mniej więcej tyle czasu zabiera uwierzenie.

Kiedyś sprawdzono, czy dusza ma wagę. Podobno po śmierci ciało staje się lżejsze o dwadzieścia jeden gramów, waga duszy. Być może we wcześniejszych stuleciach rzeczywiście tak było, dusza tyle ważyła. W XX wieku nie stwierdzono już żadnej różnicy między żywym a martwym, nie w gramach. Być może dusza schudła. Być może wagi stały się dokładniejsze.

Kilkadziesiąt lat temu sprawdzono, czy informacja ma wagę. Do pamięci komputera wielkiego jak szafa ładowano bajty informacji. Komputer został zważony na początku i na końcu eksperymentu. Różnica pojawiła się w odległym miejscu po przecinku. Tak odległym, że w grę wchodził błąd pomiaru. Komputer wypełniony informacją okazał się lżejszy.

Tak nagła utrata wiary wydaje się zaskakująca. Kama jeszcze kilka sekund temu nie miała najmniejszych wątpliwości, że Bóg istnieje, że Sąd nastanie, że Dekalog zasługuje na wielką literę, podobnie jak Bóg, Honor i Ojczyzna zasługują. Kama właśnie wywinęła się z wypadku, co — na zdrowy rozum — powinno w niej wzmocnić wiarę w opatrzność boską. Powinna myśleć, że Bóg ją ocalił. I jej dziecko. Powinna podziękować, zamówić mszę, zrobić przelew typu caritas. Lecz ludzie rzadko myślą to, co pomyśleć powinni.

Kama, rozpoznawszy siebie samą w ramce samochodowego lusterka, zrozumiała, że nie ma już w niej Boga. Nie poczuła się ani cięższa, ani lżejsza. W ogóle nic nie poczuła. Trzeba będzie odwołać kościelny ślub, postanowiła.

4.

Ledwie dotarła do pracy, już musiała z niej wybiegać i pędzić do kliniki: chodziło o Artura, lekarka zadzwoniła, pani Rybak.

Artur leżał w gabinecie przykryty do pasa prześcieradłem. Gdyby nie jego oczy śledzące fikcyjną fabularną muchę spacerującą po suficie, można by wziąć go za trupa, z tych w dobrym stanie.

Kama zdążyła tylko wymienić się z doktor Rybak formułkami powitalnymi, gdy do gabinetu wpadł Paweł. Zanim Kama się zastanowiła, co on tu robi i jakim cudem, przemówiła doktor Rybak, nie bez jadu:

— Panie Arturze, czy któraś z osób w tym pokoju jest pańską narzeczoną?

Artur oderwał wzrok od sufitu. Spojrzał na Kamę i Pawła, potem na lekarkę.

— Nie wiem — odpowiedział.

Doktor Rybak rozłożyła znacząco dłonie na użytek Kamy i Pawła, jak iluzjonista, któremu sztuczka bardzo się udała, i to bez pomocy kapelusza. Powiedziała:

— Zaraz do pana wrócimy. Proszę grzecznie leżeć.

— Tak jest, Doktor-Rybak-Artur-Wojski.

Artur zachichotał.

Doktor Rybak zaprosiła Kamę i Pawła do niewielkiego pomieszczenia na końcu korytarza. Pomieszczenie prezentowało się na tyle komfortowo, że można było się domyślać, iż właśnie tutaj przekazywano pacjentowi lub jego rodzinie nieprzyjemne wieści. Na przykład faktury za usługi.

— Nie wiem, kto z państwa jest n a r z e c z o n ą Artura Wojskiego — rozpoczęła doktor Rybak protekcjonalnie; obecni w pokoju przerwali jej jednocześnie:

— Ja — powiedziała Kama.

— Ona — powiedział Paweł, oskarżycielsko wskazując palcem na Kamę.

— Świetnie — stwierdziła lekarka kwaśno. — Pierwszy krok w kierunku właściwej diagnozy został uczyniony. — Milczeli przez chwilę. — Nie jestem psychiatrą ani psychologiem — podjęła temat pani doktor. — Zajmuję się zdrowymi ludźmi. Przypadek pana Artura Wojskiego przekracza moje kompetencje. Podałam środki na zbicie gorączki. Mogłam mu jeszcze podać środki nasenne albo uspokajające, ale on jest i senny, i spokojny.

— Czy on majaczy?

— Nie wiem. Mam wrażenie, że to jakiś regres rozwojowy. Że pod niektórymi względami cofnął się do poziomu nastolatka, albo nawet kilkulatka. Nie wiem. Nie znam się na nieletnich. Rzuciłam pediatrię. Z najwyższą radością zresztą.

— Co pani doktor proponuje?

— Albo położyć go do szpitala. Niech przeprowadzą badania. Albo zabrać go do domu. Może to tylko chwilowa zapaść. Odrzucenie dorosłości. Wiecie państwo, że przeszczepy niekiedy są przez ciało odrzucane. Decyzja należy do pani.

Kama milczała. Poprosiła lekarkę o pięć minut do namysłu. I telefon do przyjaciela, chciała dodać, lecz doktor Rybak już opuściła pokój.

Kama siedziała w fotelu. Po drugiej stronie niskiego stolika w identycznym fotelu tkwił Paweł. Nie lubiła Pawła. To nielubienie było czymś, co pamiętała, lecz czego w tamtej chwili nie odczuwała.

— Jak się tutaj znalazłeś? — zapytała.

— Ta lekarka zadzwoniła do mnie. Artur jej powiedział, że jestem jego... narzeczoną. A przynajmniej tak to ta baba zrozumiała.

— Co byś zrobił na moim miejscu?

Paweł chrząknął. Nie pałał do Kamy szczególną sympatią.

— Chyba zabrałbym go do domu. Na szpital nigdy nie jest za późno.

— No tak, tak. Ale ja pracuję. Nie mogłabym przy nim być cały czas.

— Mam zaległy urlop. Jeśli chcesz, mogę z nim siedzieć, kiedy będziesz w pracy. Przez kilka dni. Nie dłużej. — Kama spojrzała na niego tym swoim szczególnym nieokreślonym spojrzeniem, miękkim i galaretowatym, jednocześnie okrągłym jak perła i ostrym jak krawędź muszli. — No co?! — prawie wykrzyknął, unosząc ręce w geście kapitulacji. — To przecież mój przyjaciel!

— Pomożesz mi? Naprawdę?

Artur ubrał się sam. Trzeba mu było tylko zawiązać sznurówki. Nie radził sobie z nimi mimo najlepszych chęci. Kama została w klinice, aby dopełnić formalności. Paweł wyszedł z Arturem. Artur pociągnął go do taksówki. Taksówkarz mruknął, że długo to trwało, już stracił nadzieję, za to taksometr nie — pracował nieprzerwanie.

Kama nie pojechała bezpośrednio do domu. To był bardzo trudny dzień: wypadek, którego nie było, i jej Bóg, którego też nie było. I narzeczony, który nagle wymknął się z dorosłości.

Potrzebowała samotności. Pojechała do kina. Na sali zebrało się nie więcej niż dziesięć osób. Obejrzała film Woody'ego Allena. Nie zaśmiała się ani razu. *Match Point*, czyli *Wszystko gra*.

Nie grało.

5.

Kiedy wróciła do kuchni, Paweł uprzątnął już podłogę. W worku na śmieci znikły puszki, ścierka, podkoszulek Artura. Paweł wycierał stół.

— Przepraszam, że na ciebie nakrzyczałam — powiedziała.

— Nie ma sprawy — odpowiedział. — Nie powinienem zasypiać.

Usiadła przy stole.

— Nalejesz mi wina? — zapytała.

— Jeśli Artur coś zostawił…

Paweł wyjął z lodówki napoczętą butelkę. Nie wiedział, gdzie są kieliszki, dlatego rozlał wino do dwóch kubków.

— Zdrowie — powiedziała.

— Zdrowie — odparł posłusznie.

— Idę na ósmą rano. Może powinieneś przenocować tutaj. Tak byłoby prościej. Poza tym nie masz gdzie mieszkać. Maciek cię wyrzucił.

Siedzieli przy stole bez słowa. Niespodziewana i dziwaczna koalicja. Kama i Paweł. Zjednoczeni i postawieni wobec… no właśnie — wobec czego? Kogo?

Kama czuła przede wszystkim zmęczenie. Zmęczenie, które nie pochodziło z niej, raczej zostało jej narzucone niczym ciężki płaszcz. Nie potrafiła przypomnieć sobie, dlaczego wcześniej nie lubiła Pawła, tej próżnej cioty, jak zdarzało jej się nieraz myśleć.

Cały dzień wydawał się absolutnie niezrozumiały i niemożliwy. Od śniadania i samochodowego wypadku (mało brakowało) przez wizytę w klinice, samotny seans kinowy, aż po zdarzenie sprzed bodaj kwadransa: zarzygany, pijany i śpiący na kuchennej podłodze Artur.

— Muszę chyba odwołać ślub — powiedziała bardziej do siebie niż Pawła.

— Może powinnaś poczekać? Odwołać zawsze zdążysz.

— Chciałam powiedzieć: odwołać wesele i ślub kościelny. Ślub cywilny muszę wziąć jak najszybciej, choćby jutro.

— Nie rozumiem.

Kama nie potrafiłaby wytłumaczyć — ani sobie, ani Pawłowi — dlaczego tak pilnie m u s i zalegalizować związek z Arturem. Ten niewytłumaczalny legalistyczny przymus miał w sobie coś z Kantowskiego imperatywu warunkowego. Kama niewiele wiedziała o imperatywach, zarówno tych hipotetycznych, jak i kategorycznych. W okolicznościach, w których się znalazła, nie znajdowała innego rozwiązania.

— Ja też nie rozumiem — westchnęła. — Jest jeszcze wino?

Paweł potrząsnął pustą butelką.

— To dobrze. W zasadzie nie powinnam pić.

Wstała ciężko. Paweł również się podniósł w kurtuazyjnym i niedzisiejszym, daremnym już geście. Kawalerowie kiedyś wstawali, gdy damy odchodziły od stołu.

— Pójdę chyba się położyć — powiedziała. — Zaraz wyciągnę czystą pościel. Nie masz nic przeciwko, żeby spać w salonie?

— Skądże znowu — odpowiedział.

Kamę zdziwiło słowo „skądże", nie słyszała go od lat.

W salonie oblekła poduszkę i kołdrę. Kanapa była dość krótka, a przynajmniej krótsza od Pawła.

W łazience paliło się światło. Weszła bez pukania. Artur siedział nago na płytkach terakoty i z zainteresowaniem czytał etykiety na opakowaniach kosmetyków.

Wyszła, aby zaraz wrócić z piżamą.

— Załóż to — powiedziała.

Artur ubrał się posłusznie.

— Umyłeś zęby? — zapytała.

Nie odpowiedział.

— No dobrze, dziś możesz nie myć. Dzień dziecka. Idź już do sypialni.

Kiedy Artur poszedł — wcale nie była pewna, czy do sypialni — Kama odkręciła kurek, napuszczając do wanny ciepłej wody.

Usiadła na taborecie i patrzyła na kłęby pary, na pianę, na zacierający się rysunek na kafelkach. Potem wyciągnęła się w wannie. Woda była za gorąca, dokładnie taka, jaką lubiła. Objęła rękoma swój brzuch. Powinnam teraz się rozpłakać, pomyślała, tylko po co?

Ciepła woda wypierała ból z mięśni, ścięła również mózg niby wrzący olej jajko. Co za ulga.

Prawdziwa ulga.

Łatwo dostępna.

6.

Do pracy pojechała taksówką. Weszła do swojego gabinetu. Zakazała sekretarce łączyć telefony.

— Nie ma mnie — powiedziała. — Dla nikogo.

— A dla samego szefa?

— Dla szefa też mnie nie ma.

— Ale jak?

— Powiedz, że osobiście dobijam testery od tego nieudanego psychotropu, anakatastasis, żeby nie udzieliły wywiadu tabloidom. Nie wiem. Wymyśl coś.

— Nie trzeba tak ostro.

— Przepraszam. Jestem w ciąży.

— Marna wymówka.

— Wiedziałam, że to był zły pomysł.

— Jaki?

— Zaprzyjaźnić się z sekretarką.

Włączyła komputer. Weszła na stronę urzędu stanu cywilnego. Do zawarcia małżeństwa potrzeba narzeczonych oraz dwóch pełnoletnich świadków. Ponadto należy wnieść opłatę skarbową w wysokości osiemdziesięciu peelen oraz przedstawić dokumenty: dowód tożsamości, skrócony odpis aktu urodzenia, pisemne zapewnienie o nieistnieniu okoliczności wykluczających zawarcie małżeństwa.

Największym problemem nie były dokumenty. Otóż najpóźniej na trzydzieści jeden dni przed planowanym terminem ślubu narzeczeni muszą się osobiście zgłosić do urzędu stanu cywilnego.

Trzydzieści jeden dni oraz osobiście. Nawet Hiob by się załamał.

Kama zastanowiła się na chłodno. Zadzwoniła do Pawła, kazała napisać zapewnienie o nieistnieniu. O nieistnieniu okoliczności wykluczających zawarcie małżeństwa. Potem uruchomiła łańcuszek znajomych. Tysiąc telefonów, po kablach spływały wazelina oraz obietnice, wszystko na koszt pracodawcy. Przed południem osiągnęła swój cel. Jutro ona i narzeczony stawią się w urzędzie stanu cywilnego. Odbędzie się ślub.

Kama zastanowiła się nad świadkami. Pierwszym będzie Paweł, to oczywiste. Ale drugim? Kama nie chciała ujawniać kondycji Artura przed żadną ze swoich nielicznych przyjaciółek. Rodzina nie wchodziła w grę. Przejrzała listę znajomych, dla ułatwienia wchodząc w książkę adresową. Jej wybór padł na Maćka. Jakoś będą musieli się dogadać, Paweł i Maciek. Trudno. To w sumie j e j ślub, a i c h problemy — takie rzeczy muszą być rozłączne. Szczęścia i nieszczęścia są rozłączne. Jak yin i yang.

Zadzwoniła do Maćka. Korzystając z wielu eufemizmów i metafor, zdołała go przekonać do świadkowania na swoim ślubie, jutro o trzynastej na Starówce, przed pałacykiem ślubów, zakaz przyprowadzania znajomych i sypania ryżem w oczy:

— Dziękuję ci, to dla mnie bardzo ważne — skończyła.

Gdyby ktoś zapytał Kamę, co robi i dlaczego, nie znalazłaby odpowiedzi. Poddała się pierwszemu z brzegu odruchowi naśladującemu sensowne działanie. Zorganizowała ślub.

ZWIĄZEK PRZYCZYNOWO-SKUTKOWY

Nazywam się Związek Przyczynowo-Skutkowy. Podobno przyszedłem na świat z chwilą, gdy zaistniało Drugie Zdarzenie. Moja natura jest bowiem naturą rozpiętą od A do B, pomiędzy jednym a drugim, z wcześniejszego w późniejsze, podobno.

Od początku poddawano mnie rozmaitym interpretacjom. Gdzie wykraczano poza liczbę pojedynczą, tam zawsze się znajdowałem.

Od początku próbowano mnie wbudować w świat, uczynić zasadą koniecznej zależności zjawisk zachodzących w obiektywnej rzeczywistości. Proszę wybaczyć powyższy żart.

Na mój temat żartował Arystoteles i święty Tomasz z Akwinu, Kartezjusz i Leibniz, Hume i Kant, między innymi. Żartowali ze mnie wszyscy. Znosiłem te żarty z godnością i w ciszy.

Znosiłem te żarty z godnością i w ciszy, ponieważ nie istnieję. Pora chyba ogłosić to wyraźnie i donośnie: ja, Związek Przyczynowo-Skutkowy, nie istnieję, jestem urojeniem, miazmatem umysłu, skutkiem ubocznym faktu, pochodną czasu, funkcją porządku.

Jestem zbłądzoną myślą i poręczną kategorią, jestem społeczną umową i wygodnym kłamstwem, jestem Scyllą zwątpienia i Charybdą konieczności, alfą dojścia i omegą wyjścia. Jestem wreszcie, rzec mogę, jestem tym, którym nie jestem.

Bawcie się ze mną ostrożnie. Natura moja jest pluszowa, lecz w środku skrywam potłuczone szkło. Bawcie się mną ostrożnie. Wszak mnie nie ma.

ROZDZIAŁ TRZECI

BABEL

Dzień dobry, nazywam się Babel. Moje imię pochodzi od hebrajskiego bala, bll, co oznacza pomieszanie, zamieszanie, zamęt, a także od akadyjskiego bab-ili: brama boga, czyli.

Najprawdopodobniej powstałam jako ziggurat, siedem, osiem pięter z suszonej cegły, a więc, jak na kobietę, byłam dość wysoka, około stu metrów mierzyłam, bez szpilek i z kokiem spuszczonym w warkoczu. To za dużo, by zostać modelką i za mało, żeby sięgnąć nieba. Z czasem jeszcze urosłam. W Trzeciej Księdze Barucha mierzę sobie 463 kubity, w Księdze Jubileuszy mam 5433 kubity i 2 palmy (2484 m) (można przyjąć, że n.p.m.).

Moja prawdziwa miara to nie kubity, palmy i metry, mierzy się mnie tradycją. Z prostej dziewczyny, zwykłego, acz okazałego zigguratu, stałam się metaforą, znakiem, symbolem, niekiedy alegorią, w zależności od tego i owego, od tu i ówdzie. Udało mi się dostać rolę w musicalu Biblia. Musical ten składa się, co prawda, głównie z jęków, zapewnia jednak ogromną popularność. Zostałam obsadzona w roli dramatycznej, raczej epizodycznej, między miejscem a istotą, żwirem a powietrzem.

Ekspozycja: ludzie, osiedliwszy się na równinie Szinear, postanowili mnie podźwignąć z ziemi na znak jedności. Abym nieba dotknęła, jak strzykawka skóry pacjenta. Aby lud się nie rozproszył. Mój lud mówił po babelsku, językiem wypalonej cegły i powszechnej zgody. Mój lud, zjednoczony i sobie powolny, umiałby sięgnąć po wszystko, poza niebo. Taki lud nie jest dramaturgicznie nośny. Buduje, wojen nie toczy, pracuje, zamiast wierzyć. Taki lud nie nadaje się do musicalu o zbawieniu. Dlatego zstąpił aktor pierwszoplanowy, pod postacią wiatru, Sam Szef, Naczelny Korektor, Przełożony Cenzorów, Ten Co Lata z Jaskółkami, Grający na Banjo, A Imię Jego & ∞.

Notabene świetnie napisana i zagrana rola. Nieoczywista, wyrazista, sprawiedliwa. W dzisiejszych czasach taki bóg podlegałby leczeniu w klinice psychiatrycznej, lecz wtedy, eony temu, to było coś, on był ktoś: nowa jakość w dramaturgii świata, powiew świeżości, zefir zbawienia, orli skwir. W tamtych czasach taki bóg był tym dla dramaturgii, czym — później — Marlon Brando dla kina. Krótko mówiąc — konieczny, niezbędny. Łamiący utarte schematy, zwierzęcy, spocony, patriarchalnie zboczony. Brodę dodano mu później. Albo sama urosła, w co osobiście wątpię.

Zatem bóg zstąpił pod postacią wiatru i mnie amputował z moich pięter aż po fundamenty. Bóg nie ograniczył się do mego upadku. Mój upadek był jeno symbolem upadku mego ludu. Języki uległy pomieszaniu — jak to się od strony technicznej dokonało, musical milczy, didaskalia nie są aż tak szczegółowe; sceny wycięto w montażu — z babelskiego powstały tysiące narzeczy i dialektów, na przykład łacina, greka albo Solaris i ADA (języki programów komputerowych, nazwane tak na cześć — z niejakim wyprzedzeniem — późniejszych powieści Lema i Nabokova).

No cóż, zagrałam rolę epizodyczną, acz nieśmiertelną.

Zostałam zburzona, lecz zapamiętana.

Ale wrócę.

Popkultura kocha wielkie comebacki.

Z esperanto mi się nie udało. Falstart.

Matematyka to również nie najlepszy pomysł. Niby język uniwersalny, w istocie tak bardzo przecież prowincjonalny.

Mam w zanadrzu obiecujące pomysły. Eksperymentuję z angielskim i chińskim. Babelski był prostym językiem: przyczyna i skutek, dlatego trudno go odnaleźć na nowo. Lecz gdy, to wtedy —

Plemiona się zjednoczą. Wyznawca prawicy porozumie się z wyznawcą lewicy. Homo z hetero. Kato z musli. Fides z ratio. Pięść z nosem. Progi podatkowe zostaną przekroczone w dwojakim znaczeniu. Rynek jest, jakkolwiek by patrzeć, wspólny. Stawka za stragany jednakowa. Moneta brzęcząca. PIT doroczny, jak Wielkanoc i Boże Narodzenie.

MACIEK

1.

Miał intuicję. Intuicja mieszka w nosie. Nos Maćka należał do wydatnych. Paweł, jego chłopak, poszedł bawić się w miasto. Maciek spotkał się z białostocką przyjaciółką, pili wódkę, rozmawiali o życiu, przeszłość i przyszłość, o związkach i ubraniach, pełen recykling, teraźniejszość prawie nie występowała, co najwyżej przebijała się w formach czasowników, kto by na to zwracał uwagę.

Miał nosa. Ocknął się po drugiej w nocy, niewyspany, na kaca za wcześnie, nadal pijany, zamówił taksówkę, nieco bełkotliwie: warszawscy taksówkarze przywykli do weekendowych samogłosek, które przedłużały się w ustach klientów. Pojechał do Tomby Tomby, modnego i — tak brzmiał slogan reklamowy — przyjaznego heterykom klubu na Starówce.

Przywitał się jasnymi samogłoskami z ochroniarzami, czy też selekcjonerami, zapłacił. Wszedł do środka, oddał kurtkę, zapłacił dwa złote za numerek, numerek upchnął do kieszeni spodni, zapytał szatniarza, czy ma piguły. Szatniarz miał. Maciek dyskretnie wymienił papierowy pieniążek na dwie niebieskie tabletki.

Poszedł na dół, zamówił piwo, popił nim niebieską tabletkę, drugą zostawił na późnej. Miał ochotę wymiotować, niekiedy narkotyki nie chciały łagodnie wejść w ciało, stawały dęba, wywracały żołądek. Wiedział, co trzeba zrobić: przysiąść nieruchomo na kwadrans, poczekać. Przeczekać.

Na poziomie, na którym się znajdował, trudno było znaleźć nieruchome miejsce: dance floor rozbłyskiwał cekinami świateł i spoconymi, prawie nagimi torsami. Dziś wieczór noc skrzydeł: prawie wszyscy założyli skrzydlate protezy, sporo piór, trochę krepiny, bibuły, drucików. Maciek zszedł jeszcze niżej, odstawił plastikowy kubek z piwem na wyłożony kafelkami blat, rozebrał się, wziął prysznic, zabrał piwo i wszedł do jacuzzi.

W jacuzzi całowała się heterycka para, jakiś młody koleś siedział w kącie i palił papierosa, strząsając popiół na podłogę. Maciek usiadł w przeciwległym rogu, popijał alkohol i czekał. Nie wiedział, na co czeka. Było mu dobrze, ciepła woda z bąbelkami, zimne piwo, nikt go nie niepokoił, on sam nie narzucał się nikomu, nawet sobie. Chemiczna wróżka przysiadła na nosie Maćka, łaskotała. Chciał, żeby chwila bezruchu trwała, nigdy nie dobiegła kresu. Tkwił w jacuzzi niby owad w bursztynie, niby miłość w zużytym porównaniu. Pomyślał, że czuje się jak system operacyjny, beznadziejnie zawieszony, poza czasem, w innym oknie, w nieaktywnej ikonie z kosmicznego pulpitu: przed oczyma widział niebieskie kafelki na ścianach i podłodze, na suficie, stapiające się w błękitny ekran, błękitny ekran śmierci, fatal error, błąd krytyczny, dysk spalony. Całująca się heterycka para przypominała Maćkowi błąd w oprogramowaniu, nieistotny i — na swój sposób — zabawny. Te podskakujące piersi ładnej dziewczyny, półprzymknięte oczy chłopaka, wzwiedziony członek, którego Maciek nie widział — tropikalna rozkosz w warszawskim klubie na Starówce, wjazd dwadzieścia zeta. Starówka, pomyślał Maciek, to makieta, wzniesiona po drugiej wojnie światowej, może ta rozkosz, te cycki i półprzymknięte oczy i wzwiedziony członek, to również makieta? Makieta prawdziwej rozkoszy? Skrzywione echo powstania warszawskiego?

Skończyło się piwo, przyszła ochota na papierosa. Wyszedł z jacuzzi, wziął prysznic, wytarł się czystym ręcznikiem, cały czas pod uważnym (a może pożądliwym) wzrokiem młodego kolesia, nieruchomo siedzącego w kącie i palącego papierosa za papierosem: z popiołu usypał się mały kopiec na płytkach podłogi. Maciek ubrał się, zmierzwił dłonią włosy, poszedł do toalety, nie wydusił wiele z siebie, naparstek moczu. Skierował się do baru na drugim poziomie, poprosił o piwo i paczkę papierosów.

— I zapałki jeszcze — dodał. — Zapomniałem.

Uśmiechnął się do przystojnego barmana. Barman był hetero, ale odpowiedział uśmiechem — dostał napiwek. Tylko takich zatrudniano, heteroseksualnych, polityka klubu, przejrzysta i trafna.

Chemiczna wróżka zakręciła w nosie Maćka, następnie poprowadziła go na kanapę, gdzie zasiadł posłusznie, mając po lewicy parę namiętnie całujących się lesbijek, a po prawicy osiłka kokietującego ładną dziewczynę i udającego, że jego DNA jest prawoskrętne.

Świat normalniał, dlatego Maciek wygrzebał z kieszeni drugą tabletkę, by ją połknąć — dość dyskretnie, choć dyskrecja nie była wymagana; wszyscy klienci spożyli, co się dało i na co było ich stać. Popił piwem. Czekał, aż organizm zechce zwymiotować. Tym razem organizm nie zechciał. Zamknął oczy. Uśmiechnął się bezwiednie. Czasem uśmiechał się do własnych myśli. Myśli łaskotały. Chemiczna wróżka go połaskotała.

Czyjś język otworzył mu oczy, od środka, śliniąc nerwy wzrokowe, jak złodziej, który wszedł oknem, a teraz otwierał koledze drzwi od wewnątrz. Otworzył oczy i patrzył w twarz opaloną na solarium lub w Egipcie, która teraz całowała go w usta. Pseudoheteryk z prawicy. Przestał kokietować ładną dziewczynę, dziewczyna znikła. Maciek wyplątał swoje podniebienie z języka nieznajomego mężczyzny.

— Jesteś hetero — przypomniał mu w odruchu samoobrony.

— Heterykiem to ja byłem — odpowiedział nieznajomy — trzy piwa temu.

Potem zaśmiał się jak z dobrego dowcipu.

— Nie masz skrzydeł.

— Nie mam. Nie wiedziałem, że trzeba założyć. Chcesz piwo? — zapytał heteryk-trzy-piwa-wstecz.

— Czemu nie — odpowiedział Maciek, mimo że nie odczuwał pragnienia.

Rodzice nauczyli Maćka grzecznie zwracać się do starszych.

Osiłek poczłapał w stronę baru. Maciek miał ochotę czmychnąć, lecz kanapa okazała się tak wygodna, miękka, ciepła, że doczekał powrotu nieznajomego z dwoma plastikowymi kubkami.

— Masz — powiedział trzy-piwa-wstecz — i na zdrowie.

— Na zdrowie.

Trzy-piwa-wstecz opowiedział Maćkowi historię swego życia, wersję klubową: ma żonę i nigdy nie przespał się z facetem, żona wyjechała.

— Jak poznałeś żonę?

— Trzy lata temu udzielałem jej korepetycji z matematyki. W marcu zaszła w ciążę.

Chemiczna wróżka połaskotała Maćka. Uśmiechnął się.

— Kłamiesz — powiedział Maciek błogo i radośnie — ale mi to nie przeszkadza.

Skoro kłamie, myślał, to znaczy, że jest inteligentny, na swój sposób. Inteligencja manifestuje się na wiele sposobów. Czasem pośmiertnie.

Trzy-piwa-wstecz zaśmiał się gardłowo, spojrzał inaczej na młodocianego rozmówcę, trochę krzywo, trochę trzeźwo.

— Może — zgodził się osiłek. — Może tak, może tak.

— To spora różnica — odpowiedział świetliście Maciek.

W głowie Maćka iskrzyły lonty, alkohol i piguły, lonty niedługo się dopalą, a wtedy na chwilę w tęczowej eksplozji stanie się absolutnie szczęśliwy szczęściem, które może dać tylko chemia i alkohol. Weekendowym szczęściem, usprawiedliwiającym miałkie dni tygodnia. Miałkie szczęście, nagroda za miałkie godziny. Gruz. Konto w banku. Drogie ubrania. Resztki emocji. Cały tydzień. Wypłata.

— Jak masz na imię?

Trzy-piwa-wstecz, a właściwie już prawie cztery, nie odpowiedział od razu, jakby zastanawiał się, czy podać imię prawdziwe, czy może przybrane — jak to w bierzmowaniu — nałożone na siebie, gdy pozostawił kurtkę w szatni: dwa złote, numerek do kieszeni spodni.

— Bartek — powiedział.

— Bartek od żony, która zaszła w marcu w ciążę?

Mężczyzna dokończył piwo.

— Po prostu Bartek — odpowiedział. — Jeszcze po piwie?

Maciek skinął głową. Czuł się do pewnego stopnia ubezwłasnowolniony, zanurzony w nieprawdziwym, tolerancyjnym i nieco obojętnym świecie: wolno mu było całować się z obcym facetem, wolno mu było wsadzić rękę za gumkę własnych majtek, postawić piwo nieznajomej kobiecie — nie groziło mu liczenie własnych zębów, rachowanie kości. Zapłacił, żeby znaleźć się w tym nieprawdziwym świecie, każdego tygodnia płacił za bilet wstępu do bańki mydlanej. Chemiczna tolerancja. Nikt nikogo nie oceniał. Bramkarze oceniali w imieniu gości: nie wpuszczali starych, brzydkich, agresywnych, ubogich. I tak dalej. Bramkarze robili to, co święty Michał. W niebie też jest przecież selekcja.

Maciek nie znał świata bardziej nieprawdziwego niż rzeczywistość tego klubu: hedonia z dreszczem metafizycznym. Agresja zakazana. Robienie zdjęć również. Po co komu pozwy i problemy.

W tym wygodnym, ładnym, otwartym i jednocześnie zamkniętym świecie było coś smutnego, coś z zagłady. Bo ten świat łatwego seksu, zadbanych ciał, inteligentnych small talków mijał, pękał — wystarczyło po południu wyjść z klubu, wsiąść do warszawskiego autobusu, otrzeźwieć. Prawdziwy świat prawie zawsze jest na zewnątrz, niestety, pomyślał.

— Trzymaj — powiedział Bartek.

Maciek po wzejściu tęczowej rozkoszy nieco posmutniał. Zawsze smutniał, gdy uświadamiał sobie, że za kilkanaście godzin wróci do prawdziwego życia, w którym obowiązywały inne zasady, rozszerzony dekalog, mający Maćka za worek gówna, w którym to, co czuł, było chorobą, grzechem — zasłużył na piekło. Na wieczne potępienie. Nieraz miał wrażenie, że już jest w piekle. Gdyby urodził się kilkadziesiąt lat wcześniej, trafiłby do komory gazowej. Niekiedy żałował, że urodził się tak późno. Męczennikiem raczej nie zostanie.

— Teraz ja — odezwał się Maciek — coś ci opowiem.

Opowiedział o matce, która nigdy nie zaakceptowała jego homoseksualizmu. O bracie, który zachował się jak matka; nie przecięta pępowina: brat zawsze i we wszystkim potakiwał matce. Oczywiście, utrzymują kontakt, wspierają się, pożyczają sobie pieniądze, dzielą się bożonarodzeniowym opłatkiem, ale kiedy próbuje coś powiedzieć o — na przykład — swoim chłopaku, zwyczajnie tego nie słyszą, wyłączają się. Bez odbioru. Grochem o ścianę. Słup soli. W znaczeniu: kamiennej, a nie ryby.

Bartek słuchał uważnie. Może rzeczywiście udzielał kiedyś korepetycji z matematyki?

— Nie mogę ci pomóc — stwierdził.

— Wiem — Maciek roześmiał się. — Przepraszam.

Maciek zachował się niestosownie, prawdziwe życie wszyscy zostawiają w szatni, tutaj życie jest markowe, ze znaczkiem ® lub ™, tutaj na życie każdego stać, nawet jeśli trzeba w tym celu oszczędzać cały tydzień. Maciek dopił piwo, wstał. Dopadło go znużenie, chemiczny ból duszy.

— Jestem zmęczony. Idę się położyć na godzinkę do darkroomu. Miło się z tobą rozmawiało.

Poszedł na górę, zdjął buty, skrzydeł nie posiadał, wszedł do ciemnego pomieszczenia, próbował wypatrzyć wolny kawałek wielkich łóżek. Właściwie nie wypatrzyć — wysłuchać wolne miejsce, wolne od chrapania, całowania się, jęków nadchodzącej rozkoszy, może udawanej.

Miał nosa, intuicję. Obok ktoś robił komuś loda. Maciek wciągał znajome dźwięki i zapachy: czyjś przyspieszony oddech, w oddechu alkohol. Nie musiał wyciągać ręki. To Paweł, jego chłopak.

— Paweł — powiedział — chcę, żebyś wrócił do domu i zabrał swoje rzeczy. Wrócę w poniedziałek. Jak mogłeś.

Maciek nie spodziewał się przyłapać Pawła, ani tutaj, ani gdziekolwiek indziej, ufał mu, byli ze sobą dwa lata, ufał mu. Nie chciał o tym myśleć. Nie chciał. Zamiast rozpaczać, zasnął na dwie godziny. Śnił krótkie, chemiczne sny. Niespokojne i poszarpane. W każdym śnie pojawiał się nos. Wielki i węszący.

Obudził się i nie wiedział, czy rzeczywiście przyłapał Pawła na gorącym uczynku, czy też przyśniło mu się, przywi-

działo w darkroomie, w pijanym zwidzie, przesłyszało, nie-
dosłyszało, niedowidziało. Zszedł do baru, wpadł na Bartka,
dochodziła siódma, o dziewiątej podadzą śniadanie: jajecznicę i owoce.

— Teraz ja stawiam — powiedział Maciek.

— Be my guest — odpowiedział Bartek, rozkładając zabawnie ręce.

Usiedli gdzieś w kącie, na wąskiej pufie. Na podłodze
poniewierały się kawałki skrzydeł.

— I co — zapytał Bartek — lepiej? Po wizycie w darkroomie?

— Gorzej. Nie pytaj. Mam prośbę. Mogę dziś spać u ciebie?

Zamówił taksówkę — jechali długo — nie znosił widoku
wyspanych ludzi. Nie w niedzielę, gdy wracał z klubu; okulary przeciwsłoneczne zostawił w domu. Bartek dowcipkował
w aucie, weszli do mieszkania. Bartek pościelił mu w salonie.

— Dzień dobry — powiedział na pożegnanie i zniknął w sypialni.

Maciek natychmiast zasnął, nawet się nie rozebrał. Sen
płytki, męczący, bardziej przypominał odrętwienie niż sen.
Przypominał ćwiczenie ze snu. Zajęcia praktyczne. Poziom
dla początkujących.

Wstał, gdy już się ściemniło.

Potrzebował poskarżyć się komuś, machinalnie wybrał numer Kamy, swojej przyjaciółki, no, może tylko koleżanki. Nie
zdążył nic powiedzieć. Kama rzuciła:

— Nałęczowianka.

I się rozłączyła. Nie ja jeden, pomyślał Maciek, mam problemy.

2.

Siedzieli ze dwie godziny, Kama i on, dziwni przyjaciele,
paradoksalna para, której nie łączyło nic: płeć, wiek, przeko-

nania, praca, upodobania — różnili się wszystkim. Tym, co ich łączyło, była ulga, głębokie doświadczenie ulgi. Po każdym spotkaniu wracali do własnych światów może nie z radością, ale z ulgą właśnie, każde spotkanie bowiem jasno pokazywało, iż przebywają w rzeczywistościach nieuzgadnialnych. Każde z nich wracało do siebie z ulgą, że nie musi żyć w tym drugim, niezrozumiałym świecie innej osoby. Można zaryzykować i postawić tezę, iż Kama nie lubiła Maćka, i vice versa. Mimo to, a może właśnie dlatego potrzebowali siebie nawzajem, na mocy paradoksu.

Nie rozmawiali o Pawle, wszystko zostało powiedziane; tych kilka zdań gdzieś na początku spotkania to było wszystko, co można powiedzieć. Maciek mówił o problemach w pracy, o książce Michała Witkowskiego („Świetna!"), pytał o dziecko i Artura, w sumie odhaczał w codziennym grafiku pozycję: bliski kontakt emocjonalny z przyjaciółką.

— Muszę już iść — Kama oznajmiła nagle, sięgając do torebki.

— Ja zapraszam.

— Dzięki.

Jak dobrze, że już sobie poszła, pomyślał Maciek.

Jeszcze kwadrans, a umarłabym z nudów, pomyślała Kama.

Maciek zamówił trzecie piwo i poprosił o rachunek. Nikt na niego nigdzie nie czekał. Nie chciał wracać do pustego mieszkania. W torbie leżały klucze Bartka, poprawił się: „Bartka".

Bartek albo „Bartek" nie wrócił w niedzielę, nie pojawił się w poniedziałek. Zostawił karteczkę z numerem telefonu i klucze. Bardzo nierozważne zachowanie, stwierdził Maciek. Ten brak rozwagi, trzeba przyznać, Maćkowi imponował. Bartek („Bartek") nic o nim nie wiedział, nie znał nawet jego numeru telefonu. A gdybym był złodziejem?

Dopił piwo, zapłacił, wpadł do sklepu, kupił drogą whisky. Zamówił taksówkę. Podał taksówkarzowi swój adres, a po chwili zmienił zdanie i kazał się zawieźć do „Bartka". Musi mu oddać klucze i podziękować, tak brzmiało uzasadnienie podjętej decyzji w wersji oficjalnej. Istniała też wersja nieoficjalna, na razie niedostępna Maćkowi. Nie szło o zwrot kluczy i złożenie podziękowań, tego był pewien.

Stanąwszy przed drzwiami, chciał je otworzyć, ale uznał, że byłoby to niegrzeczne. Zadzwonił. Zadzwonił powtórnie. Wygrzebał komórkę. Wtedy drzwi się otworzyły. W drzwiach stanął Bartek („Bartek").

— Wejdź — powiedział.

— Chętnie.

Maciek zarumienił się ze wstydu, co za debilna odpowiedź, „chętnie", idiotyzm.

— Chciałem oddać klucze i podziękować. — Maciek wyciągnął butelkę whisky. — To dla ciebie. Płynny dowód wdzięczności.

— Napijesz się?

— Chyba nie, wypiłem już trzy piwa.

— W lodówce mam piwo, jeżeli chcesz.

— Jeśli to nie kłopot...

Bartek („Bartek") poszedł do kuchni, Maciek zaś, niby przyjaciel rodziny, udał się, jakby to było oczywiste i zrozumiałe samo przez się, do salonu, w którym wczoraj spał.

— Powiedz mi, jak naprawdę masz na imię? Bo nie chcę brać cię w cudzysłów zawsze, kiedy o tobie myślę.

— No proszę, to ty o mnie myślisz?

— Kilka razy się zdarzyło.

— Bartek.

— Maciek. Jestem Maciek.

— Wiem.

— Naprawdę masz żonę?

— Tak.

— I macie dziecko? Mówiłeś, że w marcu zaszła w ciążę.

— Poroniła.

— Przepraszam. Nie powinienem pytać. Mam ten zły nawyk zadawania pytań osobistych. Przepraszam.

Cisza, która zapadła, nie krępowała. Maciek pomyślał, że zgiełkliwy miejski świat nie ma niczego cenniejszego do ofiarowania od takiej ciszy: nic za nic jak oko za oko, Kodeks Hammurabiego.

— Nie chciałem jechać do siebie. Dlatego tu jestem.

— Byłeś dziś w pracy? Masz chyba jakąś pracę?

— Byłem.

— Idź jutro.

— Po co?

— Bo nic innego nie możesz zrobić. Ile masz lat?

— Dwadzieścia dwa.

— Do wesela się zagoi.

— Nie zagoi.

— Jeśli chcesz, możesz tutaj dziś spać.

— Dziękuję. Zostanę.

Bartek pozbawiony cudzysłowu zaśmiał się krótko:

— Czy my aby nie flirtujemy?

— Flirt nie ma przyszłości.

— Pragnąłbym z całego serca zgodzić się z tak pesymistyczną wizją.

Maciek i Bartek kontynuowali rozmowę do trzeciej nad ranem. Poruszyli wszystkie możliwe tematy. Wreszcie poszli spać: Maciek na kanapie w salonie, Bartek w małżeńskim łóżku w sypialni, jego żona przewracała się z boku na bok za oceanem, być może.

3.

Maciek gdzieś przeczytał albo kiedyś usłyszał, że przyzwyczajenie jest drugą naturą człowieka. Zastanawiał się, co to może oznaczać. Zastanawiał się nad tym w czasie przerw na papierosa, co półtorej godziny, przez pięć minut. Zjeżdżał na parter, szedł długim korytarzem, otwierając kartą trzy pary szklanych drzwi, żeby wyjść na strzeżony parking. Dwie ławki stały przy śmietnikowej altance, kącik nikotynisty. Menele zostali przepędzeni przez suto opłacanych pracowników firm mediowych. Wykształcenie — jak widzimy — rzeczywiście zwiększa szanse człowieka w społeczeństwie, a także na marginesie. Wykształcenie oraz wizyty w siłowni.

Maciek właściwie nie palił. Mimo to korzystał z papierosowych przerw jak prawie wszyscy w firmie. Starał się wtedy zluzować własny mózg, wydawał mu komendę: „Spocznij!". Odpoczywał od Excela i PowerPointa. Rozmyślał o czymś możliwie najodleglejszym od pracy albo wyobrażał sobie, że jest na wakacjach w Egipcie. Kiedyś fantazjował, że uprawia gorący seks, ale już to zarzucił. Skutki uboczne okazywały się trudne do ukrycia, zwłaszcza latem, gdy przychodziło się w szortach.

Dzień minął bez większych niespodzianek czy przykrości. Skończył multimedialną prezentację dla ik@ra, niskokosztowego przewoźnika lotniczego, wchodzącego właśnie na rynek. Dział kreacji próbował wymanewrować niekorzystne konotacje Ikara. Niestety, najprościej przychodziły do głowy tytuły i lidy artykułów prasowych po katastrofie samolotu: „Znowu nie doleciał", „Mit stał się ciałem. Dwustu pasażerów znalazło śmierć w wodach Morza Egejskiego", „Słaby w skrzydłach" i tak dalej, aż po „ik@r — zabierzemy cię dalej, niż myślisz" oraz „ik@r — bilet w jedną stronę w cenie dwóch".

Co ciekawe, przewoźnik zamówił również projekt kampanii, która zostałaby uruchomiona w razie katastrofy samolotu, statystycznie rzecz biorąc, mało prawdopodobnej.

Badania grupy docelowej, ludzi między osiemnastym a trzydziestym rokiem życia z małych i średnich miejscowości, wykazały, że Ikar kojarzy się przede wszystkim z marzeniem. Jest figurą wyrażającą sięganie po swoje. Grupa docelowa najwyraźniej nie znała mitologii greckiej. Dzięki temu pomysł kampanii reklamowej opierał się na zbudowaniu u potencjalnego klienta przekonania, że ik@r zabierze klienta (potencjalnego) tam, gdzie można zrealizować swoje marzenia.

Dział kreacji zarabiał najlepiej i najwięcej ćpał. Szczęścia chodzą parami. Później jest długi i bolesny odwyk. Pensja przestaje regularnie zasilać konto.

Maciek wyłączył komputer w swoim boksie. Na ekranie pojawiła się oswojona informacja „zamykanie systemu". Monitor zaraz zgaśnie, pojawi się czarny prostokąt, jak nocne niebo, zamiast gwiazd — drobiny kurzu.

System zamknięty, godziny przepracowane, trzeba wrócić do swojego życia osobistego. Życie osobiste to te godziny, za które nikt nie płaci. Życie osobiste jest zdecydowanie za długie, żeby mogło się opłacać.

Maciek pojechał na siłownię. Szpanerski budynek przypominający wielki czajnik, niedaleko Galerii Mokotów, siedziba firmy Zepter. To tutaj pociła się warszawka: prezenterzy telewizyjni i gwiazdki muzyki pop, prawnicy i wyżsi menedżerowie. Był nawet ksiądz: fantastyczny blondyn, o którym Maćkowi zdarzyło się — raz czy dwa, a nawet więcej — zamarzyć. Taka ewangelizacja niebezpośrednia. Ten ksiądz, piękny jak anioł, na pewno nie chodził od mieszkania do mieszkania po kolędzie jak pierwszy lepszy akwizytor dobrej nowiny. Maciek wyobrażał sobie, że się spowiada. Starał się grzeszyć dużo, chociaż nie miał na grzechy czasu. Był przepracowany. A jeszcze w co drugi weekend zaoczne studia. Zaoczne, a wszyscy patrzyli. Po wyznaniu grzechów czekał na pokutę. Kiedy ksiądz był w kiepskim humorze — nikt nie sprawuje całkowitej kontroli nad własnymi marzeniami — kazał odmawiać ojczenasze, a gdy był w humorze, kazał zrobić sobie loda. Czasem zaś pochylał się nad grzesznikiem, nad rozporkiem grzesznika, sakiewką nieszczęść. Bardzo śmieszne.

Po bezsensownym godzinnym treningu poszedł pod natryski. Natknął się na księdza w szatni. Ksiądz założył już koszulę z koloratką. Nosił bokserki w kwadraty, które historykowi sztuki powinny przywieść na myśl kwadrat Malewicza, zmultiplikowany i rozpostarty na ciele rzeźbionym nie gorzej niż jakiś grecki Apollo. Porównanie takie nie przyszło Maćkowi do głowy. Nie był historykiem sztuki, już prędzej grupą docelową przewoźnika ik@r.

Maciek skinął głową, wybąkał: „Pochwalony", „Na wieki wieków amen", usłyszał w odpowiedzi. Nigdy dotąd nie rozmawiał z księdzem w siłowni, może powinien powiedzieć coś innego? Na przykład, że ksiądz bardzo mu się podoba?

Maćkowi przyszła też do głowy „dobra nowina" jako stosowny, neutralny światopoglądowo temat konwersacji. Niestety nie pamiętał, co ta nowina oznaczała i dlaczego była dobra, i dla kogo była dobra. Pewnie coś o Jezusie. Jak znał chrześcijaństwo.

Przypomniał mu się dowcip. Lekcja religii. Siostra katechetka pyta dzieci, co to jest: ma puszysty ogonek, rude futerko, błyszczące oczka i kocha orzeszki? Do odpowiedzi zgłasza się Jaś: „Proszę siostry katechetki, na dziewięćdziesiąt dziewięć procent to wiewiórka, ale jak znam siostrę, to może być Jezus".

Wzrok księdza zatrzymał się na spoconym Maćku o sekundę dłużej, niż uchodziło. Do spoconej skóry łatwo przylepiają się różne rzeczy.

Maciek zdjął majtki. Chwycił księdza za rękę. „Chodź", powiedział. Zaprowadził go do kabiny prysznicowej.

4.

Stał na przystanku. Przepuścił sześć autobusów. Mógł zamówić taksówkę. Z taksówką jest ten kłopot, że trzeba wiedzieć, dokąd chce się dotrzeć, żeby nie wzbudzić podejrzeń. W autobusie wystarczy skasować bilet i wysiąść na pętli.

Autobusy przejeżdżały jak barany liczone przed snem. Maciek przestał je liczyć. Mógłby zasnąć na przystanku jak żul. Złoty ksiądz ulatniał się z Maćkowej skóry i myśli. Już nawet nie pamiętał, czy rzeczywiście powiedział „chodź" i „bądź dla mnie dobry"; czy ręka, którą chwycił, naprawdę nie należała do samego siebie. A kabina prysznicowa? Czy nie okazała się tak ciasna, ponieważ kłęby pary zepchnęły go na ścianę?

Na chwilę, przez szczelinę w czasie, poczuł rozdzierający ból. Ból — jak każde doświadczenie graniczne — ocierający się o kicz i banał. Może serce? W kręgu kulturowym, w którym Maciek się wychował, serce uważano za siedlisko uczuć. Może mózg? Mózg nie był niczyim siedliskiem od czasu, gdy wyskoczyła zeń Atena. Nie wiedział, gdzie umieścić źródło tego rozdzierającego bólu. Rozdzierającego i jednocześnie tandetnego. Ból promieniował, objął ramionami całe ciało, by nagle wycofać się do swojej nory jak murena po chybionym ataku.

Maciek miał ochotę porozczulać się nad sobą, ale nie tutaj, nie na przystanku otoczonym brzydkim miastem w łusce brzydkiego stycznia.

Zamówił taksówkę. Taksówkarzowi podał adres najodleglejszego kina, jakie przyszło mu do głowy. Przebijając się na drugi koniec miasta, patrzył obojętnie za szybę. Za szybą leżał krajobraz, czy może tylko jego opis.

W kinie, niewielkim i obskurnym, dlatego bardzo modnym (tylko dwie sale!), grano *Śmierć w Wenecji*, najnudniejszy film świata według Maćka, a właściwie według nowelki Thomasa Manna. Już trzy razy próbował obejrzeć ten film na DVD, zawsze zasypiał. Maćkowi wydawało się, że bardziej ekscytujące jest obserwowanie kropli spadających z kranu.

Kupił bilet. Ponieważ kino było niewielkie, obskurne i modne, w barku nie sprzedawano popcornu ani coli. Zadowolił się jakimś indyjskim przysmakiem oraz puszką mleczka kokosowego. Hare kriszna, hare hare. HWDP.

Fotele okazały się bardzo niewygodne. Dopasowywały się do ciała z wdziękiem ortopedycznego obuwia.

Prawie cała sala wypełniła się widzami. Maciek nie patrzył na ekran. Wlepił wzrok w kark krótko ostrzyżonej dziewczyny w białym boa, siedzącej przed nim. Maciek wciągał specyficzny zapach: pewien rodzaj stęchlizny i zaduchu, kocich szczyn i mysich bobków, wymieszanych z drogimi perfumami i ciepłem ludzkich ciał, z egzotycznymi przyprawami i kulkami naftaliny. Synestetyczny kalejdoskop.

Co kwadrans nadciągał kryzys: Maćkowi wydawało się, że nie wytrzyma i zaraz zwymiotuje w opakowanie nietkniętego indyjskiego przysmaku. Lecz kryzys mijał i Maciek mógł czerpać nieskomplikowane zadowolenie z faktu, że jest między ludźmi. Między zupełnie przypadkowymi i anonimowymi ludźmi. Ci ludzie, choć anonimowi, nie byli wcale tak przypadkowi, jak się Maćkowi zdawało. Przypadkowi ludzie nie pokonują całego miasta po to, by obejrzeć *Śmierć w Wenecji*. Trzeba być snobem albo cierpieć, wybór należy do ciebie.

5.

Dziś rano obudził się wcześniej niż Bartek. Na obcej i znajomej sofie. W obcym i znajomym pokoju. Spojrzał na zegarek, punkt szósta. Wstał cicho, ubrał się. W osiedlowym sklepiku zrobił zakupy. Wrócił. Spojrzał na zegarek, za kwadrans siódma.

Zamierzał przygotować wykwintne śniadanie: chrupiące tosty z kawiorem oraz musem z czarnych oliwek.

Śniadanie niespecjalnie się udało. Chleb okazał się raczej sprężysty niż chrupiący, oliwki drugiej świeżości i odległej jakości, kawior nafaszerowany konserwantami jak królik śrutem: termin przydatności do spożycia w ogóle nie upływał.

Mimo kulinarnej klęski ułożył wszystko na tacy. Tylko sok pomarańczowy smakował jak należy: mętny i z cząstkami owoców, niezbyt słodki. Nie znalazł kawy. Trudno, pomyślał, obejdzie się smakiem.

Dochodziła ósma. Z tacą poszedł do sypialni Bartka. Nigdy dotąd nie przekroczył progu jego sypialni. Zawahał się. Ostatecznie, pomyślał, to tylko przyjazny gest, nic wielkiego, nie idzie przecież po to (ani o to), żeby wejść komuś do łóżka. To nie siebie przynosi na tacy.

Tacę postawił na niskim stoliku obok łóżka. Bartek leżał na plecach, wyprostowany jak struna, z rękoma złożonymi na piersiach. Nic, tylko wstawić między palce świeczkę. Świeczkę podpalić. Modlitwę zmówić. See you around, czy co tam chrześcijanie mówią na koniec.

Ciało Bartka, wyprężone i doskonale symetryczne — nawet zmarszczki kołdry układały się niby w lustrzanym odbiciu — nie przypominało ciała leżącego na marach. Przypominało drewniane bale spławiane przez flisaków. Maciek dotknął Bartka, chcąc go obudzić, ale dotknięcie to nie wyrwało Bartka na jawę, może tylko pchnęło go z jednego snu w drugi.

Usiadł na brzegu łóżka. Materac ugiął się miękko. Wpatrywał się w śpiącego. Po krótkim czasie już nie przyglądał się Bartkowi. Stało się to, co wydarza się zawsze. Spojrzenie dzieli. Spojrzenie rozbiło Bartka na wiele szczególnych ujęć: osobno nos, powieki, osobno usta i broda, osobno włosy, a każdy włos osobno, na czworo. Tych osobności, czy też szczegółów nie udawało się potem złożyć w pojedynczą osobę. Zawsze coś zostawało, jakiś element nie pasował do innych: nos nie mieścił się między podbródkiem a czołem, w dłoni brakowało palców, w palcu przepadał paznokieć.

Po krótkim czasie Bartek poddany wzrokowi Maćka przestał istnieć jako całość. Leżał niby zabawka rozmontowana na poszczególne elementy przez niegrzecznego chłopca. Popsuta zabawka.

Wyszedł z sypialni, zostawiając na stoliku stygnący dowód dobrych chęci i kulinarnej nieporadności.

Dziś miał pojawić się w pracy dopiero w południe. Trzeba będzie jakoś wytracić te godziny, pomyślał. To nie było wcale takie proste. Warszawa sprzyjała unicestwianiu czasu dopiero po zmroku. Wcześniej wszyscy zapieprzali, żeby mieć co (i za co) przepieprzać. Kwestia przedrostka. Życie jako kwestia przedrostka, pomyślał.

Usiadł na kanapie w salonie. Rozważył możliwości. Pierwsza: może tak siedzieć, dopóki Bartek nie wstanie, potem jakoś to pójdzie. Druga: może jeździć autobusami i metrem, bilet kwartalny jeszcze nie utracił ważności. Trzecia: może pojechać do Luzzter, klubu, w którym zawsze ktoś był, pił i ćpał albo spał. Czwarta: w empiku połazi między półkami z muzą, weźmie sobie kilka czasopism i wypije kawę. Piąta: równie bezsensowna jak cztery poprzednie i dziesięć następnych.

Maciek westchnął. Przez sekundę żałował, że nie urodził się w brazylijskiej faweli. Wtedy nie miałby czasu na tak luksusowe problemy. Wtedy zastanawiałby się nad tym, co zrobić, kogo zabić, żeby nie zdechnąć z głodu. Ale przecież po to pracował — dużo i ciężko, chociaż głową — żeby przenieść się na kolejny, wyższy poziom cierpienia, cierpienia odłączonego od żołądka i dachu nad głową, cierpienia jako dobra luksusowego.

Maciek westchnął. Miał nadzieję, do ostatniego weekendu, że takie problemy z czasem zostawił już za sobą. Maciek nie wyznawał promiskuityzmu. Zawsze chciał mieszkać, kochać się i kochać bez zaimka zwrotnego, choć z wzajemnością — z jedną tylko osobą, jedną osobę. Wierzył, że Paweł jest — b y ł, poprawił się ponuro — tą osobą. Jedna osoba, myślał, to bardzo dużo, znacznie więcej niż wiele przypadkowych osób. Jedna osoba to w sam raz. Wystarczy na całe życie i jeszcze zostanie.

Maciek siedział ciężko i bez wdzięku. Nie potrafił przestać myśleć o Pawle. Udawało mu się przez dwa-trzy dni robić uniki, teraz najwyraźniej przyszła kryska na Matyska.

A może to, że mnie okłamał, zdradził i zostawił, jest moją winą? Może gdzieś popełniłem błąd? Najpierw jeden, a później jeden po drugim?

A może nigdy mnie nie kochał?

Maciek nie wiedział. Zadawał sobie pytania, zupełnie zwyczajne i banalne, utrzymane w konwencji niezbyt obciążającej powieści w odcinkach lub serialu. Zdawał sobie sprawę z kiepskiej jakości własnych pytań, odpowiedzi, a nawet uczuć.

Bolała go zdrada Pawła i rozstanie, co do tego nie miał najmniejszych wątpliwości, chociaż równocześnie cofał się przed tym bólem. Nie umiał wyrazić go tak, jak by pragnął. Nie umiał w y c z u ć swego bólu szlachetnie. Nie znajdował dlań odpowiedniej formy, eleganckiej misy, odpowiedniego tła.

Siedział ciężko w przestrzeni pomiędzy bólem a kliszami, w których tenże się uzewnętrzniał, czy też: mógłby uzewnętrznić. Siedział ciężko w tej przestrzeni p o m i ę d z y, płaski i ścieśniony niby owad, który uwiązł pomiędzy kartkami powieści tak kiepskiej, że nikt jej nigdy nie wypożyczy.

6.

Wyszedł z mieszkania Bartka w nie najlepszym humorze. Kulinarna klęska jest równie bolesna jak każda inna, tylko smakuje gorzej, zwłaszcza na czczo. Popętał się po empiku przy rondzie de Gaulle'a. Potem Chmielną przeszedł do empiku na Marszałkowskiej. Chodził między półkami. Wybrał kilka książek, zamówił kawę i przysiadł przy stoliku. Kawy nie mieli.

Poprosił o herbatę: biała, z dużą ilością cytryny i miodu. Chyba się przeziębił. Kelnerka bardzo uważnie mu się przyjrzała. Może też się przeziębiła? Może zarazki się przyciągają? Jak magnes albo neonaziści?

Maciek jednak nie przeglądał książek. Wyciągnął laptopa i wszedł do Sieci. Najpierw sprawdził prywatną skrzynkę, nie robił tego od kilku dni. Nie było żadnych nowych wiadomości. Nawet spam nie przyszedł. Dziwne. Można nie mieć znajomych, ale brak spamu to prawdziwe wykluczenie. Każdy ma niezbywalne prawo do swego spamu, pomyślał poirytowany. Mój spam, moje życie.

Dopiwszy herbatę, ruszył do pracy. Nie odstępowało go wrażenie, że ludzie przyglądają mu się inaczej niż zwykle: w pierwszym odruchu ze zdziwieniem, później pojawiał się niesmak — odwracali wzrok, jakby mogli się od niego czymś zarazić; najgorsze było to, że ten odwrócony wzrok zawracał. Może mam członek na czole?, pomyślał Maciek. Dotknięcie czoła wykluczyło taką możliwość. Empirycznie.

Wysiadłszy z autobusu, wcale nie pozbył się wrażenia, że jest obserwowany. Witamy w paranoi, wstęp bezpłatny, wygrałem roczny karnet, pomyślał.

Portier poprosił Maćka o wylegitymowanie się, nie rozpoznał go, mimo że od dwóch lat prawie codziennie witali się i żegnali; nieprawdopodobne, będę bogaty, pomyślał Maciek.

Idąc do swego boksu, mijał koleżanki i kolegów: niektórzy odpowiadali na jego „cześć", większość zamierała ze zmarszczonym czołem, jak gdyby próbowali odgrzebać z pamięci jego osobę. A może, pomyślał, wpadł tu Paweł, zrobił awanturę i wszyscy wiedzą, że jestem gejem? Mało prawdopodobne. Paweł był zbyt leniwy, żeby szkodzić ludziom. Paweł krzywdził ludzi tylko mimochodem, gdy nie wymagało to szczególnego wysiłku z jego strony. Ani namysłu.

Maciek zasiadł przed biurkiem i włączył komputer. Przejrzał się w monitorze. Nie dostrzegł na swoim czole napisu „debil" ani swastyki. Zdjął bluzę, nie była poplamiona. Spodnie czyste. Powąchał pachy, nie śmierdziały. Zatem — paranoja, trauma porozstaniowa.

Zabrał się do pracy. Musiał przygotować prezentację dla bardzo ważnego klienta na przyszły tydzień, firma Nike, gigant sportowy i nie tylko, ekstraklasa. Praca go wciągnęła, nie żeby była interesująca, kolumny i cyfry, grupy docelowe, warianty kampanii, zniżki w mediach, pakiety. Potem zadzwoniła Kama: zastanawiał się, czy odebrać.

Odebrał. Prawdę mówiąc, niewiele zrozumiał. Chyba coś złego stało się z Arturem, jej narzeczonym, dlatego jutro Maciek miał świadkować na ślubie cywilnym. Kama nie wypadła precyzyjnie, plątała się w zdaniach, Maciek zgodził się dla świętego spokoju. Wolał pracować, niż słuchać tego... niż słuchać Kamy.

Chyba zasnął, w wyprostowanej pozycji, z otwartymi oczyma. Pewnie mrugał w czasie snu, nie pamiętał. Wszyscy już wyszli. Kliknął. Ekran się rozświetlił. Minęła ósma wieczór. Zapisał dokumenty, na których pracował. Wyłączył komputer. Z dystrybutora przy wyjściu nalał do plastikowego kubka wody. Uświadomił sobie, że od kilku dni praktycznie nie jadł.

Ktoś bił go po twarzy. Maciek zacisnął dłonie w pięści. Nie lubił, kiedy go bito, ale jeszcze bardziej nie lubił, kiedy bito go za to, że jest gejem. Otworzył oczy. Okładał go znajomy strażnik.

— Co ty?!

— Całe szczęście, że się ocknąłeś! Miałem dzwonić po pogotowie.

— Po co?

— Jak to, po co?! Znalazłem cię na podłodze.

— Widać zwyczajnie się zdrzemnąłem.

— No dobra, wstawaj.

Strażnik złapał Maćka za rękę, żeby pomóc mu wstać. Maciek nie potrafił. Ciało nie reagowało. Nie stracił czucia w członkach. Po prostu członki nie reagowały.

— Chyba nie potrafię wstać — stwierdził zakłopotany. — Przepraszam.

— Ożeż kurwa! — zaklął strażnik, spojrzawszy na swoje ręce. — Leż, wezwę karetkę.

— Nie, proszę, zaraz mi przejdzie.

— To co mam zrobić?

— Posiedź ze mną.

Strażnik wahał się, patrząc na swoje dłonie, pobrudzone atramentem, żeby wreszcie usiąść na podłodze obok Maćka.

— Tylko pół godziny.

— Spoks. Dzięki.

Milczeli.

— Masz dziewczynę? — zapytał Maciek.

— Żonę.

— A dzieci?

— Co to, przesłuchanie?

— Nie odpowiadaj, jeśli nie chcesz. Próbuję tylko normalnie porozmawiać.

— To chyba nie jest czas na normalną rozmowę.

Milczeli.

— Pół godziny minęło — stwierdził strażnik. — Potrafisz wstać?

Maciek spróbował się poruszyć.

— Chyba nie.

— No to idę zadzwonić.

— Nie musisz. Wyjmij mi z kieszeni komórkę.

Strażnik wygrzebał telefon z kieszeni bluzy.

— Gdzie dzwonimy? — zapytał. — Pogotowie, policja, przyjaciel?

BARTEK

1.

Wstał po osiemnastej, obudziło go pragnienie i coś jeszcze, jakiś niepokój, skurcz żołądka itepe. Kaca nie miał, osiem piw na sto kilogramów przez dziesięć godzin to za mało, żeby cierpieć. Idąc do kuchni, zajrzał do salonu, gdzie spał chłopak zapoznany w klubie. Jak on miał na imię? Jak? Kaj, ten od Gerdy, w lustrze?

Na em. Maciek, no jasne, chyba właśnie tak, tak niech mu będzie. Maciek spał na sofie, nie zdjął ubrania, czoło przebiegała pionowa zmarszczka złego snu.

Bartek mu zaufał. Nie wtedy, gdy Maciek zapytał, czy może u niego przenocować. Zaufał mu wcześniej, kiedy tamten drzemał bez skrzydeł na klubowej sofie, kiedy jakieś małe zwierzątko, spychane przez lata poza granice myślenia, poruszyło nim, oswobodzone z klatki rozmiękczonej alkoholem i papierosami, nieobecnością żony, klubową tolerancją, ścieżką koksu. Zaufał mu, kiedy małe zwierzątko, mroczek na granicy postrzegania i wyobrażania, poruszyło nim i kazało pocałować nieznajomego chłopaka. Bartek wtedy nie panował nad sobą, coś go popchnęło. Może ktoś go potrącił.

Napił się wody mineralnej, żywiec. Potem wziął długi prysznic, wciągnął czyste ubranie, za godzinę był umówiony z przyjacielem, pracowali razem na Uniwersytecie Warszawskim. Rafał, jego przyjaciel, kilka lat starszy, nie uprawiał sportów i prezentował się jak rasowy naukowiec, intelektualista starej daty i poprzedniej Rzeczpospolitej, szczupły i nieco zgarbiony, trochę roztargniony i zgorzkniały, ładnie wypadał na zdjęciach, zwłaszcza grupowych.

Bartek zastanawiał się, co zrobić z Maćkiem: obudzić? Zostawić? Wreszcie napisał do niego kartkę, obok położył zapasowe klucze do mieszkania. Wiedział, że to, co robi, jest bardzo nieroztropne, nieodpowiedzialne. Jest lekkomyślne i godne potępienia, głupie. Żona zrobiłaby dziką awanturę albo — przestała się odzywać. Zresztą lepiej w to wszystko nie mieszać żony.

Nabrawszy pewności, że postępuje irracjonalnie, że postępuje niewybaczalnie, Bartek wyszedł z mieszkania.

Nie miał daleko, z Ludowej na Balladyny będzie z dwadzieścia minut piechotą, kwadrans autobusem, dziesięć minut taksówką. Wybrał własne nogi, przewietrzy się, głowę i płuca.

Szedł szybko, spocił się, Rafał otworzył drzwi, uśmiechnięty i — chyba — na lekkim rauszu. Nieobecność żony (narzeczonej) (konkubentki), nawet szczerze kochanej, nieobecność precyzyjnie określona w czasie i przestrzeni, nieco przywodząca na myśl zwolnienie lekarskie, taka nieobecność działa niby magiczna różdżka: zwraca nieco chłopięcej bezmyślności, ujmuje zmarszczek i kilogramów, ściera debet z konta; wolno zostawiać brudne naczynia wszędzie, a brudne skarpetki, wyciągnięte jak dżdżownica, rozpełzają się po salonie. I bezkarnie można zapomnieć o czymś w sklepie, woda mineralna, pieprz, cukier waniliowy, proszek do pieczenia. I można mieć zły humor bez uzasadnienia i konsekwencji.

Usiedli przed telewizorem, przy piwie i chipsach. Rafał włożył płytę do odtwarzacza. Umówili się na wspólne kibicowanie, od lat spotykali się i kibicowali ulubionym bohaterom, kibicowali drużynie, która często przegrywała, a w której — sądzili — również oni grali, bądź też grać by chcieli, drużynie dobra: oglądali filmy wojenne. Wspólne oglądanie wojennych filmów dowodziło, według zgodnej opinii ich partnerek, głębokiej niedojrzałości emocjonalnej, skrywanych kompleksów oraz chorobliwego przywiązania do matek. Jakoś tak.

— Cieszę się — powiedział kiedyś Bartek do swojej żony — że mówisz mi o tym wszystkim za darmo i tak zwięźle.

Dziś w programie domowej batalistyki, po raz drugi albo i trzeci, *Cienka czerwona linia*, druga wojna światowa na Pacyfiku, a następnie, dla kontrastu, coś mniejszego kalibru, z mniejszą ilością krwi, chociaż większą ilością alkoholu, coś z wojen domowych — *Kto się boi Virginii Woolf?*

Zabawa we wspólne oglądanie nie miała jasnych reguł, podobnie jak zabawy dzieci. Kibicowało się s w o i m, analizowało porażki, podsuwało trafniejsze rozwiązania, które przez bohaterów (ani scenarzystów) nigdy nie zostały wzięte pod rozwagę. Kibicowali tej samej drużynie, drużynie dobra, tak to kiedyś złośliwie nazwał Rafał, lecz niekiedy okazywało się, że kibicując dobru, stają po przeciwnych stronach. Rafał z przekąsem, przedrzeźniając Benedykta XVI, mówił, że to zaraza relatywizmu, że to cywilizacja śmierci — dlatego właśnie nie potrafią już odróżnić dobra od zła albo, co jeszcze straszniejsze, dobra bardziej dobrego od dobra nieco tylko mniej dobrego, w czym specjalizował się rzymski Kościół:

— Bo czy dobro walczy z dobrem? — zapytywał Rafał, a Bartek wybuchał śmiechem.

Właśnie minęła północ. Zegar wybił dwanaście razy, pamiątka w drewnianym futerale po powstańcach styczniowych, tak przynajmniej twierdziła narzeczona Rafała, spadkobierczyni wielkiego zegara.

Bartek mówił o wszystkim Rafałowi, Rafał o wszystkim Bartkowi. Rafał mówił o wszystkim, co się wydarzyło. Bartek o wszystkim, co mogło się wydarzyć. Rozumieli się od lat, z pomocą słów, najbliżsi przyjaciele, zaakceptowani z niejaką niechęcią i zazdrością przez swoje partnerki.

— Zostawiłem kogoś w mieszkaniu — zaczął Bartek.

— Kochankę?

— Statystycznie rzecz biorąc, to bardzo prawdopodobne.

Rafał się roześmiał:

— Więc jeśli nie kochankę, to kogo?

— Czas pokaże.

— Chyba figę.

Teraz Bartek się roześmiał, jego kolej.

Rafał wstał, potknął się o róg stolika, poszedł do kuchni po kolejne piwa.

Przytoczona powyżej rozmowa nie zdarzyła się. Być może obaj odegrali w swoich głowach podobny dialog, przerywany pijacką czkawką, ale rozmowa, tak jak ją przytoczono, jakby rzeczywiście się zdarzyła — nie zaistniała. Z wielu powodów: zbyt byli trzeźwi, wstydzili się, zbyt byli inteligentni, starali się nie narzekać i nie skarżyć, niepotrzebne skreślić, ewentualnie uzupełnić.

2.

W barze Instytutu Stosowanych Nauk Społecznych, gdzie Bartek pracował — jako wykładowca, nie kelner — zamówił kawę, której, okazało się, zabrakło. Bartek wykładał statystykę, statystycznie rzecz biorąc, kawa nie miała prawa się skończyć, ale to bez związku. Rozpuszczalna i mielona, mrożona i bezkofeinowa — jednoczesne zniknięcie wszelkich odmian kawy wydawało się wysoce nieprawdopodobne i praktycznie niewykonalne, mimo to filiżanka zawierała herbatę.

Bartek przypomniał sobie Russellowską krytykę rozumowania indukcyjnego. Słońce wschodzi codziennie i na tej podstawie wyciągamy wniosek, że słońce wzejdzie następnego dnia. Kura na fermie codziennie dostaje ziarno i na tej podstawie wyciąga wniosek, że ziarno dostanie także następnego dnia. Ale pewnego dnia, gdy utyje i dorośnie, ukręcą jej łeb. Tyle jest warta, w uproszczeniu, metoda indukcyjna.

Bartek pił kawę codziennie, co pozwalało mu przypuszczać — wykluczywszy sytuacje niewydolności serca, portfela oraz wielkiej polityki — że pić kawę będzie do śmierci.

Miał godzinę do dyżuru w klitce obok sekretariatu, przypałętają się pewnie jacyś studenci z problemami i zażaleniami na świat. Na zażalenia miał gotową odpowiedź: „Nie jestem odpowiednią instancją". Miał, pomyślał Bartek, miał godzinę, miał gotową odpowiedź, „miał" to także rzeczownik, wymiary ziarna miału węgla kamiennego: od zera do kilkunastu milimetrów, sprawdził kiedyś w Wikipedii. Co za głupie skojarzenie, skarcił się w myślach. Jestem rozregulowany, to pewnie ten brak kawy, kofeiny, trucizny, powinienem wypić w domu.

W sekretariacie kawy też nie mieli, ani kofeiny, za to sporo adrenaliny — jutro ministerialna kontrola. Próbował czytać „Wyborczą", bez sukcesu, chyba zostałem wtórnym analfabetą, pomyślał, taki jest obecnie trend wznoszący w społeczeństwie.

Ktoś zapukał:

— Proszę.

— Dzień dobry, panie doktorze. Ja po wpis.

— Jaki wpis?

— Z analu. To jest z filozofii analitycznej.

— Pomyliła pani pokoje, a nawet budynki.

— Przepraszam. Zawsze coś mylę. Do widzenia.

Dziewczyna wyszła. Bartek przyjął jeszcze czworo studentów, nieco lepiej zorientowanych. Potem urwał się z uniwersytetu przed czasem, nabrał ochoty na spaghetti, skłamał coś sekretarce i już wychodził na ulicę.

Pomaszerował do włoskiej knajpy na Świętokrzyskiej. Ludzie, których mijał, wydawali mu się niechlujni, jakby wygnieceni, pomięci. Zjadł obiad. Poprosił o espresso, kelner bezradnie rozłożył ręce:

— Niech pan nic nie mówi. Nie ma. Wiem.

— Mamy wodę z kofeiną, jeśli pan sobie życzy.

— Nie życzę. Proszę o rachunek.

Bartek pojechał do domu, zrobił zakupy w osiedlowym sklepie. Zapomniał o kawie, co go nie zdziwiło, tylko — rozbawiło. Sprawdził kuchenne szafki, kawy brak. Nie przypuszczał, żeby Maciek wyniósł kawę pod jego nieobecność.

Otworzył puszkę piwa i poszedł do salonu, rozsiadł się na sofie i powiedział:

— No tak. Jasne.

Nie jesteśmy pewni, co Bartek miał na myśli, czego tyczyły się jego słowa, trzy krótkie słowa pasujące do każdej sytuacji jak grzyb do atomowej bomby. Bartek, osobnik płci męskiej, obywatelstwo polskie, niewielka domieszka krwi tatarskiej, jedna genetyczna skaza (klęski przetwarzał w moralne zwycięstwa), poza tym zdrowy, lekka niedomykalność zastawki, prognozowana długość życia osiemdziesiąt dwa lata, długość członka we wzwodzie szesnaście centymetrów, płodny — Bartek, którego opisać tak łatwo, wymyka się naszemu opisowi. Wykładowca i — rzekłoby się — intelektualista, a jednocześnie napakowany sterydami koleżka, któremu do twarzy w dresach i siłowni. Sądząc z wyglądu, napisałby „chuj" przez dźwięczne „h", acz zapewniamy, że niesmak wywoływały w nim wszelkie HWDP, niesmak nie ideologiczny, lecz ortograficzny.

Bartek, przyznajemy, jest najtrudniejszy pośród naszych bohaterów. Bartek zdaje się naszpikowany przeciwieństwami jak ruski pieróg, jak pisarz Konwicki, będący zresztą autorem tego porównania, wyraził się na własny temat. Gładka muskulatura zwykle idzie w parze z gładkością kory mózgowej; tak jak skóry nie szpeci cellulitis, tak kory mózgowej nie psuje pofałdowanie, zero moren myśli, bruzd zwątpienia czy żlebów wahania. U kolegów Bartka z siłowni kora mózgowa występowała sporadycznie, w okolicach pośladków. W trakcie ćwiczeń spływał po niej pot. Wtedy myśleli.

— No tak. Jasne — powtórzył Bartek.

Rzadko zdarzało mu się mówić do siebie, choć niekiedy zamieniał ze sobą niewiele znaczące słowa. To były słowa przezroczyste, gładkie i puste niczym butelka, którą wypełnić może jakikolwiek płyn.

Zadzwonił do żony, żeby powiedzieć, jak bardzo ją kocha. Włączyła się poczta głosowa. Zadzwonił do Rafała, żeby powiedzieć, że dzwonił do żony, bo bardzo ją kocha, tylko ta miłość wymknęła się spod kontroli. Rafał nie odebrał. Żona przewracała się z boku na bok za oceanem, kto wie, na przykład.

3.

Kolejny dzień. Po obiedzie, kolejnym, wyszedł na ulicę. Przez godzinę czy dwie plątał się po sklepach. Najdłużej stał w empiku, dział filozofia i religioznawstwo. Przy regałach z książkami gromadziło się mniej ludzi niż przy kosmetykach lub grach na konsole. Bartek nie przepadał za tłumami.

Zadzwonił do żony. Nie odebrała. „Wybrany numer jest nieprawidłowy".

Pojechał na siłownię. Zaczął jak zawsze od bieżni. Po kilku kilometrach, podczas których nie pokonał nawet metra, zaczął pracować nad mięśniami klatki piersiowej. Nieco się przeforsował, z irytacji na samego siebie. Traktował gimnastyczne przyrządy jak przeciwników. Przegrał.

Wziął prysznic.

W pobliskiej knajpce zjadł kolację. Kawy brak, „wyszła". Kończąc piwo, wpatrywał się w telewizor. Lokal nie należał do drogich. W telewizorze politycy walczyli z przeszłością. Walka z przeszłością przez zaniechanie teraźniejszości miała doprowadzić do lepszej przyszłości.

Zakupy zrobił w osiedlowym sklepie. Wszedł do mieszkania. Maciek nie wrócił. Prawdę mówiąc, nie wiedział, czy Maciek dziś przyjdzie. Cała ta sytuacja wydawała się mało prawdopodobna, słabo umotywowana. Prawdopodobieństwo psychologiczne nie jest najmocniejszą stroną ludzi. Tylko psychologowie w nie wierzą, ponieważ dzięki temu pomagają ludziom. To znaczy porównują zachowanie zastane z zachowaniem podług prawdopodobieństwa psychologicznego. Różnicę próbują zniwelować. Psychologowie w ten sposób zarabiają pieniądze. Ludziom w ten sposób wydaje się, że są lepsi: bardziej asertywni, pogodzeni ze sobą, szczęśliwsi, no i — bardziej prawdopodobni.

Bartek, osobnik mało prawdopodobny psychologicznie i słabo umotywowany, siedział w fotelu. Na nic nie czekał. Dlatego można powiedzieć, że czekał na Maćka. Albo na żonę. Na telefon.

4.

Siedział i czekał.

Czekał i siedział.

Czekanie i siedzenie wypełniał telewizją. Przeskakiwał z TVN24 na TVP Info, zahaczając o tandetny Polsat. Zdarzenia, praktycznie identyczne na wszystkich kanałach, padały pod różnym kątem jak światło, w krótkich zdaniach i kolorowych migawkach, a także w skrótach i przemilczeniach.

Wyłączył telewizor.

Już leżał w łóżku, gdy usłyszał, że ktoś wszedł do mieszkania. Pewnie Maciek. Chciał wstać, żeby się przywitać, ale łatwiej przyszło mu zasnąć.

5.

To była ich podróż poślubna. Miodowy miesiąc, przycięty do dziesięciu dni w Sopocie. Zajmowali ogromny apartament w Grand Hotelu. Z widokiem na morze. Pogoda dopisała: wrzesień ciepły i słoneczny. Turyści również: pozostali w swoich warszawach, pipidówkach i zakopanych. W czasie wczesnych spacerów skrajem plaży, na granicy piasku i fal, spotykali niewiele osób. Kilku mężczyzn z psami, kilka zakochanych par, stado mew i rybitw, kilka wyrzuconych na plażę ryb w puszkach i gromadę foliowych reklamówek, niespokojnych i poszarpanych.

Wypili po red bullu, hotelowa restauracja jeszcze nie działała. Ubrali się ciepło. Długie spodnie, polarowe bluzy i buty za kostkę. Marta, jego żona, nasunęła kaptur na głowę. Absolutnie piękna, pomyślał Bartek. Piękna w tym cieniu, w tym brzasku. Piękna aż do granicy kiczu, do fototapety z palmami.

Twarz Marty to twarz doskonale asymetryczna. Długi i prosty nos dzielił ją niby cięcie noża jabłko na połówki. Po jednej stronie zakłopotanie, po drugiej zdziwienie. Po jednej pożądanie, po drugiej pogardliwa wyższość. Lód i ogień, tak zwane. Twarz Marty była najbardziej fascynującą powierzchnią, z jaką Bartek miał do czynienia w swoim życiu. Nigdy nie wiedział, co ona właściwie wyraża. Wszelkie dysonanse i dysharmonie łączyły się i płynnie — na linii nosa — przechodziły wzajem w siebie, tłumiąc się, czy też korygując.

W jej twarz wpisano jakiś błąd. Błąd fundamentalny i niewyobrażalnie piękny. Błąd Stworzenia, pomyślał na poły kpiąco, na poły z szacunkiem.

Stała w korytarzu, już ubrana, z kapturem naciągniętym na głowę. Bartek wiązał sznurowadła. Jesteś niewymownie piękna, chciał powiedzieć.

Poszli na spacer. Szli tuż przy falach, gdzie piasek bardziej był ubity. Podeszwy odciskały się linią zabawnego człapania.

Po jednej stronie morze, szare ćwiczenie dla kolorysty. Po drugiej — stromiejące wybrzeże, zarośnięte zielono.

Szli objęci. Bartek trzymał swoją rękę na jej biodrze. Nie rozmawiali. Rzadko rozmawiali. Między zęby wpadał piasek.

Zapamiętał bardzo wyraźnie tamtą chwilę. W ostrych kolorach, ostrych szarościach polskiego morza. Jak na bardzo wyostrzonej, czarno-białej fotografii: żadnych stref cienia, żadnego zamglenia, rozmycia, zmiękczenia.

Szli obok siebie, objęci, pustą plażą, w grafitach i błękitach łatanych plamami światła. Z każdym krokiem podeszwa zagłębiała się w piasku z przyjemnym chrzęstem. Ten chrzęst przenikał Bartka od stóp aż po aureolę, na którą nie zasłużył.

Potknęła się o deskę wyrzuconą na brzeg. Szybko odzyskała równowagę. Zgubili wspólny rytm. Dalej szli już osobno, choć w zasięgu swoich ramion.

Bartek zapamiętał nie tylko kolory tamtego spaceru, lecz również kolory swoich emocji. Czuł bezbrzeżne szczęście i jednocześnie dojmujące nieszczęście. Nie znał żadnego słowa w języku polskim, które trafnie oddawałoby ten stan. Przypomniał sobie portugalskie saudade: połączenie melancholii i zapatrzenia w przeszłość z domieszką dumy i akcentem radości. Przypomniał sobie dwa wersy z pięknego wiersza Chico Buarque: „Saudade to sprzątanie/w pokoju zmarłego syna".

Obudził się w jednej sekundzie. Zapłakany.

Płakał przez sen. Sen uleciał. Nici sensów wypadły z rąk.

Na nocnej szafce stało śniadanie. Obok leżał telefon.

Zadzwonił do Marty, żeby powiedzieć, jak bardzo ją kocha.

Zgłosiła się poczta.

Marta nigdy się nie zgłaszała.

Już zapomniał, kiedy odeszła, to jest — wyjechała.

6.

Zjadł śniadanie upichcone przez Maćka: wystygło, niesmaczne. Rozdrażnił go brak kawy. Z lodówki wyjął puszkę piwa. Zabrał się do sprawdzania prac kolokwialnych z zeszłego tygodnia. Żadnych niespodzianek, większość nie zaliczyła. Pytania były proste, nie rozumiał, dlaczego studenci się nie uczą albo nie rozumieją, albo nie lubią statystyki. Przecież to naprawdę nie jest trudne, a on naprawdę nie jest złym wykładowcą.

Dziś miał dwugodzinny wykład, następnie ćwiczenia z dwiema grupami. Nie musiał się szczególnie przygotowywać. Od kilku lat mówił prawie to samo z prawie takim samym skutkiem i za takie same pieniądze, podwyżki pożerała inflacja.

Skończył sprawdzanie prac, wziął prysznic, wyszedł z mieszkania. Z każdym dniem ludzie wydawali mu się coraz bardziej wymięci. Kupił gazety. Zaczął od „Tygodnika Powszechnego". Na ostatniej stronie artykuł: *Lista nieobecności*, podpisany pseudonimem.

„Lista nieobecności niepokojąco się wydłuża. Zeszłego tygodnia zniknęły kawa i żelazka. W istocie ani kawa, ani żelazko nie stanowią o jakości naszego życia, chociaż — bezsprzecznie — dzięki kawie nasze życie wydawało się przyjemniejsze i trzeźwiejsze, a dzięki żelazku — gładsze. Kogokolwiek zapytałam, potwierdzał, że od dni kilku kawy nie pił, a ubrań nie prasował. Sprawdziłam sklepy: kawy i żelazka kupić nie sposób. Menedżerowie, z którymi się skontaktowałam, nie potrafili wytłumaczyć tak nagłego braku, aczkolwiek — odniosłam wrażenie — nieszczególnie brak ten ich kłopotał. To raczej moje pytania, niestosowne pytania, okazały się kłopotliwe.

Zdumiewa mnie również, iż media, zazwyczaj tak spragnione gorących wieści, tym razem tematu nie podjęły. Oczywiście media nie reagowały, kiedy znikały rzeczy znacznie istotniejsze. Gdy ze szkół wyrzucono łacinę i grekę, a z klasycznymi językami — szansę na właściwe ukształtowanie młodych umysłów. Gdy język debaty publicznej zanurkował w głębię rynsztoka. Gdy pomówienia i ataki uśmiercały osoby publiczne. Gdy nepotyzm wyparł kwalifikacje. Listę nieobecności mogłabym ciągnąć długo. Mam prawie osiemdziesiąt lat i w czasie tych osiemdziesięciu lat widziałam, jak wiele wartości wyparowało, nie wzbudzając swym znikaniem poruszenia czy zainteresowania. Spodziewałam się jednak, że społeczeństwo konsumpcyjne i zeświecczone, a takim społeczeństwem jesteśmy coraz bardziej, zareaguje na braki zaopatrzeniowe. Okazało się, że jestem w błędzie. Nawet wolny rynek i kapitalizm nie funkcjonują właściwie.

Być może przemawia przeze mnie gorycz, acz przypuszczam, że to nie koniec. Godność, uczciwość, kurtuazja — to już tylko słowa występujące w słownikach wyrazów obcych. Takich słów, nazywających po imieniu rzeczy ważne, jest bezlik, wszak słowa te nie oznaczają już niczego, z czym moglibyśmy się spotkać w życiu. Po atrofii wartości najwyraźniej wkroczyliśmy na etap atrofii materii. Być może pojutrze okaże się, że znikły schody. Mam nadzieję, jako prawie osiemdziesięciolatka i mieszkanka drugiego piętra bez windy, tego nie dożyć".

Bartek przepuścił autobus. Artykuł wciągnął go i zasmucił. Od dawna miał przeczucie, że świat schodzi na psy. Przeczucie to odziedziczył po swoich rodzicach, a oni — po swoich, aż do Adama i Ewy.

Wciągnął do płuc styczniowe powietrze: trochę mrozu, nieco spalin, odrobina kosztownych perfum kobiety stojącej nieopodal.

Kiedy znalazł się przed studentami, prawie setką młodych ludzi płci obojga z przewagą płci męskoosobowej, odeszła mu ochota do powiedzenia tego, co powiedzieć powinien i powiedzieć zamierzył. Co powtarzał od lat z identycznym skutkiem i w identycznym czasie.

— Dzień dobry — powiedział Bartek. — Witam wszystkich, którzy dotarli na wykład mimo braku kawy i żelazek. Dziś nie będzie podpisywania listy obecności. W tym semestrze wykład prowadzę już od prawie czterech miesięcy.

Sprawdzę, kto ile razy się pojawił i uzyskany współczynnik obecności przełożę na cały rok akademicki. To oczywiście nie jest sprawiedliwe. Ktoś mógł chorować przez miesiąc, będąc dobrym sumiennym studentem. Ta choroba, przykładowa i potencjalna choroba, obniży jego współczynnik obecności. Taki student może mieć problemy z zaliczeniem roku. To oczywiście nie jest sprawiedliwe. Ale — moi drodzy — statystyka nie jest sprawiedliwa. Nauka nie jest sprawiedliwa. Nie jest też niesprawiedliwa. Statystyka stoi poza dobrem i złem, sprawiedliwością i niesprawiedliwością, takie kategorie nie znajdują w statystyce zastosowania. Kategorie dobra i zła pojawiają się tylko tam, gdzie istnieje szansa na pocieszenie, gdzie za wszelką cenę należy znaleźć sens i cel. Statystyka tego nie potrzebuje. Statystyka opisuje. Kategorie dobra i zła pojawiają się w religii, moralności, etyce i tak dalej. Nigdy nie występują w nauce. Chcę, żebyście to zapamiętali, nawet jeśli się ze mną nie zgadzacie.

Nigdy chyba nie wspomniałem, że początku statystyki, rozumianej jeszcze jako spis ludności, upatruje się w Księdze Liczb, gdy Mojżesz wyprowadził lud Izraela z Egiptu. Oczywiście dziś metody uległy zmianie, lecz zmianie nie uległo jedno: statystyka jest uzależniona od liczb. Statystyka mówi — używając potocznego określenia — prawdę, a jednocześnie kłamie. Aby nie wgłębiać się w mało was interesujące kwestie techniczne i metodologiczne, dam jeden przykład — statystyczny obywatel, statystyczny Polak.

Statystyczny Polak wypija tyle a tyle litrów alkoholu rocznie, wypala tyle a tyle, wydaje tyle a tyle, uprawia seks raz na i tak dalej. Statystyczny Polak chodzi do teatru co dwieście lat. Ja się temu Polakowi akurat w tej kwestii nie dziwię, bo sztuki są raczej słabe, ale idzie mi o coś innego. Statystyczny Polak, tak precyzyjnie wymierzony i uśredniony, jest bytem abstrakcyjnym, materialnie nie istniejącym. Niektórzy z nas nie palą, nie piją, nie jedzą mięsa i tak dalej, mimo to może się okazać, że w przeciągu roku nawet na noworodka przypadają trzy stosunki płciowe.

Statystyka nie mówi o żadnym z nas z osobna. Statystyka tak naprawdę, nie ma nic do powiedzenia o żadnym z nas. Statystyka, tworząc na własny użytek pewne abstrakcyjne byty, zbliża się niebezpiecznie do religii. Religia operuje na takim statystycznym człowieku; nazwijmy go Adamem lub Ewą, kolejność alfabetyczna. Religia, podobnie jak statystyka, powołuje do życia pewien byt, pewien model, w który należy wtłoczyć konkretną Ewę i konkretnego Adama.

Uczę statystyki od lat. Wierzę w statystykę, czy raczej — wierzyłem, że to, czego uczę, porządkuje świat. Ułatwia orientację. Że dzięki temu świat jest bardziej przejrzysty, a przez to — łatwiejszy w obsłudze.

Ale — wybaczcie część liryczną, która teraz nastąpi, sam jestem nią zaskoczony i lekko zniesmaczony — przestałem sądzić, że statystyka jest ważna, że porządkuje i tym podobne. To nie oznacza, że statystyka nie ma sensu. Chciałbym to wyraźnie podkreślić. To oznacza, że przestałem widzieć w statystyce sens. To również oznacza, że ten wykład jest ostatnim moim wykładem. Nie wiem, kto mnie zastąpi. Porozmawiam z dziekanem.

Nie przypuszczałem, że powiem, co powiedziałem. Niektórzy z was pewnie pomyśleli, że jestem przemęczony, mam problemy osobiste oraz że powinienem udać się na urlop, ewentualnie do psychologa. Urlopem nie pogardzę. Psycholog odpada. Nie wierzę w prawdopodobieństwo psychologiczne. Żaden człowiek nie jest prawdopodobny psychologicznie. Prawdopodobny psychologicznie jest tylko byt psychologiczny, który przypomina statystycznego obywatela.

Dziękuję. Idźcie już sobie. Wykład skończony. Zaliczyli wszyscy. Albo nikt. Bez znaczenia. Do widzenia.

DUSZA

Nazywam się Dusza. Jestem poręczna, mieszczę się w żelazku, w człowieku, a także w przedmiocie lub narodzie. Niekiedy — w niekorzystnych okolicznościach — na ramieniu. Na dnie oka. Kiedy umrę — jestem martwa dusza. Wtedy się opłacam przedsiębiorcom pogrzebowym. Jestem nieśmiertelna, IMHO.

W Europie mieszkam w sercu, w Afryce mam daczę w wątrobie. Zdarza mi się nocować w szyszynce, w tanich motelach poupychanych bez ładu ni składu w tkankach. Nie narzekam. Jestem przyzwyczajona do niewygód i wilgoci.

Ostatnio wątpię w siebie, w swoje istnienie. To prawdopodobnie jakaś choroba, nie mająca ontologicznego podłoża. Uważnie przeglądam się w lustrze. Nic nie widzę, drobne zabrudzenia i kropelki śliny. Powinnam zapisać się do okulisty.

RAFAŁ

1.

Zwierzę zabija, żeby przeżyć. Człowiek jest zwierzęciem. Rafał jest filozofem: z wykształcenia; z przyrodzenia jest mężczyzną.

Rafał ma czterdzieści dwa lata, choć nie czuje, aby te lata rzeczywiście należały do niego. Rafał pracuje na Uniwersytecie Warszawskim. Od dawna przeciąga termin złożenia pracy habilitacyjnej. Władze uczelni patrzą na to przez palce, przymykają oko. Władze uczelni lubią Rafała, studenci lubią Rafała, pracownicy sekretariatu lubią Rafała. Nawet narzeczona Rafała lubi Rafała, mimo że przewód narzeczeński został otwarty równocześnie z przewodem habilitacyjnym. Jeżeli ktoś nie lubi Rafała, to sam Rafał.

Na początku akademickiej kariery Rafał zajmował się Wittgensteinem. W środku akademickiej kariery również zajmuje się Wittgensteinem. Na końcu akademickiej kariery najprawdopodobniej nadal będzie zajmował się Wittgensteinem.

Rafał wyszedł z gmachu Instytutu Filozofii wprost w objęcia tłumu przebiegającego Krakowskim Przedmieściem. Przebił się do skrzyżowania Świętokrzyskiej z Nowym Światem. Wahał się chwilę, po czym skierował kroki w stronę ronda de Gaulle'a. Wstąpił do sklepu. Kupił prasę i papierosy.

Na rondzie od lat tkwiła sztuczna palma. Projekt artystyczny, który zrósł się z Warszawą. Plastikowa palma, poszarzała i obesrana przez gołębie, zimą obsypana szarawym śniegiem, bardzo się Rafałowi podobała. Niekiedy mówił swoim studentom, pół żartem, pół serio, że taki właśnie los spotyka koncepty filozofii śródziemnomorskiej przeniesione w umiarkowany klimat. Amen.

Cofnął się i pomaszerował Chmielną — drogie butiki i młodzi ludzie, ładni i zamożni, ogródki restauracyjne i kilku żuli — w stronę Marszałkowskiej, Metro Centrum, kierunek Kabaty.

O tej porze w wagonach zawsze panował ścisk. Zawsze jego ręka dotykała, bardziej niż śmiał, czyichś półnagich (latem) pleców, a czyjaś ręka — miał nadzieję, że ręka — wbijała się w jego pośladki. Albo parasolka, jeśli padało.

Wysiadł na stacji Racławicka, otworzył paczkę papierosów. Pierwszego wypalił po drodze do mieszkania, na Balladyny. Mieszkał na parterze. Lubił swoje mieszkanie. Za czterdzieści lat będzie należało do niego, spłaci kredyt, potem umrze. To się nazywa koincydencja.

Narzeczona Rafała, Alicja, rano wyjechała na dwutygodniowe szkolenie do Bostonu, USA. Rafał zmył naczynia z bardzo wczesnego śniadania. Zjedli wspólnie jajecznicę przed piątą. Barbarzyństwo. American Airlines, klasa ekonomiczna.

Rafał wziął dwa tygodnie urlopu. Dziś piątek. Otworzył balkonowe drzwi i zaciągnął się drugim papierosem. Jak dobrze, pomyślał, choć przez chwilę udawać, że nic nie muszę. Nic. Przez chwilę.

Rafał zawodowo zajmował się myśleniem, za to mu płacono. Płacono niewiele, lecz regularnie. Starał się myśleć zgodnie z zasadą decorum: niewiele, lecz regularnie, zgodność formy i treści, odpowiedniość pensji i pracy. Za nieco ponad dwa tysiące złotych miesięcznie. Na rękę za to, co w głowie.

Rafał starał się oddzielać myślenie, za które mu płacono niewiele, lecz regularnie, od myślenia, za które nie otrzymywał żadnej gratyfikacji finansowej, a które sprowadzało się do określenia okoliczności, w których mógłby sięgnąć po szczęście. Prywatne i niepodległe metodologii, stosowanej, z różnym skutkiem, w gmachu Instytutu Filozofii.

Przede wszystkim, niestety, przydałyby mu się pieniądze. Nie umiał zarobić dużych pieniędzy. Książki Rafała o Wittgensteinie sprzedawały się, co prawda, lepiej niż książki samego Wittgensteina, acz na tym fakcie, składającym się średnio z sześciu sprzedanych egzemplarzy miesięcznie, trudno budować optymistyczną wizję przyszłości.

Człowiek jest zwierzęciem, zwierzę zabija, Rafał byłby gotów zabić. Niestety, myślał, nie znam nikogo wystarczająco zamożnego. Myśl ta dodawała mu otuchy. Z braku okazji pozostanie porządnym, uczciwym człowiekiem, spłaci kredyt, umrze.

Z balkonu wychodziło się na niewielki ogródek, otoczony z trzech stron siatką obrośniętą przez winorośl o małym czarnofioletowym owocu, tak cierpkim, że nawet ptaki się nań nie łakomiły. Rosła też stara wiśnia, dwa krzaki malin i krzak agrestu. Oto Królestwo moje.

Rafał postanowił zachowywać się jak na wakacjach, robić to wszystko, czego nie robił, mieszkając z Alicją, prowadząc wykłady i ćwiczenia, męcząc się nad habilitacją, która wisiała nad nim niczym katowski topór, zarośnięty nieco przez te lata pajęczyną, bynajmniej nie stępiony.

Kupił mnóstwo jedzenia i alkoholu, przede wszystkim piwo oraz chipsy, z witamin — winogrona. Kupił kilka filmów pornograficznych, wyłącznie stylowe produkcje z przełomu lat siedemdziesiątych i osiemdziesiątych, z fabułą rozwiniętą nieco bardziej niż „Podoba mi się sadzawka w twoim ogrodzie. Masz ochotę na minetę?".

Rafał zadzwonił do Bartka, kumpla z uniwersytetu i najbliższego przyjaciela, umówili się na niedzielną batalistykę i procenty, potem wyłączył komórkę. Przyjaciele oraz narzeczona znali numer domowy: gdyby coś, jakby. Jak gdyby.

Piątek wieczór, cała sobota i pół niedzieli upłynęły niby sen: lepki, zatęchły, nieciągły. Rafał, wróciwszy do mieszkania, wyjechał — tak naprawdę — na kolonie, cofnął się, by osiąść w punkcie, w którym już nie musiał być odpowiedzialnym mężczyzną, statecznym czterdziestolatkiem, plus dwa lata in minus. Kolonie na rubieżach samego siebie, zapleśniała faktoria handlowa na krawędzi mapy, gdzie dokonywał wymiany towarowej z demonami, i to pośledniego gatunku oraz nie imponującej mocy. Perły przed wieprze, szklane paciorki, tombakowe diademy.

Rafał pił piwo od rana, od śniadania, a właściwie — na śniadanie. Jadł chipsy i winogrona. Oglądał pornograficzne filmy, najchętniej klasykę, najchętniej *Głębokie gardło*: oto pewna niewiasta nie znajduje satysfakcji seksualnej, i to pomimo wielu starań, jak również pozycji. Wreszcie pewien geniusz odkrywa, iż niewiasta nie ma łechtaczki w miejscu, w którym zazwyczaj ona występuje. Rozpoczynają się poszukiwania łechtaczki, poetyką nawiązujące do epoki wielkich odkryć geograficznych: przeciwne wiatry, nieprzejednani cyklopi, u których pojedyncze i nieparzyste nie było wcale oko, obce lądy kanap i gabinetów, lazur basenowych kafelków. W końcu pewien Magellan pornografii kotwiczy własną żołądź w gardle, głęboko w gardle, w Zatoce Przełyku, wpadającej później w Kipiel Żołądkową, o niskim pH i nieciekawym kolorze. I tak oto, jak w bajce, niewiasta znajduje szczęście. Szczęście, myślał pogodnie Rafał, równa się łechtaczka.

Rafał oglądał filmy, pił piwo, masturbował się jak za zuchowych czy harcerskich lat. Na koloniach, pamiętał wyraźnie, wszyscy samogwałcili się na potęgę, a niekiedy (po zmroku) — zbiorowo. W przerwach między onanizmem a kolejną puszką piwa Rafał poczytywał: Lacana i Derridę. Cóż za figury intelektualne, piruety słów, wyuzdane dowodzenia i orgazmy wielokrotne zrozumienia! Skurcze sylogizmów i metafory kondycji ludzkiej, a wszystko głębokie, najgłębsze, studzienne — chociaż, Rafał konstatował z żalem, nie dość głębokie, żeby dosięgnąć jego wewnętrznej łechtaczki, by wygiąć jego ciało w ekstatycznym, tryumfalnym łuku. Kończyło się jak zawsze: białawe gluty na podbrzuszu i białawe gluty w mózgu. Niesmak i rozpacz. Strach. Dreszcz metafizyczny. Doświadczenie nicości. Kontur materii. Maślane masło. Gry językowe (Wittgenstein, *Dociekania*).

Bartek przyszedł o czasie. Rafał, lekko wstawiony, poprowadził przyjaciela na kanapę, przyniósł chipsy, piwo i winogrona. Oglądali *Cienką czerwoną linię*, kolorowy manifest pacyfizmu, wysmakowany plastycznie i nieistotny. Potem obejrzeli *Kto się boi Virginii Woolf?* Czarno-biały, utrzymany w poetyce sztuki teatralnej zapis małżeńskiego wieczoru: krew się nie lała, za to whisky litrami. Ten czarno-biały, stary film robił na Rafale wielkie wrażenie, nieporównanie większe niż trup świetnie kadrowany a ścielący się gęsto i estetycznie na pacyficznych wyspach.

Bartek opowiedział o swojej wizycie w klubie na Starówce, a ściślej: skupił się na owocach, jakie wizyta ta przyniosła. Na owocu.

— Co teraz zrobisz? — zapytał przyjaciela.

— Nie wiem. Wrócę do mieszkania. Może już go nie będzie. To znaczy Maćka, nie mieszkania.

— Jeżeli chcesz, przenocuj tutaj.

— Dzięki.

2.

Po zakrapianym weekendzie Rafał nie znajdował się w szczytowej formie: oczy piekły od patrzenia, w mięśniach odłożył się kwas mlekowy od bezruchu, gardło wyschło, na domiar złego zaczął łysieć, po prawdzie już jakieś trzy, cztery lata temu. Ponadto jego życie, oglądane przez pryzmat piwa i chipsów, wydało mu się pozbawione istotnej, gramatycznej kategorii — zniknął czas przyszły.

Odniosłem kontuzję, pomyślał Rafał z rozbawieniem, jestem kontuzjowanym filozofem, nie dla mnie agora, ta z i bez SA. Rafał nie wykazywał szczególnych zdolności językowych; milczał swobodnie w dwóch językach (po polsku i niemiecku), w jednym języku milczał na poziomie komunikatywnym (po angielsku), a w dwóch kolejnych (greka, łacina) preferował nie zabierać głosu. Mimo tak ubogiej praktyki zdawał sobie sprawę, że systemy językowe bardzo różnie organizują i systematyzują świat. Przypominał sobie, niewyraźnie i bez przykładów, że w niektórych językach używanych w Afryce przez plemiona, które nie przeżyły rewolucji przemysłowej ani informatycznej, choć miały za sobą, i to w neolicie, rewolucję seksualną, nie występuje czas przyszły. Był czas teraźniejszy i przeszły. Chcąc powiedzieć, że coś zdarzy się na przykład za kilka dni, używało się czasu przeszłego:

— Za dwa dni kupiłem nową książkę Barbary Skargi — powiedział Rafał. — Przypuszczam, że książka ta bardzo mi się spodobała, chociaż jej jeszcze nie czytałem. Albo: chociaż już jej nie czytałem.

Rafała uderzyło, niespodziewanie jak piorun, że mówienie o przyszłości z wykorzystaniem czasu przeszłego zakłada, iż przyszłość jest zdefiniowana i ograniczona przeszłością. Innymi słowy, w strukturę języka i strukturę świata wpisano, iż nie może się zdarzyć nic, co by już się nie zdarzyło. W takim świecie nie ma miejsca dla zdarzeń pierwszych, język nie przewiduje nowości, może tylko jakieś neologizmy.

Rafała olśniła perspektywa przyszłości, będącej niczym więcej niż wariacją na temat przeszłości. Poszedł do kuchni, który to już raz?, z lodówki wyciągnął puszkę piwa, wrócił do salonu, cały czas niosąc w myślach „nowy" świat.

Kompetencje teologiczne Rafała nie należały do szerokich. Przypominał sobie, niewyraźnie i bez przykładów, że śmierć Chrystusa to fakt historyczny, a jednocześnie transhistoryczny, czyli czasowi niepodległy: każdego kalendarzowego czy liturgicznego roku Chrystus umierał i zmartwychwstawał w Wielkanoc, później przychodził na świat w Boże Narodzenie, od ponad dwóch tysięcy lat. Języki plemion afrykańskich znacznie lepiej i dokładniej przylegały do chrześcijańskiej rzeczywistości niż języki europejskie.

Rafał puścił wodze myśli, wyciągnął, jak to żartobliwie nazwał, gramatyczne konsekwencje zbawienia: jeśli zdarzyć się może tylko to, co się już zdarzyło, zbawienie i zmazanie grzechu pierworodnego nie jest możliwe, a równocześnie możliwy jest powrót do świata bez grzechu, do punktu, w którym wszystko powstało, big bang, megasanacja, może powinienem napisać jakiś poradnik i zarobić dużo pieniędzy?, pomyślał, tym razem ani słowa o Wittgensteinie.

W Rafale, pozwolimy sobie na górnolotne stwierdzenie, coś się dokonało, skończyło i zaczęło. Trudno wyrokować, czy zmiana zaszła w świecie, czy też w osobie Rafała, na styku kości i tkanek, nerwów i ścięgien.

Rafał przygotował, w połowie piwa, apendyks do CV, swój życiorys:

Urodziłem się czterdzieści dwa lata temu w typowej polskiej rodzinie o korzeniach inteligenckich, a predylekcjach katolickich. Chodziłem do szkoły podstawowej, do liceum. Ukończyłem studia filozoficzne. Zajmowałem się Wittgensteinem. Napisałem niezły wstęp do *Traktatu logiczno-filozoficznego* oraz kilka książek na ten sam temat, acz pod różnymi tytułami. Poznałem Alicję, zakochałem się, tak przynajmniej sądziłem. Pewnego dnia moja narzeczona, w nieścisłym tego słowa znaczeniu, wyjechała do Bostonu na szkolenie, USA, ponieważ pracowała w korporacji. Kupiłem platynową edycję teatru telewizji, od *Głębokiego gardła* poczynając, a na *Emmanuelle* z dalekim liczebnikiem porządkowym kończąc. Kupiłem również dużo piwa, chipsów i winogron. Spotkałem się z moim przyjacielem —

Rafała znacznie bardziej interesowało w tym życiorysie to, co dopiero miało nastąpić:

— spotkanie z przyjacielem przyniosło spodziewane owoce, adrenalina opadła, podniósł się poziom alkoholu we krwi. Przyjaciel wrócił do swego świata, pod własną ścianę płaczu. Ja zostałem w mieszkaniu, które spłaciłem w przeciągu najbliższych (ostatnich?) czterdziestu lat. Wstałem z lekkim kacem, w poniedziałek, następnie poszedłem do kuchni, potrzebowałem piwa, ponieważ odkryłem, że nie może zdarzyć się nic, co już się nie zdarzyło. Na przykład kac. Zadzwoniłem do Alicji, chciałem powiedzieć, że nie jestem materiałem na ojca; żeby dziecko, które się poczęło za dwa miesiące, zostało usunięte. Potem cierpiałem, odczuwając ulgę. Alicja zdecydowała się na zabieg, następnie mnie rzuciła. Po prostu wyprowadziła się za trzy miesiące albo cztery —

Albo inaczej:

— umarłem o wiele lat za późno, tak mi się wydawało. Mogłem się mylić. Zabił mnie cholesterol lub polityka, nie pamiętam. Pewnego poranka znikł czas przyszły. Bogowie wrócili. Poczułem ulgę. Kamień spadł mi z serca, niestety na moje stopy —

Rafał dopił piwo, zgniótł puszkę i rzucił nią o ścianę. Nie doleciała, upadła na wykładzinę. Zapadł w sen, oszołomiony alkoholem, chociaż do głowy uderzyły nie procenty, lecz brak czasu przyszłego. Dobrze, że pozostał teraźniejszy: człowiek może być pijany, nie pijąc.

Telefon zadzwonił. Rafał nie odebrał. Już nigdy nie odebrał, tak postanowił. Może zwariowałem?

3.

Filozof to taki zawód obecnie. Jak hydraulik, pielęgniarka czy polityk. Wieleset lat temu filozof był poważanym członkiem społeczeństwa. Społeczeństwo składało się w tamtych stuleciach z ludzi wykształconych i majętnych oraz niewolników. Obecnie zawód filozof znajduje się bardzo nisko na drabinie społecznego poważania, między alkoholikiem a ćpunem, mniej więcej. Obecnie społeczeństwo składa się z ludzi (po prostu), nie ma niewolników. Niewolnictwo zostało zlikwidowane, w niektórych przypadkach razem z niewolnikami. Obecnie głos każdego, głupiego i mądrego, uczciwego i krętacza, jest liczony i ma taką samą wagę. To się nazywa sprawiedliwość lub demokracja, w przybliżeniu.

Rafał był filozofem, kimś pomiędzy alkoholikiem a ćpunem. Na szczęście w dowodzie osobistym już nie wpisywano zawodu. Dzięki temu Rafał unikał kpin. Na pytanie o zawód odpowiadał „nauczyciel akademicki" albo nic nie odpowiadał. Miał prawo zachować milczenie i skontaktować się z adwokatem.

Rafał był filozofem, epigonem minionego czasu itepe. Usterką. Wypełniony niepotrzebną wiedzą, zazwyczaj rozumujący poprawnie, nie bywał nawet zapraszany do telewizji. Mówił pełnymi zdaniami i robił użytek z siedmiu przypadków. Tego widzowie nie tolerowali. Ani reklamodawcy. Wiedza, którą posiadł i pielęgnował, miała smak. Sama w sobie zachowywała odwieczną neutralność. W kontekście podniebienia Rafała i wyciągu z konta nabierała goryczy.

Koncepcja przyszłości jako przeszłości nie była odkrywcza ani nowatorska. Starczy wspomnieć Heraklita czy Koheleta. Hinduizm i Majów. Starczy rozejrzeć się wkoło.

Rafałowi nie szło jednak o sam koncept. On nagle znalazł się w rzeczywistości, w której czas przyszły nie występował. Musiał teraz nauczyć się żyć w tym świecie, tak jak żyć uczy się ktoś po amputacji kończyn. Albo serca (w znaczeniu przenośnym jak urna).

Rafał odczuł podniecenie, rozkosznie cielesne, niby laboratoryjny szczur w labiryncie. Niewiele wiemy o szczurach. Być może nie odczuwają podniecenia w labiryncie, a jedynie na widok i zapach samicy łamanej na jedzenie. Rafał jednak pragnął zbadać ten labirynt, wszelkie zapadnie, pułapki, niebezpieczeństwa. Miał nadzieję, że jednego życia wystarczy, a najlepiej — dwóch tygodni.

Wyjął z lodówki kolejne piwo. Poszedł do salonu niby odkrywca nowej ziemi. Włączył film. Oglądał stary western. Kobieta w wielkim kapeluszu z zapałem czyściła siodła. Do stajni wszedł mężczyzna. Szczytowali prawie jednocześnie w tym trójkącie przedzielonym szklanym ekranem: kowbojka i kowboj na słomie, Rafał na kanapie. Oni w latach siedemdziesiątych ubiegłego wieku, on — w pierwszej dekadzie trzeciego millennium.

Wynalazki techniczne, pomyślał Rafał, kiedy po orgazmie pozostała już tylko lepka wydzielina, zaburzają pamięć i znoszą czas.

4.

Rafał oddawał się tylko kilku czynnościom, ściśle wyselekcjonowanym z obfitego grona. Oczy sycił ciałami z telewizora.

Ciało zaspokajał ręką oraz piwem z chipsami. Już to wystarczało w zupełności, żeby zadowolić piątkę zmysłów.

Był jeszcze domniemany zmysł szósty, najczęściej łączony w rozmaitych kontekstach i konfiguracjach z doświadczaniem innej rzeczywistości. Inna rzeczywistość mogła upostaciować się jako: duchy przodków, przestrzeń Swedenborga, sakrament komunii, przeczucie przyszłości, zdolność odczytania kodu kreskowego, telepatia, bezbłędne wypełnienie PIT-u przy pierwszym podejściu.

Niektóre ptaki, na przykład gołębie, reagują na zmiany natężenia pola magnetycznego ziemi. Koty wyczuwają chorobę. Psy — śmierć. A ludzie?

Rafał sądził, że szósty zmysł pozostaje w ścisłym związku z pamięcią, z pamięcią w szerokim ujęciu. Że jest to zdolność skokowego przetwarzania informacji, informacji napływających zewsząd: i z zewnętrznego świata, i wewnętrznego środowiska. Skokowa zdolność przetwarzania informacji charakteryzowała się — podług Rafała — jednym tylko niezmiennikiem: wynik owego przetwarzania nigdy nie był zależny od poprawności procedur myślowych czy wprowadzonych danych. Wynik skokowego przetwarzania danych nie zależał od niczego, od żadnych przesłanek.

Innymi słowy, według Rafała szósty zmysł polegał na tym, że mając talerz zupy pomidorowej i złośliwą matkę, można dojść do drugiej zasady termodynamiki albo arystotelesowskiej poetyki.

Innymi słowy, według Rafała szósty zmysł polegał na zdolności do odnalezienia poprawnego rozwiązania z ominięciem poszczególnych metodologicznych szczebli. Paradoks polegał na tym, że takie „poprawne rozwiązanie” nie poddawało się weryfikacji. Nie istniały żadne podstawy do wydania sądu o poprawności (lub jej braku) ostatecznego wyniku. To był właśnie, według Rafała, szósty zmysł.

Niepokojąco blisko czegoś, co kiedyś nazywano olśnieniem, natchnieniem, bożą iskrą, talentem i w ten deseń. Poszedł po kolejne piwo. Nadużywanie alkoholu skutkowało tym, że Rafał przestawał się bać. Alkohol rozmiękczył problemy, którym musiałby stawić czoło. Przyszłość to był już tylko rzeczownik, słowo o pustym desygnacie, rodzaju żeńskiego. Słowo, którego istnienie jest ograniczone wyłącznie do języka. Słowo bez przyszłości, powiedzielibyśmy z odrobiną afektacji i odgiętym małym palcem przy uszku filiżanki.

5.

Przysnął na kanapie. Obudziła go absencja jęków ze stereofoniczngo piekła HD. Dźwięki symulowanego wielokrotnego orgazmu wybrzmiały do ostatniego echa, film się skończył, tak jak sen Rafała.

Spojrzał na ekran telewizora, na menu filmu *Gorące siodła*. Była opcja wyboru języka, wywiadów z gwiazdami oraz moduł retro: dwadzieścia lat później. Nie był zainteresowany wywiadami, ani — tym bardziej/mniej — widokiem gwiazd w kompletnym odzieniu; może — gdyby — dwadzieścia lat wcześniej? Zainteresowanie — stosunkowo ograniczone — wzbudzała jedynie opcja audio. Oryginalna ścieżka dźwiękowa, lektor polski, węgierski lub czeski, do wyboru. Zastanowił się chwilę nad możliwymi różnicami. Wybrał lektora węgierskiego, który taktownie pozwalał jęczeć aktorom i aktorkom. Włączał się tylko, ze sporym skrępowaniem, tak to zinterpretował Rafał, w scenach prowadzących od jednej kopulacji do drugiej. Rafał przełączył na lektora czeskiego. Lektor czeski musiał być lepiej opłacany od węgierskiego, pokrywał bowiem swoim czeskim jęczeniem jęczenie w języku oryginalnym, co dawało bardzo humorystyczny i niezamierzenie voyeurystyczny efekt. Tak naprawdę nie wiadomo, jaki był język o r y g i n a l n y. Jęki wypadały podobnie niezależnie od liczby przypadków i liter w alfabecie. Jęki — skonstatował Rafał — składały się przede wszystkim z samogłosek, samogłoski nie niosą znaczenia. Żadne odkrycie.

Wrócił do menu, żeby wybrać koreańskie napisy. Następnie wstał i poszedł do kuchni. I tak nie czytał po koreańsku. W lodówce pozostała tylko jedna puszka piwa. Słownie: j e d n a.

Otworzył ją, lekko drżąc. Deficyt alkoholu oznaczał konieczność wizyty w sklepie. Rafał nie chciał opuszczać swojego mieszkania, zasługującego coraz bardziej na miano podrzędnego burdelu, z wyraźnymi brakami BHP, mieszkania, w którym to kopulował z cieniami i własną ręką. Kopulował oczami i uchem. Kopulował absolutnie heroicznie i po próżnicy. Genesis, w jakiejkolwiek postaci, nie okazało się jego mocną stroną.

Rafał wyobraził sobie samego siebie jako alegorię XXI wieku: około czterdziestoletni mężczyzna, otoczony odpadkami, chipsy i puszki, z jedną ręką w okolicach krocza, z palcami ułożonymi w liść figowy, a drugą zgiętą i podtrzymującą głowę niby na osiemnastowiecznych aktach, pełnych koloru i kilogramów, w ciężkich złoconych ramach.

Alegoria XXI wieku nie miała co pić: wygrzebała odpowiedni numer i zamówiła dostawę piwa oraz chipsów. „I jeszcze mrożona pizza, margherita", powiedział z trudem, jakby wymawiał imię ukochanej.

Ekran telewizora pozostawał obojętnie niebieski. Rafał nie włożył żadnego filmu. Niebieska ikona z napisem: Yamaha DVD. Rafał mógłby pomyśleć, że oto doświadcza świata marek zamiast świata idei, ale tak łatwe porównanie nie przyszło mu do głowy.

W oczekiwaniu na dostawcę sprawdził zawartość (zdecydowanie wystarczającą) portfela. Następnie sprawdził umocowanie własnego członka, równie solidne i więcej niż wystarczające.

Poczuł wzwód, dość niespodziewany, zważywszy na niebieską pustkę telewizyjnego ekranu i ostatnie godziny, w czasie których się nie oszczędzał.

Rafał pomyślał o Stanisławie Lemie. Oczywiście Lem nie kojarzył mu się z penisem. Nic z tych rzeczy. Lem kojarzył mu się z kpiącym i tragicznym dystansem do ludzkiej seksualności. Z rozpaczą połączoną z wdrukowanym podnieceniem.

Rafał nigdy nie przyznał się publicznie do miłości do Stanisława Lema. Nie wypadało; a Rafał — cokolwiek by powiedzieć — szanował i stosował się do norm akademickiego środowiska, dlatego (między innymi) go lubiano. Twórczość Lema, w mniemaniu Rafała bezsprzecznie wybitna, nie wypadała dobrze na uniwersyteckich salonach. Po pierwsze, pisarz niepoważny, bo od SF. Po drugie, filozof bez kwalifikacji. Po trzecie, lekarz bez praktyki. Już nawet Dostojewski lub Marks z Engelsem mniej byli podejrzani od tego Lema.

Ktoś zadzwonił domofonem. Rafał bez większych komplikacji sprowadził się do poziomu oraz pionu, odebrał zakupy i zapłacił. Wysoki napiwek zatarł na twarzy dostawcy wyraz niesmaku czy nieledwie obrzydzenia. Rafał rozlokował produkty w odpowiednich miejscach, to znaczy — wyczerpała mu się cierpliwość — wszystko załadował do lodówki. Na stole pozostawił tylko kartonik z mrożoną margheritą. Margheritę zjadł do ostatniego lodowego okruchu. Na szczęście — zawyrokowały salony — Lem umarł i może teraz pokrywać się kurzem, jako literaturoznawcza ciekawostka.

Rafał odczuwał pewien rodzaj grzesznej, zakazanej rozkoszy, gryząc niewypieczone ciasto, podeszwę sera, plastry salami (ta margherita nie była wegetariańska) i zbrylonego sosu pomidorowego. Skończył, beknął.

Ze sobą zabrał puszkę ciepławego jeszcze piwa. Naciskając na klamkę zamkniętych przeciągiem drzwi, zanim wkroczył z przedpokoju do salonu, zanim doszedł do fotela, żeby oddawać się kopulacji z nicością — jakżeby inaczej określić to, czemu oddawał się od kilku dni? — poczuł wyraźnie przez skórę wnętrza dłoni nie tylko metalową powierzchnię klamki, jej nierówną fakturę, ale też coś na kształt ciepłej plamy, pieczęci odbitej w metalu przez żywą istotę, a zatem — Rafał był jedyną jako tako żywą istotą w tym mieszkaniu — przez samego siebie.

Chwytając klamkę po drugiej stronie — obecny przeciąg oraz zdrowy rozsądek nakazywały zamknąć drzwi — znalazł się w innym miejscu, dwadzieścia cztery lata temu. To nagłe przeniesienie w przeszłość nie zdziwiło Rafała. Wiedział przecież, że przyszłość nie istnieje. Nie ma racji bytu. Ontologia — jego prywatna i dość jeszcze nieokreślona, ponownie nieokreślona ontologia — wykluczała możliwość występowania zdarzeń nowych, zdarzeń pierwszych.

Dwadzieścia cztery lata temu — w zupełnie innym mieszkaniu, a nawet w innym mieście — również zamykał drzwi. Rafał, świeżo upieczony osiemnastolatek, nie odebrał nawet jeszcze dowodu osobistego, nie stawił się na komisję wojskową, nie stracił cnoty, nie podjął dziesiątków decyzji, które i tak okazały się nieistotne w półostatecznym rozrachunku.

Rafał zamknął drzwi wejściowe. Zawisł na klamce, napierając ciężarem ciała na rączkę z metalu, jak gdyby w obawie, że ktoś z żałobników o czymś sobie przypomni, wróci po zapomnianą torebkę, porzucony parasol; wróci podarować radę, zmierzwić jego włosy, dotknąć w geście solidarności i bólu jego policzka, albo nawet przypomni sobie, że ostatni autobus już odjechał — czy mogę przenocować?, lepiej nie zostawiać cię samego.

Rafał wisiał ciężko na klamce wejściowych drzwi. W czarnym garniturze, który miał na sobie po raz trzeci: studniówka, ślub cioci i teraz — pogrzeb. W eleganckiej białej koszuli, zdecydowanie za drogiej, mierząc centymetry kwadratowe tkaniny dochodami jego rodziców. Eks-rodziców, poprawił się.

To był bardzo męczący dzień. Z samego rana nabożeństwo w kaplicy. Zupełnie standardowa śmierć. Zwykłe trumny, zwykłe wieńce i zwykłe łzy — trzymali się konwencji. Potem, po niemal godzinie stania w chłodzie świątyni, cmentarz: również zwykły, podwójny dół, pospolite odświętne czarno--białe stroje, w zaróżowionych twarzach tu i ówdzie przebłyskiwała wesołość. Wszak porządek śmierci jest wpisany w porządek życia. Albo na odwrót. Rafał nie wiedział. Zabrakło czasu, aby się nad tym zastanawiać, bo już podstawiono autobus, który miał dowieść żałobników na stypę.

Atmosfera przypominała wesela. Ciepłe posiłki, półmiski wędlin, sporo alkoholu oraz ryba w galarecie, chyba szczupak. Rafał nie wypił nawet kropli. Patrzył w zdumieniu, że zmarłych można wspominać i czcić, zażerając się pieczonym boczkiem i popychając korniszonem. Życie jednak jest silniejsze od śmierci, mimo pozorów. Brakowało tylko orkiestry, brakowało konkursów. No i wodzireja.

Rafał wyobraził sobie rzut wiązanką nagrobną. Osoba, która złapałaby wiązankę, umarłaby jako pierwsza. Oklaski, zarumieniona szczęśliwa zdobywczyni wieńca mówi: „Do zobaczenia u mnie", puszcza oko.

Żałobnicy obżarli się i upili bardzo szybko. Jakby należało się spieszyć w kochaniu ludzi, tak szybko odchodzą, jak w bon mocie Twardowskiego, nomen omen księdza. Po stypie w wynajętej sali spotkanie w domu. Alkoholu mniej i jedzenia również. Przyszli najbliżsi. Najbliżsi zmarłym, bo na pewno nie Rafałowi. Rafał nic do nich nie czuł. Rozbolało go ramię: tyle rąk kładło się we współczującym geście na jego ramieniu. Otarty naskórek policzka piekł, tyle ciotek zahaczało wargami i kolczykiem o ten policzek. Jednym słowem — żałosna komedia żalu, tragifarsa. Rafał nie był pewien, jakim słowem określić ten gatunek, najwidoczniej dość powszechny, oswojony.

Wreszcie pozwolił się pożegnać maruderom. Ostatnie spojrzenia, lśniące gałki oczne, wypychane na wierzch jedzeniem i piciem; ostatnie słowa, nieco mętne kondolencje i tania otucha; ostatnie czułe dotknięcia. Rafał nic nie musiał mówić. Niemówienie wypadało znacząco. Każdy urabiał je w sobie według własnych potrzeb.

Wreszcie wszyscy poszli precz. Rafał uwiesił się klamki. Ze sporym trudem, jakby rozdwajając się, odciągnął siebie od drzwi, choć nie zapomniał przekręcić klucza w zamku.

W kuchni i pokojach wszędzie stały szklanki i kieliszki, talerze z nie dojedzonym ciastem i wędlinami. Salaterki z sałatkami. Nie dopite kawy. Brudne sztućce i zmięte serwetki.

Sprzątanie odłożył na jutro. Uprzątnął kanapę.

W istocie, uświadomił sobie, powinien odczuwać pustkę, samotność, coś z tych rzeczy. Było nie było — pochował rodziców. Ale w całym tym bardzo złożonym oraz intensywnym procesie pochówku ciągle zmuszano go do kontaktu z ludźmi: rodzina, przedsiębiorcy pogrzebowi, ksiądz, właścicielka lokalu, firma transportowa, katering, alkohol, adwokaci, ciocie i wujowie.

Rafał nie zdążył pobyć sam na sam. Czuł się jak rodzic, który wyprawia swoje pociechy w daleką podróż, dziesiątki spraw do załatwienia, decyzji do podjęcia, papierów do podpisania, pieniędzy do zaksięgowania, a wszystko — na granicy bólu.

Chyba dużo prościej, pomyślał, byłoby się załamać.

Rafał zawsze starał się przestrzegać wszelkich norm i konwencji. Nerwowe załamanie jedynaka po śmierci rodziców — to pierwsza konwencja, w której buty nie wszedł z łatwością. Jak gdyby postanowił dopilnować wszystkiego osobiście, nabrać pewności, że rodzice zginęli i ich powrót jest wykluczony, że zrobił, co w jego mocy, by temat rodziców zamknąć raz na zawsze.

Nigdy nie zastanawiał się nad tym, czy ich kochał. To było oczywiste — kochał. Ponieważ syn kocha rodziców. Rodzice nie pili, nie palili, pracowali w pełnym wymiarze godzin za niewysokie wynagrodzenie, zawsze brali pod uwagę stanowisko swego syna — żyli po to, żeby Rafał mógł żyć.

Teraz nie żyli — a Rafał nadal żył.

Była w tym wszystkim jakaś niekonsekwencja logiczna, jakieś skłamanie, jakiś błąd w uczuciach.

Rafał po raz pierwszy w swoim życiu doświadczył wolności, stanu radosnego i jednocześnie nieprzyjemnego. Oto nie zależał już od nikogo, mógł popełniać błędy na własny rachunek, znikły najmocniejsze więzy spośród tych, którym dotąd okazywał posłuszeństwo. A jednak to poczucie wolności — wolno nam użyć tego słowa, ponieważ przystanęliśmy nad osiemnastolatkiem; kompromitacja wielkich słów dopiero przed nim — wiązało się z brakiem, pustką, z czymś amoralnym i aetycznym, a nawet, spojrzawszy na bajzel dookoła, aestetycznym.

Rafał traktował śmierć rodziców, nagłą i w wypadku, jako spóźniony prezent urodzinowy. Nie chciał takiego prezentu, co do tego nie miał wątpliwości. Ale skoro już się taki p r e z e n t nadarzył, głupotą, myślał, byłoby jego odrzucenie.

Siedział w największym pokoju, na uprzątniętej kanapie, pośród resztek jedzenia i napojów rozmaitej mocy, w krajobrazie po stypie. Ten krajobraz był nie do odróżnienia od krajobrazu po imprezie celebrującej życie, na przykład: osiemnastce, chrzcinach, wieczorze kawalerskim. Ta n i e o d r ó ż n i a l n o ś ć niepokoiła, przyznawał.

Żeby nie zwariować po szaleństwie pogrzebowym, po nie do końca wyjaśnionych sprawach spadkowych, po kondolencjach dalszej rodziny wypowiadanych poważnie twarzą w twarz i kontrowanych chichotem za plecami, Rafał musiał znaleźć sposób na siebie, na życie i tak dalej.

Sposób sam się nasunął: należało potraktować własny przypadek jako przypadek właśnie. Bez subiektywnych uczuć, rozpaczy i emocji. Bez winy i całego tego galimatiasu.

To właśnie wtedy Rafał uświadomił sobie — siedząc na kanapie pośród resztek uczty — że człowiek jest interesujący. Nie człowiek sam w sobie, ale mechanizmy, które ujmują w karby człowiecze cierpienie, uniesienie oraz inne puste, lśniące rzeczowniki.

Rafał uświadomił sobie, że właśnie tym chciałby się zajmować. Tym czymś, czego nie udaje się wypowiedzieć. Konturem. Grą emocji, które można logicznie rozpisać jak każde poprawne zdanie.

6.

Przysnął. Może na chwilę. Może spał kilka dni. Nie umiałby powiedzieć. Nic go nie obudziło. Żaden szczególny dźwięk ani nieszczególny. Zapadł w sen, a właściwie sen się na niego zwalił: ciężki, pozbawiony metafor, lepki i rozpaczliwy; zapadł w sen z ręką na zmęczonym członku, a chwilę później — czy też kilka dni wcześniej — otworzył oczy, dostrzegając to, co zawsze: znajome mieszkanie nabyte za bardzo znajomy kredyt oraz błękitny ekran telewizora z napisem: Yamaha DVD, została jeszcze tylko jedna rata do zapłacenia. *Listonosz puka więcej niż dwa razy* już się skończył. Nikt nie pukał. Nawet raz.

Rafał uniósł się nieco na sofie, wcisnął na pilocie guzik play: wątła intryga ponownie ruszyła. Rafał mógł wcisnąć forward albo rewind. Kierunek nie miał najmniejszego znaczenia. I tak wszystko wracało do menu, można by powiedzieć: prędzej czy później, ale powiedzenie tego również nie miałoby większego sensu, bowiem *Listonosz...* trwał pięćdziesiąt trzy minuty: od początku do końca, czy od końca do początku — tak czy owak, pięćdziesiąt trzy minuty i menu, żadne prędzej, żadne później.

Rafał patrzył na kobiety perforowane przez mężczyzn. Na mężczyzn perforujących kobiety. Na przesyłki dostarczane przez listonoszy w sposób niezbyt ortodoksyjny. Te jęki, które słyszał, jęki opłacone przez firmę producencką, one miały wyrażać rozkosz. Tak pewnie napisano w scenariuszu, jeśli oczywiście jakiś scenariusz w ogóle istniał. Może była to po prostu improwizacja, niezbyt wielka, trzeba przyznać, chociaż niekiedy grupowa oraz z widokami na szczyt, może nie Mont Blanc, ale zawsze.

Rafał zdawał sobie sprawę z małości i żałosności własnego stanu.

Jego ulubiona aktorka wygięła ciało w doskonały łuk, opierając stopy i dłonie na podłodze. Jego ulubiona aktorka, wygięta w doskonały łuk, przypominała mu grecką omegę. Nie Afrodytę, lecz omegę. Nie kobietę, ale literę. Nie boginię, lecz pismo. W tym skojarzeniu, Rafał zdał sobie sprawę, było coś niestosownego, coś głęboko niewłaściwego.

Rafała bardzo ciekawiło, dokąd zmierza w swoim n o w y m świecie bez czasu przyszłego. W świecie filmów porno, alkoholu, częstych płytkich orgazmów, rzadko czytanych tekstów. Rafał przypuszczał, że dociera do punktu, w którym już się kiedyś znajdował. Oczywiście wiedział, że punktem dojścia i wyjścia jest „niebieskie menu", moment, w którym chuj jego ojca wystrzelił plemniki w łono jego matki.

W telewizorze listonosz karcił adresatkę listu, ponętną blondynkę, odmiana z miseczką DD. To była ukochana scena Rafała. Kobieta odmówiła odebrania przesyłki nadanej przez jej eks. Listonosz — postawny Arab, a może Żyd, Rafał nie miał pewności, a nie chciał przyglądać się, czy penis został obrzezany koszernie, czy w wyniku zamachu — odstawił torbę na podłogę, spojrzał na zapłakaną kobietę, a następnie powolnym ruchem i w zgodzie z logiką sceny rozpiął rozporek. „Nie chcesz podpisać — powiedział — to możesz pokwitować tutaj". Kobieta przez łzy rzuciła okiem na skurczoną męskość listonosza. „Pokwituję — odpowiedziała, zbliżając usta do rozporka — bo bardzo cierpię".

To była ulubiona scena Rafała. Chwytała go za gardło. Scena oczywiście głupia, wręcz debilna. Scena pozbawiona tak zwanego prawdopodobieństwa psychologicznego, żadnej gry aktorskiej, kiepskie oświetlenie, kiepski makijaż, Photoshopa jeszcze nie wynaleziono, pudru niedobór. A jednak właśnie ta scena wzruszała Rafała. Nigdy nie udało mu się przy niej spuścić, ba!, nawet doświadczyć wzwodu. Bo ta scena nie była sceną erotyczną czy pornograficzną. To była — według Rafała — scena eschatologiczna, daleko okrutniejsza od Apokalipsy Świętego Jana, nie pozostawiająca żadnych złudzeń, żadnej nadziei.

Kobieta zaczyna robić loda. Członek listonosza pęcznieje jak fasola zalana wodą, tylko szybciej. Kobieta cały czas płacze, nie potrafi się powstrzymać. W przebitce na twarz listonosza widać, że on również płacze. Przebitka trwa może trzy sekundy, na pewno nie dłużej. Rafał niekiedy robił pauzę, żeby przyjrzeć się tej twarzy, arabskiej lub żydowskiej, przez ten bliskowschodni konflikt wszystko mu się plątało, z pewnością nie obrzezanej, nieco przesadzonej, zbyt wyraźnej.

Rafał zwykle płakał, oglądając ów rozpaczliwy stosunek. To nie zostało zagrane. Tak nie zagraliby najlepsi aktorzy. Rafał był przekonany, że ta scena oddaje całą prawdę o ludzkiej kondycji, czymkolwiek by ona była, jakkolwiek by ją ująć. Kadr, niechby i ideologiczny, nie miał znaczenia.

Na pierwszy rzut oka oglądamy scenę z filmu pornograficznego: kobieta robi loda mężczyźnie, kobieta płacze, ponieważ mężczyzna przyniósł list od jej ukochanego; ukochanego, który ją porzucił — dlatego płacze. Tak mogłoby to wyglądać na poziomie pornoscenariusza, jeśli jakiś scenariusz w ogóle istniał. Ale ta scena dotykała spraw ostatecznych, znaczyła coś zupełnie innego, niż mogłoby się wydawać. W pewien sposób to była scena biblijna, Biblii nie można czytać literalnie. Czytanie literalne nie ma sensu. Orygenes (186–254) za młodu przeczytał Biblię literalnie, dał się wytrzebić, a w późniejszych latach stał się żarliwym orędownikiem niedosłownej lektury. Genitalia mu już nie odrosły, tak czy siak.

Rafał zastanawiał się, skąd te łzy? Może to byli prawdziwi kochankowie, zmuszeni do zarabiania w ten sposób? Może każde z nich straciło kogoś bliskiego? Może myśleli, że to, co robią, nie ma najmniejszego sensu? Że nawet ta cielesna przyjemność zamiast przynieść zapomnienie, przynosi tylko rozpacz? Jest figurą końca, specyficzną i ciemną transfiguracją, w której jednak to nie Chrystus ukazuje się w nieziemskiej chwale, ale zwyczajny człowiek ukazuje się w czyśćcowych mękach? Mękach, które jednak mają w sobie coś słodkiego, coś tragicznego?

Można bardzo cierpieć, mimo to dreszcz rozkoszy trudno odrzucić, pomyślał Rafał. A następnie (wcześniej) dodał: tako rzecze mądrość chińskiego ciasteczka. Wszystko między nicością a samotnością.

Rafał wstał z sofy. Podszedł do starego, ponadstuletniego biurka. W biurku jedna szuflada zamykała się na klucz. Rafał ją otworzył. W tej szufladzie trzymał najbardziej wstydliwe rzeczy: własny dziennik, prawie nie zapisany, dwie książki oraz CD ze zdjęciami z lat młodości. Wziął do ręki płytę, zamknął szufladę, wrócił na sofę, zwolnił pauzę: film ruszył.

CZĘŚĆ DRUGA

ROZDZIAŁ CZWARTY

APOLLO

Na górze gór, w chmurze chmur i tak dalej panował straszliwy rozgardiasz. W mieście miast każdy bóg, bogini, każdy abstrakt i konstrukt, każda idea i każde słowo musiały przyjąć formę maksymalnie zbliżoną do widzialnej materialnej, tak stanowiły wyroki savoir-vivre'u oraz Trybunału. Apollo przechodził przez rynek, gdzie pomniejsi bogowie dobijali targu, wykupywali sobie wiernych, podnajmowali ołtarze, stali w kolejce po absynt i ambrozję, pejotl i przecenione wino albo do urzędu porzuconych wyznań. Apollo objawił się jako bóg rozkojarzony oraz spóźniony. Zmaterializował się nieuważnie, przez pomyłkę, w dzielnicy chrześcijańskiej.

Lubił dzielnicę chrześcijańską. Zwłaszcza anieli go pociągali, przepiękni, dobrze stworzeni, o złotych ciałach, na które narzucono płaszcz skrzydeł o miriadzie pawich ok. Niestety, niepodobna zbliżyć się do anioła. Od aniołów wiało mrozem, mierzyli sobie oni zero absolutne, w stopniach Celsjusza minus 273,15, nadto szef zakazał im był jakichkolwiek kontaktów z mieszkańcami innych dzielnic. Po aferze z Lucyferem, jednym z najwyższych księstw kontynentalnych i archontów, który wdał się w romans z Afrodytą, szef pozbawił aniołów płci. Wielka szkoda, wielka strata, pomyślał Apollo, Afrodyta opowiadała, że anieli mają po siedem wagin i siedem członków oraz spektralną łechtaczkę. To znaczy: mieli. Mieli, ależ ten czas leci, pomyślał, nawet tutaj, kiedy stoi.

Rzadko dumał o cielesnej rozkoszy, tylko gdy przybierał materialną postać. Materia miała coś takiego w sobie, że każdy myślał o materialnym zaspokojeniu. Materia okazała się wspaniałym wynalazkiem, musiał przyznać, chociaż dość ograniczającym. Na szczęście istniał również wymiar ultymatywny, rozłączny z materią, to w nim bogowie naprawdę byli bogami, to tam chętnie przebywali.

Przemierzywszy rynek, tuż przy bramie do dzielnicy bóstw Azteków zderzył się z kwadratowym kołem.

— Witaj, Liczbo Π — przemówił Apollo. — Wybacz, że na ciebie wpadłem. Jestem rozkojarzony. Oraz spóźniony.

Liczba Π nie odpowiedziała, chwała Chronosowi. Hermes wspominał pierwsze z nią spotkanie, kiedy to Π postanowiła się dokładnie przedstawić: w tym czasie na ziemi przeszły dwie wojny światowe, o drobniejszych infekcjach nie wspominając. Liczba Π zgrzytnęła z irytacją i potoczyła się w stronę rynku. Apollo nigdy wcześniej, w całej swej wieczności, nie znalazł się tak blisko liczby Π. Oczywiście, widywał ją, doświadczał jej, ale nigdy na nią nie wpadł. Ona nie lubiła się materializować. Może dlatego, że była niewymierna i przestępna, a materializacja istoty niewymiernej i przestępnej zawsze wypadała nieporadnie i śmiesznie? Nieskończenie i nieprzekonująco?

Nie lubił azteckiej dzielnicy. Tutejsi bogowie wcielali się w gęsto upierzone formy, na przykład Quetzalcoatl, Pierzasty Wąż, w sumie fajny byt, dało się z nim wypić i przekąsić, zasadniczo sprzeciwiał się ofiarom z ludzi i stał po stronie Che Guevary w konflikcie z Fidelem Castro, naprawdę Quetzalcoatl to sympatyczny bóg, lecz Apollo miał alergię na pierze. Musiał jednak przejść przez dzielnicę Azteków, za nią bowiem zaczynała się dzielnica grecka. Brakowało mu czasu, by nadłożyć drogi.

Z materialną formą łączy się nie tylko rozkosz, ale również czas. Zaczyna płynąć, można się spóźnić. Czas nie jest groźny, jest irytujący, alergizuje jak pierze. Apollo zatkał nos i przyspieszył kroku.

Wreszcie wydostał się z dzielnicy pierza i wkroczył na Olimp. Białomarmurową budowlę cudnej urody. Przystanął nieopodal doryckiej kolumny, pozując do zdjęć. Paparazzi pojawili się niedawno, od razu w wielkiej niby szarańcza liczbie; prawdopodobnie pochodzili z Egiptu, jak większość plag, tytoń jabłkowy oraz hummus.

Przybieranie materialnej postaci łączy się z akceptacją tego, co wymyślili ludzie, a paparazzi to jeden z ich ostatnich wynalazków. Apollo, bóg piękna i gwałtownej śmierci, lubił być fotografowany. Ciało jego doskonałe, złote loki, na lokach wawrzyn. Oczy jego z topionego żelaza, ogniste, kiedy się złościł, ich barwa stygła — przechodziła w zimną stal. Nos miał prosty i rasowy, o bezwłosych chrapach, doskonale symetryczny. Genitalia niewielkie, bezpretensjonalnie rzeźbione, podobno ten rozmiar już wychodził z mody. Jakby co, gdyby coś, jak gdyby, pójdzie do dzielnicy rzymskiej i sobie powiększy, oczywiście w granicach rozsądku i materii — nie zostanie przecież satyrem.

Skłonił się paparazzim, aby następnie skierować swe eleganckie kroki do głównego budynku: ogromnej kopuły z kryształu i złowionego w kamień Swedenborga światła, wzniesionej na smukłych kolumnach. Minął wyniośle szatniarza, szatniarz warknął.

— Czego, psie?!

— Panie mój — odwarknął lewy pysk Cerbera — musisz pobrać atrybuty.

Apollo wziął łuk i lirę. Od jakiegoś millennium rozważał, czy aby nie zmienić atrybutów na bardziej poręczne. Na lirze niegdyś grywał, całkiem nieźle, choć po Marsjaszu zupełnie stracił serce do tego instrumentu. Marsjasz co prawda stracił skórę wraz z życiem; lira, tak czy siak, obrzydła Apollowi. Może fortepian?, niekiedy się zastanawiał. Aczkolwiek fortepian jako atrybut byłby jeszcze mniej poręczny. Może coś samobieżnego? Afrodyta na przykład sprawiła sobie niedawno łanię, ta łania wszędzie za nią chodzi. Jest dobrze ułożona. Nie zawadza na salonach. Ma zacerowany odbyt.

Apollo zbliżył się do pierwszej z bram. Niegdyś przy identyfikacji występowały pioruny oraz inne widowiskowe zjawiska, głównie atmosferyczne, teraz wystarczało skanowanie oka. Ludzie są naprawdę pomysłowi.

Przy drugiej z bram spotkał matkę, dostojną Leto. Ucałował jej posągowe policzki. Apollo kochał matkę, nie lubił ojca. Nie pogardziłbym kompleksem Edypa, pomyślał. Nie zdołał jednak wyobrazić sobie siebie na olimpijskim tronie z Leto u boku. Matka musiała wracać w ultymatywny wymiar, zapomniała o czymś ważnym, jak zwykle.

Przy trzeciej z bram wypowiedział zwyczajową formułę:

— Jam Apollo, syn Zeusa i Leto, zabójca Delfyne, pan Delf, Tchnienie Natchnienia, Władca Bram, Pan Chaosu i Porządku. Febus — jaśniejący. Itepe.

Brama otwierała się już po czterech przydomkach, acz zeszłego tysiąclecia nieco przygłuchła, dobrze więc było wypowiedzieć więcej. Apollo przekroczył kryształowy próg. Większość bogów już się zebrała. Ojca brak: tron pusty. Chyba mi się upiecze, pomyślał, spóźnienie.

Z ojcem nie utrzymywał najlepszych stosunków. Ostatnim razem, gdy przeciwko Zeusowi wystąpił — tak nakazuje tradycja — za karę rok odsłużył w kondycji niewolnika darowanego królowi Admetowi. Śpiewał, grał i tańczył. Taką karę zaplanował Zeus: obrzydzić to, co piękne.

Poszedł na swoje miejsce, między Afrodytą a Ateną (bogów usadzano alfabetycznie). Przepadał za Afro: przepiękna, jednocześnie długoblond i ciemnopunk, o piersi okazałej i skromnej, cipce wygolonej i krzaczastej. Afro materializowała się mniej krystalicznie niż inni bogowie, zawsze taka, jaką chciałbyś ją widzieć.

Apollo ucałował Afro. Słodką Afro, coraz głupszą w materii. To nie jej wina, to ludzie na jej widok głupieli, a z nimi głupiała Afrodyta. Bogowie w materii są, niestety, z ludźmi związani i w pewien sposób ludziom podlegli.

— Jak tam? — zapytał Apollo.

— Jeszcze nie doszłam do siebie po tej awanturze z Luckiem! O piorunie gromowładny, ty wiesz, jakie ja miałam szczytowania spektralne?! Przy ostatnim powstały Himalaje.

— Himalaje akurat znam, na nartach byłem.

Wtedy weszła Atena w złotej zbroi. Skinęła głową po żołniersku i zajęła swoje miejsce. Atena nie przepadała za Afrodytą, stare sprawy, na początku poszło o Parysa, miłość i ambicja bez wzajemności.

— A ty dalej w tym niemodnym żelastwie — Afro wydęła pogardliwie wargi — Blaszana Dziewico?

— Moja droga — odparowała Atena — mogłaś się bardziej wysilić. No, ale czegoż się spodziewać po kimś, kto powstał z morskiej piany i spermy? Cud, że w ogóle mówisz.

Sprzeczkę przerwało zmaterializowanie się Zeusa. Piorunów mniej niż onegdaj, nawet Zeus z wiekiem zrobił się skąpy. Potęga helleńska to odległe wspomnienie, odległe, choć nadal żywe.

Zeus zasiadł na tronie, poprawił grom wykuty przez Hefajstosa, sprawdził, czy wszyscy bogowie i herosi przybyli, po czym strzelił palcami: Hermes przybiegł z pucharem ambrozji.

Zeus uniósł kielich, ulał kilka kropli na cześć siebie samego:

— Bogowie wracają między ludzi — rzekł i spełnił toast.

ATENA

Nazywam się Atena. Dostojna Metis, moja matka, pani roztropna i przewrotna, przepowiedziała memu ojcu, Zeusowi między innymi Gromowładnemu, że jego syn strąci go z tronu, jak Zeus był strącił swego ojca. Gdy moja matka zaszła z Zeusem w ciążę, podając mu chusteczkę, ten się przeraził i ją połknął — niedojrzali mężczyźni podobno w ten sposób reagują na wieść o potomku. Rosłam w brzuchu matki, a brzuch matki rósł w brzuchu mego ojca. Urodziłam się po wielu latach: pływałam we wnętrzu ojca, głównie żabką, karmiona mlekiem matki i ambrozją wypijaną przez ojca, który wtedy cierpiał na problem alkoholowy, oraz z Herą, występującą ówcześnie pod postacią żony, hery bowiem małą literą i w strzykawce jeszcze nie wynaleziono. Po dwudziestu latach znudziło mi się życie w ciemnych trzewiach. Przebiłam się do głowy Zeusa, co nie przedstawiało większych trudności, albowiem miał on mózg bezpośrednio podłączony do jąder, jak większość mężczyzn.

Mego ojca strasznie rozbolała głowa. Wtedy jeszcze nie odkryliśmy morfiny, znieczulającej materię, dlatego Zeus nie znalazł innego wyjścia nad Hefajstosa uproszenie, aby ten ogłuszył go na sposób klasyczny: Hefajstos, władca anestezjologii, wyrżnął młotem w głowę ojca, nieco zbyt mocno i z pewnością celowo, jako że Hefajstos za moim ojcem nie przepadał. Czaszka Zeusa się rozpękła i wyskoczyłam ja, w złotej zbroi, Atena, pani mądrości, sztuki i wojny sprawiedliwej, królowa feministek, władczyni tolerancji i podwiązanych jajowodów oraz doktorka honoris causa genderu.

Wyskoczyłam, a wtedy mój ojciec mnie upokorzył. Osłabiony był i rozkojarzony, ostatecznie czaszka jego na pół rozpęknięta, mimo to zdarł ze mnie zbroję, aby moją płeć sprawdzić. To było przed Roentgenem i USG, dodam.

— Jesteś kobietą — rzekł mój ojciec.

— Wystarczyło zapytać — odpowiedziałam bardzo poirytowana.

Zeus zaczął się śmiać. Nie mogłam mu zagrozić, nie mogłam strącić go z tronu. Jego śmiech przeszedł w wymioty. Wypluł moją matkę oraz kilkoro pomniejszych bóstw i konstruktów.

Nienawidzę mężczyzn; w ogóle moje pierwsze lata w świecie materii to lata nienawiści stygnącej w niechęć. Ślubowałam pozostać dziewicą, płeć i popęd szkodzą mądrości. Materia szkodzi harmonii. Materia uzależnia.

Pamiętam, jak po raz pierwszy się zdematerializowałam, jak przeniosłam się w ultymatywny wymiar. Nie istnieją słowa mogące oddać ten stan. Słowa przynależą do porządku materialnego, nie radzą sobie z opisem stanów pozbawionych wektorów, samogłosek i spółgłosek, kolorów i dźwięków, zmysłów.

W wymiarze ultymatywnym panuje doskonała jedność, doskonała harmonia, wszystkie prawa i prawdy, wszyscy minieni, teraźniejsi i nie nadeszli bogowie są emanacją jedni. Jednym jesteśmy bytem i jednocześnie bytów miriadami jesteśmy. Ta muzyka sfer, struny ostateczności, puzzle światła i ciemności, gra wymiarów — to jest doskonałe. Stworzenie materii było błędem. Podobnie jak poezji. To oczywiście żart, poniekąd, acz w odniesieniu do Zagajewskigo i Pounda pozostaje w mocy.

My, bogowie, umiemy oddziaływać na świat wyłącznie poprzez materię. Być może, gdyby słowa należały do porządku ultymatywnego, problem by nie istniał. Lecz niestety, bogowie działają, gdy się materializują. Kiedy bogowie się materializują, podlegają — w części — prawom materii. Wszystko się komplikuje, gubi rytm, traci sens, wdzięk. Chyba tylko zachody słońca się udały. I góry. Góry są najpiękniejszą stroną materii. Oraz wodospady. Lubię również katastrofy samolotowe. Oraz plaże chłodnych mórz.

Stworzenie materii to błąd. Materia powstała, ponieważ powstać mogła. Każda potencjalność przeradza się w pewność. Zdarza się wszystko, co zdarzyć się może. Materia jest mierzalna, harmonia — nie. Ponieważ materia jest policzalna, każdy pragnie zgromadzić jej jak najwięcej. Ponieważ materia jest mierzalna, wpisano w nią głód i zaspokojenie. Materia to także słowa, a zatem — materię porządkuje gramatyka. Zasady gramatyki są zmienne, w ciągłym ruchu, ulegają modom, wykazują skłonność do paradoksów, do wyjątków, zazwyczaj i tak wygrywa uzus. Materia sprzyja błędom. Błędy często powtarzane stają się zasadą. Zasady są łamane.

Nie lubię się materializować. Kiedyś czyniłam to z poczucia obowiązku: chciałam wyzwolić ludzi z materii albo materię z ludzi. Nie odniosłam sukcesu, źle się do tego zabrałam. Jezus na przykład okazał się dużo skuteczniejszy, mądrzejszy i bardziej przekonujący. Bogowie chrześcijańskiej dzielnicy odebrali nam wiernych. Wróciliśmy na Olimp, osłabieni i skłóceni. Teraz znowu wracamy na ziemię, próbujemy. Jezusowi się nie powiodło, przegrał, oczywiście nie do końca, tak jak i my nie ze szczętem ponieśliśmy klęskę. Każde uwikłanie w materię kończy się, prędzej czy później, porażką. Z drugiej strony jakiekolwiek zwycięstwo może zostać odniesione jedynie w materii i nad materią.

Powrót na Olimp, a następnie powrót do wymiaru ultymatywnego przyjęłam z ulgą. Teraz wracamy na ziemię, tak oznajmił mój ojciec.

Zwołał zebranie bogów Hellady, ażeby to oznajmić. Głosowaliśmy, byłam przeciw. Nic dobrego z tego powrotu nie wyniknie. Po co mamy wracać? Gdy któreś z nas pragnie zasmakować materii, materializuje się w mieście miast, na górze gór, w chmurze chmur i tak dalej, pije, je, rozmawia, kopuluje.

A gdy mu się sprzykrzy, wraca w wymiar ultymatywny. Po co — pytałam olimpijskie zgromadzenie — powtarzać błędy? Po co wracać? Czy czegoś nam brakuje? Czy to źle być piękną historią, nośnym mitem? Czy można osiągnąć coś ponad?

Odpowiedź brzmi: nie.

Mój głos został zignorowany, jak prawie zawsze. Jestem boginią mądrości. Tysiące i tysiące lat nauczyły mnie, że mądrość jest tym, czego się nie słucha. Listek figowy materii. Ślepa uliczka zwana metafizyką, zakończona rondem.

Wiem, jak mnie nazywają, Puszka Niewydymka. Blaszak Straszak. Rdzawy Jajnik. Sekator Pożądania. Afrodyta jest zaskakująco pomysłowa — jak na byt z morskiej piany i genitaliów Uranosa — gdy idzie o czarny piar.

Tym razem, czyli znowu, postanowiłam działać. Postanowiłam zapobiec powrotowi między ludzi.

Plan Zeusa brzmiał następująco: zstąpimy na ten sposób, że Hermes ukradnie wszystkie żelazka i kawę. Wtedy ludzie zrozumieją, że czas bogów chrześcijańskiej dzielnicy już przeminął. I zstąpimy. W miejsce kawy i żelazek.

Plan rozsądny, jak na Zeusa, bo mój ojciec tytanem intelektu nie jest, tak na marginesie. Plan rozsądny także dlatego, że absurdalny, a takie tylko dają szansę powodzenia, przynajmniej w kontekście religijnym. Do czego jednak ten plan doprowadzi, jeżeli się powiedzie? Będziemy potężni w materii, ludzie będą w nas wierzyć, bogowie innych dzielnic nam zazdrościć, w wymiarze ultymatywnym nic się nie zmieni. Więc po co? Po co? Po co potężnieć w materii?

W głosowaniu byłam przeciwko. Wsparła mnie jedynie Nike, prawdopodobnie dlatego, że dorobiła się fortuny, zakładając firmę konfekcyjną. Gdy wrócimy, gdy czas popłynie wstecz, jej zyski zmaleją, może nawet będzie musiała sprzedać swoje posiadłości w mieście miast? Nike jest moim jedynym sojusznikiem. Jednakże jej wsparcie, choć istotne, jest wszak boginią zwycięstwa, może okazać się niewystarczające.

Zeus rozdzielił zadania, zebranie się skończyło. Opracowania zamówione przezeń w OBOR-ze (Ośrodku Badania Opinii Religijnej) wykazywały, że relatywizm, swoboda seksualna i intelektualna, rozpad rodziny oraz podważenie heteronormatywności osłabiają pozycję chrześcijańskich bogów, a to oni są naszymi największymi przeciwnikami. Nie zgadzałam się z tak postawioną diagnozą. Bogowie, niezależnie od dzielnicy, powinni trzymać się razem, przeciwko ludziom. To ludzie są naszymi najpotężniejszymi wrogami. Oczywiście nikt mnie nie posłuchał. Nawet nie dano mi szansy, żeby rozwinąć wywód.

Przypadło mi w udziale szerzenie relatywizmu. Afrodyta dostała rozpad rodziny, w tym akurat jest niezła. Liczny zespół zajął się heteronormatywnością, Hermes zaś — klasycznie — złodziejstwem, zadanie: ukraść ze świata kawę i żelazka. Eros został panem pudła, jego strzały winny łączyć ludzi najbardziej do siebie nie pasujących. Już nie połówka jabłka do połówki jabłka, tylko pół jabłka do dwóch befsztyków na krwisto — nowy przepis na doskonałą parę.

Nie chciałam wracać na ziemię. Ziemię trzeba zostawić ludziom. Trzeba pogrzebać ten szaleńczy plan.

Czy myślałam o karze za nieposłuszeństwo? Tak, myślałam: jestem nieśmiertelna, dlatego nawet drobiazg, po tysiącach lat, może dokuczyć.

Potrzebowałam sprzymierzeńców. Postanowiłam spotkać się z Jezusem. Spotkanie z Jezusem to nie lada wyzwanie, przede wszystkim logistyczne: on ciągle jest w podróży, a to go krzyżują, a to wniebowstępuje, a to na świat przychodzi, poza tym ma mnóstwo świątyń, w których musi trochę powisieć. Jezus, obok Allacha, to najtrudniej uchwytny bóg. Bardzo zajęty, grafik napięty. Introwertyk. Niechętnie opuszcza swoją dzielnicę. Kocha ludzi. Trochę hipis, trochę schizofrenik.

Nike umówiła mnie z Ozyrysem egipskim. Jezus zaciągnął podobno dług wdzięczności wobec Ozyrysa. To od niego właśnie zaczerpnął pomysł na zmartwychwstanie i przezwyciężenie materii oraz śmierci.

Spotkałam się z Ozyrysem w knajpie Utopia, w piwnicach rynku, głupia nazwa. Wyglądał blado, bogowie podziemi rzadko bywają opaleni.

— Cześć — powiedział, wstając od stolika, prawdziwy dżentelmen, choć z innego kręgu kulturowego.

— Cześć — odpowiedziałam. — Źle wyglądasz.

Ozyrys roześmiał się.

— Luzik, nie martw się. Wczoraj Set ukradł mi genitalia i wrzucił do Nilu, jestem już zmęczony ich odzyskiwaniem. Strasznie to przewidywalne.

— To może mu je zostaw? Pobawi się i sam odda.

— Racja, Ateno — Ozyrys wybuchł śmiechem. — A tradycja?

— Olej tradycję.

— W tym rzecz, nie mam czym.

Ozyrys się zaśmiał. Jak na boga tak regularnie rozczłonkowywanego, śmiał się zaskakująco często. Ale to kolejna cecha materii: jest zaskakująca.

— Widzę, że pozostajesz wierna złotej zbroi — rzekł.

— Rzeczywiście. A ty, czy nie powinieneś tkwić spowity w bandażach na kształt mumii? Z twarzą wymalowaną na zielono? W koronie atef, z berłem heka i biczem neheh w dłoniach? Jeśli właściwie pamiętam twoją atrybucję?

— Bandaże są takie niewygodne i passé. Atrybuty zostawiłem w szatni. Jestem tu incognito — skończył i puścił oko — albo nawet in flagranti. Zależy, kto przyjdzie.

— To tak jak ja — odpowiedziałam.

— W tej spelunie jesteś Ateną w sposób tak ostentacyjny, że wszyscy gotowi nabrać pewności, iż jakiś pomniejszy bożek, jakaś drag queen się za ciebie przebrała — przerwał, aby upić nieco z pucharu. — Ta zbroja to świetne przebranie, pancerna, wytrzymała. Nadal jesteś dziewicą?

Teraz ja się roześmiałam. Zapomniałam, że bogowie egipscy są dowcipni i uwielbiają się przekomarzać oraz targować. Wygnano ich z ziemi tak dawno temu, że materia nie szkodzi im dotkliwie. Bogowie faraonów nie są już uwikłani w ludzi, nie chcą wracać; są rozsądni, cieszą się materią w mieście miast, tyle wystarczy. Oraz wymiar ultymatywny.

Nigdy wcześniej nie spotkałam się z Ozyrysem. Raz rozmawiałam z Izydą, jego żoną oraz siostrą, podczas koktajlu wydanego na cześć Penicyliny.

Patrzyłam w egipskie oczy, ciemności jak Styks czarne, głębsze niż studnia studni. Patrzyłam na jego usta, dolna warga wywijała się, odsłaniając diamentowe zęby, lekko zaostrzone na szczycie, zabarwiona błękitem ambrozji. Patrzyłam na wyraźne kości policzkowe, na bladą, nietkniętą zarostem skórę, na nos jak kwitnąca trzcina, na lekko sfilcowane włosy. Patrzyłam na jego ciało przykryte niedbale bawełnianym całunem. Zupełnie inne proporcje niż na greckim panteonie: członki Ozyrysa silnie wydłużone, palce smukłe, na każdym paznokciu symbol ankh, delikatnie wpisany w martwy naskórek. Wąska klatka piersiowa, stwardniałe sutki przebijały się przez tkaninę. Nie miał chyba tylu żeber co ja, bardziej przypominał ziemską pieśniarkę Cher. Patrzyłam i nie mogłam przestać. Poczułam ukłucie między łopatkami, jakby ugodził mnie grot strzały. Nagle byłam gotowa zanurkować w wodach Nilu, by odnaleźć jego genitalia.

Zakochałam się.

EROS

Nazywam się Eros. Jestem mocą godzącą sprzeczności. Jestem synem Dostatku i Biedy, poczętym na samym początku świata oraz w dzień narodzin Afrodyty. Jestem jej towarzyszem. Nie jestem ani śmiertelny, ani nieśmiertelny. Jestem synem Aresa i Hermesa. Moi ojcowie zbliżyli się do siebie: Ares, pan wojny niesprawiedliwej, zajadły wróg Ateny, oraz Hermes, władca marzeń sennych, Zeusa wysłannik i ambasador zwyczajny oraz nad-, jak i pod-.

Z miłości Aresa i Hermesa powstałem ja, Eros, a była to miłość nieszczęśliwa, zbliżenie gwałtowne, zespolenie przeciwieństw, straszliwa bitwa. Ares, pan zniszczenia, poznał na Olimpie Hermesa w sposób dość niewyszukany: Hermes ukradł Aresowi tarczę i włócznię, psa i jastrzębia, wilka i sępa, wszystko dla rozrywki, nie żeby chciał założyć zoo. Bóg bez atrybutów jest nikim, nie jest nawet człowiekiem. Ares dopadł Hermesa, uskrzydlonego młodzieńca w sandałach, urody i wdzięku pierwszej próby oraz niepoliczonej liczby karatów, przy drugiej bramie olimpijskiej; Ares zamierzał odzyskać, co mu skradziono, ale patrząc na Hermesa, młodzieńca sklepionego ażurowo i czarownie, w którym mięśnie grały z wdziękiem bez akompaniamentu tłuszczu, zapragnął również posiąść to, co nigdy doń nie należało. Ares zniewolił Hermesa, wtedy się narodziłem. A może to wdzięk Hermesa zniewolił Aresa? Nie wiem, moi rodzice nie rozmawiają ze sobą, typowa patologiczna rodzina, pat emocjonalny. O nic nie mogę zapytać, żadnej odpowiedzi. Tylko gromy lecą oraz wiązanki.

Eros, pan pragnienia, pan okrutny, zbrojny w łuk i strzały łączące ludzi oraz bogów w węźle miłości, mroczny Eros to ja. Jestem niezbędny. Niezastąpiony. Gdy kanwa materii się rwie, to ja ją ceruję, tak jak umiem, miłością, przywiązaniem, brakiem rozsądku.

Jestem panem cierpienia i niezaspokojenia. Łączę byty w pary. Parze byt stwarzam.

Wygnanie olimpijskich bogów zniosłem dobrze, dogadałem się na stronie z Walentym Czernastego Lutego z chrześcijańskiej dzielnicy. Interes kwitnie. Ludzie się kochają, ja cały, on syty. Z bogów helleńskich chyba tylko Nike jest zamożniejsza. Prowadzi globalną firmę odzieżową. W ostatnim czasie ludzie przedkładają ubrania nad miłość, żadna w sumie niespodzianka.

Zeus zwołał zebranie na Olimpie. Ogłosił, że wracamy: bogowie wracają między ludzi. Jak dla mnie wszystko jedno, jestem trochę emo. Możemy zostać tutaj, możemy wracać; ja tam nigdy stamtąd nie odszedłem.

Zeus nakazał mi łączyć w pary ludzi najbardziej do siebie nie pasujących — nic nowego, zajmowałem się tym od zawsze, bez rozkazu, dla własnej przyjemności i z ciekawości.

Gdy bogowie się rozchodzili, Zeus zawezwał mnie na bok.

— Mam dla ciebie jeszcze jedno zadanie — rzekł.

— Tak, panie — skłoniłem się z szacunkiem.

— Atena nie sprzyja naszym planom. Sam widziałeś. Głosowała przeciwko.

Pogłębiłem skłon.

— Przecież to ateistka, panie mój.

— Erosie, mój najmilszy, musisz odwieść Atenę od jej planów.

— W jaki sposób?

Zeus zaśmiał się, na jego brodzie pełgały niebieskie światełka, coś jakby jaskra, tylko niżej. Blizna na czole, którą nosił od czasu spektakularnych narodzin Ateny, zmieniła kształt na modniejszy: przypominała teraz błyskawicę, zupełnie jak u Harry'ego Pottera.

— Masz łuk i strzały. Czyż trzeba czegoś więcej?

— Zeusie Olimpijski, Błyskawico Helleńskiego Nieba, lecz jakże to?! W mieście miast nie wolno mi używać mojej broni!

— Oczywiście, nie wolno, masz rację. Gdybyś jednak zechciał się potknąć i strzałą ugodzić Atenę... To przecież ja byłbym twoim sędzią. Gdyby znalazło się jakieś oko szybsze od twojej strzały. W co pozwalam sobie wątpić.

Zeus miał rację: jeżelibym postrzelił Atenę w mieście miast i został przyłapany, to właśnie on, zwierzchnik greckiej dzielnicy, rozpatrywałby sprawę. Gdybym jednak w Atenę nie trafił, lecz w byt inny, zostałbym straszliwie ukarany. Zająłby się mną Trybunał. Na nic moc Gromowładnego. Każda moc truchleje w obliczu legislacji.

— Panie mój, wiele ryzykuję — zamilkłem. — Mimo to spełnię twój rozkaz.

Zeus mnie odprawił. Nie podziękował. Zawsze był asertywny. Słowo „asertywny" powstało jako lapsus. Pochodzi od imienia mego ojca. Powinno brzmieć „arestywny".

Pognałem za Ateną. Przypuszczałem, że — jeśli istotnie spiskuje — uda się do Utopii, knajpy nieopodal rynku, szemranej i modnej, półlegalnej.

Wszedłem do wielkiego, źle oświetlonego pomieszczenia. Nie musiałem jej szukać. Atena się wyróżniała, w tej złotej zbroi była sobą w sposób tak ostentacyjny, że aż złudny. Może to jakiś pomniejszy bożek się za nią przebrał? Wahałem się, czy strzelić. Musiałem zyskać pewność. Wolałem nie myśleć o karze, jaką bym poniósł za trafienie kogoś z niegreckiej dzielnicy. Trybunał jest bardzo rasistowski i najsurowiej karze tych, którzy wykroczenia dopuszczają się na istotach z innego porządku.

Nie umiałem się rozeznać, z kim Atena (lub ktoś bardziej do niej podobny niż ona sama do siebie) rozmawia. To irytujące, że w tej spelunie bogom wolno zostawiać atrybuty w szatni.

Wróciłem na górę, do szatni, żeby przejrzeć, co pozostawiono. W tym celu musiałem przekupić szatniarza, okazało się: swój chłopak, z mojego podwórka, Herakles, źle skończył, takie osiągnięcia i tak kiepska praca — podarowałem mu dwie sztabki materii. Klientela imponująca: był święty Jerzy (zostawił włócznię i smoka), był Xochipilli, Pan Pięciu Kwiatów (w szatni złota kolba kukurydzy bonduelle), była Kali (naszyjnik z trupich czaszek i sporo broni białej), byli też pomniejsi bogowie, istoty skundlone z ludźmi, abstrakty. Nic, co mogłoby mnie zainteresować.

— A to tam na dole? — zapytałem na widok sterty okrwawionych bandaży. — Bójka wynikła?

— Oj, nie. To Ozyrys. Incognito.

Herakles na potwierdzenie swoich słów wydobył spomiędzy bandaży atef, heka i neheh.

— Teraz in flagranti! — krzyknąłem, pędząc na dół.

Na progu potknąłem się według Zeusowego planu i wypuściłem strzałę dokładnie w chwili, gdy pancerz Ateny się rozchylił. Strzała utkwiła między jej łopatkami: grot wniknął w ciało bogini, aby się w nim rozpuścić; na podłogę spadły dwa piórka z lotek.

Załatwiona sprawa.

Nieśmiertelna miłość.

Głęboko współczuję.

NIKE

Nazywam się Nike, córka tytana Pallasa oraz jego żony, władczyni podziemnego Styksu. Jestem skrzydlatą boginią zwycięstwa, wiecznie młoda, o białomarmurowych skrzydłach, z gałązką oliwną w dłoni. Jestem również kobietą sukcesu oraz biznesu. Niekiedy chodzę w eleganckich garsonkach: na zebrania zarządu, nie wszystko można załatwić przez telefon.

Gdy bogowie zostali wygnani na Olimp, pozostałam między ludźmi. Ludzie potrzebują zwycięstwa nie mniej, niż potrzebują miłości. Porozumiałam się z bogami chrześcijańskiej dzielnicy. Obiecałam im nigdy nie dopuścić do powrotu bogów helleńskich, oni zaś włączyli mnie w poczet chrześcijańskich wyobrażeń. Zwykle pojawiam się między koszem chleba a kielichem, trzymam wieniec albo palmę, symbolizuję w ten sposób zwycięstwo Chrystusa. Praca jak praca. Symbol jak symbol. Nie narzekam. Nie pozuję często.

Prawdziwe zwycięstwo odniosłam później i onegdaj: założyłam firmę szewską, która szybko stała się globalną korporacją. Mam w ofercie obuwie sportowe, ubrania, torby, gadżety, piłki, ostatnio wchodzę w dżinsy, lecz rynek jest trudny i bardzo nasycony. Sponsoruję także drużyny olimpijskie oraz budowę studni w Afryce. To ostatnie jest niedochodowe: cóż z tego, że Afrykanie będą mieli wodę, skoro nigdy nie dorobią się wystarczających pieniędzy, żeby coś ode mnie kupić? No, ale jako prezes, muszę dbać o dobry piar. Dobry piar to zyski. Zyski to ja.

Uzależniłam się od materii. Materię można gromadzić. W skarbcu trzymam miliony sztabek materii. Inwestuję mądrze, ostrożnie. Wspieram materialnie i nieoficjalnie Zeusa oraz jego szalony plan powrotu między ludzi, oficjalnie zaś respektuję literę umowy z chrześcijańskimi bogami (umowy, o której olimpijscy bogowie nie wiedzą) — i jestem przeciwko. Prawdę mówiąc, waham się, po czyjej stronie się opowiedzieć. Na razie gram na dwa fronty, a może i trzy. Dzięki temu wygram. Zawsze wygrywam, chociaż kiedyś nawet w życiu bogini musi nadejść ten pierwszy raz, kiedy przegra.

Atena, wdawszy się w spór z Zeusem, zażądała widzenia z Jezusem. Zeus, Jezus — rozkoszna aliteracja. Jezus to mój dobry znajomy, mądry bóg, smutny i radosny, między nicością a samotnością, prawdziwy dżentelmen, kocha ludzi, tylko ludzie niezbyt mądrzy i nieszczególnie kochający zwrotnie. Regularnie widuję się z Jezusem. Lubimy się, znajdujemy wspólny język. Raz nawet mnie pocałował, a wtedy przeszedł mnie dreszcz aż po koniuszki piór. Nie chciałam zdradzać się przed Ateną z zażyłości mojej i Jezusa, dlatego wpadłam na pomysł okrężny: umówiłam ją z Ozyrysem, Ozyrys kumpluje się z Jezusem, niech Atena dotrze do Jezusa tą drogą, przez Egipt.

Załatwiłam kilka spraw na rynku i udałam się do Utopii, knajpy, która w części należała do mnie, a w części do Ezechiela (proroka) i Puchatka (kubusia), to tam umówiłam Atenę i Ozyrysa. W drzwiach zderzyłam się z Erosem, tak mi się przynajmniej zdawało. Jeżeli to był rzeczywiście on, nic dobrego z tego nie wyniknie. Eros sieje zamęt, chaos, entropię — nazywa to miłością. Cóż to jednak za miłość? Rozpaczliwa, nieszczęśliwa, nieprzezwyciężona i narzucona strzałą?

Nienawidzę Erosa, tego gładkolicego szczyla i obsrajmajtka, tego jednoosobowego plutonu egzekucyjnego. Mojry mi świadkiem, chętnie zatopiłabym sztylet po rękojeść w klatce piersiowej tego kierdzioła.

W szatni zostawiłam gałązkę oliwną. Herakles — zatrudniłam go jakieś trzysta lat temu — wydawał się zmieszany. Unikał mego wzroku. Zstąpiłam do głównej sali; potknęłam się na progu. Przy moim sandale spoczęło śnieżne piórko. Widywałam już takie piórka, a później łzy, podcięte żyły. Strzała Erosa.

Bez trudu odnalazłam Atenę. Piła ambrozję, a zwykle nie pije. Trzymała swoją dłoń na dłoni Ozyrysa, a zwykle unika materialnego kontaktu. Nie miałam wątpliwości: Atena została trafiona. Jakże to jednak? Przecież nigdy nie zdejmowała zbroi?

Ale też nic nie zabezpiecza w stu procentach: Achilles miał piętę, Lehman Brothers reputację, Hitler imperium, a wszyscy skończyli jak skończyli.

Eros to bożek podły i tchórzliwy. Nie zrobiłby tego z własnej woli. Bałby się kary. Ktoś go musiał przymusić. Zatem gra się rozpoczęła. Bogowie olimpijscy rzeczywiście wracają, już zaczynamy się nienawidzić, spiskować, knuć, jak dawniej, w apogeum potęgi.

Wycofałam się z sali.

Wahałam się; tak na marginesie, to moja ulubiona poza: Wahająca się Nike. Przypominam wtedy nieco Temidę, a Temida, choć niewidoma, ma świetny styl moim zdaniem, jestem jej fanką, inspirowała mnie przy kilku kolekcjach sportowych, zwłaszcza opaski na czoło oraz ochraniacze na kolana to jej zasługa.

Wahałam się, czy uruchomić moje znajomości i donieść na Erosa Trybunałowi. Nielegalne użycie broni to w mieście miast bardzo poważne przestępstwo. Wyszedłby z pierdla jakoś po rozkładzie układu słonecznego, z rozoranym tyłkiem. Piękna wizja, droga mleczna, mimo to powstrzymałam się: donieść zawsze mogę, wolałam zaczekać, szantaż potrafi zaciskać się pętlą nie gorzej od miłości.

Zadzwoniłam do Jezusa. Na ziemi styczeń, Jezus niedawno przyszedł na świat, miałam więc nadzieję, że znajdzie dla mnie trochę czasu, umierał dopiero w kwietniu, jeśli dobrze liczę. Odebrał po trzech dzwonkach.

— Witaj, białoskrzydła Nike. Co tam?

— Witaj, Jezusie Nazareński. Jest dobrze, ale ja nie po to dzwonię, żeby narzekać...

— Może byś wpadła wieczorem? Wydaję małe przyjęcie. Sami swoi, trochę świętych, trochę błogosławionych, kilkoro proroków, czworo ewangelistów. Będą też nowi: papież obiecał podesłać beatyfikanta jakiegoś, jeżeli zdąży. Duch Święty obiecał, że zajrzy. Ojca nie ma. To jak?

— Chętnie — odrzekłam. — Gdzie?

— Między dzielnicą chrześcijańską a judejską jest taki klub, Morze Czerwone się nazywa.

— Do zobaczenia.

— Na razie.

Jeszcze kilkaset lat temu taka rozmowa nie mogłaby się wydarzyć. Po pierwsze, bogowie osobnych porządków trzymali się z dala od siebie. Po drugie, jeżeli już się ze sobą komunikowali, to na stopie oficjalnej, z całym ceremoniałem i stosowną tytulaturą. Po trzecie, nie mieliśmy jeszcze telefonii komórkowej, a Hermes nie mógł wszystkich obsłużyć jednocześnie.

Stworzenie materii nie było błędem. Materia jest wspaniała. Stworzenie człowieka nie było błędem. Człowiek jest moim klientem. Błędem było obdarzenie człowieka wolną wolą.

Wolna wola dała człowiekowi moc kształtowania materii, a przez to my, bogowie, na równi człowieka kształtujemy, co jesteśmy kształtowani. Wolna wola to taki bezpiecznik we wszechmocy boskiej. Ale i tak najbardziej katastrofalną w skutkach zasadę wprowadzili bogowie chrześcijańskiej dzielnicy: to, co postanowi Kościół na ziemi, znajdzie odbicie w niebie. No i znajduje.

W mieście miast, na górze gór i w chmurze chmur, i tak dalej, panoszą się luz i niefrasobliwość. Wszyscy mieszają się ze wszystkimi. Cnoty już prawie się nie materializują. Nawet ja jestem coraz głupsza, materia obciąża umysł. Czasem mi się wydaje, że my, bogowie, bardziej i bardziej upodabniamy się do ludzi. A miało być odwrotnie.

APOLLO

Apollo spodziewał się, że helleńscy bogowie wrócą między ludzi. Materia jest podległa czasowi, natura czasu jest cykliczna, a powyższy wniosek logiczny. Nie spodziewał się jednak, że nastąpi to tak prędko. To prawda, co prawda, że w Europie, córce Agenora i Argiope, chrześcijańscy bogowie zostali zmuszeni do odwrotu. Apollo wszak uważał, iż najpierw należy dać więcej czasu bogom chrześcijańskiej dzielnicy: żeby się doszczętnie skompromitowali. Żeby ich umiłowanie człowieka i wiara weń zostały zdruzgotane.

Szanował bogów chrześcijańskiej dzielnicy, dobrze pomyślani, skomplikowani, a jednocześnie prości, nastawieni na człowieka. Nie potrafił im jednak darować dekalogu, a konkretnie jednego z punktów, który kosił konkurencję: nie będziesz miał innych bogów przede mną, jakoś tak. Żałosna i bardzo nie fair play próba monopolizacji wiary. Jak każdy monopol, po kilku tysiącach lat i ten padł. Brak konkurencji szkodzi. Bogowie obrastają w dogmaty, ziemscy kapłani w sadło i liturgię. Trzeba ogłosić bankructwo. Zamknąć firmę. Wrócić do siebie, albo nawet w wymiar ultymatywny.

W mieście miast, na chmurze chmur i górze gór, i tak dalej, bogowie przybierali materialną postać. Taka materializacja nic nie kosztowała. Każdy miał do niej prawo i prawie każdy z prawa tego korzystał. Materializacja w świecie ludzi to coś zupełnie innego. Trzeba za nią słono płacić.

Apollo od dobrych dwóch millenniów nie dotknął stopą ziemi. Nie odczuwał takiej potrzeby, a nawet gdyby taką potrzebę odczuł, nie byłoby go na nią stać. Kwadrans materializacji kosztował sto pięćdziesiąt sztabek materii, tak zwanych matriksów.

Ludzka wiara jest materialna, przekłada się na matriksy. Ludzie oddają ci cześć na ziemi, rośnie twoje konto w Banku Materii, zwanym także Bankiem Transcendencji: możesz się materializować w zależności od dostępnych środków. Niekiedy beem udziela kredytu.

Przed zebraniem olimpijskich bogów Apollo udał się do beemu, sprawdził stan konta, bez zmian, pięćdziesiąt sztabek, dość, by wydać wspaniałą ucztę, nie dość, żeby zstąpić między ludzi. Poprosił o kredyt.

— Kto poręczy? — zapytał urzędnik.

— Nike białoskrzydła, pani zwycięstwa i prezes firmy Nike — odpowiedział Apollo.

Urzędnik wykonał kilka telefonów.

— Tak, oczywiście. Linia kredytowa została otwarta. Udanej rematerializacji na ziemi.

Apollo uniósł brwi w zdumieniu.

— I nie muszę niczego podpisywać?

— Absolutnie nie. Słowo boga w zupełności wystarczy.

Apollo roześmiał się.

— A tak bogowie narzekają na biurokrację! Aha, jeszcze jedno, jaki mam limit?

— Bez limitu — odparł urzędnik. — Ryzyko pożyczania bogom greckim tak drastycznie spadło, że nie musimy ustalać limitów.

Urzędnik uśmiechnął się, za to mu płacono, Apollo opuścił beem. Teraz rozumiał, dlaczego Zeus zwołał zebranie. Ogłosi powrót bogów.

Poszedł na krawędź krawędzi, skraj skraju, granicę granic, szczelinę tartarów i tak dalej. Miasto miast leżało za jego plecami, a przed nim gęste chmury. Zaczerpnął głęboko powietrza, poczuł moc jak za dawnych tysiącleci. Materia jest oszałamiająca. Odurza. Wyciągnął dłoń — chmury posłusznie się rozstąpiły, Apollo spojrzał na ziemię. Ziemia się zmieniła, za czasów jego potęgi była chuda i płaska, a teraz jest okrągła, przytyła. Ale ludzie podobni, oczywiście liczniejsi, jakby z przewagą żółtych, najwyraźniej kolorystyczne trendy także podlegają zmianie, a może to jesień?

Apollo, pan gwałtownej śmierci, przypomniał sobie, że to miłe uczucie: zabić kogoś bez powodu, ot tak, niby afekt, nagła gorączka, łyżka wody, trochę dziegciu. Tak, to miłe. Miłe jest również powołanie do życia. Bez powodu.

Zastygł z wyciągniętą dłonią nad krawędzią krawędzi, dawna wszechmoc go upajała, późniejsza bieda nauczyła pokory. Słuchał głosów, nikt go nie wołał. Zdał się na Tyche, zamknął oczy.

Gdy je otworzył, z sufitu leciał strumień gorącego deszczu. Deszcz spadał na szare kafle i zamieniał się w parę. W niewielkim pomieszczeniu Apollo nie był sam. Młodzieniec całował jego szyję. Nieznajomy młodzieniec. Znajomi młodzieńcy wymarli kilka tysięcy lat temu albo zamieszkali w mieście miast.

Apollo położył swoją dłoń na jego głowie. Wiedza posłusznie przepływała, wszystkie wspomnienia chłopca, rozczarowania, nadzieje. Ten cały spam. Zgiełk.

— Maciek — powiedział Apollo.

Chłopak zesztywniał. Zapytał, prostując się i patrząc bogu prosto w oczy:

— A ty, jak masz na imię?

— Ja? Moje imię nic ci nie powie. Pokryło się rdzą i mchem.

— Jesteś prawdziwy?

— Bardziej niż pragnę.

Chłopak położył dłoń na ramieniu Apolla.

— Bądź dla mnie dobry, proszę.

— Obiecuję.

Spotkanie z chłopcem rozkojarzyło Apolla. Zmaterializował się nieuważnie, przez pomyłkę, w dzielnicy chrześcijańskiej, i trochę za późno. Przy rynku wpadł na Liczbę Π.

Apollo złamał zasadę: bogom wolno zstępować między ludzi i nie wolno z nimi kopulować. Po narodzinach Jezusa zaczął obowiązywać surowy zakaz ludzko-boskich praktyk prokreacyjnych. Co interesujące, to chrześcijańscy bogowie lobbowali w Trybunale za uchwaleniem tego zakazu.

Apollo, złamawszy prawo, nie obawiał się kary: dostanie bana na materię, popracuje przez wiek w jakiejś spelunie, trafi do zakurzonego archiwum na tysiąc lat — naprawdę trudno jest ukarać boga, który wszystko stracił, niczego nie oczekuje i jest nieśmiertelny.

Apollo obawiał się czegoś innego. Bał się o chłopca, który nie był ani szczególnie urodziwy, ani utalentowany, co Apollo mógł stwierdzić, mimo że to nie rozmowa ich zajęła. Zbliżenie człowieka z bogiem zawsze jest owocne. Owoc bywa zatruty. Dlatego Apollo nie potrafił wyrzucić z własnych myśli obrazu tego chłopca. Nigdy wcześniej tego nie odczuwał, nie interesował go los pojedynczych ludzi. To pewnie wpływ chrześcijańskich bogów, pomyślał Apollo, zaczynam się przejmować losem jednostki, z którą łączy mnie jednorazowe, szybkie zbliżenie pod prysznicem.

ATENA

— Nic ci nie jest? — zapytał mnie Ozyrys.

— Dlaczego pytasz?

— Ponieważ widziałem, jak ktoś trafił cię strzałą.

Sięgnęłam dłonią na plecy, nic nie znalazłam.

— Chyba ci się przywidziało.

— Może, kto wie.

Powiedziałam:

— Kocham cię.

Ozyrys wpatrywał się we mnie, już nie żartobliwie, ale z powagą. Jego oczy objęły w posiadanie całe moje pole widzenia: widziałam tylko tę granatową czerń, głęboką jak wody topielca, zimną jak próżnia, szczelną, pulsującą, prastarą.

Ozyrys wyciągnął swoją dłoń ponad stolikiem, chwycił mnie za ramię.

— Ateno, współczuję. Trafiła cię strzała Erosa. Nie jesteś sobą. Zostałaś skazana.

— Mylisz się — odpowiedziałam — tysiące lat czekałam na prawdziwą miłość. Dziś przyszła. Nagła. Nie zaproszona. Bez pukania.

— Ateno, to nie miłość, to przekleństwo tego bożka. Mówisz kiepskim wierszem.

Roześmiałam się krótko. Jestem Atena, Blaszak Straszak, pani mądrości, Puszka Niewydymka, Sekator Erekcji, Grób Nieznanego Żołnierza, Buldog Darwina.

— Być może masz rację — powiedziałam rozbawiona i rozszczęśliwiona. — Racja niczego tu nie zmienia. Kocham. Porządek kochania nie podlega przyczynie ni skutkowi. Nic nie mogę zrobić. Zostałam rozbrojona. Jestem szczęśliwa.

— Powinnaś przenieść się w ultymatywny wymiar.

— Nigdy! Nie teraz!

— Zatem ja to zrobię!

Wtedy wstałam od stołu i ukazałam się w pełni potęgi i oręża, złota i rozelśniona, kryształowa i cartier, jak w najlepszych wiekach, wszechpotężna i gnąca, wspaniała i mądra, punkt dojścia i wyjścia, ja, Atena, tarcza, dziura ozonowa, włócznia i hełm, sowa, drzewo oliwne i kres. Jaśniałam niby za najlepszych lat. Ileż kobieta zdolna jest uczynić z miłości! Przemówiłam spiżowo:

— Ozyrysie egipski, Wielki Sędzio Zmarłych, synu Nut i Geba, kocham cię i nie żartuję!

Ozyrys zmienił kolor skóry: stał się intensywnie zielony, jak Nilu wody, jak oko szmaragdu. Uniósł się nad stołem i tą zadymioną Utopią. Członki jego smukłe, czoło wysokie i obłe, kantów brak i zmarszczek, oto cały z alabastru. Dłonie skrzyżował na piersiach, jaskółki utworzyły bicz, szarańcza berło.

Zadrżałam przy tej atrybucji. Bogowie Egiptu, choć wygnani, są wspaniali.

— Ateno — przemówił — ja, Ozyrys, zjednoczyciel Delty, chrzestny Dionizosa i Hadesa, bóg rozczłonkowany, bóg zbawca, pan podziemi, genitalia Nilu, przyjmuję twoją miłość; bez kresu i sensu, z grotem między łopatkami, ku przestrodze własnej, twojej i ludzi.

Blask mój przygasł, tak przygasła moc Ozyrysa. Opadliśmy na krzesła przy okrągłym stole. Zamówiłam dwie półlitrowe ambrozje. Moje konto w beemie było dość pokaźne, jak na wygnaną boginię. Jakby co, zawsze mogłam poprosić Nike o podżyrowanie tej miłości.

— Ozyrysie — przemówiłam — nie znajduję słów. Znajduję w sobie wielki wstyd.

Ozyrys uniósł kielich:

— Niech twoje przekleństwo stanie się moją radością.

Spełniłam toast.

Ozyrys położył swoją dłoń na mojej, te nazbyt wydłużone palce, zbyt głębokie oczy, pociągająca obcość, bawełniany całun i papirus. Nieznajomy format.

— Kocham cię — powtórzyłam.

Ozyrys roześmiał się ponownie.

— Wiesz, co najbardziej lubię na ziemi? Na obecnej ziemi? Tej okrągłej?

— Powiedz mi!

— Telenowele.

— Nowy ludzki wynalazek? Jak paparazzi?

— To taka Księga Umarłych, tylko niemożliwie rozcieńczona, wydłużona. Zaklinanie materii i żebry o wieczne życie. W moim grobowcu posiadam ogromny telewizor. Oglądam wszystkie seriale, mam wieczność na nie.

— Po co?

Ozyrys się zmieszał. Nie powinnam zadawać tego pytania. Bogów nie należy pytać o cel. Porządny bóg nie ma celu. Nie potrzebuje. Jest celem samym w sobie.

— Jestem koneserem nicości i rozpaczy. Panem podziemia, honorowym członkiem Armii Krajowej i patronem kanałów powstańczych. To chyba wystarczający powód.

— Przepraszam. Zrozum, ta sytuacja jest dla mnie nowa. Niezbyt komfortowa.

— Może pójdziemy do mnie? Zapraszam.

— Mam za dużo pracy — odparłam.

Pojechaliśmy do niego ognistym rydwanem. Nieco zbyt krzykliwym na mój gust, ale tradycja tradycją, bądź co bądź, zresztą pasował mi do zbroi. Zatrzymaliśmy się przed grobowcem: Ozyrys wziął moją dłoń, dwornie skłonił przede mną głowę:

— Dostojna pani, czy chcesz zstąpić do mego grobu?

Zacytowałam słowa Księgi Umarłych wypowiadane przez zmarłego przed wejściem do Sali Obu Prawd w Domu Ozyrysa:

— Jestem czysta, jestem czysta, jestem czysta — inkantowałam. — Czystość moja to czystość Benu, który jest w Herakleopolis.

— Umiłowana — szepnął Ozyrys w moje ucho z błyskiem w oku — nie musisz aż tak afiszować się ze swoim dziewictwem. Sąsiedzi usłyszą.

Szliśmy wąskimi, nisko sklepionymi korytarzami, mumie otwierały nam drzwi. Zstąpiliśmy do ogromnej komnaty, urządzonej z oszałamiającym przepychem. Na środku stał złoto-nefrytowy sarkofag, podwójny. Pod ścianami ciągnęły się niepoliczone rzędy amfor i papirusowych zwojów. Reliefy rozścielone na murach przedstawiały historię podziemnego świata: dominowała krucza czerń, łamana białym złotem i brylantem, nadto jeszcze czerwień świeżej krwi i zieleń pierwszych liści.

— Piękne, prawda? — rzucił ironicznie Ozyrys. — Te moje bazgrołki.

Usiedliśmy na miękkim dywanie. Podano nam mocny miód i ciasteczka z gorzkiej pomarańczy.

— Co będziemy robić? — zapytałam.

— Dopóki nie odzyskam genitaliów, proponuję spędzać czas tak, jak robią to obecnie ludzie.

— Zgoda — odparłam.

Ozyrys włączył telewizor.

— Co wolisz: ambitne czy bełkot codzienności?

— Sama nie wiem, może jednak ambitne? Jak spadać, to z wysoka. Z niska można tylko kopać.

Oglądaliśmy *Sześć stóp pod ziemią*.

EROS

W drzwiach wpadłem na Nike. Miałem nadzieję, że mnie nie rozpoznała. Jeżeli ktoś zdołałby mnie pokonać, to właśnie ona, pani zwycięstwa, biuściasta hiena, wahająca się suka: waha się zawsze tak długo, jak długo nie wie, czyja wygrana przyniesie jej większe korzyści.

Poszedłem na krawędź krawędzi, skraj skraju i tak dalej, aby zstąpić między ludzi. Zazwyczaj zstępowałem w czwartym wymiarze — w czasie, dzięki temu ludzie mnie nie widzieli, nastawieni raczej na odbiór trzech łatwiejszych wymiarów, tych z siatkówki oka i błędnika ucha. Materializacja ograniczona do czwartego wymiaru znakomicie ułatwia pracę. Mogę patrzeć i czekać na dogodny moment albo taki moment stworzyć. Nie chybiam. „Gdy łuk odjęto, rana nie zdrowieje", moje nowe motto, podoba mi się, autor Petrarca F. (1304–1374), postrzelony wielokrotnie, nigdy śmiertelnie, obecnie martwy.

Moje strzały niszczą życie oraz powołują coś wspaniałego. Nigdy nie wiem, co przyniesie strzała: pewna jest tylko rana. Mojry wiedzą, nigdy wszak nie odważyłem się o nic zapytać tych trzech starych, zgorzkniałych panien. Właściwie, według obecnej ziemskiej terminologii, Mojry nie są starymi pannami. Są singielkami. Leksykalna kwestia. Charakter im się od zmiany rzeczownika nie poprawił.

Sam nigdy nie kochałem, nie licząc mojej żony, motyloskrzydłej Psyche, jesteśmy w separacji. Nie wiem, czy zdołałbym się postrzelić. Łuk nie jest zbyt poręczny. Powinienem przejść na rewolwer, jednak zmiana atrybucji to skomplikowana procedura. Poza tym rewolwer, taki anonimowy, skłania do nierozsądku, jak na westernie.

Pracowałem do późna, wiele dni, na północy starego świata, ukryty w czasie: kilka par bardzo mi się udało, prawdziwe mistrzostwo, niemożliwe miłości, pod prąd czasu, pod włos rozsądku, wbrew szansom, nawet wiedeńska kozetka tego nie wytłumaczy. Byłem z siebie naprawdę zadowolony.

Wróciwszy do miasta miast, na górę gór w chmurze chmur i tak dalej, dowiedziałem się, że Atena zapadła się pod ziemię. To takie powiedzenie, zapaść się pod ziemię, bez głębszego znaczenia, przynajmniej tutaj, nie warto kopać. Niezbyt mnie to obeszło ni zmartwiło. Była nieśmiertelna; cóż naprawdę złego mogło się przytrafić nieśmiertelnej?

Zasłużyła na miłość, na kilka wieków przytulnego odosobnienia w jakiejś piramidzie, niechby i absurdalnej.

A tak w ogóle coraz mniej podoba mi się miasto miast, coraz więcej w nim zakazów i nakazów. Dawniej istniała przestrzeń do figlów i wygłupów. A teraz? Pożalcie się bogowie! Restrykcje, pozwolenia, certyfikaty, biurokracja, zagmatwane prawo, kiepska legislacja, naciski stąd, łaskotki stamtąd. Tak, to był wielki błąd, przystać na zasadę, że co na ziemi, to i w niebie.

Wieczorem umówiłem się z bliźniakami, Hypnosem i Tanatosem, to moi najlepsi kumple. Czasem wspólnie wypalamy afgańskiego skręta albo wciągamy jakąś kolumbijską ścieżkę, nic wielkiego, teraz jednak potrzebowałem ciut wody z rzeki Lete. Ta woda jest bezcenna, wywabia plamy na sumieniu, rozpuszcza kamienie, resetuje pamięć, a wszystko bez skutków ubocznych innych niż podstawowe działanie.

Bliźniacy przyszli razem. Obaj smukli i czarnoskrzydli, gładkolicy i lekko senni, w gestach ociężali, trudno ich odróżnić. Zwykle Hypnos wsuwał za ucho kwiat maku, Tanatos zaś pojawiał się z odwróconą, zgaszoną pochodnią. Niekiedy jednak zamieniali się atrybutami bądź atrybutów pozbywali. Sen łatwo pomylić ze śmiercią, przynajmniej tutaj, w niebie.

NIKE

Nie byłam dotąd w Morzu Czerwonym. Nieszczególnie udana nazwa, swoją drogą — bardziej pasuje do sklepu rybnego niż knajpy, chrześcijanie mają bardzo specyficzne poczucie humoru.

Służki ułożyły mi pióra skrzydeł oraz włosy głowy. Ubrałam się w przepiękną czarną suknię z przyszłego sezonu od Armaniego, dopiero co mi ją przysłano z Mediolanu, zasłaniającą prawie wszystko. Zwykle mój strój jest bardziej swobodny, najczęściej ograniczam się do kolczyków, skrzydeł i sandałów, jednak dziś wieczór planowałam bawić się z mieszkańcami chrześcijańskiej dzielnicy, a im odbija na widok nagiej skóry i kości, to znaczy niektórym i coraz rzadziej, i mój wiek nie ma tu nic do rzeczy.

Pojechałam srebrnym bentleyem, kosztował majątek. To był pierwszy samochód w mieście miast, potem Jezus sprowadził sobie mercedesa, Allach bmw, a Hajle Syllasje cadillaca. Samochody zyskiwały na popularności. Jedyna stacja benzynowa należy do mnie. Przynosi coraz większe zyski. Lejemy wodę.

Prowadził Achilles; prosiłam go, żeby wymijał co głębsze dziury ozonowe. Nie lubię, jak trzęsie. Drzwi otwierał i ramieniem służył Hektor; kiedyś się w nim podkochiwałam, już mi przeszło: po tym, jak go zatrudniłam. On się tylko nadawał do heroicznej śmierci, bo w życiu jest, mówiąc wprost, do dupy, straszliwie rozkojarzony.

Gdy dotarłam do Morza Czerwonego, gdy zstąpiłam z bentleya na czerwony dywan prowadzący do lokalu, gdy weszłam do środka, a odźwierni się przede mną rozstąpili, impreza już trwała w najlepsze. Niektórzy zdążyli się oszołomić, sporo bytów wyginało się na dance floorze. Kelnerzy donosili trunki oraz przekąski.

Szukałam Jezusa. Siedział z archaniołami, Michałem i Gabrielem, na amfiladzie, przy stoliku niedaleko baru. Podeszłam do nich. Przywitałam się dość poufale: buzi-buzi policzek-policzek, jego ręka na mojej kibić, jedno-nie-więcej-niż--trzy muśnięcia.

Jezus odprawił archaniołów. Całe szczęście, zimno przeszło mnie do szpiku srebrnej kości, aniołowie, moim zdaniem, nie powinni mierzyć sobie absolutnego zera.

Dość długo siedzieliśmy w milczeniu, pijąc ambrozję. Lekko się wstawiłam, akurat w sam raz, ażeby kontrolować słowa, a jednocześnie rozmiękczyć granice, które nie pozwalały mówić zdaniami z chińskiego ciasteczka. Żadne odkrycie, ale często to banał i truizm ściślej przylegają do materii. Zamówiliśmy kolejne puchary. Bogowie nie miewają kaca, to znaczy bardzo rzadko, po wojnie trojańskiej i Oświęcimiu na przykład, nigdy po ambrozji, czyli jednak — rzadko.

— Wiesz — przemówiłam — Zeus dziś ogłosił, że zstępujemy na ziemię. Głosowałam przeciwko. Wsparła mnie tylko Atena, ale ona została… czasowo wyeliminowana.

— Jak?

— Strzała w plecy i do grobu.

— Nigdy nie przepadałem za waszymi metodami.

— Nasze metody — przemówiłam cierpko — są podobne do waszych. Ten sam skutek: pudło, najczęściej.

— Przepraszam. Dziś rozmawiałem z Ojcem. Nie jest ze mnie zadowolony.

— Ojcowie już tacy są. Przeprosiny przyjęte.

— Nie masz wrażenia, że odkąd zaczęliśmy mówić po angielsku albo w esperanto, to staliśmy się głupsi?

— Wolałbyś po aramejsku? Albo łamać język w grece lub łacinie? Albo w gyyz?

— Nie wiem, sam nie wiem. Psyche mi padła.

— Gdybym ja ci opowiedziała, co mi padło! Ostatnio wszystkie fabryki w Malezji. Akcja tsunami. A nawet nie pokłóciłam się z Posejdonem. U was to kto odpowiada za meteo? Łukasz Ewangelista?

Jezus nie odpowiedział, pogrążony w całunie posępnych myśli albo czymś równie podobnym i niedbale skrojonym.

— Wiesz, droga Nike, chyba zrobię sobie wakacje. Jestem wykończony. Wszystko nie tak.

Jezus się upijał. Bóg też człowiek. Potrzebuje czasem się wyżalić. Z torebki wyjęłam paczkę papierosów.

— Zapalisz?

Przyjął papierosa, podpalił środkowym palcem, następnie podsunął mi ogień. Zapaliłam. Wypełnił mnie dym.

— Przygotowaliście jakąś nową ofertę dla ludzi?

— Nie jestem wtajemniczona w szczegóły. Przypuszczam, że naszym planem jest brak planu. Stawiamy na materię i entropię. Żadnego przebóstwienia, transfiguracji, nic z transcendentalnej egzotyki. Żadnej teleologii, trochę jak mechanika kwantowa, zasada nieoznaczoności, teoria gier i takie tam, na których się nie znam.

Jezus westchnął, zgasił papierosa.

— Przecież to nie może się udać.

— Może, jeżeli zmienimy wektor czasu. Albo zakumplujemy się z ludźmi.

APOLLO

Bogowie nigdy się nie nudzą. Nuda nie znajduje dostępu do bogów. Bogom brakuje otworu, szczeliny w czasie lub ciele, przez którą nuda mogłaby się wprosić do środka niby teściowa; nawet nieruchome stulecie wpatrywania się we własny wizerunek albo w kamień nie są nudne. Albo w pępek. Gdyby bogowie podlegali nudzie, nie przetrwaliby wieczności.

Apollo przechadzał się uliczkami miasta miast, zaglądał w zaułki, kluczył kątami, przystawał na rogach, odkłaniał się znajomym bóstwom z angielska, unosząc wawrzyn, lecz — męczył go cały ten zgiełk, różne języki, kształty, trąbka Milesa Davisa i Eustachiusza, jaskrawe neony, zapachy, irytująca synestezja niebiańskiego grodu. Z każdą materializacją na górze gór, zauważył Apollo, było tłoczniej i barwniej, coraz więcej bytów, i tych z ziemi wygnanych, i tych na ziemi stworzonych, jeszcze świeżych i błyszczących, powleczonych lakierem nowości, podnieconych przestąpieniem bram nieba.

Apollo, nieświadom kierunku, jaki obrały jego nogi, zatrzymał się przed szarym gmachem. Ta nieświadomość przydarzała się bogom od niedawna, od kiedy pewien wiedeńczyk wynalazł podświadomość. Wynalazek — jak każdy niepotrzebny i absurdalny wynalazek (por. bomba atomowa lub iPod) — przyjął się z łatwością. Teraz także bogowie bywali nieświadomi własnych myśli i czynów, kierunku obieranego przez ich stopy. Podświadomość stała się poręcznym alibi; to nie ja zawiniłem — można było rzec — to coś we mnie, coś ciemnego i lepkiego, nieuchwytnego jak nocne niebo w lustrze; oczywiście zbitka słów: bóg i wina to oksymoron.

„Gmach" to niewłaściwe określenie: Apollo stał przed szarym kamiennym łukiem, wspartym na dwóch kolumnach. Trzecia kolumna, niczego nie podpierająca, tkwiła pośrodku, pusta i samotna, zbyt niska, żeby dotknąć sklepienia łuku, nawet gdyby była wspięła się na kształtnej bazie. Po bokach prządł się wysoki, ciemnozielony, bardzo gęsty i elegancko upleciony żywopłot, tłumiący nieprzerwany stukot wrzeciona. Ciche miejsce, nic się nie zmieniło od początku, pomyślał Apollo. Jak dawniej, dookoła pusto. Bogowie omijali siedzibę Czcigodnych szerokim łukiem.

Nie wahał się, przekroczył bramę.

Kloto, Lachesis i Atropos.

Kloto, wrzecionowa panna, rozpoczynająca nić życia, imię genu opóźniającego starzenie.

Lachesis, snująca nić, najbardziej zapracowana.

Atropos, najstarsza z sióstr, Pani Nożyc, Wielka Krojczyni, przecinająca nić.

Apolla, wtedy-kiedyś świeżo zmaterializowanego boga, niezmiernie dziwiło, że pierwsza na świat przyszła Pani Końca, a dopiero po niej Pani Początku. Koniec wyprzedzał początek. To była pierwsza lekcja boskiej wiedzy, jaką odebrał, mało przydatna.

Za bramą rozciągał się miękki, soczysty, krótko przystrzyżony trawnik z kilkoma wetkanymi weń głazami. Pod ścianą, tam gdzie żywopłot stawał się martwopłotem, gdzie gęstozielone listki opadły, odsłaniając rdzawe gałązki, nagie jak kości, tam pod spłowiałym baldachimem pracowały milczące siostry.

Nie odwiedzał Pięknoramiennych od... Apollo nie potrafił sobie przypomnieć. W przeszłości często tu zachodził, siadał na jednym z kamieni, obserwował wątek i osnowę, błysk nożyc, szmer splatanej nici. Nigdy nie zakłócił pracy sióstr. Nie wypowiedział słowa. Siedział, a w pewnym momencie wstawał i odchodził. Zawsze wracał.

Trawnik się nie zmienił, pojawiły się jednak kępki nieśmiałych bladych kwiatów. Baldachim bardziej nie spłowiał, zefir się na nim wylegiwał, przeciągał i przetaczał jak znudzony kot. Prządki siedziały w zupełnie nowych fotelach, chyba z Ikei, dookoła zupełnie nowego stolika. Piły herbatę i jadły herbatniki. Stał również pusty fotel.

Apollo zbliżył się, nie odczuwał strachu, raczej zaciekawienie. Zatrzymał się przed nimi.

— Pozdrawiam was, czcigodne Moirai.

— Kogóż to przywiało! — rzuciła Kloto. — Piękny Apollo we własnej osobie, tak jak się spodziewałyśmy.

— Ten fotel czekał na ciebie — Lachesis weszła w słowo siostrze — od tylu lat. Od rewolucji przemysłowej w Anglii.

— Napijesz się herbaty?

— Chętnie. Nigdy nie piłem.

Apollo usiadł w fotelu. Atropos przesunęła filiżankę w jego stronę. Nalała parującego płynu.

— Dziękuję.

Ta krótka rozmowa krępowała Apolla bardziej niż ubranie, którego zresztą nie założył: nosił własną skórę, dobrze skrojoną, gładką; prawdziwa skóra wychodziła podobno z mody. Prawdziwa skóra nie jest greenpeace, nie jest cool. Syntetyki są moralnie mniej podejrzane. Tak wymyślono na ziemi. Może to plotka?

Apollo przywykł milczeć. Instrumenty, którymi rozporządzał, aby dobyć dźwięki ze świata, to jest lira i penis, mierziły go coraz bardziej. Przynajmniej tutaj, w gnieździe losu, przeznaczenia i szczęścia.

— Pewnie chciałbyś wiedzieć, co się stało z wrzecionem, przędzą, wątkiem i osnową? — zapytała Kloto.

— Rewolucja przemysłowa w Anglii — wtrąciła się Lachesis — maszyny tkackie. Nic już nie musimy robić, wszystko jest robione maszynowo, na wielką skalę i bardzo tanio. Jeżeli chcesz, zaprowadzimy cię do piwnic, gdzie pracują warsztaty.

— Oczywiście — rozpoczęła Kloto — czasem przędziemy coś w dawnym stylu, takie rękodzieło, cepelia, żeby nie wyjść z wprawy.

— Ale rzadko.

Apollo spojrzał w oczy Kloto, białe gładkie kamyki ze śladem koloru w miejscu tęczówki i ciemniejszą kropką źrenicy.

— Czekałyście na mnie?

— Czekałyśmy. Jesteś jedynym bogiem, względem którego coś odczuwamy.

— Żadnej z nas nie przeleciałeś.

— Wstrzemięźliwość nie przyszła ci z trudnością.

— Nigdy nie byłyśmy młode.

— Przyznaj się.

— Nie musisz.

— Żartowałyśmy.

— Mamy poczucie humoru.

— A pamiętasz, gdy tu przychodziłeś jako nastolatek?

— Siadałeś na kamieniu.

— I patrzyłeś na naszą pracę.

— Taki spokojny.

— Na sploty.

— Grzeczny.

— I szalone wzory.

— Zamyślony.

Kloto i Lachesis mówiły jedna przez drugą. Atropos milczała.

— Złamałeś prawo.

— Zbliżyłeś się z człowiekiem.

— Pod prysznicem.

— To ja utkałam wodę.

— A ja dodałam trochę owczej piany.

Apollo się uśmiechnął. Jego przewina przestała być tajemnicą. Nie musiał kluczyć i kłamać. Mojry wiedziały, wiedziały o wszystkim, jak zawsze.

— To dobrze. Bo widzisz, jaśniejący Apollo, mamy problem.

— I to od początku świata.

— Od stworzenia materii.

— Świat jest coraz bardziej haute couture.

— W sensie, że tego nie da się nosić wygodnie.

— W przędzę wetkany jest błąd. Jak oczko w pończosze.

— Z czasem błąd się powiększa.

— Jak oczko w pończosze.

— Jest większy niż dziura ozonowa.

— Jeżeli wiesz, o czym mówimy.

— A nawet jeżeli nie...

— Tyle czasu przepłynęło.

— Ten błąd jest piękny.

— Najpiękniejszy.

— To błąd stworzenia.

— Bez niego nie ma nic.

— Bogów.

— Świata.

— Nawet wymiar ultymatywny migocze.

— Kloto użyła oczywiście metafory.

— Tak, użyłyśmy metafory, drogi Apollo.

Wtedy odezwała się Atropos, po raz pierwszy, głosem słodkim niczym arabskie ciastka, na granicy mdłości i rozkoszy, bluźnierstwa i mądrości.

ATENA

Leżeliśmy obok siebie nago w małżeńskim sarkofagu. Moja zbroja, wypolerowana i lśniąca, oblegała manekina pod ścianą, tak bardzo zdjęta ze mnie jak pancerz z żuka porzuconego w mrowisku. Atrybuty leżały w nieładzie na posadzce. Taki bałagan, a tacy porządni rodzice, pomyślałam.

Trzymałam rękę na gładkiej bliźnie, pozostałej po genitaliach Ozyrysa. Tymczasowa utrata męskości bardzo mego ukochanego bawiła:

— Nie masz szczęścia do mężczyzn — żartował ze mnie, trochę z siebie.

— Powinnaś zostać lesbijką.

Albo:

— Miłość platoniczna to chyba w a s z pomysł?

Przekomarzaliśmy się, oglądając seriale. Moje znacznie podwyższone ryzyko zakochania się skutkowało nagłą miłością do seriali, między innymi: jak w kompot śliwka wpadłam w *Przyjaciół*. Ozyrys przyglądał się temu z rozbawieniem.

— Budzą się w tobie, ukochana, ludzkie potrzeby. Chyba powinnaś zapisać się na odwyk.

— Bogini mądrości? Tak cię chyba n a z y w a n o.

Albo:

— Moja duszko, może zarzucimy sobie coś naprawdę hardcorowego? Proponuję *Modę na sukces* albo *Gwiezdne wrota*. Niezła jest też *Plebania*, co prawda bez efektów specjalnych, za to z Duchem Świętym, dyskretnie zasugerowanym w pozakadrze...

Ozyrys podrwiwał sobie ze mnie, ponieważ mnie kochał. Niekiedy dołączałam do niego. Śmialiśmy się ze mnie wspólnie. To kolejna zdumiewająca cecha materii: można w niej robić coś wspólnie i czerpać z tego wielką radość.

— Dobrze mi z tobą — powiedziałam, kiedy skończył się odcinek *Przyjaciół*.

— Wiesz, ja nie tylko oglądam seriale. Ja również czytam, ale czytam tylko to, co mnie śmieszy.

— Poczytaj mi, proszę.

Ozyrys podniósł się z sarkofagu, wyszedł z głównej komory grobowca, aby powrócić z książką. Usiadł obok mnie:

— No to teraz uważaj — powiedział. — Czytam.

— Zamieniam się w słuch.

— Zatem: „Kiedy pragniemy czegoś, to cały Wszechświat działa na naszą korzyść".

Dostałam ataku śmiechu.

Ozyrys czytał, ja się śmiałam.

Kilka stron tylko wytrzymałam.

— Proszę, oszczędź mnie — rzekłam. — Poniechaj. Już nie mogę, dziwnie się czuję.

Ozyrys odrzucił precz książkę, położył się obok mnie, pocałował. Leżeliśmy w tak doskonałej harmonii, przytuleni policzek do policzka, dłoń do pośladka, brzuch przy brzuchu, pierś w pierś, że nie istniało nic, czego jeszcze mogłabym zapragnąć. Miałam wszystko tuż przy sobie. Nawet wymiar ultymatywny nie przynosił takiej ulgi. Istniał poza ulgą, a nawet poza samym istnieniem. Nie zawierał czułości, nie wykazywał oznak poczucia humoru. Zadrżałam. Jestem prawie człowiekiem, stało się.

— Stało się — przemówiłam. — Jestem prawie człowiekiem.

— Nie martw się. To spotyka nas wszystkich. Od bardzo dawna. Stopniowo. A szczyt zachorowań ciągle przed nami.

Zamilkłam. Zastanawiałam się. Zapewniłam Ozyrysa:

— Tak bardzo cię kocham, że chciałabym z tobą zstąpić na ziemię i się zestarzeć. Umrzeć.

— Bogowie zaczynają marzyć. Niedługo jajka zaczną znosić kury.

EROS

Zrobiło się zbyt głośno. Dziś wieczór w lokalu Opium (albo Opiat) odbywał się koncert punkrockowy. Punkrock zmarł na ziemi, tutaj w niebie zmartwychwstał, zwłaszcza odkąd dociągnięto prąd z elektrowni wiatrakowej, posadowionej na wzgórzu Don Kichota.

Tęsknię do muzyki bez prądu. Od punkrocka wolałem na przykład grupy grające muzykę typu hare kriszna. Trochę się jąkali: hare-hare rama-rama hare-hare, bez mięsa, na warzywach i owocach. W sumie w porządku, łatwo zapamiętać tekst.

Bliźniacy również nie przepadali za zmasowanym jazgotem, niechby i w jakiejś sprawie. W ogóle nie przepadali za muzyką, chyba że krzyczał Marsjasz. Wyszliśmy z lokalu.

— To my spadamy do siebie — powiedział Tanatos.

— Mamy sporo do odespania — powiedział Hypnos.

— Dzięki wielkie. I do zobaczenia — odpowiedziałem, ponieważ i mi jakoś tak nagle smutno się zrobiło.

Mój biznes to produkcja miłości. Robię w miłości od początku świata. Nigdy nie zastanawiałem się nad swoim fachem ani nad samym sobą. My, olimpijscy bogowie, nie byliśmy zbyt refleksyjni. Refleksja nie sprzyja wieczności. Jednak odkąd ludzie wynaleźli psychologię, stosunkowo niedawno, ze cztery wieki temu, także nam, bogom, zdarza się dumać nad sobą. Nad duszą świata, sensem i w ogóle. Psychologia to męcząca sprawa. Oraz fajne hobby.

Zamiast kochać, wolę powodować i podglądać miłość innych. To znacznie zabawniejsze. Bezpieczne. Czasem miewam depresję, od niedawna, depresja została wynaleziona jakoś równocześnie z penicyliną, też przypadkiem, wtedy idę na skraj skraju, spuszczam nogi z krawędzi, nogami trochę macham na początku, mam sandały ze skrzydełkami, prezent od Hermesa, mego ojca, potem przestaje mi się chcieć. Siedzę i podglądam. Nie macham. Czasem się złoszczę, czasem jakby wzruszam. Czasem nie odróżniam złości od wzruszenia.

Czas na ziemi płynie inaczej, jest bardziej zwichrowany i łatwiejszy do obejścia niż czas nieba. Zdarza się, że moja kolejna materializacja wypada trzy tygodnie przed ostatnią.

Skraj skraju, krawędź krawędzi, granica granic to miejsce złożone z wielu wymiarów, dlatego każdy bóg zawsze jest tu sam, w swoim własnym układzie odniesienia, rozpięty na krzyżu współrzędnych. Krawędź krawędzi to miejsce wychodzące ku śmiertelnikom, prowadzące w kipiel materii innego rzędu. Pustelnia. Erem. Hub przesiadkowy.

W mieście miast GUS bada i liczy wszystko, i tak dalej. Poza kontrolą pozostaje jedynie wizyta na krawędzi. Przypuszczam, że wielu bogów, zwłaszcza pomniejszych i bardzo starożytnych, często tu przychodzi. Bogów na krawędzi, w depresji, niemocy, przeżartych nostalgią, bez szansy i nadziei na materializację między ludźmi. Bawi mnie, że ci bogowie na krawędzi nie mogą się z niej rzucić. Rzucić się z krawędzi znaczy tyle, co zmaterializować się na ziemi. A to kosztuje. Frustraci i biedota są skazani na niebo.

Sam skraj skraju, sama krawędź krawędzi, na której można przysiąść niby na ławce, spuścić nogi, ogon, skrzydło czy co tam się posiada, jest obita miękkim zielonym pluszem. Siedzi się bardzo wygodnie. Patrzy się na chmury. Chmury można rozegnać, jeżeli jakaś resztka mocy pozostała w ciele.

Usiadłem. Nogi dyndały w próżni. Nakazałem chmurom: rozstąpcie się. Patrzyłem na moje nowe dzieła. Zwłaszcza na te nieco pokraczne; ludzie są niezwykle elastyczni.

Z kieszeni wyjąłem buteleczkę otrzymaną od bliźniaków. Zwykła szklana buteleczka, w środku czarna ciecz, tak gęsta, że prawie zestalona. Woda z rzeki Lete. Woda niepamięci. Na bogów właściwie nie działa. Bogowie miewają po niej halucynacje, wydaje im się, że są śmiertelni, potem wracają do siebie. Nieśmiertelność wyklucza niepamięć. Odkorkowałem buteleczkę. Lubię ten zapach, ciężki i płytki, tak wyraźny, że niemożliwy do zmieszania z kolorem albo smakiem.

To rozkoszny paradoks, że woda niepamięci przypomina mi różne zdarzenia. Nawet nie muszę zamykać oczu w wystudiowanej pozie. Mam nozdrza, które wyczują każde wspomnienie, ślad wspomnienia, osad.

Moje nozdrza rozumieją wszystko, powonienie jest najbliższym mi zmysłem. Czasem odnoszę wrażenie, że powinienem zarzucić swoje zajęcia i otworzyć małą palarnię kakao, małą fabryczkę czekolady, gdzieś w Szwajcarii, z widokiem na góry i zamożnych turystów w wieku spacerowym.

Bogowie nie filozofują, to Platon.

Och.

Nie lubię, kiedy dopada mnie nostalgia i melancholia. Zawsze wydaje mi się, że to Artemida, ta suka, wysłała te bliźniacze bestie, żeby mnie dopadły i rozszarpały.

Chciałem strzelić sobie pięćdziesiątkę wody z Lete, żeby na trochę odzyskać śmiertelność, ale nie wypiłem. To był impuls, jak z dawnych czasów: przechyliłem buteleczkę i pozwoliłem, żeby krople, ciężkie jak węglowe hałdy, osunęły się z nieba między ludzi. Niepamięć. Swoista skleroza. Niebiańska poduszka. Nie wiedziałem, kiedy krople spadną: za kilka dni, a może zeszłego miesiąca? Nie wiedziałem, co spowodują.

Jestem najbardziej nielubianym bogiem na Olimpie. Niby oczywistość, bóg miłości nie wzbudza sympatii. Nie rzuca nawet cienia.

NIKE

Zostałam z Jezusem do białego rana. Trochę się oszołomiłam, przyznaję, lecz ze wzajemnością i ze względu na okoliczności: Jezus zaliczał doła. Nigdy bym nie przypuszczała, że tak doświadczony bóg może tak bardzo przejmować się ludźmi i swoją misją. Pomyślałam nawet, że Jezus jest szalony albo nazbyt ambitny, chociaż wydaje mi się, że to pochodna jego relacji z Ojcem. Powinni usiąść i raz na zawsze wyjaśnić sobie, kto jest kim i dokąd, i o co chodzi, jeżeli w ogóle o coś.

U nas, na Olimpie, wszystko wydawało się proste. Głównodowodzący występował w jednej osobie: strącał starego władcę, najczęściej swego ojca, i panował w oczekiwaniu na kogoś, najczęściej syna, kto zechce go z tronu strącić. To dlatego antykoncepcja jest tak ważna, boski przywilej.

Chrześcijańscy bogowie bardzo to wszystko pokomplikowali, przy sporym udziale, przyznaję, naszych filozofów, zwłaszcza Arystotelesa. Już koncepcja jedności w trójcy, niezwykle elegancka, nie należy do najłatwiejszych. Lecz mi nic do tego — ich pomysł, ich problem.

Wstałam. Dziś czekało mnie sporo pracy. Lubię pracować.

— Jezu, dziękuję za zaproszenie i rozmowę. Trzymaj się. Nie martw. Będzie dobrze. To znaczy — spojrzawszy na niego, skorygowałam optymistyczną prognozę — lepiej.

Marną jestem pogodynką. Jezus spojrzał na mnie, tak od spodu, z fotela, a jednocześnie jakby z góry, z amfilady lub obłoku, pater noster, choć nie mój.

— Dzięki. Jadę na wakacje. Kilka miesięcy przerwy dobrze mi zrobi. Co polecasz?

— Na ziemi?

— No.

— Może — zastanawiałam się — może coś w Afryce? Byłbyś bardziej incognito, tylko dopasuj kolor skóry. Proponuję Etiopię albo Kenię. To może być ostatnia szansa, żeby zobaczyć tam ludzi. Afryka umiera, jak wiesz. Chociaż intensywnie się rozmnaża. Może dlatego zresztą właśnie. Te paradoksy.

Skinął głową ponuro. Przejdzie mu. Pocałowałam go w policzek. Położyłam rękę na jego brzuchu. Jezus miał pępek, nie wszyscy go mają. Lubię pępki. Pępek jest symbolem łączności boga z człowiekiem lub odwrotnie, ale nie pamiętam, kto tak powiedział. Prawdopodobnie Dionizos, nie był chyba wtedy całkiem trzeźwy.

Mój wóz czekał. Kazałam zawieźć się do pałacu. Chciałam wziąć kąpiel i odpocząć. My, bogowie, nie musimy spać, praktycznie się nie męczymy. Nie musimy odpoczywać. Ale odpoczywanie to cudowny zwyczaj, tradycja ziemska, taki ryt, tylko bez mszy i głębszego sensu, z wyraźną dykcją i ekskluzywną predylekcją. Czasem mu ulegam. Wtedy czuję, że mi się powiodło, że zwyciężyłam. Nie każdy może sobie pozwolić na taki luksus jak odpoczynek. Nie każdy ma coś, po czym można odpocząć. Nie każdy ma kiedyś, w którym może odpocząć. Nie każdy ma gdzie.

Chyba rozkażę przemodelować pałac. Dużo kolumn, przeciągów, głównie marmury, trochę piaskowca. Szlachetne kamienie i czarno palona glina. Oto stan obecny. Chyba wprowadzę więcej szkła i stali, egzotyczne gatunki drewna i kość słoniową. Może też kompozyt węglowy i kewlar? Są ostatnio takie modne oraz kuloodporne. Może zatrudnię tę szaloną staruszkę, która na ziemi zaprojektowała bazylikę w Licheniu? Ta bazylika jest z przytupem. Jezus nazywa ją Drugą Golgotą, taka szpetna. Czasem w niej trochę wisi — bo u niego w rodzinie bogowie wiszą wszędzie, taki zwyczaj mają po prostu, jak, nie przymierzając, mokre pranie — ale w Licheniu to wisi z zamkniętymi oczyma: eklektyzm źle mu robi na żołądek. Poza tym w Licheniu odkryto niedawno freski z XV wieku. Ta szalona staruszka jest naprawdę dobrym architektem.

Wzięłam kąpiel w morskiej pianie, lekko podgrzewanej. Unosiłam się na falach, zamknąwszy oczy, układałam plan działania. Wtedy usługująca driada zaanonsowała gościa. Zwykle nie miewam gości. Jestem zajęta i najczęściej na ziemi. Ponadto zimna i ekstrawagancka: przeliczam czas na pieniądze.

Zgodziłam się ją przyjąć. Jakby nie spojrzeć — rodzina. W zdecydowanie szerszym tego słowa znaczeniu.

Afrodyta weszła jak zawsze, najpiękniejsza i umykająca, łanię zostawiła przed pałacem, tak zmysłowa i soczysta, że każde poprawne zdanie z jej ust zasługiwało na miano cudu. Ale może jestem uprzedzona. Za dużo czytam kolorowych czasopism.

— Witaj, dostojna Nike. Pluskasz się. Mogę dołączyć, proszę?

Zaskoczyło mnie, że nie weszła od razu w morską podgrzewaną pianę. W ten sposób zwykle postępowała. Najpierw działanie, później pytanie, w przerwie obezwładniający uśmiech i szybki seks. A tymczasem ona naprawdę zapytała i naprawdę czekała na moje zaproszenie.

— Bądź mym gościem. Zapraszam. Moja woda jest twoją wodą.

Niewielka ilość materiału błyskawicznie opadła z jej ciała. Gdyby Afrodyta musiała spakować wszystkie swoje ubrania, myślę, że starczyłaby jej kosmetyczka. Afrodyta elegancko wkroczyła w fale. Przyszło mi do głowy, że mogłabym namówić ją na kontrakt dla mnie. Twarz i ciało nowego sezonu koncernu Nike. Nikogo bardziej zachwycającego nie znajdę. Oczywiście zakazałabym jej mówić.

— Jak rozkosznie — stwierdziła. — Szkoda, że cię wcześniej nie odwiedziłam.

— Coś cię sprowadza — zapytałam — czy się zgubiłaś?

— Starasz się być niemiła? Pytam, bo się pogubiłam. Bo wiesz, ci niby mili są niemili, ci niemili chcieli być mili. Węzeł gordyjski po prostu z tą psychologią. Wcześniej wszystko było prostsze — westchnęła.

— Staram się zapytać — nic ponad — co cię sprowadza.

— Aha. Załapałam.

Afro milczała, lubiłam ją na swój sposób. Prawie wszyscy ją lubili. Jej atuty sytuowały się poza sferą werbalną. Okazywała się bardzo wdzięcznym obiektem żartów i kpin, chociaż przypuszczałam, że nie jest tak głupia, jak o niej powiadano. Afrodyta była pierwszym bogiem wyposażonym hojnie w dar intuicji. Intuicja musi mieć coś wspólnego z morską pianą albo spermą. Intuicja jest obecnie bardzo modna. Coś tam wyjaśnia, czegoś nie wyjaśnia, ale jest bardzo na ziemi rozpowszechniona. Dobrze się przyjęła. Intuicja występuje na trzech poziomach: fizycznym, emocjonalnym i intelektualnym oraz najpowszechniej w nosie. Czytałam o tym niedawno w „Cosmo" albo „Bravo".

— Niektórzy z nas pracują — rzuciłam cierpko.

Afrodyta nie jest najlepsza w aluzjach. W lot ich nie chwyta, raczej upuszcza, choćby mimo uszu.

— Zeus chce wrócić między ludzi — wyrzuciła z siebie.

— Dopiero teraz to do ciebie dotarło?

— Dotarło, kiedy dotarło. Miałyście rację, ty i Puszka Niewydymka. To zły pomysł. Trzeba mu przeszkodzić.

Ze zdumienia kaszlnęłam. Nigdy bym nie posądzała Afrodyty o niesubordynację albo niechęć do powrotu. Ziemia, zwłaszcza ta bieżąca ziemia, jest wymarzonym miejscem dla kogoś takiego jak ona.

— A jak to sobie wyobrażasz?

Afrodyta roześmiała się perliście, jak gdyby usłyszała znakomity żart.

— Ja sobie nie wyobrażam niczego, co nie ma penisa albo waginy. A nieposłuszeństwo, jeżeli właściwie przypominam sobie materializację tej cnoty, chyba kardynalnej, pozbawione jest płci, a przez to — w ogóle mnie nie interesuje.

— Wydaje mi się jednak, że jakiś plan w tobie dojrzał. W przeciwnym razie byś tutaj nie przyszła. Przecież nie wiedziałaś, że mam taką wannę.

Afrodyta zarumieniła się. W roztargnieniu uformowała morską pianę w kwiaty lilii. Uczyniła to bezwiednie. Mówiłam Jezusowi, że Freuda należało zabić albo rozkochać we wczesnym Wittgensteinie. Ale Jezu, że nie, że wolna wola i te pierdy oraz Jung, no i mamy — ego, id, nieświadomość, terapia, interpretacja, hipnoza, katastrofa, superwizja, prozac, xanax, george bush oraz junior, a to dopiero początek listy.

— Tak sobie właśnie myślałam, że doświadczyłam wszystkiego. Nawet, dasz wiarę, odrzucenia. A chciałabym czegoś nowego, no i sobie pomyślałam, że nigdy się nie zestarzałam i nigdy nie umarłam. Czyż to nie podniecające?!

Może i podniecające, potwierdziłam, ale to by było ostatnie podniecenie. Skurcz przedśmiertny. Paroksyzm nieodwracalności.

— Podniecają mnie inne rzeczy.

— Na przykład?

— Głównie pieniądze.

— Te papierki, monety i wyciągi? — prychnęła pogardliwie.

— Dokładnie.

Afrodyta zamilkła. Nie obraziła się, jej nie sposób obrazić. Można ją rozzłościć. Wtedy staje się polukrowaną cykutą. Myśli precyzyjnie, jest cierpliwa, czeka wieki, zabija z uśmiechem.

— Znasz sędziów Trybunału, prawda?

— Znam — odpowiedziałam, ponieważ Afrodyta znała moją odpowiedź.

— Jesteś niewyobrażalnie zamożna, prawda?

— Prawda.

— Korupcja istnieje, prawda?

— Prawda.

Afrodyta westchnęła z ulgą.

— No to musisz mi pomóc.

APOLLO

— Przygotowałyśmy ci niespodziankę.

— Komika.

— Wykład z kosmogonii.

— I w ogóle.

— Komiczkę.

— Bardzo popularną w Stanach Zjednoczonych.

— Stany Zjednoczone to kraj.

— Zupełnie nowy.

— I już popsuty.

— Całkiem duży.

— No wiesz, trochę chrześcijaństwa.

— Trochę wolnego rynku.

— Hamburgery i nadwaga.

— Mormoni i amisze.

— Wojny gwiezdne w sześciu częściach.

— Wysoki deficyt budżetowy.

— New Age. Zielonoświątkowcy, scjentyści, kabaliści.

— I sałatka coleslaw.

— Oraz Tom Cruise.

Przed Mojrami i Apollem, stolikiem z niestygnącą herbatą i niekruszącymi się herbatnikami, w gnieździe losu i szczęścia oraz innych rzeczowników pojawiła się drobna brunetka. Prawie śliczna, dwa warkocze jak u dziewczynki, rumieńce jak z lica matrioszki. Zachwycająca. Świeża. Spodnie w kolorze khaki, białe trampki, różowy sweter z białym ściegiem szwów.

Apollo znał ją.

— Ona żyje — stwierdził. — Powinna dobijać czterdziestki. Nie ma prawa wstępu do miasta miast.

— Ona urodziła się martwa.

— Dlatego może być z nami.

— Nie przejmuj się.

— Słuchaj i śmiej się.

— Same nie szczędziłyśmy najrzadszych nici.

Komiczka skłoniła się niezbyt głęboko, jak gdyby lekceważąco. Powiedziała:

— Dzień dobry publiczności, nielicznej, jak widzę, i bardzo starej. Czy mnie widzicie!? Czy mnie słyszycie!? Nie odpowiadajcie; skorzystałam z funkcji retorycznej języka. Funkcja retoryczna jest podstawą porozumienia międzyludzkiego i w ogóle.

— Większość ludzi za śmierć Jezusa obwinia Żydów. Żydzi zwalają na Rzymian. Ja należę do tej wąskiej grupy, która uważa, że winni są czarni.

— Nie przejmuj się — Kloto szepnęła w ucho Apolla — ona tak zawsze zaczyna.

Komiczka kontynuowała:

— Jak wiemy, istnieją dwa rozłączne wymiary: wymiar ultymatywny oraz wymiar materii. Wymiar ultymatywny jest niedostępny dla czarnych. Niedostępny dla Żydów. Wymiar ultymatywny jest rasistowski. Dlatego jest boski.

— Mój były chłopak był półczarny... O, przepraszam, jestem taką pesymistką i z dwóch rzeczy wybieram zawsze tę gorszą. Poprawiam się: on był półbiały!

— Wymiar materii jest bardzo skomplikowany. Zwłaszcza dla moich rodaków, którzy nie odróżniają coli light od coli zero.

— Aborcja jest jedną z pięćdziesięciu najważniejszych rzeczy, o których myśli kobieta w czasie seksualnego stosunku oraz także gdy patrzy rano w lustro. Wtedy nienawidzi swojej matki. Czuje się jak nieudana skrobanka. Nieudana skrobanka nie może mieć udanego życia. Udane życie to udana skrobanka.

— Cuda się nie zdarzają. Cud jest czymś, co wykracza poza materię. Jest tylko materia. Gdy ktoś wykracza poza, nie dostanie nawet mandatu.

— Pieprzę Matta Damona.

— Kocham siebie. Wieczorami biorę prozac. Od dwudziestu lat. Mam recepty wypisane na trzy lata w przód. Na dupie wrzód. To się z kolei nazywa aliteracja. Trzeba ostrożnie siadać.

— Materia się różnicuje i przybiera rozmaite formy, wyłącznie gdy pojawia się błąd.

— Błąd jest najwspanialszym wynalazkiem. Dynamika materii jest ufundowana na błędzie.

— Kto nie popełnia błędów, ten się nie rozmnaża.

— Grzech nie jest błędem, chociaż pod błąd się podszywa.

— To ja zabiłam Jezusa. Metaforycznie. Jeśli zstąpi raz jeszcze, zrobię to znowu z przyjemnością. Tylko nie włócznią. Zrobię z tego reality show. Zwycięzca bierze włócznię.

— Błąd przypomina dziecko. Rośnie. Wydostaje się na świat. Podlega socjalizacji.

— Nazywam się Sarah Silverman i jestem komiczką. Urodziłam się w USA. Boże, miej ten kraj w opiece. Nie ufaj amerykańskim wyborcom, jedna połowa jest czarna, druga jest głupia, a trzecia połowa przebywa nielegalnie, imigranci.

ATENA

Od jak dawna tkwiłam w grobowcu, nie wiem. Leżeliśmy w sarkofagu. Ozyrys zamknął oczy i pogrążył się w wodach ukochanego Nilu, w delcie i ujściu, w kataraktach, tych na rzece i w oku, w świecie poniżej i dokoła, pod i ponad, tak czy siak.

Skupiłam się na sobie. To złożone uczucie zostać nagle, bez przygotowania, prawie człowiekiem. Wysłałam wewnętrzne oko we własne trzewia. Światła mało. Przejrzałam się na wylot i nice, od przełyku po zwieracz. Ślepa kiszka, dwie nerki, wątroba, zakręt hipokampa. Jestem zdrowa.

Skupiłam się na emocjach. Emocje są nowe. Dotąd odczuwałam głównie niechęć, przede wszystkim do Afrodyty. Teraz jestem bogatsza. Moje emocje są dynamiczne, przechodzą jedna w drugą, trudno się w tym zgiełku rozeznać. Ruchliwe skrzyżowanie. Być może z czasem nabiera się doświadczenia i biegłości w deszyfracji siebie. Będę umiała zrozumieć, co czuję. Być może. Być może.

Skupiłam się na własnych pragnieniach. Pragnęłam Ozyrysa, to oczywiste, oraz pragnęłam, żeby on mnie pragnął. W rzeczy samej mój świat się zmienił, zmieniła się ogniskowa. Teraz wszystko obracało się wokół niego. Punkt ciężkości został przeniesiony ze mnie na niego, nadal pozostając moim egoizmem. Ciekawa operacja. Ze wszech miar intrygująca.

Odkryłam, że jako człowiek jestem dużo bardziej zajmująca, przynajmniej dla samej siebie, niż jako bogini. Mój plan — zstąpić i umrzeć z Ozyrysem, to dobry plan. Dojrzałam do końca, dobiegam mety. Chciałabym. Pragnę.

W jaskrawym olśnieniu, elektryzującym natchnieniu, mając u boku Ozyrysa wyprężonego niczym rażony własnym prądem węgorz, pojęłam, że nie muszę przeciwstawiać się Zeusowi. Jego plan jest skazany na klęskę. Na panewce spali i bez mojej pomocy. Odkąd ludzie stali się tak podobni bogom, a bogowie ludziom, zawrócenie czasu, technicznie wykonalne, niczego nie zmieni.

Zatem nie będę przeszkadzać Zeusowi. Niech zstępuje z Olimpu. Gorzkie to będzie zstąpienie. Katastrofa. I nie mam pewności, czy ktoś powie: jaka piękna. Westchnie.

Grzbietem dłoni dotknęłam zielonkawego policzka mego ukochanego. Gładka skóra, zimna jak rybie ciało i słodka jak rozgrzany muł. Lekko chropawa, lekko słona, niczym żaglowe płótno. Świecąca niepokojącym blaskiem. Zapach butwiejącego drewna, pleśni, gnijącego pola pociągniętego werniksem, rozlanej rzeki. Martwy łuskowaty poblask. Podziemny bóg.

Pamiętam spacer, tysiące lat temu, plażą chłodnego morza, małoksiężycową nocą. Na piasku i żwirze leżały tysiące, a może miliony martwych śledzi. Po zgonie ciało śledzia zaczyna świecić, osiągając fosforescencyjną kulminację w kilka dni od śmierci.

Nie wiem, czy istniał jakiś powód, dla którego przechadzałam się tamtą plażą. Ludzie w każdym razie zeszli już z drzewa, choć Gaja pozostała płaska. Przechadzałam się brzegiem północnego morza, mając po lewej ręce karłowate cienie drzew, po prawej zaś — spokojne wody powleczone oliwą, bez zmarszczek, zatopione w perłowej łunie, trupim ogniu rozkładających się rybich ciał.

Wtedy po raz pierwszy coś poczułam. Coś niewyrażalnego. Wtedy zakochałam się po raz pierwszy i bez wzajemności: w tamtej plaży i gnijącym blasku, masowej śmierci i plusku fal, skwirze mew i nieobliczalności świata.

Tak wygląda moje najtajemniejsze wspomnienie, odprysk sensu. Nigdy o tym nie mówiłam. Nikomu. Dotykając Ozyrysa, jego chłodnego policzka, wyczuwając kruchą kość ze srebra (wszyscy bogowie mają kości ze szczerego srebra), na której rozpięto skórę niby starożytny namiot, dotykając go, chciałam podzielić się tym wspomnieniem. Chciałam, żeby pod jego powiekami, w ognisku katarakty i plamki ocznej, mlecznej zaćmy, rozścielił się przed nim ten dogasający blask, ognisko bez drew, ogień bez dymu, noc bez gwiazd, piasek bez chrzęstu stawianych kroków.

Obudziła się we mnie intuicja. Zagnieździła się ona najsampierw w Afrodycie. Intuicja ma coś wspólnego z morską pianą i spermą. Bardzo nie lubiłam Afrodyty. Raz nawet, wskutek czystego impulsu, skręciłam kark łani. Łania to jej atrybut. Jeden z wielu. Pamiętam dźwięk: zacisnąwszy dłonie na karku zwierzęcia, usłyszałam srebrne pęknięcie, stłumione dywanami tkanek, kryształowy ton, zbita karafka ze szlachetnym winem, a później spojrzałam w oczy ciała opadłego do mych stóp. Ciemń oka pokryła się mętnym blaskiem, jak gdyby śmierć sprowadzała się do kropli wody wpuszczonej w anyżową wódkę, jak gdyby śmierć wolno sprowadzić było do zmętnienia polerowanej gładzi oka czy przejrzystości cieczy.

Zastanawiałam się, jak wprowadzić w życie mój nowy plan: ja i oblubieniec, oblubieniec i ja — na ziemi, starzejący się i umierający. Intuicja, ta świeża siła przebudzona gwałtownie, mówiła mi, że nieśmiertelna bogini niewiele może dać nieśmiertelnemu bogu. Że może mu dać jedynie to, co sobie odbierze. Tylko kenoza. Miłość nieśmiertelnych to kenoza, wieczne ogołocenie.

Sądziłam, że Ozyrys mnie zrozumie. Ostatecznie — cóż za manieryczne słowo zanurzone w złoceniach baroku — niewiele ma do stracenia. Po śmierci wróci w ultymatywny wymiar. Stanie się częścią i całością harmonii.

Nil wylewa, niosąc życiodajny muł. Cuchnący pocałunek złożony na polach cofa się poniżej poziomu krokodylich gniazd, obsycha w słońcu, pęka spieczoną ziemią, rośnie zbożem.

Stałam się nie tylko człowiecza, stałam się również mgławicowa. Minęło moje upodobanie do zdań krótkich i treściwych, do komend. Odkrywam w sobie złoża cennych rzadkich kruszców, niejasnych korytarzy i labiryntów bez wyjścia, pokłady śluzu i galaretowatych powłok, pomiędzy którymi tkwi ziarno piasku, początek perły.

— Kochany — szepnęłam w ucho mego oblubieńca, aby szczytem języka, sprężonego jak wąż przed atakiem, dotknąć małżowiny, muszli, w której spał jego słuch — chyba jestem w ciąży.

EROS

Miałem zobaczyć się z ojcem, z Hermesem. Jego pałac, nieszczególnie okazały, dość wygodny, ciągnął się w nieskończonych kondygnacjach pod ziemią nieba, opierając się o strop Hadesu. W piwnicach ojciec trzymał swoje łupy, przez millennia nazbierało się ich sporo. Nie był pospolitym złodziejaszkiem, działał na wielką skalę. Mój ojciec wykazywał się germańską pedanterią: do każdego przedmiotu przymocowano karteczkę z informacją, komu, kiedy i w czyim imieniu rzecz została zawieruszona.

Przechodziłem przez rozległe hale, zmierzając do kantorka, w którym zwykle przesiadywał. Tony złota i klejnotów, ciężkich skór i rzadkich piór, zapleśniałej żywności, baryłek ropy, zdobnych strojów i ksiąg w inkrustowanej oprawie, zamków z dział i zatyczek od granatów, broni białej i palnej, a także chińskiej i ukraińskiej. W niewielkim pomieszczeniu, pilnowanym dzień i noc przez Jazona, którego mój ojciec (notabene) również ukradł razem ze złotym runem, przechowywane są szczególnie cenne trofea. Byłem tam tylko raz, pamiętam oryginał całunu turyńskiego (ten z dwunastego wieku po Ch.) (na ziemi adorowano pierwszowieczną kopię), tablice mojżeszowego prawa, zagubione obrazy renesansowych mistrzów, osmalone księgi z Biblioteki Aleksandryjskiej, a także rząd urn z duszami. Niestety, nigdy się nie dowiedziałem, czyje dusze wykradł mój ojciec. To była jedna z jego wielu tajemnic.

Najniższe piętra zajmowały żelazka, miliony żelazek. Oraz kawa, rozpuszczalna i mielona, w workach, słoiczkach i torebkach, w paletach, kontenerach i ściętych krzakach, a nawet w zaschniętych skorupach na dnie filiżanek i szklanek. Mój ojciec nie próżnował, zrobił, czego Zeus zażądał.

Przez uchylone drzwi słyszałem jakieś głosy, przyspieszony oddech. Wszedłem bez pukania i zamieniłem się w słup soli: mój ojciec posuwał mego ojca!

— Tato! — krzyknąłem, żeby dodać: — Tato!

Moi ojcowie podnieśli się z podłogi. Sprawiali wrażenie zakłopotanych. Lecz ich zakłopotanie było niczym w porównaniu z doświadczonym przeze mnie wstrząsem. Wstrząs nie wynikał ze stosunku, którego byłem świadkiem: ostatecznie w ten sposób powstałem, ale ze stosunku, którego byłem świadkiem. Być może oglądałem za wiele telenowel, dlatego poczułem, co poczułem. Od tysięcy lat moi rodzice nie rozmawiali ze sobą, wychowałem się w patologicznej rodzinie, nigdy nie przytulany, nie mający prawdziwego domu, praktycznie nieszczęśliwy. Doskwierał mi brak pluszaka, Bożego Narodzenia, prezentów pod choinką, i samej choinki zresztą też. Moją pierwszą zabawką stał się człowiek. A teraz okazuje się, że to farsa była, że za moimi plecami moi rodzice utrzymywali dość zażyłe i jednoznacznie dobre stosunki.

— Tato — wykrztusiłem, żeby dokrztusić — tato, mogliśmy być szczęśliwą normalną rodziną! Jak mogliście mnie tak oszukać!

— Przepraszam — powiedział Hermes.

— Synku — rzekł Ares (nigdy dotąd tak się do mnie nie zwracał, zwykle korzystał z określeń mniej kurtuazyjnych) — synku, mamy wieczność, żeby to naprawić.

— Jeżeli chcesz, zamieszkamy wspólnie. Będę dobrym ojcem, a Ares będzie nam gotować.

Ares spojrzał groźnie na Hermesa, wzrok przeniósł na mnie, potem na własne stopy, żeby wydusić przez zaciśnięte zęby:

— No dobra, będę. Tylko muszę skończyć kilka wojen.

Nic nie odpowiedziałem.

Milczeliśmy.

Wreszcie dojrzało we mnie pytanie:

— Dlaczego?

Moi ojcowie spojrzeli po sobie z pewnym rozbawieniem i z pewnym niesmakiem: popełniłem nietakt. Bogom nie wolno stawiać pytań o przyczynę i skutek. Jesteśmy wyłączeni ze związku przyczynowo-skutkowego.

— Synku, a nigdy nie pomyślałeś, że brakuje ci matki? — sondował Hermes.

— To jest — doprecyzował Ares — m o g ł o b y ci brakować?

— Matki!? — wykrzyknąłem. — Mam babcię Gaję!

— Babcia Demencja — prychnął Ares. — Ona już nawet nie pamięta, że jest kulą. Wydaje jej się, że jest płaska.

— Tatowie — powiedziałem — jak mogliście przede mną udawać, że się nienawidzicie!?

— Synku, to nie było trudne.

— Nie obraź się, ale nie jesteś szczególnie bystrym dzieckiem.

— Oczywiście, że cię kochamy.

Złość mi przeszła. Zastanawiałem się nad sposobem ukarania moich tatów. Przyszła mi do głowy rodzina; rodzina jako źródło cierpienia i kara. To świetnie działa na ziemi, może zadziała i w niebie.

— Kochanie — głos Hermesa był miękki niczym mięso świeżo zabitego w ofierze baranka — zrobimy wszystko, żebyś nam przebaczył i nas pokochał. Prawda? — zwrócił się do Aresa.

— Tak jest — odpowiedział Ares.

Ta rozmowa dowodziła, że moi tatowie ulegli ziemskim pomysłom. Widziałem skruchę, potencjalną ścieżkę terapeutyczną, faktury za terapię i tak dalej. Moi tatowie zbliżyli się do człowieka. Wydawało mi się, że nawet wyrzuty sumienia w nich zakiełkowały. Obmyślałem zemstę. Możliwie bolesną.

— Zgodzicie się na to, co zaproponuję — powiedziałem.

— Oczywiście.

— Tak jest, synu.

— Zstąpimy na ziemię, ograniczając nasze atrybuty. I będziemy przez, powiedzmy półwiecze, rodziną.

Moi tatowie ponuro skinęli głowami.

Zemsta jest słodka.

Będziemy rodziną.

— Zatem przesądzone — rzekłem. — Na wody Styksu i bramy do wymiaru ultymatywnego: przesądzone. Będziemy rodziną. Już was lubię, moi tatowie. Będę trudnym dzieckiem. Lecę teraz załatwić formalności zstępujące. Szykujcie się. I możecie się ubrać. Musicie trochę popracować nad poczuciem wstydu. Niezbyt się wam udaje z piszczałkami na wierzchu.

Wyszedłem z kantorka.

Zemsta upaja.

Humor mi się poprawił.

Nawet zagwizdałem.

Fiu-fiu.

NIKE

Driada nachyliła się ku mnie. Szepnęła kilka słów.

— Tak, oczywiście — odpowiedziałam.

— Stało się coś? — zapytała Afrodyta.

— Prawdziwa epidemia gości — odrzekłam. — Czuj się w to włączona. W epidemię, chciałam powiedzieć.

— O rany. Ty nawet w spokoju wykąpać się nie możesz… Ale zaraz, czy to znaczy, że ktoś do nas dołączy?

Skinęłam głową.

— Cool! On czy ona?

— Zobaczysz.

Zauważyłam, że Afrodyta poprawiła piersi i nastroszyła sutki.

Mój najmniej spodziewany gość podszedł do nas. Przystrzygł brodę, zmienił togę na dżinsy i obcisłą koszulkę. Na stopy założył sandały z mojej przyszłorocznej kolekcji; na palcu złoty Pierścień Rybaka. Prezentował się świetnie, bardzo sexy, aż westchnęłam wbrew sobie.

Na skraju basenu skłonił się dwornie:

— Moje panie, witam uniżenie.

— Cześć — powiedziałam. — To jest Afrodyta. Chyba się nie poznaliście.

— Cześć — powiedziała Afrodyta.

— Dołączysz do nas? — zapytałam, wiedząc, że się nie zgodzi.

— Z przyjemnością — odpowiedział.

Aż się wodą zachłysnęłam. Tego też się nie spodziewałam. Najwyraźniej idzie nowe. Ściągnął koszulkę i dżinsy. Doceniłam bokserki: ładne. W sumie stać go. Nie zawahał się, zdjął majtki. Nigdy dotąd nie widziałam go nagiego. Trochę za szczupły. Ale bardzo zgrabny. Wszystko na swoim miejscu i we właściwym rozmiarze. Zdecydowanie dobrze stworzony. Bez cienia wątpliwości. I ten pępek. Boski.

Zanurzył się w podgrzewaną pianę z wyraźną przyjemnością.

— Myślałam, że jesteś bardziej ponury — Afrodyta przemówiła z wrodzonym taktem.

— Ostatnio rzeczywiście nie byłem w najlepszej formie. Jednak jestem, jakkolwiek by patrzeć, bogiem miłości.

— To zupełnie jak ja — wypaliła Afrodyta. — Też powstałeś z morskiej piany i spermy?

Jezus roześmiał się niby szczęśliwy psotny chłopiec. Odpowiedział:

— Nie. My, chrześcijanie, rozmnażamy się za pomocą zwiastowania.

— Tego jeszcze nie próbowałam — stwierdziła Afrodyta. — Czy to boli?

Nie pozwoliłam Jezusowi na odpowiedź. Sama zadałam pytanie. Jeszcze kilka godzin temu siedział przybity, teraz euforia. Czyżby jednak cyklofrenik?

— Jezu, co cię tak odmieniło? — zapytałam.

— Zrozumiałem, na czym polegał mój błąd. Wiem, jak go naprawić. I to jest piękne i dobre.

Jezus radosny i roześmiany, kumpel każdego człowieka, trzeba mu będzie zmienić ziemską ikonografię, inaczej rozłożyć akcenty, krzyż dyskretnie usunąć w cień, nie afiszować się z jego rodziną, ci ze Starego Testamentu to praktycznie przestępcy. Przyda się też lekka opalenizna i siłownia. Może delikatny tatuaż z rybą? Gdzieś pod pępkiem? W sumie całe chrześcijaństwo zaczęło się od tego kółka rybackiego. Ichtys, spocona skóra, świetnie wypadnie na sesji fotograficznej. Wahałam się nad klatą: wydepilować czy zostawić jak jest? Macho czy metroseksualizm? Będę musiała się skonsultować ze specjalistami od wizerunku idei.

— Gdzie tkwił błąd? — zapytałam bezwiednie, mając przed oczyma odmłodzony, spocony wizerunek Jezusa.

— Masz ambrozję?

Przywołałam driadę. Napełniła kryształowe puchary błękitnym trunkiem.

— Za błąd! — Jezus wzniósł kielich.

Spełniliśmy toast.

— Nie trzymaj mnie w niepewności, mój drogi. Gdzie tkwił błąd?

— W zmartwychwstaniu.

— W zmartwychwstaniu?!

Jezus wyłożył rzecz w prostych zdaniach, chyba przez wzgląd na Afrodytę:

— My, bogowie, wiemy, że istnieje tylko materia, wymiar ultymatywny jest rozłączny i nic o nim powiedzieć się nie da. Ludzie już zdali sobie sprawę, że wszystko jest materialne, myśli, słowa, nawet internetowe czaty. Za jakieś dwieście, trzysta lat potrafią naukowo dowieść, że istnieje wyłącznie materia, ciemna i jasna, oczywista i paradoksalna, w wielu formach i postaciach, jako ciało i dusza. Czy w takim świecie ktokolwiek przy zdrowych zmysłach uwierzy, że ktoś zginął, a następnie udał się do nieba z martwym ciałem, które ożyło?

— Wariatów jest legion — powiedziałam.

— Ale tak przecież było? — dopytywała się Afrodyta.

— Nie do końca. Moja historia jest trochę naciągana. Nie zapominaj, że byłem bogiem. Człowiekiem także, ale też bogiem. Bóg nie umiera.

— Jak rozumiem — Afrodyta przemówiła, a ja zadrżałam, bo rozumienie nie jest jej najmocniejszą stroną — zmartwychwstanie to podwójny blef. Bo jako bóg, nigdy nie byłeś martwy, a więc zgodnie z gramatyką życia i języka, skoro nie byłeś martwy, to nie mogłeś zmartwychwstać. Zaś jako człowiek, nie zmartwychwstałeś, bo umarłeś, a śmierć człowieka jest nieodwracalna, chyba że wplączą się w nią bogowie? Czy mam rację?

Jezus dostał ataku śmiechu.

— Szczodra bogini miłości, w kilku zdaniach dokonałaś brutalnego skrótu z dwóch tysięcy lat rozważań teologicznych i kilkunastu wcale obiecujących herezji. Ale, ale o to mniej więcej chodzi, w wersji bardzo uproszczonej i subtelności pozbawionej: nie było prawdziwego zmartwychwstania. To jest właśnie błąd. Trzeba to naprawić.

— W jaki sposób? — zapytałam.

— Najprościej, jak to możliwe — odpowiedział Jezus. — Zstąpię ponownie. Kryptonim „Paruzja". Poddam się kenozie. Umrę i nie zmartwychwstanę. Wtedy ludzie we mnie uwierzą. Świat zostanie zbawiony. Będę bogiem, który z miłości do ludzi naprawdę umarł.

— To niemożliwe! — rzuciła Afrodyta.

— Precedensy istnieją — odpowiedział.

— Jezu, chyba nie podoba mi się twój plan — powiedziałam. — Wydaje mi się nawet, że twój plan jest szalony.

— Och, taka była pierwotna wersja: ofiara z życia bez zmartwychwstania. Potem wszystko się pogmatwało. Czas naprawić, co popsuto.

— Zacznij od dekalogu — wtrąciła cierpko Afrodyta.

Kazałam dostarczyć więcej ambrozji. Chciałam wypić jeszcze odrobinę, zanim przemówię. Czyżby uzależnienie od materii, tak zwany materializm, zakładało także alkoholizm? Taki pakiet nieszczęścia? Dwupak? Promocja?

— Czy ja cię właściwie zrozumiałam? Chcesz się ogołocić z boskich mocy, zstąpić na ziemię i tam umrzeć? Czy ty wiesz, ilu tam w każdej sekundzie ludzi umiera? Twoja śmierć przejdzie bez echa. Nie ma echa — nie ma zbawienia. Zbawienie to przecież tylko echo. Innymi słowy — powiedziałam, upiwszy spory łyk ambrozji — tylko się wygłupisz z tą swoją śmiercią. Powrócisz w ultymatywny wymiar. Nic się nie zmieni.

— O nie! Ja umrę naprawdę! Nie wrócę w ultymatywny wymiar! Umrę do końca. Bez żadnej szansy i nadziei na odrodzenie. Są precedensy. Wiem, że mi się uda. W umieraniu jestem naprawdę niezły. Ćwiczę od wieków, każdego roku.

— Oszalał — stwierdziła Afrodyta.

Afrodyta ma rację, pomyślałam, i pomyślałam również, że nigdy bym nie pomyślała, iż rację jej przyznam.

— Taka śmierć, jeśli miałaby się powieść, to skomplikowane zagadnienie.

— Dlatego potrzebuję twojej pomocy.

— A co na to twój Ojciec?

— Przypuszczam, że się nie zgodzi. Każde zdrowe dziecko przechodzi fazę buntu przeciwko rodzicom, prawda?

— Nie zawsze ze skutkiem śmiertelnym — wtrąciłam.

— Ja się nigdy nie zbuntowałam — stwierdziła Afrodyta.

— Byłoby ci trudno — przypomniałam. — Przeciwko morskiej pianie i spermie?

Zrozumiałam, że Jezusa nie sposób odwieść od jego planu. Zrozumiałam, że go stracę. Zrozumiałam również, że ta strata pchnie mnie w stronę człowieczeństwa. Bogowie nie tracą. Poczucie prawdziwej, głębokiej straty nie jest nam dane.

Zrozumiałam również, że kocham Jezusa. Od naszego pierwszego spotkania. W Kanie Galilejskiej. Wtedy Jezus dokonał pierwszego cudu, niezbyt okazałego, przemienił wodę w wino, bo impreza robiła się niemrawa. Wtedy jeszcze, jako młodziutki bóg z młodowąsem nad górną wargą, chciał się przede wszystkim bawić. To mój ulubiony cud. Niewielki i pozbawiony pretensjonalności.

Zrozumiałam również, że czas zaczął płynąć: jeżeli bóg pragnie śmierci, czas płynie w jednym kierunku, nie meandruje. Nie można niczego odkładać na wieczność. Wieczność ma ograniczony termin przydatności.

— Kocham cię — powiedziałam do Jezusa. — Nie przypuszczałam, że kiedyś to wypowiem.

Miłość do Jezusa wypełniła mnie całkowicie. Byłam jak amfora i amfiteatr. Nie zdawałam sobie sprawy, że jestem tak rozległa. Że mam tyle zakamarków, ślepych kiszek, nie używanych synaps, linków do przyjaciół na Facebooku.

— Kocham cię — powtórzyłam — i zstąpię z tobą.

Afrodyta prychnęła jak kotka, zaśmiała się krótko.

— Jak to nazwiecie? Drugie zstąpienie pod Termopilami?

I stałam się wspaniała, ponad podgrzewaną pianę uniesiona, ciało moje alabaster, skrzydła moje kokon jedwabnika, usta moje brama zwycięstwa, dłoń moja szala bitewnego pola, język mój Google i glosolalia, serce moje dobrze prowadzona księgowość. Nie widziano mnie tak rozelśnionej i wypolerowanej, tak doskonałej i grozę budzącej, tak potężnej i idealnie zbilansowanej — od bitwy pod Kurskiem, kiedy pozwoliłam, żeby waga opadła.

— Kocham cię, Jezusie Nazareński, Bramo Nieba i Gołębico Zbawienia, Mistyczny Kogucie i Delfinie Ocalający. Kocham cię i ci nie odpuszczę przed śmiercią.

— Nie ma co się tak egzaltować — Afrodyta przewróciła oczami.

Jezus również wzniósł się ponad pianę. Wzrok jego rozogniał, ciało spiżem się pokryło, zawisł w wielokątnej mandorli, pantokrator, nagie ciało, sutki małe, obrzezany członek. Pasujemy do siebie. Jak kot do marca.

APOLLO

Komiczka zakończyła występ. Znikła w sposób równie przekonujący, jak przekonujące było jej pojawienie się. Apollo odczuwał skonsternowanie. Miał inne niż Mojry poczucie humoru. Albo też brakowało mu kontekstu kulturowego (kontekst kulturowy został wynaleziony na trochę przed bombą atomową, kontekst kulturowy to również rodzaj broni masowego rażenia). Nie wiedział na przykład, dlaczego czarni są tak zabawni. Znał kilku ciemnoskórych bogów, znał nawet jednego boga bez skóry, i nigdy przenigdy nie odczuwał nawet śladu rozbawienia w związku ze skórą, jej kolorem lub jej brakiem.

— Podobało ci się? — zapytała Kloto.

— Podczas mojej nieobecności ludziom bardzo zmieniło się poczucie humoru.

— Dostosujesz się, zobaczysz.

— My też na początku się nie śmiałyśmy.

— To przyjdzie z czasem.

— Dostosujesz się. Pij dużo herbaty i jedz herbatniki.

— Tylko staraj się nie kruszyć.

— Ty wiesz, jak o nas mawiała Afrodyta?

— Drewniane cymbałki!

— Ładnie — powiedział Apollo.

Mojry się uśmiechnęły. Nawet Atropos.

Apollo siedział z herbatnikiem w palcach, w pół drogi między ustami a brzegiem talerzyka. Bogowie się nie męczą, a jednak on odczuwał pewien rodzaj zmęczenia, irytacji na samego siebie i materię.

Psychologia, drugie dno i osobowość, refleksja, zaduma i rozterka, odpowiedzialność, zmylony krok i żal — bogowie tego nie odczuwali. Niegdyś nie odczuwali, poprawił się Apollo. To wszystko oraz o wiele więcej zostało bogom przydane w czasie: prezenty od ludzi.

— Czy prezenty można zwrócić? — zapytał.

— Dary — stwierdziła Atropos — nie podlegają negocjacji.

— Gadka szmatka.

— Abrakadabra.

— Magiczny papirus.

— Retoryka.

— Czego chcecie? — zapytał Apollo.

Mojry spojrzały po sobie, jedna po drugiej przez trzecią.

— Chcieć, nie chcemy.

— My nigdy nie chcemy. Niczego.

— A to oczko w pończosze? — zapytał.

— To metafora.

— Chociaż przypuszczałyśmy, że podziała na boga zwykle nagiego.

— Jesteś fetyszystą?

— Podniecają cię spodnie, płaszcze i koszule?

— Zakryta skóra?

Apollo roześmiał się, śmiał się długo i dźwięcznie, bez wysiłku i lekko, o kilka tonów wyżej, niż zapamiętał: Mojry go rozbawiły. Zaczynał chwytać poczucie humoru sióstr. Trzeba mówić rzeczy nieprzystające do sytuacji, chociaż nie wolno mówić od rzeczy. Najśmieszniejsza jest egzystencja, od swych narodzin przez swoją filozofię po erratę. Z naprawdę udanych żartów śmiać się nie należy. Apollo zdanie po zdaniu, herbatnik po herbacie, herbata przed słowem, słowo na niedzielę poznawał zasady savoir-vivre'u. Uczył się ogłady, konwenansu i kindersztuby. Nie zdawał sobie sprawy, że materia jest tak zabawna, tragizm pod rękę z komizmem, amputacja z imputacją i tak dalej.

W istocie, myślał Apollo, sporo się na ziemi zmieniło, ale na plus: jest śmieszniej. Zwłaszcza odkąd ludzie wynaleźli kanalizację oraz Coelho.

— Apollo, panie gwałtownej śmierci, bogu elegancji, czy zrozumiałeś, czego oczekujemy?

— Co sugerujemy?

— O co prosimy?

— Wiedząc, że się zgodzisz?

— Żeby nie było.

— To-tamto-owamto.

— Oczko w pończosze.

— Dwadzieścia jeden.

— Tak — odpowiedział Apollo.

ATENA

Nie chciałam opuszczać grobowca. Dobrze mi tutaj, przytulnie. Mam Ozyrysa. Dzielimy wspólnie ogromny telewizor, mumie spełniają nasze nieliczne zachcianki: kąpiele, ambrozja i przekąski, skórka pańska i tak dalej.

Ozyrys jest dla mnie dobry. Opowiada mi o swojej rodzinie, uczę się hieroglifów; wczoraj przyszła paczka od Seta z genitaliami Ozyrysa. Set dołączył zabawny liścik: „Braciszku, coś u mnie zostawiłeś ⟶ ∫ ". Paczka stoi nierozpakowana. Radziłam sobie dotąd bez jego genitaliów, poradzę sobie nadal. Może przymocuję je w dzień moich urodzin? Zrobię sobie taki prezent? Muszę tylko ustalić, kiedy dokładnie się urodziłam.

— Kochanie — powiedziałam — chciałam cię o coś zapytać.

— Pytaj.

— Bardzo cię kocham... — rozpoczęłam niezręcznie i się zawiesiłam jak Cezar nad Rubikonem.

— Potrzebujesz nowej mumii albo chcesz zmienić wystrój komory, tak? — Ozyrys zabawnie ściągnął brwi w piramidkę; zawsze tak robił, gdy ze mnie żartował.

— Nie — wydusiłam. — Chciałabym zstąpić z tobą na ziemię. Tam się zestarzeć i umrzeć. Tak bardzo cię kocham.

— Tak bardzo mnie kochasz, że chcesz, żebym umarł? Wy, Olimpijczycy, dziwnie okazujecie uczucia.

Wiedziałam, że żartuje: piramidka z jego brwi i oczodołów wyostrzyła się, utrójkątniła.

— Przecież nie masz tutaj wiele pracy. Odkąd wynaleziono fizykę, wszystko toczy się bez naszego udziału, nawet Słońce i Księżyc — przekonywałam. — A tam w podziemiach, na Ziemi, pomyśl tylko! Będziemy się starzeć i sobie pomagać. Będziemy upadać na schodach i pielęgnować złamane kości.

Będziemy łykać pastylki, oglądać telewizję, płacić za prąd oraz abonament. A potem odrodzimy się w wymiarze ultymatywnym. Jako jedno.

— Tak — powiedział — odrodzimy się, ale bez prawa do materializacji.

— Czy to źle?

Ozyrys wywspaniałał. Uniósł się nad sarkofagiem, przyjmując pozę Wielkiego Sędziego, w pełnej atrybucji i z hiszpańską bródką, oczy jego głębokość nad głębokościami, twarz z Pitta Brada i Brando Marlona z lekkim błyskiem Photoshopa, skóra namiot chana, dłoń pięć palców, usta gniazdo jaskółki, ramiona góry Atlasu, nogi filary świątyni. Wspaniały jest mój ukochany.

— Ateno, Partenos i Pallas (jak na razie), Promachos i Ergane, świetle mego życia, ogniu moich lędźwi, śmierć u twego boku to zaszczyt, na który z ochotą przystaję.

— Władco Górnego i Dolnego Egiptu, ogniu podziemia, północna rzeko i wietrze południowy, niech się Księga Umarłych dopełni. Ostatni rozdział to my.

Opadliśmy między bandaże i kapy, całuny jedwabne i ornaty purpurowe, gadżety z sex-shopu i pastorały. Całowaliśmy się i dotykaliśmy. Jego skóra, chłodna niczym wody Nilu nocą, ostra w obojczyku niby czółno tkackie, jego dłonie — sieci łowiące moje potrzeby i pragnienia, jego prącie w paczce pod ścianą, nierozpakowane i nieuszkodzone, miałam nadzieję.

Gdyśmy zalegli w spokoju, rozmarzeni i roztopieni harmonią, która nieczęsto w stanie materii rozbrzmiewa; gdym trzymała własną dłoń na jego pośladku, on trzymał w swojej moją pierś; gdyśmy wpatrywali się we własne oczy, wyświecone jak brzegi starej tuniki, dobrze znajome, a ciągle pełne niespodzianek, nagłych zmian koloru i zabawnych przymrużeń, cieni na dnie, dna prześwitującego kolejnym nieszczęściem; gdyśmy — rozmarzyłam się o naszym końcu. Klasa boga nie zależy od początku, liczy się koniec. Udany bóg to ten, który odchodzi, gdy czas się wypełnia. Ewentualnie nieznacznie później.

— Pomyśl — powiedziałam — będziemy nawet mogli się kłócić. — Tylko że taka ostateczna materializacja musi kosztować szalenie dużo. Chyba mnie nie stać. Musiałabym poprosić Nike o pożyczkę.

— Pani moich lędźwi, tych spod ściany, nie kłopocz się wydatkami. Twój umiłowany bóg podziemny jest bogiem bardzo zamożnym. Nie zapominaj, że to ja udostępniłem chrześcijanom pomysł na zmartwychwstanie istoty ludzkiej i jej przebóstwienie. A Jezus płaci dużo i nie oszukuje na tantiemach. Stać mnie chyba na wiele żyć i wiele śmierci. Przypuszczam.

— Będę musiała wstąpić do Trybunału i urzędów, żeby załatwić formalności zstępujące.

— Dobrze. Przed zstąpieniem chcę, żebyś poznała moją rodzinę. Wydamy ogromne przyjęcie w katakumbach. Zaproś swoich znajomych, herosów, krewnych, ulubionych bogów. Kogo chcesz. Nawet tych, których nie lubisz.

— To będzie — powiedziałam — nasze wesele i pogrzeb. Najwspanialsza impreza miasta miast!

— Tak, duszko, tak.

EROS

W beemie jestem obsługiwany poza kolejnością. Po pierwsze, należę do bardzo zamożnych bogów. Po drugie, do bardzo zajętych. Po trzecie, oddałem kiedyś pewną przysługę pani prezes (Safonie), nawet niejednokrotnie.

Poszedłem wprost do szefowej. Lubiłem przesiadywać w jej gabinecie utrzymanym w kosztownych szarościach, granity i tweedy. Największe wrażenie robiły obrazy Édouarda-Henri

Avrila, czysta pornografia z domieszką (niewielką) talentu. Na ścianach wisiały trzy spośród dzieł malarza: *Safona*, *Hadrian i Antinous* oraz *Grek, koza i sodomia*. Do Édouarda, kiepskiego w sumie ilustratora porno z czasów przedfotograficznych, przywykłem, chociaż płaskość jego płócien, tak fizyczna, jak i duchowa, czyli bądź co bądź płaskość materialna, nie pozostawiała mnie obojętnym. Nie namalował znowu tak wiele, ale malował z tak nużącą powtarzalnością, że pasuje do niego zdanie powtarzane gościom przez Safonę: „namalował dwa tysiące obrazów, z czego do naszych czasów zachowało się pięć tysięcy, w tym trzy płótna w niebie".

Safona objawiła się w krwistej garsonce z brylantową broszką w kształcie liry. Sprawiła sobie nowe łydki, bardzo szykowne i świetnie na niej leżące. Rozmawialiśmy o nieistotnych drobiazgach, kilku orgazmach, trochę ponarzekaliśmy na bieżące czasy, tego wymagał konwenans.

— Co cię sprowadza? — zapytała, wypełniwszy towarzyskie obowiązki.

— Safciu, postanowiłem ukarać moich rodziców, Hermesa i Aresa, gdybyś nie pamiętała. Założymy rodzinę. Pięćdziesiąt lat na ziemi. Wspólnie i pod jednym dachem. Ares obiecał gotować, Hermes sprzątać.

— Dziwaczne macie poczucie humoru.

— To jest raczej przeczucie horroru — powiedziałem. — I wybacz kiepski żart. Nie jestem w najwyższej formie. Sporo pracowałem. Dużo strzelałem. Ręka mi nie drżała.

Safona westchnęła. Strzeliła palcami, otwarły się drzwi gabinetu, wszedł główny księgowy, Midas, skłonił się i podał swojej przełożonej teczkę z wydrukami. Safona spojrzała w papiery. Midas wycofał się rakiem.

— Twoi ojcowie są, praktycznie rzecz biorąc, bankrutami. Hermes w ostatnim czasie prawie nie opuszcza ziemi. Już jest na minusie. Mimo ogromnego kredytu, poręczonego przez

Zeusa i Nike. Zaś Ares, on od początku balansuje na ostrzu noża, na granicy wypłacalności. Twoi ojcowie, kochanie, to gołodupcy.

— Wiem, Safciu, wiem. To mój pomysł i moja kara: półwiecze w rodzinie, dlatego to ja za to zapłacę.

Safona uśmiechnęła się cierpko, wystukując jakieś kody na klawiaturze.

— Mam nadzieję, że twoich ojców to zaboli, bo będziesz zmuszony zerwać większość lokat. Półwieczna rematerializacja trojga bogów na ziemi, uwzględniwszy zniżki, wygaszenie omnipotencji i tak dalej... — pani prezes przerwała na chwilę. — Czy miejsce nie ma znaczenia? Pytam, bo w promocji jest Polska.

— Może być Polska. Chyba tam niedawno polowałem. To gdzieś w Europie, prawda?

— Powiedzmy, na obrzeżach. Anus mundi. Daj mi chwilę, wejdę w plik.

Czekałem, co baza danych o Polsce powie.

— Więc w skrócie: stosunkowo stabilna demokracja, dominująca religia: katolicyzm magiczny oraz Stocznia Gdańska, główne osiągnięcia: Fryderyk Chopin i bigos.

— Co to jest bigos? — zapytałem.

— Nie wiem. Brak danych. Przekonasz się na własnej skórze. Ale wracajmy do sedna: tolerancja w zaniku od XVII wieku, są muzykalni, mieszczą się w pięciolinii, literatura skupiona na narodowych kompleksach, trudno przetłumaczalna, z kawalerią na czołgi kanałami, taką mam tutaj adnotację. Wydobywają sporo węgla, sieją rzepak, chętnie jedzą grzyby w ślinie oraz zepsute ogórki.

— A kultura? — zapytałem.

— Stosunek seksualny trwa zwykle poniżej kwadransa, wliczając w to grę wstępną. Orgazm właściwie nie występuje. Przemoc w rodzinie ma się dobrze. Płodność nieszczególnie.

W sumie fajny kraj. W promocji zeszłego roku były Bałkany. A za rok planujemy Sajgon, na bis dla tych, co lubią wycieczki historyczne.

— Olimpijscy bogowie są popularni?

— Mity greckie w szkole podstawowej. Lektura obowiązkowa, wersja niezbyt przystająca do rzeczywistych wydarzeń, no wiesz, katolicyzm magiczny wyklucza pewne... okoliczności. Na przykład ty wcale nie powstałeś z Hermesa i Aresa. Jesteś synem Afrodyty. Afrodyta nie powstała ze spermy i morskiej piany, czytać dalej? Co z czego nie powstało, aby zaistnieć?

— Wystarczy. Biorę — stwierdziłem. — Dla siebie i tatów.

— Teraz kwestie finansowe. Dam ci wszystkie dopuszczalne zniżki. Mimo to, wróciwszy do miasta miast z tatami po półwieczu, będziesz prawie bankrutem. Warto aż tak nienawidzić rodziców?

— Warto — odpowiedziałem z przekonaniem, mając przed oczyma obraz Aresa doglądającego makaronu z wołowiną. — Odkuję się później.

— Wiesz, drogi Erosie, dziwna sprawa, ale ostatnio wielu bogów zrywa lokaty. Masowo migrują na ziemię. Uciekają jak szczury z tonącego okrętu.

— Na przykład kto? — zapytałem.

— Na przykład Nike i Jezus, Atena i Ozyrys, Batman i Robin.

— Stać ich?

— Na biednych nie trafiło — odparła. — Poza tym niektórzy rezygnują z boskiego pierwiastka. Zstąpią, zestarzeją się, umrą. Odrodzą się, ewentualnie, w wymiarze ultymatywnym.

— Dziwne — powiedziałem.

— Ja tam tylko pilnuję strony finansowej. Winien–ma musi się zgadzać. Niezależnie od moich sympatii. A sympatii mam niewiele, z empatią też cienko. Opowiadałam ci o nowym psychoterapeucie?

— Nie.

— Nie?! Boski. Uczy mnie uzewnętrzniać nienawiść i kanalizować ją na konkretnym obiekcie. Na razie ćwiczymy na talerzach. Skończymy na ludziach.

NIKE

Udało mi się w końcu wyprosić Afrodytę. Może sobie sama poszła? Może jest subtelniejsza i bardziej taktowna, niż sądziłam? Może jej intuicja, esencja jej boskości, nakazuje sprzyjać kochankom? Nie wiem. Może.

Afrodyta znikła, jakby rozbita na powrót w morską pianę. Pocałowałam Jezusa, zawsze chciałam to zrobić, pępek jest super, jednak brakuje mu języka. Całowaliśmy się i dotykaliśmy. Dawno tego nie robiłam, z Jezusem nigdy. Jezus okazał się całkiem niecierpliwy, co mnie rozbawiło: taki cierpliwy i wyrozumiały dla ludzi, a we mnie skończył, nim poczułam przeszywającą rozkosz; właściwie to nawet nie przestałam myśleć o rachunkach, przelewach i spotkaniach. Odsunął się ode mnie, zatrzymując swoją dłoń na mojej szyi.

— Fajny seks — powiedział.

— I bardzo szybki — odpowiedziałam. — TGV.

— Co?

— Taka kolej. Nieważne. Francuska.

— Nie martw się, na ziemi zwolnię. Bardzo się cieszę.

— Twoja radość jest moją radością — odpowiedziałam.

Pomyślałam, chyba po raz pierwszy w historii świata, że tym razem przegram. Nie wiedziałam, ani co przegram, ani w jaki sposób. Moja przegrana rysowała się niewyraźnie, gdzieś na granicy poznania i doświadczenia. Chyba Afrodyta zarazila mnie intuicją. Intuicję można rozwijać, ja wolałabym się jej pozbyć.

Z natury jestem księgową; jeżeli sprzyjam odważnym, to tylko gdy rozważyli nieliczne „pro" i wszystkie „contra". Czy sprzyjam też sobie samej? Czy jestem odważna?

Och.

Westchnęłam.

— Stało się coś? — spytał Jezus.

— Strasznie mnie wkurza osobowość i prawdopodobieństwo psychologiczne.

— Nie przejmuj się — powiedział i pocałował moje czoło. — Ja na przykład jestem mało prawdopodobny psychologicznie. I co? I nic. Trwam. Wierzą we mnie. Alleluja.

— Czy prawdopodobieństwo nie ma czegoś wspólnego z teorią gier?

— Tak — uśmiechnął się kwaśno. — Nigdy nie wiesz, kiedy padnie na ciebie.

Och.

Coś mnie wzięło na wzdychanie. Chyba mam wzdęcie. Od ambrozji i z miłości.

Och.

BALLADYNA

Nazywam się Balladyna. Prowadzę wspólnie z Grabcem firmę kateringową. Firma nazywa się Alina Spółka Niebieska. Zajmujemy się urządzaniem przyjęć: jubileusze, zaręczyny, wesela, pogrzeby, wieczory panieńskie, kawalerskie, go-go, chippendales, kremacje, orgie, nawiedzenia, koktajle, zaślubiny z morzem, słońcem, ojczyzną, druga komunia, polskie legiony, bis-bierzmowanie, zmazanie chrztu, pierwszy dzień w niebie, apostazja, voodoo, YouTube, after-party, toi toi, Facebook i tak dalej — robimy wszystko. Nasza karta dań jest najobszerniejsza na rynku: od standardowej (choć w najwyższej, nie rozcieńczonej próbie) ambrozji przez klaunów, arlekinów i fosforyzującą Curie-Skłodowską po kieszonkowy armagedon. Spełnimy każdą zachciankę klienta. Jesteśmy jak złota rybka, tylko że nas nie ogranicza liczba trzy: spełnimy tyle życzeń, za ile klient zdoła zapłacić.

Firmę prowadzę wspólnie z Grabcem oraz moją siostrą Aliną. Kiedy mieszkaliśmy na ziemi, chyba w Genewie, będącej kiepską (i jednocześnie lepszej jakości od oryginału) podróbką słowiańskiej wsi, swoją siostrę zabiłam, mimochodem i w lesie oraz w celu wyrwania się z biedy. Potem wdałam się w jedno małżeństwo oraz liczne romanse i zbrodnie, nieszczególnie przemyślane, co muszę teraz przyznać, ex post i poniekąd ad hoc. W efekcie tych zdarzeń, pełnych krwi i spazmatycznego seksu, zostałam królową. Następnie wmieszał się ex machina któryś z deus; do dziś nie wiem, który to był. Słowiański, grecki, chrześcijański? Wszyscy umywają ręce od mego zgonu, bo — nie wspomniałam dotąd o tym — zostałam skazana przez samą siebie na potrójną karę śmierci. Kara została wykonana jak dotąd tylko raz. Znalazłam się w niebie. Odnalazłam siostrę i Grabca. Pogodziliśmy się, żeby wynająć wspólnie najtańsze mieszkanie, norę właściwie, w dzielnicy pogańskiej. Przez lata klepaliśmy biedę, kopulując od czasu do czasu, niechętnie i z głodu (tutaj głód siedzi w głowie, nie w żołądku). Potem założyliśmy firmę kateringową. Goplana, kochanka Grabca i prezes zarówno jeziora, jak i firmy cukierniczej, otworzyła nam linię kredytową w beemie. Interes się rozkręcił. Teraz to my pożyczamy Goplanie. To znaczy: moglibyśmy.

Ja, Balladyna, odpowiadam za kontakty z klientem, Alina zajmuje się stroną kulinarną, Grabiec — rozrywkową z naciskiem na orgie. Niedawno przeszła do nas prosto z „Vogue'a"

Anna Wintour. Odpowiada za elegancję i szyk. Siedzi w przestronnym gabinecie i się złości. Jej specjalnością są apostazje oraz besztanie podwładnych.

W ostatnim czasie bardzo jestem zapracowana, nie na tyle jednak, żeby pokonać własny egoizm. Dlatego opowiem, jak się tu znalazłam, w mieście miast, na chmurze chmur, w dziurze dziur — trafiłam tutaj, ponieważ zostałam opisana i wielokrotnie przeczytana, głównie w streszczeniach: należę do kanonu obowiązkowego szkoły średniej. Niebo jest zbudowane przede wszystkim ze słów. To solidny budulec, mocniejszy od cegieł, zbrojonego betonu i palonej gliny. Niebo jest w ciągłej przebudowie, jest dynamiczne, podlega redakcji, także cenzurze. Kto raz trafił do nieba, ten w nim pozostanie do końca materii. Nie ma zmiłuj. Bogowie, zamożni bogowie, mogą wracać na ziemię. Nam nie przysługuje takie prawo.

Mieszkańcy miasta miast przybywają z dwóch kierunków: bogowie z wymiaru ultymatywnego, pozostali z dołu. Nie wiem, czy wymiar ultymatywny rzeczywiście istnieje. Niekiedy sądzę, że wymyślili go bogowie. Niekiedy sądzę, że bogów wymyślili ludzie, że nie istnieje prawo boskie. Jest tylko prawo ludzkie, podlegające ciągłym zmianom, pełne precedensów. Nie ma zbrodni i nie ma kary. Są tylko zdarzenia. Oraz moja śmierć, która burzy moje rozumowanie. Weźmy mnie zatem, mój przypadek:

Wyrzekłam się własnej matki, cudzołożyłam, spiskowałam, kłamałam, zabijałam. Wszystko po to, by zrealizować moje marzenia, moje prawo do szczęścia. Każdy ma prawo do szczęścia. Ile osób, tyle praw i roszczeń. Prawa te sobie przeczą, wchodzą w spór, wykluczają się i znoszą. Co to oznacza? Przypuszczam, że oznacza to jedno: prawo nie istnieje. Są tylko zdarzenia. I kontekst.

W niebie od niedawna panuje zasada politycznej poprawności. Powołano do życia urzędy wspierające wygnanych czy zapomnianych bogów, kwitnie newageizm, ekumenizm; podkreślamy wszystko, co nas łączy, pomijamy, co dzieli. Płacimy podatki, urządzamy bale charytatywne, pielęgnujemy pamięć, trawniki i równość. Ten rok jest na przykład rokiem bogów sumeryjskich, trzeba ich nieco odkurzyć.

Ja, Balladyna, jestem kobietą wielokrotnie rozczarowaną. Najsamprzód rozczarowało mnie ubóstwo mojej matki, następnie przytrafiła mi się seria miałkich codziennych rozczarowań. U końca mego życia rozczarowała mnie własna śmierć. Zostałam zabita za przewiny, nikt się przyznać nie chce do wymierzenia sprawiedliwości, ponieważ to — chyba — obciach. Sprawiedliwość to obciach. Obudziłam się w niebie — i to było kolejne wielokrotne rozczarowanie, które trwa aż do teraz.

Czy czegoś żałuję? Żałuję tylko, że nie istnieje piekło. Piekło jest konsekwencją istnienia dobra i zła. Piekła nie ma.

Czy o czymś marzę? Chciałabym przestać istnieć. Ale to niemożliwe, przynajmniej dopóki świat się nie skończy.

Dlatego dużo pracuję, staram się być miła dla innych, nie oszukuję przy wystawianiu faktur. Chandrę miewam rzadko. Przechodzi, gdy nie wychodzę z domu.

Zostałam aktywistką społeczną. Po części z potrzeby ekspiacji, po części — z nadmiaru środków finansowych oraz z niezadowolenia z własnego losu, które to niezadowolenie łączy się z ekspiacją. Oczywiście nie narzekam, a już nigdy publicznie, mimo to chcę czuć się potrzebna i kochana (przyzwyczajenie przyniesione z ziemi). I nie mówię o szybkim bzykanku z Grabciem albo którymś z klientów płci dowolnej. Tu na górze społeczeństwo mamy, jakie mamy, to jest: dominują bogowie. Ludzie i mieszanki należą do mniejszości, głównie etnicznej, bywa że także etycznej. Wszyscy zajmują się ochroną mniejszości, to takie politycznie poprawne, łatwo o dofinansowanie z beemu. Ja postanowiłam zrobić coś, czego prawie nikt nie robi, co nie uchodzi: ja zajmuję się ochroną praw większości, a konkretnie — ochroną bogów.

To dlatego oferta zorganizowania przyjęcia dla Ateny i Ozyrysa wydała mi się tak kusząca, że aż udzieliłam sporego rabatu. Nie idzie wcale o matriksy, idzie o to, że pojawią się wszyscy obecni i nieobecni: cały Olimp, chrześcijańska Trójca niemal w komplecie (bez Ojca), Allach, podziemia się poruszą, plus płotki z Azji, Mezopotamia i Majowie, co ważniejsze i rzadsze idee, i tak dalej; nawet Mojry potwierdziły swą obecność. A Mojry nie bywają nigdzie. Nie wiem, z kim je usadzić. One pewnie już to wiedzą.

Na potrzeby przyjęcia musiałam zamówić ogromny namiot ze śnieżnego jedwabiu oraz sto mil kwadratowych powierzchni ekstra. Żadna budowla nie pomieściłaby wszystkich gości. Sam Lewiatan liczy sobie kilka staj. A kiedy wszyscy się zgromadzą, wtedy oficjalnie ogłoszę to, nad czym pracowałam w ostatnich latach w mojej fundacji, non profit opiekującej się zaniedbaną i politycznie niepoprawną większością.

Karta Praw Bogów ujrzy światło niebieskie.

Punkt 1: Każdy bóg ma prawo do szczęścia.

Punkt 2: Każdy bóg ma prawo do śmierci.

Punkt 3: Boska omnipotencja nie może rozbijać się o paradoks nieśmiertelności.

Punkt 4: Każdy bóg ma prawo do ziemi, jeżeli tylko akceptuje stosunki i zasady obowiązujące w świecie ludzi.

Punkt 5: Każdy bóg jest niepodzielny tak długo, jak długo z własnej woli nie przystanie na podzielność.

Punkt 6: Każdy bóg ma prawo do ołtarza i wotów.

Punkt 7: Każdy bóg ma prawo do nieposiadania osobowości ani prawdopodobieństwa psychologicznego.

Chciałam, żeby punktów nazbierało się dokładnie dziesięć. Zamarzył mi się dziesięciopunktowy i spójny system boskich praw. Lecz cóż począć, dziesięć punktów to nazbyt wiele.

Nic nie jest spójne w dziesięciu punktach, powstają szczeliny znaczenia, odkształcenia, żleby wątpliwości. W istocie
porządny dekalog albo porządna karta praw powinna składać
się z jednego punktu. Z ewentualnymi przypisami. Czcionką
drobniejszą i na brzegu postrzegania. Na przykład: każdy bóg
ma prawo do szczęścia.

Niestety — to tak na marginesie — wiem, że nie ma szczęścia bez osobowości. Bogom bezosobowościowym, siłom czystym i pierwotnym, emanacjom i etceterom — szczęście nie
może się przytrafić. Nie można być szczęśliwym, będąc po
prostu czystą siłą. Żeby być szczęśliwym, trzeba zanurzyć się
w tak zwanej osobowości.

Jestem podobno dramatyczna, w sensie: że postacią.

Jestem Balladyna, pani szybkiego noża i krwawego spodka
na czole, zasłoniętego przepaską Nike.

Urządzam przyjęcia.

Opiekuję się bogami.

Czasem coś tyka w mojej piersi, tik-tak.

Obiecuję sobie, że po przyjęciu udam się na poszukiwania.
Rycerze szukają Graala, ja poszukam piekła.

Ja, Balladyna, jestem moralistką, moje serce bije bardzo na
prawo. Piekło jest potrzebne. Brak piekła godzi w dobro i zło.
Nie mogę pogodzić się z brakiem piekła. Nie umiem.

Mówią, że piekło istniało. Że zostało odebrane za karę.
Czyż jest straszniejsza kara? Bez piekła nie ma nadziei. Piekło, niechby i puste, jest konieczne.

ALINA

Całe życie byłam głupia. Prawdopodobnie z powodu długich
blond włosów, choć to nie warunek sine qua non. Po śmierci
niewiele się zmieniło. Ani ja, ani włosy. Zabiła mnie moja

siostra. To był konkurs: która prędzej nazbiera dzbanek malin, ta wyjdzie za mąż za księcia Kirkora. Brzmi niedorzecznie, prawda? Ale się dałam nabrać. Okazałam się szybsza od siostry, w zbieraniu malin, chciałam powiedzieć. Siostra mnie zabiła. Wydaje mi się, że planowała to od początku. Kto idzie zbierać maliny z naostrzonym nożem? Powinnam się była zorientować już w kuchni, gdy Balladyna chowała nóż do dzbana.

To nawet nie bolało. Trochę krwi i po krzyku. I zanim człowiek się obejrzy, już jest w niebie.

Ponownie spotkałyśmy się tutaj. Nie miałam do siostry pretensji. Niby o co? Jakie życie, taka śmierć. Poza tym ją kochałam. Wynajęliśmy we trójkę, to jest z Grabcem, mieszkanie. No i tak się rzecz potoczyła, że zostaliśmy kochankami, z powodu ciasnoty w lokalu oraz splątanych emocji, koincydencji jakiejś czy jakoś tak.

Grabiec jest duży i ładny. Nie jest zbyt bystry. Pasujemy do siebie.

Założyliśmy firmę kateringową. Firma się rozrosła. Świetnie prosperuje. Balladyna jest mózgiem, ja rękoma, a Grabiec, sama nie wiem: może członkiem? Albo sercem? We wszystko wkłada sporo jednego i drugiego.

Aktualnie organizujemy największe przyjęcie w historii nieba, na cześć Ateny i Ozyrysa. To będzie wesele połączone z pogrzebem, niewyobrażalnie kosztowne. Natrafiłam na wielki problem z ułożeniem menu. Potrawy weselne powinny być radosne i lekkie, potrawy pogrzebowe zaś powinny być ciężkie i smutne. Kaszanka udekorowana bezą nie jest najlepszym pomysłem, nawet Grabca zemdliło. Więc jeśli idzie o menu, to kompletny klops. Klops się nie nadaje, tak na marginesie, sprawdziłam.

Siedzę w kuchni i czasem płaczę. Nie mam pojęcia, co podamy. Balladyna mówi, żebym się nie przejmowała. Że histeryzuję. Czasem zagląda Grabcio. Szybkie zapylanko, podczas którego myślę o daniu głównym i ledwie zdążam pomyśleć o deserach. Na przykład lody czekoladowe z odrobiną startego, świeżego imbiru oraz z malinowym musem. Mam obsesję na punkcie malin. Chodzę na terapię do niewielkiego pekińczyka z tego powodu. Mao cośtam-cośtam się nazywa. Jest bardzo miły i nalega, żebym zamordowała siostrę. Gdy Mao tak jojczy i jojczy, to jestem gotowa zabić siostrę dla świętego spokoju. Kiedyś nawet rozmawiałam o tym z Balladyną. Nie ma nic przeciwko. Chce, żeby terapia się powiodła.

Balladyna wydaje się ostatnio jakaś dziwna. Bardzo spięta. Nie rozluźnia się nawet w czasie seksu z Grabciem. Martwię się o nią tak strasznie, że nie umiem skupić się na menu.

A może podamy wuzetki? To ponure ciastka, dodatkowo można by je pokroić w małe trumny, a równocześnie wuzetki zawierają jasny krem. To takie optymistyczne. Muszę nad tym pomyśleć.

A może owoce? Owoce wydają się bezpieczne, nawet granaty. Chociaż zbyt kolorowe. Niewiele jest owoców szarych, nawet reneta szara jest raczej złocisto-zielona.

Czasem tęsknię. Nie wiem za czym, po czym, dlaczego. Moja tęsknota jest równie nieokreślona jak menu na przyjęcie Ateny i Ozyrysa. Muszę porozmawiać o tym z Mao. Oczywiście poradzi mi, żebym zabiła siostrę. On ma jedną odpowiedź na wszystko. Zabicie siostry nie rozwiąże moich problemów, po prostu będę zajęta przez kwadrans.

A gdyby tak podać zupę pomidorową? Jasna czerwień przechodząca w pomarańcz, złamana na przykład cienkimi ciemnymi paskami morskich alg? Albo atramentową zupę z kałamarnic? To trudny kolor, zwłaszcza w kuchni, może by go rozświetlić grubo startą skórką grapefruita?

Och, tylko seks przychodzi mi z łatwością. Może w poprzednim wcieleniu byłam królikiem? Albo zającem?

GRABIEC

Nazywam się Grabiec. Jestem duży i ładny, niezbyt bystry, tak mówią. Nie mam podstaw, aby sądzić, że jest inaczej, niż mówią. A zresztą czy to źle być dużym, ładnym i niezbyt bystrym?

Dziś skończyliśmy rozbijanie wielkiego śnieżnego namiotu na przyjęcie Ateny i Ozyrysa. Namiot jest wspaniały, mocny i lekki, skrzy się śnieżnie, wydyma na wietrze niby jedwabna lawina. Jutro rozstawiamy stoły, sofy, parkiety, bary, baseny, grzędy i łoże, rzygalnie i palarnie, i tak dalej.

Bardzo lubię moją pracę. Pracuję w firmie kateringowej. Tak naprawdę to nie jest firma kateringowa, bo my robimy wszystko, a nazywamy się firmą kateringową, ponieważ dzięki temu płacimy mniejsze podatki. Firmę prowadzę z Balladyną i Aliną. Czasem z nimi sypiam. Po pierwsze, ponieważ tego chcę, po drugie, ponieważ wydaje mi się, że to je odpręża, a obie pracują bardzo ciężko.

Na ziemi kochałem się w Balladynie. We mnie kochała się Goplana. Taki trójkąt, niemożliwy trójkąt: wierzchołki się nie stykały, ale może trójkąty już tak mają, że ich wierzchołki się nie stykają? Skończyło się to tak: widziałem, jak Balladyna zabija swoją siostrę Alinę, nie był to widok przyjemny, lecz krótki; Balladyna zrobiła to szybko i sprawnie, Alina zaś, zawsze tak uległa i posłuszna, umarła bez zbędnych fochów i ceregieli. Goplana przemieniła mnie w płaczącą wierzbę. Byłem wściekły. Po pierwsze, korzenie przywiązały mnie do gruntu; po drugie, niektóre zwierzęta mnie obsikiwały, inne wiły sobie gniazda w mojej koronie — do dziś zdarza mi się słyszeć przeraźliwy świergot pod czaszką — jeszcze inne zdzierały ze mnie korę. Z wściekłości płakałem, bo jako wierzba miałem niewielkie możliwości ekspresji własnych uczuć. Lecz najbardziej denerwowało mnie, że nagle jestem prawiczkiem na zawsze, dopóki ktoś mnie nie zerżnie.

Modliłem się do bogów: jakże to tak? Jestem duży i ładny, a mój konar nigdy nie został poddany ogniowej próbie? Modliłem się i wymodliłem, lub raczej — jako płacząca wierzba — wybłagałem swoje. Zostałem wniebowzięty i pozbawiony listków, gałązek oraz innych przydatków, tak bardzo mi zawadzających. Odnalazłem Alinę i Balladynę. Albo też to one mnie odnalazły. Zamieszkaliśmy wspólnie, w norze w dzielnicy pogańskiej. Teraz mamy piękną kamienicę z widokiem na slumsy. Widok ten temu służy, według Balladyny, żeby pamiętać, gdzie trafimy, jeśli nie będziemy ciężko pracować. Niektórych slumsy przygnębiają, szare fawele ciasno poupychanych, biednych nagrobków, ale ja tam slumsy lubię. Czasem chodzę na spacer, powoli, od jednego grobu do drugiego. Czasem z kimś rozmawiam albo kogoś przelecę. Wczoraj chciałem zaprosić kolegę, Heraklita, bardzo dowcipny facet z brodą, na organizowane przez nas przyjęcie, lecz go nie zastałem. Na nagrobku zawiesił kartkę: „Zaraz wracam". Nie wrócił.

No to tyle. Wracam do pracy. Może przed snem rozluźnię nieco Alinę. Strasznie zamartwia się menu. Ostatnio wpadła na pomysł, że poda wyłącznie czerwone potrawy. Biały namiot i meble, czerwone potrawy, zielone naczynia — tak to wykombinowała. Moim zdaniem bomba. Przynajmniej kolorystyczna.

MACIEK

Strażnik wykonał telefon. Leżałem na podłodze, na wykładzinie w kratkę, odkurzanej co trzeci dzień, ostatnio przedwczoraj. Chciałem się uśmiechnąć, ponieważ jestem miłym chłopcem. Do tego strażnik również był miły. Rozmawiał ze mną, przykląkł przy mnie i próbował pomóc mi wstać.

Moje ciało pozostawało absolutnie głuche, bezwładne, zawieszone na jakimś błędzie. Nie potrafiłem poruszyć choćby palcem. Nie wiedziałem, gdzie szukać resetującego przycisku, jaka kombinacja klawiszy zdoła wyrwać mnie z tego stanu. Przyjechało pogotowie. Już prawie nie mogłem poruszać ustami. Przedmioty pokryła wodna para. Kontury rozmyły się w plamy. Ktoś sypał mi przed oczyma czerwone i czarne płatki. Ułożony zostałem na marach, a dokładniej na noszach. Nosze powędrowały do karetki. Obawiam się, że umierałem. Było mi z tego powodu niewymownie przykro. Nie załatwiłem wielu spraw, nie podziękowałem Bartkowi, nie porozmawiałem z Pawłem, nie przeprosiłem Kamy. Nie zbudowałem domu i nie zasadziłem drzewa. Nie zdążyłem wykasować profilu na Facebooku.

Słyszałem, jak karetka na sygnale pokonuje kolejne skrzyżowania. Usłyszałem, jak jeden ratownik medyczny mówi do swego kolegi:

— On jest siny, kurwa!

— Nie używaj imienia matki sąsiada twego nadaremno — odpowiedział drugi ratownik pierwszemu, ponieważ był głupi i chamski.

— Nie jestem siny — chciałem powiedzieć, ale nie mogłem.

— Pedał — powiedział pierwszy ratownik do drugiego.

— To ja jestem pedałem — chciałem krzyknąć, nie mogłem.

Na zakrętach kolebało. Wydało mi się, że ktoś mnie trzyma w ramionach i kołysze. Zanim dojechaliśmy do szpitala, już nie żyłem. Tak mi się wydaje. Nic się nie zmieniło, to znaczy nie mogłem się poruszać i mówić. Przypuszczam, że umarłem, ponieważ trafiłem do kostnicy, a konkretnie do lodówki, a może był po prostu chłodny wieczór.

Domyśliłem się, że jest bardzo zimno po odgłosie pracującego agregatu. Zimna nie czułem. Temperaturę musiałem oceniać po dźwiękach. To w sumie zabawne, choć poczucie humoru również mnie opuściło.

Potem ktoś uszczypnął mnie w duży palec stopy. O dziwo, poczułem. Znalazłem się w jasno oświetlonej sali bez ścian i sufitu. Stali nade mną dwaj cudowni i skrzydlaci posłańcy.

— Witamy — powiedział pierwszy — jesteś martwy.

— Witamy w niebie.

— To jest twój nowy PESEL. Od daty zgonu, oczywiście.

— Dziękuję — odpowiedziałem, ponieważ jestem naprawdę miłym chłopcem, chociaż przedramię mnie zaswędziało.

Nie zdążyłem o nic zapytać: mary ruszyły, dostarczając mnie przed oblicze kolejnych istot; czułem się jak na linii w fabryce.

— Witamy — przemówiła pierwsza. — W kolejnej stacji odbierzesz swój strój, przewodnik po niebie autorstwa Dantego, dość stary, nie mamy funduszy na druk nowszych. Poza tym to arcydzieło.

— To zresztą nie ma znaczenia.

— Jak Biblia w hotelu.

— Przeczytaj i wyrzuć.

— Kosz jest za rogiem.

— Czasu masz dość.

— I się rymuje.

— Przytułek dla nowo wziętych jest zaraz za rogiem.

— Niedaleko kosza.

Nie zdążyłem zapytać, co to jest przytułek dla nowo wziętych. Najwyraźniej po śmierci wszelkie sprawy toczą się znacznie szybciej niż za życia.

Moje łóżko również przyspieszyło, nabrało tempa Formuły 1, aby zahamować. Takie hamowanie kończy się jednym: wyleciałem z noszy jak z procy i wylądowałem na nogach. Byłem nagi. Na przedramieniu znalazłem wytatuowany numer, pewnie mój nowy PESEL. Witamy w niebie, pomyślałem.

W niewielkim pomieszczeniu, w które mnie wrzuciło, zauważyłem metalowy szpitalny stolik i parę drzwi. Druga para drzwi, którymi musiałem tutaj się dostać, stała się ścianą.

Nie ma odwrotu. Tynk jest gładki. Założyłem ubranie, coś na kształt luźnej piżamy w paski. Czułem się jak więzień. Z nowym PESEL-em na przedramieniu. Cyfry swędziały.

Czy naprawdę umarłem?

Czy niebo rzeczywiście przypomina linię produkcyjną mrożonych filetów w jakiejś fabryce, gdzieś w Islandii?

Czy są strażnicy?

Czułem pewien rodzaj oszołomienia własnym zgonem. Oraz podniecenia. Wrażenie snu, złego snu, ciemnego wspomnienia, którego mieć nie mogłem, wzmagał mój strój, odbijający się w drzwiach, drzwi bowiem zostały powleczone lustrem.

A namysł?

A refleksja?

A sąd?

A mójboże i ojezu?

Umieranie nie może być takie proste. W końcu zdarza się tylko raz. Jak komunia. Próbowałem sobie przypomnieć, w co wierzyłem. Trudno jest w coś wierzyć, uwierzcie mi, kiedy ma się na sobie pasiak i świeży numer, jeszcze nie obeschnięty.

Dokonałem błyskawicznego przeglądu. Okazało się, że wierzę w YouTube i Google oraz Excela. To jest: tak naprawdę w nic nie wierzę, ale jeśli już w coś, to w to. Oraz uczciwość i wierność. Głupie, lecz nie głupsze od religii i tak dalej. Kwestia łącza w sumie. I szybkości transferu danych.

Umieranie nie może być takie proste. Pod ubraniem złożonym w kostkę i pachnącym najtańszym detergentem znalazłem obiecany przewodnik po zaświatach. W zasadzie było to streszczenie, gorszej jakości od tego, z którego korzystałem w liceum.

Powinni popracować nad kontaktem z klientem. Jestem przecież, pomyślałem, klientem. Nie grzeszyłem dużo, wyjąwszy pedalstwo, ale to DNA, nie ja.

Umieranie nie może być tak proste. Mam tyle spraw do załatwienia, ciekawe, co jest za tymi drzwiami. Miały srebrzystą klamkę, nacisnąłem ją i wyrzuciło mnie na gwarną ulicę. Szeroka i wielopasmowa, praktycznie plac. *Star Wars* (nie mylić z Wars w PKP) i *Władca Pierścieni* wysiadają — tak różne i tak kolorowe stwory przechadzały się trotuarem, że pomyślałem, iż jednak trafiłem do jakiejś sekty. Z sekt preferowałem mormonów. Mormoni zwykle pochodzili z USA, przystojni i w parach. Gdyby mój członek miał zmysł religijny, wybrałby mormonów. Nawet jeśli ich prorok to lipa, musiał być przystojny, i singiel, jak wszyscy prorocy. Poza tym religia, w której wolno mieć tyle żon, zakłada pedalstwo. Bo co z resztą? Kobiety zajęte. Członki wolne.

Co za ulica! Po ładnie ułożonych strzępach w gablotach na kółkach rozpoznałem Indirę Gandhi i Benazir Bhutto. W sumie od zawsze jechały na tym samym wózku, jak cały subkontynent indyjski. Zauważyłem również Spears Britney, Piłsudskiego Marszałka, Chopina Fryderyka oraz Sand George.

Rozpoznałbym znacznie więcej znakomitości, gdyby ktoś nie klepnął mnie w ramię. Ten ktoś był nagi, ciało jego złote i doskonałe, mięśnie grały pod skórą niby u dyskobola czy discoboya, oczy jak z topionej stali miał, genitalia niewielkie, rzeźbione w kształt moreli, prawa nieco większa, wawrzyn na lokach, a loki również złote. Konsekwentny koleś, nieźle wystylizowany.

— Zdejmij pasiak — powiedział zamiast dzień dobry czy coś około, w pobliżu, w sensie.

— Spadaj — odpowiedziałem, chociaż na co dzień jestem miły, a mój rozmówca piękny. — Właśnie umarłem i należy mi się chwila prywatności.

Mój rozmówca, niezbyt, sami widzieliście, wielosłowny, zaśmiał się krótko.

— Bądź dla mnie dobry. Obiecaj — powiedział, cudzysłowiąc mnie i siebie samego, poniekąd.

Słowa te zrobiły na mnie wrażenie. Pewnie dlatego, że były to słowa moje, spod prysznica, w minucie zwątpienia, etcetera i wodna piana, rozgrzana skóra i rozpacz, chciałem wtedy wylogować się ze świata, zdelejtować profil, konto nieaktywne.

— No już — powtórzył zniecierpliwiony — ściągaj pasiak. Nago mniej się będziesz rzucać w oczy.

Rozbierając się, a nago nie chodzę nawet po własnym mieszkaniu, bardzo być może dlatego, że wiszą tam trzy lustra, odziedziczone po poprzednim właścicielu; rozbierając się, chciałem ukryć własny wstyd (tak chyba nazywano kiedyś genitalia; nie wiem, czy złapałem odpowiedni wkręt) (po śmierci nie jest prosto złapać odpowiedni wkręt). Na plus zaliczyłem sobie, że mój wstyd się nie powiększył. Co nie było wcale takie oczywiste: jestem gejem, a obok nagi facet. Doskonały facet, a co gorsza, on k l e p n ą ł mnie w ramię — to zabrzmiało jak zaproszenie, R.S.V.P.

Rozebrałem się i poczułem we własnej skórze znacznie swobodniej niż w pasiaku.

— Kim jesteś? — zapytałem już nago, choć ze starym ziemskim brzuszkiem, niewielkim zagłębiem tłuszczu, niby latający spodek, który mi urósł od nieuprawiania sportów i rozbił się w okolicach pępka.

— Prezentacja szybka czy all inclusive? — zapytał, oko jego błysnęło figlarnie.

— All inclusive — odpowiedziałem, chociaż miałem bardzo złe doświadczenia z Egiptu. Z wycieczki, w sensie. Sami Rosjanie i lesbijki. Taka karma. Taki turnus. Hurghada, cztery gwiazdki.

Poczułem zawrót głowy, co więcej, również bardzo egzotyczni przechodnie głowy odwrócili, a nie wszyscy mieli po jednej tylko. Mój rozmówca, ciało doskonałe i kubeł śmieci na mój pasiak oraz przewodnik po zaświatach w streszczeniu, uniósł się ponad chodnikowe płyty, co mi akurat, jako świeżo zmarłemu, nie zaimponowało szczególnie. Ciało mego rozmówcy poczęło świecić i pachnieć. Zaczął wyglądać wspaniale, wspanialej niż wyprzedaż w Armanim, a to już coś. Kiedy błyszczał tak ogromnie, że się w nim prawie zakochałem, chociaż o Pawle nie zapomniałem, ani o Bartku, ani o mojej matce; kiedy tak błyszczał w krysztale światła niby najcenniejszy brylant, pojawiły się również jakieś gadżety, zwane chyba atrybutami.

Pojawił się instrument w kształcie zgiętej patelni, zwany lira; oraz łuk i strzały; pojawiła się iskrooka burza we włosach mego rozmówcy (nadal nie przedstawionego), ale też pojawiły się ciemne chmury, które przykryły ulicę i wyssały kolor z moich pierwszych pośmiertnych wspomnień. Również głos rozbrzmiewający pod moją czaszką kazał mi paść na kolana; to było poza moją kontrolą; padałem nie dlatego, że jestem pedałem. Padłem, bo nogi ugięły się pode mną.

— Jam jest Apollo, barka słońca i czara gwałtownej śmierci, burzowa lira i pan Delf. Jam jest zguba smoka i władca twej śmierci, śmiertelniku!

— Ojezu — wykrztusiłem; bogowie istnieją, przynajmniej tutaj.

— Czyżbyś nie zrozumiał? — zapytał mnie Apollo, a kolor i gwar powróciły na ulicę. — Nie jestem Jezu.

— Przejęzyczyłem się.

— Ci chrześcijanie — prychnął z niesmakiem i pogardą — zawsze tacy niedokładni! Niechlujni w myśleniu.

Szliśmy w milczeniu, ramię w ramię, chociaż on był wyższy. Co za niefart, myślałem. Raz przespałem się z kimś, z rozpaczy, i musiałem trafić na boga. Co za niefart. To dlatego umarłem. Musiał mnie czymś zarazić. I pomyśleć, że mogłem zwalić konia — wtedy nadal bym żył.

Nie budziliśmy szczególnego zainteresowania. Niebo wydaje się bardzo tolerancyjne lub obojętne. Doszliśmy do bram pałacu. To był prostylos, elegancka świątynia, cztery kolumny przed przedsionkiem. Kiedyś interesowałem się architekturą. Później przeniosłem zainteresowania na arkusz kalkulacyjny.

— Witaj w moim skromnym domu — rzekł Apollo. — Będziesz tu mieszkać. Przez jakiś czas.

Rozejrzałem się po sali, zaskakująco przestronnej: kilkanaście posągów, ołtarz, pod ścianami rozmaite wota, dominował śnieżny marmur i złoto. W wielkich donicach rósł gaj oliwny. Poza tym żadnego łóżka, krzesła, stolika — nic.

— A na czym usiądę? — zapytałem. — W czym się do snu ułożę?

— Łaźnia jest w osobnym budynku. Spać nie musisz, umarłeś. Jeść nie musisz, chyba że z przyzwyczajenia i cię na to stać. Zorganizuję jakieś fotele i łóżko. Żebyś czuł się komfortowo. Ostatecznie jesteś tu z mojej winy. Czy też przyczyny. Bogowie są poza winą.

— Z twojej winy? — zapytałem, nie wiedząc, czy wypada mi przejść na ty z bogiem; w sumie nic nas nie łączyło: jedno zbliżenie pod prysznicem. — To jest — poprawiłem się — przyczyny?

— Z mojej — odpowiedział. — Pamiętasz nasze pierwsze spotkanie?

A potem wszystko mi opowiedział. Zasnąłem z przyzwyczajenia, oparłszy głowę na jego ramieniu.

APOLLO

Nazywam się Apollo i tak dalej, aż poza granice wielokropka.

Do wielkiego wesela i pogrzebu sowiookiej Ateny oraz egipskiego władcy podziemi pozostały trzy dni. Na mieście miast o niczym innym nie mówiono. Zaproszeni szykowali się na wielką fetę, nie zaproszeni usiłowali zaproszenie zdobyć. A mówiono:

że pojawią się wszyscy z cienia i podziemia, od Hadesa i Persefony, od Mictlantecuhtli i Mictlancihuatli przez legion upadłych książąt chrześcijańskiego nieba, przez szczelinę, przez starożytne demony, których imię obróciło się w ogniu na popiół i spłynęło podziemnym nurtem, aż po piękną Ereszkigal o oczach gorzkich jak piołun i szponach harpii, która nigdy nie opuszczała swego zigguratu; że dla uczczenia święta Syzyf odłoży swój kamień, Gorgony splotą wężowe włosy w niewinne warkocze, a Prometeusz odzyska wątrobę, razem z marskością; że pojawi się Ta, Która Nigdy Się Nie Materializuje; że Hefajstos, na polecenie Zeusa, wykuje obrączki z samych błyskawic; że Jezus ogłosi zaręczyny z Nike; że po przyjęciu nastąpi koniec świata; że sędziowie Trybunału wydadzą nowe prawa.

Mówiono wiele, jedna fantazja goniła drugą, nieprawdopodobność ścigała absurd, absurd dosięgał tautologii, ta zaś dopadała samej definicji, ślizgając się jak po maśle.

Ja również wyczekiwałem przyjęcia.

Opowiedziałem wszystko, co mi Mojry wyjawiły, śmiertelnikowi odebranemu sprzed ziemskiej bramy. Słowo „śmiertelnik" właściwie już doń nie przystawało: skonał, bramę przekroczył, nieśmiertelność zyskał; przynajmniej do końca imprezy, to jest świata.

Opowiedziałem mu wszystko, nie tając wzoru i planu, nie skrywając pobudek i impulsów, nie oszczędzając słów ni gorzkich zdań.

I chyba wtedy splótł się wątek z osnową, kiedy kiwnął głową na znak zrozumienia, głowę złożył na moim ramieniu i zasnął.

Spojrzałem na niego, wstąpił jak zmarł: młody i pospolity, ciało pozbawione doskonałości i wyraźniejszych defektów, twarz zupełnie codzienna, włosy ciemnoblond, krótkie i czyste. Także pod skórą nie dojrzałem niczego interesującego, żadnego przekleństwa, światła. Pospolity. Po stokroć pospolity. Zwyczajny jak dzień i noc. Nawet jego myśli, senne rojenia, które unosiły się pod kością czaszki, nie przykuły mojej uwagi.

Bogowie nie zakochują się w przeciętności.

Stałem się pierwszym bogiem, który stracił serce dla kogoś przeciętnego. To chyba ekstrawagancja, bo na pewno nie elegancja.

Wszystko w śpiącym młodzieńcu mnie poruszało. Jego ufność, nie będąca wszak głupotą. Jego ciało o mięśniach mizernych i z nadmiarem tłuszczu na brzuchu. Jego oko przesłaniała powieka, zaróżowiona i utkana z miriadów zmarszczek tworzących sieć wystarczająco mocną, by pochwycić i utrzymać sny. Jego oddech: nie musiał oddychać, już nie żył, ale to przyzwyczajenie jakoś dziwnie chwytało mnie za serce.

Straciłem dla niego serce. Mojry mi o tym powiedziały, lecz im nie uwierzyłem — jestem wszak smokobójcą, panem Delf i przepowiedni, wszystkowiedzącym, jeśli wota są zachęcające — dopóki ciepło tego ludzkiego truchła uczepionego mego ramienia nie przemówiło do mnie w swej zwyczajności, w regularnym oddechu, w swej niedoskonałości i zbędności.

Straciłem dla niego serce.

MOJRY

> — Na początku powstało Chaos.
> — Otchłań i pusta przestrzeń.
> — Ziewająca i szeroko się rozwierająca.
> — Rozpadlina i przepaść.
> — Stała się dwoista ciemność.

— Ereb, Mrok i jego siostra Nyks, Noc.

— Złączyli się ze sobą jak brat z siostrą, aby dwoiste moce jasne mogły się wyłonić.

— Aither i Hemere. Eter i Dzień.

— Płonący i jaśniejący. Wzniesieni ponad powietrze.

— Nasza matka, Noc, wydała nas, zanim powstały czas i świat.

— Mojry to nasze imię.

— Jesteśmy starsze od wszystkiego.

— Czas nas omija.

— Tkamy czas, prujemy.

— Nie ma mocy ponad nami.

— Ponad nami jest tylko Noc i Chaos.

— Nie ma mocy ponad nami.

— Nie ma.

— Nie ma.

— Nie ma.

EROS

Bardzo byłem zajęty. Wybrałem mieszkanie dla siebie i moich tatów. Jeden pokój z kuchnią i łazienką. Standard poniżej oczekiwań. W kraju z promocji. Mogłem oczywiście wybrać przyjemną willę albo jakiś pałac, lecz uznałem, że skoro finansuję swoją zemstę, zemsta musi zaboleć moich tatów. Dlatego wybrałem lokal o powierzchni niewielkiej, pozbawiony wygód. Będziemy się widywać przez półwiecze dziesiątki razy każdego dnia. Będziemy na siebie krzyczeć, ustawiając się w kolejce do łazienki. Układając się do snu w jednym pokoju, łóżko obok łóżka, ciało obok ciała. To nie może nie boleć.

Bogowie nie mogą cofnąć raz danego słowa. Boska wszechmoc rozbija się o ścianę boskich obietnic.

Kiedy pokazałem tatom zdjęcia naszego nowego mieszkania, otrzymane od pośrednika nieruchomości, miny zrobiły im się nietęgie. Jakże rozkwitło na ten widok moje serce! Ucałowałem obojga rodziców w policzki.

— Nie kłopoczcie się, kochani tatowie — powiedziałem. — Najgorsze dopiero przed nami! Zstępujemy natychmiast po wielkim przyjęciu Ateny i Ozyrysa.

Atena, Ozyrys i moja strzała. Myślę nawet, że gdybym Atenie wyznał swą odpowiedzialność za jej miłość, nie ukarałaby mnie okrutnie. Może nawet obdarowałaby mnie hojnie. A jednak coś mnie w tej zapowiedzianej wielkiej fecie niepokoiło. Nie potrafiłem określić źródła, z którego mój niepokój wybijał.

W mieście miast, na chmurze chmur, w górze gór i tak dalej najtrudniejsze jest oswojenie się z faktem, że wszystko występuje w wielu wariantach, wzajem się wykluczających i unieważniających. Trudność nie polega wcale na odkryciu jednego jedynego prawdziwego wariantu. Każdy wariant jest równie prawdziwy. I w tym skrywa się trudność. Jest wiele prawd będących jedną prawdą. Na gruncie dwuwartościowej logiki, na gruncie opozycji prawda–fałsz, jest to trudne do zaakceptowania, ale tutaj, w wielowymiarowej przestrzeni, niemożliwe jest zwyczajne:

Prawdą jest, że moimi tatami są Ares i Hermes.

Prawdą jest, że moimi rodzicami są Afrodyta, Ares i Hermes.

Prawdą jest, że istniałem przed czasem, że to ja, Pragnienie, połączyłem Ereb i Nyks.

Że beze mnie nie powstaliby bogowie. Nie skrzesano by jasności.

Że jestem wcześniejszy i wyprzedzający moich rodziców.

Że moi rodziciele są mi jak potomstwo.

Że jestem ich potomkiem.

To wszystko prawda.

Prawda jest obszerniejsza niż trzewia Gai i przestworza Uranosa. Prawda przepływa przez kłamstwo, jak wody Okeanosa okrążają i przesiąkają całą materię.

AFRODYTA

Nazywam się Afrodyta. Powstałam z morskiej piany oraz genitaliów Uranosa, nieco zdefasonowanych, przyznaję; praktycznie nie mam rodziców, jestem sierotą.

Jestem samoistna i nie ma piękniejszej nade mnie istoty. Składano mi wszelkie hołdy, toczono o mnie wojny. Na mój widok wznosiły się pieśni i włócznie, a także różne inne. Jeżeli zdarzało mi się przegrywać, to tylko dlatego, że niekiedy pospolitość przebija w błysku zaślepienia doskonałe i skończone piękno.

Zaćmiewam słońce.

Księżyc przy mnie wypada mniej niż blado i nie w pełni.

Za dwa dni wielkie przyjęcie Ateny i Ozyrysa. Nie przepadam za Ateną, za tą wyniosłą i stale się mądrzącą konserwą, której wianek nie ginie w żadnym remanencie jej życia, mimo to na przyjęciu się pojawię. Po pierwsze, zostałam zaproszona. Po drugie, ponieważ odkąd Atena została złożona do grobowca egipskiego sędziego, moja antypatia do niej nieco osłabła, zastąpiona odrobiną empatii. Po trzecie, na przyjęciu będą wszyscy, także bogowie z chrześcijańskiej dzielnicy, a mam do pogadania z niektórymi.

Nie dalej niż miesiąc temu siedziałam z Nike i Jezusem w wannie. Mieli się ku sobie. Nie chciałam im przeszkadzać, znikłam. Poza tym jestem zmęczona trójkątami oraz innymi bardziej rozbudowanymi figurami. Moja ulubiona figura geometryczna to — w ostatnich stuleciach — linia prosta. Z jednej strony ja, z drugiej oblubieniec. Gdzieś w nieskończoności musimy się przeciąć.

Miłość jest siłą napędzającą oś świata, bez miłości nawet czas przystaje. Wiem, o czym mówię. Jestem boginią miłości. Jestem miłości wybitnym teoretykiem i wielkoseryjnym praktykiem. Od początku świata kochałam wiele razy, bardzo wiele. Miłość wynurza się znikąd, skądkolwiek, niczego nie potrzebuje, choć z czasem sporo żąda. Oraz cymbał grzmiący. Miłość powstaje niczym z piany, niekoniecznie morskiej, ważne, żeby ubitej. Bez miłości świat pozostałby niewyobrażalnie ścieśnioną kulką materii.

No właśnie. Straciłam największą miłość mego życia. Przed innymi gram głupią, że chodzi tyko o siedem wagin, siedem członków, spektralną łechtaczkę i szczytowanie himalajskie. W ten sposób, wygadując niedorzeczności, ukrywam cierpienie i zgryzotę. Ból, który przenika mnie skroś, który dochodzi do szpiku moich srebrnych kości, cieniem szarzy moją skórę, blask przygasza moich włosów i na nic mi nic.

Moim oblubieńcem jest syn różanopalcej Eos w szafranowej szacie i tytana Astrajosa. Moim oblubieńcem jest świetlisty syn poranka, który zdradził greckich bogów i wstąpił w szeregi chrześcijańskich archaniołów, gdzie zyskał zarówno mir i szacunek, jak i genitaliów rozmnożenie.

Nie poznałam go za czasów świetności Hellady. Poznałam go w czasie oldskulowej imprezy wydanej przez Nike. Tańczyłam starogrecki taniec kulejącej kuropatwy, wykonywany podczas erotycznych orgii, łączonych z misteriami sztuki kowalskiej. Bardzo lubię ten taniec. Wymaga wielkiego wdzięku i ostrożności. Tańcząc, zawsze myślę o stylistycznej przestrodze Arystotelesa, który powiadał: „U kuropatw, jeśli samica znajduje się w kierunku pod wiatr od samca, już przez to samo zapładnia się".

Musiałam krok zmylić, bo pod wiatr się znalazłam, a pod wiatru baldachimem stał Lucyfer, który schronił się tam przed deszczem.

Tak się poznaliśmy. Od pierwszego wejrzenia, w misteria kowalskie, bogini i archanioł.

Gdyśmy się znaleźli w jakimś zakątku pałacu, pośród ucztujących bogów, toposów i herosów, odsłonięci i niewidzialni, dzięki temu, że Hypnos otoczył nas wiecznym snem i rojeniem, wyznałam mu, że kocham go tak mocno, jak dojrzała kobieta kochać może ostatnią miłość swego życia. Odpowiedział, że również zapałał do mnie płomiennym uczuciem, mimo to miłość nasza musi pozostać niespełnieniem. Jego nowy szef, w trójcyjedyny bóg chrześcijańskiej dzielnicy, zakazał wszelkich kontaktów z boginiami innych dzielnic.

Załamałam ręce w rozpaczy i zaczęłam płakać, co bardzo mi się udaje, i nie ma serca obojętnego na płacz mój oraz na kąt, pod którym załamuję dłonie. Uległ mi. Nie ulec nie mógł. Nie ma takiej siły, która zdołałaby mi się oprzeć albo mnie wyrzec. Nawet Chaos drżało na mój widok. Z pożądania i strachu przed alimentami, do których zresztą nie mam głowy. A mogłabym zbić majątek jako samotna matka.

Nasza miłość wybuchła niby gniew uwięzionego Etną Tyfona. Pocałunki i pieszczoty, moje ciało i jego ciało, a wszystko spowite czarem snu i śmierci. Hypnos i Tanatos zaciągnęli spore długi u mnie i nadszedł czas, ażeby uregulować rachunki.

Nic nie zapowiadało klęski, chociaż wiedzieliśmy, że klęska jest nam pisana. Lucyfer, zadając się ze mną, po raz drugi zdradził swoich bogów i towarzyszy. Najpierw Olimpijczyków, teraz chrześcijańską dzielnicę. Zakazana miłość, nielojalna, ze zdrajcą. Jakże głęboko we mnie wtargnęły ta zdrada i ta miłość! Strach i podniecenie. Eros i Tanatos, Afro i Lucek. Bonnie i Clyde. Pogarda dla siebie i dla niego, pod wiatr cnotom.

Kto doniósł? Nie wiem.

Lucyfer został strącony w ciemność Tartaru.

Anieli zostali pozbawieni płci.

Zostałam sama.

Teraz ukułam plan: w czasie przyjęcia Ateny i Ozyrysa porozmawiam z kim trzeba. Czekałam tysiące lat. Mój ukochany musi zostać mi zwrócony. Bez względu na cenę. To ja go przywiodłam do upadku, okulawszy w kuropatwim tańcu. Jego droga do zguby była drogą mego szczęścia.

Bóg jutrzenki zostanie mi zwrócony. Choćbym miała wyrzec się atrybutów i nieśmiertelności albo zrezygnować z fryzjera.

ATENA

Wszystko przygotowane, namiot rozstawiony, wszyscy zaproszeni, przyjaciele i wrogowie. Zaprosiłam nawet Afrodytę, której umysł przypomina bęben maszyny losującej: nigdy nie wiadomo, co wylosuje.

Menu zaakceptowane, niebo rozpalone od plotek, podziemia poruszone.

Sprawiłam sobie nową suknię ślubną i całun pogrzebowy. Mojry ją utkały z wieloróżnych nici: z blasku Heliosa i poświaty Selene, ze spiżu i węgla, z płatków jednodniowych kwiatów i wiecznego adamantu, z nadziei i plag, z sierści jednorożca i łuski smoka. Szatę obrębiono nicią tak ciemną, że nawet Zeus się jej przelęknie, kolor to Nyks, jej dar, wirująca noc.

Ujrzawszy robotę czcigodnych Mojr, zadrżałam. Nie było i nie będzie doskonalszej szaty. Budziła trwogę i rozkosz. Pożądanie i niemość. Nawet koźli satyr prezentowałby się w niej wspaniale i dostojnie.

Mój oblubieniec, syn Geba i Nut, również przygotowywał się do naszego święta. Nie mieliśmy nazbyt wiele czasu: tyle decyzji należało podjąć, tylu spraw dopilnować, tyle wątpliwości rozstrzygnąć, chociaż, przyznaję, Balladyna stanęła na wysokości zadania. Chyba się polubiłyśmy. Mordercy dręczeni sumieniem mają coś, co mnie pociąga. Pewien rodzaj tajemnicy. Są skrupulatni i zaskakująco uczciwi. Co złe, już popełnili.

Po raz pierwszy tak bardzo jestem niecierpliwa. Oczywiście niecierpliwiłam się i wcześniej, czas mnie irytuje, mam na czas alergię, niecierpliwiłam się pod Troją i w trzewiach Zeusa, nigdy jednak moje zniecierpliwienie nie przyjęło tak osobistego i intymnego charakteru.

Pragnęłam przejść przez uroczystości, aby zstąpić do kraju z promocji, ograniczona w mocy i podległa śmierci, wyposażona w wielocalowy telewizor z wszelkimi kanałami i bibliotekę pełną głupich książek i poradników. Muszę odreagować mądrość, otrząsnąć się z niej, wyjść na prostą, zacząć żyć, żeby umrzeć.

Pragnęłam wyjść z sypialni i ogłosić: nie jestem Partenos.

Pragnęłam Ozyrysa.

Pragnęłam naszego dziecka, które rosło we mnie. Ciekawa byłam, co urodzę. Chłopca czy dziewczynkę? A może coś bardziej interesującego? Na ziemi od razu zapiszę się na badanie USG.

JEZUS

Moje imię jest Jezus. Jezus Chrystus, ksywka Ichtys. Jestem bardzo popularny, od dwóch tysięcy lat na topie. Występuję głównie w Biblii, która jest obok *Hair* największym musicalem wszech czasów.

Jestem bogiem, jedynym bogiem. Jestem bramą i drogą. Jestem światłem i zbawieniem. Jestem pasterzem. Serio.

Jestem bogiem w Trójcy jedynym. To znaczy, że jedynym bogiem jest również mój Ojciec i Duch Święty. Jesteśmy jednością, aczkolwiek jesteśmy też osobni. Niezły pomysł, ciut skomplikowany. Od początku mówiłem Ojcu i Gołębicy, że ludzie tego nie załapią. Umysły subtelne i dobrze odżywione — owszem, zrozumieją, ale głupszej i niedożywionej reszcie się pomiesza, kto jest kto. Mówiłem, żeby poczekać z tą Trójcą w jedności i vice versa, dopóki ludzie nie odkryją, że świat ma więcej wymiarów niż trzy i że fizyka kwantowa to dopiero początek drogi do zrozumienia świata. Ale oni, że nie. Nie, bo zatajenie troistości Jedności i jedności Trójcy byłoby kłamstwem, a budowanie religii na kłamstwie jest na dłuższą metę ryzykowne, mieliśmy sporo przykładów z wieków wcześniejszych. Nie, bo jedyna droga zbawienia wiedzie przez prawdę. Prawda, tak na marginesie, to ja.

Oczywiście miałem rację. Jestem tak jakby wszechwiedzący. Nie żebym się cieszył z tego powodu, że miałem rację. Po prostu każdy bóg musi dostosować się do poziomu swoich (potencjalnych) wiernych, do momentu historycznego. Nie ogłoszę przecież w epoce kamiennej, że każdy człowiek ma prawo do spamu i sztywnego łącza. Spięcia były już przy redakcji dekalogu. Moim zdaniem dekalog od początku był mało rozwojowy i za długi, w końcu nie wszyscy mają dobrą pamięć. Ale oni, że nie. Że punktów musi być dziesięć. Jak punktów jest dziesięć, to nie można wymagać, żeby tekst był spójny bądź skuteczny. Po pierwsze, można przestrzegać przykazań dekalogu i być złym człowiekiem. Po drugie, dekalog nazbyt wiązał moralność i prawo z rodziną, a z rodziną, jak wiadomo, dobrze wypada się tylko na zdjęciu, poza tym rodzina to pojęcie historyczne, podległe czasowi, wystawione na zmiany.

Kolejny problem to język. Mówiłem dwóm trzecim mnie: słuchajcie, nie róbmy tego w hebrajskim czy aramejskim, te języki wymrą, spójrzcie na prognozy i symulacje, poczekajmy — mówiłem — kilkaset lat. Jestem bogiem miłości, moje orędzie powinno być wyrażone w języku miłości, po francusku najchętniej. Ale oni (czyli ja), że nie. Nie czekamy. No to, mówię, może choć po angielsku? Odpadną problemy z błędami przekładu. Ale ja na to (czyli oni), że też nie.

Kolejny problem, i to poważny, wynikł z konstytucji mnie samego. Otóż jestem bogiem i człowiekiem. Dwie natury osobne, choć w jednym ciele — tak postanowił sobór w Chalcedonie, podporządkowałem się tej decyzji; dotarła ona do mnie dokładnie z przybliżeniem w czterysta lat po mojej śmierci, na benefis działalności. Pomysł dwojga natur niezły, realizacja niezła, ale znowu coś poszło nie po mojej myśli. Moim zdaniem zmartwychwstanie okazało się błędem kardynalnym. Należało zrezygnować z tego obciążenia egipskiego. Żeby ludzie stali się dobrzy, muszą zrozumieć, że po śmierci nic ich nie czeka, że nie ma nieba, że nie ma sądu. A nawet jeżeli ktoś wstąpi do nieba, to będzie bonus, nagroda dla tych, którzy niczego nie oczekiwali.

Tylko że ja mówiłem swoje, a moje dwie trzecie swoje. Że bez nieba i piekła ludzie nie staną się dobrzy, nie będzie zbawienia i klapa ogólnie oraz zmuła. No i znowu wyszło na moje. Jestem bogiem, i nawet gdy moje dwie trzecie są ze mną w sporze, to przecież wiem, jak skończy się świat.

Dlatego zamierzam zstąpić i umrzeć. Nic spektakularnego. Żadnego krzyża, żadnej męki. To się nie sprawdziło. Ukrzyżowanie okazało się przedwczesne. Wybieram kataraktę, reumatyzm i starcze niewydolności. Zamierzam zstąpić z Nike, panią mego serca, zamierzam zrezygnować z omnipotencji, robić zakupy i zapadać na grypę. Zamierzam spełniać drobne dobre uczynki. Cuda wykluczone. Zamierzam płacić czynsz i spędzać osiem godzin dziennie w pracy.

Jestem antropofilem. Kocham ludzi. Może dlatego, że mam poczucie humoru. Bez poczucia humoru nie ma miłości.

Proponowałem zastąpić któreś z przykazań takim: „Będziesz śmiał się dnia każdego, a w dzień święty więcej. Śmiech jest bramą dobra, plastrem na serce i okiem zbawienia". Nie przeszło.

Zbawienie to punkt wszystkich wymiarów, do którego zamierzam doprowadzić ludzi. Punkt w materii, bo poza materią w jej wszelkich płaszczyznach nie ma nic — tylko wymiar ultymatywny. Wierzę w apokatastazę: powszechne zbawienie. Bez piekła, otchłani i czeluści. W tej wierze jestem w mniejszości. Dwie trzecie mnie żąda Sądu Ostatecznego. Argumentuję, że Stworzenie jest dobrem, a zatem — na każdym, nawet najnikczemniejszym bycie widnieje pieczęć dobra. Trudno rozmawia się z większością, zwłaszcza w jedności.

Wyznaję, że w ostatnich stuleciach zwątpiłem w apokatastazę i w ogóle, w siebie samego, a właściwie w jedną trzecią siebie. Po imprezie w Morzu Czerwonym sięgnąłem najmroczniejszego dna. Nike opowiedziała mi o planie Zeusowym. Niezbyt mi się spodobał. Później, gdy Nike sobie poszła, siedząc ze zwieszoną głową, w rozpaczy i rozterce, doznałem olśnienia. Plan Olimpijczyków nie sprzeciwia się moim planom, lecz im sprzyja. Zrozumcie, ja nigdy nie byłem zwolennikiem pomysłu, że bóg jest jeden: zostałem przegłosowany, co samo w sobie jest paradoksem. Zawsze uważałem, że lepiej z innymi bogami współpracować, niż walczyć. Wydaje mi się, że grecki plan daje nam wszystkim jeszcze jedną szansę. Tym razem nie powtórzę starych błędów: zmartwychwstanie, jak mówiłem, wyeliminowane; piekło, niebo, czyściec wyeliminowane; dekalog zawieszony. Potrzebuję czegoś prostszego. Jeden punkt wystarczy, może być z przypisami, na przykład: każdy ma prawo do szczęścia. Do śmiechu. Do błędu. Do miłości. Możemy zalosować.

Tym razem mi się powiedzie. Jestem Pantokrator, alfa i omega, wszechmoc i światło wiekuiste. Jestem brama i kościół. Wiem, nie ma co się tak podniecać, ale czasem warto sobie przypomnieć, kim się jest.

Wstąpiła we mnie nadzieja. Nadzieja, tak niezręcznie się składa, to jedyna z plag, która nie opuściła puszki Pandory. A w istocie: beczki. Tak na marginesie.

Odświeżyłem się i przebrałem, i do Nike pognałem. Opowiedziałem jej wszystko, a przy okazji poznałem Afrodytę. Jest jeszcze piękniejsza, niż o niej powiadają. Nike wyznała mi swoją miłość. Zstępujemy razem. Zaraz po święcie Ateny i Ozyrysa.

Ozyrys jest moim kumplem z dawnych lat, jeszcze sprzed ukrzyżowania. On był pierwszym bogiem, który powstał z martwych. Zresztą niedaleko Golgoty, samolotem będzie godzina, na anielich skrzydłach nieco krócej.

Zstępujemy. Zasłona nieba rozstąpi się po raz ostatni. Kurtyna pójdzie w górę. Alleluja.

Biegnę do jubilera, chcę poprosić Nike o rękę. Potrzebuję pierścionka; może coś z adamantu?

PRZYJĘCIE

Nazywam się Przyjęcie. Bywam chłodne, zimne, życzliwe i serdeczne. Bywam zaręczynowe. Jako rzeczownik bywam odczasownikowe. Dziś jestem huczne, wielkie i wystawne. Bywam wyznaczane, zwłaszcza w przychodniach i kancelariach, przez godziny.

Często jestem nie do przyjęcia. Bywam urządzane, wydawane i zgotowane, zwykle owacyjnie. Wtedy przypominam sobie o moich siostrach: Owacji i Owulacji.

Jestem towarzyskie, gromadzę ludzi i bogów, świętujących jakąś okazję, albo też spotykających się po to, by po prostu tańczyć, śpiewać, pić i się bawić. Moja natura jest radosna. Mój negatyw, nie do końca negatywny, to stypa.

Najczęściej występuję w weekendy, choć i nie pogardzę środkiem tygodnia. Jednym słowem: miejsce i czas nie mają znaczenia. Jestem elastyczne. Dopasuję się z łatwością.

OZYRYS

Nazywam się Ozyrys, syn Nut i Geba, Sędzia Zmarłych, brat Izydy i Seta, a ostatnio Pantofel sowiookiej Ateny. Tak o sobie mówię, ona się śmieje. Lubię, gdy się śmieje. Jej śmiech scala mnie w jedno niby zaklęcia balsamujące. Przywraca blask i wymiata zniechęcenie.

Moja kondycja jest tak dobra, iż nawet zacząłem układać nowe wersy do Księgi Umarłych. Trzeba jej dodać nieco blasku i życia, zetrzeć szlachetną patynę i pajęczyny starożytnego języka. Wymyślam nowe ideogramy i hieroglify. Także po angielsku.

Widziałem Erosa, gdy wypuścił strzałę w podziemiach Utopii. Widziałem dwa piórka, które opadły na posadzkę. Widziałem przemienioną Atenę. Przemienieni mówią:

Rozporządzam moim sercem i moją piersią,
Rozporządzam moimi ramionami i nogami,
Rozporządzam moimi wargami i wszystkimi członkami.

Tak odpowiadają przemienieni po wezwaniu do zmartwychwstania.

Nasza miłość jest pełna harmonii, nie żąda wiele, godzi się na rzeczy małe i drobne przyjemności, a wszystko w długich seriach i kolejnych sezonach. *Sześć stóp pod ziemią, Zagubieni, Przyjaciele, Anioły w Ameryce, Plebania, Klan, Brzydula* (w kilku wariantach językowych i kulturowych), *Rodzina Soprano, Mała Brytania, Latający Cyrk Monty Pythona*. A także: *Alchemik, Pielgrzym, Weronika postanawia umrzeć, Podręcznik wojownika światła, Nigdy w życiu!, Kod Leonarda da Vinci, Anioły i demony, Sekret*.

Oglądamy seriale bardzo inteligentne oraz bardzo głupie. Literaturę spożywamy wyłącznie najgorszej jakości, interesuje nas styk grafomanii z upośledzeniem umysłowym. Mistrzem w tym gatunku jest Coelho, i nawet Dan Brown nie dorasta mu do pięt, a zasługi miał przecież spore i będzie jeszcze gorszy, niż jest, obiecuję, znam prognozy. Ta głupota napawa Atenę i mnie szczęściem. Dużo się śmiejemy. Śmiejemy się ze zdań, akapitów i rozdziałów. Bawią nas dialogi, bawi stawianie wszystkiego serio, na ostrzu zbawienia, bawi poszukiwanie ostatecznego sensu i jedynej prawdy. Bawi nas nawet przesyłka od mego braciszka, stojąca pod ścianą między amforami i zwojami papirusu.

Kocham Atenę. Dzielimy zainteresowania. Dzielimy pogląd na głupotę: głupota wyzwala, ale tylko w kontekście. Oczyszcza jak soda. Głupota to sól ziemi, cementuje rodziny i dławi egoizm, zgadza się na eksperymenty i wszelakie idee. Głupota jest stanowczo niedoceniana. W kupie i bez kontekstu bywa śmiertelnie niebezpieczna; acz kontekst usunąć jest trudniej, niż granice wszechświata wyznaczyć.

Atena, pani mego serca i członków, także tych w paczce. Pani mego pilota i zastępu mumii mego grobowca. Władczyni moich bandaży i balsamujących olejków. Odważna i rozsądna. Brawurowo piękna i niekiedy skrzydlata. Husaria moich dni, kawaleria nocy. Golgota mego cierpienia i Monte Cassino mej chwały.

Ateno, światłości mojego życia, ogniu moich lędźwi. Moja duszo, ba i ka. A-te-no: koniuszek języka robi trzy kroki po podniebieniu, przy trzecim stuka w zęby. A. Te. No.

Strzała Erosa to nie tylko grot i lotki, to także metafora i rykoszet.

Oczy mam wszędzie, ócz moich powieka nie przesłania — patrzą i widzą, widzą, gdy nie patrzą, przywilej podziemnego władcy. Uszy mam wszędzie, w każdym trybunale i urzędzie, uszu moich nie zalepia woskowina — słuchają i słyszą, gdy głuchną — nie próżnują. W konsze rosną włosy.

Wiem, co się wydarzy w dzień moich zrękowin i rozłąki z Ateną. Każde poruszenie myśli sędziów Trybunału drga w moim ciele. Sam zaliczam się w sędziowski poczet. Warzę prawa, ważę przewiny.

Decyzja zapadła jednogłośnie w tajnym głosowaniu. Zostanie ogłoszona na końcu naszego przyjęcia:

Zamykamy niebo.

Każdy byt i bóg, konstrukt i abstrakt, każdy będzie mógł dokonać wyboru: albo ziemia (z ograniczeniem omnipotencji do tej zwyczajnej, bez przedrostka), albo wymiar ultymatywny (bez prawa powrotu), albo miasto miast (bez łączności z ziemią).

Miejsce bogów jest między ludźmi. Tak zawsze było i tak musi pozostać. Bóg odległy jest bogiem zbędnym. Debet sumienia. Brzytwa Ockhama. W tej roli lepiej wypadają galaktyki. Świecą piękniej na nocnym niebie i w teleskopach.

Każda religia próchnieje, bogów i kapłanów ogarnia z czasem szał legislacyjny. Każda religia powstaje w ściśle określonych warunkach, warunki ulegają zmianie, kult nie nadąża.

Przygotowaliśmy deklarację:

My, bogowie świata,
potwierdzamy, że nasza rola w stworzeniu człowieka jest
nie do podważenia ni odwołania.
Potwierdzamy także, że pomagaliśmy człowiekowi oswoić
świat na miarę naszych wspólnych, boskich i człowieczych,
możliwości.
Oraz potrzeb.
Potwierdzamy także, że nasz czas, mierzony
użytecznością, która jest pochodną konieczności, mija.
Nie jesteśmy potrzebni. Zostaliśmy wyczerpani.
Niniejszym ogłaszamy rozwiązanie błędu metafizycznego.

Ulegamy likwidacji.
Miejsce likwidacji: ziemia.
Czas likwidacji: +/−∞.
Podpisano: Etcetera. Itepe. Itede.

Decyzja zapadła jednogłośnie w tajnym głosowaniu przy wielu zdaniach odrębnych. Każde z nas zdawało sobie sprawę, iż deklaracja nasza ma bardzo ograniczony sens. Vox dei, vox populi. Każde z nas zdawało sobie sprawę, że precyzyjna legislacja i żelazne egzekwowanie litery prawa prowadzą do holocaustu. Kilka już zaliczyliśmy na dole. Piękno i harmonia tkwią tylko w różnorodności i chaosie. Pruski porządek i klarowne idee to brama do masowych grobów, najczęściej bezimiennych.

My, bogowie, dbając o to, co najcenniejsze, musimy siać chaos, a niekiedy zbierać tego gorzkie żniwo.

PRAWDA

Nazywam się Prawda. Jestem punktem wyjścia i punktem dojścia. Nie istnieje nic starszego ode mnie. Nie istnieje nic, co jest ode mnie młodsze. Jestem ostateczną harmonią, alfą i omegą, początkiem i końcem, matką hieroglifów i klinowego pisma, ab ovo usque ad mala.

Mam wielu ojców i wiele matek, niczym Zwycięstwo. Toczy się o mnie długie boje. Na wszelkie sposoby, na łamach i w umysłach. W buduarach i na trotuarach. Na polu bitwy i w lupanarze.

Jestem oczywista i szczera, gorzka i słodka, najprawdziwsza i najczęściej naga, gdy klimat i tubylczy system wartości zachęcają. Bogiem a Prawdą można mnie dojść, chociaż łatwiej się ze mną minąć. Można mi spojrzeć prosto w oczy, mimo że wtedy kolę. Bywam owijana w bawełnę, lecz jak oliwa wypływam na wierzch.

Definiowano mnie rozmaicie, najczęściej błędnie. W greckich czasach uwikłano mnie w paradoks kłamcy. W logikę. A nawet w codzienność.

W rzeczy samej jestem prosta, choć niekiedy skomplikowana. U Alfreda Tarskiego objawiam się tylko na odpowiednim poziomie, to jest meta-, w metajęzyku.

Nigdy dotąd nie zmaterializowałam się osobiście. To znaczy bywało, jakiś bóg mienił się moim imieniem, lecz przecież bóg to nie ja sama, nawet gdy nam po drodze.

Nigdy dotąd nie zmaterializowałam się osobiście, nie nabrałam jeszcze ostatecznego kształtu. Mimo to materializuję się najchętniej pod tymczasową postacią chomika.

Otóż ja wyłonię się ostatecznie dopiero po zgonie Entropii. Gdy materia sięgnie najwyższego nieuporządkowania i równości. Wtedy pojawię się wyraźna jak debet na wyciągu z konta, jak księżyc na bezchmurnym niebie. To oczywiście metafora.

Czekam.

Nie spieszy mi się.

Rychliwa to ja nie jestem.

Czasem przeklinam.

A chuj.

Dziękuję, na zdrowie.

KURTYNA

Rozdzielam niebo od ziemi. Każdy musi się zdecydować. Wte czy wewte. Widz czy aktor. Zapłacił czy mu zapłacono.

No to spadam! Idę w górę!

CZĘŚĆ TRZECIA
ROMANSE

ROZDZIAŁ PIĄTY

OLGA

Nie potrafiła zasnąć. Ania miarowo oddychała. Wdech i wydech, jak zawsze, nic niezwykłego, płuca i serce, wydech i wdech, kura i jajo. Olga wpatrywała się w sufit, który wymagał malowania, czego Olga w tamtej chwili widzieć nie mogła, mogła tylko pamiętać, pamiętając, że już ze trzy lata będą, jak pomalować trzeba, najczęściej w nocy. Nocą pamięć pracuje lepiej. Nic jej nie rozprasza, żadne światło nie prześwietla kliszy. To dobrze, pomyślała bez wyraźnego związku z sufitem, że jestem stara, mam mniej do stracenia.

Brakowało jej znajomych dźwięków, zwłaszcza kropli spadających do kuchennego zlewu. Zamiast tego nasłuchiwała — nie z wścibstwa, lecz bezsenności — odgłosów z mieszkania wyżej. Dziś stała się rzecz niecodzienna: kilka godzin temu do kawalerki na górze wprowadzili się nowi lokatorzy. Niezwykłość tego się-wprowadzenia wynikała z braku: nikt nie umarł, a przecież sąsiedzi Olgi zmieniali się wyłącznie wtedy, gdy ktoś umierał.

Obejrzała nowych sąsiadów całkiem dokładnie, najpierw przez judasza, następnie twarzą w twarz (w tym celu musiała wybrać się do sklepu spożywczego po mleko, którego — przypomniała sobie pilnie — zapomniała kupić). Trzej mężczyźni,

chyba obcokrajowcy, chociaż odpowiedzieli „dzień dobry"
bez śladu obcego akcentu. Wszyscy bardzo przystojni: jeden
potężny, z marsem na twarzy, drugi bardzo smukły i szybki
w ruchach, trzeci drobny i młody. Olga byłaby pomyślała, że
to syn któregoś z nich (w pewien nieoczywisty sposób mężczyźni wydawali się do siebie podobni), gdyby nie fakt, iż
to on właśnie zdawał się wydawać polecenia dotyczące wy-
noszenia i wnoszenia mebli. Ten najmłodszy i najmniejszy
spojrzał na Olgę przelotnie, a następnie się uśmiechnął, jakby
znali się już skądś. Skąd? — Olga nie mogła sobie przypomnieć. Powinnam, pomyślała, łykać lecytynę na pamięć.

Teraz, leżąc nieruchomo w łóżku, Olga słyszała, jak nowi
sąsiedzi rozmawiali ze sobą, może się kłócili, w obcym języku. Słyszała wyraźnie każde słowo, a żadnego nie rozumiała.

Leżała z ciężkim sercem. Tyle spraw Olgę niepokoiło, na
przykład dziwne zachowanie bratanicy. A także zachowanie
własne. Jednym słowem, pędząc na skróty przez pejzaż psychologiczny, wolno rzec, że Olga straciła orientację nie tylko
we własnym, tak zwanym, wnętrzu, lecz i w zewnętrznym
świecie. Nie zdając sobie z tego sprawy, musiała przekroczyć
jakąś granicę, a za nią leżała obca ziemia, bez punktów orien-
tacyjnych, oswojonych dźwięków, bez tych wszystkich nie-
domagających przedmiotów, z którymi się zżyła i które zuży-
ła. Chyba muszę, pomyślała zdaniem z *Darów losu*, czekać,
nic na siłę, nic na gwałt, w końcu wzejdzie słońce, wschodzi
codziennie, rycerz na białym koniu.

Na śniadanie odgrzała zupę. Ania spała. Nowi sąsiedzi
również. Mleka pod dostatkiem, procent dwa. Skończył się
chleb, kilka okruszków w torebce, jałmużna dla wróbelka.

W pracy poczuła się — nagle — fatalnie. Czyżby któryś
z grzybów okazał się muchomorem? Ból minął, przeszedł
w stadium nużącego ćmienia. Zupa była w porządku, pomyślała, a na pewno grzyby.

Mimo to wyszła z pracy wcześniej. Szefowa dała jej dzień wolnego. Olga pojechała do domu. Nie spodziewała się nikogo zastać: Ania powinna być na zajęciach. Weszła do mieszkania.

— Już wróciłaś? — zapytał ją jakiś głos.

JANEK

Zdarzało mu się pracować na budowach, zanim odkrył, że w ten sposób nigdy nie zarobi dość pieniędzy, by kupić sobie to, co kupić chciałby. Dlatego chętnie skorzystał z szybszej ścieżki do wzbogacenia się. Ścieżka ta (dilowanie tak zwanych: fety i skuna) nie doprowadziła Janka do bogactwa, raczej do problemów, bynajmniej nie dlatego, że była nielegalna, moralnie wątpliwa, etycznie błędna, że zbrodnia i kara, i takie tam szpargałki (na budowach też pracował nielegalnie, w szarej strefie, na czarno, jakby czerń była kolorem karalnym, a szarość kryminalnym). Problem leżał w tym, że klienci Janka, głównie koledzy, czyli uczniowie technikum mechanicznego, nie dysponowali większymi nadwyżkami budżetowymi. Mając do wyboru obiad lub jointa, często wybierali obiad, tym bardziej że marihuana zaostrza apetyt, więc w sumie palenie bez nadziei na jedzenie nie ma głębszego sensu. Ponadto narkotyki, które Janek usiłował rozprowadzać, uzależniały — jeśli w ogóle — bardzo opornie. Być może wynikało to z ich nie najwyższej jakości, być może z odporności kolegów Janka.

Jednym słowem, Janek dość szybko zdał sobie sprawę, że uczciwą pracą niewiele wskóra, zaskórniaków nie odłoży. Praca nieuczciwa również nie zapewniała zysków adekwatnych do ryzyka. Janek znalazł się na rozdrożu. Na zakręcie. Na rozstajach dróg.

Nie wiedział, którą ze ścieżyn, równie mizernych, wybrać: tę nieuczciwą, czy też tę samą, tylko bez przeczenia? Żadna z nich nie gwarantowała przeżycia, żadna nie gwarantowała godnej starości, jeśliby wybiec myślą tak daleko w przyszłość; tylko po co? Wybór między śmiercią na raty (emerytura) a śmiercią a vista (kulka w czoło lub plecy) jest tym rodzajem wyboru, który — śmiało — wolno nazwać pyrrusowym.

Janek, odkładając decyzję w temacie preferowanego życia i preferowanej śmierci, zdołał osiągnąć jedno: nienawidził. Lista nienawiści należała do bardzo długich, bardzo często sprawdzanych, i trudno było się z niej wymknąć, a jednak Janek znajdował w sobie dość sił, żeby nienawidzić.

To była nienawiść czysta i — tak to z uczuciami czystymi już bywa — bezsilna, zjadająca własny ogon, gdyby taki miała, więc nie.

Janek nienawidził, świat tę nienawiść ignorował. Niekiedy Janek nie umiał jej okazać — wszystkie okoliczne budki telefoniczne i ławki zostały zniszczone, a nie uśmiechało mu się iść na inne osiedle, na piechotę, aby nienawiść okazać. Ponadto istniało prawdopodobieństwo graniczące z pewnością, że na innym osiedlu mieszkają ludzie do niego podobni, to znaczy także nienawidzący, a w związku z tym niszczący wspólne mienie. Bardzo być może — myślał Janek, dodając asekuracyjnie słowo „kurwa" — że jest za dużo nienawiści, a za mało budek telefonicznych, ławek i przystanków. Dystrybucja dóbr nigdy nie była mocnym punktem cywilizacji białego człowieka.

Janek nienawidził, świat nie ulegał zmianie, wyłączywszy niewielki ubytek mienia powszechnego. Dzień za dniem identyczne, aż do dnia, w którym okazało się, że Janek nie ma ani pieniędzy, ani narkotyków. Zgubił? Ukradli? Nie wiedział, dostał kontrolny łomot i dwa tygodnie. To uczciwa wymiana w mało uczciwym świecie, myślał, nie wiadomo który już raz.

Kilka uderzeń w głowę musiało spowodować istotne szkody psychiczne, poczynając od obniżonego poczucia własnej wartości, przez wyszczerbienie funkcji mowy (Janek nie mógł kląć na głos, równoważniki zdań wydłużyły się w prawdziwe zdania, odkrył wiele nowych słów), a na niezdolności do rozsądnego zachowania kończąc (nie potrafił zapomnieć o zwróconym portfelu).

Najgorsze było jednak to, że ktoś, ta locha, bezinteresownie mu pomógł. Janek miał alergię na bezinteresowność. Na starość także.

Od tego lub tamtego dobrego uczynku notorycznej singielki, do którego Janek niewiele się przyłożył, po prostu dostarczył swoje ciało pod drzwi kawalerki i stracił przytomność, bardziej z upokorzenia niż bólu, od tego dobrego uczynku i opatrunku wszystko przyspieszyło i potoczyło się w niezrozumiałym i nieracjonalnym kierunku, niby po oswojonej równi pochyłej, ale pod górkę.

Ostatnim zdarzeniem, w którym Janek rozpoznawał siebie, była kradzież stu złotych z portfela kobiety. No i może jeszcze dorobienie kluczy do jej lokum. Tylko że ten ostatni, potencjalnie racjonalny uczynek przyniósł fatalne konsekwencje. Zamiast obrobić M1, zaczął je naprawiać. Umył nawet piekarnik, a teraz malował sufit.

Istniały też plusy całej tej sytuacji: przespał się z dziewczyną po raz pierwszy w życiu, a następnie drugi i trzeci, w sumie dotąd dziesięć razy, uważnie policzył. Zaliczenie laski samo w sobie nie było złe, miłe łechtało jego próżność, o której wreszcie wolno skonstatować, że męska, wolno z przekąsem. Mimo to Janek popełnił błąd albo i kilka błędów — polubił Anię. Gdyby Janek opowiedział kolegom, że chodzi do łóżka z dziewczyną, którą lubi i która go — chyba — lubi zwrotnie, koledzy umarliby ze śmiechu. Prawdziwy facet baby rżnie, a jeżeli coś do obiektu rżniętego czuje, to najwyżej niechęć i pogardę. Cóż, jakie wzorce, takie szablony. Koledzy Janka myśleli myślami swoich ojców.

Janek kupił za pieniądze Anki szybkoschnącą farbę, wałek, pędzel i folię. Anka uznała, że to fajny prezent i fajny pomysł — pomalować ciotce sufit. Janek przytaknął. Malować umiał, sufit rzeczywiście zszarzał. Anka wyciągnęła z portfela dwie stówy, a następnie zażyczyła sobie szybką minetę, bez związku z pieniędzmi. Nie miał nic przeciwko. Wolał chyba minetować, niż malować. Mniejsza powierzchnia, pomyślał z rozbawieniem.

— Tylko dokładnie — nakazała Ania, gdy jego język zaczął już odmieniać tkanki jej ciała przez westchnienia i jęki.

Malując, musiał zadzierać głowę. Wtedy sufit i wałek kręciły mu się przed oczyma. No i zapach farby. Otworzył balkonowe drzwi i okna. Przykręcił kaloryfery, żeby nie marnować ciepła i oszczędzić na rachunku za ogrzewanie.

Praca fizyczna zwykle go uspokajała. Czuł, że ma sprawne, mocne ciało. Ogarniał perspektywę najbliższych godzin: postawienie ścianki działowej, zafugowanie łazienki, zaszpachlowanie pokoju. Wiedział, co robi, i wiedział, ile ma do końca, czy to w metrach kwadratowych, czy też godzinach, czy jakiejś innej jednostce czasoprzestrzeni, jak ból krzyża albo kwas mlekowy, na przykład. Wiedział również, że w ten sposób zarabia pieniądze. Dość, by uzupełnić stypendium socjalne i kwoty przekazywane przez dziadków, nie dość — by zaszaleć, na przykład wyjechać na Wyspy Kanaryjskie lub pójść na profesjonalne prostytutki, ustami cuda czyniące, w Klubie 69 niedaleko bazaru na Kawaleryjskiej, przy których wskrzeszenie Łazarza wypadało raczej blado.

Skończył trzecie malowanie sufitu. Farba rzeczywiście szybko schła. Zaczął zwijać folię z mebli. Spojrzał na zegarek. Uwinął się prędzej, niż myślał, chociaż starał się nie myśleć. Ania powinna wrócić za dwie godziny. Obiecała zabrać go do kina.

Ktoś otworzył drzwi.
— Już wróciłaś? — zapytał.

ANKA

Zabrała trochę rzeczy, skłamała rodzicom, że nocuje u koleżanki — będą uczyć się do kolokwium. Ojciec, wypiwszy dwa piwa, z rzadkim u niego przebłyskiem inteligencji lub ironii, a może jednego i drugiego, ewentualnie rubaszności, zapytał, czy to kolokwium z rozmnażania. Matka prychnęła, co oznaczało, iż nie chce takich bezeceństw wysłuchiwać pod swoim dachem oraz że dwa piwa to stanowczo za dużo, nawet zero piwa byłoby niejaką przesadą.

Wieczorem obejrzała z ciotką jakiś film, klasyczny produkcyjniak: ona rzuca pracę, aby urodzić dzieci i poświęcić się ognisku domowemu, on zaś rzuca ją i dzieci, aby poświęcić się sobie. Anka, wbrew intencjom scenarzystów, wzięła stronę wiarołomnego męża. Ta kobieta, głupia krowa, czego niby się spodziewała? Sprząta, gotuje, rodzi i tyje. Nie czyta, nie wychodzi do kina, nie walczy z cellulitisem. Nie należy do żadnej organizacji pożytku publicznego. Nie posiada samodzielnych poglądów. Nie powinna się dziwić, że w facetach wywołuje paniczną chęć ucieczki, a także w lesbijkach (dodała w nawiasie). Anka kibicowała mężowi, wiedząc, że ten przegra, scenarzyści, głównie mężczyźni, zawsze brali stronę zwietrzałej etyki chrześcijańskiej, zbrodnia i kara, opłatek i wino, śpiew i kwiaty, i to wszystko, co się w życiu zwyczajnie nie zdarza. Tak też się stało. Do porzuconej żony dołączył rycerz na białym koniu. I żyli długo i szczęśliwie, w sposób zupełnie nieprawdopodobny, urągający doświadczeniu, przez pięć ostatnich minut filmu, napisy końcowe, przerwa na reklamę, dogodny czas na prędkie siku lub SMS-a.

Zanim poszły spać, Olga opowiedziała Ance o nowych lokatorach. Trzej mężczyźni, obcokrajowcy, chociaż świetnie mówiący po polsku, a przynajmniej „dzień dobry" wymawiali bezbłędnie, jak prawdziwi Polacy.

Trzej mężczyźni, kontynuowała opowieść, przystojni, raczej młodzi, jeden bardzo duży, drugi wysoki, choć nie wyższy od tego dużego, a trzeci młody, choć równie muskularny i wysoki jak ci dwaj albo dwoje. Dwóch? Ciotka zawahała się.

Ankę zainteresował ten ostatni, ten młody. Odruch zainteresowania, które się w niej szarpnęło, przypominał nawyk, nałóg i przyzwyczajenie i — zgasł szybko. Anka posiadała odpowiednio młodego kochanka oraz — z tym posiadaniem związane — korzyści, problemy oraz koszta. Drugi młody kochanek nie wchodził w grę. Ostatecznie doba liczyła sobie nadal dwadzieścia cztery godziny, a jej ciało jednego, intensywnie używanego, pomyślała z zadowoleniem, bobra. Nic nie wskazywało, aby doba lub bóbr ulegli pomnożeniu. Chwała Panu, pomyślała, na wysokościach, Tamie Asuańskiej Rozkoszy.

Rano słyszała ciotkę. Słyszała, jak ciotka odgrzewa zupę, jak się ubiera, jak myje zęby i sika — czyżby równocześnie? Jak delikatnie zamyka za sobą drzwi. Na klucz. Na raz w prawo. Lub lewo, zależy, jak patrzeć czy którędy słuchać.

Ciotka wyszła, Anka zapadła się w sen i nazbyt miękki materac. W swoim śnie spała w pokoju do złudzenia przypominającym pokój ciotki, mając — o czym pamiętała po przebudzeniu — niezatarte wrażenie, że to pokój ciotki do złudzenia przypomina pokój ze snu Anki. Czy to jednak ważne, co przypomina co, jeśli nie sposób tego odróżnić?

W tym śnie, śpiąc w znajomym pokoju, słyszała słowa, z których tylko niektóre niosły znaczenie. To była starożytna greka, wymawiana całkiem nowożytnie i żywo jak na martwy język. Anka zaliczyła dwa semestry klasycznej greki, następnie została zaliczona przez wykładowcę, co było zresztą warunkiem sine qua non, łacińskim, zaliczenia greki.

Słyszała obce słowa, wyłapując pojedyncze sensy. Pożałowała, że na zajęciach nie przyłożyła się bardziej do nauki, stawiając — i słusznie — na swoje cycki. Wykładowca przypominał szczura, szary i w nieokreślonym wieku, dawno już był opuścił pokład swego okrętu, laboratorium. Wszystko miał nijakie, twarz, ręce, gesty — wszystko. Anka nawet nie zauważyła jego członka, wszedł ślizgiem, wyszedł po angielsku, acz frontowym wejściem. Prawdopodobnie członek wykładowcy nie odbiegał od reszty. Nijaki lub klasyczny, lub klasycystyczny. Nawet się nie zabezpieczyli. Anka przypuszczała, że dupowaty wykładowca ma dupowate plemniki, ryzyko zajścia z nim w ciążę: jeden do miliarda; no chyba że, pomyślała, wykładowca jest wyjątkowo złośliwy (nie był).

Wyłapywała pojedyncze słowa w swoim podwojonym śnie, czy też w rozdwojonej jawie. Później usłyszała dźwięki nieznajomego instrumentu. Coś zdecydowanie szarpanego, z niewielkim pudłem rezonansowym, strun od czterech do dziesięciu. Nigdy wcześniej nie słyszała tego instrumentu.

To była jakaś pieśń, chór, zawód, melodia. Poszarpana i niemożliwa do zapisania na pięciolinii. Zdecydowanie inna notacja muzyczna. Konotacji brak, pomyślała Anka w swoim śnie, klucz wiolinowy nie pasował, niczego nie otwierał.

Te dźwięki, początkowo trudne do złożenia w całość i harmonię (obie skutecznie zmiażdżone przez radia typu RMF FM, Zet, Eska itede), dalekie od popu jak sławojka od chałupy, stopniowo zaczynały współbrzmieć, współgrać. Niby kontury w malowance, wyznaczały granice i kształty, te zaś — należało wypełnić barwą i emocją we własnym zakresie.

Opierając się na tych kilku strunach, na stropie i rezonacyjnych właściwościach wielkiej płyty i małego metrażu,

Anka usłyszała opowieść o stracie, ale nie takiej zwyczajnej stracie, jak na koncie lub bliskiej osoby, ewentualnie włosów i cnoty. To była opowieść o utraceniu tego, o czym się nie wiedziało, że się to posiada. To była strata najgłębsza, najbardziej dojmująca. Najlepiej ukryta. Najmniejsza. Punktowa.

Tak głęboka, że Anka zaczęła płakać przez sen. Wspomnieliśmy wcześniej, że Anka zawsze płakała przy wybitnej muzyce, dlatego słuchała gówna, tego uspokajającego chlupotu w eterze, w szambowozie fal krótkich i długich itede. Szum muzycznej kloaki, kołysanki przeciętności, tak chciała myśleć, układał się paralelnie ze zdarzeniami powszednimi. Zespół Feel pasował do codziennych problemów, do ułamanego obcasa w szpilce i fryzjera, który włosy zamienił w Pompeje, Mandaryna lepiej towarzyszyła kiczowatym rozstaniom — ta kiepska muzyka, te wybrakowane gwiazdy, z rzadkimi refrenami poprawności, to pomagało żyć.

Anka teraz, po romasie z greką, stwierdziła — choć nikt jej o to nie zapytał — że popkultura jest jedyną odpowiedzią na potrzeby współczesnego człowieka. Popkultura nie wymaga wiele i wszystko wybacza. Popkultura jest bardziej ludzka niż jakakolwiek religia.

Gdyby Anka zechciała doprowadzić swoje kalekie rozumowanie do końca, okazałoby się, że popkultura jest „niczym”, to znaczy: niczym Jezus Chrystus — wszyscy zostaną zbawieni na małym ekranie, w tym wycinku pasma fal radiowych wszyscy są równi. Popkultura każdemu daje szansę, wyciąga pomocną dłoń, bardziej demokratyczna niż sama agora. Kultura wysoka zadziera nosa. Zadzieranie nosa do niczego nie prowadzi. Niebo pozostaje w tej samej odległości.

Ankę obudził pocałunek.

Pocałunek jest demokratyczny.

Każdy wybiera, kogo pocałować chce. Albo nie.

ARES

Krótkie żołnierskie słowa. Komendy i rozkazy. Przelatujemy, co się nawinie, markietanki i tankietki, co uchyli przyłbicy albo spódniczki (chuj ci w oko).

Jestem Ares, syn Zeusa i Hery. Nie przejawiałem żadnych szczególnych zdolności. Dlatego zostałem bogiem wojny. Wojna nie wymaga żadnych szczególnych zdolności. Zabijanie jest proste jak zabijanie.

Jestem Ares, pan zasadzki, patron zdrady. To ja odkryłem, że liczy się tylko wygrana, styl nieważny, może być katyński albo motylkowy. Wojna niesprawiedliwa, brudna i okrutna to ja. Wygrywam zawsze. Przegrywam tylko z tą kurwą, w sensie metaforycznym, bo przecież Partenos, Ateną. Przegrałem wiele bitew, wygram wojnę. Sprawiedliwość nie ma szans.

Trochę się rozmnażałem. Głównie z Afrodytą. Mam synów i córki, cały pluton (nie mylić z tym rzymskim pokurczem!). Rzadko bywam w domu. Prawdopodobnie dlatego, że domu nie posiadam. Choć to nie warunek. Dzieci chowają się same. Są już dorosłe. Takie się urodziły i takie nie umrą.

Pewnego razu Hermes ukradł mi na Olimpie moje atrybuty. Dopadłem go przy trzeciej bramie olimpijskiej. Albo drugiej. Nie jestem najlepszy w liczeniu. Liczę zwykle na siebie. To żart. Mam poczucie humoru, jak widać. Oto dowód na. Bawią mnie: ćwiartowanie, sztych w plecy, ucieczka z bitewnego pola, złamanie danego słowa, między innymi, najlepiej między przyjaciółmi.

Jestem bogiem, dlatego nie mogę cofnąć danego słowa. Bardzo to komplikuje moje życie oraz stoi w sprzeczności z tym, w co wierzę, czyli — z niczym. Bogowie przysięgają na Styks. Styks to czarna rzeka. Nie jestem rasistą, ale pizdy nie znoszę.

Zatem dopadłem skurczybyka przy drugiej (trzeciej) bramie olimpijskiej. Chciałem na powrót wejść w posiadanie moich atrybutów, a wszedłem w Hermesa. Niekiedy, jak widać, zbaczam z drogi. Zboczenie z drogi zaowocowało narodzinami Erosa. To mój syn.

Nie byłem dobrym ojcem. Nie byłem atrakcyjnym wzorcem do naśladowania, przypuszczam. Tak tłumaczę fakt, iż Eros zainteresował się miłością i pragnieniem, zamiast pocić się i krwawić na polu bitwy.

Moje życie toczyło się swoim rytmem, szczęśliwie. Wojny i bitwy, rany zadane i odniesione, i tak dalej, cała ta buchalteria, no i romans z Hermesem, trwający w sekrecie. Nie chcieliśmy się afiszować, nie chcieliśmy dawać powodów do kpin. Źle znoszę kpiny na własny temat. Mam skłonność do rękoczynów. I nie idzie mi o dary Onana.

Aż wreszcie ludzie wynaleźli poczucie winy, wyrzuty sumienia oraz odkupienie. Nie w smak mi to było, lecz cóż począć: człowiek wymyśli, bóg się dostosuje. To wtedy zacząłem myśleć o swoich dzieciach, to wtedy pomyślałem, że warto by zadośćuczynić ich uczuciom, zapewnić poczucie bezpieczeństwa, rzucić papierosy, odpalić od Hestii ognisko domowe itepe. W rzeczy samej kierował mną egoizm, wynaleziony na długo przed tablicą Mendelejewa. Tenże egoizm mi podpowiedział, że odzyskam spokój wewnętrzny i typową dla mnie bezrefleksyjność, gdy mój syn Eros wybaczy mi zaniechania oraz niektóre bzykania.

Rozmawiałem o tym z Hermesem, po szybkim bara-bara tora-tora pearl-harbor w kantorku. Zgadzał się ze mną w planie ogółu, lecz nie doszliśmy do porozumienia na planie szczegółu. Wszystko rozwiązało się samo. Eros przyłapał nas w rzeczonym kantorku oraz w sytuacji, w której znalazłem się z przyjemnością, acz jednocześnie ze skrępowaniem (niekiedy losowaliśmy z Hermesem, komu przypadnie rola samca alfa; co oczywiste, wynik tego losowania rozkładał się statystycznie).

Eros postanowił się zemścić. Jako że jego postanowienie padło na przyjazny grunt naszego zaskoczenia oraz wyrzutów sumienia, przystaliśmy na karę i pokutę, wyznaczoną nam przez syna z sadyzmem, w którym dopatrywałem się pewnych śladów mojej krwi. Półwiecze na ziemi, pod jednym dachem, w budynku nie mającym megaronu.

— Będziemy rodziną, tatowie — rzekł Eros tyleż ponuro, co z uciechą.

Mój syn załatwił wszelkie zstępujące formalności, uiścił stosowną i na pewno słoną opłatę. Po wielkich, skandalicznych zaślubinach Ateny z Ozyrysem przenieśliśmy się na ziemię. Do kraju w promocji, raczej północnego niż południowego, z rozpowszechnioną zimą oraz farbą do włosów w kolorze blond, jak się zorientowałem bez trudu i od razu.

Kiedy zaczęliśmy wynosić meble poprzedniego lokatora, zmarłego gwałtownie przy kasie w biedronce (sklepie) — o czym poinformował mnie Eros, okazując akt hipoteczny (własności lokum) i zgonu (poprzedniego właściciela) — oraz wnosić własne sprzęty, kiedy... — wtedy zrozumiałem, w co się wpakowałem. Nie znajdowałem w sobie przekleństw, jesteśmy rodziną, pomyślałem ze zgrozą. Erynie przyłożyły się do pracy, jebane anorektyczki. Z rozdwojonym językiem.

Lokal o symbolicznej lub nawet alegorycznej powierzchni składał się z niewielkich: kuchni, łazienki połączonej z WC, przedpokoju oraz z nieco większego — jedynego! — pomieszczenia.

Kuchnię wyposażyliśmy w najnowocześniejsze sprzęty w liczbie skromnej, z racji ograniczeń kubatury. Sławojkę przerobiliśmy gruntownie, dzięki temu, że udało się ubłagać Erosa, ażeby pozwolił nam, to jest Hermesowi i mnie, skorzystać z boskich mocy. Cena wysoka: Eros zażądał, abym przez dwa lata chodził po M1 w damskich ciuszkach. Sytuacja upokarzająca, acz z precedensem: Herakles, służąc Omfale, ubierał się na jej rozkaz w kobiece stroje i prządł wełnę w otoczeniu dworskich dziewcząt, podczas gdy ona sama chodziła w jego lwiej skórze, z jego maczugą w ręku i słynnym łukiem na plecach, z lada powodu wpadając w gniew i krzycząc na Heraklesa, i okładając go swoimi złotymi pantofelkami. To właśnie te pantofelki są najbardziej upokarzające. Omfale mogła przecież maczugą.

Dzięki naszym boskim mocom, to jest moim i Hermesa, zwiększyliśmy powierzchnię WC połączonego z łazienką w stopniu bardzo ścisłym, a nawet nieprzyzwoitym. Zmieściła się sauna i ogromna wanna, posągi i sofy, a także ogród asfodelowy oraz basen i garderoba. Pomyślałem, że dwa lata w damskich fatałaszkach to w sumie jednak niewiele za taki prezent. Przyznam teraz na stronie, że rozzłościłem się niesprawiedliwością: otóż Eros ukarał tylko mnie (podomką), Hermesowi nie wyznaczając żadnej kary.

Nasz jedyny pokój, megaron, sypialnię i wszystko inne równocześnie również adaptowaliśmy do własnych potrzeb. Ściany i sufit pomalowaliśmy, podłogę wyłożyliśmy miękkimi dywanami i poduszkami, postawiliśmy niski stolik, tak abyśmy mogli posilać się w cywilizowanej pozycji półleżącej, jak i spać w rozsądnej odległości od siebie. Eros pozostał nieugięty i nie zgodził się na dalsze sztuczki z przestrzenią i wymiarami.

— Moi tatowie, musimy być blisko siebie — powiedział.

I byłem z niego dumny.

Skurwysyn rośnie.

Po ojcu.

OLGA

Wykonywała ćwiczenia różnego rodzaju, zależnie od nastroju i potrzeby. Pajacyk, skłony i przysiady, czasem krzyżówki.

Bezmięsna dieta i telefon do matki. A także TVP1 i 2 oraz ćwiczenia z empatii. Olga wybierała sobie jakąś osobę publiczną, której poglądów nie podzielała, i starała się od poniedziałku do poniedziałku rozumieć i lubić podmiot swego ćwiczenia.

Zanim się to wszystko zaczęło, ta historia z krasnalami i naprawiającym się wyposażeniem kawalerki, zanim cały ten bałagan się rozpoczął, Olga przeprowadzała ćwiczenie z empatii na Jane Fondzie.

Olga nigdy Jane Fondy nie poznała, tylko obrazy z *Barbarelli* mocno w niej utkwiły. Oldze tak trudno przyszło wempatować się w długonogi symbol seksu, że gdy sobie o obiekcie swego ćwiczenia przypominała, zdarzało jej się wybuchać wewnętrznym śmiechem. Być Jane Fondą okazało się ponad siły i finansowe zasoby Olgi. Następnym razem powinnam wybrać kogoś skromniejszego, pomyślała, bez nazwiska.

Olga jednak nikogo nowego nie wybrała, nie zdążyła — od założenia opatrunku nieznajomemu chłopakowi wszystko się zmieniło, chociaż pozostało bez zmian. Takie samo i krańcowo różne. Może to atak samotności? Może kara za to, że nie dość zajmuje się matką? Tyle możliwości, a pośród nich także i ta, że wszystkie one są fałszywe.

— Już wróciłaś? — zapytał głos, gdy tylko Olga zamknęła drzwi.

Ten głos nie należał do Anki. To był głos nieznajomy, młodomęski. Oldze skoczyło ciśnienie (a dwa lata temu — cukier). Wciągnęła dziwny zapach, jakby właśnie przechodziła obok stacji benzynowej: opary benzyny zmieszane z aromatem świeżo zmielonej kawy i coś jeszcze: zapach pieniędzy; oktany i grosze. Zimno; czyżby awaria c.o.? Nie przestraszyła się. Nie miała czasu. Przestraszy się dopiero, kiedy ta sytuacja dobiegnie końca.

Nie zdjęła płaszcza. Weszła do jedynego pokoju, najprawdopodobniej dlatego, że przedpokój był tak niewielki; przedpokój wypchnął Olgę do pokoju, nie zdołali się zmieścić w jednej przestrzeni o jednym czasie na dłużej: przedpokój i Olga.

W pokoju pozbawionym przedrostka, za to obdarzonym ironicznym przymiotnikiem „duży", Olga zastała chłopaka bez koszulki, zwijającego przezroczystą folię ze stołu, na głowie opatrunek. Olga machinalnie westchnęła oboże, jej oczy uciekły do góry: ujrzała lśniący świeżo nałożoną farbą sufit.

— Trzeba zamknąć balkon — tak brzmiały pierwsze słowa Olgi.

— Oczywiście, proszę pani.

A jednak ani ona, ani chłopak nie drgnęli.

Patrzyli na siebie.

Od wielu lat Olga nie widziała nagiego torsu młodego mężczyzny, torsu, względem którego mogła poczuć coś więcej niż względem torsów bratanków i siostrzeńców, zwykle odsłanianych bezwstydnie w lecie, przy sianie albo zwyczajnym byczeniu się na wsi. Lato jest co roku. Wieś też.

Kiedy człowiek umiera, przelatują mu przed oczyma migawki z życia, taki skrót z tego, co się zapamiętało i zapomniało, podobno. Kiedy Olga stała — w płaszczu i z reklamówką w ręku naprzeciwko nieznajomego chłopaka, opatrzonego przez nią jakiś tydzień temu — wtedy przed jej oczyma przeleciało całe życie, którego nie przeżyła: kochankowie, zdrady, małżeństwa i rozwody, synowie i córki, kredyt hipoteczny i pierwszy drugi samochód w rodzinie. Ten kalejdoskop alternatywnych obrazów nieco Olgę ogłuszył i lekko pchnął na lewo lub prawo od rozsądku.

Co czuła Olga na widok nieznajomego chłopca z nagim torsem w styczniu i w swoim mieszkaniu, z pomalowanym sufitem i zapachem stacji benzynowej, oktany i grosze, rachunek i reszta, kartą czy gotówką? Czy takie pytanie wolno postawić?

Czuła coś najbardziej zawstydzającego, wręcz — tak pomyślała — haniebnego: a gdybyśmy spotkali się trzydzieści kilka lat temu?

Patrzyła na niego, patrząc na siebie. Nie chciała tego widzieć: starsza kobieta w niemodnym ubraniu, zużyta i wycofana z obiegu; ona już wypadła z gry, nawet nie było żadnego zakrętu, ot, zwyczajnie się rozpędziła na prostej i okazało się, że już na pewne sprawy za późno, że świta meta, nikt nie kibicuje.

Nim odzyskała głos, udało jej się nazwać to, co czuła: upokorzenie. Kobieta upokorzona przez mężczyznę. Niepełnowartościowa kobieta i niepełnowartościowy mężczyzna. Niepełnowartościowe mieszkanie i niepełnowartościowa sytuacja. Tylko upokorzenie pierwszej jakości. Upokorzenie w M1, ulica Broniewskiego, miasto nieistotne, kraj w promocji, ponoć tysiącletni, jak Rzesza, która upadła w czterdziestym piątym.

JANEK

— Trzeba zamknąć balkon — tak brzmiały pierwsze słowa starej.

— Oczywiście, proszę pani — odpowiedział Janek i się zarumienił.

A jednak ani on, ani stara nie drgnęli.

Patrzyli na siebie.

Tyle razy wyobrażał sobie to spotkanie, patrząc w sufit, na spodnią stronę własnych powiek. Opracował wszystko w najdrobniejszych szczegółach i licznych wariantach, odlatujących z pamięci natychmiast po przybraniu ostatecznej formy: gąsienica, wylinka i motyl. Tyle razy, tyle razy, a teraz został wzięty z zaskoczenia: bez koszulki, raczej zziębnięty niż spocony, zamiast kilkudniowego zarostu plamy z farby na gładkich policzkach, do tego zwyczajne spodnie, perfum nie użył, nawet zębów nie umył.

Powinienem zamknąć balkonowe drzwi i odkręcić kaloryfer, pomyślał. Nie drgnął jednak. Stara wpatrywała się w niego: oczy miała nieco inne niż w jego wyobraźni, bardziej okrągłe i większe, również kolory nie do końca grały z pamięcią. No i rzęsy, zapomniał o rzęsach. Rzęsy rzucają drobniutkie cienie, prawie niewidzialne, niczym cieniutkie przebarwienia skóry, nacięcia na tkance, rozmazane światło, fastryga spojrzenia.

Janek bardzo jasno widział, czego chce. Z równą jasnością zauważał, że to absolutnie niemożliwe. Nawet nie odczuwał zażenowania, pragnąc, czego pragnął. Kłamać nie mógł. Powiedział prawdę, która okazała się unikiem:

— Ania poprosiła, żebym pomalował sufit — powiedział.

Kobieta nie zareagowała. Nie od razu.

— Żebyś. Pomalował. Sufit — wydusiła ze zmiętym pytajnikiem.

— Żebym — odpowiedział całkowicie już pewien, że kłamie po raz pierwszy od tygodnia, ale też mówi prawdę.

Milczeli. Szybko wyczerpały się tematy, praktycznie — zanim się poznali, już nie mieli o czym ze sobą rozmawiać. Skończyli, na czym zaczęli, a zaczęli na malowaniu sufitu. Żebym. Żebyś. Spójnik odmieniany przez osoby. Osoby połączone spójnikiem. A spójnik jest nieodmienną częścią mowy, podobno.

Janek zrobił jeden krok ku Oldze. Jeden krok to niedużo, lecz zaskakująco wiele, gdy przydarza się w M1. Przestawiwszy stopę, znalazł się tak blisko Olgi, że opary farby uderzyły mu do głowy, i byłby się zachwiał albo nawet upadł, gdyby nie stół i konwencja. Oparł się dłonią na blacie. Dłoń wypuściła z siebie szeroko palce niby lądownik kosmicznego statku.

Ta dłoń i faktura jesionowej okleiny, ledwo wyczuwalnej pod szydełkowaną serwetką, one powstrzymały upadek Janka.

Olga również wykonała jeden krok.

Prawie tango. Taniec towarzyski. Tango de salón albo argentino: osiem podstawowych kroków. Dwa już wykonano. Wysokie noty za wartość techniczną. Oklaski.

Kobieta i mężczyzna. Półwiecze z bonusem i zmarszczki oraz młodość w opatrunku i bez koszulki. Temperatura dodatnia, pora roku z Vivaldiego.

Parada, jedna z figur tanga, mężczyzna zatrzymuje kobietę w trakcie wykonywania ocho; kobieta w pozycji z nogami otwartymi. O reklamówce z zakupami ani słowa. Reklamówka nie jest turniejowa. Jest foliowa.

Tango w M1.

Janek przechylony, z dłonią wrośniętą w stół. Olga nadal w płaszczu, z reklamówką w dłoni.

A kolejny krok?

Kolejny krok:

Janek nic nie rozumie, niczego nie kontroluje. Nie planuje. Kładzie wolną dłoń na ramieniu Olgi, na płaszczu.

Chciałby podziękować.

Nie dziękuje.

Chciałby przeprosić.

Nie przeprasza.

Chciałby oddać ukradzioną stówę.

Nie ma tylu pieniędzy.

Twarz Olgi jest już tak blisko. Usta zamazane szminką nieokreślonej barwy. W kąciku oka czerwona plamka mięsa. Płatek ucha z delikatnymi przezroczystymi włoskami, jak cienie rzucane przez rzęsy. Rzęsy mocne i rzadkie. Styczeń za oknem. Jutro spadnie grad rozmiaru przepiórczych jajek: dwanaście wypadków samochodowych, trzy ofiary śmiertelne, siedemnaście stłuczek, na cały kwadrans zaniknie sygnał

TVN-u i Polsatu, ze szkodą dla wielbicieli seriali, na świat przyjdzie dwadzieścioro dzieci, jedno umrze następnego dnia, matka nawet nie zdąży dziecka pokochać, za późno wybudzi się z narkozy.

Kolejny krok:

Janek wyjmuje reklamówkę z ręki Olgi. Olga nie ma nic przeciwko. W reklamówce chleb i bułki. A także trzy pączki niezbyt wysokiej jakości, za to niskiej ceny, lukier wysublimował się w foliowej torebce, skleił wszystko, folię z pączkową skórką w lepkim, brudzącym ręce pocałunku — recyklingowany sentyment.

Calesita to figura, w której prowadzący obraca partnerkę wokół jej osi. Partnerka stoi na jednej nodze, w tej figurze. Olga stoi na dwóch, ma już swoje lata, a i oś nie taka prosta jak za młodu.

Prowadzący (Janek) zaczyna odczuwać podniecenie. Może to tylko zapach farby, chemiczny feromon; może niedawno uzyskana pełnoletność; może rykoszet uderzenia w głowę, teraz przewiązaną szarfą bandaża? Może. Może nawet nie jest to podniecenie ciała, lecz ducha, złośliwie zmaterializowane w okolicach członka, co Janek czuje wyraźnie, z czego sobie sprawę zdaje. A może to bliskość f i g u r y matki, której nigdy nie miał, albo k o c h a n k i, którą ma od niedawna? Lub też figura wyrażająca skrępowanie? Lub anarchię? Może to symulakra jego nienawiści, przełamanej gumką od majtek? A może to coś zupełnie innego, niedostępnego narracji?

Wykonawszy obrót, jakby chciała uciec, ale przegapiła moment, w którym sto osiemdziesiąt stopni przechodzi niezauważalnie w trzysta sześćdziesiąt, Olga wraca do punktu wyjścia: tego samego widoku na otwarte balkonowe drzwi, co od dekad, tego samego płaszcza, który grzeje bardziej niż potrzeba i liczy sobie niewiele mniej lat od tego widoku, aż wreszcie — tego samego ciała, ciała przyszłego mężczyzny, bardziej nagiego, niż ośmieliła się kiedykolwiek mieć sen. Olga bowiem — wiem ja, my i ty, i wszystkie osoby, które przeszły gramatyczne sito — miewała erotyczne sny. Snów nie pamiętała. Wolała myśleć, że na materacu przysiadał ojciec. Ojciec ze snu, którego nie pamiętała, i życia, którego fragmenty chętnie wymazałaby gumką myszką.

Zatem obrót, niezrozumiały, obrót między matką (którą nigdy się nie stała) a kochanką (którą nigdy nie była) oraz córką (którą będzie do śmierci matki albo i do swojej śmierci, trudno rozstrzygnąć). Obrót w niemodnym płaszczu i poza tempem, na dwóch nogach, gracja stłumiona dywanem, strach — świeżo pomalowanym sufitem.

Obrót.

Kolejny krok:

Volcada. Zatoczywszy koło, niechciane i nieprzewidziane, prowadzone drżącą kończyną z punktu narracji, z gracją i potknięciem debiutantki na polu gier płci, Olga wychyla się ze swej osi, nieco skręconej początkiem reumatycznych przypadłości, i opiera się na górnej części ramienia młodego przyszłego mężczyzny.

Czy to nas wzrusza?

Wzrusza.

Czy ma przyszłość?

Nie ma.

Czy brak przyszłości nas wzrusza?

Zbyt krótka perspektywa jak na tak długie pytanie.

Doprawdy, piękna to volcada, dramatyczna, pomost ponad rzeką pokoleń, most niby tęcza: wielokolorowa i doskonała, rozszczepiona ze zwyczajnej bieli: starczy pryzmat albo brzydka zima, niskie niebo.

Kolejny krok:

Krok ten obywa się bez nóg, chociaż na podorędziu mamy dwie ich pary: białe i gładkie, kobiece oraz nieco ciemniejsze i obficie owłosione, młodomęskie.

Krok ten odbywa się na wersalce. Olga straciła płaszcz i reklamówkę, zgubiła obuwie na niewysokim obcasie, zjadła część szminki z własnej wargi i nawet nie pomyślała, że to dopiero przekąska.

Krok ten w żadnym razie nie wynikał z kroków poprzednich. Nie był ich naturalną konsekwencją. Gdyby światem rządziły prawdopodobieństwo i racjonalność, statystyka i psychologia, fides et ratio, ten krok nigdy by nie został postawiony ani przeoczony: pamiętajmy, że dwie pary nóg pozostawały nieruchome, czworo równoległych względem siebie patyczków, mniej więcej, cztery proste równoległe, które kiedyś się przetną, w nieskończoności, jeszcze na tym osiedlu, na W. Broniewskiego.

Krok ten śmiało wkraczał na obszary wiedeńskich kawiarni; ego, id i guma donald, kompleks, nadzieja i figa z makiem.

Janek, całując usta Olgi, ten lepki lukier szminki i nieco przywiędłej skóry, słabo uchwytną woń pasty colodent do zębów i lemoniady 1,99 za dwa litry, drżał.

Nigdy wcześniej nie odczuwał takiego strachu. Ani takiego pożądania. Pożądania wyraźnie skupionego w członku, acz ta erekcja była najwyżej alegorią, erekcja sama w sobie bez znaczenia, produkt uboczny umysłu i ciała, ciało-mysłu. To było pożądanie z trzewi trzewi, z samego serca albo wątroby, zależnie od kontekstu kulturowego. Co więcej, to było pożądanie, którego żaden orgazm nie zaspokoi, żadna pieszczota nie ukoi. To było pożądanie równie straszne jak pożądanie Abrahama ofiarowującego swemu bogu syna swego Izaaka.

To było pożądanie jak gardło spragnionego wędrowcy przez pustynię, jak żołądek więźnia niemieckiego obozu koncentracyjnego — z granicami tak bardzo przesuniętymi, że podobnymi do granic wieczności, bez krawędzi i wartości granicznych. Nawet strażnicze wieże ginęły na linii horyzontu.

To było pożądanie poza rozsądkiem. Itede. Itepe. Etece.

Uzasadnić — niepodobna. Znaleźć w tym ciasnym M1 między jednym dniem stycznia a drugim punkt, w którym to się stało — niemożliwość. Pozostaje tylko krok kolejny, poza oceną i przyczyną ze skutkiem –

Krok kolejny:

Krok kolejny odrywa się od podłogi, obywa się bez dywanu i obuwia, w pozycji wertykalnej.

Krok kolejny jest tak nieprawdopodobny, że łatwiej przyszłoby uwierzyć w lądowanie UFO albo zmartwychwstanie człowieka. Precedensy istnieją: Roswell i Jerozolima, na przykład.

Krok kolejny właściwie nie jest żadnym krokiem. Rozpada się na serie długich nieporadnych drgnień, oscylacji mięśni wokół nieokreślonych współrzędnych, nazwijmy je xyz.

W tle zgrzyt klucza. W prawo i w lewo. Albo odwrotnie. Oraz dźwięk kroków. Te kroki należały do kogo innego — do jurora, korekta: jurorki.

ANKA

Spotkały się w Czarcim Pubie, po zajęciach. Dzień dobijał południa. Słońce, niewidoczne, stało w zenicie, nic niezwykłego. Słońce zawsze stoi w zenicie (albo nadirze), potrzebny jest tylko obserwator, linia prosta, no i słońce. Horyzont (może być umysłowy) pięknie to wszystko uzupełnia, dodaje dramatyzmu, czarownie podkreśla kolor oczu: Anka wylosowała niebieskie, pospolite, a czasem zielone, gdy słoneczne promienie padały pod dużym kątem, tak płasko, ostro, czyli pod kątem niewielkim. Geometria nie należała do jej najmocniejszych stron, studiowała polonistykę.

Anka przyszła pierwsza. Zamówiła piwo i paliła papierosy. Wypaliła trzy. Już przy pierwszym chciała popędzić na

Broniewskiego. Opanowała się jednak. Redaktorki „Cosmopolitana" pochwaliłyby ją za to, że wytrwała i nie popędziła, w dziale styl życia — zapaliła drugiego.

Cosmo-koleżanka przybywa z nieznacznym spóźnieniem. Anka planowała streścić ostatnie zdarzenia, wypijając w międzyczasie nie więcej niż dwa piwa, lecz koleżanka — buzi-buzi, świetnie wyglądasz, ty też, ciota mi się spóźnia — jest głupia. Co do tego nie ma Anka żadnych wątpliwości. Cosmo-koleżanka jest głupia i nawet nieszczególnie ładna, nigdy wcześniej ta ładność nieszczególna Ance nie przeszkadzała, teraz jednak przeszkadza. Chciałaby zobaczyć koleżankę na kartoflisku. Chciałaby zobaczyć te dłonie w kremie i pięknie przyciętych paznokciach z tipsami na bruździe świeżej ziemi, zamiast pierścionków świeże dżdżownice, no i przydałoby się trochę gówna. Gówno uszlachetnia, podobnie jak cierpienie, podobno to prawda.

Koleżanka, zamówiwszy alkohol, nawija o czymś. Anka nie słucha. Nie słucha w czasie dwóch godzin i trzech piw. Również papierosy się skończyły, a przecież paczkę nabyła nie dalej jak wczoraj.

— Muszę już iść — stwierdza Anka, spojrzawszy ostentacyjnie na zegarek.

Koleżanka coś odpowiada. Prawdopodobnie kopiuje wypowiedź Anki. Anka nie słucha. Te pocałunki w policzek wcale nie należą do niej. To nie ona całuje, całując. Ta jej ręka opadająca w czułym przyjacielskim geście na ramię koleżanki wcale nie należy do niej; ta ręka tylko opada identycznie, jak opadałaby ręka Anki w takiej sytuacji. Na szczęście koleżanka musi oddać mocz. Anka może wyjść z Czarciego Pubu sama. Mocz odda u ciotki.

Łapie taksówkę, chociaż na taksówkę właściwie jej nie stać:

— Broniewskiego — rzuca i zagląda do torebki w poszukiwaniu niczego.

Spieszy się, bo kocha. Tak przynajmniej jej się wydaje.
Mimo że kocha i się spieszy, taksówka wolno przebija się
przez zakorkowane miasto. W tym mieście drogi są zdecydowanie zbyt mało pasmowe, żeby człowiek mógł kochać szybko, by mógł spieszyć się kochać ludzi, bo tak szybko odchodzą — jak w bon mocie.

Na klatce pokonuje po dwa stopnie naraz, kręci jej się trochę w głowie, ściska w pęcherzu, myśli o Janku. Myśli o tym,
jak powinna go zagadnąć, żeby nie wyjść na kretynkę, przede
wszystkim przed sobą. Otwiera drzwi: prawo-lewo. Jestem
niespodzianką, myśli. Jest przygotowana na to, żeby wziąć ją
w ramiona. Usta gotowe do pocałunków, włosami można się
bawić, nawijać na palec loki.

Disco polo pierwsza klasa.

W pokoju na wersalce widzi:

Ciotkę

Janka

wtulonych w siebie.

Fiu, fiu.

Anka nie rozumie.

Nie rozumie.

Jej własna siatkówka stała się wrogiem numer jeden.
Kłamie.

Szok.

Anka przeżywa szok. Przeżywa w sposób dystyngowany.
Wychodzi z mieszkania, oddala się od wersalki — na wersalce ciotka i Janek — najciszej zamykając za sobą drzwi: prawo-
-lewo, na klucz. Jakby jej nie było. Szok pozostał.

Chciała zejść na dół, weszła na górę, zenit i nadir, usiadła
na schodach.

Usiadła, więc siedzi.

Widziała, więc jest jej trudno.

Na taksówkę nie ma pieniędzy. Nie wróci do domu taksówką. Może autobusem. Jest wcześnie. Albo na piechotę. Ma dwie nogi i brak przeciwwskazań lekarza bądź farmaceuty. Szkoda tylko, że założyła szpilki zamiast adidasów.

Siedzi na schodku. Nie jest w stanie myśleć racjonalnie ani nieracjonalnie. Po prostu siedzi, a co kwadrans szuka czegoś w torebce. Prawdopodobnie papierosów, które się skończyły, z dymem poszły, ognia niewiele. Na kolejną paczkę brak pieniędzy. Nie znalazłaby w sobie zresztą siły, aby dotrzeć do kiosku. To pewnie przez te szpilki, upośledzają funkcje ruchowe. Oraz umysłowe. Dlatego siedzi.

Penelopa latami czekała na Odyseusza. Anka również może poczekać. Za tydzień na konto wpłynie stypendium; może by tak przeczekać tutaj na schodach? A już jak stypendium wpłynie, to pójść do kiosku po papierosy? A może przyjdzie też wiosna? Wtedy mogłaby zdjąć szpilki i boso udać się do kiosku, w stylu bardziej hipi niż glamour?

HERMES

Nazywam się Hermes, syn Zeusa i Mai, brat Ateny, Afrodyty, Apolla i tak dalej. Patron złodziei, wędrowców, kupców i posłańców. Odprowadzam zmarłych do Hadesu. Mój atrybut to kerykejon — laska opleciona dwoma wężami i zwieńczona parą skrzydeł: uśmierza spory, godzi wrogów, a i głowę rozbić potrafi, jeśli porządnie trzasnąć, a nic tak do zgody nie skłania, jak widok rozpękniętej czaszki. Oraz uskrzydlone sandały, dzięki którym przekraczam bez trudu prędkość dźwięku, lokalnie zaś nawet światła.

Pierwszego dnia poznałem niektórych sąsiadów, chociaż niektórych znałem już wcześniej: z krawędzi krawędzi. Wszyscy oni są znacznie młodsi ode mnie, lecz wyglądają starzej, takie qui pro quo.

Urządziliśmy nasze M1 — poczułem zmęczenie. Przyjemny stan. Zadowolenie leniwe, pozbawione choćby krztyny euforii.

Jestem nieco rozżalony na Erosa, mego syna, że wybrał nam do mieszkania norę nor: na lat pięćdziesiąt, od początku istotnie ograniczona wszechmoc, powierzchnia użytkowa lokalu więcej niż niewystarczająca. Z drugiej strony rozumiem własnego syna: on się mści, trudno mścić się w pałacu, tyle kątów i zakamarków.

Teraz na półwiecze zgodziłem się na zabawę w człowieka, w rodzinę, w karę. Jestem na wakacjach, tak jakby i jakby nie. Sandały schowam w szafie. A może nawet zostaniemy w tym kraju z promocji aż do końca? Przecież rodzinna przemoc uzależnia, zarówno oprawcę, jak i ofiarę (gdzieś to przeczytałem lub usłyszałem), a religia nie ma przyszłości. Religia ma tylko przeszłość i liturgię.

Pierwszej nocy nie spaliśmy. Rozmawialiśmy, pijąc greckie wino wyprodukowane z pewnością w innym niż Grecja kraju, a kupione nieopodal w żabce. Co to były za czasy, gdy Grecja nie istniała, a myśmy podróżowali między ludźmi, od polis do polis, stale obecni tutaj, a z rzadka tam — na Olimpie! Rozmawialiśmy; syn puścił nagranie z koncertu Marsjasza, mego ulubionego koncertu, dodam, oraz koncertu ostatniego, tak się złożyło.

Nie wiem, jak to się stało, że od rozmowy przeszliśmy do sporu. Do rękoczynów nie doszło, nikomu nie chciało się wstawać.

— Zabiję cię innym razem — rzucił Ares i ugryzł marchewkę.

Eros dużo się śmiał, szczując nas na siebie.

— Więc na tym polega rodzina? — zapytałem go.

— Przypuszczam — odpowiedział — że właśnie na tym. Chociaż mam nadzieję, że najgorsze dopiero przed nami.

Potem zasnęliśmy. Nie spałem od wieków, zbyt byłem zajęty. Sen jest rewelacyjny. Bardzo być może, że sen to najwspanialszy wynalazek materii.

Spaliśmy bardzo długo i zbyt blisko siebie.

Ares w kobiecym fartuszku (myto za powiększenie łazienki) przygotowywał śniadanie. Tak zaordynował Eros: Ares gotuje, ja sprzątam, seks nie przy dziecku.

Na śniadanie jajecznica; godzina bardziej pasowała do kolacji niż śniadania. Prawdopodobnie jeszcze nie musieliśmy jeść. Jedzenie to nawyk lub przywilej, nie przymus, gdy jest się bogiem.

Zjedliśmy. W trakcie jedzenia przeczytałem instrukcję obsługi zmywarki. Ares czytał *Bitwę jutlandzką*, Eros zaś bawił się gameboyem.

Czy tak będziemy siedzieć? Siedzieć i jeść? W bezruchu, pośród kalorii i ścinków bieżącej kultury kraju z promocyjnego folderu?

— Idę pobiegać — powiedziałem.

— Idę z tobą — powiedział Ares.

— O nie, ktoś musi się mną opiekować! Jestem dzieckiem! Ares zmełł przekleństwo.

— Idź — powiedział zza zaciśniętych zębów — a ja zostanę z tym małym skurwielem.

Eros znowu się uśmiechnął.

— Tato, idź pobiegać — rzekł — a ja zostanę z drugim tatą.

Przebrałem się, czyli założyłem coś na siebie.

Biegłem dość szybko, z przyzwyczajenia. Dopiero po pewnym czasie zdałem sobie sprawę, że dobiegłem do miasta Warszawa, prawie dwieście kilometrów. Trzeba wracać. Wróciłem. Chyba mam zakwasy.

Nasz syn rozwiązywał krzyżówki. Ares czytał *Bitwę pod Salaminą*. Chyba się spociłem, po raz pierwszy.

— Chcę czekolady — oznajmił Eros.

— Jak chcesz, to zapierdalaj do sklepu — burknął Ares.

— Chcę czekolady, ale nie chcę iść do sklepu.

— No to masz problem.

— Ja mam problem?! Spójrz na siebie!

Rzeczywiście, Ares w damskiej podomce nie prezentował się najzdrowiej. Bardzo mnie to rozbawiło.

— Chyba popływam w basenie — powiedziałem; kłótni jeszcze się nasłucham.

— Zabiję cię innym razem — rzucił w moją stronę Ares i ugryzł marchewkę.

Poszedłem do łazienki. Ktoś zadzwonił. Słyszałem Erosa otwierającego drzwi.

— Tato! — krzyknął — ta pani chce zrobić siku!

— Ale dlaczego u nas?! — odkrzyknąłem. — Jest tyle miejsca na klatce schodowej.

Długo nie usłyszałem odpowiedzi, być może Eros klarował sytuację, aby wreszcie:

— Albo ją wpuścisz, albo ona posika się w korytarzu. To ty sprzątasz, więc sam decyduj.

OLGA

Najistotniejsza część Olgi, jej ciało w komplecie, piątka zmysłów równo wyciągniętych obok Janka, a także mózg — można by ciągnąć dziecięcą wyliczankę elementów składających na rdzeń Olgi, ene due like fake, długo jeszcze, nigdy nie dochodząc do sedna — najistotniejsza część Olgi, czyli Olga właśnie, leżała obok chłopca, na zmiętej kapie wersalki, na półwdechu, z półopuszczoną powieką, w spłaconej kawalerce, rozchełstanym ubraniu, z sercem w klatce piersiowej, teraz zwalniającym swój bieg, czy zapłaciła czynsz za styczeń (?).

Jak opisać Olgę? Nie ujmując i nie dodając? Nie dzieląc ni mnożąc? Unikając kłamstwa i nie wzdragając się przed prawdą?

(...) Na przykład tur
Był ciemny Szedł ławą Ryczał
Zataczając się rzężąc nie pogodzony padł
W roku pańskim 1627 (...)

Czy jest jakieś uzasadnienie dla faktu, że Olga leżała obok młodego ciała potencjalnego mężczyzny? W wieku jej mało teraz prawdopodobnego syna?

Nie ma.

Czy jest — postawmy na tony wysokie i fałszywe, na te wszystkie wysokie c, które nawet nie rozpoczynają się przy pierwszym a i nie dochodzą zet, na te wszystkie powstania i odezwy, hekatomby i aborcje, na cały ten popiół, w którym człowiek człowieka człowiekiem — jakieś uzasadnienie dla życia Olgi, dla jego (to jest życia) trwania?

Nie ma.

Nie ma.

Nie ma.

Nie ma.

(Przybij piątkę!)

Zbliżmy się bliżej sedna; czyli gdzie, dokąd?

Na obrzeżach Olgi widzimy powieści Danielle Steel obrysowane kreską zniechęcenia; przechodząc ku środkowi, natkniemy się na obiekcje natury ludzkiej, cały ten bagaż wątpliwości, że wymienimy tylko kilka: różnica wieku Olgi i Janka, różnica doświadczenia, różnica płci, postrzegania, różnica między „chcę" a „powinnam". Związek Olgi i Janka, jakkolwiek by wyglądał i na cokolwiek by się zanosił, przede wszystkim zapowiadał się na katastrofę. Nawet „Titanic" miał większą szansę uniknięcia lodowej góry niż Olga wymanewrowania bliskiego sobie świata, który już się czaił za ścianami M1, żeby skoczyć do gardła, nie dosłownie, człowiek to nie lampart, paznokcie to nie pazury, a na cętki jeszcze nie przyszła pora — wątroba wywiązywała się ze swoich zobowiązań.

Przechodząc ku środkowi Olgi, z dalekich przedmieść psychologii, natkniemy się na zapowiedź katastrofy. Olga przeczuwała, że to się skończy katastrofą. W prowincjonalnym mieście prowincjonalnego kraju o etyce chrześcijańskiej nie jest możliwe do wyobrażenia szczęśliwe trwanie związku ledwo pełnoletniego chłopca i przedemerytalnej kobiety, chyba że mówimy o świecie literatury fantasy lub teologii — obie siostry, obie Krysie.

Olga nie chciała obierać kolizyjnego kursu względem swego świata. Kurs ten został obrany bez jej świadomego udziału: w momencie gdy Janek zasnął w jej ramionach. To wtedy maszynka sterowa się zacięła. Kolizja nieunikniona. Szczury pewnie już opuściły pokład, rozeszły się po świecie jak wici.

Przechodząc ku środkowi Olgi, dostrzeżemy również niezwykłe przebudzenie jej ciała. Janek zasnął, Olga nie umiała. Inicjacja seksualna wytrąciła jej ciało z rytmu. Ciało Olgi czuwało. Wymęczone pracą w sklepie spożywczym, przeciągane każdego wieczora przez ścieżkę zdrowia TVP, czasem zbuntowane i powiększone w migdałkach, czasem zaskakująco sprawne, głównie na wykopkach na wsi, raz do roku, u matki: osiemdziesiąt lat już matka zaliczyła z widokami na kilka kolejnych, a inflacja niezmiennie utrzymuje się na jednocyfrowym poziomie.

Ciało czuwało, poddane grawitacji, fizyce ciał niebieskich, jak i fizyce białka, procesom zamieniającym czas w zmarszczki, zmarszczki w wyraz skupienia i mądrości, a mądrość w śmiech, źle moderowany, często pusty.

Zbliżając się do rdzenia Olgi, do jasnej, napiętej struny kręgosłupa i chrząstek umysłu, do tego w świadomości, co najwyraźniejsze, bo bieżące, zbliżając się — zastaniemy dwa pewniki: szczęście, że zdarzyła się, może nieco spóźniona, okazja do szczęścia, i strach. Straszny strach. Pleonazm. Pleonazm życia: życie, które zawiera w sobie życie.

JANEK

Nic nie poszło zgodnie z planem.

Nic.

Nawet oczy starej nie przypominały oczu, które wielokrotnie rozścielał na suficie pokoju w internacie. Janek nie przypuszczał, że kolory odznaczają się własną dynamiką, samodzielnością i sobiepaństwem, niepodległe pamięci ani wyobraźni.

Nic.

Nic nie poszło zgodnie z planem. Co gorsza, niewiele pamiętał. Pamiętał, że chciał odkręcić kaloryfer i zamknąć drzwi balkonowe. Chciał i tego nie zrobił. Akurat to go nie zaskoczyło: często nie robił tego, co zrobić chciał. To znaczy: chciał i nie robił. Lub nie chciał i robił. Zależnie od okoliczności. Wymiennie, także na krzyż. Bez znaczenia.

Jego usta, pogrążone tak jak reszta we śnie, zatrzymały na sobie trochę szminki, kolor nieokreślony, odcień perłowy, z wkładem z witaminą D lub E. Jego skóra pachniała jej zapachem: tanie kosmetyki, kokosowy płyn do płukania tkanin pod tytułem kłębuszek, kulki antymolowe — wszystko wymieszane wspólnie na palecie ciała starej niby kolory.

Janek nigdy nie był tak delikatny. Delikatny i stanowczy. Nie pospieszał Olgi, jednak nie pozwalał się jej wycofać. Uważał, żeby inicjować pocałunki i dotknięcia, żeby oszczędzić

Oldze wstydu, który i tak na nią spadnie. Pilnował, żeby sytuacja nie straciła klarowności: to on uwodził Olgę; nie ona jego. Wydawało mu się bardzo ważne, aby Olga mogła z czystym sumieniem i jasnym wspomnieniem powiedzieć, że została uwiedziona, a nie — że ona, stara kobieta, uwiodła młodzika. Janek myślał o Oldze, myślał o tym, o czym ona będzie musiała pomyśleć, czemu stawić czoła, jakim demonom i plotkom. Chciał jej ulżyć. Nigdy nie był tak delikatny. Delikatny i stanowczy.

Dlatego zasnął. Zasnął delikatnie i stanowczo. Z równym oddechem pomiędzy równymi zębami. Z twarzą rozluźnioną i spokojną. Dał Oldze czas, niech Olga się zastanowi, zanim porozmawiają po raz pierwszy w życiu. Niech Olga patrzy na niego i niech widzi, że on się jej nie wstydzi, że mu z nią dobrze, że może tak spać, rozluźniony i beztroski, choćby do końca świata. Niech Olga patrzy, niech się oswoi, niech przestanie się bać. Niech da im szansę. Sobie i jemu.

Dlatego zasnął. Zasnął delikatnie i stanowczo. Nic. Nic nie poszło zgodnie z planem. Co za szczęście!

Obudził się w ciemnym mieszkaniu. Nie wiedział, która jest godzina. Mogło być dość wcześnie: zimą ściemniało się już w okolicach czwartej. Najpierw pomyślał, że jest sam.

Nie był, czuł na sobie ciężar. Ciężar czyjegoś spojrzenia. Wzrok Olgi, o krok od jego skóry, wystarczy potknięcie, żeby się dotknęli.

Dlatego w pierwszej chwili miał ochotę kochać się z nią. Chciał, żeby Olga leżała obok. Żeby pachniała tymi swoimi kosmicznymi mieszankami ze styku tkanki i tkaniny. Ale nie mogą się kochać. Nie mogą odkładać rozmowy. Jak na osoby, które nigdy ze sobą nie rozmawiały, zaszliśmy daleko, pomyślał. Gdybyśmy zaczęli od rozmowy, skończyłoby się policją, zawałem. Źle by się skończyło. Pomyślał. Zupełnie gdzie indziej.

W pokoju panowała duchota, Olga musiała zamknąć balkon i odkręcić kaloryfery do oporu. Być może taka duchota panuje w hotelowym pokoju na Wyspach Kanaryjskich, gdy wysiądzie klimatyzacja, gdzie nigdy nie był i raczej nie będzie. W nosie kręcił zapach farby. Janek raz tylko wciągał poppersa: chemię wyostrzającą doznania seksualne. Kiedy Janek wciągał poppersa, jeden jedyny raz, nie miał czego wyostrzać: wyostrzanie zera nadal pozostaje zerem. Może zapach farby na suficie działa jak poppers? Może dlatego mam ochotę się kochać?

Spodnie i majtki pewnie leżały gdzieś na podłodze. Albo złożone w równą kostkę na fotelu. Janek leżał nago, na lewym boku, zwrócony ku ścianie, w półmroku. Olga na mnie patrzy, pomyślał. Chciałbym się jej podobać. Bardzo bym chciał. Najbardziej ze wszystkiego jak dotąd. Mimo że ciemno.

Wstał jednak: ostrożnie, jak gdyby nie chcąc spłoszyć tej ciemności, jak gdyby od gwałtownego poruszenia się słońce wyposażone w fotokomórkę mogło się zapalić i zalać światłem ten pokój, szary styczeń, grafitowe zarysy mebli i spokój.

Wstał ostrożnie, wymacał spodnie na dywanie. Założył je. Olga siedziała na krześle, między stolikiem pod telewizor a przejściem do kuchni. Pokój nie był obszerny, nie pozostawiał zbyt wielkiego wyboru — dodatkowe krzesło nie zmieściłoby się w innym miejscu.

Chrząknął lekko, musiał sprawdzić, czy struny głosowe tkwią na miejscu; mógł ich potrzebować. Usiadł na wersalce. Mógł usiąść również w fotelu, ale nie chciał uciekać w bok ani zmuszać Olgi, żeby przekręciła głowę, gdyby oczywiście zechciała nadal patrzeć na niego. Miał nadzieję, że by zechciała. Nie miał odwagi, aby to sprawdzić. Sprawdzanie własnej nadziei to nie jest najmądrzejsze zachowanie. Tyle to już wiedział.

Usiadł i patrzył. Wzrok oswoił się z niedostatkiem światła.

Wstając, był pewien, że muszą porozmawiać.

On i stara.

Teraz siedział i patrzył. Nic nie mówił. Nie odczuwał skrępowania.

Gdyby go zapytała, opowiedziałby swoje życie. Osiemnaście krótkich rozdziałów. Bez przekleństw i w zgodzie z gramatyką. Nie pytała.

Gdyby wyciągnęła rękę, natychmiast rękę by uchwycił.

Gdyby.

Milczał.

Milczeli.

Wydawało mu się, że Olga płakała. Śpiąc, nie słyszał. I ta słona wilgoć. Wyspy Kanaryjskie. Morze tuż obok. I tak go na to nie stać.

Wreszcie Olga głośno zaczerpnęła powietrza.

— Muszę ci zadać jedno pytanie — powiedziała. — Tylko jedno.

Skinął głową.

— Czy mogę ci zaufać? — zapytała.

ANKA

Zamierzała doczekać wiosny na schodach, ignorując pierwsze jaskółki. W pamięci przywołała kilka popkulturowych ikon trwających niezmiennie i nieporuszenie: Jańcio Wodnik, Budda, Maryla Rodowicz. Niestety, pęcherz i trzy piwa. Gdyby Anka nie miała pęcherza, może by i wiosny dotrwała na schodach. Po pewnym jednak czasie, odmierzanym bardzo subiektywnie przez nerki, musiała zrobić siku. Potrzeba odwiedzin w toalecie, potrzeba nagląca, zwyciężyła nad wolą, nad obrazem z własnej siatkówki (Janek i ciotka, i wersalka), a nawet nad Buddą i całą popkulturą, tak przez Ankę wielbioną. W końcu ikony się adoruje, po to wiszą na pulpicie.

Dlatego zapukała do najbliższych drzwi, przygotowawszy stosowną wymówkę (jestem sąsiadką z dołu, aktualnie posiadam łazienkę w remoncie, więc bardzo byłabym wdzięczna za udostępnienie waszego WC, nie mam zbyt wiele czasu, dziękuję). Otworzył mężczyzna, chyba bardzo młody. Wydał się on Ance znajomy, ale wszyscy młodzi mężczyźni są do siebie podobni. Różnią się tylko stopniem zamożności lub ubóstwa (co znajduje przełożenie na strój, zapach, jakość skóry), stopniem rozwoju mięśni (warunkowanym preferowanym dostępem do siłowni lub biblioteki), wielkością członka (zależnie od tego, czy rozmiar członka został odziedziczony po mieczu czy kądzieli). W sumie różnice zaliczały się do niewielkich i nigdy intelektualnych. Młodzi mężczyźni bez wyjątku, sądziła Anka, są głąbami. Głąb bardziej, głąb mniej — co za różnica. Głąb w tę lub głąb w tamtą — kierunek nie ma znaczenia. Lecz może, pomyślała Anka, jestem po prostu uprzedzona.

Młody mężczyzna wysłuchał Anki, wykrzyczał ku drzwiom toalety pewne słowa, zza drzwi doleciały słowa inne: klasyczny ping-pong zwany rozmową; doszło do krótkiej wymiany piłek/zdań, pęcherz pęczniał, aż wreszcie, w chwili ostatniej, zagroziwszy uprzednio błyskawicznym oddaniem moczu w korytarzu, Anka została zaproszona do środka. Z zamkniętymi oczyma wbiegła do sąsiedzkiej łazienki, wyobrażając sobie od pewnego już czasu, że jest tamą, wielką Tamą Asuańską albo gdzieś w Państwie Środka; środek przebiegał przez jej pęcherz.

Z zamkniętymi oczyma podniosła deskę klozetową, opuściła rzeczowniki garderoby, aby wyobrazić sobie wielki wybuch: tama została przerwana w ataku terrorystycznym niezłomnych Tybetańczyków, wielkich bohaterów popkultury i walki o wolność. Albo inaczej: to Wielki Mur został przerwany: zarówno ten w Chinach, jak i tamten oddzielający Izrael od Palestyny (nazwy umowne, podobnie jak podział teryto-rialny). W każdym razie wizualizacja się sprawdziła: Anka sikała z radością i werwą w rytmie marsza, ram-pam-pam. O ile miewała wątpliwości, czy jest prawdziwa, kiedy myśli o dobru i złu, o moralności i egzaminach, o „Cosmopolitanie" i „Tygodniku Powszechnym", o tyle nie miała najmniejszych wątpliwości, że jest prawdziwa, kiedy sika. Koszula zawsze bliższa ciału.

Sikała długo i z wielką przyjemnością, z ulgą, niezłe wy-czucie rytmu, oryginalna aranżacja. Ludzie się modlą, po-myślała, ja sikam. Rachunek grzechów bez zmian. Zamiast rachunku grzechów dostanę bilans litrów: wysikano, wypła-kano. Wybaczono.

Ostatnie krople skapywały w krótkich seriach. Anka chcia-ła zyskać pewność, że się wypróżniła do cna. Dopiero wtedy otworzyła oczy.

Znalazła się w olbrzymim pomieszczeniu. Dynia w karocę, to rozumiem, pomyślała, ale WC w pałac?! Prawdopodobnie nadal tkwię w szoku i nie mogę ufać własnej siatkówce. W su-mie, dodała, nie mogę również ufać ciotce. Najpierw krasno-ludki, krasnoludki, a potem sru i fiu — rypanko z Jankiem.

Wielokrotne zamknięcie-otwarcie oczu nie pomogło. Ła-zienka nie zamierzała zmaleć. Fototapeta pałacu nadal trwała przekonująco. Znalazłam się w jakiejś porąbanej bajce, za-miast z pałacu w rynsztok, ja odwrotnie. To się nazywa in-dywidualizm. Albo niefart.

Rozejrzała się aż po niemal horyzont. Białe marmury, zło-te złoto, jaskrawe polichromie, basen. W basenie ktoś pływał zawzięcie oraz nago, chyba delfinem, w sensie: stylem.

Skoro jestem w szoku lub w bajce, postanowiła Anka, odło-żę na potem życie za drzwiami, Janka i Olgę, o suficie nie zapominając (kosztował mnie dwie stówy). Spuściła wodę i ściągnęła majtki. Zdjęła również szpilki. W tym otoczeniu wyglądały futurystycznie. Anka nie lubiła futurystów. W tym otoczeniu właściwie całość garderoby przedstawiała się futurystycznie. Dlatego pozbyła się futuryzmu, kierując się w stronę basenu. Po drodze umyła ręce. BHP oraz dekalog to podstawa. A następnie wsunęła się do basenu.

Anka nieźle pływała. W podstawówce należała do sekcji pływackiej. W liceum już się jej nie chciało należeć: wypisała się nawet z lekcji gry na fortepianie; w sumie przy fortepianie też musiała przebierać łapkami, na sucho.

Spróbowała doścignąć nagusa, lecz ów był szybszy; był tak szybki, że chwilami Anka prowadziła.

Zmęczona (w szoku lub w bajce) dobiła do krawędzi basenu.

Marzyła o papierosie.

Podpłynął do niej nieznajomy. Wiek nieokreślony, mięśnie w porządku, niedzisiejsze rysy twarzy: po kim on je odziedziczył? Po popiersiu?

— Ty chyba chciałaś sikać, nie pływać — rzucił.

— Zmieniłam zdanie. Sikać mogę gdziekolwiek. Dzień dobry — odpowiedziała.

— Hermes — wyciągnął dłoń.

— Anka — dłoń uścisnęła.

— No to się poznaliśmy. Co teraz?

— Chyba powinieneś mnie przelecieć.

— A rodzina nie będzie przeciwko?

— Ty mi lepiej o rodzinie nie wspominaj. Nie widzisz, że mam depresję?

Hermes zamilkł. Obcokrajowiec, jak nic. Gdzie jeśli nie za granicą nadają tak debilne imiona? I to żywym ludziom?

— Masz na coś ochotę?

— Na papierosa.

— Bardzo proszę.

Po chwili zaciągała się papierosem.

— A ty — zapytała — co lubisz robić?

— Biegać, pływać i latać.

— Tylko tyle?

— Lubię też kraść i oszukiwać.

— Nie jesteś zbyt oryginalny.

— Nie muszę. Jestem oryginałem.

— A ja? Ja jestem kopią?!

— W pewnym sensie tak. Zresztą to bez znaczenia. Bywają kopie lepsze od oryginałów.

— Wiesz, ja wolę kopie, pod warunkiem, że są gorsze.

— Na przykład?

— Na przykład Ewa Minge, kopia Spocka ze *Star Treka*. Albo moja matka, kopia swojej matki. Albo bazylika w Licheniu, kopia hitlerowskiego Reichstagu.

— Aha.

— Aha.

Anka skończyła palić i natychmiast sięgnęła po kolejnego papierosa.

— Chyba nie jesteś w najlepszej formie, prawda?

— Prawda — zgodziła się Anka.

— Mogę ci jakoś pomóc?

— Sama nie wiem. Najlepiej mnie przeleć. Przeleć mnie czule, a potem się zobaczy.

EROS

Zatem kości zostały rzucone, krawędź krawędzi przekroczona. Powiedziało się alfa, trzeba powiedzieć i beta. Wprowadziliśmy się do brzydkiego pudełka z nieszczęśliwymi ludźmi. Takie pudełko nosi nazwę bloku mieszkalnego, ogół nieszczęśliwych ludzi nosi miano narodu. Naród, jak się pobieżnie zorientowałem, zamieszkuje głównie w blokach albo na wysypiskach śmieci zwanych slumsami, zależnie od kontekstu kulturowego i związanego z nim PKB. Pozwoliłem moim tatom na powiększenie łazienki. Łazienka jest piękna i ogromna. Stadion piłkarski mógłby się w niej zmieścić, a jeszcze miejsca by zostało na trybuny, komisariat i izby: wytrzeźwień oraz dziecka.

Pierwszego wieczoru, urządziwszy mieszkanie, rozmawialiśmy. Wymienialiśmy się antycznymi plotkami z miasta miast, wspominaliśmy najdawniejsze dzieje i czasy heroicznych wojen, gdy człowiek człowieka zabijał twarzą w twarz, a nie jak teraz — rakietą. Moi tatowie się pokłócili. Nie pamiętam, o co poszło. Słysząc ich podniesione głosy, moje serce się radowało, skoczyło mi aż do jąder (leżałem) (Rudnicki). Stajemy się prawdziwą rodziną. Liczyłem na to, że już za jakieś dziesięć lat będziemy tak poranieni i się nienawidzący, że sobie bardzo bliscy. Bo człowiek człowieka najłatwiej poznaje po ranach i bliznach. Wystarczy pomacać i zapamiętać, gdzie bolało najbardziej.

Chyba drugiego dnia odwiedziła nas sąsiadka z dołu. Chciała skorzystać z toalety, w której pływał Hermes, notabene. A w ogóle to dziwny sposób zawierania znajomości: kiedyś sąsiad odwiedzał sąsiada z winem i chlebem, obecnie przychodzi oddać mocz, chyba że to taka specyfika krajów katolickich — nie wiem, od lat nie mieszkałem na Ziemi.

Nasza sąsiadka, młoda i ładna, postawiła na swoim. Weszła do WC, minęła godzina. Prawdopodobnie musiała zakumplować się z moim tatą. Prawdopodobnie mój tata coś już jej ukradł, a ona tego czegoś szuka. Postanowiłem sprawdzić, acz najpierw sprawdziłem, co robi mój inny tata. Robił spaghetti. Klął przy tym sporo i wygiął rączkę patelni. Kuchenny blat przypominał bitewne pole.

— Tato — powiedziałem — nie musisz wszystkiego miażdżyć. Spaghetti to nie pudding.

— Odpierdol się — zgodził się ze mną tata.

— Idę do WC. Chyba Hermes zabawia się z sąsiadką.

— Idę z tobą.

— A kolacja?

— Pierdolić kolację.

— Nie przy dziecku.

— Eros, czy my mamy gaśnicę?

— Po co tacie gaśnica?

— Muszę jakoś — rzekł, wpatrując się w ruiny makaronu, mięsa, bazylii i płomień kuchenki gazowej — opanować naszą kolację.

— Po prostu wyrzuć wszystko do kosza. A potem pójdziesz do sklepu i spróbujesz raz jeszcze. I otwórz okno. Śmierdzi.

Hermes pływał. Nasza sąsiadka leżała na ręczniku, puszczając kółka papierosowego dymu.

— Cześć — powiedziałem. — Nazywam się Eros.

— Ramazzotti? — zapytała.

— Kto to?

— Taka muzyczna pokraka. Jedna z moich ulubionych.

Ares się roześmiał, przedstawił:

— Ja jestem Ares. A ten tu szczyl to Eros, mój syn.

— Ładny — skwitowała Ziemianka z promocji, aby dodać: — Jestem Anka.

— Brzydki nie jest — zgodził się Ares. — Urodę ma po tatach. A ty masz dzieci?

— Nie — odparła cierpko. — Mam depresję. Też wymaga sporo troski.

— Aha.

Rozmowa nam się nie kleiła. Niby czemu miała? Słowa nie przypominają ziarenek ryżu do sushi.

— Macie takie kosmiczne imiona i bardzo poprawny białostocki akcent. Jesteście Żydami?

— Nie — kategorycznie zaprzeczył Ares. — Żydzi są późniejsi.

Anka, nasza nowa sąsiadka, wdusiła niedopałek w alabastrową popielniczkę.

— No to kim jesteście? Walcie śmiało, mam halucynacje.

Zamilkliśmy. Nie wzięliśmy pod uwagę, że ktoś może nam takie pytanie postawić. Nie uzgodniliśmy, czy kłamiemy, czy mówimy prawdę, oba terminy w potocznym tego słowa znaczeniu, czy też zmieniamy temat.

Hermes wyskoczył z basenu. Podszedł do nas, chwycił najbliższy ręcznik i się wytarł.

— Jesteśmy — powiedział — greckimi bogami.

— Bomba — odparła Anka. — A ja jestem dziewicą.

— Każdy ma jakieś problemy.

Nasza sąsiadka zapaliła kolejnego papierosa.

— Bogowie na Ziemi. Ciekawe. Zostaliście strąceni?

— O nie! — zaprotestował Hermes. — Jesteśmy rodziną.

— Czyli jesteście tu za karę.

— My tak — zgodził się Hermes, a po chwili uznał za stosowne dopełnić obraz, wskazując na mnie — on nie. To jego pomysł, Erosa.

Coś mnie nurtowało. Zwykle śmiertelnicy z trudem godzili się z naszą obecnością. Potrzebowali dowodów, cudów. A tutaj — kobieta przyszła do naszego WC, oddała mocz, zadała pytanie, przyjęła odpowiedź i nawet nie wygląda na zaskoczoną.

— To cię nie dziwi? — zapytałem.

— Jak dla mnie możecie być kimkolwiek. Bóg lub człowiek, nie ma żadnej różnicy.

— A sacrum i profanum? — zaprotestował Ares.

— A Facebook i Nasza Klasa? — odparowała nasza sąsiadka.

Chyba nie dojdziemy do porozumienia. Najwyraźniej dreszcz metafizyczny i jego skutek — gęsia skórka, są już dawno za nami.

— Jesteś uparta — oceniłem.

— Może jestem. To też nie ma znaczenia. Nic nie ma znaczenia, gdy twoja ciotka lat półwiecze bzyka się z twoim chłopcem w wieku przedmaturalnym.

— Chyba jednak to ma znaczenie. Inaczej byś tego nie wypominała.

— Ma, nie ma. W jednej stoją stajni. Kwestia przeczenia lub jego braku. Papierosy się skończyły.

OLGA

Nie znajdowała słów. Nie znajdowała barw dla własnych emocji. Siedziała bez ruchu od wielu godzin. Ściemniło się. Przyszedł wieczór. Patrzyła na ścianę i śpiącego Janka. Nie widziała ani ściany, ani Janka. Ściemniło się. Patrzyła.

Mój Boże, jak to się mogło stać?, powtarzała mantrę, wcale nie dążąc do odpowiedzi. Odpowiedź nie miałaby żadnego znaczenia. Po co wiedzieć jak-to-się-stało, skoro to już się stało i na pewno nie stanie raz jeszcze ani się nie odstanie?

Zdarzało jej się płakać. Nic wielkiego. Łzy wywołane irytacją, chyba. Parowały, każda ciecz, czy nawet ciało stałe paruje. Wyparować można wszystko, także tabliczkę ołowiu, to tylko kwestia warunków i okoliczności. Ciśnienie, temperatura i te sprawy. Oraz najważniejsze: aparatura rejestrująca.

Mój Boże, jak to się mogło stać?, powtarzała w kółko, kręcąc się jak bąk, dziecięca zabawka. Wreszcie obracane w myślach pytanie odniosło terapeutyczny skutek: nie tyle Olgę uspokoiło, ile wyjałowiło jej umysł, przemieniło w rozległe pole piasku, piaskownicę, nie zamieszkaną przez dzieci.

Olga nigdy nie wyjechała za granicę, jeśli wykluczyć bratnią onegdaj Bułgarię i nieco rozleglejszy Związek Radziecki, dawno temu, za pielęgniarki jeszcze. Kiedyś kupiła w Moskwie okazały i bardzo drogi album z najpiękniejszymi miejscami na kuli ziemskiej. Jedno ze zdjęć w sposób szczególny do niej przemówiło. Zdjęcie przedstawiało pustynię, pewnie Saharę, nie pamiętała, kto by czytał podpisy w albumie i je zapamiętywał, do tego cyrylicą. Żadnego nieba, tylko wydmy i piasek. Ani tropu wielbłąda, krzyku Beduina, ani cienia karłowatego drzewa, fatamorgany oazy. Piasek, piasek. Olga potrafiła godzinami wpatrywać się w to zdjęcie. Pamiętała swoją pierwszą reakcję: tak dużo piasku, tak mało słów, jaka harmonia w nierównowadze, pomyślała i natychmiast spłonęła rumieńcem, ta myśl rzeczywiście zawstydzała: Olga, przedstawicielka klasy robotniczej (dodatkowe punkty za pochodzenie na studiach) (zrezygnowała po pierwszym roku), pomyślała coś, co przystoi raczej intelektualiście lub nieco egzaltowanej damie z wyższych sfer. Myśli niekiedy popełniają mezalians, zawierając związek z niewłaściwą osobą. Myśl głęboka wiąże się z debilem, debilna puka do głowy filozofa — żadnego w tym porządku ni ładu. Ani krztyny dobrych manier. Bez „przepraszam" i „dziękuję" — słowa klucze, drzwi zamknięte.

Pytanie zatem istotne — istotne, co oczywiste, w perspektywie najbliższych miesięcy, a może lat, lub tylko tygodni, no i istotne z perspektywy Olgi, bo już z perspektywy społeczeństwa, planety lub Drogi Mlecznej kompletnie bez znaczenia — co teraz?

Umysł Olgi, zmęczony mantrą (Mój Boże, jak to się mogło stać?), znudzony jak dziecko bez domu bawiące się w dom, widział kilka bardzo prostych rozwiązań:

Albo: obudzić Janka i poprosić, żeby nigdy pod żadnym pretekstem, niechby i takim, że ściany wymagają malowania, już tu nie przychodził.

Albo: poczekać, aż Janek się obudzi, i sprawdzić, czy rzeczywiście zdarzyło się to, co wydawało się Oldze, że się stało: w tym M1, na wersalce (a może nie na wersalce, tylko w mojej głowie? Nie, to niemożliwe — Olga potrząsnęła głową; w jej głowie żadne meble nie przesunęły się od tego potrząśnięcia — chociaż z drugiej strony to, co się zdarzyło, również jest niemożliwe) (chyba wypadałoby postawić znak równości między tymi dwiema niemożliwościami).

Olga nie potrafiła zdecydować się na pierwsze albo. W konsekwencji tego zaniechania pozostało jej czekać, aż Janek wstanie. Nie dokonując wyboru, wybrała albo drugie.

Zastanawiała się, jak rozpocząć rozmowę. Przecież rozmowa wydawała się nieunikniona. Dzień dobry, dobry wieczór? Dobrze spałeś, kocham cię? Chciałbyś coś zjeść, wyjdź natychmiast, inaczej zadzwonię na policję? Czy wiesz, gdzie jest Ania, moja bratanica, myślisz o tym, o czym ja myślę? Ten związek nie jest rozwojowy (tak mówiła Anka przez telefon, dawno temu na wsi, Olga wszystko słyszała i zapamiętała; nie pamięta tylko podpisu pod tym pięknym portretem piasku, chyba Sahara albo Kalahari? Gobi?).

Zabawne słowa. Fałszywe. Nieudane wstępy. Wszak to nie wstęp należało wypowiedzieć. Ona i Janek wyszli już daleko poza wstęp. Znaleźli się w pierwszym albo i kolejnym rozdziale, lub nawet w okolicach zakończenia, zależnie od najbliższych zdarzeń. Rozpocząć pisanie wstępu w chwili, gdy historia już się rozkręciła, ruszyła z kopyta — niedorzeczność!

To było proste. Janek wstał i się ubrał. Siedzieli w milczeniu. Odpowiednie słowa przyszły bez wysiłku. Olga zadała jedno jedyne pytanie:

— Czy mogę ci zaufać? — zapytała.

Od jego odpowiedzi zależało wszystko.

Nie odpowiedział od razu. Droga od „tak” do „nie” z przystankiem w „nie wiem” zajmuje swój czas. Oczywiście mógł skłamać, zarówno świadomie, jak i nieświadomie (nie wiedział przecież, co p r z y n i e s i e przyszłość, bocian przyniósłby dziecko), lecz to akurat nie było istotne. Liczyło się tylko, że musiał dokonać wyboru.

— Tak — powiedział.

Byłoby chyba dla nas lepiej, pomyślała Olga, gdybyś powiedział „nie". Udzieliłeś niewłaściwej odpowiedzi. Ale jednak stało się. Kości zostały rzucone. Teraz trzeba wyssać szpik.

— Rozumiem — stwierdziła Olga.

I tak właśnie to się zaczęło; zaczęło w momencie, w którym od dawna trwało.

I to było dobre, tak w księgach podsumowywano kolejne akty stworzenia, wystawiając swoisty certyfikat jakości.

I to było dobre, powtórzmy, patrząc na Olgę i Janka, słowa najwyższej izby kontroli aktów stworzenia: i to było dobre.

JANEK

— Czy mogę ci zaufać? — zapytała Olga.

W pierwszej chwili nie zrozumiał pytania. Zwykle nie rozumiał pytań tak abstrakcyjnych. Za ile, na kiedy, jak długo — to rozumiał. Dlaczego, po co, czy, jeżeli — z tym miewał problemy.

Pytanie Olgi obejmowało cały świat, zawierało w sobie wszystkie inne pytania, prowadzące do niego jak wszystkie drogi do Rzymu, a kanały do powstania warszawskiego. Każde pytanie, które Olga mogłaby zadać Jankowi, zaczynało swój bieg w Oldze, plątało się po krajobrazach emocji i zdarzeń, by — prędzej czy później — znaleźć ujście w tym pytaniu najszerszym: czy mogę ci zaufać?

Jeżeli „tak", to jestem spokojna, a jeśli „nie", to dziękuję za szczerość — myślał Janek, że myśli Olga. Nie znał odpowiedzi; wiedział, że nie skłamie. Nie umiał kłamać, ponieważ oberwał w głowę, ponieważ z jego głową nadal było coś nie w porządku.

— Tak — powiedział zupełnie zwyczajnie, po prostu, bez wysiłku.

Rozumiał, co powiedział. Rozumiał, że jego „tak" jest równie ogromne jak Olgi „czy mogę ci zaufać?". Że to wielkie — zwyczajne, po prostu, bez wysiłku — „tak" składa się z tysięcy małych „tak", niby owadzie oko z tysięcy fasetek. Czy będziesz mnie bronił, nie zdradzisz, czy wesprzesz, się nie zaprzesz? Czy będziesz pilnie się uczył i zdasz maturę? Czy uszanujesz, nie skłamiesz, znikniesz, gdy będę potrzebowała samotności? Czy nie będziesz dusił w sobie, tłamsił, wypierał, się palił ze wstydu? — tak, tak, tak.

— Tak — powtórzył Janek.

Olga się podniosła. Powiedziała:

— Rozumiem.

Wypili herbatę i zjedli kolację.

Olga poszła do łazienki, Janek zmył naczynia.

Wróciła w piżamie.

— Jestem wykończona. Muszę się położyć.

Pościeliła wersalkę. Janek się umył.

Wyciągnął się obok Olgi. Olga spała.

Dotknął jej ramienia. Zamknął oczy.

Janek przy Oldze znikał. Jego osoba traciła kontury. Nie wiedział, gdzie się zaczyna, a gdzie kończy. To znikanie rozszerzało się jak wszechświat, bez granic i brzegów. Było nieskończone. W nieskończoność.

Nigdy wcześniej i przy nikim Janek nie znikał tak bardzo, tak płynnie i pogodnie. Było w tym coś z głębokiej pokory. A może to miłość.

ANKA

Jak niewiele trzeba, pomyślała, żeby człowiek odzyskał chęć do życia, no, może nie od razu chęć i niekoniecznie do życia, lecz coś mniejszego, dajmy na to, zdolność poruszania się, mówienia, zaciągania papierosowym dymem.

WC, basen, papieros, stosunek — kolejność dowolna, choć doradza się najpierw skorzystać z toalety.

Anka zapomniała zdjąć zegarek. Szybka zaparowała, z zegarka wyciekło coś zielonego. Water resistant, made in China. Najwyraźniej woda w Azji nie przypomina wody w Europie. Albo woda jest taka sama, tylko odporność inna. A może to problem z tłumaczeniem? Z angielskiego na chiński i z chińskiego na angielski? Bo jak się za długo tłumaczy, to po drodze gubi się znaczenie, na przykład?

— Która godzina? — zapytała Anka.

— Której potrzebujesz? — zapytał Hermes.

— Tu nie chodzi o moje potrzeby.

— Więc o co?

— Muszę wiedzieć, która jest godzina, żeby zaplanować dalsze działania. Dokąd pójdę, co zrobię, czy będę musiała kłamać, a jeżeli tak, to komu i jak bardzo. Rozumiesz?

— Niezbyt.

Anka westchnęła.

— No tak, w tej halucynacji jesteś bogiem. Pewnie umiesz przewijać czas. Wte i nazad. Jak DJ winyle.

— Prawdę mówiąc, nie. Stałych fizycznych staramy się nie ruszać.

— To czas jest stałą fizyczną? — zdziwiła się Anka. — Zresztą nie ma konkretnej godziny, nie ma konkretnych problemów. Pozostają tylko problemy potencjalne.

Gdyby nawet czas się zatrzymał, Anka nie chciałaby tak siedzieć w tej bajkowej przestrzeni: stosunkowo zrelaksowana, bez pragnienia i łaknienia, z dostatkiem papierosów, w towarzystwie trzech mężczyzn. To było przyjemne, bezdyskusyjnie, lecz przecież człowiek nie jest istotą zdolną odczuwać letnie przyjemności w nieskończoność, zresztą po sześćdziesiątym roku życia przenosi się człowieka na emeryturę, na skutek której człowiek umiera. Człowiek jest istotą cierpiącą, do cierpienia powołaną, patrz nauka Kościołów, historia, wi-wisekcja oraz Koran i Cioran. Człowiek bez cierpienia, czynnego lub biernego, to nie jest człowiek wcale. To oczywiście głupie, pomyślała Anka, że człowiek musi cierpieć, lecz przecież to nie ja człowieka wymyśliłam. Ja wymyśliłabym coś lepszego. Coś niewielkiego i miłego w dotyku, na przykład wiewiórkę. Albo kota, lecz nie tę wersję beta, co chodzi własnymi drogami, tylko porządnego domowego kota, który drogami nie chodzi, co najwyżej do kuwety, a już z pewnością nie asfaltowymi, dzięki czemu unika samochodów i śmierci. No i nie potrzebuje siedmiu żyć. Jaka oszczędność. Dwa wystarczą. Oraz kastracja.

Och, rozmarzyła się Anka, gdybym była Panią Bogiem, to skończyłabym robotę na wiewiórce. Bóg jednak, wiemy z autopsji, wykazał się większą niż Anka ambicją i skończył na człowieku. Później dorobił jeszcze delfiny.

— Będę musiała się zbierać — stwierdziła, wstając.

Mężczyźni nie zaoponowali. Anka ubrała się. Zdjęła z nadgarstka zegarek.

— Gdy nadejdzie czas, możesz po niego wrócić — wyprorokował Eros.

Pojechała do domu. Rodzice jeszcze nie wrócili z pracy. Anka włączyła telewizor oraz komputer: musiała nabrać absolutnej pewności w kwestii daty (dzień, miesiąc, rok, DD-MM-RR) i godziny. Data i godzina z TV odpowiadały tymże z Netu, równocześnie nie zgadzając się z tymi w pamięci Anki. Kłamstwa łatwo jest zsynchronizować.

Gdyby zaufać TV i Sieci, wiele z tego, co się ostatnio zdarzyło, miałoby dopiero mieć czas i miejsce: ciotka i Janek, spotkanie w pubie z koleżanką (lub nawet przyjaciółką, nie obawiajmy się eufemizmów), WC-party u sąsiadów Olgi, piętro wyżej. No to pięknie, pomyślała Anka, szykuje mi się rozległe déjà vu. Ale po kolei.

Sprawdziła portmonetkę, prawie pusta, już więc zostawiła Jankowi dwie stówy na sufit. Janek pewnie właśnie malował i nie wiedział, czym to malowanie się skończy, co tak naprawdę zmaluje. Dość miała czasu, żeby zapobiec temu, co ujrzy za kilka godzin, lub ujrzała. Siatkówka jest taka uparta! Siatkówka jako całun turyński: nie można jej wyszorować, całunu zresztą chyba też nie: święty brud, cenny odcisk, linie papilarne zachodniego chrześcijaństwa; ale pomyśli o tym kiedy indziej, rozwinie w zabawną anegdotę, której nie będzie miała komu opowiedzieć, w końcu kontaktuje się głównie z debilami — coś musi zmienić, albo anegdotę, albo znajomych, ale kiedy indziej. Ale po kolei.

Wybór jest następujący, podsumowała Anka: sfiksowałam albo rzeczywiście rozmawiałam z bogami. A ponieważ człowiek, mając do wyboru własne szaleństwo lub istnienie boga, prawie zawsze wybiera boga, to ja również wybieram boga. Jestem człowiekiem, jakkolwiek by patrzeć (ach, te obrazy z siatkówki!). Łatwiej pogodzić się z tym, że to ze światem jest coś nie tak (bóg istnieje, nawet w Białymstoku, a prawdopodobnie na całym świecie, epidemie się roznoszą), niż że to ze mną jest niehalo (boga nie ma, jestem szalona). Swoją drogą z niejakim podziwem podsumowała własne rozważania, bogowie nieźle to sobie wykombinowali:

Albo ja jestem, które jestem.

Albo ty jesteś świrem; wybór należy do ciebie, masz wolną wolę, teraz ci się przyda.

Prysznic i czyste ubranie. Nowy makijaż, tym razem dość mocny, między neogotykiem (zdecydowała się na ciemne kolory) a barokiem (ręka jej drżała, co tłumaczy ornamenty wyrysowane kredką do oczu wokół oczu). Spieszyła się tak bardzo, że do Czarciego Pubu przybyła zdecydowanie za wcześnie, a także zdecydowanie za późno, aby coś zmienić.

Zamówiła piwo i paliła papierosy. Wypaliła trzy. Już przy pierwszym chciała popędzić na Broniewskiego. Żeby sprawdzić. Opanowała się jednak. Nie tylko do starości należy podchodzić z godnością. Do déjà vu również. Zapaliła następnego.

Jutro wieczór przez kwadrans będzie padać grad wielkości przepiórczych jaj. O tym nie wie nawet telewizyjna pogodynka. Do wieczora kilkanaście godzin, może mniej, oraz wiele wrażeń i zdarzeń. O tym wie tylko Anka. Na razie pali. Sprawia wrażenie spokojnej i opanowanej. Już się nie spieszy. Trauma może poczekać.

Cosmo-koleżanka przybywa z nieznacznym spóźnieniem, w pewnym sensie podwójnym spóźnieniem, acz spóźnienia się nie dodają. Buzi-buzi, świetnie wyglądasz, ty też, cipa mi siada, za dużo seksu — jakie to wszystko głupie. Co do tego nie ma Anka żadnych wątpliwości.

Koleżanka, zamówiwszy alkohol, nawija o czymś. Anka nie słucha. Nie słucha w czasie dwóch godzin i trzech piw. Nie po raz pierwszy zresztą nie słucha. Nie słuchała już setki razy. Anka jest prawie głucha na paplaninę koleżanki, koleżanki plumplimkanie, a że sama nie mówi wiele, jest również niema. Nie ma jej. Abrakadabra. Papierosy też się skończyły.

— Muszę już iść — stwierdza Anka, spojrzawszy ostentacyjnie na zegarek, którego nie ma; został tylko zielonkawy ślad; maź się nie zmyła dokładnie. Nie domyła.

Koleżanka coś odpowiada. Prawdopodobnie kopiuje wypowiedź Anki — żyjemy przecież w epoce kopii i sampli. Anka nie słucha. Te pocałunki w policzek wcale nie należą do niej. To nie ona całuje, całując. Ta jej ręka opadająca w czułym przyjacielskim geście na ramię koleżanki wcale nie należy do niej; ta ręka tylko opada identycznie, jak opadałaby ręka Anki w takiej sytuacji. Na szczęście koleżanka musi oddać mocz. Anka może wyjść z Czarciego Pubu sama. Mocz odda u ciotki.

Łapie taksówkę, chociaż na taksówkę właściwie jej nie stać:

— Broniewskiego — rzuca i zagląda do torebki w poszukiwaniu niczego.

W torebce nic nie ma. Poniekąd zapracowała na ten brak. Poniekąd prowadzi donikąd. Puste słowa — gra szklanych paciorków (Hesse) — jak jej torebka. Ale po kolei.

Taksówka wolno przebija się przez zakorkowane miasto. Akurat to Ankę cieszy: ta powolność, światła, skrzyżowania, ten pisk opon, rzadki trel klaksonu, patrz chuju jak jedziesz. Taksówkarz należy do gatunku milczków, podgatunek podlaski, odmiana z wąsem solidarnościowym, lekko brzuchata, niechętnie usposobiona do polityków, klientów oraz kas fiskalnych.

Anka wiele razy przemierzyła tę trasę: centrum–Broniewskiego, poproszę. Praktycznie od lat nie robię nic, czego bym wcześniej już nie zrobiła, stwierdziła.

Nigdy dotąd nie okazała się złym człowiekiem, na przykład. Mrok jej nie pociągał. Władza nad innymi nie kusiła. Grzeczna dziewczynka. Nie była zła także (czy też przede wszystkim) dlatego, że nie miała powodu, okazji, celu. Wszystko można zwalić na okoliczności — nawet dobro.

Na klatce pokonuje po dwa stopnie naraz, kręci jej się trochę w głowie, ściska w pęcherzu, myśli o Janku. Myśli o Oldze. Potem rodzina, najpierw żądze.

Zatrzymuje się przed drzwiami ciotczynego mieszkania. Przykłada ucho do drzwi. Ucho to nie szklanka.

Nic nie słyszy.

Nikt nie mówi.

Głuchoniema rzeczywistość.

W swojej torebce, w której nic nie ma, ma klucze. Nie wie, czy z tych kluczy skorzystać. Wie, co może nimi otworzyć. Zamki wmontowane w zwyczajne antywłamaniowe drzwi, ale — przecież — chodzi o coś innego. Z a w s z e chodzi o coś innego.

W jedynym pokoju, jeszcze z przedpokoju, widzi na wersalce

widzi:

> Ciotkę
> Janka
> wyciągniętych obok siebie.
> Fiu, fiu.
> Znowu.

Anka nie rozumie.

Nie rozumie po raz drugi. Niezrozumienia się nie dodają. Można je odejmować od siebie. Wynik jest dodatni.

Jej własna siatkówka stała się wrogiem numer jeden. Kłamie. Recydywistka. Kto odsiedzi wyrok za drobną kradzież po wyjściu na wolność, tak zwaną, kradnie ponownie, najczęściej. Recydywa i resocjalizacja jakoś nie idą w parze, przynajmniej tej zgranej. Czy siatkówka Anki znowu ukradła Ance szczęście? Czy gdyby nie repetowała obrazu ciotki i Janka, coś uległoby zmianie?

Obróciła się na pięcie, w szpilkach, na paluszkach. Poczucie taktu. To straszne poczucie taktu kazało jej wyjść i cicho zamknąć drzwi. A gdyby tak zafałszować? Zgubić krok? Grubiańsko chrząknąć? A gdyby tak ten takt obrócić w nietakt, dwutakt: potknąć się na progu i upaść na nich? Za trzy punkty ten rzut. Upadek.

Ech.

Zamek naoliwiony. Klucz obraca się gładko. Zamyka gładko. Jak gdyby nigdy nic. Nie trzeciorzęd, nie druga wojna światowa, nie zgon dinozaurów (były za duże, by zmieścić się do arki). Drzwi zamknięte, klucze wędrują do torebki. Och, wzdycha Anka, jak bardzo chciałabym być ponad to. Czyli ponad siebie. Niemożliwa sprawa. Serhij Bubka. Wyżej dupy nie podskoczysz. Chyba że o tyczce. Ale po kolei.

Anka wchodzi piętro wyżej. Siada na schodach i czeka, aż pojawi się nacisk na pęcherz (trzy piwa). Nacisk na pęcherz zdejmie z niej kulturowy ucisk wolnej woli. Tak jest sprawiedliwie i wygodnie, myśli Anka. Sprawiedliwość powinna być poręczna. Pęcherz podejmie decyzję za mnie. Odwiedzę moich bogów. Pęcherz staje okoniem (jakby nie trzy piwa) — nie pozwala na siebie naciskać, ani piwu, ani umysłowi.

Anka przypomina sobie napis wydrapany na ławce stojącej przed szkolnym budynkiem:

> Gdyby kózka kwiecień plecień
> toby ślimak chuj ci w dupę.

No właśnie, wzdycha Anka, jak nie to, to tamto, nie tu, to ówdzie.

ARES

Mieliśmy gościa. Kobieta. Wzrok rozkojarzony. Ładna, trochę zamulona, jakby obuchem dostała w hełm. Na głowie pełno loczków. Podobno sąsiadka. Przyszła pod pretekstem oddania moczu. Oddała, z czym przyszła. Jakoś potem Hermes ją przeleciał. Ja gotowałem spaghetti. Szkoda. Chętnie bym dołączył. Lubię trójkąty. Kręcą mnie wierzchołki.

Niestety, Eros wziął sobie do serca rolę syna. Seks nie przy dziecku, powtarza. Strasznie mnie wkurwia, jak to syn. Mam nadzieję, że tej bitwy w rodzinę nie przegram. Trzymam się, zaciskam zęby. Łatwo nie jest. Krew, pot i łzy — taka właśnie jest wojna (Churchill), także domowa. Krew, pot i łzy. Plus podomka, w moim przypadku, w kwiatki.

Dziewczyna zostawiła zegarek. Zegarek nie działa. Czas przy bogach szwankuje. Nie zawsze, nie wszędzie, nie na długo. Nie umiemy tego precyzyjnie kontrolować, chociaż potrafimy synchronizować lokalny czas z główną linią. Główna linia czasu przebiega przez Greenwich, jak południk zero. Zresztą gdy jest się bogiem, cofanie czy popędzanie czasu nie ma większego sensu. Wystarczy cierpliwość. Można liczyć barany (na przykład w telewizorze) albo wyprosić działkę snu od Hypnosa.

Szło ku wieczorowi. Należało nabyć produkty spożywcze na kolację, ponieważ produkty nabyte wcześniej uległy zniszczeniu w trakcie obróbki cieplnej i mechanicznej. Co prawda nie musimy jeszcze jeść, wszak Eros postawił sprawę jasno na ostrzu noża: prawdziwa rodzina, trzy wspólne posiłki dziennie, nie ma zmiłuj. Prawdziwa rodzina to jednak znacznie więcej niż trzy wspólne posiłki każdego dnia. To także wspólny spacer. Udało mi się namówić mego syna, aby połączyć zakupy ze spacerem.

Zrzuciłem podomkę, ponieważ klątwa Erosa traciła moc poza murami naszej nory. Zaopatrzyliśmy się w odzienie zbliżone do tubylczego, gdyż celem naszym nie było wcale wyróżnianie się, lecz płynne wtopienie w lokalne obyczaje i tak dalej.

Według Erosa rodzinny spacer polega na tym, że wszyscy członkowie rodziny idą chodnikiem, trzymając się za ręce. Nie znam się na spacerach ani na rodzinie. Wiem tylko, że gdy zeszliśmy schodami, wpasowaliśmy się na chodnik i wzięliśmy się za ręce, napadła nas banda dzikusów w strojach sportowych. Wykrzykiwali obraźliwe słowa, jak: pedały, cioty, żydy, ruskie oraz itede.

Strasznie im wpierdoliliśmy.

Cóż za frajda.

Polubiłem spacery.

Rzeczy przyjemne to:

> dźwięk pękającego kręgosłupa (ale bez krzyku, zawsze
> > należy odróżniać przyczynę od skutku);

złoty rydwan Heliosa znikający nad polem bitwy: refleksy słońca na pogiętych zbrojach, małe sadzawki krwi z ławicą oczu, świetlne sztychy przeszywające wnętrzności, otwarte jamy ciała, buroczerwone z mgiełką tęczowych much; zmęczenie po dniu wypełnionym ćwiczeniami

na gimnazjonie;

chłodny dotyk w upalne popołudnie;

wota na ołtarzu ku twojej (czyli mojej) czci.

Rzeczy nieprzyjemne to:

gorycz płynąca z przegranej;

wszystko, co nie podlega zmianie (z wyłączeniem samego siebie; jakieś zasady trzeba w sumie mieć);

sumienie (jak ktoś ma; bez zasad jest nieprzydatne; sumienie bez zasad to jak yin bez yang, but bez stopy);

gotowanie;

rodzina;

kac.

Wróciliśmy do M1 nory. Odnieśliśmy zwycięstwo nad stadem barbarzyńców, lecz straciliśmy (który to już raz) produkty spożywcze. Również ubranie poniosło uszczerbek, nie utrzymało fasonu, jak Persowie nie utrzymali szyku własnych okrętów pod Salaminą.

Nigdy nie miałem celu, ponieważ nie mam końca. Jestem nieśmiertelny, a cel bez końca (lub jego perspektywy) jest jak sumienie bez zasad. Jak piernik bez wiatraka. Rzeka bez koryta, koryto bez świni — czyli nie istnieje.

Niektórzy moi koledzy i koleżanki po boskiej stronie materii stawiali sobie jakiś wielki cel, zbawienie, dajmy na to, armagedon na przykład, potop niekoniecznie. Lecz cel ten został wyznaczony przez ludzi. Bóg nie zna końca, a więc i ostatecznego celu znać nie może. To proste jak cios mieczem. Dwa plus dwa i przepis na podpłomyk. Prawidłowa odpowiedź brzmi: cztery (woda, ogień, starte ziarno).

Powyższe nie znaczy, że nie stawiamy sobie celów mniejszych. Stawiamy jak najbardziej. Wygrać pod Troją z achajskim tałatajstwem, zaliczyć Eos różanopalcą, upić Allacha. O, tak! Bogowie mają cele mniejsze, świetny sposób na rozprostowanie kości. Na przykład mój cel mniejszy to być ojcem przez półwiecze. Chętnie przeleciałbym również naszą rzekomą sąsiadkę lub Hermesa, a najchętniej oboje. Nie ma co wybrzydzać, tym bardziej że prezencję mają pierwszej jakości, zarówno na pierwszy rzut oka, jak i po głębszym wejrzeniu.

Zatem podsumujmy — każda odprawa winna się kończyć podsumowaniem — bóg nie ma celu, ma tylko cele mniejsze. W praktyce okazuje się, że cele mniejsze są zbyt wielkie, a w związku z tym — podzielne przez dni i godziny. Bo żeby — dla przykładu — wygrać w wojnę domową, muszę przetrwać pięćdziesiąt lat razy trzysta sześćdziesiąt cztery dni plus lata przestępne, a to z kolei oznacza, że mój cel mniejszy muszę podzielić na jeszcze mniejsze cząstki. Zatem — odprawa dobiega końca, rozkazy wydane, pozycje utrzymane — najważniejsze są cele najmniejsze.

I tak to wyglądać zaczęło: wspólne posiłki, wspólna sypialnia, wspólne spacery (niestety, młodzieńcy coraz rzadziej ośmielają się nas zaczepić, a i uciekają niespiesznie: gips im przeszkadza), wspólne rozmowy. Zmiana nastąpiła, kiedy znalazłem w skrzynce pocztowej wyciąg z Banku Materii.

OLGA

Obudziła się za ciemności, już po rozmowie z Jankiem, po jego „tak", styczeń, krótki dzień, noc długa, te same co zawsze dwadzieścia cztery godziny, tik-tak, cyk-cyk, pobudka. Lekcje ciemności. Lectiones tenebrarum, ciemne jutrznie. Nabożeństwo rozpamiętujące Mękę Pańską, jeszcze zanim

Cioran stwierdził, że ziewamy na krzyżu. Podczas nabożeństwa gaszono kolejne świece. Mrok obejmował świątynię. Wierni zanurzali się w mroku, we własnych oddechach, sumieniach, zależnie od dostępnych ingrediencji siebie samego i zewnętrznego świata. Aż wreszcie pozostawała tylko jedna świeca. Jedna świeca, dziesiątki żyć. Jeden ognik — nadzieja zmartwychwstania. Jeden ognik, setki ludzi. Jedna komórka jajowa, tysiące plemników. Miliony ludzi, jeden ognik.

Olga obudziła się za ciemności. Dziś nie musiała iść do pracy. Wczoraj źle się poczuła. Szefowa ofiarowała jej dzień wolnego, ponieważ to wcale nie jest proste: znaleźć schludną, uczciwą sprzedawczynię, której płaci się mniej, niż wynosi pensja minimalna. Dlatego (ach, to wynikanie jednego z drugiego, jak z worka szydło, w worku kot) szefowa, troszcząc się o siebie samą, musiała zatroszczyć się o Olgę (podarowała jej dzień wolnego). Dobry uczynek, przyjazny gest pozostaje przyjaznym gestem, dobrym uczynkiem niezależnie od kontekstu. Niestety.

Olga nie pomyślała tego, co dwa powyższe akapity zawierają. Nigdy nie słyszała o ciemnych jutrzniach, na przykład. Posłużyliśmy się jednak tym przykładem, ponieważ — naszym zdaniem — dobrze oddaje on zarówno to, co oddać chcieliśmy, jak i (nade wszystko) to, co czuła Olga.

Olga obudziła się za ciemności, z ciężkim sercem i lekką głową. Słyszała dwa oddechy: swój i Janka, raz ona, raz on, raz po raz, nierówno, czasem razem. Oddychanie to najłatwiejsza część wspólnego życia. Ciemność uspokajała. Gdy wstanie słońce, wstaną cienie i problemy. Gdyby tak wydłużyć tę noc, chociaż trochę, o godzinę-dwie tego spokoju; gdyby tak słońce zaspało, nie przetarło chmur ze słonecznej źrenicy oraz inne metafory, nieodmiennie w ujęciu meteo. Gdyby.

Olga ceniła własne życie. Po pierwsze, dlatego że w ten sposób ją wychowano. Po drugie, dlatego że ceniła wszystko, co miała, a miała znowu nie tak wiele, żeby z łatwością coś odrzucić. Nie musiała w tym celu dokonywać gorączkowej inwentaryzacji.

Olga, kobieta rozważna i niespiesznie podejmująca ważne decyzje, zawsze dotrzymywała słowa. Nigdy dotąd nie zawiodła się na sobie. Czyniła to, co w jej mniemaniu było właściwe, niekiedy dobre. Olga, uczciwa i otwarta, przestrzegająca dekalogu, a jednocześnie wystarczająco mocno związana ze światem i z ludźmi, żeby wiedzieć, że w nic z dekalogiem włącznie nie wolno wierzyć ślepo: nawet niewidomy posługuje się laską, stuk-stuk, stop. Z Olgi marny byłby materiał na fundamentalistę, na pieniacza. Nie zostałaby terrorystką, nie wzięłaby udziału w wyprawach krzyżowych. Nie wstąpiłaby do związku zawodowego. Bardzo możliwe, że gdyby — teraz, w Białymstoku — wybuchło powstanie warszawskie, nie znalazłaby w sobie dość odwagi, żeby dać się zabić, niechby i w słusznej sprawie. Widziałaby siebie raczej w roli pielęgniarki, którą przecież była, albo bezwolnej ofiary, którą się stanie.

Olga, ciemność i spokój. Dwa oddechy, Janka i jej własny, który jest którym?

Olga nie cofała danego słowa. Stało się. Postanowiła, że będzie z tym chłopcem. Jako matka i kochanka, kobieta i przyjaciółka, między innymi. Będzie z tym chłopcem dopóty, dopóki on jej nie zostawi. Może nawet do końca życia, choć tego akurat by nie chciała. Szanowała życie.

Stało się. Ciemność, pokój i dwa oddechy. Spokój.

Ten spokój, lekka głowa i ciężkie serce, on nie był nierozważny lub krótkowzroczny. Olga wiedziała, jak się historia tej miłości — do której nie przygotowały jej *Dary losu* (w twardej okładce, obecnie na półce, prawie przeczytane) — skończy. Skończy się najgorzej. Dawniej zostałaby ukamienowana lub spalona na stosie. Dziś nie, takich praktyk zabroniono.

Podlegają karze. Niekiedy w zawieszeniu. Niska szkodliwość społeczna.

Będzie tak — myślała Olga z lekką głową, ciężkim sercem i spokojem wokół (dwa oddechy) — odwrócą się ode mnie rodzina, sąsiedzi, znajomi. Prędzej czy później stracę pracę i nie znajdę innej. Ksiądz nie udzieli mi rozgrzeszenia. W sklepie zaczną wytykać mnie palcami. Ktoś stłucze szyby w moim mieszkaniu. Ktoś na drzwiach namaluje sprayem: kurwa, dziwka, żydówa. Będzie właśnie tak. Pomyślała Olga.

JANEK

Dziadek Janka, jeśli dać wiarę jego opowieściom, których Janek nie chciał słuchać, notabene, walczył w partyzantce za drugiej wojny światowej. Oczywiście walczył o wolność z okupantem, w ujęciu panoramicznym i ZBoWiD-owskim. W zbliżeniu walka ta okazywała się walką o jedyną krowę, dwie świnie i worek ziemniaków — atrybuty wolności. Nie od dziś wiadomo, że koszula bliższa ciału.

Dziadek Janka nie walczył z Niemcami. Nie walczył z Rosjanami. Jego wolność ograniczała się wszak do krowy, świni i ziemniaków — tyle w zupełności wystarczy, na początek, ten początek to żołądek. A więc dziadek Janka walczył o wolność z tymi, którzy wolności chcieli go pozbawić, czy to w ramach wojennych kontrybucji, czy też zwykłego rabunku. Walczył z Niemcami, z Rosjanami, a także z Armią Krajową. Narodowość nie ma tu zresztą żadnego znaczenia: dziadek Janka walczył z ludźmi.

Janek, chociaż przekonań nie miał, tylko emocje, nie przejawiał skłonności radykalnych, we własnym rozumieniu. Oczywiście uważał, że Polska dla Polaków, politycy to złodzieje itepe, lecz uważał, co uważał, w sposób bardzo nieważny;

po prostu: tak uważali jego koledzy, a jeśli wpadłeś między wrony, nie wolno być dzięciołem.

Janek nigdy nie należał do żadnej skrajnej organizacji: wszechpolskiej, dziedzictwa grunwaldzkiego, obrońców Westerplatte, samorządu uczniowskiego czy harcerstwa lub oazy (gwarantującej fatamorganę duchową). Chociaż nie, zapisał się, dla jaj, i ponieważ padał deszcz (schronił się przed deszczem w jakiejś sali i w ten sposób stał się członkiem), do Stowarzyszenia Przeciwko Heterofobii „Hulajnoga" („Czego nie ma hulajnoga?" — zapytał prowadzący spotkanie. „Pedałów!" — odkrzyknęła publiczność). Jego członkostwo okazało się epizodyczne, wkrótce pogoda się poprawiła, deszcze przeszły.

Janek nie miał przekonań, tylko emocje (ostatnio zagmatwane) i potrzeby (ograniczone do rzeczy dostępnych na rynku). Nie miał ambicji, żeby zmienić szeroki świat. Jego zainteresowania nie sięgały dalej niż jego wzrok, a zazwyczaj — dawały się zamknąć w zasięgu ręki. W tym podobny był do swego dziadka — niedaleko gnije jabłko od jabłoni — jednakże dziadek miał na oku także coś większego: własne zbawienie.

Janek żyłby sobie po swojemu, najprawdopodobniej, gdyby nie oberwał w głowę. Odsiedziałby kilka wyroków za włamania, spłodziłby kilkoro dzieci, może nawet doszedłby jakich takich pieniędzy. Ale oberwał w głowę, przestał kłamać, poznał Olgę.

Spał obok niej, wyciągnięty na wersalce, śniąc sen do złudzenia przypominający jawę. We śnie próbował być mężczyzną, takim z wysokobudżetowego hollywoodu. Chciał obronić Olgę przed swymi kolegami, docinkami, rodziną, przed małymi klęskami codzienności i większymi — goryczą, upokorzeniem, rezygnacją oraz etece. Próbował stać się prawdziwym mężczyzną, broniącym swojej prawdziwej kobiety, lecz w każdej migawce snu kończyło się to identycznie: dostawał łomot. Bito go na różne sposoby i w różne miejsca, z różną częstotliwością i w różnych porach roku (także jesienią), nie tylko ograniczając się do okolic ulicy Broniewskiego: również na Miłosza, Lipowej, Gruntowej (nie wiedział wcześniej, że Białystok ma tyle ulic, na każdej zaliczył przynajmniej fangę). Krwawił, puchły mu podbite oczy i usta, spłaszczone kopniakiem jądra mógłby zapakować do koperty i wysłać z najlepszymi życzeniami wielkanocnymi, całe spektrum, pełna tęcza — jak bliźni bliźniego traktuje. Wytrzymywał wszystko, ponieważ to był tylko sen oraz ponieważ myślał o Oldze. Gdyby — choćby na chwilkę — przestał myśleć o niej i zaczął myśleć o sobie lub o prześladowcach (kolegach, rodzinie, znajomych, zwykłych przechodniach), wtedy znowu zacząłby nienawidzić.

W ostatniej wariacji snu Janek spacerował z Olgą plantami: rozmawiali, nie trzymali się za ręce, na wszelki wypadek, z ostrożności, licho nie śpi nawet w sennym rojeniu. W pewnej chwili grupa łysoli dopadła Janka: kilka ciosów, kopniaków, kilka splunięć, wykręcono mu ręce do tyłu, nie mógł się poruszyć. Jeden z łysoli wydobył z rozporka swego kutasa i nasikał Jankowi na twarz, do tego Janek zdążył się już przyzwyczaić, koszmary nie różniły się od siebie znacząco. Łysol odsunął się, aby Janek mógł zyskać niezakłócony niczym (z wyjątkiem spuchniętej powieki i zasłony z uryny: kap-kap-pauza-kap-kap-kap) widok na alejkę. A tam, jak w krzywym zwierciadle, zobaczył Olgę, z wykręconymi do tyłu rękoma, pękniętą brwią i wargą, poszarpana bluzka odsłoniła beżowy stanik z haftem w jesienne liście. Ktoś kopnął Olgę w twarz. Olga zakrztusiła się własnymi zębami. Janek (zjadł tylko lekkie śniadanie, w tym śnie, tamtego dnia) sfajdał się ze strachu. Krzyknął. Nie miał przekonań, miał jedynie emocje. Obudził się.

— To był tylko zły sen — powiedziała Olga.

Janek nie umiał odpowiedzieć. Chciał coś rozpierdolić. Ze strachu. Chciało mu się zawyć, zaszlochać, zaprzeczyć.

— Tylko zły sen — powtórzyła miękko Olga.

Uniósł się na łokciach. Położył swoją głowę między piersiami Olgi.

Olga dotknęła jego włosów i opatrunku.

To był dopiero początek, pomyślał Janek, pierwszy opatrunek, pierwszy sen. Będzie tego dużo więcej, dużo więcej. Jeżeli będę miał szczęście — pomyślał życzenie — nic ci się nie stanie. Będziesz mnie opatrywać. Jeżeli będę miał szczęście. Gdybyś pytała, dotąd średnio mi się szczęściło. Nie narzekam.

ANKA

Zadzwoniła, ding-dong, dong-ding, i nie czekając na reakcję, odwróciła się i zbiegła schodami. Autobusem wróciła do domu. Zmyła gotycko-barokowy makijaż. Wzięła prysznic. Przebrała się (nieuprasowana bluzka).

Włączyła telewizor, wyłączyła fonię.

Wyłączyła telewizor, włączyła radio.

Chodziła z pokoju przez przedpokój do pokoju, z pokoju przez przedpokój do kuchni, z kuchni — przedpokój — do WC (jakie ciasne). Nie mogła znaleźć sobie miejsca.

Zadzwoniła do Artura. Nie wiedziała, co mu powie. Po pierwsze, pomyślała, ponownie odwołam ciążę. Po drugie, trochę poflirtuję (flirt jest dobry na wszystko — dobry tytuł dla feministycznego westernu). Po trzecie, się rozłączę.

Anka wybrała na własnej komórce numer do pracy Artura, nakreśliwszy (por. powyższy akapit) z grubsza plan rozmowy: dzwonię, mówię i się rozłączam.

Sekretarka poinformowała, że Artur przebywa na L4. Po dłuższej wymianie uprzejmości (świetnie pani wygląda; nadwaga? Skądże znowu!) Anka uzyskała numer prywatnej komórki Artura.

Artur nie odbierał bardzo długo. Dzyń-dzyń. Dzyń-dzyń. Wreszcie w słuchawce odezwał się jakiś głos.

— Cześć — powiedziała Anka.

— Cześć — odpowiedział głos.

— To ja — powiedziała.

— To też ja — odpowiedział.

— No to jesteśmy kwita. Albo bardzo do siebie podobni.

— Pewnie tak. Ja gram w *Mortal Kombat*. I mam penis. A ty?

Anka postanowiła zmienić temat:

— Jest Artur? Bo ty nie jesteś Arturem.

— Nie jestem — zgodził się głos. — Jest. Już ci go daję.

— Dzień dobry — powiedział Artur w słuchawkę.

— Poznajesz mnie? — zapytała Anka.

— Niezbyt.

— W sumie rozmawiamy przez telefon. Nie widać mnie za dobrze.

— Mimo to…

— Przeleciałeś mnie, spotkajmy się. Przyjedź do Białego.

— Dobrze, jeśli ciocia Kama pozwoli i wujek.

— C i o c i a Kama? Moja siostra c i o t e c z n a została lesbijką?

— Nie rozumiem. Jestem z nią mężem i żoną.

— Co?!

— Od wczoraj. Mam obrączkę! Trochę ciśnie.

— Znajdź mnie — rzuciła Anka i się rozłączyła, zgodnie z planem: planem B.

Do miski nasypała płatków kukurydzianych. Jadła i czekała. Trochę to trwało. Dlatego przeszła do łazienki, aby zwymiotować to, co zjadła, gdy czekała. Na rodzicach nigdy nie można polegać, pomyślała. Poczną cię z głupoty, a potem rączki umywam. Nie do wiary.

Pierwsza wróciła matka. Charakterystyczne sapanie w korytarzu, charakterystyczne niezadowolenie i tak dalej.

— Dzień dobry wieczór, mamo — Anka przywitała matkę w korytarzu.

— Prosiłam cię, żebyś odkurzyła — zwierzyła się matka.

— Ojciec nie kupił worków do odkurzacza — skłamała Anka gładko i przekonująco. — Jest zatkany. To znaczy odkurzacz.

— A co to ma wspólnego z nieodkurzonym dywanem?!

— Rzeczywiście, mamo. To nie ma związku.

Matka spojrzała na Ankę, ulubiona telenowela matki zacznie się dopiero za godzinę, miała trochę czasu do zmarnowania na córkę, zapytała:

— Jesteś w ciąży?! — nie czekając na odpowiedź, zaczęła płakać. — O Boże, jaki wstyd! Jak mogłaś! A wiesz z kim? Który miesiąc? I kto są jego rodzice? Katolicy? Zamożni? Gołodupce?

— Wyluzuj, matka. Moje łono jest nietknięte.

Matka zamilkła. Przeszukiwała katalog podręcznych nieszczęść. Spróbowała:

— Wyrzucili cię ze studiów?

— Próbuj dalej.

— Dostałaś pracę?

Anka zaśmiała się.

— Ciepło, ciepło.

— Czyli jednak nie dostałaś…

— Bingo.

— Sama już nie wiem. Ten kurz nie pozwala mi myśleć. Mam uczulenie.

— Mamo, ciotka Olga ma kochanka.

— O mój Boże! Za jakie grzechy!

Anka nie rozumiała, co matka powiedziała: część pierwsza — funkcja fatyczna (o mój Boże), część druga (za jakie grzechy) — niejasna. Czyje grzechy? Matki, ciotki, kochanka? I czy te grzechy to kara czy nagroda? Skutek czy przyczyna? Itede? W skrócie, matka przemówiła w typowy dla siebie sposób, to znaczy sens (w temperaturze pokojowej) okazał się płynny jak rtęć i jak rtęć — szkodliwy dla zdrowia.

Matka znieruchomiała, jej umysł pracował na najwyższych obrotach niczym podkręcony taksometr (kto zapłaci rachunek?) (paragon czy faktura?).

— Mówiłaś komuś? — zapytała.

— Tylko tobie.

W mózgu matki doszło do jakiegoś przeciążenia, spięcia. Matka roześmiała się, krótko i nerwowo. Anka nie znosiła tego śmiechu.

— To jakiś kawał? Prawda? Ale mnie nabrałaś! — śmiała się matka. — Nie rób tego więcej! Boli mnie woreczek żółciowy.

— Wycięto ci woreczek żółciowy dwa lata temu.

— Nie czepiaj się nieistotnych szczegółów!

Matka się śmiała, nerwowo oraz długo, niepewna, jaką strategię obrać. Gdyby była strusiem, schowałaby głowę w piasek. Ale złożyło się inaczej: została człowiekiem.

Matka się śmiała, Anka zaś marzyła o tym, żeby śmiech ten przerwać, za wszelką cenę. Wtedy przypomniała sobie, że zapomniała, co zrobiła: nie tylko siatkówka stała przeciwko niej. Anka wyjęła komórkę i pokazała matce zdjęcie.

— Spójrz, mamo — rozkazała twardo, podając rodzicielce aparat.

Na zdjęciu ciotka Olga i Janek, jej kochanek (ich wspólny kochanek). Domniemany i może niepełnoletni (nie najwyższa jakość zdjęcia nieco zamazywała wiek).

Matka urwała swój śmiech.

— Poznajesz? — zapytała Anka.

Matka głośno przełknęła ślinę.

— Tak. Ten biustonosz w jesienne liście oddałam Oldze dwa lata temu. Nigdy mi nie podziękowała.

— Mamo! — Matka wpatrywała się w wyświetlacz telefonu, trzy i dwa megapiksela, pełen kolor, full tęcza, z zoomem, także na niskooprocentowane raty. Matka zawiesiła się, jej oczy jałowo ślepiły w wyświetlacz. Patrzyła. Czy ona w ogóle coś rozumie z tego, co się dzieje?, zastanowiła się Anka. Powtórzyła: — Mamo!

Podziałało.

Matka oderwała wzrok od telefonu i machinalnie, bezwiednie, czysty odruch — uderzyła córkę w twarz. Dłoń w policzek, plask, echo, plask-lask-sk.

Matka nigdy wcześniej nie uderzyła córki. Może dlatego, że dotąd kontrolowała swoje odruchy? Może człowiek postawiony w nowej sytuacji nie potrafi kontrolować swoich odruchów? Może ręce same z siebie rwą się do czynów? Tańczą? A może to wina woreczka żółciowego (wyciętego dwa lata temu)? Albo wychowania (babcia Anki uderzyła swoją córkę, czyli matkę Anki, jeden jedyny raz; to było po wojnie, co oczywiste, ponieważ za wojny babcia dojrzewała dopiero do małżeństwa i krzyża)?

Plask. Jak dokładnie przylega dłoń do policzka! Zostawia czerwony odcisk, zupełnie jak Saruman z *Władcy Pierścieni* na swych orkach.

Matka spoliczkowała Ankę.

Matka zaczęła płakać.

Upuściła telefon na wykładzinę (nie odkurzoną) (w przedpokoju) (nie potłukł się).

Płakała straszliwie. Anka nigdy jeszcze nie była świadkiem takiego płaczu. Szlochu. A świadkowała wielu rodzajom łez przez dwadzieścia ponad lat terminowania jako córka. Matka po raz pierwszy płakała w sposób, który wydał się Ance szczery. Bez powodu i końca, bez uzasadnienia oraz bez innych „bez".

Teraz należy się kilka słów na temat relacji matka–córka (matka–Anka).

Po pierwsze, stoimy na stanowisku, że wzajemny brak woreczka żółciowego (matka), empatii (córka) i błony dziewiczej (jaka matka, taka córka; taki żart) nie ma większego wpływu na jakość relacji matczyno-córczanej.

Po drugie, przyznać musimy, iż relacja ta jest relacją miłości, ewentualnie współuzależnienia (terapia nie jest refinansowana przez NFZ).

Po trzecie, jak w każdej przyzwoitej rodzinie, wytworzyła się w rodzinie Anki sytuacja, w której członkowie tejże dokładają wszelkich starań, żeby nie nadeptywać sobie wzajem na odciski w celu, aby miłość rodzinna trwała, zaś więź się więziła.

Po czwarte, mimo narzekań i zdarzeń codziennych, Anka naprawdę była wdzięczna swoim rodzicom za to, że jest. Podobnie zresztą jej rodzice: byli Ance wdzięczni za to samo, co wyrażało się w comiesięcznej wypłacie kieszonkowego, według rodziców dowodu miłości do dziecka, według dziecka — niewystarczającego odszkodowania za całokształt. Jednym słowem, Anka kochała swoich rodziców, ponieważ rodzice również ją kochali. Oko za oko, miłość za miłość i tak dalej (Hammurabi). Ponadto przestrzeń rodzinna, podobnie jak sawanna, jest przestrzenią idealną, żeby się nie zbliżać do siebie zanadto.

Matka uderzyła córkę.

Matka szlochała.

Córkę piekł policzek.

Córka milczała.

Telefon leżał na wykładzinie.

— Uspokój się, mamo — prosi Anka. — Damy radę.

Matka ściera łzy wierzchem dłoni.

Uśmiecha się.

— W starym diable piec pali, czy coś tam — mówi matka przez zasmarkany nos.

Anka po raz pierwszy od dawna rozumie matkę, chociaż nawet matka nie rozumie siebie samej. Poczucie wspólnoty nie musi opierać się na zrozumieniu. Nie musi opierać się na dobru. Można również nienawidzić wspólnie. Wspólnie naprawiać świat. Wspólnie mordować.

Gdyby ludzie nie działali wspólnie, nie byłoby Holocaustu.

Nie byłoby fresków w Kaplicy Sykstyńskiej.

W pojedynkę nie można świata zbawić ani zniszczyć (por. *Krótki i niezwykły żywot Oscara Wao*).

Współdziałanie jest, niestety, kamieniem węgielnym.

EROS

Pożycie rodzinne ułożyło się w sposób ze wszech miar (mnie) satysfakcjonujący. Ares gotuje. Hermes sprząta. Ja jestem synem (zjadam, brudzę i zarządzam). Bardzo interesująca posada, chociaż (również) bardzo absorbująca. Muszę pilnować, żeby wszystko odbywało się w zgodzie z moimi wytycznymi, zaś tatowie wcale mi tego nie ułatwiają. Starają się oszukiwać. Muszę obmyślić jakiś taryfikator oszustw (w niedzielę taryfa świąteczna albo w sobotę, jeśli zostaniemy judeo).

Posiłki spożywamy, półleżąc. Słuchamy dawnej muzyki oraz Dwójki. Z Archiwum Digitalizacji Dziedzictwa Antycznego (ADDA) otrzymałem niedawno przesyłkę z zapisem głównych koźlich pieśni wielkiej trójcy: Ajschylosa, Eurypidesa i Sofoklesa. Otrzymałem również półtonowy worek marmurowego proszku (zestaw do samodzielnego złożenia — Atena Partenos, Fidiasz®). Trzeba proszek zmieszać z wodą, żeby powstał posąg. Można też nasikać.

Oglądamy tragedie na DVD.

Oglądamy te ramotki z prawdziwym wzruszeniem. Konflikt człowieka z fatum. Perypetia i katastrofa. Hybris i hamartia. Jakże ten (tamten) świat niegdysiejszy był klarowny bogom i przyjazny w obsłudze człowiekowi! Wszystko działało, jak (jeśli) działało, poddane ścisłym rygorom formalnym. Przedstawienie zawsze rozpoczynało się o wschodzie słońca. Mnie jednak najbardziej roztkliwia zasada trzech jedności, zasada sformułowana dość późno oraz — po prawdzie — nie zawsze znajdująca zastosowanie w dziełach moich ulubionych tragików.

Przyglądając się zasadzie trzech jedności, robię się sentymentalny. Wilgotnieją mi oczy od jedności akcji, miejsca i czasu.

— O Zeusie Chryzelefantynowy, gromowładna dłoni z kości słoniowej i paznokciu aleksandrytowym — jęknąłem na widok nie pogrzebanych zwłok Polinejkesa.

— O tryumfujące córy Zeusa i Temidy — wykrzyknął Hermes, zapłakany.

— Idę się odlać — rzucił Ares (wolał eposy).

— To nasikaj na Atenę. Na tę w proszku. Leży obok umywalki — poinformował Hermes.

Jako siewca miłości i bólu, umiem dostrzec piękno rozwiązań najprostszych. Raduje mnie niewinność. Cieszy naiwność. Komfortowo czuję się w przestrzeni sklepionej szlachetnym patosem.

Trzy jedności, moje muzy. Trzy jedności to najpiękniejsze złudzenie materii i człowieka. Nie wymyślono dotąd czarowniejszego złudzenia. Nie ma nic bardziej lekkiego i ujmującego za serce (wątrobę) niż zasada trójjedności.

Przekonanie, że każdy byt z a w s z e przebywa tylko w jednym jedynym punkcie, wyznaczonym przez współrzędne akcji, czasu i miejsca, to przekonanie subtelne i tragiczne. To przekonanie, które scala każdą istotę w podmiot. Ale też to przekonanie, które mija się z prawdą, czy li choćby przybliżeniem do niej.

Gdybyż zaprawdę każdego człowieka dało się zlokalizować (i opisać) na przecięciu akcji, miejsca i czasu! Gdybyż tak było, jak piękny i dobry byłby ten świat!

(zawsze wpadam w przesadę i emfazę, gdy się wzruszam)

(mam to po rodzicach i dziadkach)

Klnę się na Chaos i Styks, że tak nie jest. Żaden byt, a zatem także żaden człowiek nie podlega jedności akcji, miejsca i czasu.

Człowiek bywa nie tam, gdzie jest. Robi coś nie wtedy, gdy robi. Chowa się w meandrach czasu, pozwalając, żeby ciało popłynęło z głównym nurtem.

(popłakałem się)

(łzy umieszczę w fiolce)

(łzy boga to cenny afrodyzjak oraz nawóz)

OLGA

— To tylko zły sen — powiedziała Olga.

Janek położył swoją głowę na jej piersi.

Olga dotknęła opatrunku.

Janek zasnął.

Słońce wstało, szare i zmęczone, w Chinach zaś nadal komunizm (dominujące kolory: żółć i czerwień, jakby jesień).

To tylko zły sen, pomyślała, snów nie trzeba się bać. À propos snów i rojeń:

Olga ufała swemu katolickiemu Bogu. Czasem się modliła. Teraz jednak uznała, że nie wypada o nic prosić. Jej Bóg, chociaż nigdy Olgi nie opuścił i nigdy jej nie zawiódł, musiał być Bogiem bardzo zajętym. Bo przecież takich Olg jak Olga są miliony. Olga nie zawracała głowy swemu Bogu. Nigdy nikogo o nic nie prosiła. Dzięki temu zachowała dobre zdanie o ludziach. Ludzie rzadko ją rozczarowywali.

Jakimś rykoszetem serca, odpryskiem świadomości Olga pomyślała teraz o swoim Bogu. To ją zawsze uspokajało: przekonanie, że On jest i czasem na nią spojrzy, a na koniec sumiennie podrachuje. Taka perspektywa to była dobra, uczciwa perspektywa, chociaż może także zbyt wąska, lecz Olga nigdy przecież nie myślała kategoriami czysto przestrzennymi.

Dzień wstał.

Wstała Olga.

Przygotowała śniadanie.

To będzie najszczęśliwszy dzień mego życia, postanowiła, proszę.

Jedli w milczeniu. Milczenie nie krępowało.

Olga patrzyła na Janka.

Janek patrzył na Olgę.

Jajecznica na boczku.

Trochę przypalona.

Teflon z patelni starł się kilka lat temu.

Olga nigdy nie przypuszczała, że jest tak płynną istotą. Że w jednej sekundzie patrzy jak matka, a zaraz (nim opadnie powieka) budzi się w niej kochanka. Nie przypuszczała również, że przejście od matki do kochanki, od kochanki do matki, z tysiącem przystanków pomiędzy, dla których brakuje odpowiednich rzeczowników, że przejście to jest tak płynne (Olga nigdy nie czytała *Metamorfoz* Owidiusza) (gdyby przeczytała, niewielki miałaby z nich pożytek). Olga sądziła dotąd, iż kondycję matki oddziela lita ściana od kondycji kochanki. Tymczasem to było, wydawało się, harmonijnie połączone, przechodzące wzajem w siebie, przeczące sobie, lecz także dające, jedno drugiemu i drugie pierwszemu, oparcie.

Olga poczuła nawet ukłucie. Nie było to słynne ukłucie (ukąszenie) metafizyczne. Olga, jako pielęgniarka, na igłach oraz ukłuciach (oraz ukąszeniach) znała się jak mało kto. To było ukłucie, które pchnęło Olgę (na chwilę) w stronę pychy.

Pycha Olgi ustroiła się następująco. Olga myślała:

zasłużyłam na szczęście;

tisze budiesz, dalsze jediesz (w wolnym przekładzie na polski: pokorne cielę dwie matki ssie);

przecież nie pragnę niczego wielkiego;

uda nam się;

nie ma powodu, dla którego miałoby nam nie wyjść;

bo te miriady powodów nie są wystarczające;

przynajmniej nie dziś.

Pycha Olgi nie trwała dłużej, niż trwa zjedzenie śniadania (jajecznica na boczku, nieco przypalona, to przez ten teflon, praktycznie jego brak, a skoro jesteśmy przy brakach, to również przez tę dziurę ozonową). Pycha nieszczególnie dobrze trzyma się ludzi pokornych. Jakoś tak skonstruowano materię.

Pycha minęła. Po ukłuciu nie pozostał najlżejszy ślad.

Zmyła naczynia.

— Na co miałbyś ochotę? — zapytała. — Dziś mam wolny dzień.

— Mogę nie iść do szkoły? — zapytał.

— Sam podejmij decyzję.

JANEK

— Na co miałbyś ochotę? — zapytała Olga. — Dziś mam wolny dzień.

Janek zastanowił się. Przeszły mu:

szybkie samochody;
brutalne jebanka kilku tipsiar naraz w rytmie disco
i kwasa;
wakacje na Kanarach;
wielkie pieniądze;
woda toaletowa Armani Giorgio;
mokasyny białe jak czysta koka z frędzlem;
słowem — zapodział wcześniejsze marzenia.

— Mogę nie iść do szkoły? — zapytał Janek.

Chciał spędzić ten dzień z Olgą. Po prostu spędzić, mogą robić cokolwiek. Co? To nie ma większego znaczenia. I tak będzie super. Byłoby super, to znaczy.

— Sam podejmij decyzję — odpowiedziała.

Janek namyślał się: czego Olga mogłaby chcieć?

— Pójdę do szkoły i urwę się z dwóch ostatnich lekcji.

Nie miał najmniejszej ochoty iść do szkoły.

Chciał być tutaj.

— Zrobić ci kanapki?

— Ukradłem ci sto złotych — powiedział. — Z portfela.

— Wiem — milczała chwilę. — To wolisz z serem czy wędliną?

— Z serem — odpowiedział zawstydzony.

Lekcje ciągnęły się jak guma przyczepiona do podeszwy i rozgrzanego asfaltu. Po raz pierwszy starał się słuchać swoich nauczycieli, lecz nic do niego nie docierało, i to nie dlatego, że w klasie brak dyscypliny przekładał się na dość wysoki poziom decybeli. Janek nie potrafił skupić się na czyichś słowach. To po prostu była jakaś absolutna egzotyka. Ponadto wydawało mu się, że wszyscy na niego patrzą, że wszyscy wiedzą o nim (i o Oldze) więcej, niż on sam wie. Witamy w paranoi.

Najgorsze okazały się przerwy. Ten jazgot i zgiełk, tabuny kolegów, z którymi nic poza metryką go nie łączyło. Rozsadzało mu czaszkę. Zerwał się wcześniej, o jednostkę lekcyjną skrócił torturę.

Poszedł do swego pokoju w internacie i zabrał wszystkie pieniądze (prawie 150 peelen). Pomyślał, że byłoby miło kupić Oldze bukiet kwiatów. Zamiast tego kupił kilka plasterków drogiej szynki i drogiego sera. Do koszyka włożył również pudełeczko czekoladek. Zanim doszedł do kasy, wymienił czekoladki na paczkę suszonych jabłek, następnie jabłka podmienił na morele, takie ładne, pomarańczowe, siarkowane.

— Trzydzieści siedem pięćdziesiąt — powiedziała kasjerka.

— Proszę chwilę poczekać! — krzyknął Janek. — O czymś zapomniałem.

Pobiegł do półek z chemią i zgarnął oliwkę dla niemowląt. Kiedy postawił butelkę przed kasjerką, czuł się bardzo skrępowany, jak gdyby ona wiedziała, do czego (kogo) o n zamierza t e j oliwki użyć.

Zapłacił, wyszedł ze sklepu.

Odetchnął z ulgą.

Zakupy to jednak stresująca sprawa.

Kradzież była zdecydowanie mniej stresująca.

Wrócił do mieszkania Olgi.

Lista wydarzeń (i zaniechań) najszczęśliwszego dnia w życiu:

O jakoś ty piękna, przyjaciółko moja, o jakoś ty piękna!
Oczy twoje jako oczy gołębicy;
O jakoś ty jest piękny, miły mój! I jako wdzięczny!
Nawet i to łoże nasze zieleni się;
Belki domów naszych są cedrowe, a stropy nasze jodłowe
(autor nieznany).

ANKA

Anka zamknęła się w swoim pokoju. Słyszała, jak matka referuje ojcu ostatnie zdarzenia, jak ojciec otwiera puszę piwa (psssT!), matka referuje, ojciec pije. Twoja siostra to kurwa, mówi matka, ojciec odpowiada, że jeśli kurwa, to nie jedyna w rodzinie, bo teściowa daleko od jabłoni nie upadła. Matka uderza w kontrolowany szloch, ojciec otwiera drugie piwo, matka referuje, referuje uparcie swoją wizję płaskiego świata i dlaczego Olga to kurwa (w płaskim świecie rodzina męża zawsze składa się z kurew i alfonsów). Anka nie mogła już tego słuchać.

Zemsta podobno jest słodka. Lecz Anka, po pierwsze, nie lubiła słodyczy. Po drugie, nie wiedziała, na kim się mści: na Janku (za zdradę) (zdradę?)? Na Oldze (że ma niewesołe samotne życie)? Na rodzinie (za dwadzieścia kilka lat całokształtu pożycia i zbyt niskiego kieszonkowego)? Na sobie samej (że jest, jaka jest?)? Bo dekalog nie działa? Bo pewniki występują tylko w matematyce, a w życiu codziennym stają się banałem, w najlepszym razie?

Zemsta nie jest słodka. Chyba że to, co Anka zrobiła, w ogóle nie było zemstą, lecz czymś innym: działaniem w afekcie, w pomroczności jasnej, nieracjonalnym; działaniem wyjętym z ram sensowności i popkultury.

(Zdaniem Anki popświat to jedyna sensowna alternatywa dla Jezusa Chrystusa).

Anka nie mogła już słuchać rozmowy matki z ojcem. Rozmowy, jak to w rodzinie, pełnej nienawiści zarówno do tego, co żyje, jak i dawno zmarło; nawet przecinki między słowami zaginały się w ogon skorpiona. Jedyny model rodziny przejęty z Biblii i rozpowszechniony szeroko to model Abrahama i Izaaka, uczucia schodzą na dalszy plan, pomyślała Anka, atrybutem miłości staje się nóż.

Co za beznadziejny wieczór. Anka postanowiła włączyć jakąś ulubioną piosenkę, coś skrajnie katastrofalnego, coś jak „Titanic" pośród transatlantyków. Bardzo szybko zrezygnowała z Bajmu, Kombi, Dody i Papa Dance. Wszyscy oni byli bardzo źli, ale o niebo lepsi od tego wieczoru. Taki wieczór zasługiwał na coś niezwykłego. Majka Jeżowska odpada. Feel wysiada. Oboje są — bądź co bądź — gigantami muzyki, kaszalotami linii melodycznej oraz mordercami aranżacji i tak dalej, lecz Anka potrzebowała czegoś naprawdę katastrofalnego, prawdziwego trabanta pośród ferrari, żadnych półśrodków. Sięgnęła po Gosię Andrzejewicz. Do miniwieży niby hi-fi włożyła oryginalne si-di.

Wciąż pamiętam chwile — zafałszowała Gosia Andrzejewicz — w których tak mówiłeś tyle, że kochasz, że pragniesz, bym była tylko z tobą tu na zawsze, nananananannna, na zawsze, ijeijeije, pierdol mnie (Anka dodała to od siebie).

Anka słuchała Gosi Andrzejewicz.

Anka wcisnęła repeat one. Forever and never.

Gosia zagłuszyła rozmowę matki z ojcem, też — dodajmy — nie najmądrzejszą. Anka kochała swoich rodziców z wielu powodów, pośród których najistotniejszy chyba był następujący: rodzice nie należeli do osób mądrych czy inteligentnych, Anka zaś czuła zawsze nieodpartą słabość i pociąg do głupoty. Niektórzy ćpają, niektórzy piją, Anka wciągała głupotę. Była od niej silnie uzależniona. Gdyby istniały (sprawdziła w Necie, nie istnieją) kluby anonimowych debili, zapisałaby się do takiego klubu. Bo przecież takich ludzi jak Anka, rozkochanych w głupocie, musi być krocie — myślała. Oczywiście, mogła zdecydować się na półśrodek i zapisać do jakiejś partii, lecz, nie oszukujmy się, w partiach głupota nie była prawdziwa, głupota była jeno parawanem cynizmu, skurwysyństwa lub rozpaczy.

Gosia Andrzejewicz niestrudzenie śpiewała. Że kocha, że pragnie, na zawsze, ijeijeije. Gdyby nie Gosia, Anka nie przetrwałaby tego wieczoru. Postanowiła się zapisać do klubu fanów GA, do gosiomaniaków.

Ijeijeije, wtedy matka bez pukania weszła do pokoju Anki, twarz niosła obrzmiałą i zaczerwienioną, ona naprawdę przejęła się zachowaniem Olgi, naprawdę oburzyło ją to, że ktoś w wieku powyżej lat pięćdziesiąt ma odwagę popróbować szczęścia, a co gorsza ośmiela się ten ktoś być jednocześnie siostrą jej męża, którego co prawda ona nie kochała i nie szanowała, za to z wzajemnością.

— Wyłącz to gówno — rozkazała matka.

Anka posłusznie wyłączyła niby wieżę jakby hi-fi firmy Sonix, rok gwarancji dawno upłynął, produktu typowo chińskiej jakości, wykonanego najprawdopodobniej z ryżu polakierowanego na metaliczną czerń.

— Dziękuję — rzekła matka, co również było niezwykłe, ponieważ matka nigdy nie dziękowała, a już nigdy za to, co jej się należało, według niej samej, czyli wszystko.

— Jeżeli masz mi coś do powiedzenia — powiedziała Anka, spokojnie i twardo, tonem zarezerwowanym na specjalne okazje, zwykle poważniejsze awantury z rodzicami o całokształt — powiedz teraz. Jeśli nie masz mi nic do powiedzenia, wyjdź z pokoju, drogę znasz, nie muszę cię odprowadzać.

Matka, wyczerpana rozmową z ojcem, nie podniosła rękawicy.

— Córeczko, taki wstyd. Taki straszny wstyd.

Anka wiedziała z doświadczenia, że próba zrozumienia, co matka rozumie pod pojęciem wstyd, jest skazana na niepowodzenie. Matka nie umiałaby wyjaśnić. Zaplątałaby się w twierdzeniach i rozmowa skończyłaby się obcięciem kieszonkowego. To niezwykłe, myślała często Anka, że moja matka, ta głupia kobieta, że ona jednak sprawnie funkcjonuje w społeczeństwie. Wniosków i rekomendacji na przyszłość brak. I tak ją kocham, nic na to nie poradzę.

— Mamo, mam doła. Powiedz, co musisz powiedzieć, i idź sobie.

— Zamówiłam taksówkę. Jedziemy z twoim ojcem pijakiem do Olgi. To trzeba przerwać natychmiast. Ten... ten... Sodomę i Gomorę! Pojedziesz z nami?

— Nie. Nie pojadę — odpowiedziała. — I uważam, że wy również nie powinniście. Bardzo żałuję, że pokazałam ci tamto zdjęcie. Nie wiem, co mną powodowało. Na pewno nic dobrego.

— Ale wstyd, ten wstyd, rodzina, jak ludziom w oczy... — zaoponowała matka.

— Mamo — Anka postarała się mówić zimno i wyraźnie, bez śladu empatii, niby do wroga — mamo, to jest życie Olgi. Jej życie, jej kochanek. Nie uczestniczysz w tym w żaden sposób. Nie możesz pomóc. Nikt cię nie prosił o pomoc. Możesz tylko coś popsuć. A więc zrobić coś, co umiesz. W psuciu jesteś naprawdę niezła.

Matka zaniemówiła. Wydukała:

— Jak możesz...

— Dobrze — Anka zdobyła się na teatralne westchnienie — pojadę z wami. Najpierw odpowiedz mi na dwa pytania. Pytanie pierwsze: dlaczego chcesz zmarnować szansę Olgi, przecież to siostra twego męża, rodzina, jakby nie patrzeć?

Matka, wbrew przewidywaniom Anki, nie eksplodowała gniewem i nie uderzyła w łzy. Skupiła się; odpowiedź, którą szykowała, musiała ją wiele kosztować.

— Musisz wiedzieć, to proszę. Olga nigdy mnie nie lubiła. Nie akceptowała mego małżeństwa z twoim ojcem. Trzydzieści lat szykan z jej strony! Do dzisiaj nie dostałam od niej prezentu ślubnego! Że nie wspomnę o urodzinach czy imieninach.

Matka zaskoczyła Ankę. Mówiła krótko i na temat. Udzieliła jasnej odpowiedzi. Nie do wiary, pomyślała Anka, lecz już nie mogła się wycofać. Sfinks zadał trzy pytania i przegrał, ja uwinę się chyba w dwa, pomyślała Anka.

— Pytanie drugie: zdajesz sobie sprawę z tego, że to, co chcesz zrobić, jest złe?

Kontratak matki nastąpił błyskawicznie.

I zabolał:

— A ty zdajesz sobie sprawę, że to, co zrobiłaś, również jest złe?

Anka skinęła głową. Pat. Powiedziała matowo:

— Jak brzmi odpowiedź, mamo? Wiesz, że to, co chcesz zrobić, jest złe? Po prostu złe? Nie zasłaniaj się sutanną i moralnością.

Matka dumnie uniosła głowę. Niczym jakaś starożytna okrutna bogini, która wie, że ostatni cios należy do niej: walka skończona, nie musi się spieszyć.

— Nie będę się niczym zasłaniać — powiedziała. — Odpowiedź brzmi: tak, wiem.

Anka się rozpłakała.

Matka tryumfowała.

— Nie becz — rozkazała krótko. — Przegrałaś. Ubieraj się, taksówka czeka.

DIABEŁ

Nazywam się Diabeł. Dzień dobry. Jestem mężczyzną, to oczywiste. Domu nie mam: ciągle bywam wypędzany z kobiet oraz mężczyzn. Tkwię w szczegółach. Jestem uchodźcą. Jestem wypędzonym. Moją idolką jest obecnie Erika Steinbach. W nikim nie dane mi zagrać dłużej miejsca. Jestem tępiony jak, nie przymierzając, mysz polna (w gospodarstwie domowym) albo uczciwość (w polityce). Żyję na walizkach. Jednego dnia moszczę się w wygodnym ciele, drugiego przybywają egzorcyści. Jestem prześladowany, nawet zanim skuszę do złego. Nie popełnię gafy, mówiąc, iż moja sytuacja przypomina sytuację czarnej większości w RPA za czasów apartheidu. Wystarczy kolor skóry: jestem czarny. Nie przysługują mi żadne prawa. Karta Praw Podstawowych mnie nie obejmuje. Jestem Diabłem; Kościół swego czasu miał na moim punkcie fioła/zostałem głównym fetyszem Kościoła — tak brzmią pierwsze wersy wiersza, którego nie mam czasu skończyć. Trudno jest się skupić, gdy cię polewają święconą wodą albo hałasują, czytając ofensywne psalmy.

Nie jestem taki straszny, jak mnie malują.

Szef szefów obiecał mi, że zostanę zbawiony. Zostało to wyraźnie wyartykułowane w teorii powszechnego zbawienia, pustego piekła oraz banalności zła. Tylko kiedy, kurwa?

Generalnie moja cierpliwość wyczerpała się już dawno temu, gdzieś w okolicach wyjścia neandertalczyków z jaskini.

Już do złego nie kuszę, nie muszę: oliwa sprawiedliwa, zawsze moje na wierzch wypływa (sam to napisałem).

Mam całe to kuszenie w dupie. Nie mogę się doczekać, przestępuję z kopyta na kopyto i nerwowo przygryzam ogon, czekając, aż ten szajs się skończy. To przekleństwo, że świat został stworzony przez boga. Świat jest solidny, wysokiej jakości. Gdyby wyprodukowano go w Chinach, już dawno byłbym zbawiony.

OLGA

Lista wydarzeń (i zaniechań) najszczęśliwszego dnia w życiu:
obejrzeli dwie komedie romantyczne i serial;
słuchali radia (PR Białystok i Akadera);
Janek przypalił schabowe (powinnam nalać więcej oleju, pomyślała);

Olga rozlała mleko (powinienem wyciągnąć kubki,
a nie te wąskie szklanki, pomyślał);
Janek przesolił surówkę z kapusty;
Olga wywietrzyła mieszkanie (przypalone kotlety);
chciałam sprzątnąć w pawlaczu, pomożesz? (pomógł);
kocham cię (powiedział);
kocham cię (tego mu nigdy nie powiedziała i nie powie)
(jest taki młody, nie umiem złożyć na jego barkach swojego
uczucia);
Janek opowiedział o swoim życiu (kwadrans), Olga o swoim
(dziesięć minut) (chyba przesadziłam, rozgadałam się);
masz problemy finansowe? (zapytała);
mam (odpowiedział i się zaczerwienił);
ile? (zapytała);
sześć stów (odpowiedział);
tyle mam (powiedziała), mam odłożone cztery tysiące na
czarną godzinę;
nie chcę (powiedział) i dziękuję;
powiedziałam (powiedziała): na czarną godzinę, ale to nie
jest czarna godzina, to dobra godzina, weź;
nie chcę (powtórzył);
kocham cię (powtórzył);
boję się (tego nie powiedziała);
twoje ulubione rzeczy, powiedz, poprosiła;
lubię, powiedział, nie wiem, co lubię, jeszcze tydzień temu
lubiłem zupełnie inne rzeczy, musisz dać mi trochę czasu,
żebym wiedział, co lubię;
a przedtem, co lubiłeś?;
lubiłem zbić szybę na przystanku, lubiłem ewakuacje szkoły
po telefonie, że podłożono bombę, lubiłem hamburgery
w makdonaldzie, lubiłem dyskoteki, samochodowy tunning
i Stachursky'ego, lubiłem patrzeć, jak psy łapią gumę
w deszczu, jak Białorusini pakują pasiaste torby i jadą

handlować na Kawaleryjską; niewiele tego, bo ja przede
wszystkim nie lubiłem;
kocham cię (powtórzył);
nie uda nam się, prawda? (zapytał);
tak;
ale spróbujemy?;
tak.

JANEK

Janek wierzył w tak niewiele, że w prawie nic, nawet nie naparstek; a w związku z tym nigdy nie przyszły mu do głowy
azjatyckie teorie krisznowców-hare, że zło wraca jak bumerang, obuchem, że dobra energia, że aura w kolorach pastelowych i bez kantów proszę, że jedzenie raczej wegetariań-
skie, ponieważ kochamy dżdżownice oraz nie zapomnijmy
o czakramach. Gdyby chciał wyciągnąć wnioski z własnego
doświadczenia, niezbyt okazałego, na pewno nie udałoby
się Jankowi stwierdzić, iż warto być przyzwoitym, że jak
zbrodnia, to tak dalej. Wręcz przeciwnie: zależność między
zbrodnią a karą wydawała się czysto losowa, choć poniekąd
związana ze stopniem finansowania policji przez lokalne samorządy. (Janek nie miał pojęcia, oczywiście, że to samorządy
mają wpływ na finansowanie policji).

Dlatego związek przyczynowo-skutkowy między zbrodnią i karą w świecie Janka nie zachodził i nie dawał się zauważyć. Odpowiedzialność za taki stan rzeczy nie spada na
Janka jako nieuważnego obserwatora; spada raczej na świat,
który — z definicji — zwolniony jest od wszelkiej odpowiedzialności.

Można by zażartować w następujący sposób: Janek wyciągnął wnioski z cierpienia Hioba: nigdy nie wiesz, jaką monetą

zostaną odpłacone ci uczynki twoje; pewne jest tylko jedno: gorszy pieniądz wypiera pieniądz lepszy.

Można by zażartować również w sposób następujący. Kościół pięknie tłumaczył cierpienie Hioba, znajdując w tym głęboki sens etece, tylko że Kościół ponosił spektakularne klęski interpretacyjne. Na przykład nie udało się Kościołowi utrzymanie Ziemi w centrum wszechświata. Mimo ekskomunik, płonących stosów, indeksu ksiąg zakazanych — Ziemia kręciła się wokół Słońca, do tego z roku na rok coraz jakby szybciej, a i samo Słońce również nie tkwi w nieporuszeniu.

Oglądając w Wiadomościach na TVP materiał o młodzieńcach, którzy chcieli postrzelać sobie z wiatrówki i przy okazji zastrzelili jakiegoś mężczyznę (młodzieńcy celowali w szyld baru, z baru wyszedł człowiek, został zabity), Janek stał się posiadaczem myśli dość niejasnej i zdecydowanie przekraczającej poziom lekcji języka polskiego w mechaniaku. Myśl tę można wyłożyć następująco. Młodzieńcy w rozmowie z dziennikarzem nie widzieli żadnego związku między niewinnym przecież pomysłem strzelania do szyldu a śmiercią człowieka. To był wypadek, przypadek to był — mówili młodzieńcy dziennikarzowi. A skoro przypadek (wypadek), to żaden związek przyczynowo-skutkowy nie zaszedł: strzelanie nie było przyczyną zgonu (w szyld przecież celowali), tak jak zgon nie był skutkiem strzałów. Myśl Janka zmierzała tym tropem: żyję w świecie, w którym przyczyna rozwiodła się ostatecznie ze skutkiem.

Materiał o młodzieńcach w świecie pop, w świecie, w którym nic nie wynika z niczego, a jedyne wyniki, które mają znaczenie, są finansowej natury, materiał ów podsunął Jankowi jeszcze jedną oczywistość. W dawnym świecie dobre uczynki (przyczyna) zmieniały świat na lepsze (skutek); w dawnym świecie wielka miłość (przyczyna) (na przykład Romeo i Julia) pokonywała wszelkie przeszkody i była nieśmiertelna (skutek) (literatura). W świecie bieżącym moja wielka miłość do Olgi (przyczyna) (przeczuwał Janek) nie ma skutku. Będzie może dobrze, może źle będzie, lecz wynik w ogóle nie zależy od moich działań.

Oglądając Wiadomości na TVP, Janek trzymał rękę Olgi. Jutro Olga wraca do pracy, Janek wraca do szkoły. Do starych problemów dojdą nowe, jeżeli będą mieli szczęście. Tak czy siak najszczęśliwsza doba dobiegała końca.

Oddałbym wszystko, pomyślał Janek, żeby tak siedzieć z Olgą. Problem w tym, że Janek nie miał nic (jakieś 100 złotych), co najwyżej dwie nerki, z których jedna nie była mu nieodzownie konieczna do życia. Gdyby nawet zechciał oddać nerkę, nie wiedziłby, jak się do tego zabrać. To nie takie proste.

Dzwonek u drzwi.

— Ja otworzę — powiedziała Olga.

— Nie otwieraj — poprosił. — Otworzysz jutro.

ANKA

Anka się rozpłakała.

Matka tryumfowała.

— Nie becz — rozkazała krótko. — Przegrałaś. Ubieraj się, taksówka czeka.

— Jesteś straszną suką — powiedziała Anka.

— Ty też — odpowiedziała matka.

— Niedaleko gnije jabłko od jabłoni — rzuciła w ostatniej rozpaczliwej próbie zranienia matki, na której jednak słowa Anki nie zrobiły żadnego wrażenia.

Szczęście naprawdę zmienia ludzi, przemknęło Ance przez myśl. Co prawda szczęście należało do Olgi, a nie Anki czy jej matki, mimo to — zmienia, nawet jeśli jest cudze albo: przede wszystkim, gdy jest cudze.

Anka nigdy by nie przypuszczała, że jej pierwsza od lat szczera rozmowa z matką ograniczy się do wymiany inwektyw, a właściwie jednej inwektywy. Czy poczuła się lepiej? Wszak prawda wyzwala. Problem w tym, że Anka nie chciała takiego wyzwolenia; lepiej jej było w klatce (syndrom kanarka/sztokholmski).

W taksówce usiadła z przodu, obok kierowcy. Marzyła o samochodowym wypadku. Nienawidziła rodziców. Życzyła im śmierci, a sobie spadku. Wiedziała, że to nie naprawdę. Że ich kocha. Mimo wszystko i za wszystko. Przecież to oni podarowali Ance Anki ulubioną zabawkę — samą siebie.

Dotarli bez przeszkód, cali i zdrowi, a przynajmniej nie bardziej chorzy niż kwadrans temu i nie mniej rozbici.

Anka pomyślała, że naciśnie guzik domofonu i powie ciotce, żeby nie otwierała, co nie zdałoby się na nic, ciotka na pewno by otworzyła.

Drzwi na klatce nie były zamknięte.

— Nie rób tego — poprosiła Anka, wchodząc po schodach. — Błagam.

Zatrzymali się przed drzwiami do mieszkania Olgi.

Zającom ze strachu pęka serce. Anka pożałowała, że jest człowiekiem. Bała się straszliwie, mimo to serce pracowało normalnie, choć szybciej, chyba.

Matka nacisnęła guzik dzwonka.

Ding-dong. Lata siedemdziesiąte.

Otworzyła Olga, w podomce i zdziwiona.

Anka uciekła.

Pobiegła na górę. Do sąsiadów.

Nie dzwoniła. Nacisnęła klamkę.

Drzwi nie były zamknięte na klucz. Weszła do środka.

ALEF

Nazywam się Alef. Jestem literą rozpoczynającą alfabet hebrajski (i fenicki) oraz opowiadaniem Jorge Luisa Borgesa, w oryginale po hiszpańsku. Moja wartość liczbowa to jeden, raz. Symbolizuję boga oraz nieskończoność, a także jedność.

Rozpoczynam dekalog (Anochi...).

W teorii mnogości występuję w liczbie mnogiej: jestem mocą zbiorów nieskończonych.

Rozciągam się między zwarciem krtaniowym (tam gdzie mówi się po hebrajsku, w krtani) a okładkami zbioru opowiadań (tam gdzie sztuka czytania z jakim takim zrozumieniem nie umarła).

Jestem również miejscem. Każdy człowiek ma swój alef: przestrzeń, w której czuje się bezpieczny i szczęśliwy. Jest tyle alefów, ilu jest ludzi. Niekiedy alefy nakładają się na siebie. Jestem zatem, mogę to powiedzieć bez zbędnej megalomanii, tłem szczęścia, sceną zdarzeń, współczującym krajobrazem i niezbędnym kontekstem.

Podlegam modom, jak wszystko, co podlega czasowi. Byłem jaskinią i ugorem, powalonym drzewem i zarośniętym rzęsą stawem, byłem ogrodem i labiryntem, wersalem i escorialem, byłem gułagową pryczą i szczytem mont blanc, a także mieszkaniem w bloku i kabiną wahadłowca.

Byłem każdą porą roku, każdą godziną od zmierzchu do świtu.

Jestem nieufny. Trudno mnie oswoić. Dlatego zwykle mijam.

Jestem wymagający. Wymagam absolutnego zaufania. Tylko wtedy mój stan stabilizuje się i utrwala: przestaję migotać, można we mnie wejść i zamieszkać we mnie. Nie znikam jedynie wtedy, gdy mój gospodarz wie, iż łatwo mnie utracić, mimo to podejmuje decyzję, że warto się we mnie rozpakować, rozgościć.

Nazywam się Alef.

Wcześniej byłem mylony z Utopią, teraz bywam mylony z Piekłem. Przyznaję na boku, iż Piekło i Utopia są niezwykle do siebie podobne, przynajmniej gdy idzie o gabaryty.

Ale ja nie mam z nimi nic wspólnego.

Jestem, przecież, kontekstem.

OLGA

Zawahała się. Zawsze otwierała, gdy ktoś dzwonił. Janek po raz pierwszy o coś Olgę poprosił. Dlatego Olga zawahała się, mimo że zawsze otwierała, gdy ktoś dzwonił etece.

— Muszę otworzyć — powiedziała. — Może to tylko roznosiciel ulotek?

— Nie otwieraj — powtórzył. — O tej porze nikt nie roznosi ulotek.

— Przepraszam — powiedziała, podnosząc się z wersalki.

Droga z jedynego pokoju do frontowych drzwi liczyła sobie nie więcej niż pięć kroków, pięć sekund: zbyt krótko, za mało, żeby coś się mogło zmienić. A jednak Olga, jeszcze przed chwilą taka szczęśliwa, poczuła, jak jej alef się kurczy, wycofuje się z oswojonego mieszkania i zaciska wokół niej, zbija się w namacalną chmurę lęku, najpierw duszącą niby dym z wypalanego kartofliska i stopniowo — oddech po oddechu — przenikającą do wnętrza ciała, gdzie ta chmura, ten pył, zbijały się w namacalną grudę strachu, gdzieś pod pępkiem, w trzewiach.

Przed otwarciem drzwi Olga zawsze spoglądała przez judasza. Tym razem nie zerknęła. Położyła tylko dłoń na drewnopodobnej okleinie. Wyczuła po drugiej stronie, ale to pewnie urojenie (pomyślała), wyczuła paniczny strach: trzepot skrzydeł, mysz w potrzasku, bąbelek powietrza w żyle.

Olga otworzyła, w podomce, zdziwiona własną odwagą i zdziwiona atakiem lęku, którego doświadczyła, lecz którego nie zdołała odeprzeć. Termopile na bis, wersja na jednego aktora, monodram, kasa nie zwraca pieniędzy za nie wykorzystane bilety.

Za drzwiami mignęła, to pewnie kolejne urojenie (pomyślała), Anka. Stał również brat z bratową, w wersji bardzo solidnej: nie mieli w sobie nic z migotliwości, najlżejszego refleksu, ot: dwa kawałki mięsa w zimowych paltach. Olga przypomniała sobie — myśl ta zapaliła się nagle i równie nagle zgasła — że z tymi ludźmi wiążą ją również emocje, że w ogóle to są ludzie. Bratowej nigdy nie lubiła, nie umiała pokonać własnej niechęci, ostentacyjnie przyszła na wesele bez prezentu (to był jedyny przykład ostentacji w życiu Olgi) (wstydziła się do dziś) — nie lubiła bratowej nigdy, koniec kropka, jędza. Z bratem się wychowała, brata kochała. Kochała miłością narzuconą, wdrukowaną: starsza siostra kocha młodszego brata, takie są zasady. Olga nigdy nie miała wątpliwości co do jakości kruszcu, z którego odlano jej brata. Brat jest słaby i gnuśny, zawsze taki był, bez kręgosłupa, miękki jak otwarty małż. Gdyby trafił na przyzwoitą kobietę, myślała Olga, miałby jakąś szansę na przyzwoitość, a tak trafił na wiedźmę i sam stał się wiedźmą. Wiedźmą płci męskiej, pracującą za marne pieniądze w zakładzie stolarskim i popijającą, kiedy tylko okazja się nadarzyła, albo też bez okazji: nieszczęśliwe małżeństwo stawało się wygodnym usprawiedliwieniem, drogą na skróty do samozatracenia, między innymi. Gdyby nie to, że Olga brata kochała, toby go nie lubiła.

Olga otworzyła drzwi, za progiem brat i bratowa, zastygli w retardacji, jak posągi z brązu, złom pamięci. Brat o szerokiej twarzy, lekko zaczerwienionej. Bratowa o twarzy wąskiej, rozognionej gniewem i w tym gniewie — na swój sposób — pięknej.

Olga empatycznie poczuła to, co czuli stojący naprzeciwko (i przeciwko) niej ludzie, kobieta i mężczyzna, bratowa i brat, znali się od lat. Przede wszystkim była to nienawiść, naostrzona i jadowita, choć jeszcze niekoniecznie w Olgę skierowana. Wyczuła również strach. Wyczuła i nie zrozumiała. Czyżby jej się obawiali? Jej?! Starej panny z pobocza życia, której wartość ściśle określały kawalerka, kilka złotych pierścionków i łańcuszek z krzyżykiem (minus stosowne opłaty spadkowe)?

Olga nie zaprosiła swoich gości do środka. Nie planowała dziś wieczór podejmować żadnych gości, zwłaszcza rodziny. Mogła się przywitać, wolałaby się pożegnać. Powiedziała z zaskakującą goryczą:

— Spóźniliście się na kolację.

To krótkie zdanie stało się iskrą.

Metan eksplodował.

Będą ranni.

Numer alarmowy: 112.

— Ty suko! — rzuciła bratowa.

Olga cofnęła się o krok, byłaby upadła, gdyby mieszkanie okazało się większe, a tak — oparła się plecami o ścianę. Nie miała najmniejszej ochoty na pierwszą szczerą rozmowę z bratową. Poznajcie prawdę, a prawda was wyzwoli. Gówno prawda. Chińskie ciasteczko. (J 8, 32).

JANEK

— Spóźniliście się na kolację.

To krótkie zdanie stało się iskrą. W tym momencie w Janku doszło do zwarcia. Okablowanie jego osoby, te wszystkie układy, myśli i kompromisy, krew, limfa i sperma, młodość, męskość i perspektywa spaliły się niby wypełniona słomą (lub ludźmi) stodoła.

— Ty suko! — usłyszał nieznajomy głos, zza progu.

Głos ten brzmiałby lodowato, gdyby nie zawierał w sobie tyle ognia.

Janek wiedział, że głos ten musiał należeć do kogoś Oldze bliskiego. Tylko najbliżsi decydowali się na taką szczerość. Bo to nie była zwyczajna inwektywa rzucona przed dyskoteką albo na przerwie, słowo bez znaczenia, nawet nie słowo przeciw słowu, nawet nie warto się bić, honor się nie plamił, pozostawał kpiący uśmiech albo żartobliwe przeciągnięcie z liścia. Liście spadają na człowieka często, głównie jesienią, dlatego warto stawać pod drzewami iglastymi.

Janek uniósł się na łokciach. Widział, że Olga cofnęła się o krok, byłaby upadła, gdyby mieszkanie okazało się większe, a tak — oparła się plecami o ścianę. Niewielki metraż ułatwia człowiekowi zachowanie równowagi, bez dwóch zdań, jedna ściana.

Janek poczuł dziesiątki emocji, nie wiedział, że tak można, że aż tyle naraz, że emocje utrzymywane w układzie trójwspółrzędnym (znak, natężenie, treść) potrafią wchłonąć cały świat, ten in i out, także on i off. Były to ledwie rozpoczęte, już skończone, z początkiem bez końca, z końcem bez środka, ze środkiem bez tychże, były to:

zdziwienie;
delikatne mrowienie w kroczu;
włoski stanęły dęba (Janek leżał tylko w slipkach);
brak zrozumienia;
utrata grawitacji;
lęk graniczący z paniką;
panika z trudem powstrzymywana przez skórę;
sen o spacerze na plantach okazał się przedwczesny,
pomyślał;

wszystko wydarzy się teraz i tutaj, na W. Broniewskiego (1897–1962).

Janek wstał z łóżka. Do przedpokoju wdepnął wielki mężczyzna w palcie oraz drobna kobieta (w szpilkach). Kobieta przywodziła na myśl satelitę jakiejś planety, taka niewielka i ruchliwa, tu orbita, tam obcas, lecz Janek nie dał się zwieść pozorom, rozumiał, że to wokół takich księżycowych kobiet krążą planety.

Janek nosił w sobie wiele nienawiści; nienawiści przy Oldze zamierającej, aczkolwiek — przecież — nie unicestwionej. Janek nienawidził państwa i Kościoła (przypomnijmy) (na przykład). Patrząc na dwa palta, okazałego mężczyznę i okruszek jędzy, patrząc na nich, nie miał żadnych wątpliwości, że patrzy na rodzinę wyrośniętą na podpuszczce rzymskokatolickiej. Ten dekalog przykładany jak suwmiarka do innych i nigdy do siebie, te wszystkie zasady i tak dalej, szkoda słów.

Patrząc na nich, na dwa ciała w paltach niezbyt wysokiej jakości, patrząc, poczuł, że nienawiść w nim odżywa, występuje z koryta, przelewa się poza, że wszystko wraca, ta nienawiść, nienawiść do innych i samego siebie (przypomnijmy). Nienawiść, grzech ciężki, jak hantle.

Trzy osoby w przedpokoju.

Teraz już cztery.

Nastąpiły:

> krzyki;
> szamotanina;
> ze stolika spadły klucze;
> Janek spadł na wykładzinę;
> miłuj bliźniego swego (w niedzielę) (dla ułatwienia —
> lepiej nie wychodź z domu);
> stłuczone lustro — siedem lat nieszczęścia (jak się ma
> szczęście spędzić je wspólnie).

ANKA

Anka uciekła.

Pobiegła na górę. Do sąsiadów.

Nie dzwoniła. Nácisnęła, z akcentem na pierwszą sylabę (taka była przestraszona), klamkę.

Drzwi otwarte. Weszła do środka.

W mieszkaniu panowała cisza, której Anka nie usłyszała. Zamiast — słyszała to, co zwykle jest odsiewane przez ucho jako szum tła: własną krew, obsychającą w przełyku ślinę, ośrodki gorąca przemieszczające się w rytmie uderzeń serca, ośrodki zimna, zmarzliny wypełzające na wierzch skóry w miejscach zarezerwowanych na stygmaty.

Co przychodzi po strachu, który ma wielkie oczy i dlatego widzi więcej, niż jest? Co przychodzi, kiedy już się stchórzyło, uciekło i ocaliło siebie po to, aby zachować na własny temat bardzo złe zdanie?

Na pewno nie jest to ulga. Najprędzej — zmęczenie; coś szarego o konsystencji twarożku — obojętność i zniechęcenie, które nie pozwalają zasnąć. Zresztą i tak zbyt była zmęczona, żeby zasnąć. Twarożek nie miał nic do rzeczy.

Anka zamknęła za sobą frontowe drzwi. O nie się oparła. Opakowana w cienką jedwabną bluzkę (nieuprasowaną) (zapomniała o staniku) i cienką kurtkę. Wydawało jej się, że słoje z drzwiowych desek znaczą jej skórę jak tatuaż z henny: znikną za kilka dni, tylko pamiętać: prysznic codziennie.

Codziennie prysznic i butelka wody mineralnej.

Filiżanka za filiżanką herbatki z melisy.

Itepe oraz -de.

I jeszcze: pamiętać, że kocham matkę.

Anka skuliła się na miękkiej grubej wykładzinie w przedpokoju. Nie czuła się bezpiecznie, lecz przynajmniej nie musiała biec, iść dokądś, bez kierunku i celu. Kto znajduje, źle szukał (Veteranyi).

Gdzie się podziali moi bogowie? Gdzie są moje halucynacje? Gdzie?

ARES

To prawdziwa przewrotność rodziny i złośliwość gramatyki — mówiąc źle o moim synu Erosie, mówię źle o sobie. Gdym go niedawno nazwał skurwysynem, Eros tylko się roześmiał. Zawstydził mnie, a przede wszystkim poddał szantażowi.

— Tato — powiedział — jesteśmy rodziną. Kiedy krzywdzisz mnie słowem, krzywdzisz siebie, a także drugiego tatę.

Odczuwam silną niechęć do Erosa, nie tak jednak silną, aby obrażać samego siebie. Nie dam mu się zaszczuć: w najgorszym razie polubię mego syna, a jeśli tego będzie wymagało ode mnie zwycięstwo, to go nawet pokocham. Mówi się: trudno. Muszę tylko skierować miłość własną na tego knypka, tu podważyć, tam popchnąć — moja miłość przywali go jak wieża w Pizie fiata parkującego pod. Wieża zresztą już się przechyla.

— Może pójdziemy do kina? — zaproponowałem.

— Dobrze. Zawołaj Hermesa, ja się przebiorę. I ty też możesz się przebrać. Podomka przechodzi w tryb off.

W kinie byłem po raz pierwszy (i ostatni, przypuszczam). Trafiliśmy na film o polskim księdzu, brutalnie zamordowanym przez agentów tubylczej służby bezpieczeństwa. Rzecz byłaby nawet interesująca, gdyby nie utrzymano jej w konwencji kiepskiego musicalu. Jacyś ludzie ciągle śpiewali *Rotę*, *Bogurodzicę* i inne prowincjonalne hity. Wynudziłem się jak Artemida na pustej plaży. W czasie seansu Eros uważnie mnie obserwował. Gdy tylko zapalono światła, powiedział:

— Chciałbym zobaczyć jeszcze jeden film.

— Jaki? — zapytał ponuro Hermes (też się wynudził).

— O papieżu — niewinnie odparł mój syn.

— Dlaczego?

— Bo grają — odparł.

Jęknąłem. Eros kupił bilety. Film o papieżu okazał się bardzo wzruszający, zjadłem duży popcorn i wypiłem średnią colę.

Do mieszkania na W. Broniewskiego wróciliśmy piechotą. Nie rozmawialiśmy po drodze. Eros w wyśmienitym nastroju, na jego miejscu też bym był; w końcu spierdolił nam wieczór, i to niedrogo: za czterdzieści złotych per capita.

W mieszkaniu niespodzianka, zwinięta w kłębek na wykładzinie w przedpokoju.

Rozpoznałem ją od razu: nasza sąsiadka, Anna; przyszła oddać mocz, tak się poznaliśmy. Wciągnąłem nosem powietrze, tym razem mocz nie został oddany, w końcu już się poznaliśmy.

Nie spała. Marnie wyglądała. Znam się na marnym wyglądzie. Ten wygląd nie wyglądał dobrze.

Eros ukląkł na progu. Nigdy dotąd nie widziałem, jak mój syn postępuje z kobietami. Nigdy dotąd nie widziałem go z kobietą. Z mężczyzną również nie.

Eros położył swoją dłoń na jej policzku, odegnał loczki z jej czoła. W pierwszej chwili gest ten wydał mi się tani i pozbawiony czułości, którą — myślałem — jedynie markował. Myliłem się. Eros rozebrał naszą sąsiadkę z lęku i zmęczenia tak sprawnie, jakby szło o obranie karczocha lub wyłuskanie groszku ze strąka. Wystarczył dotyk.

Eros wziął Ankę w ramiona i zaniósł do naszego megaronu.

Podążyliśmy za nim. My, starożytni i pokątnie omnipotentni.

— Już dobrze, już dobrze — mój syn zaklinał jej ucho.

Ona patrzyła.

Odczuwałem skrępowanie. Trochę czasu na ziemi, trochę fedrowania w codzienności — i proszę: o d c z u w a m s k r ę-p o w a n i e!

W tym momencie poczułem również coś jeszcze, pewien brak lub uszczerbek: żaden bóg nie ma wolnej woli. WW nie jest bogu potrzebna; wejdź na www.ww.hvn, jeśli interesują cię szczegóły. Teraz tylko przypomnę Kolegium Redakcyjnemu, nadzorującemu (zdanie po zdaniu) każdy byt, iż żaden bóg nie jest ograniczony dobrem ni złem. Nie ma dobra ani zła — nie ma WW. Proste.

— Już dobrze — powtórzył Eros. — Chcesz czegoś? Papierosa?

— Tak — powiedziała. — Chcę, żebyś mnie zniósł na dół. Do Olgi.

— Kruszynko — nasz syn mówił do Anki — obiecuję. Obiecuję.

— Co on może jej obiecać? — zapytał mnie Hermes na ucho.

— Cicho. Patrz i ucz się. Obietnica dotrzymana, to obietnica nie dana.

Patrzyliśmy.

OLGA

Nastąpiło to wszystko, co przeczuła, chociaż nie przewidziała ani miejsca, jej własnej M1 (kawalerki, damki), ani czasu, leniwy zwyczajny wieczór.

Nie spodziewała się jednak ujrzeć swego młodszego brata z bratową i bratanicą (ta mignęła, podobna do przywidzenia). To znaczy, prędzej czy później, Olga liczyła się z konfrontacją ze światem, a więc także z rodziną, lecz nie przypuszczała, że nastąpi to tak szybko, tak już, tak sprawnie — jakby świat rzeczywiście był wydajnym mechanizmem o niewielkiej bezwładności.

Nie sądziła, od niedawna, że rzeczywistość działa na zasadzie przyczyna (1) — skutek (2) z krótkim interwałem pomiędzy (1)–(2). Innymi słowy, dla przykładu: puszczasz bąka (1) — śmierdzi (2). (2) nie wynikało z (1). Po prostu (2) występuje po (1), lecz to kwestia porządku i kolejności, zasady pierwszeństwa i następstwa, a nie przyczyny i skutku.

Wszystko nastąpiło niezwykle szybko, po kolei, jedno po drugim, szybciej, niż Olga umiałaby zareagować. Brat z bratową weszli do środka, nie zaproszeni. Krótka wymiana zdań między bratową a jej własnym echem (ty suko) (suko) (z wykrzyknikami i pojedynczym pytajnikiem). Janek podniósł się z wersalki w pokoju. Dołączył do nich w korytarzu: metr kwadratowy i cztery dorosłe osoby. To nie mogło skończyć się dobrze. Zbyt blisko siebie stali, bratowa ciągle się poruszała, mełła słowa, wyżymała własną nienawiść (albo strach) z każdego swego oddechu. Oddech pachniał pastą elmex sensitive. Olga dobrze zapamiętywała i rozpoznawała zapachy, zwłaszcza te, na które nie mogła sobie pozwolić.

Olga nie reagowała. Włączył się w niej jakiś program, pilotujący jej znieruchomiałe przy ścianie ciało. Autopilot, co zrozumiałe od czasów Conradowskiego *Lorda Jima*, zawiesił się w najważniejszej chwili. Autopiloty sterujące funkcjami moralnymi są bardzo niedoskonałe i podlegają częstym awariom. Moralność to oprogramowanie podatne na błędy systemowe i najdrobniejsze wahania, także temperatury, na przykład, moglibyśmy dodać.

Kontrolowany wybuch rodzinnej nienawiści. Brat, bratowa, Olga i jej młodociany kochanek. To nie brzmi jak ulotka najbliższych rodzinnych wakacji, Neckermann czy TUI, all inclusive, cztery gwiazdki w katalogu, na internetowych forach sporo zastrzeżeń do jakości usług.

Zatem — niestety — wszystko zdarzyło się poza Olgą, chociaż w prawnie należącym do niej mieszkaniu.

Doszło do bójki, a właściwie niezręcznego ułożenia rąk; ręce się poplątały, zmieszane echem słów bratowej. Na tak małej przestrzeni ręce zawsze się zaplątują w jakieś rękoczyny. Układają się niebezpiecznie, niewłaściwie. Później trzeba przepraszać. Odszkodowanie płacić. Wstyd odczuwać, wzrok odwracać. Albo — na bezczelnego — udawać, że nic się nie stało.

Klucze spadły na wykładzinę, ręka młodszego brata Olgi na głowę Janka, z głowy zsunął się bandaż. Rozsupłał się. Itede. Może w innej kolejności. Kolejność nie ma większego znaczenia.

Janek leżał nieruchomo. Pewnie udaje, pomyślał autopilot zawiadujący Olgą. W dawnej nomenklaturze autopilot bywał nazywany głosem wewnętrznym. Najpowszechniej występował u osób głuchoniemych, na zasadzie paradoksu stworzenia.

Młodszy brat jakby ochłonął. Bratowa znieruchomiała. Rzeczywistość podległa spauzowaniu.

W tym momencie pauza rozciągnęła się na wspomnienia Olgi. Olga nie pamiętała tego, co się następnie wydarzyło. Ta pauza musiała w sobie mieć coś z delete.

Zdolność do rejestracji zdarzeń wróciła jej dopiero w karetce.

Uświadomiła sobie, że zna ratownika medycznego. Dawno temu pracowali razem w szpitalu. Pewnie tylko dlatego, łamiąc procedury, po starej znajomości, pozwolono Oldze zająć miejsce w karetce.

Olga usłyszała, że kłamie. Usłyszała końcówkę własnego zdania:

— ...mego syna.

Nie miała pojęcia, jak brzmiał początek zdania. Czy ten syn był Jankiem? Czy raczej jakąś konstrukcją teoretyczną? Retorycznym zwrotem? Zwrotem o trzysta sześćdziesiąt stopni, jak rondo? Rebusem do rozwiązania? Sudoku albo seppuku?

Rozmawiała z dawnym kolegą przez całą drogę. Mówiła to i owo, ale się sobie nie przysłuchiwała. Prawdopodobnie opowiadała o swoim dotychczasowym życiu. Nie była nim zainteresowana.

Karetka dotarła na miejsce.

Zaczął padać grad. Przepiórcze jaja. Jajecznica z lodu.

Janka zabrano. Był przytomny i nawet wymienili ze sobą kilka zdań, których Olga (również) nie zapamiętała. Kupiła kawę z automatu stojącego w poczekalni. Jakaś kobieta pchająca wózek inwalidzki wjechała w Olgę. Wtedy zorientowała się, bez związku ze zderzeniem, że jest ubrana i zabrała z domu torebkę.

W torebce malutkie opakowanie ptasiego mleczka i klucze. Te, które dorobił Janek, czy może jego koledzy. Nieistotne. Wróg mojego wroga jest moim i tak dalej.

Kawa nie przypominała kawy. Równie plastikowa jak kubek. Równie biała, bo niby z mlekiem. Mleko z proszku. Proszek z fabryki. Fabryka z długami. Krowa nie była potrzebna na żadnym etapie produkcji. Złoty dziewięćdziesiąt całość. Uwaga! — automat nie wydaje reszty!

Olga próbowała wypić kawę.

Z każdym malutkim łykiem obrzydlistwa czuła, że stopniowo przejmuje stery nad samą sobą, przechodzi na ręczne sterowanie. Autopilot zdał już Oldze kolana (drżały) (Olga usiadła na krześle), dłonie (jakie stare i pomarszczone, zdziwiła się), oczy (patrzyły tam, gdzie je kierowała, a że ich nie kierowała nigdzie — patrzyły na kubek i dłonie) (takie stare i pomarszczone, może trzeba odwrócić wzrok?), a także uszy (paliły). Tylko patrzeć, aż Olga zmuszona będzie przejąć odpowiedzialność za (także) własne myśli.

Uświadomiła sobie, że nic się nie zmieniło. Nadal kocha młodszego brata, bratowej — nie znosi. Styczeń ten sam, ciepły i brzydki, nieco schłodzony gradem. Szpitalne linoleum pamiętało czasy, gdy tu pracowała. Nic się nie zmieniło, lecz to nic oraz to nie brzmiały fałszywie. Uświadomiła sobie, że mogłaby równie dobrze powiedzieć, że wszystko uległo zmianie. I to wszystko zabrzmiałoby równie fałszywie. Równie fałszywie albo równie prawdziwie. To kwestia leksyki, doboru słów do znaczenia lub też doboru znaczenia do słów. Zmieniał się tylko wektor kierunku. Nic istotnego. Pochodna jakiegoś paradoksu, pozwalającego myśleć poza słowami i jednocześnie w słowach zamykającego myślom drogę.

Na dnie kubka został osad.

Olga wyrzuciła kubek do kosza.

Zajrzy do Janka. Musi zostawić mu swój numer telefonu.

JANEK

Janek spadł na wykładzinę, ponieważ ręce, emocje, napięcie tak się ułożyły, że ktoś oberwać musiał. Janek mógł z zaskoczenia, na wstępie, jak tylko wstał z wersalki i wszedł do przedpokoju, mógł przyjebać temu grubasowi w palcie albo tej suce na obcasach, co merdała włosami i pachniała intensywnie kwiatowymi perfumami, chyba konwalią. Mógł przyjebać — nie przyjebał. Nie chciał wchodzić w rodzinę Olgi tak brutalnie.

Zatem spadł na wykładzinę, najpierw jego ciało, chwilę po — bandaż.

Lub odwrotnie.

Później standard.

Telefon, karetka, może jakieś przepraszam.

Wymienił kilka zdań z Olgą.

Te zdania były o niczym.

Jakoś tak nie wypadało zapytać: co słychać, jak się masz?

U mnie wszystko dobrze, dziękuję.

Karetka przyjechała, nosze z Jankiem wyjechały, Olga gdzieś sobie zniknęła; na kawę poszła? Zapowiadał się długi wieczór.

Pobrano krew, przeprowadzono wywiad, prześwietlenie i rezonans, coś tam jeszcze, pitu-pitu, NFZ, sporo druków do wypełnienia, Janek nie pamiętał swego PESEL-u, tak niedawno go dostał.

Zrobiono mu zastrzyk. Nie protestował. Był ciekaw, co się wydarzy. Miał nadzieję, że zaśnie. Potem — obudzi się w damce Olgi, pomaluje sufit w łazience. Na obiad zjadłby schabowe z zasmażaną kapustą, gdyby ktoś pytał.

Nie zasnął. Weszła Olga. Cicho, na palcach.

— Zabierz mnie na spacer — poprosił. — Tylko nie na planty.

ROZDZIAŁ SZÓSTY

ARTUR

— Co chciałbyś zrobić? — zapytał wujek Paweł.

— Chyba — odpowiedział po długim namyśle Artur — chyba chciałbym pójść do zoo.

— Masz gorączkę?

Artur dotknął dłonią czoła.

— Nie wiem.

— Mogę? — zapytał wujek i przyłożył rękę. — Jednak masz.

— Więc zoo nie?

— Nie „nie" — odpowiedział. — Możemy wziąć taksówkę, zaliczyć, co tam jeszcze nie zdechło, i wrócić.

— Jesteś najlepszy, wujku. Kochany.

— Mów mi Paweł. Tak będzie lepiej.

Artur wyglądał przez szyby samochodu: znał dobrze to brzydkie miasto, z bliznami ostatniej wojny, a w bliznach okropne budowle. Taksówka przemierzała dziurawe i zakorkowane ulice, przepuszczała przechodniów w kurtkach pastelowych i jaskrawych, trąbiła. Taksówkarz trochę klął, na innych uczestników ruchu drogowego wymiennie z rządem.

— Zmieniają się tylko nazwiska — oznajmił wisielczo. — Nawet kurwy te same.

— Proszę się nie wyrażać — rzekł Paweł. — Dziecko słucha.

Taksówkarz spojrzał za pomocą lusterka wstecznego na Artura i zamilkł na dobre. Wysiedli przed bramą ogrodu zoologicznego.

Po uiszczeniu stosownej opłaty —

(— Normalny i ulgowy poproszę — powiedział Paweł.

— A ulgowy dla kogo? — zapytała kobieta.

— Dla dziecka.

— Którego?

— Tego, co stoi obok mnie.

— Panie, puknij się pan czołem w czaszkę!)

— weszli za bramę. Dość długo stali przy fokach. Foki nurkowały w szarym basenie, wydając z siebie serie krótkich ostrych szczęknięć. Paweł nie oglądał zwierząt. Niezbyt go interesowały. Intensywny zapach wystarczał. Paweł przyglądał się Arturowi. Dziecięce emocje malujące się na dorosłej twarzy — to był widok nieprzyzwoity, prawdziwa pornografia w odmianie hardcore. Po to przecież ludzie dojrzewają, myślał Paweł, żeby kontrolować swoją twarz, żeby twarz wyrażała nie więcej, niż jej właściciel zamierzył wyrazić. Tymczasem twarz Artura stała się polem bitwy: szczeniackie wzruszenia kontra zmarszczki, uniesione w zdumieniu brwi przeciwko zarostowi, dotykający kącika ust język versus pierwsze siwe włosy na skroni, przysłowiowej, tej lewej i prawej.

Na Arturze największe wrażenie zrobiły żyrafy.

— Wujku — zapytał — czy są jakieś wyższe zwierzęta?

— Słabo znam się na zwierzętach. Wyższe zwierzęta to są chyba człekokształtne.

— Człekokształtne?

— Człekokształtne. Na przykład ciocia Kama, ja, ty.

— Ale czy one są wyższe?

— Lepiej mnie zapytaj, które kolory wyjdą z mody w przyszłym sezonie. Na przykład ten wzór na żyrafie ma zero szans na lans.

— Ale czy są wyższe zwierzęta od żyrafy? — nie ustępował Artur.

— Chyba tylko Godzilla jest wyższa.

— Jak wygląda Godzilla?

— Wyobraź sobie ciocię Kamę, dodaj jej ogon i pokryj zieloną łuską, a następnie pomnóż przez tysiąc — tak wygląda Godzilla.

Artur próbował sobie wyobrazić Godzillę.

— Czy Godzilla nosi sukienkę, szpilki i wielki brzuch?

— Sukienkę tak, ale szpilki zostawiła w swoim ulubionym bagnie, odkąd urosły jej stopy. Brzuch ma ogromny, a w brzuchu pływa Godzillątko. Sam się do jego powstania przyczyniłeś.

— Aha. Nie rozumiem.

Spacerowali alejkami. Bardzo niewielu odwiedzających, głównie staruszkowie. Zbliżała się godzina karmienia.

Przy klatce z szympansami albo orangutanami, lub też pawianami zatrzymała się niecodzienna para. Wysoka, potężna kobieta. Paweł nigdy dotąd nie widział tak solidnie stworzonej kobiety. Oraz smukły mężczyzna, chyba niezdrów, ewentualnie obcokrajowiec: jego skóra miała zielonkawy odcień, może oliwkowy — nie czas żałować róż, gdy płoną lasy, pomyślał Paweł.

Niecodzienna para stała oparta o barierkę oddzielającą widzów od klatki, w której przebywały małpy.

— Wujku — powiedział na ucho Artur — ta pani rozmawia z małpami.

— Dziecko — rzekł Paweł — masz gorączkę.

Artur dotknął własnego czoła.

— Nie wiem. Ale ta pani naprawdę rozmawia z małpami.

— Arturku, to niegrzecznie tak mówić o nieznajomej osobie, nawet jeśli ta osoba jest kobietą!

Artur nie odpowiedział. Przyłożył do ust palec, jakby nakazując Pawłowi milczenie.

— Słyszysz? — zapytał Artur.

— Co?

— Ta małpa nazywa się Faeton.

— Jak najbardziej luksusowy model Volkswagena?

— Nie wiem. Faeton powoził rydwanem Heliosa. Kiedyś był piękny.

— Dziś też — powiedział cierpko Paweł, oglądnąwszy dokładnie włochate zwierzę — nie jest szpetny. Chociaż jak na mój gust trochę depilacji i operacji plastycznych mogłoby bardzo pomóc zmienić pierwsze, zasadniczo korzystne wrażenie.

— Nie rozumiem.

Paweł prychnął z irytacją.

— Arturku, jesteś chory. Bredzisz. To się zdarza nawet zdrowym ludziom.

— Na co jestem chory, wujku?

— Nie jestem lekarzem. Chodźmy już stąd.

— Jeszcze nie! Proszę.

Paweł ustąpił. Artur w wielkim skupieniu obserwował „rozmowę" między małpą, kobietą a oliwkowym mężczyzną. W pewnej chwili kobieta rozerwała metalową barierkę z taką łatwością, z jaką przedziera się kartkę papieru. Podeszła do klatki i bez wysiłku wygięła pręty. Małpa wyszła z klatki. Chwyciła kobiecą rękę, a następnie wyciągnęła drugą (własną) w stronę mężczyzny. Odeszli we troje alejką, jak zwyczajna rodzina z dzieckiem przebranym za miniaturę King Konga.

KAMA

Czytała niewiele, głównie prasę branżową, „Moja Farmacja", „Aptekarz", oraz prasę kolorową, „Twój Ślub", poradniki dla młodych matek oraz literaturę faktu, głównie dietetycznego (wspomnienia anorektyczek, ewentualnie bulimiczek). Ponadto „Tygodnik Powszechny", żeby nie stracić kontaktu ze swoim Bogiem oraz społeczeństwem (już nieaktualne). Kupowała oczywiście książki beletrystyczne, z nawyku, czy też snobizmu, odkładając ich lekturę na nieokreślone potem: może na czas choroby, przekładanych z roku na rok wakacji, albo nawet emerytury, której akurat przełożyć nie zamierzała.

Kama była zdeterminowana żyć jak najdłużej, nie z miłości do życia et cetera carpe diem pater noster, lecz z chęci zemsty. Uważała, że państwo, zabierając jej tak dużo pieniędzy z pensji (Kama nie ukrywała dochodów i płaciła co do grosza), a następnie wydając zabrane pieniądze w sposób niezgodny z jej przekonaniami (na przykład finansując z tych pieniędzy górników, stoczniowców oraz inne symbole wolności, zwykle związane z fedrowaniem bądź wodowaniem), zasługuje na zemstę. Dlatego Kama miała zamiar w dalekosiężnym planie ukarać państwo polskie w ten sposób, że będzie żyć długo i pobierać comiesięczną, najchętniej wysoką emeryturę. Wyliczyła w arkuszu kalkulacyjnym Excel, że zmuszona jest dożyć co najmniej stu pięćdziesięciu lat, cierpiąc (opcja nadal otwarta, warta rozważenia) na bardzo kosztowne choroby: terapia refundowana oczywiście z budżetu. Tylko w ten sposób Kama mogła odegrać się na państwie polskim za lata upokorzeń i lekceważenia — żyjąc długo i drogo. Długo i drogo.

Po pracy pojechała do trafficu. W ten sposób odreagowywała niespodziewane i niezapowiedziane wybuchy nienawiści do zewnętrznego świata. Zamierzała kupić kilka książek, trochę płyt, zjeść tiramisu.

Wybrała kilka płyt z nastoletnich czasów. Prawdę mówiąc, nie mogła sobie przypomnieć, jakiej muzyki słuchała. Soyka, Demarczyk, Stare Dobre Małżeństwo, Marek Grechuta, Piwnica pod Baranami? Pretensjonalny zestaw wrażliwej licealistki, złamany nieco przez U2 i Pink Floyd? Może. Nie miała innego pomysłu na siebie sprzed lat. Nie teraz.

Gdy podała płyty kasjerowi, ten spojrzał na okładki, następnie na Kamę i wykonał dziwny gest, jak gdyby chcąc wyciągnąć spod lady gratisowe pudełko prozacu dla klientów charakteryzujących się sieczką w miejscu zajmowanym zwyczajowo przez mózg. A może chciał jej podać stopery do uszu, wychodząc z założenia, że tego się nie da słuchać otwartymi uszami?

W osiedlowym sklepie zrobiła zakupy: podstawowe artykuły spożywcze plus dwie butelki czerwonego wina, najdroższego, lecz i tak bardzo taniego, mierząc jej przyzwyczajeniami i zasobami finansowymi. Kama nie przypuszczała, aby ta próżna ciota, Paweł, wpadła na to, żeby kupić pieczywo i mleko. Już prędzej zmywacz do paznokci.

Kama, jak każda chyba osoba wychowana w niewielkiej i zamkniętej społeczności, natychmiast wyczuwała obcych. Chociaż nie znała mieszkańców swego apartamentowca, bezbłędnie odróżniała ich od gości czy przypadkowych ludzi, akwizytorów, kurierów itede. Ten praktycznie nieużyteczny w wielkomiejskiej wspólnocie zmysł powiedział jej, że wprowadzają się nowi lokatorzy. Na klatce natknęła się na młodego brodatego mężczyznę i olśniewająco białą, przepiękną kobietę. Widok kobiety sprawił, że w sposób najbardziej dosłowny nogi się pod Kamą ugięły. Osunęła się, szorując plecami po marmurowej ścianie, i usiadła na zimnej posadzce z torbami, z których wysypały się bułki i jabłka.

To była, Kama nie miała wątpliwości, najpiękniejsza kobieta na świecie:

> Całuj mnie pocałunkami ust twoich,
> bo słodsza jest twoja miłość nad wino,
> (a woń twoich olejków jest ponad wszelkie wonności).
> Olejkiem rozlanym jest twoje imię –
> oto dlaczego umiłowały cię panny.

Serce biło jak szalone, a jednocześnie lepka, ciężka niemoc odebrała Kamie władzę nad członkami. Siedziała niczym kwoka na jajach. Gdzieś na dnie mózgu, kątem trzeciego oka, rąbkiem całunu zbawienia widziała tę scenę na modłę dawnych niderlandzkich mistrzów martwej natury: *Kobieta w zaawansowanej ciąży siedząca na podłodze* & *Kobieta doskonała w rozmowie ze swoim mężczyzną*. Kontrast wypadał komicznie, także tragicznie. W zależności od kąta padania światła, przyjętej perspektywy i preferencji politycznych (do wyboru prawica i lewica, ewentualnie korpus).

Piękno nieznajomej kobiety pozbawiło Kamę oddechu, jakby się tym pięknem zachłysnęła niby setką spirytusu, pomyliwszy wdech z wydechem, koniec z początkiem, denko z otworem. Widziała gładko upięte w kok złote włosy, muszlę ucha, okrągłe skrzydełko z niewidzialną dziurką, przez którą przewleczono cienką srebrzystą nić — długi kolczyk z drobnym czarnym kamieniem, grawitującym wbrew fizyce, jak kamień pumeksu unoszony kąpielą. Albo babie lato w trójwymiarze późnoletniego dnia.

Kama nie mogła oddychać. Nie mogła też oderwać wzroku od nieznajomej kobiety. Zaczęła się dusić. Żyły nabrzmiały, mięśnie napięły się do tego stopnia, że usłyszała, gdzieś w sobie, ale i w bezpiecznej od siebie odległości — głuchy trzask. Pęknięcie.

Być może odczuwała ból. Ból ten został jednak odsunięty na bok, na jakieś p ó ź n i e j, jak lektura książek. Kama, wpatrując się w niezwykłą twarz, esencję piękna, koncentrat wyciśnięty z miliona twarzy, Kama — wpatrując się — umierała: niekomfortowo, na podłodze we własnym apartamentowcu, z dzieckiem w brzuchu, również umierającym, taka szkodliwa symbioza, matka i dziecko, zdarza się, cóż poradzić.

Widziała nie tylko najpiękniejszą twarz świata, także mroczki, utkane w misterne arabskie mozaiki niby z meczetu dla turystów. Na obrzeżach wzroku pojawiła się ciemnopurpurowa ramka, nieco rozmyta i raczej delikatna: takie okulary, przez które człowiekowi zdarza się rzucić pożegnalne spojrzenie.

Wzrok gaśnie ostatni. To dlatego martwym opuszczamy powieki, ale nie zaklejamy uszu, nie zatykamy nosa, nie szorujemy naskórka. Ze smaków martwi najdłużej zachowują w ustach smak pieniędzy — groszowa moneta, srebrny obol.

Już prawie nic nie widziała, kunsztowny gobelin z ciemnych i purpurowych nici, nie układających się w żaden oswojony kształt. Cepelia przejścia na drugą stronę, po której to stronie nie ma nic: ściana i roztocza, a za nimi — strona pierwsza.

Pomyślała, że jest szczęśliwa. Wolna. W chwili samochodowego wypadku, do którego nie doszło, straciła wiarę. Straciła swego boga, zerwała się ze smyczy grzechu, odbiegła od budy krytej gontem dekalogu oraz miski ze święconą wodą i resztkami zupy. I pędziła przed siebie — kiepska metafora, w sam raz na kiepskie życie — niczym bezpańska suka. Wolna i głodna. Zawszona i robaczywa. Szczęśliwa. Oto ja — śpiewa pewna artystka pop.

Wiedziała, że umiera. Czynność ta, absorbująca jej ciało w całości, przebiegała zaskakująco gładko. Czynność zasadniczo mieszcząca się w jednym zdaniu rozlewała się na akapity drgnień i poruszeń, refleksów ciemności na matowej tafli. Umieranie uspokaja, pomyślała Kama, za chwilę będę niczym. Oto moja prawdziwa natura. Błogosławione nic. Chaos. Solidarność. Entropia. Opiat. Okrągły Stół.

Niebo Kaplicy Sykstyńskiej.

Kama zobaczyła wyraźnie, na ciemnym tle wygaszonej sali własnego życia, słynny fresk Michała Anioła, Stworzenie Adama, najbardziej gejowski kawałek tynku w Watykanie. Dorodny mężczyzna w szacie dostojnej i srebrzystej bro-

dzie — całość o wymiarach pięćset siedemdziesiąt na dwieście osiemdziesiąt centymetrów — wyciąga pełną energii dłoń
w kierunku muskularnego ciała, nieco apatycznego i zwiędłe-
go, w rozwijającej się atrofii męskich cech płciowych. Tak oto
Bóg powołał do życia Adama.

Kama umierała, uwolniona od piętna trójjedynego Boga
swoich antenatów, a w szczególe uwolniona od rzymskokato-
lickiego Kościoła, tak się złożyło w geopolityce jej życia. Gdyby nie kaprys geografii i genów, może uwolniłaby się spod
władzy Allacha albo starców Tory, albo nawet świetlistego
Konfucjusza. Padło jednak na rzymski Kościół, bez jej winy ni
wyboru. Ot, religijna loteria, ruletka: człowiek nie wie, który
bóg go wyciągnie za pępowinę z macicy niby jakiś los ani
kiedy zginie.

Kama umierała, ogarniał ją wielki spokój, być może biorą-
cy początek z niedotlenienia mózgu. Na suficie widziała dwie
ciemniejące niby w pożarze dłonie, a pomiędzy nimi pęknięcie tynku — niewidzialną iskrę. Palec prawej dłoni zwrócił
się w stronę Kamy i dotknął ją w pierś, w okolicach mostka,
o ile się orientowała w sobie, a przecież niezbyt.

Iskra przeskoczyła, uruchomiła maszynerię Kamowego
ciała. Płuca nabrały powietrza, serce zaczęło pompować krew,
nerki filtrować herbatę, a mięśnie się rozkurczyły. Dziecko
kopnęło ją w pępek, od środka oczywiście, oburzone tą próbą
samobójczą.

Ujrzała nad sobą zatroskaną twarz Brodatego Mężczyzny,
tego od Doskonałej Kobiety. A następnie poczuła straszliwy
ból. Nawet nie mogła płakać.

Teraz pauza.

I diagnoza:

Przeżyli, ona i dziecko. Dziecko chłopiec.

Dam mu Piotr na imię. Albo Gabriel. Pomyślała. A może
Antoni? Tyle możliwości, dwa jądra, jeden penis.

JEZUS

Zdecydowaliśmy się z Nike na kraj w promocji, chociaż mogliśmy sobie pozwolić na ziemie Kaananu, Galilei, Palestyny, Egiptu — tam gdzie się urodziłem, nauczałem, umarłem i zostałem poddany krzyżowej interpretacji. Nike uważała jednak, że obecnie sytuacja na Bliskim Wschodzie jest niestabilna i nic nie wskazuje na to, by mogła się za naszego nowego, czasowo ograniczonego życia ustabilizować. Szansa — stwierdziła moja ukochana — że Izraelici wybiją Palestyńczyków, jest równa szansie wybicia Izraelitów przez Palestyńczyków, czyli żadna. Ci pierwsi dysponują zaawansowanymi technologiami wojskowymi, ci drudzy skutecznym piarem oraz pancerną macicą, która bez szkody dla samej siebie potrafi rodzić i rodzić, seriami nieraz przekraczającymi pięcioro dzieci, a bywa, że i wykraczającymi poza rząd jedności.

Z jednej strony musiałem przyznać jej rację, chociaż z drugiej — sytuacja na Ziemi Świętej zawsze była niestabilna i skomplikowana, niezależnie od tego, kto kogo wybijał i w czyje imię, z moim włącznie, oraz sprzyjająca rozmnażaniu. Przekleństwo klimatu i jego pochodnej, historii: za dużo słońca, za mało cienia, tak powstają fatamorgany, zarówno te w krajobrazie, jak i w życiu społecznym.

Od pomysłu odrodzenia się w Ziemi Świętej odwiodło mnie w istocie nie niebezpieczeństwo, nie Nike, lecz pamięć. To tam mnie ukrzyżowano. A takich rzeczy się nie zapomina. Nie żebym się obraził czy urazę żywił. W tamtym kontekście georeligijnym musiałem zginąć. Przebaczyłem i nie mam pretensji. Tak przedstawiał się zresztą mój plan. Powiedzmy.

— Dam szansę — rzekłem do Nike, gdyśmy w beemie załatwiali ostatnie formalności — ludziom z kraju będącego w promocji.

Nike bardzo przejęła się przenosinami na ziemię, dlatego bywała podenerwowana i kłótliwa albo milcząca.

Czekaliśmy na ostateczną wycenę, przeglądając foldery. Moja umiłowana z trzaskiem odłożyła pięknie ilustrowany album na stolik.

— Kraj debili — powiedziała.

— Jak każdy — powiedziałem, żeby ją udobruchać.

— Racja — westchnęła.

Obejrzałem jeszcze słupki popularności, wyprzedzał mnie Jan Paweł II oraz Michael Jackson, trzecie miejsce to w sumie niezły wynik. Potem podpisaliśmy dokumenty. I zrematerializowaliśmy się niezwłocznie na klatce naszego przyszłego życia, w sensie nieliteralnym, oraz bloku, już dosłownie.

— Miejsce boga jest na ziemi — powiedziałem, wciągnąwszy klimatyzowane perfumowane powietrze.

— Nie histeryzuj — odparła ma oblubienica.

Kątem oka widziałem kobietę w zaawansowanej ciąży, która weszła z torbami i natychmiast osunęła się pod ścianą. Kobieta zaczęła się dusić i — w konsekwencji — konać. Nie chciałem interweniować. Od tego są lekarze, nie bogowie. Tak mnie pouczono. Numer telefonu 999 lub 666. I tak zgłosi się poczta głosowa.

Spojrzałem na Nike i zrozumiałem, że zstąpiła w pełni boskości, pewnie przez nieuwagę albo z próżności. A człowiek, gdy patrzy na twarz boga, umiera. No chyba że już jest martwy. Wtedy ożywa, żeby natychmiast skonać. Ad infinitum, czyli już niedługo, w wolnym tłumaczeniu z łaciny.

— Kochanie — rzekłem — nie poddałaś się kenozie.

— Aha — przytaknęła, dokonując jednocześnie kilku istotnych korekt w swej naturze i wyglądzie. — Teraz lepiej?

— Kocham cię nawet taką, jaką nie jesteś — stwierdziłem.

— Ja siebie też, lecz jakaś kobieta charczy pod ścianą.

— Bo wejrzała w twoje piękno. Zaraz to naprawię.

Wyciągnąłem dłoń, a z dłoni palec, a w palcu paznokieć, w pierś ciężarnej niewiasty. Iskra życia uruchomiła jej ciało na powrót. Miałem w zamiarze nie dokonywać cudów, zwłaszcza tych oklepanych, jak zmartwychwstanie, lecz trudno rozpoczynać nowe życie od śmierci niewinnej kobiety, nadto sąsiadki. Dzięki psychologii wiem, że takie wspomnienie mogłoby zrujnować mój nowy początek, ewentualnie szczęście. A ruin to już mam po kokardę.

Wezwaliśmy pogotowie, odstawiliśmy milczącą kobietę do karetki, zapraszając ją mimochodem do nas na przyjęcie powitalne. A ona nas, gdy się rozmilkła, na swój ślub, prawdopodobnie przełożony, dodała, chociaż również także przyspieszony, to zależy, którędy patrzeć.

Ambulans odjechał, myśmy zaś weszli do naszego apartamentu na ostatnim piętrze. Mimo że przywykłem do ogromnych przestrzeni, na przykład w mojej bazylice w Licheniu mam całe hektary ku czci, to jednak kilkusetmetrowa powierzchnia, wykończona przednio i luksusowo, zrobiła na mnie spore wrażenie.

— Podoba ci się? — zapytała Nike.

— Bardzo — odpowiedziałem i ją pocałowałem; Nike, nie powierzchnię, dla jasności dodam. — A kto za to zapłaci?

Roześmiała się.

— Jak to kto, pół na pół, chrześcijanie oraz wielbiciele konfekcji sportowej. Przecież się umawialiśmy.

Nike oprowadziła mnie po pokojach. Najbardziej do gustu przypadł mi obszerny taras z otwieranym za pomocą pilota (na przykład w lecie) dachem, wyłożony soczystym trawnikiem, z kilkoma drzewkami oliwnymi, jednym wawrzynem i ogrodzeniem zarośniętym winoroślą.

— Powinniśmy — powiedziałem — ustawić tu wielkie kryształowe lustro, byśmy mogli się w nim przeglądać i nigdy nie zapomnieć, że jesteśmy ludźmi. Teraz.

— Proponuję wielki telewizor.

— Jak uważasz — odpowiedziałem.

Już wiem, że to nie będzie proste. Życie na ziemi. Nigdy nie było.

Pierwszy wieczór spędziliśmy przy kieliszku likieru w bibliotece. Siedzieliśmy w skórzanych fotelach z oparciami obszerniejszymi od mandorli. Nike włączyła jakąś współczesną muzykę, coś bardzo przygnębiającego, chyba *Kind of Blue* Milesa Davisa. Czytaliśmy, prawie nie rozmawiając. Ona — jakąś głupotkę Dana Browna, ja — *Austerlitz* W.G. Sebalda. Zwykle unikam lektur związanych z Holocaustem, shoah, hekatombą. Holocaust do dziś odbija mi się bolesną czkawką. Oczywiście nie przyłożyłem się do Zagłady, lecz to w niczym nie umniejsza mojej odpowiedzialności. Jestem niewinny, lecz odpowiedzialny. I to mnie chyba najbardziej różni od dwóch trzecich mnie (albo tylko jednej trzeciej, Ojca; Duch Święty nauczył się migać od konkretów) oraz od papieży: nie tchórzę przed odpowiedzialnością, niewinność to tylko wymówka — niewinność przykrywa prawdę jak listek figowy genitalia. Fajne porównanie mi wyszło, nie?

Doszedłem do opisu Andromeda Lodge, zamieszkanego przez ludzi i ptaki, przede wszystkim tropikalne ary. Wpatrywałem się w zdjęcie dżentelmena z papugą przysiadłą na ramieniu.

— Kochanie — powiedziałem — chyba powinniśmy sprawić sobie jakieś zwierzątko.

Nike odłożyła *Anioły i demony*.

— Co mówisz? Chcesz mieć dziecko? Nawet się nie rozpakowaliśmy.

— Nie — odpowiedziałem. — Myślałem o czymś mniej ambitnym, jakimś ptaku, może psie.

Oby nie skończyło się na chomiku. Chomików akurat nie lubię. Ich stworzenie zaliczam do niekoniecznych.

ARTUR

Wycieczka do zoo była prezentem za to, że jest chory. Zawsze dostawał prezenty od rodziców, gdy chorował. Wydawało mu się, że to uczciwa i oczywista wymiana: prezent za chorobę. Czy to oznacza, że jego choroba jest prezentem dla rodziców, a cała operacja sprowadza się do wymiany podarków? No i gdzieżże są rodzice?

Miasto za szybą taksówki okazało się bardziej wielobarwne, niż zapamiętał; gorączka niekiedy kolorowała świat. Do tego już się przyzwyczaił; do niej. Chorował dość często, co wcale nie znaczy, że był dzieckiem chorowitym. Jeden z kolegów nauczył go jeść surowe ziemniaki. Surowe ziemniaki, jeśli się ich nie zwymiotowało, podwyższały temperaturę. Podwyższona temperatura alarmowała rodziców. Rodzice pozwalali nie iść do szkoły. Artur nie miał nic przeciwko szkole, przerwy były naprawdę fajne, gdyby tylko wyeliminować lekcje, prace domowe i dziewczyny...

Wujek Paweł milczał, dopóki nie weszli do mieszkania SF. Na wujku ogromne wrażenie zrobiła wielka kobieta, oliwkowy mężczyzna i małpa, która okazała się Faetonem, zupełnie jak najnowszy model Volkswagena, o czym Artur wcześniej nie wiedział. Na Arturze zaś większe wrażenie zrobiły żyrafy. Żyrafy miały rogi, zupełnie jak nosorożce, tyle że u żyrafy rogi są parzyste i przypominają antenki ufoludka lub hełm wikinga.

Kiedy już znaleźli się w salonie, wujek Paweł zapytał Artura, czy ten chce piwo. Artur chciał, chociaż nie chciał wcale. Otóż nigdy dotąd żaden przybysz z planety dorosłych nie zaproponował mu piwa. Ani żaden wiking.

Siedzieli obok siebie na kanapie z otwartymi puszkami heinekena w rękach.

— Obejrzymy coś w telewizji?

— Oczywiście, proszę wujka — odparł Artur.

Wujek włożył srebrzystą małą płytę gramofonową do adaptera przypominającego nieco magnetowid. Urządzenie połknęło krążek. Na ekranie telewizora pojawiła się uśmiechnięta pani zachęcająca do słuchania Radia Zet.

Obejrzeli w całkowitym milczeniu dziwny film o tytule *Wszystko o mojej matce*. Matka z filmu w niczym nie przypominała matki Artura. Film się skończył. Wujek się wzruszył. Artur zanudził się na śmierć.

— Dziwne, że ciocia Kama nie dzwoni — zdziwił się wujek, prawdopodobnie w celu ukrycia wrażenia, jakie wywarł na nim film.

— Ciocia Godzilla — podsunął Artur.

— Z Godzillątkiem.

Wujek Paweł wykonał kilka telefonów, stwierdził, że nikt nie odbiera, a że chyba nadal odczuwał presję na jakiś kontakt telefoniczny — zamówił pizzę. Pizza przyjechała po dwudziestu minutach. W ślicznym kolorowym kartonie.

Pycha!

Artur starał się zapamiętać smak pizzy w słowach, którymi mógłby opowiedzieć kolegom ze szkoły, jak niezwykły posiłek spożył. Arturowi bardzo podobała się ta rzeczywistość chorobowa i pozalekcyjna, zupełnie jak z filmu fantastycznego: wydarzały się najbardziej nieprawdopodobne rzeczy, we wszystkich możliwych do wyobrażenia kolorach i opakowaniach, od folii i kartonu przez plastik i szkło aż po aluminium; cała tęcza z odpadkami włącznie. Niepokoiła go jedynie nieobecność rodziców. Bez dwóch zdań, pomyślał Artur, jestem w niebie. Ta myśl, a w istocie jej najbliższe i najoczywistsze konsekwencje, nie dawała mu spokoju.

— Wujku — zapytał — czy ja umarłem?

Wujek, z drugą puszką piwa w ręku, spojrzał na Artura, już chciał coś powiedzieć, ale ugryzł się w język.

— Tak.

Artur nie spodziewał się takiej odpowiedzi. Liczył na zaprzeczenie, chociaż w proste zaprzeczenie, w pospolite „nie" by nie uwierzył. Takim „nie" dorośli zbywają dzieci.

Ktoś zadzwonił do drzwi, raczej nie ciocia Kama, miała przecież klucze. Artur nie przypuszczał, aby ciocia o kluczach zapomniała. Nie wyglądała na kogoś, kto o czymkolwiek może zapomnieć. Ciocia Kama to taka super maszyna z Romka-Tomka-i-Atomka. Taki praski golem.

— Pójdę otworzyć — oznajmił Paweł. — Poczekaj tutaj.

Artur skinął głową. Ten gest oznaczał zgodę, mógł też znaczyć cokolwiek, na przykład to, że się nie zgadza.

Słyszał, że wujek z kimś rozmawia. W sumie trzy głosy: dwa męskie, jeden żeński. Żaden nie należał do Kamy. Jeden należał do wujka. Zatem równanie z dwiema niewiadomymi. Te dwie niewiadome najwyraźniej zostały zaproszone do środka. Drzwi się zamknęły, a chwilę później w salonie zmaterializowały się trzy osoby. Z jakiegoś powodu wszystkie one wydały się Arturowi znajome.

Podniósł się z sofy, lekko ukłonił, mówiąc „dzień dobry", choć to już raczej wieczór był. Postanowił uzupełnić autoprezentację:

— Nazywam się Artur i mam dwanaście lat.

— A ja — odpowiedział mężczyzna — nazywam się Jezus i mam trochę ponad dwa tysiące lat.

Paweł dostał ataku śmiechu.

— Co mu się stało? — kobieta spojrzała pytająco na Artura.

— Nie wiem, proszę pani. Ale w tym domu wszyscy są niezdrowi.

KAMA

W szpitalu nie zabawiła długo. Wykonano kilka standardowych badań oraz dwa zdjęcia rentgenowskie. Kama początkowo nie zgadzała się na zdjęcia:

— Jeżeli urodzę Godzillę — przemówiła lodowato — zapłaci mi pan alimenty, jako popromienny ojciec.

— Ojciec chrzestny — odpowiedział automatycznie lekarz i natychmiast przeprosił; nie chciał stracić dobrze płatnej pracy.

Wyniki w normie, dziecko w normie. Jedynym efektem trwałym zdarzenia na klatce okazało się złamanie obojczyka i okolic, wielokrotne. Mięśnie musiały napiąć się tak straszliwie, że złamały kości.

— Oczywiście to niezmiernie rzadka i niecodzienna sytuacja — stwierdził lekarz. — Przez swą niecodzienność i rzadkość należy wykluczyć prawdopodobieństwo powtórki.

Ze szpitala wyszła w gorsecie z gipsu, unieruchamiającym złamane kości obojczyka i okolic, a w istocie unieruchamiającym całość tułowia. Czuła się niczym sarkofag reaktora w Czarnobylu. Lekarz pożyczył jej kitel, ponieważ ubranie Kamy przestało na nią pasować, skurczyło się jak Alicja w *Alicji w Krainie Czarów*. Jestem skazana na bluzy dresowe, pomyślała, ewentualnie włosiennicę. Kurwa mać, zaklęła Kama, przebrali mnie za stodołę.

Taksówką wróciła do domu. W szpitalu potraktowano ją łagodną farmakologią: środki uspokajające i przeciwbólowe. Miała nadzieję, że produkowane przez konkurencję, bo analogi produkowane przez firmę, w której pracowała, cechowała dłuższa lista skutków ubocznych niż lista grzechów, z których się nie wyspowiadała. Nie wyspowiadała się, bo nigdy nie była małostkowa, przede wszystkim w stosunku do siebie.

Wchodząc do mieszkania, spodziewała się niespodzianki. Niespodzianką stałoby się: (1) „wyzdrowienie" Artura, (2) brak zmiany w regresji Artura; mogła sobie nawet w wybuchu zazdrości i wściekłości wyobrazić, że (3) Paweł — względem którego już w ogóle nie wiedziała, co czuje — wykorzystał sytuację i przespał się z Arturem. Jednym słowem, Kama nie miała pojęcia, świadkiem czego się stanie, wszedłszy w progi apartamentu.

Już w przedpokoju usłyszała głosy, zarówno znajome, jak i obce. Nabrała głęboko powietrza w płuca, żeby przygotować się na awanturę: nie zamierzała tolerować żadnych imprez pod swą nieobecność, a jeszcze mniej — w czasie swojej obecności. Do salonu weszła już całkowicie gotowa na ostrą wymianę zdań.

W salonie czekała ją niespodzianka, zgodnie z tym, czego się spodziewała, choć akurat to, co zobaczyła, nie przeszło jej przez myśl.

W salonie:

Artur siedział na podłodze, ściskając w dłoniach pada i grając w jakąś strzelankę na playstation.

Brodaty Mężczyzna, ten, który prawdopodobnie ocalił Kamie życie, również siedział na podłodze, również ściskał w dłoniach pada i grał wspólnie z Arturem w jakąś komputerową grę.

Artur i Brodaty Mężczyzna wydawali z siebie naprzemiennie rozmaite wykrzyknienia i stęknięcia: ach, och, kurczę, ale, no nie, ja cię.

Paweł siedział na sofie z puszką piwa, nie pierwszą tego dnia, jak się Kama błyskawicznie zorientowała.

Najpiękniejsza Kobieta Świata siedziała obok Pawła.

Rozmawiali z ożywieniem, przyciszonymi głosami, zupełnie nie zwracając uwagi na Artura i Brodatego Mężczyznę. Ani na Kamę.

Kama nie wierzyła, że widzi, co widzi, mimo to uwierzyła w zastaną scenę niezwłocznie, ponieważ w ostatnich dniach przytrafiały jej się sytuacje mało prawdopodobne — prędzej zwątpiłaby w obrazek pospolity i codzienny niż w czwórcę świetnie się bawiącą w jej salonie.

Uroda i wdzięk Najpiękniejszej Kobiety Świata tym razem nie doprowadziły Kamy do stężenia mięśni i złamania kości. Kama pamiętała jednak wyraźnie tamto pierwsze wrażenie sprzed kilku godzin. Bezsprzecznie najszczęśliwszą chwilę swego życia.

Kama chrząknęła. Pragnęła przypomnieć, także sobie, że jednak tu jest.

Paweł usłyszał chrząknięcie i ją wreszcie zauważył. Natychmiast odstawił piwo i poderwał się z sofy.

— Dobry wieczór — powiedział. — Przedstawię ci naszych niezapowiedzianych gości. To jest Jezus, a to Nike. A to Kama. Oraz Artur i ja, czyli Paweł pedał.

W czasie tej przyspieszonej prezentacji:

Jezus ledwo odlepił wzrok od telewizora i skinął lekko głową;

Artur nie zareagował;

Nike wstała, podeszła do Kamy i ją objęła; powiedziała:

— Tak się o ciebie martwiliśmy.

Jestem w objęciach Najpiękniejszej Kobiety Świata, pomyślała Kama.

Pozwoliła się, oszołomiona zastrzykami, gipsem i całym dniem, poprowadzić na kanapę. Nim się zorientowała, siedziała między Pawłem a Nike, z kieliszkiem do białego wina w dłoni, wypełnionym płynem niebieskim niby butelka reńskiego mleka matki. Kama wpatrywała się z niepokojem w kieliszek.

— Pij śmiało, na pewno nie zaszkodzi twemu dziecku ani tobie.

Kama uwierzyła. Uśmiechnęła się. Skosztowała. Pyszne. Smak nie przypominał niczego, co znała. To musiał być bardzo zagraniczny trunek.

— Te wasze imiona to na serio? Czy przezwiska? — zapytała i spłonęła rumieńcem.

A gdyby ktoś mnie zapytał, pomyślała, czy moje nazwisko jest serio, czy to kpina, to co bym odpowiedziała?! I jak się poczuła?!

— Nie wybieraliśmy imion. Takie nam nadano — odparła Najpiękniejsza Kobieta, zupełnie nie speszona i nie urażona.

— Przepraszam — bąknęła Kama.

Nike położyła piękną dłoń na policzku Kamy. Kama nie potrafiła się powstrzymać. Oddała swój kieliszek Pawłowi i uwolnioną dzięki temu dłonią dotknęła dłoni Nike, spoczywającej na jej policzku. Taki przekładaniec: skóra, kości, policzek, dłoń i dłoń, jak ciasto marcinek, najlepsze robią w Hajnówce (miasto).

Teraz mógłby się skończyć świat, pomyślała Kama.

JEZUS

Pierwszy wieczór na ziemi spędziliśmy, Nike i ja, przy kieliszku likieru, lekturze książek oraz na miłej konwersacji momentami przechodzącej w otwarty spór. Chcąc rozładować napiętą nieco atmosferę, zaproponowałem, byśmy się udali z sąsiedzką wizytą do kobiety, którą zmartwychwstałem bodaj wczoraj. Nike nie protestowała. Zabraliśmy butelkę ambrozji i ruszyliśmy.

Po wyjściu na klatkę okazało się, że czas za drzwiami spóźnia się o przynajmniej dobę względem czasu w naszym mieszkaniu. Cóż, takie bywają skutki uboczne boskości. Bogowie zaginają czas niczym czarna dziura przestrzeń — nie jestem najlepszy w naukowych wyjaśnieniach. Nawet z teologią nie jestem na bieżąco, zatrzymałem się w okolicach Wielkiej Schizmy 1054, wyrywkowo znam prace z okresu Świętej Inkwizycji 1215–2050, no i kilkanaście encyklik papieskich. Szkoda, że encykliki ukazują się po łacinie, a nie po angielsku. Trochę się od łaciny odzwyczaiłem. Głupio czytać o sobie w martwym języku. Tworzą się zbędne i nieprzyjemne asocjacje.

Otworzył nam nieznajomy mężczyzna, zaprosił do środka. Na korytarzu opowiedziałem w skrócie o nieprzyjemnym zdarzeniu z Kamą, starając się nie pomylić wczoraj z dzisiaj, a dzisiaj z jutrem. Doprawdy, trzeba będzie uporządkować i zsynchronizować czas tu i tam, wtedy z teraz i tak dalej oraz wstecz.

Przeszliśmy do salonu, gdzie młody mężczyzna przywitał się z nami, podał swój wiek (dwanaście) oraz imię (Artur) — być może w odwrotnej kolejności. Kolejność nie jest moją najmocniejszą stroną, ponieważ rok kalendarzowy skonstruowano w ten sposób, że najpierw umieram, a potem się rodzę, stąd nie dziwota, że na chronologię nie zwracam baczniejszej uwagi.

Mężczyzna twierdzący, że jest chłopcem, wydał mi się w pierwszej chwili opóźniony umysłowo, i to o znacznie więcej niż jedną dobę. Stawiałbym nawet na dekady. Wpatrywałem się w niego: bezsprzecznie któryś z bogów położył na nim swoją łapę (położyć łapę — związek frazeologiczny, nie należy brać go dosłownie, podobnie jak Nowego Testamentu), nie wiedziałem jednak który. Bogowie zwykle podpisują swoją pieczęć lub tchnienie, a tu — bóg anonimowy, nie podpisany; człowiek bez autografu stwórcy, korekta bez korektora, kontrakt bez parafki na każdej stronie. Tak czy tak, nie potrafiłem dojść imienia tego, który w Arturze namieszał.

Nike bardzo szybko znalazła wspólny język z naszym gospodarzem (Pawłem). Rozmawiali o obuwiu sportowym oraz blasfemii. Z konieczności musiałem skoncentrować się na Arturze. Nawiązaliśmy nić porozumienia bardzo szybko za pomocą kilku kabli i playstation. Graliśmy w *Mortal Kombat* w trybie versus: on versus ja. Częściej wygrywał Artur: nie wiem, czy dlatego, że grał lepiej, czy też dlatego, że trudno mi szło przestawić się na zabijanie przeciwnika. W zabijaniu dotąd byłem wyłącznie pasywny. Mimo to bawiliśmy się świetnie. Nie przerwaliśmy, kiedy wróciła Kama, w dość paskudnym humorze, co mnie nie zaskoczyło — po zmartwychwstaniu również czułem się chujowo. Nasza sąsiadka, czule przez Nike przywitana, rozsiadała się na kanapie i pogrążyła w czymś, co z trudem można by nazwać rozmową. My tymczasem, to jest Artur i ja, staczaliśmy pojedynek za pojedynkiem. Stopniowo nasze umiejętności się wyrównywały, mój kciuk nabierał płynności, wyprowadzałem coraz celniejsze ciosy i z coraz większą łatwością pozbawiałem życia wirtualnych przeciwników, w czym wielką pomocą stało się opanowanie kilku kombinacji funkcyjnych klawiszy. Pomyślałem nawet, w absurdalnym żarcie, że moralność jest pochodną sprawności kciuka. Im kciuk sztywniejszy, tym oparcie moralne pewniejsze. To tłumaczyłoby, dlaczego jestem najpopularniejszy w kategorii wiekowej plus sześćdziesiąt.

Grając, czułem, że czas w salonie opóźnia się względem czasu ogólnoziemskiego. Oczywiście, także na ziemi czas nie jest jednorodny, czas nigdy nie poddał się homogenizacji i globalizacji ani końcowi historii (Fukuyama). Są miejsca, w których czas kręci się dookoła własnej osi (kręcić się dookoła własnej osi — związek frazeologiczny niewiele mający wspólnego z czasem). Są miejsca, w których czas płynie w bok, nigdy do przodu i nigdy do tyłu (amisze, ortodoksyjni żydzi, rodzina Radia Maryja). Są też miejsca, w których czas wystrzelił z kopyta do przodu, aż do swego końca (sekty, na przykład Świetlisty Szlak), a także miejsca, w których czas uderzył z kopyta wstecz (Korea Północna). A jednak mimo tej różnorodności udało się uzgodnić skalę, podług której czas jest odmierzany wspólną miarką: sekundy, minuty, godziny i tak dalej, obecnie. Ta miara jest matematyczna, czy też fizyczna. Matematyka (fizyka) to tylko forma oboczna rozpaczy.

Przegrałem. Artur, czy raczej awatar Artura wykonał kilka mistrzowskich kopnięć z półprzysiadu. Przegrałem. Game over.

— Chyba zmienię bohatera — mruknąłem.

— Dobra — zgodził się Artur.

Wszedłem w menu. Przeglądałem bibliotekę potencjalnych potworów po raz któryś z rzędu. Mogłem dokonać wyboru między siłą a zręcznością. Niestety, ani jeden z potencjalnych bohaterów nie reprezentował kategorii „jeżeli ktoś cię uderzy w policzek, nadstaw drugi, a zwyciężysz". Gdybym nadstawił policzek (mówię o tym pierwszym policzku, o drugim nawet nie warto wspominać), przegrałbym z kretesem. *Mortal Kombat* nie punktuje dobra. Dobro jako umiejętność, niechby i specjalna, nie występuje. Nie ma takiej kombinacji funkcyjnych klawiszy, która mogłaby zapewnić dobru zwycięstwo. Czy to błąd oprogramowania? Nie sądzę, gra sprawiała wrażenie lepiej dopracowanej niż świat, w który zstąpiłem. W odróżnieniu od świata, ani razu się nie zawiesiła.

— Słyszałeś o Maksymilianie Kolbem? — zwróciłem się do Artura.

— Nie. A kto to?

— To święty. Dość kłótliwy i radykalny, wygrał, ponieważ dobrowolnie oddał swoje życie za życie nieznajomego człowieka.

— Wygrał, ponieważ dał się zabić? — zapytał Artur niby dziecko, którym przecież był, zdumione i niedowierzające.

— W uproszczeniu tak.

— A co się stało z tym, kogo uratował?

— Też zginął.

— I gdzie tu zwycięstwo?

Nie odpowiedziałem Arturowi. Nie zwątpiłem w słuszność wyboru ojca Maksymiliana, jak i nie zwątpiłem w jego zwycięstwo. Tylko nie wiedziałem, jakich słów użyć, żeby ukazać to, co wspaniałe, bezinteresowne, wypływające z miłości. Podczas gdy ja zastanawiałem się nad doborem odpowiednich słów, Artur myślał równolegle.

— Chcesz powiedzieć, wujku Jezusie, że jak przegrałeś tyle razy ze mną w *Mortal*, to znaczy, że wygrałeś? Bo pozwoliłeś się zabić? Czy to nie jest zwykłe oszustwo?

— Oszustwo? — wybąkałem.

— Oszustwo — twardo powtórzył Artur. — Wujek zmienił zasady gry. Wygrywa ten, który umiera.

Załadowałem nowego awatara.

— Zagrajmy jeszcze raz — powiedziałem.

— Według nowych zasad? — upewnił się Artur.

— Według nowych — przytaknąłem.

Gra wyglądała teraz tak, że kierowani przez nas bohaterowie krążyli dookoła siebie na arenie. Nikt nie wyprowadzał ciosów, nikt ciosów nie parował. Trwało to chyba przez kwadrans.

— Kiedy wszyscy chcą wygrać w dobro — przemówił Artur — to gra nie ma sensu. Kiedy wszyscy są dobrzy, to nikt nie wygrywa.

— Wygrywają wszyscy — powiedziałem.

— To niemożliwe — stwierdził Artur.

A może Artur ma rację?, pomyślałem. Może dobro to stan zawieszenia? Odroczenie końca?

ARTUR

W pewnej chwili Kama przeprosiła wszystkich i udała się do gabinetu, skąd wróciła bardzo podekscytowana:

— Nie wiem, jak to się stało, ale dziś jest już jutro i za trzy godziny mam ślub cywilny z Arturem.

— Gratulacje — przemówiła Nike. — A czy Artur o tym wie?

Kama się zaśmiała, a następnie jęknęła z bólu, nieostrożnym śmiechem wymknąwszy się środkom przeciwbólowym.

— Wiedział kilka dni temu, zanim... zanim został chłopcem. To znaczy początkowo planowaliśmy jedynie ślub kościelny, tylko że sytuacja uległa zmianie. Po pierwsze, przestałam wierzyć w boga, tego z kościoła, po drugie... Musimy się pospieszyć.

— Chyba Jezus może wam udzielić ślubu. Jeśli to takie pilne.

— Jest księdzem?

— Nie do końca. Jest przełożonym papieża.

Kama zastanowiła się.

— Widzisz, droga Nike. To nie wystarczy. Kościół nie słucha papieża, a co dopiero przełożonego papieża.

— W takim razie pojedźmy, gdzie trzeba, i miejmy to z głowy.

— Zostałabyś moim świadkiem? Potrzebuję dwóch.

— Oczywiście.

— Dziękuję — Kama uśmiechnęła się. Uśmiech zamarł. Kama wykrzyknęła ze zgrozą: — Nie mam co na siebie włożyć! Nie mam ubrań w rozmiarze dwuosobowego namiotu!

Artur i Jezus nie przysłuchiwali się powyższej rozmowie. Grali. Świat zbudowany z pikseli w niczym nie ustępuje światu z aminokwasów. Niestety, Kama z pomocą Nike i Pawła odciągnęli Artura od *Mortal Kombat*.

— Musisz się przebrać.

— Czas na *Mortal Kombat* w realu — uzupełnił Paweł, puszczając oko. — Bierzesz ślub. Spróbuj wygrać.

Artur, niechętnie, pozwolił się ubrać w garnitur i białą koszulę, i krawat w prążki. Czyżby dziś kończył się rok szkolny?

Kama również się przebrała. Założyła na siebie coś, co sprawiło, że wyglądała jak meblościanka przygotowana do wysyłki. Arturowi to nie przeszkadzało, jego ciocia jest dorosła, a dorosłym wolno prawie wszystko.

Paweł założył garnitur Artura i koszulę, i krawat. Paweł był szczuplejszy od Artura, więc ubranie na nim wisiało. Ale dorosłym wolno wyglądać tak, jak im się podoba (lub nie).

Zamówili dwie taksówki. W jednej zasiedli Paweł oraz Jezus z Nike, w drugiej Artur z Kamą. Artur wolałby siedzieć z Jezusem. Mogliby porozmawiać. O grze, o modyfikacjach zasad i tak dalej.

Kama powiedziała:

— Zaraz pani lub pan w urzędzie zada nam kilka pytań. Na każde pytanie odpowiesz twierdząco. Złożysz podpis. Założymy sobie obrączki. Ewentualnie mnie pocałujesz i po sprawie.

Arturowi niezbyt ciotczyny pomysł przypadł do gustu. W sumie nie miał nic przeciwko, żeby na każde pytanie odpowiedzieć „tak". Również podpis to pikuś w porównaniu z wypracowaniem. Wymiana obrączek prawdopodobnie będzie przypominała wymianę kanapek lub kapsli — nihil novi sub sole. Tylko ten pocałunek. Artur brzydził się dziewczyn, a zwłaszcza cioć i babć. Ciocie i babcie zawsze domagały się pocałunku. Zwykle w policzek, tym razem jednak coś mówiło Arturowi, że wymagane odeń poświęcenie będzie głębsze: trzeba będzie może nawet włożyć własny język między zęby cioci. Takie umieszczenie języka między zębami jest podobno super, mówili ósmoklasiści, mimo to Artur wiedział swoje: włożył kiedyś własny język między zęby najlepszego kumpla z klasy, później kolega włożył swój język między zęby Artura. Nie było w tym nic przyjemnego. No i ta ślina!

Dojechali na miejsce, Kama zapłaciła, Artur pomógł jej wysiąść. Wyciągnięcie ciotki z taksówki przypominało Arturowi operację rozbicia namiotu.

Biwakujemy.

KAMA

Odetchnęła z ulgą dopiero w domu, a i to powściągliwie, ponieważ każdy obszerniejszy wdech bądź wydech sprawiał jej ból. Ślub przebiegł zaskakująco gładko. Artur zachowywał się bez zarzutu, wypełniając wszystkie polecenia Kamy oraz pracowników urzędu stanu cywilnego. Kama widziała, że Artura cała ta uroczystość przede wszystkim bawi, a trochę nuży.

Czy oni naprawdę nie widzą, dziwiła się Kama, że biorę ślub z dwunastolatkiem? Urzędnicy chyba nie widzieli i się nie dziwili. Zdziwili się dopiero, gdy Nike i Jezus, świadkowie, dobyli dowodów osobistych: Nike Nowak i Jezus Kowalski.

W drodze powrotnej wstąpili do zakładu fotograficznego (na pamiątkę) i kilku sklepów (wiktuały na przyjęcie plus cukiernik). Artur godził się na wszystko, wszystkie polecenia wykonywał posłusznie i dokładnie. Jego rodzice, a moi od niedawna teściowie, pomyślała Kama, nie doświadczyli chyba większych problemów wychowawczych. Pomyślała również, że to nie jest dobre dla dziecka. Dziecko, które zawsze się zgadza z rodzicami, jest dzieckiem złamanym. Chcę, żeby moje dziecko było prawdziwe. Chcę, żeby moje dziecko było samodzielne. Żeby mnie czasem nie lubiło. Chcę, bo kocham. Kocham, więc pozwolę memu dziecku zmarnować sobie życie, chociaż oczywiście będę walczyć o to, aby życia nie przegrało.

Wrócili do domu z zakupami, kwitem na ślubne zdjęcia i obrączkami na palcach. Artur natychmiast się przebrał i zasiadł z Jezusem przed telewizorem. Znowu się tłukli. Znowu: ach i och, kurczę i no nie, niech to i o nie. Paweł przygotowywał stół w stołowym: obrus, odświętna porcelana, kryształy i srebrne sztućce, klasa średnia wyższa. Świece. Kwartetu smyczkowego brak. Nike pomagała Kamie ułożyć wędliny, ryby, sery i sałatki, pieczywo i ciasta, z naciskiem na wspaniały mus czekoladowo-pomarańczowy.

Kama od pierwszego spojrzenia poczuła do Nike słabość. Z jednej strony przy Nike łagodniała, miękła, z drugiej coś się w niej radykalizowało. Wyciągając z dolnej szafki paterę na mus czekoladowo-pomarańczowy (wspaniały!), zdała sobie sprawę, że skończyła się przyszłość. Że na przyszłość nie ma pomysłu. Zaplanowała wszystko do ceremonii zaślubin. Ślub zawarty, nic w planie na kolejne dni. Bo jakaż to przyszłość: odgrzewanie teraźniejszości przez jutro i pojutrze, i dalej?!

Oczywiście kiedyś Kama zaplanowała sobie inną przyszłość: kochający mąż, gromadka dzieci, kariera i bliscy przyjaciele, pryncypia, msze i caritas, pielgrzymki, umiarkowane kredyty i egipskie wakacje, może nawet Casablanca albo Biały Dom. Ale to było przed wypadkiem, w którym nie zginęła tylko dlatego, że do wypadku nie doszło. Tamta przyszłość uległa wyczerpaniu, pękła jak balonik. Niewiele z niej zostało, nie więcej niż sen. Może jeszcze mniej. Jakieś strzępki gumy.

Podniosła się ze stęknięciem i paterą w jedynej sprawnej ręce.

— Kim naprawdę jesteś? — zapytała Kama. Wytrzymała pauzę: — A Jezus? Kochasz go?

Nike odstawiła półmisek z wędlinami. Spojrzała na Kamę tym swoim przenikliwym, głębokim i starym niby pierwsze posążki Gai wzrokiem.

— A Artur? — Nike zaczepnie odbiła pytanie Kamy. — Kochasz go?

Kama odpowiedź trzymała naszykowaną:

— Kiedyś go kochałam. Kiedy był starszy.

— Zawsze możesz poczekać, młodszy już nie będzie — Nike zawiesiła głos. — Co innego z tej miłości ci pozostało?

No właśnie, co mi pozostało? Czarny range rover, wygodne mieszkanie, zasobne konto, pierścionek z karatami brylantu, dziecko w brzuchu i raty do spłacenia za to wszystko? Od kilku godzin, pomyślała Kama, jestem współwłaścicielką dóbr Artura, co nie jest samo w sobie złe, ale także jestem współwłaścicielką samego Artura, a to akurat rodzi pewne problemy. Ja się po prostu nie zakochuję w małolatach. Chciałam męża i oparcia, dostałam chłopca.

— Co mi zostało? — Kama powtórzyła pytanie. — Nie wiem. Rachunek pozostaje otwarty.

— Gotowe! — stwierdziła Nike, przyglądając się półmiskowi z kunsztownie udrapowaną wędliną. — Chodźmy świętować wasze zaślubiny.

Siedzieli, jedli, pili i rozmawiali. Ów bardzo przyjemny dzień stał się wieczorem, również przyjemnym. Małżonek Kamy grał z Jezusem. Nie dało się ich wciągnąć w świat dorosłych, w świat na krześle przy stole nakrytym obrusem.

— Nasi mężczyźni — powiedział w pewnym momencie Paweł — to chłopcy.

Kama i Nike roześmiały się. Miały podobne poczucie humoru, od niedawna. Miały podobnych mężczyzn. A Paweł? Jego chłopak, Maciek, też chłopiec. Jego eks-chłopak.

— Nie wiem — Kama powściągnęła śmiech — nie wiem, co się z Maćkiem dzieje. Dopiero teraz sobie przypomniałam, że go zaprosiłam na ślub. Miał być świadkiem. Może ty coś wiesz? Przecież to twój facet.

Paweł przybrał poważny wyraz twarzy:

— Nie mam zielonego pojęcia. Zdradziłem go i kazał mi się wynieść z mieszkania. Zasłużyłem na to. Wyniosłem się i odtąd go nie widziałem. Nie widziałem go nawet, jak go widziałem po raz ostatni. Usta miałem zajęte, a oczy w dark-roomie się nie przydają — Paweł zamyślił się, zadumał, refleksji poddał: — I na co mi był tamten wzwód?

Nike nie potrafiła powstrzymać śmiechu. Śmiała się i śmiała, a tym śmiechem swoim zaraziła Kamę i Pawła. Nawet Jezus się roześmiał, chociaż może bez związku ze śmiechem dorosłych, prawdopodobnie powalił awatara Artura.

I w ten sposób minął dzień i wieczór, przyszedł poranek. Prędzej czy później wszyscy umrą.

NIKE

Nigdy nie wątpiłam, że materia obdarzona samoświadomością przejawia skłonności do zachowań impulsywnych, nieracjonalnych, niebezpiecznych nawet. Nie ma samoświadomości bez podświadomości, jak powiedziałby ten wiedeński piernik oraz jego apologeci i epigoni.

I właśnie w ten sposób uzasadniam to, że pokochałam Kamę, moją sąsiadkę i niedoszłą ofiarę. To znaczy nie ma żadnego uzasadnienia. Są tylko racjonalizacje, mniej lub więcej poręczne.

Spędziliśmy wspólnie kilka dni. Ja rozmawiałam z Kamą i Pawłem, Jezus grał na playstation z Arturem. Gdyby spojrzeć na nas z góry, boku lub dołu, przez palce lub z przymrużonym okiem, na siatkówce ułożyłby się przyjemny obrazek: *Przyjaciele miło spędzający czas*, albo coś o ostrzejszym tytule: *Kochankowie w interludium*, na przykład.

Czas uległ pewnemu rozregulowaniu. To skutek uboczny boga na ziemi. Czas się zagina wokół boskiej istoty: czasem przyspiesza, czasem spowalnia, niekiedy się rozwarstwia. Musimy popracować nad synchronizacją, zapisałam sobie w pamięci. A tymczasem wyskoczyłyśmy z Kamą do mojego apartamentu po kolejne butelki ambrozji.

— Na pewno nie zaszkodzi to mojemu dziecku? — zapytała mnie po raz tysięczny.

— Wręcz przeciwnie — uspokoiłam ją po raz tysięczny. — Ambrozja może tylko pomóc. Nieśmiertelności nie zapewni, ale przynajmniej twoje dziecko nie będzie chorowało.

Kama zamilkła. Rozważała coś w sobie. Zasępiła się niczym sęp wyjadający Prometeuszowi wątrobę dnia pierwszego kwietnia, którego to dnia wątroba nie odrasta. Taki żart z prometeizmu. Mój ulubiony zresztą.

— Pytaj — powiedziałam w estetyce judeochrześcijańskiej, niestety w ogóle nieprzydatnej z marketingowego punktu widzenia — a zostanie ci odpowiedziane.

— Czy ty i twój chłopak — zaczęła ostrożnie Kama — nie jesteście przypadkiem nieludzie? Wyglądacie inaczej i zachowujecie się inaczej.

— Kochanie — rzekłam — jesteśmy bogami. Zstąpiliśmy na ziemię. Nike i Jezus. Znasz nas na pewno z mitologii greckiej i chrześcijańskiej.

Kama roześmiała się zbyt swobodnie, następnie jęknęła z bólu. Powiedziała:

— To zabawne, że spotkałam bogów w momencie, w którym przestałam w bogów wierzyć.

— Nie musisz we mnie wierzyć. Wycofałam się z ringu tysiące lat temu. Wystarczy mi, że jesteśmy sąsiadkami, a zostaniemy przyjaciółkami — odparłam.

— To takie zabawne! — powtórzyła Kama. — Widzę cię, w moim salonie widziałam Jezusa, a w ogóle w was nie wierzę. To znaczy jako sąsiedzi jesteście w porządku.

— Kochanie — uspokoiłam ją — jesteśmy na ziemi najzupełniej prywatnie i raczej czasowo. Nie trzeba wierzyć w boga, żeby boga zobaczyć. Można też zobaczyć boga i w niego nie wierzyć. Jak dla mnie luzik. Wolna wola, wolny rynek, ocalmy tanią siłę roboczą w Chinach. Oto moje credo.

— Dzięki — bąknęła. — Jesteś super. Jezus też jest fajny. Zajmuje się Arturem. To miłe z jego strony.

— Jezus miał ciężkie życie, ciężką śmierć, odległego ojca, zasłużył na trochę odpoczynku. Niech gra w ten *Mortal Kombat*. Mam nadzieję, że Artur pozwala mu wygrać od czasu do czasu. Jezus jest taki wycofany, autystyczny, zwłaszcza w zabijaniu.

Rozmawiałyśmy.

Wszystko w niej mnie pociągało. Jej nieporadność. Gipsowy sarkofag. Zmęczone oczy. Jej trzeźwość i rzeczowość, zdecydowanie i twardość. Jej zwyczajność. Zapomniałam, że zwyczajność może być tak pociągająca. I tak radykalna.

Rozmawiałyśmy.

Kama mi opowiedziała, że nie znajduje żadnego pozytywnego pomysłu na przyszłość. To znaczy żadnego pomysłu, który opierałby się na czymś konstruktywnym.

Pocałowałam Kamę. Nie chciałam się sobie oprzeć. Pragnęłam Kamy. Nie tyle jej ciała, ile rozniecionego w nim ognia, tej żarliwej nadziei, że wychodząc poza Kościół i państwo, poza strukturę i sieć, ocali się siebie.

Nie ocali.

Pocałowałyśmy się.

Mój język wszedł w jej usta. Kama przełknęła mój język jak gastroskopową sondę. Koniuszkiem języka mogłabym rozśmieszyć ją od środka, łaskocząc żołądek i kości.

PAWEŁ

Kama udała się z Nike do apartamentu na samej górze po jakieś rzeczy. Paweł został sam. Nie chciał przeszkadzać chłopakom, Arturowi i Jezusowi, grającym w *Mortal Kombat*. Wstał od stołu, przeszedł się kilka razy po salonie, od ściany do ściany, bez celu, szukając kota Schrödingera (żywego lub/i martwego), a następnie wyszedł na korytarz. Zrobił coś, czego się nie spodziewał (i jak tu ufać sobie?), wyciągnął komórkę i zadzwonił. Do Maćka. Abonent j e s t czasowo niedostępny. Rozłączył się.

Zaraz zacznie się psychologia, pomyślał. Poczuję się samotny, opuszczony, może nawet nieszczęśliwy. Będę musiał urżnąć się albo pilnie komuś spodobać — podstawowe sposoby na odbudowę ego. Niestety pierwszy sposób jest zawsze pod ręką, jak butelka. A drugi wymaga sporego zachodu — fitness, musli i modne kluby, no i trzeba coś oglądać, żeby potem mieć o czym mówić przed, a czasem i po (papierosy nie zawsze są na podoręDziu, seks zaś uprawiają także — o zgrozo! — także niepalący). Obydwa sposoby (zaś) prowadzą w to samo miejsce: tam gdzie rośnie cykuta. Cykuta jako metafora, metafora jako trucizna. Jakoś tak.

Paweł wydał z siebie przeciągłe westchnienie. Chyba jednak nie obejdzie się dzisiaj bez samoużalania. Które, kto wie, czy nie zahaczy aż o wyrzuty sumienia. Byłoby fatalnie. Po wyrzutach sumienia Paweł potrzebował przynajmniej dwóch dni, żeby dojść do siebie.

W przeciągu kwadransa zaliczył większość oswojonych już i wielekroć przeświczonych pozycji psychologicznych. Od niegroźnego delikatnego migotania duszy, podobnego do migotania komór na chwilę przed zawałem. Od melancholii w wersji light, zero cukrów i tłuszczów, brak refleksji i wiwisekcji, całość zgrabnie opakowana w ciało lat dwadzieścia plus. Przez pozycję tyle-lat-mam-i-wciąż-jestem-sam. Przez pozycję kiedy-ktoś-zobaczy-jaki-naprawdę-jestem (w rozumieniu, że super). Przez niewygodną pozycję lotosu zwątpienia, zwaną również węzłem gordyjskim (członki tak pokręcone, że, skądinąd, donikąd dojść się nie da). I jeszcze — pozycję trupa (pożałujecie, że mnie nie kochaliście). Aż po figurę gorejącego serca (wszystkie zdarzenia tego świata mnie ranią, taki jestem wrażliwy) i figurę krematorium (nic po mnie nie zostanie, popiół, popiół, popielniczka). Kwadrans wystarczył, aby Paweł uwinął się z całą podręczną psychologią. Przerobił nawet kilka kompleksów. Elektry, Edypa, Minosa na bis (wszystko, czego dotknę, zamienia się w gówno) i Minotaura (mój nos przypomina nos byka, najwyższy czas na operację plastyczną).

Tym razem jednak nie skończyło się tak, jak kończyło się zwykle — ogólnym zniechęceniem, obrzydzeniem do siebie, łupaniem w głowie i stawach, niepotrzebnymi zakupami w galerii handlowej. Tym razem Paweł dotarł dalej, urodziła się w nim Pewność (właśnie ta, odczuwana wielką literą). Pewność, Że Maciek był ostatnią szansą na miłość. Ostatnią dłonią (tak zwaną pomocną) wyciągniętą przez JSM (Jasną Stronę Mocy). Paweł szansę zmarnował, dłoń odtrącił. Był tego pewien, jak pewien był, że kobiety go nie pociągają, a jedzenie w McDonald's jest trujące. Czyli na sto procent. Maksymalna zawartość pewności w Pewności.

W świecie ruchomych zdarzeń, emocji, prawd i zębów, w dynamicznym świecie, w którym przemieszcza się wszystko, od planet i gwiazd przez stolec (w kiszce stolcowej, a więc w kosmosie) po modne kluby, w takim ruchomym świecie jest tylko jedna straszna rzecz, czy też jeden przerażający stan — mieć Pewność, Że.

Paweł nabrał — niby ryba wody w usta, a zatem na stałe, do końca życia — Pewności, Że Maciek to ostatnia szansa. Innej nie będzie. Muszę go odnaleźć. Nie po to, aby wytłumaczyć czy przeprosić. Tu chodzi o coś głębszego. O co? — nie wiedział. Wiedział, że głębszego. Zmącona woda, dna nie widać.

Podczas gdy Paweł wystawiał się na wątpliwości i symulakrę cierpienia/zrozumienia, wybierając dania z fast foodu idei, gdy postanawiał zmienić swoje życie, zboczyć z błędnej drogi (w ten sposób powstaje błędne koło, zwane popularnie rondem, tak na marginesie, przede wszystkim w Radomiu, mieście tysiąca i jednego ronda) oraz etece, Artur z Jezusem grali w *Mortal Kombat*. Bój toczyli wyrównany, wygrywał raz jeden, raz drugi tryumfował. Dogłębnie poznali zakamarki zatytułowane *Opcje gry*, *Ustawienia* (w tym także grafiki i dźwięku), zarówno na poziomie podstawowym, jak i zaawansowanym. Wprowadzili do pojedynków sporo utrudnień, na przykład kilka rund rozegrali tylko jedną ręką (każdy) — takie parapojedynki, swoisty odpowiednik paraolimpiady. Przegrawszy, Jezus powiedział:

— Tak sobie myślę, że wszystko to kwestia ustawień.

Jezus zamyślił się. Możemy zajrzeć w jego myśli; myśli są wyraziste i trudno tu o pomyłkę lub złą wolę. A gdyby tak potraktować Zbawienie jako grę?, pomyślał Jezus.

Należy zacząć od stworzenia postaci. Trzeba wybrać: płeć, miejsce urodzenia, datę urodzenia, rodziców nikt nie wybiera. Oraz imię.

Krok kolejny to wybór opcji zdarzeń losowych: częstość występowania kataklizmów, wojen, pokoju, odkryć naukowych i geograficznych itede.

Ustalić należy również (kolejność poniższa jest przypadkowa):

poziom trudności rozgrywki (nowicjusz, średniak, weteran, mistrz, mesjasz);

parametry przeciwników: jak często i w jakiej sile się pojawiają (można również wyeliminować wrogów na tym początkowym etapie, lecz wtedy gra przestaje być grą, staje się egzekucją);

okoliczności zwycięstwa (śmierć na: krzyżu, kole, stole operacyjnym, lista jest bardzo długa);

totemy plemienne (krzyż, żłóbek, kielich, całun);

rozdzielczość (od tego zależy, w jakiej jakości obejrzymy Zbawienie);

dźwięk (można wyłączyć, lecz wtedy nie usłyszymy
rozpaczliwej skargi, patrz pod okoliczności zwycięstwa)
(Eli, Eli, lema sabachthani?, Mt 27, 46)
oraz inne.

No tak, pomyślał Jezus, problem jest tylko z celem. Śmierć
osiąga się tak czy siak, wystarczy uruchomić system operacyjny. Śmierć jako zwycięstwo to oszustwo. Bo każdy umiera. Nie można nie wygrać po prostu. Śmierć jako zwycięstwo może odnosić się tylko do boga. Bo trudno jest umrzeć,
gdy jest się nieśmiertelnym. Dlatego gra w Zbawienie musi
mieć dwie wersje: jedną dla bogów, drugą dla śmiertelników.
W pierwszej trzeba zginąć, w drugiej — przeżyć śmierć.

Jakkolwiek by patrzeć, najistotniejszy problem to problem
celu. Zwłaszcza gdy jest się bogiem, bogiem na styku z człowiekiem. Nie istnieje ostateczny cel, co nie znaczy, że nie należy do niego zmierzać.

Każdy powinien być szczęśliwy i do szczęścia swego dą-
żyć, nie krzywdząc innych, pomyślał Jezus, nie po raz pierwszy zresztą, choć tym razem bez bolesnych konsekwencji.
Wniosek z tego płynie jeden: muszę zacząć od siebie, muszę
dać przykład: muszę być szczęśliwy, nie krzywdząc innych.

No tak, ale co z katolikami? Co prawda nie jestem kato-
likiem, nie ja wymyśliłem tę markę, bardzo rozpoznawalną,
jak powiedziałaby Nike, mimo to poczuwam się do swoistej
wspólnoty i odpowiedzialności. Co z nimi? Owieczkami?

— Grasz dalej? — zapytał Artur.

— Gram — odpowiedział Jezus.

I to było dobre. Ta odpowiedź.

Artur, rozbitek, dorosły mężczyzna — abrakadabra —
wrzucony w czas chłopca, załadował grę.

Naciśnij dowolny klawisz, żeby zacząć.

Jezus nacisnął.

Zaczął.

Tym razem od siebie.

KAMA

Najpiękniejsza Kobieta Świata pocałowała Kamę. Kama przyjęła pocałunek i oddała. Najsamprzód z zaskoczenia, a może z uprzejmości. Później uprzejmość zamieniła się w zaskoczenie, a może wcześniej.

Kama bywała całowana:

przez najbliższą rodzinę płci obojga z okazji imienin, urodzin, na dzień dobry, na pożegnanie, na Boże Narodzenie przy opłatku (wszystkiego dobrego, żebyśmy się za rok zobaczyli itepe);

w okolicach lunchu przez przyjaciółki;

w okolicach pępka przez kochanka z licealnych lat (nie pozwoliła mu na niżej, kwiat dziewictwa nie został wtedy zerwany, „pielenie ogródka lepiej zostaw mi", powiedziała zdumionemu chłopcu, w końcu pojechali na wspólne wakacje pod namiotem; namiot zaczynał śmierdzieć gumą natychmiast po wschodzie słońca; słońce wstawało codziennie, niestety);

przez Artura, w pierwszych miesiącach znajomości na okrągło i wszędzie (najczęściej pod kołdrą, przy zgaszonym świetle) (w Polsce czterdzieści trzy procent par małżeńskich nie widziało swego partnera nago);

żeby załatwić jakieś drobne sprawy (interesanci płci obojga; mężczyźni koncentrowali się na dłoniach, kobiety na matującym podkładzie zalegającym na skórze twarzy Kamy);

z rozpaczy (matka);

za karę (ojciec);

we śnie (przez króla Szwecji, Kama odbierała Pokojową Nagrodę Nobla za zniszczenie Iranu; lub przez królową).

Kama — wynika to z powyższej, niepełnej listy — podlegała całowaniu wcale często, w sytuacjach rozmaitych i kontekstach raczej konwencjonalnych. Nigdy dotąd nie pocałowała jej kobieta, otwartym tekstem, prosto w usta, z własnej woli, nie zachęcona.

Czy to było przyjemne? Podniecające?

Trudno orzec.

Język Nike rozpoznawał wnętrze Kamy. Idąc za nim, Kama również rozpoznawała siebie: białe plamy wypływały w rumieńcach na powierzchnię skóry, tabu wyszło z mroku, debiutowało w świetle kryształowego żyrandola niby panna trzymana w klasztornym zamknięciu, a teraz wchodząca tańcem marki polonez lub walc w wielki świat balowej sali.

Kto kogo czym badał, nie sposób odgadnąć. Zdrowy rozsądek (suma przesądów nabytych przed ukończeniem szesnastego roku życia) (Einstein), niedomagający od dnia wypadku, do którego nie doszło, zasłabował całkowicie.

Nike wycofała się, żeby wpuścić nieco świeżego powietrza.

— Chyba się pospieszyłam — powiedziała Kama.

— Ze mną?

— Nie. Z Arturem.

Wyszły z apartamentu, zjechały windą. W mieszkaniu Kamy nic się nie zmieniło, chociaż wszystko wydawało się inne, trochę nieostre, przesłonięte powieką mgły. Mąż Kamy wciąż grał z Jezusem na playstation. Wyglądał na szczęśliwego, czyli — doprecyzujmy — na nieobecnego.

— Gdzie Paweł? — zapytała Kama.

— Poszedł sobie — odpowiedział Artur, nie odwracając nawet głowy w jej stronę.

— Wspomniał coś o Maćku — uzupełnił Jezus (ze wzrokiem wbitym w telewizor). — Że ma absolutną Pewność. Że musi go odnaleźć.

— Czyli — włączyła się Nike — wiemy, gdzie jest Paweł. Nie wiemy tylko kiedy.

— To znaczy? — Kama nie do końca rozumiała.

— Każda Pewność prowadzi do piekła — wyjaśniła Nike.

— Piekło zostało zamknięte — przypomniał Jezus.

— I co z tego? — Nike okazała lekką irytację. — Niebo również.

— Trudniej bogatemu wejść do nieba, niż wielbłądowi przejść przez ucho igielne — zawyrokował Jezus.

— Jezu, trenuj wielbłąda — ucięła Nike i biorąc Kamę pod niezagipsowane ramię, poprowadziła ją do kuchni.

Nike przygotowała herbatę. Kama siedziała przy stole. Patrzyła na brudne naczynia, które trzeba ułożyć w zmywarce. Mogłabym przejść na naczynia jednorazowe, pomyślała, zaoszczędziłabym na wodzie.

— Więc Paweł trafił do piekła — pomyślała Kama na głos.

— O ile nie zabłądził.

— Wiesz, to jest całkiem zabawne, na swój sposób.

— Co?

— Że on poszedł do piekła dopiero wtedy, gdy zaczął robić dobre uczynki. Wcześniej zachowywał się jak egoistyczna pizda.

— Jeśli chcesz, możemy go poszukać.

— A jak dotrzemy do piekła przed nim?

— To zaczekamy.

— No to ruszajmy.

— A chłopcy?

— Poradzimy sobie bez nich.

NIKE

Pocałowałam Kamę. Wypiłyśmy herbatę. Ułożyłam naczynia w zmywarce. Kama przetarła stół. Zapytała:

— Czy powinnam coś zabrać ze sobą na drogę? Śpiwór, kosmetyki, coś do picia i jedzenia?

— Chyba nie będzie to konieczne — odparłam. — Chociaż zabierz panthenol na oparzenia, najlepiej w sprayu, plastry na odciski i karty kredytowe.

— Karty kredytowe?! — zadziwiła się moja przyjaciółka.

— Karty kredytowe — powtórzyłam. — Będziemy przecież zatrzymywać się w hotelach. Nie chcesz chyba spać pod gołym niebem?

— Pod gołym niebem w drodze do piekła. Brzmi interesująco.

Kama uśmiechnęła się. Zauważyłam, że coraz więcej rzeczy ją bawi. To dobrze. Nie wybrałabym się do piekła z ponurakiem.

Ile razy byłam w Piekle, Otchłani, Hadesie, Tartarze, Bibliotece?

Ani razu.

Nie wiedziałam, czy odnajdę drogę bez błądzenia. Po tym jak piekło zostało zamknięte, czy też, mówiąc precyzyjniej, włączone do nieba, droga stała się mniej widoczna, a stare przewodniki (najlepszy był ten Dantego, ale i ten od Michelina nie był zły, patrz tom o Polsce) uległy dezaktualizacji.

Ponadto piekło zawsze było silnie zindywidualizowane, co oznacza mniej więcej tyle, że każdy byt wybierał i tworzył swoje własne prywatne piekło, piekiełko. Między innymi dlatego piekło zostało zamknięte. Za dużo pomysłów. Bardziej opłacało się oddać wszystko pod jurysdykcję nieba, tym bardziej, że niektóre prywatne piekła okazywały się rajami dla innych. Utrzymywanie dublujących się struktur nie znajdowało najmniejszego uzasadnienia. Wybraliśmy niebo. Piekło to przeżytek, skamielina z epoki wczesnej teogonii. Wyjątek zrobiliśmy dla tych, którzy nabierają Pewności, Że.

Dlatego też obecnie piekło zamieszkiwane jest głównie przez:

filozofów;

kapłanów;

artystów;

fanatyków rozmaitej maści, rasy, wzrostu i wagi;

fałszywych mesjaszów oraz –

kierowców wymuszających pierwszeństwo na drodze.

Dróg do piekła jest więcej nawet niż ludzi, a wszystkie one wąskie i niewygodne. Naprawdę trudno tam trafić. Trzeba wykazać się uporem i konsekwencją, nie wolno się wahać: każde wahanie oddala, zamyka drogę.

Wiedziałam, że potrafię wyśledzić Pawła po śladzie, który każdy człowiek zostawia w czasie i przestrzeni.

Herbata wypita, kuchnia sprzątnięta.

— Możemy ruszać — przemówiłam.

— Okej. Założę tylko wygodne buty.

Kama wciągnęła obuwie z mojej zeszłorocznej kolekcji. To miło z jej strony, że pamiętała. Zapytała:

— Pożegnamy się z chłopcami?

— Nie musimy. Jakby co, Jezus będzie wiedział, gdzie nas szukać.

— On naprawdę jest wszechwiedzący?

— Naprawdę.

— A ty też?

— Ja też.

— To dlaczego tylu rzeczy nie wiecie i popełniacie błędy, i przegrywacie?

— Wszechwiedza nie eliminuje błędów i klęsk. Wszechwiedza to tylko taki stan. Niezbyt istotny. Niczego nie zmienia.

— Nie rozumiem.

— Nie przejmuj się. Ja też tego nie rozumiem.

— A wszechmoc? Jesteś wszechmocna?

— Jestem. Jak prawie każdy bóg.

— I mogłabyś wszystko?

— Mogłabym.

— Więc czemu nie…

— A niby po co mam korzystać z tego, co mam? Ty masz rozum. I co? Zawsze z niego korzystasz?

Kama znowu się uśmiechnęła. Do twarzy jej z tym uśmiechem.

— Lepiej już chodźmy — powiedziałam.

I w ten oto sposób wyruszyłyśmy. Szukać Pawła. Do piekła. Nasz miesiąc miodowy, choć liczyłam, że uwiniemy się szybciej (za dwa tygodnie mam zebranie rady nadzorczej Siebie Samej Co.).

Na początku zamówiłyśmy taksówkę na Dworzec Centralny.

Na dworcu kupiłyśmy bilety. Pierwsza klasa, nie ma powodu rezygnować z komfortu, cel uświęca środki, także lokomocji.

ARTUR

Ciocie, Kama i Nike, pożegnały się krótko i wyjechały na wakacje. Wcześniej wyjechał wujek Paweł. Artur nie pamiętał, czy normalnie ludzie wyjeżdżają na wakacje tak niespodziewanie. Wydawało mu się, że wakacje to jest jedna z tych rzeczy, które należy starannie zaplanować, jak na przykład założenie rodziny albo ułożenie palców przed pstryknięciem w kapsel.

Ciocie wyjechały, wujek wyjechał, Artur został sam na sam z Jezusem. I z *Mortal Kombat*, się rozumie. Grali. Grali. Grali. Zadzwoniła komórka. Jezus spauzował i odebrał.

— To do ciebie — powiedział, podając telefon.

Artur porozmawiał chwilę z ciocią Anią. Ciocia Ania rozłączyła się równie niespodziewanie, jak znienacka inne ciocie wyjechały na wakacje. Bardzo możliwe, że natura cioć jest naturą niestabilną i nagłą, pomyślał Artur.

— Kazała mi się znaleźć — poinformował Artur.

— Poszukamy? — zapytał Jezus. — Wiesz, trochę ruchu nie zaszkodzi.

Artur zastanawiał się. Ogólnie rzecz biorąc, wolał grać, ale może kumpel ma rację? Kumplowie normalnie nie miewali racji, o ile Artur pamiętał, jednak Jezus wydawał się inny.

— Skąd my się właściwie znamy? — zapytał Artur bardzo przytomnie.

— W planie ogólnym: znamy się, ponieważ umarłem za ciebie, biorąc na siebie wszystkie twoje złe uczynki. W planie szczegółowym: znamy się, ponieważ mieszkamy po sąsiedzku.

— Że jesteśmy sąsiadami, to chwytam. Ale że umarłeś i żyjesz, to nie bardzo. No chyba że jak w *Mortal Kombat*.

— Długo by tłumaczyć. Sam tego do końca nie rozumiem, to znaczy rozumiem wszystko na tyle rozmaitych sposobów, że jedna odpowiedź jest wykluczona. Musiałbym ci opowiedzieć po kolei, z kontekstami i przypisami.

— No to ja — powiedział Artur z głębokim namysłem — w takim razie pasuję. Bądź sobie, skąd chcesz.

— Wyważone stanowisko — pochwalił Jezus. — Proponuję spakować się i ruszyć na poszukiwania.

— Ruszać już możemy. Muszę tylko wypić tabletki, które naszykowała mi Doktor-Rybak-Artur-Wojski.

— Jesteś bardzo zdyscyplinowanym chłopcem.

— To dlatego, że mój prapradziadek walczył w powstaniu styczniowym. Był bardzo zdyscyplinowany i zginął. Mam to po nim. Tak mówi moja matka. Znasz ją?

— Znam wszystkich.

— A prapradziadka?

— I twoich wnuków też.

— A gdzie są moi rodzice teraz?

— W Kanadzie.

— Co oni, kurczę, robią w Kanadzie?!

KAMA

Wyruszyła szukać Pawła. Nike i ja, pomyślała. Ni-ja-ke, to po japońsku, tylko nie wiem, co to oznacza, pomyślała Kama, o ile w ogóle coś. Ubrała się w różową bluzę dresową z tropikiem. Korpus jej w gipsie, na nogach wygodne obuwie, na ramieniu bardzo elegancka torebka, na nosie okulary przeciwsłoneczne.

Nike zamówiła taksówkę. Pojechały na Dworzec Centralny. Nike kupiła bilety (pierwszej klasy), Kama — wodę mineralną oraz prasę (kolorowe pierdoletki w rodzaju „Vivy!" oraz opiniotwórcze paproszki w rodzaju „Rzeczpospolitej" i „Wyborczej").

Zajęły miejsca w przedziale (dla niepalących, przy oknie, naprzeciwko siebie). Kama czytała prasę, z rzadka popijając co głupsze sesje zdjęciowe i wywiady wodą mineralną. Nie rozmawiały. Po iluś tam godzinach wysiadły w jakimś mieście.

Pojechały do hotelu.

Zapłaciła Kama z góry (kartą) (dwuosobowy pokój).

Kama usiadła w fotelu (to był przyzwoity hotel o czterech gwiazdkach i żadna nie wyglądała na spadającą) (nie fatyguj się wymyśleniem życzenia). Nike wyjęła z podręcznego barku dwie malutkie buteleczki.

— Stacja pierwsza — powiedziała Nike, podając wino.

— Wezmę tylko łyczka.

Nike rozsiadła się w fotelu naprzeciwko. Ze stolika zdjęła stopy Kamy, położyła je sobie na podołku i zaczęła masować.

Jej dłonie były takie chłodne. Kama zamknęła oczy, pomyślała: Chyba tak właśnie się czułam, zanurzając się, rozgrzana słońcem, w zimnej wodzie, może w Egipcie zeszłego roku? Dwa tygodnie last minute.

Pierwsza stacja, chwila wytchnienia.

Kama nie mogła się powstrzymać od następującej refleksji:

Moje życie było takie nieskomplikowane, zaplanowane, poglądy właściwe, religia dominująca (acz wybrana z bogatej oferty); potem kilka zmian, zmian istotnych oraz niespodziewanych znajomości — wszystko rozsypało się jak domek z kart. Nie wiem, co myśleć, co dobre, co złe, a jednak nadal — mimo że jestem zdezorientowana — moje życie jest takie nieskomplikowane. Życie jest proste, po prostu, pomyślała Kama, wiedząc, że zmieni zdanie, gdy Nike przestanie masować jej stopy.

Wieczorem leżały w swoich łóżkach, na wyciągnięcie ręki (w wypadku Kamy tylko jedna ręka wchodziła w grę). Wcześniej nie wychodziły z pokoju. Wzięły prysznic, zamówiły coś do jedzenia (krewetki królewskie) i dużo spały.

— Czy to, co się stało z Arturem, to moja wina?

Nike odpowiedziała po długiej pauzie. Prawdopodobnie odpowiedź znała, zanim Kama postawiła pytajnik, lecz Nike dziś wieczór była taka senna. Senna i syta. W pewien sposób szczęśliwa. Wygrała przecież, choć nie wiadomo w co ani z kim.

— Nie — odparła. — Poza tym odchodzimy stopniowo od pojęcia winy. Jest niemodne, źle się kojarzy, a przede wszystkim nie dotyczy bogów, a w związku z tym — coraz mniej dotyczy człowieka.

— Twój chłopak zgodziłby się z tobą?

— Nie wiem. Mieszkańcy chrześcijańskiej dzielnicy, oni… Oni zawsze byli inni. Bardziej mono niż hetero. Jeżeli wiesz, co mam na myśli…

— I tylko pomyśleć, że kiedyś wierzyłam w boga! Nie w ciebie, w ciebie nigdy. Wybacz. Nawet teraz w ciebie nie wierzę. Leżysz obok i tak dalej, może nawet zakochałam się w tobie, kto wie, ale w ciebie nie wierzę.

— Nie przejmuj się. Tak jest zawsze. To chyba drugie prawo kontaktu pierwiastków materii, to jest boskiego z ludzkim.

— A jak to drugie prawo brzmi?

— Człowiek najbardziej traci wiarę w boga, gdy bóg jest obok człowieka. Jakoś tak. Nie pamiętam dokładnie.

— Podoba mi się. Pamiętasz inne prawa?

— Niech się zastanowię — zastanowiła się Nike. — Na przykład pierwsze prawo, jedyne, które pamiętam dokładnie, tak swoją drogą: obecność bogów na ziemi zawsze prowadzi do katastrofy. Podkreślam liczbę mnogą. Pojedynczy bóg nie ma mocy spowodowania katastrofy.

— Jest za słaby?

— O nie! Jest przecież wszechmocny! Tu raczej chodzi o savoir-vivre. Nie uchodzi doprowadzać do katastrofy w pojedynkę. To skrajny byłby egoizm i niedojrzałość! Do końca czasu nikt by się nie odezwał do takiego boga. Kwestia taktu. Tak mi się wydaje.

— Taktu?

— No wiesz, bawimy się, mordujemy i tak dalej, ale nigdy w pojedynkę!

— No, ale potop... — Kama nieśmiało zaprzeczyła.

— Potop był monoteistyczny. Wiesz, z monoteizmem jest jak z onanizmem. Powinien być karalny.

Kama i Nike bardzo długo toczyły rozmowę o boskim i ludzkim. Rozmowę leniwą i senną. Między kochankami. Kama nie zapamiętała nazbyt wiele; świat bogów najwyraźniej przypomina świat ludzi — regulacje, prawa i wyjątki. Na każde pytanie znajdzie się wiele dobrych odpowiedzi, a wybór jednej z nich — jeżeli ktoś decyduje się wyboru dokonać — nie jest wyborem merytorycznym: to kwestia wiary, przekonań, wychowania, sytuacji materialnej, zadowolenia z seksu (lub seksualnej frustracji) itede. Czyli wybór to kwestia kontekstu, pochodna narracji.

Przekonanie o pozamerytoryczności przedsiębranych decyzji bardzo Kamę rozbawiło. Zsunęła się ze swego łóżka i podeszła do Nike. Pocałowała ją. Głęboko i namiętnie. Następnie wyciągnęła się obok kochanki. Powiedziała:

— Podjęłam decyzję, zupełnie oderwaną od rzeczywistości.

— I jak brzmi wyrok, kochana?

— Życie jest piękne — odparła Kama.

Roześmiały się jednocześnie.

Śmiały się bardzo długo.

Od kilku tysięcy lat nikt nie powiedział tak śmiesznej rzeczy. Nie na serio.

NIKE

Stacja pierwsza, buteleczka wina i pokój w drogim hotelu, miasta nie pamiętam, nieistotne. Dużo snu, przerywanego pieszczotami i rozmową.

Próbowałam wytłumaczyć Kamie, czym jest wszechwiedza i wszechmoc. Nie jestem niestety najlepsza w konstrukcjach teoretycznych oraz zdaniach pod- i nadrzędnie złożonych (przecinki mnie rozpraszają) (nie mam głowy do drobiazgu).

Wszechwiedza i wszechmoc, w planie ogólnym (językowym), znaczą tyle, co: wiem wszystko i wszystko mogę. Żaden byt nie bytuje jednak wyłącznie w planie ogólnym, każdy byt wychodzi poza język, a w ogóle wręcz przeciwnie.

Wszechwiedza i wszechmoc znaczą mniej więcej tyle, że ma się odwagę podejmować decyzje, jak gdyby były to decyzje wypływające z omnipotencji, a zatem — decyzje słuszne i właściwe. Podejmuję decyzję, mówiłam, zatem jestem wszechmocna i wszechwiedząca. Wszystkowiedząca i wszystkomogąca. Innego dowodu nie ma. I pamiętaj, że „wszystko" to synonim „nic", mówiłam.

— Czyli — odezwała się Kama — wszystkomogąca znaczy nicniemogąca, a wszystkowiedząca znaczy nicniewiedząca?

— Kochanie, nie. Źle wstawiłaś przeczenia. Właściwe synonimowanie brzmi: nicwiedząca i nicmogąca.

— Jestem — sarkastycznie przemówiła Kama — nicrozumiejąca.

— A więc wszystko jasne.

— Dokładnie tak. Wszystko. Nic. Pocałuj mnie.

Roześmiałyśmy się, bo ontologia, epistemologia i inna -gia to są sprawy bardzo zabawne. Kto wie, czy nie najzabawniejsze? Łaskoczą mnie one w podbicie bytu, jak powiedziałby któryś z francuskich filozofów lub kreatorów mody. Albo by i nie powiedział. To w sumie kwestia honorarium.

Nie opuszczałyśmy pokoju przez dwa dni. Ponieważ nie zabrałyśmy zapasowego ubrania, a to, w którym przybyłyśmy, poszło do pralni, chodziłyśmy nago lub w szlafrokach. A właściwie nie chodziłyśmy: leżałyśmy lub siedziałyśmy. Czasem oglądałyśmy telewizję, czasem słuchałyśmy radia. Jadłyśmy po kilka obiadów dziennie, także wino — w niewielkich dawkach, tylko do obiadu.

To był nasz miesiąc miodowy — przecież Kama nie dalej jak wczoraj czy przed- weszła w związek małżeński, zasługiwała na miodowy miesiąc — bardzo skrócony, bo musiałyśmy ruszać. Mogłam stracić ślad, podlegać wątpliwościom i wahaniom. Wahająca się Nike — jedna z moich ulubionych póz, za dawnego porządku, pięknie wypada na polu bitwy albo w wierszu. Teraz nie mogłam sobie pozwolić na najlżejsze wahanie. Droga mogłaby się zatrzasnąć.

— Kochanie — powiedziałam — musimy ruszać.

— Druga stacja? — zapytała i przykryła twarz kołdrą, niczym dziecko przestraszone nocnymi strachami z szafy.

— Druga — potwierdziłam.

Zamówiłam taksówkę. Siedziałyśmy obok siebie na tylnej kanapie auta. Wzięłam jej dłoń w swoją.

— Jesteś pewna, że chcesz odnaleźć Pawła? To ważne. Zastanów się. Jeżeli powiesz „tak", nie będzie już odwrotu.

— Będzie bolało? — spojrzała na mnie i zrozumiałam, że ona rozumie, co mówi.

— Bardzo bolało, kochanie — przytaknęłam. — Nie musisz tego robić. Możemy zawrócić.

Pragnęłam, żeby powiedziała „nie".

— Tak. Chcę — powiedziała Kama.

Wahająca się Nike.

Wahałam się.

To była poza.

I to nie w szlachetnych ramach heksametru.

Bóg nie może złamać danego przez siebie słowa. Człowiek również nie. Konsekwencje niedotrzymania przyrzeczenia przez człowieka są śmiertelne, zaś przez boga — takie same, tylko z przeczeniem. To dlatego bóg nie może złamać danego przez siebie słowa. Podobnie jak człowiek.

To była poza.

— Niech bramy piekła staną otworem — powiedziałam po polsku (żeby Kama mnie zrozumiała), chociaż lepiej zabrzmiałoby to w szlachetnej grece. — Pocałuj mnie, kochanie.

Wszystko zdarzyło się w przewidzianej kolejności.

Kama mnie pocałowała.

Taksówkarz zagapił się na nas w lusterku wstecznym.

Z naprzeciwka jechała ciężarówka.

Jej kierowca zasnął (dar Hypnosa).

Bum.

Droga jest otwarta.

Droga jest szeroka.

To tylko poza.

Nieco sylab, trochę kości.

Jakże smutna!

Taksówkarz ułożył głowę do wiecznego snu: samochód podłożył mu pod głowę poduszkę powietrzną, a lędźwie się rozpękły.

Gipsowy sarkofag Kamy również pękł.

W powietrzu latały drobiazgi: chusteczki papierowe, papierki po batonikach, słuchawka CB-radio, monety, miniaturowa kasa fiskalna. Konstelacje niewielkich przedmiotów i ich części, pierścienie Saturna.

Wszystko przemieszczało się wokół mnie i wobec. Mimo.

Jam Nike, pani zwycięstwa, atrybucja Jezusa. Jam jest jabłko Parysa, Ewy i Newtona. Jam jest prezes potężnego koncernu. Jam nieporuszona. A moja dywidenda obejmuje cały glob.

Wszystko znieruchomiało.

Tu i ówdzie plamy krwi. Stosiki szkła.

Sprawdziłam, czy Kama oddycha.

Przyjechało pogotowie i policja.

Na końcu straż pożarna.

Wzięłam Kamę za rękę. Upewniłam się, że wszystko jest na swoim miejscu, w porządku. Dopiero wtedy zasnęłam. Straciłam przytomność.

Droga jest otwarta (Coelho) (Morze Czerwone do Mojżesza) (zarządca autostrady A1 do kierowców).

ARTUR

Spakowanie się zajęło minutę osiem, jedną chwilę. Artur do plecaka wrzucił kilka przypadkowych rzeczy, co do których miał wątpliwości, czy jest ich właścicielem, chociaż jeśli nawet należały do cioci Kamy, to przecież należały także do niego. To nie była kradzież ani bezprawne przywłaszczenie. Ciocia Kama to jakby jego żona, niezły ubaw. Jak rodzice wrócą z tej-tamtej Kanady, na pewno spuszczą mi lanie, pomyślał.

Wyszli przed apartamentowiec. Zimno. Szaro. Niebo nisko zawieszone; gdybym mocno się odbił od trampoliny chodnika, pomyślał Artur, to powinienem dotknąć wyciągniętą ręką sufitu, to jest — nieba. Zapytał Jezusa:

— Zamówimy taksówkę?

— Nie, pójdziemy piechotą.

— Dlaczego? Jesteś skąpy?

— Raczej jestem miłosierny i hojny, daję wszystkim więcej, niż proszą.

— Ja cię proszę o taksówkę i nie zauważyłem, żebym ją dostał. Chyba że to takie znowu w twoim stylu.

— W moim stylu?

— No wiesz, umarłem i żyję, to może daję, ale zabieram? Tak tylko kombinuję. Nie przejmuj się. Pewnie się mylę. W końcu jesteś moim najlepszym kumplem. Mimo wszystko.

— Chciałeś-masz — przemówił Jezus, pstrykając palcami.

Taksówka zahamowała z piskiem. Ogromny czarny mercedes. Korporacja Bajer.

— Fajne!

— Wsiadaj. Jedziemy szukać cioci Kamy i Nike.

— Dokąd? — zapytał taksówkarz.

— Do piekła prosimy — odpowiedział Jezus.

— A to w jakim województwie? Pewnie wieś jakaś?

— Będę pana instruował na bieżąco.

— Bo jak daleko, to nie jadę — rzekł taksówkarz.

— Pojedzie pan — nie zgodził się Jezus.

— Niby czemu?

— Nie dość, że panu zapłacę, to jeszcze wyleczę pana z hemoroidów.

Taksówkarz nie wydawał się do końca przekonany.

— No to dorzucę — Jezus kusił — też coś ekstra. Powiem panu, z kim i kiedy zdradziła pana żona, a jak pan chce, to dorzucę dossier aktualnej kochanki, pani Krystyny z salonu fryzjerskiego.

— To ta zdzira też mnie zdradza?

— Zasługuje pan na to.

— Dobra. Jedziemy. Ale tankowanie na wasz koszt.

Ruszyli.

Czarny mercedes, w którym się znaleźli, należał do mercedesów wszystkomających. Bez większego trudu Artur podłączył playstation do samochodowego systemu audio, wideo i w ogóle. Nie wiedział, że umie, lecz umiał na przekór swojej wiedzy.

— Gramy? — zapytał Jezusa.

— Gramy — potwierdził Jezus. — I wiesz co, ja też nigdy nie miałem tak dobrego kumpla jak ty.

— Kopniaki z półwyskoku zakazane.

— Stoi.

— Wciśnij dowolny klawisz na swoim padzie. Mój się jakoś zacina.

KAMA

Bardzo ważny jest punkt przejścia. Z wiary do niewiary. Z ateizmu do deizmu. Z deizmu do agnostycyzmu. Od poli- do mono-. Od pnia do koła. Kominem do nieba (druga wojna światowa). A także punkt przejścia na wyższy próg podatkowy, z salonu SPA do szpitala, ze szpitala do prosektorium, ze snu do komy. Punkt wybicia (szczególnie istotny dla skoczków wzwyż), punkt równowagi (Andrzej Bobkowski, „Kultura", 1956, Paryż), punkt przybicia (na przykład dla Kolumba była to Ameryka, czyli Indie, tak mniemano na początku). Punkt rozdarcia (tkaniny, duszy), punkt G (na skórze, pod skórą, początkowo w seksie, w łóżku, z czasem punkt ten przeniósł się do galerii handlowych, teraz nazywa się hotpoint i jest podłączony do Netu). Punkt dla ciebie (to w rozmowie), punkt dla zespołu (na boisku piłkarskim zwany golem). Droga Mleczna na przykład, pełna jest punktów, z których tylko nieliczne mogą posłużyć za przystanek.

Punkt przejścia jest bardzo ważny. Ze stanu w stan. Z „nie" do „tak". Na odwrót, wspak. Z „być" w to samo z przeczeniem. Punkty przejścia nie zawsze są uchwytne. Niekiedy trwają, rozmienione na drobne, przesypujące się między palcami jak piasek albo groszowe monety, za które nie można nic kupić, nawet zapałek, ani usypać porządnej wydmy.

Znaczenia punktu przejścia, punktu — z pewnym nadużyciem powiedzmy, że — transgresji, nikt chyba nie podważa.

Kama siedziała w taksówce, powiedziała:

— Tak, chcę.

Pocałowała Nike.

Druga stacja.

Punkt mocowania pasów bezpieczeństwa również był istotny. Podobnie jak strefa zgniotu samochodu. I klatka bezpieczeństwa. I dziura w nawierzchni. I PKB. I grad.

Bum.

Zderzenie czołowe. W ten sposób zderzają się porożami samce jeleni, na przykład. Ale one walczą o samice.

Bum.

Jeszcze się dogadywała Kama z Nike, język w język.

Wypadek drogowy.

Punkt transgresji zbudowały, wydawało się, stal, plastik, tapicerka, pod- i nadwozie, amortyzatory, mikroprocesory itepe. Kama nigdy by nie pomyślała, że brama do piekła może składać się z tak wielu tak zwyczajnych przedmiotów. Wyobraziłaby sobie coś raczej majestatycznego, z marmuru czarnego jak dusza Raskolnikowa, z głęboko rytą inskrypcją, ewentualnie coś skromnego z giętej stali, zwyczajne ogrodzenie z napisem: ARBEIT MACHT FREI. Ale nigdy do głowy nie przyszedłby jej cały ten szajs, w praktyce niebiodegradowalny, którego zakosztowała: te papierki po batonikach mars-snickers, te drobiażdżki z plastiku, ta figurka matki boskiej, co przeleciała kabinę taksówki niby kobieta szukająca tamponów w supermarkecie.

Kama nie myślała o punkcie przejścia. Straciła przytomność. Wszystko zadziałało właściwie. Poduszki powietrze, kurtyny, dynamiczne zagłówki. Pas bezpieczeństwa skruszył gips. Lecz Kama straciła przytomność chwilę wcześniej, gdy całowała się z Nike.

Otworzyła oczy, co nie było zaskoczeniem, w szpitalnej sali. Czuła się lekka. Nie mogła się poruszyć albo nie chciała, nie wiedziała. Nie było również zaskoczeniem, że najpierw zobaczyła sufit. Przekręciła nieco głowę: zobaczyła Nike. Uśmiechnęła się.

— Jesteś taka poważna — spróbowała powiedzieć; nie wyszło; nic nie powiedziała.

Kochanka siedziała nieruchomo. Kama chrząknęła. Wreszcie dobyła głosu, jakoś tak nieudolnie, z rdzą:

— Już dojechałyśmy? — zapytała.

— Jesteśmy blisko — odpowiedziała Nike. — A teraz śpij. Odpoczywaj. Będę przy tobie.

Białoskrzydła Nike u łoża.

Piękny obraz mógłby z tej sytuacji wyniknąć, chociaż znając trendy i mody bieżącego malarstwa, należy przypuszczać, iż piękny byłby najwyżej tytuł, no chyba że trafiłby się genialny fałszerz, drugi Meegeren (fałszerze są zdecydowanie niedoceniani, zaś twórcy oryginałów — przeceniani. Taka sytuacja nosi miano dynamicznej równowagi podaży i popytu).

To chyba prochy, pomyślała Kama, jestem nafaszerowana prochami niczym królik śrutem. Mam nadzieję, że stacji nie będzie więcej niż trzy.

To był dopiero początek drugiej. Punkt wybicia.

Rozpacz przyjdzie jutro.

Mądrość nigdy.

ARTUR

Artur nigdy nie przypuszczał, że można grać w *Mortal Kombat* i jechać samochodem. Gdyby opowiedział w szkole, nikt by mu nie uwierzył. Sam nie bardzo wierzył, że robi to, co robi. Gdyby opowiedział księdzu katechecie, że Jezus jest jego kumplem, ksiądz postawiłby go do kąta na grochu, mimo że regularnie powtarzał na lekcjach: Jezus jest naszym najlepszym przyjacielem; naszym, a więc nie moim? Logika, którą kierowali się dorośli, wydawała się Arturowi nieprzejrzysta.

Nagle, w środku zażartego pojedynku, Artur odłożył pada na własne kolana. Jezus posłał Arturowego awatara na wirtualne deski. Awatar Artura nie wstał, chociaż zostało mu jeszcze sporo życia, a i poziom energii na specjalne uderzenia sięgnął maksimum. Awatar Jezusa również znieruchomiał. Nie dobił swego przeciwnika. Jezus odłożył pada na własne kolana, równolegle do Artura, i zapytał:

— Stało się coś?

Artur milczał.

Przypomniał sobie, że zna (znał) dwa trudne słowa. Pierwsze trudne słowo to „awatar". Awatar występuje obecnie głównie w rzeczywistości wirtualnej, a w stopniu mniej widocznym i poniekąd także wirtualnym w hinduizmie, gdzie oznacza wcielenie bóstwa, zstępującego na ziemię w śmiertelnej postaci. Drugie trudne słowo to „hipostaza". Hipostaza najpowszechniej występuje w chrześcijaństwie, dla przykładu Jezus jest jedynym bogiem (razem z Ojcem i Duchem): ta trójca jest jednością w bycie, czy też substancji; natomiast Jezus sam w sobie, czyli Jezus z ksywką Chrystus, jest oddzielnym od Ojca i Ducha podmiotem, osobą, czyli — hipostazą.

Słowa pierwsze w epoce klasycznej: mama i tata. Słowa pierwsze w epoce postreligijnej: awatar i hipostaza, czyli tata i mama. Wielki postęp. Postęp zatacza koło.

— Co się stało? — Jezus powtórzył pytanie.

Artur milczał. Nie umiał odpowiedzieć. Był przecież chłopcem, zdarzało mu się nie rozumieć własnych emocji. Ba!, zdarzało mu się nawet nie wiedzieć, co zrobi w następnej chwili. Był chłopcem, który swobodnie czuje się w swojej skórze. A jednak, jak zza ciężkiej kotary, skrywającej jego poprzednie lub kolejne życie, czasem z tamtej strony docierały jakieś echa, ciemne refleksy, pojedyncze słowa, których znać nie miał prawa, jakieś okruchy znużenia i goryczy, do których także nie miał prawa — był przecież tylko szczęśliwym chłopakiem, całe życie pełne błędów dopiero przed nim.

— Znudziło mi się — powiedział mimowolnie.

Zaatakowało go z wielką mocą wspomnienie, należące najprawdopodobniej do tego uzurpatora zza kotary — „uzurpator", kolejne trudne słowo — a może to nie było wcale wspomnienie, tylko marzenie? Artur sądził, że nie należy do swojego ciała, że jest ze swoim ciałem rozłączny, że ciało to nie on, że przebywa w nim na chwilę, przez pomyłkę. Jest tylko gościem, przejazdem, nie zabawię: długo i nikogo.

Dziwne rzeczy się zdarzyły. Rodzice znikli w tej Kanadzie, ciocia Kama została jego żoną, ciocia Ania kazała się odnaleźć, wujek Paweł wyjechał, a teraz — Artur i Jezus wyruszyli w swoją podróż. Podróż niby dokądś, lecz przecież donikąd.

Artur spojrzał na swoją dłoń. Na palcu złota obrączka, cienki pasek metalu, jak u gołębia, widział takie (srebrzyste) u dziadka w gołębniku. Dłoń Artura, szczupła i z równo obciętymi paznokciami (Artur był pewien, że pasjami obgryzał paznokcie), zarośnięta drobnymi włoskami, opalona mimo stycznia, dłoń ta była mało chłopięca. Artur obrócił swoją dłoń, patrzył na jej jaśniejszą, wewnętrzną stronę, na tysiące zmarszczek układających się w nic nie mówiący kod. Zmarszczki, grupujące się koncentrycznie wokół kilku łuków i linii, zmarszczki wydały mu się znajome. Może dlatego, że nigdy wcześniej im się nie przyglądał.

— Kiedyś byłem inny, prawda?

Nie ułożył tego pytania. Ono pojawiło się samo: kilka słów, które zawisły na pytajniku niby mięsne półtusze na haku. Nie ułożył tego pytania i nie zadał go nikomu. Ono pojawiło się samo, pomimo.

— Nie — Jezus zabrał głos. — Byłeś taki sam.

KAMA

Kama posłusznie zasnęła. Uspokajała ją obecność Nike na wyciągnięcie ręki, tyle że Kama nie posiadała już ręki, którą mogłaby wyciągnąć. Nie wyciągnęła, bo zasnęła, a zasnęła — bo nie posiadała, między innymi.

Śniła chemiczne sny bez dna i głębi, jednolita anestezja, lita ściana. Jej sny nie miały bohaterów, nie pojawiały się w nich narrator ani narracja, nie istniała perspektywa, zasada złotego środka uległa złamaniu, środek został wyniesiony poza granice kadru. Śniła w blue boksie. Pomieszczeniu bez przedmiotów i ludzi. Ludzie i przedmioty zostaną dopisani za pomocą animacji komputerowej, gdy się obudzi i zechce opowiedzieć sen. Albo sen skłamać. Na jedno wychodzi.

Kondycja i wprawa Kamy w spaniu były nieporównanie niższe niż kondycja i wprawa mistrzów w tej dyscyplinie. Wymienimy tylko tych na podium: Lenin (na placu Czerwonym, jego sen wymaga regularnego retuszu), Śpiąca Królewna (rekord życiowy: około stu lat), rycerz Giewont (próbuje pobić millennium). Chociaż Kama próbowała spać — na wszelki wypadek, podświadomie, najdłużej, jak to możliwe, na ile tylko jej ciało i chemia, którą przyjęła, pozwolą — musiała się kiedyś obudzić. Koma Kamie nie została przepisana (starczy zajrzeć w kartę pacjentki).

Spójrzmy.

Najpierw ze światem zewnętrznym zestraja się słuch. Kama słyszy dwa oddechy, albo nawet trzy. Po pierwsze, tak mogłaby przypuszczać, gdyby zdolna była snuć przypuszczenia (nie jest), po pierwsze, słyszy własny oddech. Co ciekawe, jej własny oddech jest najcichszy pośród trojga oddechów, najdalszy. Po drugie, słyszy oddech dalszy. Ten pewnie należy do osoby, która siedzi niedaleko, lub do maszyny, w końcu to szpital. Po trzecie, słyszy oddech najbliższy. W istocie to nie jest oddech. To szum.

Wraca również dotyk. Ujawniają się granice skóry, a za nimi — własnego ciała, zwłaszcza w miejscach, w których granica nie jest wyraźna, w których coś usiłuje się przedostać do wnętrza ciała, coś z ciała próbuje wymknąć się do świata. Granica Kama–świat przypomina przeciąganie liny, raz Kamy więcej w świecie, raz świata w Kamie. Granica ta wzniesiona została z gipsu, bandaży, opatrunków i naskórka. To bardzo sporna granica: strony sporu nie potrafią dojść do porozumienia.

Zmysł trzeci, smak. Przebudzenie nie ma smaku. Przełyk jest suchy, puste koryto, ślina wyschła. Boli. Kubki smakowe jako pierwsze reagują na ból.

Zmysł czwarty, węch, jest zajęty plastikowymi przewodami, tłoczącymi powietrze o podwyższonej zawartości tlenu. Powietrze nie pachnie, jest aseptyczne, bez koloru. Bez koloru nie ma zapachu (drugie prawo synestezji).

Piąty zmysł, wzrok. Kama jest już na tyle świadoma, że wie, iż może podnieść powieki lub ich nie unosić (parodia wolnej woli). Zwleka. Sufit oglądała wiele razy, nie ten oczywiście, który nad nią teraz wisi, ale jakieś inne sufity, w domach i hotelach, miejscach przypadkowych i zaplanowanych, na polanach i za granicą, na klatce schodowej i na zdjęciach. Sufit może poczekać, taka jest pierwsza wyraźna myśl Kamy po przebudzeniu.

Quo vadis? (Sienkiewicz), *Unde malum?* (Jałta, proces norymberski), *Zniewolony umysł* (Miłosz).

Wszystkie dostępne Kamie zmysły rozpoczęły swoją żmudną pracę, próżną wędrówkę przez bodźce bez znaczenia. Informacje napływały do mózgu. Mózg informacje obrabiał, część zachowując dla siebie, część udostępniając świadomości Kamy. Gdzieś tam, pośród wyładowań elektrycznych, osmozy i dyfuzji, jonów, kationów i anionów, krwinek białych i cząsteczek tlenu, gdzieś tam obudziła się intuicja — ta droga na skróty do poznania (Grek Zorba).

To, co poczuła Kama, przypominało emocje.

Rozpacz, przerażenie.

To są emocje.

Rozpacz i przerażenie.

Nic się w Kamie nie poruszało.

Wszystkie narządy pracowały prawidłowo, obrażenia wewnętrzne nie należały do rozległych, przemieszczenia narządów nieznaczne.

Nic się w Kamie nie poruszało.

Intuicja, pierdolony skrót, droga do poznania, za które serdecznie dziękuję. Intuicja, satyra z gnozy. Gnoza — humoreska z teleturnieju o Poznaniu (rzecz jasna, nie idzie nam o miasto Poznań).

Rozpacz i przerażenie.

Nic się w Kamie nie poruszało.

Straciła nie narodzone dziecko.

Stacja druga.

Quo vadis, Kamo?

(Idźcie do diabła!)

PAWEŁ

Paweł, dotąd bohater drugoplanowy, dotąd służył do zdradzenia Maćka, swego chłopaka, a także Kamie do wyrobienia sobie niepochlebnego zdania na temat gejów; Paweł służył (dotąd) jako tło: był jednym z milionów zgładzonych w czasie wojen, startych, ponieważ byli codzienni, ot, paliwo Historii, wiązka chrustu, z której wznieca się ogień. Ogień łatwo skrzesać, trudno podtrzymać — tylko dlatego jeszcze żyjemy. Chińskie ciasteczko (7,80 peelen; restauracja na placu Konstytucji, Warszawa).

Paweł swoje czuł, racje swoje miał, oraz błędy, za które płacił, nie zawsze w brzęczącej monecie i często po terminie, błędy bowiem nie podlegają przedawnieniu, tylko licznik z odsetkami bije: cyk-cyk, przetnij niebieski kabelek albo czerwony.

Dość przystojny, dość męski, dość pospolity — Paweł skrywał się w pojemnej kategorii everymana, podkategoria: everygej, rasa biała, sierść skąpa, mutacja śląsko (po ojcu)--(po matce) kresowa. Ubrany modnie bez akcentów niemarkowych i świadczących o wyrazistej osobowości. Ambicja umiarkowana, poglądy mało przejrzyste (choć bardziej czuł się na lewo niż na prawo), wrażliwość na dekalog zbliżona do wrażliwości na inne antyki (niewysoka). Nie był skąpy, bynajmniej szczodry. Nie był mściwy i zawistny, ponieważ był raczej leniwy: żal mu poświęcać czas na takie bzdety, jak mściwość czy zawiść. Stosunkowo inteligentny, w rzadkich porywach — zwykle po kwasie — błyskotliwy.

Paweł nie narzekał na siebie: niczym się nie wyróżniał, ale też w niczym nie ustępował swoim rówieśnikom. Wiedział, że został wyposażony w stopniu wystarczającym, żeby sięgnąć po szczęście. To znaczy: kochanek, satysfakcjonująca praca, dom i fura oraz jakieś imponderabilia. A kiedy już to osiągnie (kochanek, praca, dom i fura oraz jakieś imponderabilia), wtedy zostanie także wolontariuszem w hospicjum, żeby pomagać innym, żeby doceniać pełniej swoje szczęście — taki przynajmniej miał plan. Plan jak plan — wcale nie głupszy niż plany reformy emerytalnej albo budowy przemysłu stoczniowego w Republice Czeskiej. Diabeł tkwił w szczegółach, a dokładniej — w imponderabiliach.

Imponderabilia — coś, czego się nie da zważyć, zmierzyć, mimo to zachowuje istotny wpływ na przebieg wydarzeń. Tyle definicja. Definicja jest łatwa. Im łatwiejsza definicja, tym trudniejsze jej praktyczne zastosowanie (prawo Torquemady) (1420–1498).

Spróbujmy z innej strony; mamy przecież wgląd nieograniczony w księgi i pliki opisujące Pawła całkiem, całkiem szczegółowo. Spójrzmy na zasady. Oczywiście zasady nie mają żadnego znaczenia, gdy nie występuje sumienie, obecnie najczęściej w postaci wyrzutów, przerzutów lub odrzutów tegoż. Transplantacja sumienia bardzo często się nie udaje; z sercem dużo łatwiej; sumienie nadal czeka na swego Religę (profesor).

Na pulpicie świeci ikona PAWEŁ, wejdźmy w folder ZASADY. Folder nie chce się otworzyć, program domaga się hasła. Próbujemy z: miłością, dobrem, uczciwością, przyzwoitością,

umiarkowaniem, Batmanem, Kłapouchym, Harrym Potterem
— ale ciągle jesteśmy invalid, ciągle nasz dostęp jest denied.
Za którymś razem je zgadujemy, hasło to jedenaście cyfr
PESEL-u. Plik się otwiera. Zanim spojrzymy w zawartość,
oglądnijmy właściwości: prawie czterdzieści tysięcy znaków,
tyle ile sobie mierzy ogromny wywiad w opiniotwórczym
dzienniku (lub regionalnym panegiryku ku czci). Statystyka
uwzględnia znaki ze spacjami i bez, strony i akapity, wyrazy po prostu i wyrazy nieazjatyckie. Dlaczego właśnie nieazjatyckie? Gdyż takie są standardowe ustawienia. A zasady:
jakie? Standardowe?

Otóż prawie cały tekst został przekreślony. W kolorze
niebieskim. Takie są ustawienia (na kolorowym monitorze).
Skreśleniom w niebieskim kolorze nie podlegają jedynie pojedyncze słowa lub, częściej, cyfry.

Skreśleniom nie podlega:

1

2

3

4

nie zabijaj

kochaj

7

używaj prezerwatywy

9

0.

Skreślono:

Dezyderatę (napisano w Baltimore, 1692 rok,
a po korekcie — 1927);
Dekalog (ocalały jedynie trzy czasowniki
i jedno przeczenie);
Coelhonalia (brazylijskie wyimki z podróbek myśli);
Prawa Murphy'ego;

metafizyczny wzór na miłość (X + Y = WM, DD-MM-RR,
tj. Wielka Miłość, dzień-miesiąc-rok);
luźne wpisy, fragmenty mejli, spam.

Zawartość folderu ZASADY budzi zdziwienie: czterdzieści tysięcy znaków i tylko pięć słów (oraz siedem cyfr), powtarzających się kilkakrotnie. Trzeba mieć ucho większe niż radioteleskopy wykorzystane w programie SETI, aby coś spośród tych skreśleń i powtórzeń wyłowić. Gdy próbujemy, uzyskujemy poniższy wynik, nisko satysfakcjonujący i nie będący „twardym" wynikiem, lecz „miękką" interpretacją: po prostu żyj (nie zabijaj, kochaj, używaj prezerwatywy), unikaj sentencji oraz Piwnicy pod Baranami (Dezyderata) — tylko tyle plus paproszki.

Wróćmy na pulpit, folder ZASADY zamykamy, i tak należy do nie używanych i nieaktywnych (o czym przypomina Administrator Systemu w prawym dolnym rogu). Wchodzimy w ikonę PAWEŁ. Ikona nie ma aureoli, ma za to prostokątny kształt, będący ukłonem w stronę tradycji, wiodącej wprost do egipskiego portretu trumiennego (V wiek).

Skupmy wzrok na styku Paweł–inni, ja (czyli on)–oni. Kontakty z rodzicami poprawne, nie ma mowy o nie przeciętej pępowinie, przecież dzwonią do siebie regularnie i spożywają wspólnie świąteczne obiady, korzystając przy tym z tej samej ubikacji. Kontakty w pracy bez zarzutu: Paweł jest lubiany, nie zwala zadań ani odpowiedzialności na innych, nie rozpycha się między owsikami szefom w dupie, ma własne zdanie, a niekiedy także votum separatum. Zoom na kontakty z przyjaciółmi: Paweł mówi o sobie dużo, pozwala również mówić innym — chwiejna równowaga między intro- a ekstrawertyzmem nie budzi niepokoju. W sklepie i na klatce mówi: dzień-dobry-co-słychać. A że nie czeka na odpowiedź? Cóż, świat przyspieszył.

Skoro jest tak świetnie, dlaczego nie jest dobrze?

Lekarz pewnie przepisałby antybiotyk albo elektrowstrząsy. Pomóc, nie pomogą, ale też nie zaszkodzą.

Skoro jest tak świetnie, że nie jest dobrze, to pewnie zawiniły imponderabilia albo homeopatia (pojęcia w dużej mierze wymienne w popkulturze).

Na korytarzu mieszkania Kamy i Artura (świeżo sobie poślubionych), gdy dzwonił do Maćka (niedostępnego jako abonent, a także człowiek, podobno czasowo) i przerabiał malutkie cierpiątka i zadrapania na ego, te wszystkie szpagaty i pajacyki psychologii, właśnie tam i właśnie wtedy Paweł zdał sobie sprawę z oczywistej oczywistości — zawsze myślał o sobie, nigdy o innych; myślał o sobie, nawet gdy nie myślał. A dalej: niemyślenie o sobie i w ogóle było takim jakimś wrzuceniem własnego mózgu na jałowy bieg. Myśli zwolnione z kierunku krążą wokół swego stwórcy niczym rozbite armie wokół swego dowódcy, powiedzmy.

Paweł, o czym wspomniano wiele rozdziałów wstecz, nabrał Pewności, Że, dwukropek, musi odszukać Maćka, ostatnią szansę na miłość etece; szansę, w sumie, na imponderabilia (ewentualnie homeopatię) (ewentualnie placebo): a więc na coś, czego nie można zważyć, a jednak i tak dalej — miłość pasuje jak ulał; ta zapchaj-idea pasuje zawsze.

Paweł kilkukrotnie wybrał numer Maćka na komórce. Bez rezultatu. Co świetnie, skądinąd, pasowało do życia Pawła: życie Pawła nie cierpiało na trudności z połączeniem, chociaż pozostawało życiem bez rezultatu.

Paweł, myśląc o sobie, jak zawsze, pomyślał po raz pierwszy o innej osobie (Maćku). Postanowił odnaleźć Maćka.

Nie wiedział, gdzie go szukać.

Nie wiedział po co.

Wiedział, że musi.

(To się z kolei nazywa imperatyw) (imperatyw najpowszechniej występuje w kantyzmie) (Kant pisany wielką literą urodził się — i zm. — w Królewcu; kant pisany małą literą jest nieśmiertelny: +/– ∞ lub 𝄞).

Telefon wsunął do kieszeni spodni. Wrócił do salonu. Pożegnał się z Arturem i Jezusem (który, chyba, sądząc po imieniu, był Hiszpanem, tylko bardzo bladym jak na południowca) (Paweł nigdy dotąd nie przespał się z południowcem) (chętnie przespałby się z Jezusem, gdyby ten nie tłukł w *Mortal Kombat* z Arturem) (z którym również chętnie by się przespał) (więcej w tym chęci niż chuci).

Dygresja: ostatnie słowa Jezusa, podane w wersji ortodoksyjnej przez Nowy Testament (Ojcze, w Twoje ręce powierzam ducha mojego) (Łk 23, 46), nie robiły na Pawle żadnego wrażenia; Paweł wolałby, żeby Jezus powiedział to, co podają wersje odrzucone podczas redakcji Biblii, według których poprosił on żołnierza o dobicie — Jezus był rozsądnym mężczyzną, bez skłonności melodramatycznych, prośba o skrócenie męki na krzyżu miała głęboko ludzki sens, wersja Łukasza brzmiała zaś jak z Barbary Cartland; ale najfajniej by było, myślał Paweł (ponieważ w nic nie wierzył), żeby Jezus powiedział to, co powiedziała Agnieszka Osiecka, umierając: „Do dupy", powiedziała Agnieszka Osiecka, umierając: koniec dygresji.

JEZUS

Jestem jedynym bytem, który został wniebowzięty przez aklamację. Przygotowania trwały aż trzy dni, lecz warto było leżeć martwym i czekać.

Trzy dni śmierci to wieczność. Kto żyje, nie zrozumie.

Przyjęto mnie z wszelkimi honorami. W mieście miast urządzono tryumf. Sypały się kwiaty, korona cierniowa rozkwitła różami, jechałem wierzchem, na osiołku, pełen wypas, jeden wydech, cztery kopyta, zapalono dodatkowe słońce, wypożyczono księżyce Jowisza i bransolety Saturna, itede. Wydarzenie zostało odnotowane na pierwszych stronach wszystkich tabloidów, nawet tych sumeryjskich i z zacięciem judeo, a był to czas sprzed Gutenberga, dodam. Tabloidy ukazywały się na tablicach z piaskowca, kolorowanych plakatówkami.

W tryumfalnym pochodzie zwykle uczestniczą pokonani wrogowie. Mój tryumf wyglądał inaczej: szli tylko ci, którzy wygrali. Przemarsz rozpoczynała Nike, bogini zwycięstwa; po niej defilowały miliony istot i bytów, ponieważ moje zwycięstwo stało się zwycięstwem milionów istot i bytów; na końcu — Śmierć, ale w nowej atrybucji i aranżacji: kostur, kosę, klepsydrę i kościotrupa styliści mego tryumfu wyeliminowali. Śmierć wystąpiła jako blada i nieco melancholijna dziewczynka w letniej zwiewnej sukience i sandałach (podobała mi się) (zaprosiłem ją później na kawę do Coffee Heaven) (to tam poznał ją Nabokov i Carroll).

Na samym końcu padłem w ramiona Umiłowanego Ojca (to był jeden jedyny raz, kiedy Ojciec mnie dotknął i przytulił), a następnie w ramiona mojej Ukochanej Matki Marii, żony Józefa, który nie był moim ojcem, będąc nim. W tym momencie przypomnę, iż jestem pierwszym człowiekiem, który powstał in vitro. Jednooki plemnik Ojca w trójkącie mandorli zapłodnił komórkę jajową mojej Matki,

a rzecz się cała/

poza macicą dokonała,

(jestem początkującym poetą o niewielkiej wyobraźni).

Wniebowstąpienie za aklamacją to było coś.

Powtórne zstąpienie to również jest nie byle co.

Trzeba mieć jaja, żeby zejść na ziemię.

Teraz jadę taksówką z Arturem, moim nowym przyjacielem.

Szukamy Kamy. Oraz Anny. I Nike.

Artur nie do końca jest normalny. Dzięki temu nie odstaje za bardzo od innych moich przyjaciół, IMHO. Przypomina mi apostołów. Artur ma problem z własną tożsamością i umiejscowieniem w czasie. Nike twierdzi, że to woda z rzeki Lete. Że któryś z bogów strącił kilka kropel z krawędzi krawędzi. Skoro tak twierdzi, to pewnie tak jest. Jestem oczywiście wszystkowiedzący, ale wszystkowiedza ma swoje nieograniczone ograniczenia i ograniczone nieograniczenia, które się wzajemnie znoszą i umacniają — nie warto o nich teraz wspominać.

Zstąpiłem, żeby dać przykład, jak żyć szczęśliwie bez fajerwerków wniebowstąpienia, bez nadziei nieba. Zstąpiłem, by umrzeć do końca i zachęcić innych do umierania w podobny sposób. Myślałem, że gdy żyje się tylko raz, to żyje się lepiej — warto być dobrym i przyzwoitym, ponieważ drugiej szansy nie będzie, co znaczy również, że nie będzie nagrody i kary.

Pomysł miałem dobry, jego realizacja nadal przede mną. Nie będzie to łatwe, już widzę, iż śmierć na krzyżu to łatwizna w porównaniu z tym, czego teraz się podjąłem. Ale jestem ambitny. Oraz wszechmocny. Dlatego mi się uda. Mając Nike u swego boku.

Brakuje mi tylko jednego elementu, coś mi się wymyka.

Nie ogranicza mnie piątka zmysłów, nie ograniczają mnie cztery wymiary, trzy moje hipostazy i dwuwartościowa logika ani moje pojedyncze „ja". Dlatego wiem, iż zbliżam się do węzła dramaturgicznego. Do zawiązania akcji lub poczęcia życia. Zbliżam się do najpiękniejszego błędu w historii materii — do błędu stworzenia. To on jest fundamentem świata i — jak każdy fundament — wymaga regularnego odnawiania.

Czuję, że błąd zostanie wkrótce odnowiony, a więc — wyeliminowany i równocześnie powtórzony.

ARTUR

— Wujku — Artur zwrócił się do Jezusa — długo jeszcze będziemy jechać?

— Jeszcze trochę. Musimy zaczekać, aż ciocia Kama, ciocia Nike i ciocia Ania nas dogonią — odpowiedział Jezus.

— W jaki sposób one mogą nas dogonić, jeśli wyjechały przed nami? Chyba to my powinniśmy je dogonić, nie na odwrót?

— Czytałeś *Alicję w Krainie Czarów*?

— Nie.

Jezus zamilkł. Irytowały go braki w kanonie podstawowych lektur, to jest zwłaszcza nieznajomość *Opowieści z Narnii*, Nowego Testamentu, *Alicji w Krainie Czarów* i serii z Dorotką oraz Czarnoksiężnikiem (z Krainy Oz). Mimo to zdusił irytację i przemówił tonem cierpliwego nauczyciela:

— Czas płynie z różną prędkością, prawda? Jak się bawisz z kolegami, to godzina mija w pięć minut, a jak czekasz na prezent pod choinkę, to każda minuta trwa przynajmniej godzinę, prawda?

— Zgoda.

— Dokładnie na tej samej zasadzie: jeśli ktoś wyjechał przed tobą, nie znaczy to, że zostałeś wyprzedzony. Niekiedy zdarza się, że wyruszasz później i już na starcie prowadzisz o kilka długości. Żeby „dogonić" kogoś, często trzeba poczekać, aż ten ktoś dogoni ciebie. Wyrażam się jasno?

W odpowiedzi Artur się roześmiał. Zapytał:

— To jakiś bełkot, prawda, wujku?

— I bełkot. I prawda.

KAMA

Stacja druga.

Stacja druga ma wiele nazw: Tłuszcz, Wrzeszcz, Małkinia, Łapy, Białystok. Pociągi ekspresowe nieczęsto się na niej zatrzymują. Można jednak wyskoczyć w biegu pociągu, co — odnotujmy — jest zachowaniem niebezpiecznym i zakazanym. Można zapłacić mandat, złamana noga nie jest okolicznością łagodzącą.

Stacja druga to także (przede wszystkim) ból i strata. Niektórzy już nie ruszają dalej. Nie znajdują w sobie siły albo znaleźć jej nie chcą. Czekają tylko, aż góra przyjdzie do Mahometa. Czym takie czekanie się kończy, wiemy wszyscy: Mahomet idzie do góry, chyba że jest już za stary i za słaby. Inni zaś na piechotę zmierzają do pętli, na boczny tor, peron widmo, na którym żaden pociąg nigdy się nie zatrzyma. To stacja końcowa: Rezygnacja (czasem nazywana także Suwałkami oraz Bydgoszczą).

Ból i strata, tego się trzymajmy, stacja druga.

Kama bardzo pragnęła spać.

Anestezja nie była jej dana.

Otworzyła oczy.

Nike była tuż obok. Powiedziała:

— Bardzo boli. Wiem.

Cóż Kama mogła odpowiedzieć?

Nic.

Boli.

Bardzo.

Nic.

— Powiem od razu, kochanie. Muszę powiedzieć. Usunięto ci jajniki albo migdałki, nie znam się na tym. Nigdy nie urodzisz dzieci.

Kama milczała.

Nie chciała milczeć.

Chciała krzyczeć.

— W torebce mam fiolkę z wodą z rzeki Lete. Mogę ci ją
dać. Wypijesz i zapomnisz. Nie będziesz cierpieć. Obudzisz
się jutro z przyjemną amnezją. Lekarze powiedzą ci, jak się
nazywasz, gdzie mieszkasz, kiedy się urodziłaś. Nauczysz się
tego od razu, to proste informacje, chociaż z PESEL-em będziesz miała problem. Lekarze powiedzą ci także, że miałaś
wypadek. Powiedzą ci również, że jesteś bezpłodna, ale akurat tym się nie przejmiesz. Wyda ci się, że nigdy nie chciałaś mieć dzieci. Wszystko wróci do normy, jednym słowem.
Nie będziesz cierpieć. Nie bardziej, niż liczy sobie lokalny
standard w świecie Zachodu.

    Kama nie rozważała i nie myślała.

        Nie słuchała.

            Kama cierpiała.

Szamotała się.

     Bolało.

              Niczym ryba na haczyku.

Nie miała pojęcia, co okazało się przynętą, czuła tylko hak
w gardle, w kręgosłupie, wnikający coraz głębiej i głębiej,
niechby już sięgnął dna. Końca. Granicy. Samego szpiku.

    Kama obracała się w bólu jak ziarno w plewie, świder
w zębie. Ból nie przypominał kołdry, którą można się szczelnie opatulić, odgrodzić od świata, zapaść pod ziemię, w pie-
rzynę, w siebie, z solipsystyczną gorączką, której nie ugasi
musująca aspiryna. Ten ból był niby zbyt krótka kołdra. Spod
niej wystawały jakieś fragmenty, nogi, ręce, wymięta i pocięta
macica, wewnętrzne szwy, odsłonięte nerwy, to wszystko, co
dotykało zewnętrznego świata, nijak od niego uciec.

    Kama próbowała skupić się na jakimś uspokajającym ob-
razie, na jakimś, dajmy na to, owadzie zatopionym w złoci-
stym bursztynie. Lecz nie znajdowała mocy, aby taki obraz,
nieruchomy, stop-klatka życia, zatrzymać w sobie: bursztyn
topniał, ściekał w śluzowatych ścieżkach, pełzł, zaś owad

zaczynał się szamotać — nie wiadomo skąd materializowała się gablotka, szklany dom i szpilki. I przypisy. Gablotka z owadem, owad z pięknie rozpiętymi emocjami. Podpis pod nią: *Matka cierpiąca po stracie swego dziecka*, wzorzec z Sèvres.

Gdyby widz tego Muzeum Emocji zechciał przejść do kolejnej gabloty, zobaczyłby kolejne stadium: pustą wylinkę, z której nic się nie wykluło, metamorfoza odwołana, nieudana, owad zapadł się w siebie, zawalił pod własnym ciężarem, implodował, został źle spreparowany. Albo zobaczyłby scenę w kinematografie: klatka po klatce, błona światłoczuła, kinematos i graphein, pisanie ruchu: *Matka sprzątająca pokój zmarłego syna*.

Emocje i uczucia są tutaj wyraźnie widoczne, nitki splątane w skomplikowanym wzorze, eleganckim i plastycznym, wytrzymałym jak pajęcze nici i przykrytym pajęczą nieostrością. Wolno również posiłkować się legendą, jesteśmy wszak w muzeum, każdy eksponat, niechby nawet pisany w ruchu, został opisany i objaśniony. Spójrzmy, co mamy:

Cierpkie szczęście, trochę kurzu. Krzywe krzesło, nowe biurko. Matka ma ściągnięte mięśnie twarzy, napięte, panuje nad mimiką, jest oszczędna w każdym geście — nie wydaje dużo. Otwiera szufladę: złożone w kostkę czyste bokserki i zwinięte w rulony skarpety. Taśma przewija się wolno, teraz dwa zbliżenia, skupiona twarz, kamienna ręka. Kobieta wyciąga z szuflady bokserki. Przykłada je do nosa. Zaciąga się zapachem niby nałogowiec. Możemy przypuszczać, że w przeszłości paliła papierosy.

Zapach proszku i płynu do płukania jeszcze nie wywietrzał, mimo że minęło tyle miesięcy, może lat, choć — po namyśle, po skurczu na twarzy, zdecydowanym i powściągliwym — obstawiamy raczej miesiące, może tygodnie. Na pewno nie dni. Dni możemy wykluczyć. Nie musimy brać dni pod uwagę. Zapach detergentów, obrysowany jakąś słoneczną nutą, pranie schło na powietrzu, za dnia, chyba w lecie.

Matka zaciąga się zapachem czystej bielizny swego syna. Rozumiemy, że tego nałogu nie porzuci. Silna wola i nicorette sprawdzają się przy papierosach; wobec emocji pozostają bezsilne. To tylko zapach proszku. Wszystkie wyprane rzeczy pachną identycznie.

Rozumiemy, że matka zaciąga się czymś innym, proszek to tylko zasłona, za którą rozciąga się krajobraz pamięci. Jest w tym krajobrazie błąd koloru i błąd perspektywy: kolory nie przekraczają granicy ciepłej sepii, perspektywa zagina się wokół centralnego punktu jak obraz widziany przez kulistą soczewkę. Tym punktem jest syn. Cierpkie szczęście, płowiejący ból, zaćma na obrzeżach pola widzenia, stare krzesło, nowe biurko, starty kurz.

Matka kładzie się na łóżku syna. Sprężyny materaca wydają z siebie jęk. W tym momencie dopiero orientujemy się, że oglądamy kino dźwiękowe. Wcześniejsza cisza nas zwiodła, zmyliła, sprowadziła na manowce kina niemego. Sprężyny jęczą, matka milczy. Leży na łóżku z bokserkami. W pejzażu skłamanej pamięci, we wspomnieniach, które zanim się stały faktem, przeszły w fikcję. Leży w szpitalu, patrzy w sufit. Nieruchomo. Na kilka chwil to ona staje się gwiazdą, wokół której krążą planety. Lodowym olbrzymem i pustką więcej ważącą niż cokolwiek, co jest.

— Dodam tylko, że jak wypijesz wodę zapomnienia, zapomnisz o mnie. Zniknę z twojego życia.

Nike wstała, wyjmując z eleganckiej torebki równie elegancką kryształową buteleczkę, chyba od Swarovskiego.

Wybór Kamy:

— Nie chcę — powiedziała (milczała).

Milczała.

Stacja trzecia:

Jest w moim krajobrazie
błąd barw i zapachu
lecz ciągle
ciągle kocham
to co wciąż się
zmienia

Jak złota piłka
biegnie wciąż przede mną
zatrzymywana
ukochana
ziemia.

PAWEŁ

Paweł, chociaż nadal — według obecnie obowiązujących
norm — młody, wcześniej był młodszy. W żadnym razie nie
świadczyło to o wyjątkowości Pawła. Raczej o jego pospolito-
ści. Najpierw młodszy, później starszy — Paweł płynął z prądem czasu. To się nazywa oportunizm lub koniunkturalizm.
Albo — po prostu — Paweł był leniwy.

Kiedy Paweł był młodszy, w okolicach maturalnej klasy,
wtedy oddawał się kontestacji rzeczywistości, połączonej
z buntem młodzieńczym na tle krajobrazu przesuwającego się
w tempie niepełnosprawnym za oknami wagonu. Tak się zdarzyło, że Paweł dużo wagarował, jeździł pociągiem po Polsce,
myślał. Skądinąd ciekawe skojarzenie buntu z koleją wynikało z dwóch przesłanek: (1) dużo czytał Stasiuka, (2) ojciec
Pawła pracował w PKP, dzięki czemu Paweł otrzymał bezpłatny bilet na niemal wszystkie połączenia.

Paweł jeździł, Paweł myślał.

Krajobraz, kolej.

Yin i yang.

Także Ping i Pong.

Kajko i Kokosz.

W pierwszym podejściu zdał maturę. Jeśli bezcelowe podróże Pawła rzeczywiście były kontestacją i buntem, trzeba stwierdzić, że bunt się nie powiódł: średnia z matury przekroczyła czwórkę. Albo też był to bunt na wspak.

Paweł, nie dodzwoniwszy się do Maćka, pożegnawszy się z Arturem i Jezusem, przypomniał sobie o czasie, kiedy jeździł koleją, w klasie maturalnej i zazwyczaj drugiej (pierwsza wymagała dopłaty), nie będąc bynajmniej kundelkiem Lampo. Co ten Lampo zrobił, wszyscy wiedzą. Mimo to przypomnijmy: rzucił się pod pociąg, żeby uratować dziecko. Dziecko ocalało, pies zginął. Dziecko założyło rodzinę i się zestarzało, i umarło. Pies nie zmartwychwstał. Narrator płakał, czytając historię psa, który jeździł koleją. Wiele lat później narrator przeczytał podobną historię, jej prequel, *Annę Kareninę* Lwa Tołstoja. Bohaterka również skacze pod pociąg. Skok nieudany, choć zakończony zgonem (prawdopodobnie). Narrator nie uronił ani łzy, nie roniąc ani zdania. Powieść była psychologiczna, gdyby ktoś miał wątpliwości.

Paweł pojechał na Dworzec Centralny. Obok wąskiej uliczki nieopodal hotelu Polonia, gdzie nocą stały kurwy, także gruzinki (bo dawały, co miały, już na gruzach Warszawy), najbardziej syfiastego miejsca w całym mieście. Paweł dawno nie wciągał charakterystycznego dla peronów (od 1 do 4) (na peronach nieparzystych silniejszego) zapachu moczu. Jeździł autobusami albo latał samolotem. Zapomniał, że woń uryny nieodmiennie łączy się z podróżą pociągiem. Przynajmniej w Polsce. Infrastruktura nie jest Polski najmocniejszym punktem, lepiej rozwinięta jest martyrologia, na przykład. Chociaż martyrologia to przecież też infrastruktura, tylko trudniej po niej jeździć, tory wąskie, spóźnienia pospolite, powstania regularne, nikt nie przeprasza za niedogodności i utrudnienia, nawet prezydent.

Paweł wsiadł do pociągu. Bilet kupił u konduktora. Konduktor mówił „dzień dobry" i „dziękuję". Trzeba przyznać, że standardy obsługi klientów PKP uległy niezwykłemu podwyższeniu. Dlatego po zakupieniu biletu Paweł udał się do WC. WC wyglądało jak zawsze, jak za lat nastoletnich: szczyny i brak papieru toaletowego, przypalony kiepami plastik sedesu. Zabrania się korzystać z WC w czasie postoju pociągu na stacji oraz — Pawła ulubione — wodę spuszczać pedałem. Paweł był pedałem. Jak dotąd nikt nim wody nie spuszczał. Straszne niedopatrzenie w katolickim kraju.

Wagon Wars (restauracyjny) nie został do pociągu dołączony.

Trzy godziny o suchym pysku.

Paweł wysiadł w obcym mieście.

Czuł się chujowo sensu stricto, bez podtekstu seksualnego.

Ponieważ to piątek, kupił w dworcowym kiosku „Wyborczą". Wyjął weekendowy dodatek „Co jest grane?", pozostałe strony wyrzucił do kosza. Kosz był prawie pusty, a w Ruandzie Hutu mordują Tutsi, wymazywanie maczetą, potem będą się ze sobą jednać, potem znowu gładzić, być może nowocześniejszym jakimś sprzętem. Gospodarka światowa rośnie w tempie kilku procent rocznie, mimo kryzysów.

Paweł usiadł na ławeczce. Przejrzał program lokalnych kin oraz repertuar lokalnych teatrów (dwa; grano lektury szkolne; w Teatrze Dramatycznym — dramatycznie niepotrzebne dramaty, w Teatrze Lalek — bajki dla podstawówki, z niedrogim morałem, jak można przypuszczać na podstawie ceny biletu, dla grup — uwaga! — zniżki). Na imprezy plenerowe brakowało mu ochoty, styczeń nie nastrajał dospołecznie. Zrezygnował również z wędzenia się w papierosowym dymie klubów.

Popświat zaspokaja prawdziwe potrzeby w fałszywy sposób. Kluczowe nie jest słowo prawdziwe ani fałszywy, lecz: zaspokaja. Płytkie zaspokojenie, trudne do odróżnienia od zaspokojenia głębokiego, tak właśnie — pomyślał Paweł, ponieważ zdobył się na (płytką) refleksję — wygląda moje życie. Piekło w pięciogwiazdkowym hotelu: co mi nie pasuje, każę zmienić, dopóki posiadane przeze mnie wolne środki na koncie pozwalają na wprowadzanie zmian. To nawet całkiem zabawne — myślał Paweł — że wolne są środki na koncie, ja jestem ich niewolnikiem.

Paweł złapał taksówkę, kazał zawieźć się do najlepszego hotelu. W recepcji poprosił o wystawienie faktury na firmę, z przyzwyczajenia.

Wziął prysznic i zamówił coś na ząb.

Zjadłszy, odstawił talerz na szafkę nocną.

Siedział po turecku, na łóżku.

Mógłby tak siedzieć, aż zdrętwieją mu nogi. Potem nie mógłby się ruszyć.

Nie wiedział, dlaczego znalazł się w tym pokoju. W tym mieście. Chciał odszukać Maćka. Tyle wiedział. Dlaczego tutaj rozpoczął poszukiwania? Bo tutaj gdzieś, w tym mieście, na bocznicy świata urodził się Maciek, kiedyś?

Paweł dawno temu zauważył, chyba po kwasie na jakiejś imprezie, że stare narzędzia opisujące człowieka — na przykład psychologia i statystyka — się stępiły, zużyły. Ich miejsce jest w muzeum, one już niczego nie objaśniają, nawet nie prowokują do namysłu. Chociaż z psychologii można by — pomyślał Paweł — zrobić w Zachęcie fajną wystawę, retrospektywę złudzenia i iluzji, buty i pychy. Paweł lubił psychologię. Psychologia, nie miał wątpliwości, to najbardziej gejowski język opisu, z tych dotąd wynalezionych, oczywiście. Kiedyś Paweł nawet zastanawiał się, czy nie studiować psychologii, ale — po namyśle — uznał, że nie warto nosić drzew do lasu.

Kiedyś Paweł, odnotujmy dla porządku, pragnął iść na księdza. Został w tym celu ministrantem, lecz pech chciał, że trafił na parafię, w której akurat ministrantów nie molestowano. Dlatego Paweł rozczarował się do religii. Obiecanki--cacanki, myślał. Tyle się teraz o tym pisze, ale to wszystko z palca wyssane, jak co do czego, myślał, to nikt nawet palcem nie kiwnie, żebyś mu zrobił loda.

Problem z religią, tak to rozumiał Paweł, a zrozumiał po grzybkach halucynogennych na jakiejś imprezie, co się na łonie natury odbyła w zaufanym gronie, problem z religią, zwłaszcza katolicką, polega na tym, że religia daje ci rybę, zamiast dać wędkę. Że ryba, to jasne, w końcu Ichtys, tradycja zobowiązuje — także do głupoty.

Paweł wstał z łóżka. Wyjechał z Warszawy tak niespodziewanie, że bez walizki. Zapakował ubranie do plastikowej torby i zamówił pranie. Założył szlafrok, z barku wyciągnął butelkę ginu i puszkę toniku. Przygotował sobie drinka.

Dlaczego właśnie tu i właśnie teraz zaczął szukać Maćka?

Pawłowi do głowy przychodziła tylko jedna odpowiedź, już po skończeniu ginu i w trakcie whisky z colą, ale jeszcze przed piwem. Oto ona (odpowiedź): świat dawno temu przestał być światem przyczynowo-skutkowym. Przyczyna i skutek działały, gdy ludzi żyło mniej, a przyrost PKB oscylował wokół zera. Teraz przyczyna ze skutkiem trafiły na śmietnik idei, do faweli i slumsów. Teraz, żeby coś osiągnąć, zrealizować swój cel, marzenie jakieś, teraz trzeba działać bez planu. Wrócić do atawizmów kultury. Do jaskini i maczugi. Etece. Do intuicji.

Paweł siedział na łóżku. Pił. Miał pewność, że Maćka spotka. Oraz że go nie spotka. Sprawiedliwy układ. Albo–albo. Człowiek mieści się w półpauzie.

Bum-bum.

Łubu-du.

Paweł wyjrzał przez okno.

Zaczął padać grad.

Paweł założył szlafrok i zjechał windą.

Postanowił przejść się na spacer.

Może kogoś spotkam?

Oby nie.

JEZUS

Kazałem taksówkarzowi zatrzymać się przed sklepem galanteryjnym.

— To tutaj jest to piekło? — zapytał. — Na ulicy Lipowej?

— Niech pan nie żartuje — odpowiedziałem. — Piekła już od dawna nie ma.

— Zapraszam do siebie do domu. Zmieni pan zdanie — odburknął taksówkarz, nie należy on do sympatycznych, ale to jego wybór. Szanuję każdy wybór. Nie mam innego wyjścia. Sam się w to wrobiłem.

Artur roześmiał się. Bardzo mnie cieszy, kiedy Artur się śmieje. Wtedy czuję, że materia to dobry wynalazek. Mimo wojen, dekalogu, sąsiedzkiej nienawiści i tak dalej. Artur, swoją drogą, nie ma wielu powodów do śmiechu: utracił pamięć. Utrata pamięci to kalectwo. Rehabilitacja jest nieskuteczna. Czasem Arturowi zazdroszczę.

Każdy śmiech, zwłaszcza śmiech w sposób nieformalny powiązany z kontekstem, odnawia przymierze między bogiem a człowiekiem. Kiedyś, za młodu, jakoś na wakacjach byłem, między Wielkanocą a Bożym Narodzeniem, tylko wtedy mogę pozwolić sobie na odrobinę luzu, a więc w tym w t e d y czytałem bardzo ciekawy artykuł Normana Cousinsa *Gelotologia a eschatologia*, napisany w pierwszej osobie liczby pojedynczej, czyli już pośmiertnie.

Gelotologia to terapia polegająca na wykorzystaniu śmiechu do rozładowania wszelkich napięć emocjonalnych.

Eschatologia to terapia polegająca na wykorzystaniu śmierci do rozładowania napięć emocjonalnych.

Norman Cousins to człowiek śmiertelnie chory na zwyrodnieniowe zapalenie stawów.

Gelotologia i eschatologia mają wiele wspólnego. Cel jest identyczny: szczęście. Różne są sposoby dojścia doń, no i paruzja (moje powtórne przyjście na świat) pojawia się jedynie w eschatos, gelos jest zbyt autoteliczne.

Przypomniał mi się tamten artykuł właśnie teraz, przed sklepem z galanterią, ponieważ dotykał istotnej kwestii. Śmiech jest reakcją społeczną, reakcją wyuczoną. Gdy człowieka wychowają zwierzęta, człowiek nie jest zdolny do społecznego śmiechu, patrz historia Romulusa i Remusa, pozbawionych poczucia humoru założycieli Rzymu. Śmiech jest nie tylko przejawem szczęścia, jest także niekontrolowanym przejawem strachu.

Śmiech jako reakcja lękowa zastępuje agresję.

Kocham śmiech.

Na krzyżu nie roześmiałem się głównie dlatego, że się nie lękałem. Bałem się i cierpiałem, lecz nie lękałem się. Różnica wydaje się leksykalna (bać się — lękać się), mimo to leksykalna nie jest.

Zatem Artur się śmieje, taksówkarz odjeżdża, wchodzimy do sklepu, oglądam parasole, wybieram cztery: z mocnej tkaniny. Niedługo spadnie grad. Nic niezwykłego. W końcu to styczeń.

Sprzedawczyni jest młoda i inteligentna; zanim weszliśmy, czytała „Tygodnik Powszechny”. Jaka szkoda, że nie mogę swego przekazu ograniczyć właśnie do takich ludzi jak ona;

tacy ludzie by mnie zrozumieli, może nawet skomentowaliby z cynizmem w kawiarni lub z ironią gdziekolwiek. Jaka szkoda, że ludzie są także głupi, bezmyślni, podli, nikczemni, także głodni, w rozpaczy, bez nadziei, także zajęci, wyczerpani, uwikłani w kontekst lub spiralę długów. Bardzo mi to utrudnia pracę, komplikuje zbawienie. To okrutny paradoks, że nierówność jest fundamentem równości.

Mój telefon robi bip. Dostałem SMS-a. Wychodzimy ze sklepu. Podaję Arturowi parasol.

— Zaraz spadnie grad — mówię, sprawdzając treść wiadomości.

Ten SMS to zawiadomienie, że Bank Materii, zwany także Bankiem Transcendencji, ogłosił upadłość. Bankructwo. Straciłem wszystkie oszczędności, z wyjątkiem tych, które posiadałem na Ziemi, czyli jestem bankrutem; nic na Ziemi nie trzymałem. W Ziemię nigdy serio nie inwestowałem.

— Co jest? — pyta mnie Artur.

— Chyba już nie jestem bogiem — odpowiadam ostro przybity.

Artur klepie mnie po plecach.

— Nic się nie martw. Jesteś moim najlepszym kumplem. Wierzę w ciebie.

ARTUR

Dojechali na miejsce. Jezus zapłacił. Wysiedli z taksówki. Wstąpili do sklepu. Jezus kupił cztery parasole. Powiedział:

— Zaraz spadnie grad — a chwilę później zbankrutował, bez związku z kupnem parasoli, oczywiście.

Artur starał się dodać otuchy swemu najlepszemu kumplowi. Poklepał go po plecach, zapewnił, że w niego wierzy.

— Wierzysz? — zdziwił się Jezus. — Właśnie teraz? Kiedy zbankrutowałem?

Artur zastanawiał się, jak to wytłumaczyć.

— No bo wiesz — zaczął niepewnie — wcześniej, jak byłeś bogaty, to wierzenie w ciebie nie miało dla mnie sensu. W sensie, że kiedy mogłeś wysłać do nieba albo do piekła, to ludzie w ciebie wierzyli, żeby ci się podlizać. No... tak jakby się ciebie bali. Ale teraz, teraz nic nie możesz. I teraz wiara w ciebie ma sens. Jesteś moim najlepszym kumplem.

Jezus objął Artura.

Artur Jezusa.

Kyrios ton dynameon (ujęcie drugie).

O! Grad.

KAMA

Stacja trzecia.

Stacja trzecia bywa nazywana hubem. Hub to węzeł przesiadkowy albo koncentrator: główny port tranzytowy albo urządzenie łączące wiele urządzeń w sieci komputerowe o typologii gwiazdy. Model piasty (hub) i szprych (spoke) jest tak stary jak komunikacja lotnicza albo nawet starszy: jak znaki zodiaku; tak czy tak — patrz w niebo.

Ludzie docierający do huba nie muszą martwić się o swój bagaż. Bagaż został nadany w miejscu wylotu i dotrze do punktu docelowego niezależnie od woli pasażera. Niekiedy bagaż ulega zagubieniu lub zniszczeniu. Odszkodowanie nie należy do wysokich. Dlatego rzeczy wartościowe warto mieć przy sobie. Na przykład złote zęby. Złote zęby uratowały życie wielu ludziom. Ludzie ci później (lub wcześniej) zmarli, wydaje się jednak, że nie żałowali swoich zębów na to, by jeszcze trochę pożyć. Żyć można bez zębów, nie żyć można z zębami — wybór, do pewnego stopnia, należy do ciebie. Twój dentysta ma nań niewielki wpływ. Podobnie jak profilaktyka, psychoterapia, pasta do zębów etece.

Stacja trzecia, tranzytowa, wypełniona pospiesznymi emocjami, rozchodzącymi się promieniście z punktu, niekoniecznie okrągłego, w którym zainstalowało się kilka duty-shopów, tax free, jadłodajnie ze trzy i kontener dla palących, ponadto WC (podział na: kobiety, mężczyźni, inwalidzi, niekiedy także matki z dzieckiem). Ludzie zmierzają do swoich gate'ów, biegiem lub stępa, w dzikim galopie bez przepraszam-spieszę-się albo ociężale, zmęczeni godzinami odsiedzianymi w poczekalni.

Stacja trzecia, przesiadkowa. Niewiele tu czasu na emocje, wygód brak, ciepło jedynie z dmuchaw klimatyzatorów, w ręku bilet i paszport, w kieszeni — rękawiczki. Podniecenie ustępuje apatii, apatia euforii, euforia poszukiwaniu kosza na śmieci, kosz na śmieci nie ustępuje z drogi: został przymocowany na stałe do płytek podłoża; wszędzie kamery z monitoringu: zarówno te ostentacyjnie odsłonięte, jak i te dyskretnie ukryte w toaletach, każdy jest obserwowany, chyba że strażnik poszedł zrobić sobie herbatę, niezgodnie z obowiązującymi procedurami.

Stacja trzecia, szansa na wybór. Można się spóźnić, zmienić zdanie, przebukować lot lub życie, spowolnić priorytety, nagle się poślizgnąć i skręcić kostkę, nie włączyć telefonu komórkowego; szans na dokonanie wyboru jest sporo, tylko ten pośpiech! — trudno wybrać, zmienić, odwrócić, gdy tymczasem kończy się odprawa pasażerów lecących do X, a X to my, to ty i ja, Z i Y, niewiadome w równaniu.

Kama, stacja trzecia, hub tranzytowy.

Kama otrzymała niecodzienny bilet. Mogła wybrać dowolne połączenie, krótko- i dalekodystansowe, w klasie biznes i ekonomicznej.

Kama, opierając się kuszeniu Nike, dowiodła, iż człowiek — mówiąc oględnie — nie jest istotą racjonalną. Istota racjonalna

dałaby się skusić. Jeśli rozum ma pomagać w omijaniu pułapek życia, Kama powinna skorzystać z podpowiedzi rozumu
i zażyć wodę z Lete. Zapomnieć.

(Fides et ratio „są jak dwa skrzydła unoszące człowieka
ku kontemplacji prawdy") (Jan Paweł II)
(gdy już mowa o skrzydłach: najsłynniejsze należą
do Ikara)

Nikt nie chce cierpieć, nawet w popkulturze.

To, co racjonalne, prowadzi — prędzej czy później, na
skróty lub okrężnie — do jakiegoś zwyrodnienia, jakiegoś
zniewolenia, totalitaryzmu, pomyślała Kama. Rozum, choć
przydatny, nie wystarcza. Istota człowieczeństwa tkwi w nie-
przewidywalności, w nieracjonalności, nawet w napadzie śle-
pego gniewu. Dekalog jest piękny, ponieważ nie jest racjonalny, pomyślała Kama.

Stacja trzecia. Leżała w szpitalnym łóżku, tej poczekal-
ni, przechowalni. Musiała się zdecydować, dokąd się uda.
I w jaki sposób. Destynacja determinuje środek transportu.
Środek transportu predestynuje destynację.

Kamę interesował jedynie Paweł. Opuściła wygodne warszawskie mieszkanie właśnie po to, aby odnaleźć Pawła. To był
jej kaprys i jej przygoda. Odnalezienie Pawła nigdy nie niosło
znaczenia, a najmniejsze — kiedy Kama wyruszyła. Dopiero z czasem stacja pierwsza i druga, dopiero z czasem to, co
wyglądało na kaprys, co kaprysem w istocie było, znaczenia
nabrało. Rzecz nieistotna nabrała wagi, zwyczajna przygoda
przeistoczyła się w koszmarną wyprawę, wielogwiazdkowy
hotel przemieszał się z survivalem.

Gdyby wiedziała, ile przyjdzie jej poświęcić, pewnie zamk-
nęłaby się w domu na cztery spusty. Chciała przecież tylko
odnaleźć kolegę, za którym nie przepadała, ledwo co przeszła
jej niechęć do niego, nie był nikim ważnym w jej życiu. Gdyby wiedziała, pewnie by nie wyruszyła. Albo nie: Nike ją

ostrzegła, nie wprost, bez okazania faktury pro forma, lecz jednak ją ostrzegła.

Teraz, połamana i pusta, gliniana amfora, z której wyciekła zawartość, samobieżny reaktor termojądrowy, w którym paliwem rozszczepialnym nie był izotop uranu, ale ból; teraz — rzeczywiście chciała spotkać się z Pawłem. Chciała skończyć, co zaczęła. Spotkanie nie przyniesie ulgi, wiedziała; nie padną sobie w ramiona niczym najlepsi przyjaciele; nic z tych rzeczy, nie te sprawy, inna orientacja. Kama była konsekwentna aż do granicy obsesji, i uparta. Była — paradoksalnie — absurdalnie przywiązana do postawionych przed sobą zadań. Do tych wszystkich wyzwań mniejszych, zastępczych celów, papierowych sukcesów. Kama — czarująco irracjonalna, choć mocna i niezachwiana. Twarda, lecz — przecież — z aminokwasów.

Kama — zagipsowana jak mumia, cierpiąca jak suka w połogu oraz inne porównania — chciała skończyć, co zaczęła, mimo że nie niosło to najmniejszego sensu. Ten brak sensu charakteryzował Kamę, stając się równocześnie — w opacznej interpretacji — sensem.

— Chcę wrócić do hotelu — powiedziała. — Wiem, że tam jest Paweł. Czuję.

Nike westchnęła. Pozwoliła sobie uronić łzę, ze wzruszenia i na pamiątkę:

— Jestem z ciebie bardzo dumna — powiedziała. — Bardzo.

NIKE

— Jestem z ciebie bardzo dumna — powiedziałam. — Bardzo.

Siedziałam jeszcze przez chwilę, poruszona zarówno Kamą, jak i swoim własnym poruszeniem. Wzruszam się nieczęsto, praktycznie nigdy, nie mam po prostu czasu.

Kama chciała wrócić do hotelu. Chciała zawrócić, żeby iść naprzód, do Pawła. Wiem, wiem: to brzmi jak z chińskiego ciasteczka, lecz nic na to nie poradzę. Wszyscy jesteśmy uzależnieni od Chin w taki czy inny sposób, z wyjątkiem Chińczyków.

Od strony logistycznej to prawdziwy koszmar. Moją ukochaną zagipsowano tak dokładnie i podłączono do tak wielu rurek, przewodów, wyciągów, że wydobycie jej z tej uprzęży stanowiło nie lada wyzwanie. Poza tym musiałam postępować ostrożnie, żeby nie wyłączyć czegoś, co jest do życia niezbędne. Ja się na życiu nie znam ani na elektronice, znam się na butach z naciskiem na sportowe.

I chociaż uczynki nie wystawiają żadnego świadectwa bogu, bóg jest rozłączny z tym, co uczynił, nie chciałam Kamie zaszkodzić.

Najpierw uczyniłam efektowne spięcie w sieci energetycznej. Trochę iskier tu i tam, takie mikrofajerwerki, amatorskie echo ostatniego sylwestra.

Następnie uleczyłam jedną nogę i jedną rękę. Na więcej nie miałam czasu ni ochoty. Nie jestem lekarzem i nie zamierzałam wchodzić w kompetencje specjalistów. Z korytarza zabrałam wózek inwalidzki. Okazał się nieco za mały. Z trudem udało mi się wepchnąć weń Kamę.

— Chyba cierpię na klaustrofobię — powiedziała. — Masz coś przeciwbólowego?

Pogrzebałam w torebce. Znalazłam tylko nową szminkę od Diora Ch. (1905–1957). Podałam ją Kamie. Uśmiechnęła się i umalowała wargi.

— To chyba nie jest najlepszy kolor dla ciebie — stwierdziłam.

— To nie jest najlepszy czas w moim życiu. Kolor nie ma znaczenia.

— Racja.

Pauza.

— Jedziemy — stwierdziłam. — Do hotelu. Po Pawła.

Korytarze nie należały do szerokich, płytki PCV w wielu miejscach poodpadały, wózek z Kamą ważył swoje, przednie kółka, te małe, zablokowały się, więc nie mogłam skręcać w lewo. Mogłam jechać prosto, wstecz albo w prawo. Zderzyłam się z kobietą stojącą bezmyślnie przy automacie wydającym kawę i reszty nie. Dlatego wydostanie się ze szpitala trochę nam zajęło. Na szczęście szpital ów dysponował wygodnym szerokim zjazdem wprost do parku, został bowiem dostosowany do niepełnosprawnych, co nie jest normą w wypadku szpitali tego kraju. W końcu tutaj chorują głównie ludzie zdrowi.

Pchałam wózek przed sobą. Kama milczała. Strzaskałam szlaban i wydostałyśmy się poza szpitalny teren. Hotel nie leżał daleko.

Samochody jeździły. Ludzi prawie nie było. Zaczął padać grad.

— Niech to szlag — powiedziałam.

Grad najpierw padał pojedynczo, tak pewnie kiedyś padały bomby, pomyślałam. Potem grad przyspieszył. Byłam zła, zziębnięta. Co za bladź odpowiada za pogodę?!, zastanawiałam się.

Ze złości trochę się zagapiłam i znowu wjechałam wózkiem w ludzi, tym razem ukrytych pod parasolami. Kama powiedziała:

— Przepraszam.

Ja krzyknęłam:

— Nie widzisz człowieku, że z inwalidką jestem?!

Odpowiedział nam śmiech.

— Ciocia Kama i ciocia Nike? — zapytał głos.

— Artur? — zapytała Kama.

— Trzymajcie. Kupiłem cztery parasole — powiedział Jezus. — Wiedziałem, że się przydadzą.

— Chodźcie, idziemy — powiedziałam, i poszliśmy.

ROZDZIAŁ SIÓDMY

BARTEK

Mógł wyjść natychmiast po skończeniu wykładu, cokolwiek niecodziennego i zdecydowanie skróconego, poczekał jednak, aż studenci wyjdą pierwsi. Wychodzili opornie, z ociąganiem, choć zazwyczaj proces wyludnienia sali nie trwał nawet trzech minut. Kiedy został sam, przekręcił klucz w drzwiach, na wypadek gdyby komuś się zebrało na zwierzenia albo gdyby ktoś zechciał dodać mu otuchy, lub inne podobne odruchy, które ludzie serwują ludziom, przypuszczając, że ma to jakiś sens. Jakiś pewnie ma. Nie czas na rozstrzygnięcia.

Bartek — uświadamiał to sobie z jasnością, bez cieni, zwłaszcza tych rzucanych przez wątpliwości — właśnie złożył wymówienie. Stracił pracę. Został zwolniony. Jak baron Münchhausen wyciągał się z bagna za własne włosy, tak on wyrzucił sam siebie z pracy.

Przechadzał się z założonymi z tyłu rękoma, rozważając wszelkie za i przeciw. Doszedł do wniosku, że jedynym rozwiązaniem jest samobójstwo, ale nie był w humorze na takie melodramatyczne gesty. Z samobójstwem postanowił poczekać do chwili, gdy odzyska typową dla siebie pogodę ducha i wiarę w ludzką dobroć. Albo gdy żona oddzwoni. A tymczasem — z braku lepszych pomysłów — postanowił odwiedzić Rafała.

Sala wykładowa mieściła się na parterze. Przez wielkie, szczelnie zamknięte okna wpadał szary styczeń. Bartek nie chciał wyjść klasycznie — drzwiami. Musiałby bowiem przejść korytarzem i tak dalej aż do wyjścia, prawdopodobnie ktoś by go zagadnął. Prawdopodobnie Bartek by mu odpowiedział, lub jej. Prawdopodobnie doszłoby do rozmowy. Prawdopodobnie kulturalnej. Ta chata nie dla wuja Toma, pomyślał, co znaczyło: na co mi to.

Dlatego otworzył okno. Wyszedł oknem, a za chwilę, na Świętokrzyskiej, złapał taksówkę.

— Balladyny przy Łowickiej — powiedział.

— Robi się — odparł taksówkarz.

Przebili się przez zakorkowane centrum. Wysiadł na Łowickiej, przy Centrum Kultury (głównie kursy tańca i aerobik, także kawiarnia oraz niewielka atrapa biblioteki). Mimo że do południa brakowało kilku godzin, Bartek w pobliskim sklepie nabył wiele puszek piwa oraz kilka napojów izotonicznych.

Nacisnął guzik domofonu. Nikt nie odpowiedział. Rafał musiał być w środku. Może spał. Zadzwonił raz jeszcze. Brak reakcji, przynajmniej w uchwytnym wycinku pasma dźwiękowego. Podniósł reklamówki. Postanowił dostać się do mieszkania przyjaciela z drugiej strony: od przedszkola, przez balkon. Rafał nigdy nie zamykał balkonowych drzwi, najwyżej przymykał, nawet w zimie, a zwłaszcza pod nieobecność narzeczonej.

Przerzucił siatki przez siatkowane ogrodzenie. Nieletnie pociechy na szczęście nie zostały wypuszczone na wybieg. W sumie styczeń, zaskakująco dodatni, mierząc Celsjuszem. Kolorowy plac zabaw, przez który Bartek musiał przejść, aby dostać się do sztachetowego płotu, oddzielającego przedszkole od ogródka Rafałowego lokum, wydawał się mu w wysokim stopniu absurdalny, a przez swą skalę — Bartek nie zmieściłby się w żadnej z wymyślnych pułapek, huśtawek i parodii zamków — także źle wyskalowany.

Drzwi balkonowe były uchylone. Bartek zostawił puszki piwa i butelki napojów izotonicznych pod płotem. Pokonał siedem wyszczerbionych schodków, lub pięć, aby zajrzeć przez szybę do salonu. Zobaczył Rafała, tak jak się spodziewał. Patrzył na Rafała, wpatrującego się z kolei w — dla Bartka niewidoczny — telewizor. Rafał nie tylko się wpatrywał. Rafał również, ze spodniami i bokserkami oplątującymi okolice kostek oraz z podciągniętą koszulą, oddawał cześć Onanowi. Co nie do końca jest prawdziwe, tak po prawdzie. Biblijny Onan nie uprawiał samogwałtu, a jeno stosunek przerywany, półśrodek prokreacji, pierwszą przymiarkę do antykoncepcji, która tak rozgniewała bogów chrześcijańskiej dzielnicy.

Bartek przyglądał się swemu przyjacielowi. Jego przyjaciel, szary i szczupły, częściowo odsłonięty w opuszczonej (i podciągniętej) garderobie, częściowo przysłonięty wielką plamą na szkle, wydawał się przybyszem z innego świata: zagubiony w kapsule zmiętej kanapy, z wzrokiem wbitym w galaktykę własnych powiek, z żołędzią członka nieznacznie wysuniętą ponad krawędź dłoni, pokazującą łebek i chowającą go jak figa, między kciukiem a czwartym palcem, licząc od najmniejszego. Albo odpustowy diabełek.

Bartek wrócił pod płot, wziął dwie puszki piwa, wszedł do salonu, przeszedł szlachetną starą klepką pamiętającą powstańców warszawskich i zatrzymał się frontem do telewizora, a jednocześnie za oparciem kanapy i plecami Rafała.

Spodziewał się ujrzeć mniej lub bardziej wysublimowane porno. Prawdę mówiąc, liczył na *Kaligulę*, na scenę zbiorowego rżnięcia żony cezara. Złoto, władza, purpura, cycki i tyłki. Szaleństwo. Koń w Senacie rzymskim.

Ale nie.

Oglądał kręcone amatorską kamerą, często nieostre sceny z jakiegoś przyjęcia urodzinowego, bez dźwięku. A może to nie były wcale urodziny? Bartek nie dostrzegał tortu, nikt nie zdmuchiwał świeczek, nie myślał życzenia. Nikt nikogo nie całował w policzek. Film był czarno-biały.

Podglądając zupełnie zwyczajne przyjęcie, prawie zapomniał, czemu jego przyjaciel się oddawał. W zbliżeniach na ciała, twarze, na talerze, sztućce i szklanki — nie umiał znaleźć najlżejszego choćby erotycznego śladu, delikatnej wibracji, nawet kobieca szminka wzdragała się objąć brzeżek szklanki.

Fetyszyści, przypomniał sobie, walą konia na fetysze. Zastanawiał się, co mogłoby stać się fetyszem na tych nudnych obrazkach. Raczej nie konkretna osoba. Tym bardziej że osoba jako całość nie może chyba być fetyszem. Zresztą osoby i ich części składowe pojawiały się na krótko, ciągle zastępowane nowymi. Jedyny możliwy fetysz, który przyszedł Bartkowi do głowy, okazał się jeszcze obszerniejszy niż człowiek: to mogła być przeszłość. Na co się spuszczasz?, zapytał siebie Bartek, spuszczam się na XX wiek, odpowiedział sobie.

RAFAŁ

Nieco się zataczając, zarówno z alkoholu, jak i rozpaczy, albo poluzowanych zasad fizyki przemeblowujących mieszkanie, dotarł do odtwarzacza DVD. Wyjął płytę, eject, włożył płytę, close. Usiadł na kanapie. Nacisnął play.

Na ekranie najpierw rozpoczął się pokaz slajdów: trwające kilkanaście sekund, najczęściej czarno-białe zdjęcia: on i rodzina, na co dzień i od święta, w wystudiowanych pozach i przypadkowej nieostrości, niekiedy ze starodawną krawędzią wyciętą falistymi nożyczkami w świecie piksela, w najlepszych ubraniach i uprzątniętym tle. To były fotografie z albumu rodzinnego. Kilka lat temu Rafał zgrał je na płytę: zastąpił technologię analogową technologią cyfrową. Zdjęcia spalił.

Ulgi nie poczuł. Później pożałował tego pochopnego kroku. Próżne żale: stało się i już, płomień jest analogowy, nijak go cofnąć kliknięciem myszy.

Po pokazie slajdów zaczynała się część bardziej interesująca, ruchome obrazki z uroczystości rodzinnych. Ojciec, co Rafał przypominał sobie bardzo mgliście, pracował w telewizji i — chyba nielegalnie — wypożyczał sprzęt w celu uwiecznienia uroczystości rodzinnych, głównie pogrzebów i wesel. Jak to się stało, że na jego własnym pogrzebie ktoś go zastąpił i uwiecznił, tego Rafał nie pamiętał. Dziura. Brak pomysłu. Początki alzheimera — choroby, na którą jest tylko jedno lekarstwo: trzeba umrzeć przed czterdziestką, a Rafał się zagapił. Za karę nie pamięta, płaci gapowe oraz ZUS.

Rafał, oglądając wiele razy płytę z własną przeszłością, owo archiwum zdigitalizowanej pamięci, zdał sobie sprawę, że jedna z ciotek przypadła mu do gustu. Ciotka przypominała nieco Kalinę Jędrusik, pojawiała się nad talerzem bigosu w trzech kilkusekundowych odsłonach, ponadto w prawie minutowym ujęciu na balkonie: paliła papierosa, jakiś zefir, kapitan albo carmen. Jej ciało wbiło się w białą koszulę i ciemną garsonkę. Biust falował, ubranie wydawało się za ciasne. Pneuma nie mieściła się w ciele, ciało nie mieściło się w garsonce.

Rafałowi zdarzało się odprawiać obrządki ku czci Onana właśnie na te nieliczne fragmenty ze ścieśnioną ciotką. Ciotka jednak, zawsze odziana, wyczerpywała wyobraźnię do cna, imentu. Dlatego Rafał, nie uświadamiając sobie tego, przeniósł afekt — czy też własny psychiczny defekt — na coś mniej uchwytnego, na nieobecność ojca, skrytego za kamerą, na przykład.

Rafał nie posiadł biegłości w wiedeńskich szaradach, nie potrafił nazwać kompleksów greckim imieniem, nie umiał podać poszerzonej wykładni rozmaitych układów między ojcem, matką a synem, między ego, id a superego, między kochankami, ich karierami a debetem na koncie. Ani go to interesowało, ani podniecało. Ot, jedna z wielu ramot psychologicznych, która nie chce zdechnąć: coś na kształt Feniksa, który z popiołów powstaje i tak dalej, i wije przytulne gniazdo na kozetce, płatność w gotówce lub kartą, zniżka po roku terapii.

Skurcz za skurczem, strzał na skórę, kolejne pudło, niewiele, wytrysk raczej metaforyczny niż fizjologiczny, Rafał na przestrzeni ostatnich dni skutecznie rozładował magazynki. Ulgi nie odczuwał, raczej nieprzyjemne zaczerwienienie naskórka. To nawet zabawne, pomyślał, że czuję to, co widzę; że moje odczucia zależą od koloru, od wzroku. To jest chyba synestezja, zażartował.

Nagranie widział już tyle razy, że mógł je oglądać z zamkniętymi oczyma. Pozycja powiek nie odgrywała większej roli. Lekkie spięcie mięśni, nieistotny i dobrze przećwiczony spazm rozkoszy, strzał w nieoznaczoną tarczę skóry. Kolejne pudło.

Członek zwiądł. Strzelnica zamknięta. Nagroda nie ustrzelona. Nagrody nie przewidywał ten konkurs. Nawet SMS wsparcia od publiczności by nie pomógł. Rafał otworzył oczy, natrafiając na menu, jak zawsze. Schował członka w bieliźnie, podciągnął spodnie. Zaciągnął suwak i zapiął guzik.

Spróbował przypomnieć sobie życie sprzed Wittgensteina. W sensie: co lubił, z czym sympatyzował, jaki miał światopogląd, bo jakiś mieć musiał, w przeciwnym razie nie studiowałby filozofii, tylko nauki polityczne albo dziennikarstwo.

Przedzieranie się do siebie samego szło opornie. Należało pokonać bezlik własnych decyzji, wolt oraz intelektualnych szpagatów, przy których cyrkowa woltyżerka sprawiała wrażenie mało ambitnej i w istocie prostej.

Przypomniał sobie, że lubił powieści Thomasa Manna, zwłaszcza *Józefa i jego braci*. Książki obfite w strony i myśli, pisane wysokim niemieckim c, przyciężkie i nudnawe, przytłaczające jak wszystkie niemal niemieckie osiągnięcia, a mimo to — ulatujące strzeliście, świetliste i frywolne, pełne humoru i elegancji. Chociaż Thomas Mann jest równie kiepskim pretekstem do życia jak Ludwig Wittgenstein, Rafał ucieszył się na wspomnienie tekstu, w którym pojawiali się bohaterowie, fabuła i fikcja, historia zbawienia i obszerne opisy krajobrazów egipskich oraz wewnętrznych, oraz rozdziały i podział na tomy.

Ideę chrześcijańskiego boga można by przedstawić następująco, w wersji dla pokolenia pecetów, pomyślał Rafał: Bóg Ojciec oraz Jezus Syn to hardware, na przykład procesor i płyta główna, Duch Święty zaś to software, czyli oprogramowanie. Całość działa zaskakująco słabo. Oprogramowanie nie współpracuje harmonijnie z procesorem i płytą główną. Zawiesza się zaskakująco często. Nawet reset, powiedzmy holocaust, nie zawsze pomaga. Tak, pomyślał Rafał, to bardzo zabawny pomysł, może należy wprowadzić do tego modelu pewną zmianę, a zatem: Jezus Hardware, Duch Święty Software, Bóg Ojciec zaś to szalony programista amator? A całość jest do dupy, ponieważ interfejs białkowy, czyli ludzkie ciało, zupełnie nie daje rady na styku porządków?

Z pewnym opóźnieniem — opóźnieniem nie wiadomo względem czego, może własnych zmysłów — Rafał zdał sobie sprawę, że nie jest w pokoju sam. Najpierw wyciągnął ramiona do góry, żeby rozprostować kręgosłup, wtedy w dłoń wsunęła mu się puszka zimnego piwa.

Puszka go nie zdziwiła, od wielu dni puszka była na drugim miejscu listy przedmiotów trzymanych w dłoni (pierwsza trójka przedstawiała się następująco: penis, puszka i pilot) (przypomniał sobie równoległe mieszczańskie niemieckie drei ka: Kinder, Küche, Kirche).

Dopiero otwierając piwo, nabrał absolutnej pewności, że nie jest w pokoju sam.

Upił łyk i wykręcił do tyłu szyję, a wraz z nią — głowę. Bartek.

— Cześć — powiedział Rafał automatycznie, bez namysłu.

Bartek otworzył własne piwo, co od biedy można było uznać za odpowiedź, chyba twierdzącą, potem usiadł obok na kanapie. Siadał tak od lat. Następnie oglądali batalistykę. Rafał zastanowił się, czy nie przenieść tej batalistycznej maniery ze świata trzydziestu dwu cali w świat 3D. Innymi słowy, Rafał zastanawiał się, czy nie przywalić Bartkowi. Ot tak, dla zabawy, w szczękę. Kolega, więc zrozumie. Konsekwencji ani pięści nie wyciągnie. W sumie nie ma nic, o co mogliby się pobić. Kobiet i idei brak, poglądy giętkie, płynność finansowa zachowana.

Rafał, który czuł, że przyszłość nie ma przyszłości, jest co najwyżej echem minionego, zastanowił się również nad tym, czy Bartek istnieje. Niby siedział obok, opalony na egipskich wakacjach lub w solarium, napakowany siłownią i sterydami, nieogolony — przysiągłbyś, że naprawdę jest, do tego bardzo macho. Rafał położył prawą dłoń na udzie Bartka, sprawdzając, czy ten fantom dobrze naśladuje fizyczność. Zarówno chropowata faktura tkaniny spodni, jak i twardość uda pod nią nie budziły wątpliwości.

Z całej mocy, z bezsilności nagromadzonej przez lata Rafał wyprowadził cios w szczękę Bartka. Czy Bartek istnieje?

Nawet jeśli nie, to Bartek, najwyraźniej zaskoczony atakiem, przywiądł na kanapie obok, przesunął się, prawa ręka Rafała straciła kontakt z udem, czy też uda fantomem, następnie Bartek wydał z siebie dziwny jęk, skulił się wyraźniej niż od uderzenia w brzuch, choć nikt go w brzuch nie uderzał, i wypuścił z dłoni puszkę piwa. Potem spadł na wykładzinę. Niczym mucha trafiona zwiniętą w trąbkę gazetą.

Czy można zabić kogoś, kogo nie ma?

Nie można.

A gdyby było można? To czy warto? I czy można?

Nie warto. I można.

Rafał odłożył kwestie ontologii praktycznej na później, czyli wcześniej. Teraz należało zająć się Bartkiem w kontekście nie ontologicznym, tylko raczej medycznym. Bartkiem, który kompletnie nieruchomo leżał na wykładzinie. Nie krwawił, nie jęczał, po prostu leżał. Skurwiel, pomyślał Rafał.

Wstał z pewną trudnością, musiał podeprzeć się na oparciu kanapy, obejrzał rękę, teraz rozwiniętą na płask, a jeszcze przed chwilą zaciśniętą w grudę kości i mięsa. Ręka bolała. Powinienem był uderzyć słabiej, pomyślał.

W pierwszej kolejności wyjął płytę z odtwarzacza. Na miejsce rodzinnych historii włożył *Kaligulę* vol. 1. W sumie Rzym to też rodzina, w końcu każdy ma korzenie antyczne, nawet coraz bardziej. Poza tym Rafał wiedział, że Bartek lubił ten film. Co prawda nigdy go razem nie oglądali, ponieważ poznali się już w czasie, w którym nie wypadało zapraszać kolegów na wspólne antyklerykalne trzepanie kapucyna. Bezpieczniej było razem oglądać wojny. Zmieniwszy płyty, udał się do łazienki, z szafki wyjął samochodową apteczkę. Kilka lat temu sprzedał samochód. Apteczkę zostawił. Na pamiątkę. To się chyba nie przeterminowuje, pomyślał, spojrzawszy na plastikowe pudełko.

W drugiej kolejności wrócił do salonu. Bartek leżał na wykładzinie, nieopodal kanapy. Może zasnął? Jak inaczej wytłumaczyć tę nieruchomość? Przecież pojedynczy cios, do tego bardzo amatorski — Rafał nigdy nie odwiedził siłowni — nie zabija?

Ach.

Pytania.

Pytania.

Pytania.

Znikąd odpowiedzi.

Najbliższy przyjaciel Rafała, być może coraz bardziej w czasie przeszłym, a więc jedynym rozsądnym czasie, przyjaciel w trybie nie warunkowym, lecz stygnącym — jak padł, tak leżał. Rafał przykucnął, otworzył apteczkę. Głównie bandaże, dwie buteleczki z odparowaną w większości cieczą, jakieś pastylki. Bartek nie krwawił, trudno mu było coś zaordynować. Bandaż nie, buteleczki nie, pastylki nie. Rafał upił łyk piwa, przyłożył dłoń do tętnicy szyjnej przyjaciela. Krew krążyła, Bartek żył. A może zachowanie krążenia nie jest warunkiem rozstrzygającym o życiu? Ci wszyscy ludzie w śpiączce, podłączeni do aparatów: krążenie w normie, mózg w zaniku, rodzina w oczekiwaniu na spadek — tercet metafizyczny (Skarga B.).

Chyba usłyszał pukanie. Cofnął rękę z szyi najbliższego przyjaciela i zamknął pudełeczko z pierwszą pomocą, nieskuteczną, jak widać, i raczej drugą czy trzecią.

Pukanie powtórzyło się.

Pukanie stało się tak natarczywe, że Rafał zastanowił się, czy nie zamówił czegoś przez telefon, na przykład piwa? Albo prostytutki.

Chcąc nie chcąc, z naciskiem na to drugie, wstał i udał się w stronę drzwi. Drzwi otworzył. A za nimi zobaczył kompletnie nieznajomych ludzi; kobieta i mężczyzna. Olśniewająco piękni. Czyżby wcześniej się spotkali? W Rzymie, dajmy na to? Albo na Akropolu?

— Jesteście mormonami? — zapytał.

Para zmieszała się lekko.

— Chyba nie — rzekł mężczyzna. — Chociaż pewności nie mamy.

— Jesteśmy tu nowi. Od niedawna — uzupełniła kobieta. — Nie do końca wiemy, kim jesteśmy.

— No to — bąknął Rafał — jak nie mormoni, to pewnie akwizytorzy. Niczego nie potrzebuję.

Chciał zamknąć drzwi, lecz mężczyzna włożył w szczelinę stopę obutą w sandałek. Drzwi, co oczywiste, się nie domknęły.

— Czego chcecie? — zapytał poirytowany. — Mam docelowo trupa w pokoju, więc się streszczajcie.

— Dzień dobry — odezwała się kobieta. — Jesteśmy pana sąsiadami. Wprowadziliśmy się dosłownie przed chwilą. I przyszliśmy się przywitać.

— A pod którym numerem mieszkacie?

— Naprzeciwko pana.

— To ta stara bladź znowu zmarła? — zapytał Rafał i się roześmiał.

— Pani Stanisława — rzekł mężczyzna — została redelegowana z Ziemi.

Rafał rozważał pewien pomysł, aby z niego zrezygnować.

— Uszanowanie złożone — przemówił. — A teraz spierdalajcie. Było kulturalnie niczym w „Zeszytach Literackich". Teraz wypad.

Wtedy mężczyzna, dotąd trzymający dłonie za sobą, wyciągnął wiklinowy koszyk z kilkoma butelkami i pakunkami. Powiedział:

— To prezent dla sąsiada.

Krępująca sytuacja. Rafał przyjął koszyk.

— Jeśli chcecie, mogę was zaprosić do siebie.

— Chętnie — odparł mężczyzna.

Rafał przepuścił gości, zamknął drzwi i poprowadził ich do salonu, w którym na wykładzinie leżał Bartek.

— A to kto? — zapytała kobieta.

— Najlepszy przyjaciel — odpowiedział Rafał. — Prawdopodobnie były.

LUCYFER

Jestem Eosphoros, Phosphoros. Jam syn różanopalcej Eos i herosa Kefalosa, ewentualnie tytana Astrajosa, ojcostwa nie potwierdzono jednoznacznie, bogowie i półbogowie niechętnie poddają się badaniom DNA. Zostałem adoptowany około IV wieku przez łacinę: pojawiam się w łacińskim przekładzie Pisma Świętego jako jeden z wielu błędów tego tłumaczenia; autor przekładu: święty Hieronim ze Strydonu, dusza człowiek i ambitny tłumacz, niestety zabrakło mu dobrego redaktora i dostępu do Internetu.

Jednakże najsłynniejszy jestem jako anachronizm. Otóż chrześcijanie nie tylko mnie adoptowali, ale również z nieba strącili. W zazdrości o człowieka miałem zbuntować boże legiony, wydać wielką bitwę i przegrać. Skończyć jako ten, który przyciąga do złego, upadły arcyksiążę, Gwiazda Poranna, strzepnięta z firmamentu niby pyłek z marynarki. Otóż nie i kłamstwo.

Zakochałem się w Afrodycie. Jakieś przyjęcie u Nike albo u Hefajstosa misteria kowalskie, nie pamiętam dokładnie, dużo ambrozji, trochę tańców, wschodnie masaże, lśniące pośladki, głębokie dekolty, kończące się przy paznokciach stóp, szeptane na gorąco dekalogi, szybkie zbliżenia i odległe rozstania. Zanim powiem więcej, muszę nadmienić, iż urodą nikt ze mną nie mógł się mierzyć. Jaśniałem tak piękny, że ze zdziwienia nie wychodzę, iż sam w sobie się nie rozkochałem — greckie precedensy już istniały. Gdy ktoś na mnie patrzył, zaczynał płakać. Oko moje niczym sadzawka, obsadzone rzęsą brązową i wysoką niby tatarak. A brwi moje pięknie sklepione, skrzydła pokryte meszkiem delikatnym niczym u końskiej chrapy, a nos szlachetny, nozdrza dwa, zarost nie przekraczał trzech dni: cień na policzkach zmieszany z rumieńcem młodzieńca. Mięśnie również posiadałem na miejscu, powściągliwe i taktowne, żadnego heraklesowego rozdęcia. Żadnego ukłonu w stronę satyra. Kontrolowałem zarówno rozmiar membrum, jak i porastającego moje ciało owłosienia.

Bez przesady. We wszystkim trzeba znać umiar, trzymać się krótko, trochę na jeża i nieco na bakier.

Zaprawdę powiadam, mój widok wywoływał łzy. Ja, archanioł, książę legionów, księstwo kontynentalne. Ja, blasfemia i epifania, morula i gastrula. Ja, siedem członków i siedem wagin, kratka na brzuchu, wygolone pachy.

Szef mnie utrącił. Zakochałem się w Afrodycie. To przyszło w czas wielkiej wojny o monoteizm. Liczący się na arenie bogowie ustalili, że są jedyni i wszechmogący. Nic mi do tego. Problem polegał na tym, że aspirantów do mono znalazło się kilkoro. Chociaż wiadomo, że całość lepiej brzmi w stereo. Cóż, bogowie nie charakteryzują się dobrym słuchem.

Zostałem strącony, ponieważ pokochałem Afrodytę — impreza, sporo ambrozji i taniec kuropatwy. Nie zbuntowałem się, niby czemu miałbym? Na niebie świeciłem. Bóg wszechmocą oplątał świat w obręczy. Jeno głupek próbowałby naruszyć porządek.

Zostałem strącony w czasie drugiej wojny o monoteizm. Stałem się kozłem ofiarnym. Zakochałem się w Afrodycie. Wpadłem w sieć przez nią utkaną, w sidła materii i pożądania, zmylony krok i gorzki owoc drzewa wiadomości. Mój ówczesny szef zakazał był kontaktów z innymi porządkami, zwłaszcza z greckim. Już święto Bożego Narodzenia źle zniósł, ciskał gromami, że pogańskie, że kompromis, że chuj wie, jak świat można zbawić, kiedy bóg ciągle jest zmuszany do taktycznych sojuszy i strategicznych zdrad.

Nie usłuchałem mego boga, nie umiałem. Afrodyta zakradła się pod moje powieki, a później do mego pałacu. Jakże mógłbym odmówić?! Nie jej. Sobie.

Nasz romans kwitł. Afro przymusiła braci bliźniaków, Hypnosa i Tanatosa, do współpracy. Trwaliśmy na granicy snu i śmierci, ziemi i nieba, trudno wyobrazić sobie coś bardziej podniecającego. Sekret i balansowanie ponad całym światem, ponad potęgami, które mogły nas zgnieść niby żarna. Oczywiście wiedzieliśmy, że to się wyda: nic nie trwa w wiecznej tajemnicy, gdy przeciwko ma się wszechmogących.

Zawsze trzymałem się z daleka od polityki. Nie zależało mi na władzy. Zależało mi na Afrodycie. Oraz na sobie samym.

W czasie pierwszej wojny o monoteizm bogowie wymyślili dobro i zło. Dobro i zło nie istniały po stworzeniu świata. Powołano je znacznie później. Poręczne kategorie w walce o materię. Pochodna niebiańskiej dyplomacji, kompromis bogów, konsensus stworzenia.

Albowiem na samym początku było tylko ei, sposób postępowania, który prowadził do szczęścia. Bytów nie było wiele, przestrzeń ogromna — każdy znajdował miejsce na swoje ei. Bytów przybywało, przestrzeń rozszerzała się zbyt wolno, ei kolidowały ze sobą. Trudno uzgodnić ei gazeli z ei lwa, na przykład. Albo ei Hitlera z ei Stalina, albo ei Jelinek z ei Haidera.

Przetrwałem tysiące lat zamknięcia w Szczelinie, tysiące lat bez wymiaru ultymatywnego, tylko dzięki Bibliotece. Mieliśmy dobrze zaopatrzoną Bibliotekę. Zarówno prasa codzienna, grobowe inskrypcje, papirusy, jak i wydawnictwa uniwersyteckie, stele, później e-booki. Dużo czytałem, przewracając kartki i kamienie. Popsuł mi się wzrok, światło w Otchłani to deficytowy towar. Całkiem niedawno Tartar uzyskał podłączenie do Internetu. Imponujący wynalazek (mam na myśli oczywiście Internet, bo Tartar, jaki jest, każdy widzi).

Kto doniósł o moim związku z Afrodytą, nie wiem. Być może ona sama. Zdarzały jej się sytuacje, w których nie umiała powściągnąć języka, co było notabene dobre w sztuce kochania, jednak niekoniecznie w dyplomacji.

Mój szef, zaangażowany w wymianę ciosów z innymi bogami, w wojnę, która nie przynosiła rozstrzygnięcia, potrzebował spektakularnego sukcesu, nawet nie po to, by zmiażdżyć inne dzielnice, ale żeby uciszyć krytyczne głosy w łonie własnej. Bo anieli i prorocy szeptali: żelazem i ogniem wygrać nie zdołamy. I w tej trudnej sytuacji, na granicy rewolty, pojawiła się informacja o moim romansie z Afrodytą.

Szef nie przepuścił tak dogodnej okazji. Oskarżono mnie i wielu, wielu innych o zdradę, o spiskowanie z wrogimi porządkami. Prokurator odczytywał akt oskarżenia przez kilka tygodni. Obrońców nie dostaliśmy z urzędu. Zostaliśmy strąceni. Za jednym zamachem szef pozbył się wszystkich, którzy krytykowali czy kontestowali jego działania. Zresztą szef zakreślił już bardzo dalekosiężny plan. Ponieważ Stary Testament się nie sprawdził, zarówno od strony literackiej, jak i społeczno-twórczej, szef postanowił wydać zbiór przypisów, który to zbiór zyskał miano Nowego Testamentu. W tym celu urodził za pomocą Maryi swego jedynego Syna oraz część swej istoty obrócił w Ducha Świętego. Wymyślił również krzyż.

Strąceni w Niebyt teologowie opowiadali mi, że dopiero w trzecim głosowaniu krzyż przeszedł. Bardzo długo zwolennicy śmierci na kole utrzymywali przewagę. Koło przepadło, ponieważ zakłada ono pewną cykliczność, powrót do minionego, zaś mój szef nie chciał wracać do początku, no chyba że mówimy o siódmym dniu, wtedy zrobił sobie wolne. On potrzebował symbolu i narzędzia, które nie odsyła do swego źródła. Krzyż wydawał się idealny. Same kąty proste, jeśli cieśla nie spartolił ciesielki. Ponadto krzyż przeważał i w tym, że łatwiej (i taniej) go wykonać niż koło, a planując wieczność, trzeba mieć na uwadze także ekonomię zbawienia.

Zwolennicy koła zostali strąceni. Oto nastąpiło drugie wielkie strącenie w ciemności Biblioteki. Pierwszemu strąceniu nadano moje imię. Nie muszę chyba wyjaśniać, że koło było mi bliższe od krzyża, tej autostrady zbawienia, dość prostackiej w swojej wymowie, choć oczywiście nie odbieram Jezusowi odwagi. Jezus miał jaja. Oraz wątpliwości.

Z mroków Katalogu wyzwoliła mnie Afrodyta, niczym najbieglejsza bibliotekarka, znająca wszystkie fiszki i ISBN-y na pamięć. Nie wiem, jak udało się jej wyjednać ułaskawienie. Wiem tylko, że akt łaski został odczytany w czasie uroczystości pogrzebowo-weselnej Ateny i Ozyrysa. Uzyskaliśmy prawo do jednego wspólnego życia na ziemi. A później deportacja do wymiaru ultymatywnego bez możliwości powrotu. Wyrok nie podlegał apelacji. Do takich wyroków zdążyłem przywyknąć.

W ten właśnie sposób, taką drogą wylądowaliśmy na Balladyny, w kraju z promocji. Ładne mieszkanie: trzy pokoje z kuchnią na parterze. W bezpiecznej odległości od mego szefa. Szef postanowił pozostać w mieście miast, na chmurze chmur i tak dalej.

Obejrzeliśmy mieszkanie, a potem zaczęliśmy się całować, a właściwie nie potem, lecz już w trakcie oglądania. Katastrofa nadeszła w sypialni, gdyśmy leżeli nago na łóżku, dotykając się i pieszcząc. Afrodyta nagle usiadła, obejmując własne piersi ramionami i przyglądając się mojemu podbrzuszu.

— Ja pierdolę — powiedziała i rozpłakała się. — Niezły przekręt.

W pierwszej chwili nie zrozumiałem.

— Co się stało? — zapytałem.

— Co się stało?! Co się stało?! — wykrzyknęła. — To ja powinnam zapytać, co się stało!

— Nie rozumiem...

— Przecież ty nie masz penisa! Ani waginy!

— No tak, nie zostały mi zwrócone.

— I niby jak ja mam przeżyć z tobą kilkadziesiąt lat? No chyba nie myślisz, że będziemy rozmawiać?!

— Nie musimy — zgodziłem się.

Afrodyta eksplodowała. Zrobiła mi karczemną awanturę. Obwiniała mnie o wszystko: od krzywego ściegu na kołdrze przez nieodpowiedni kolor ścian po ludobójstwo w Birmie.

Nie reagowałem na jej krzyki, przez millennia spędzone w Otchłani wyrobiłem w sobie długi refleks — reaguję poniewczasie, z goryczą i satysfakcją.

— Bryła lodu — podsumowała Afrodyta. — Kiedyś kochałam bryłę lodu, nie do wiary.

Zmilczałem odpowiedź. Tę rozmowę i tak wygrałem, nic nie powiedziawszy. Wystarczył mi widok Afrodyty, jej zrezygnowanej i zmęczonej twarzy: nieszczęśliwa bogini, przyczyna mego upadku, lustro mojego powstania.

Na zgodę zaproponowałem, że odwiedzimy sąsiadów:

Ochłapy spadłe z pańskiego stołu.

Mały dar, wielka radość.

BARTEK

Ocknął się sam z siebie. Nikt go nie docucał, nie reanimował metodą usta-usta, pięść-policzek ani kubeł zimnej wody. Leżał z twarzą wciśniętą w wykładzinę: dawno nie odkurzaną, z drobinami chipsów, pestkami winogron, monokulturą roztoczy i kłębków brudu.

Przypomniał sobie, że Rafał go uderzył. Zdziwienie trwało ułamek sekundy, wyparte przez gniew.

Gniew nie tylko Bartka zaślepił, również ogłuszył. Dlatego dopiero po pewnym czasie, gdy gniew już się dopalał, przechodząc w pospolitą irytację i popiół, wróciły Bartkowi zmysły. Zdał sobie sprawę, że słyszy głosy, widzi kawałek pokoju, dotyka policzkiem wykładziny, wciąga woń starego potu i świeżych perfum, smakuje coś gorzkiego i kleistego na podniebieniu, co nie było mu w smak.

Nic go nie bolało. Miał wrażenie tępego kaca — takiego, który powstaje bez udziału alkoholu, wystarczy przedawkować sen.

Kurz kręcił w nosie.

Bartek kichnął.

Sto lat, pomyślał, trzeba wstać.

Wstał i od razu tego pożałował. Po pierwsze, przypomniał sobie, że stracił pracę. Po drugie, na kanapie zobaczył to, co wcześniej widywał tylko na monitorze komputera oraz/lub we własnej wyobraźni.

Nie wiedział, jakim przymiotnikiem określić scenę. To nie była pornografia, nośnikiem pornografii jest bowiem papier, plik, taśma, piksel, nigdy jednak — człowiek. Pornografia nie występuje w tkance życia bezpośrednio; występuje za pośrednictwem jakiegoś medium, jak tautologia objawiająca się najpełniej w maśle: gazety, filmu, kazania etece.

Na kanapie siedziała naga kobieta z głową odrzuconą do tyłu. Bartek nie widział jej twarzy: częściowo zasłoniętej spoconymi pasemkami włosów, częściowo wykrzywionej w rozkoszy. Poza tym kąt, pod którym Bartek spoglądał, nie sprzyjał dostrzeżeniu rysów tej twarzy, niemal prostopadłych do linii jego wzroku: tylko ruchliwy koniuszek języka, wyłaniający się spomiędzy ust niczym głodne pisklę z gniazda, tylko on był widoczny wyraźnie, ale także poruszony jak cała kobieca sylwetka, jak rozmazane nieostre zdjęcie. Dorodne piersi kołysały się nieznacznie, spokojnie niby pływy morza pod ciężarem księżyca, niesymetrycznie; asymetria zawsze wzruszała Bartka, asymetria jest taka ludzka, taka bezbronna, myślał zawsze, głęboko wzruszony. Nogi kobiety, gładkie i lśniące niczym polerowane srebro, zostały uniesione i ułożone w V, znak wolności, symbol, alegorię. W powietrzu podtrzymywały je męskie dłonie: po włochatej dłoni na udo. Męska głowa tkwiła w spojeniu ud, tam gdzie kreski tworzące V się zbiegają i kończą swój bieg. Męska głowa się poruszała, podobnie nogi kobiety, jej piersi i twarz. Oraz kanapa. Wszystko się poruszało. To był poruszający widok.

Męska głowa wtopiona w kobiece uda miała ciąg dalszy: szyję, korpus, pośladki, nogi, aż po kropkę dużego palca u stopy. Ciąg dalszy męskiej głowy kucnął na wykładzinie, nagi i cherlawy, wręcz nieładny, z członkiem sterczącym jak rakieta, która za chwilę uderzy o ziemię i eksploduje: start się nie udał, orbity nie osiągnięto.

To jednak nie koniec.

Za kanapą stał ktoś jeszcze.

Anonim. Incognito. Fiat secundum artem.

Stał nieruchomo niby posąg, słup soli, jak dogmat albo rektor uniwersytetu.

Ciało piękne, smukłe. Siłownia wykluczona, prędzej basen i maraton. Wiele lat i wiele kilometrów, ani grama tłuszczu, muskulatura ograniczona do niezbędnego minimum. To ciało, nieporuszone i marmurowe, przypominało budowlę: nic ozdobnego, ornamentów brak, barok nie rzucał nawet swego rozedrganego cienia, raczej minimalizm kojarzony z Bauhausem. Na tym ciele nie udałoby się przeprowadzić żadnego podstawowego działania arytmetycznego: nie było nic do dodania, nic do odjęcia, nic do pomnożenia ani podzielenia.

Ten mężczyzna, niczym budowla wzniesiona przed oczyma Bartka, doskonale symetryczna, on był przerażający. Mroził krew. Ów brak najlżejszego defektu, subtelnej zapowiedzi jakiejś kurzajki, czegokolwiek — to było nieludzkie i Bartek pomyślał zdumiony, że to było również złe, chociaż tę ostatnią kategorię stosował wbrew własnym przekonaniom i jedynie do filmów batalistycznych oraz produktów spożywczych.

Nieznajomy patrzył na kochanków z kanapy.

A potem przeniósł wzrok na Bartka.

RAFAŁ

Niezapowiedziani goście o imionach tak znajomych, że aż komicznych (Afrodyta i Lucyfer) siedzieli obok niego na kanapie w salonie (Bartek leżał na wykładzinie, troskliwie przykryty kocem) (mógł się udusić). Rafał był pewien, że to Latynosi, ponieważ nigdzie indziej nie nadawano tak kompromitujących imion. Świat latino, podobnie jak kliniki psychiatryczne, roił się od rozmaitych Jezusów, na przykład. A jednak po polsku mówili oni bez najlżejszego śladu obcego akcentu, swobodnie i poprawnie. Afrodyta i Lucyfer, pomyślał Rafał, powrót do korzeni, witamy ponownie w jaskini Platona, pierwszego pośród grotołazów. Stalaktyt ładu i stalagmit chaosu. Sklepienie sensu.

Wizyta sąsiadów, choć niezapowiedziana, w ogóle Rafała nie zdziwiła. Rafałowi udało się (chyba) wyeliminować kategorię zaskoczenia, pracował nad tym od lat; zaskoczenie nie istnieje bez przyszłości. Jakkolwiek by patrzeć, z drugiej strony, pula możliwych zdarzeń jest ograniczona, cuda wykluczone. Cóż mogłoby mnie, zastanowił się, zaskoczyć? Śmierć narzeczonej, krach na giełdzie, wolta skrajnej prawicy ku tolerancji, skok skrajnej lewicy w dziki kapitalizm, ponowne spłaszczenie ziemi, kaktus wyrastający na dłoni? Rafał przeglądał zdarzenia z rozmaitymi kwantyfikatorami, i nabierał pewności, że nic go nie mogło zaskoczyć. Nawet gdyby piekło, niebo i cały ten bełkot okazały się prawdą (ostatecznie kogel-mogel jest prawdziwy). Nawet gdyby okazało się, że prawda jest czymś więcej niż poręczną kategorią o relatywistycznym charakterze.

Siedzieli zatem na kanapie, on i goście, sącząc przyniesiony przez nich dziwny alkohol w kubkach do kawy. Kieliszki do wina niestety się wytłukły.

— Czym się zajmujesz? — zapytała kobieta.

— Zawodowo czy prywatnie? — Rafał odpowiedział pytaniem.

— I tak, i tak.

— No więc — rozpoczął — zajmuję się filozofią dwudziestowieczną, ze szczególnym i wyłącznym naciskiem na Ludwiga

Wittgensteina. Oraz zajmuję się piciem alkoholu i masturbacją w trakcie oglądania filmów zwanych pornograficznymi — wyznał Rafał i przez myśl mu nie przeszło, że było to wyznanie niezwykle odważne i gorszące, wziąwszy pod rozwagę fakt, iż swoich rozmówców widział po raz pierwszy (?) w życiu i nic o nich nie wiedział. A gdyby należeli do koła miłośników powstania warszawskiego?

— Rozumiem — Lucek zabrał głos — ale co jest zawodowe, a co prywatne?

— Tak w ogóle czy w ostatnim czasie?

— W ostatnim.

— W ostatnim zawodowo się masturbuję. Wittgenstein to tylko hobby, do którego już nie wracam. Jestem bardzo zajęty.

— Kiedyś poznałam Ludwiga — wtrąciła się Afrodyta. — Uroczy mężczyzna. Kompletnie nie w moim typie.

— W moim chyba też nie — westchnął Rafał.

— No to jesteście kwita — podsumował rozmowę Lucek.

Rafał czuł się bardzo swobodnie ze swoimi nowymi sąsiadami. Cieszył się, że owo okropne babsko z naprzeciwka umarło, zwalniając mieszkanie dla tej ekscentrycznej przystojnej pary. Oczywiście Rafał publicznie nigdy by się do tego nie przyznał. Konwencja nie pozwala cieszyć się z czyjejś śmierci. Ludzie towarzysko i intelektualnie obyci odczuwają wyłącznie smutek na wieść o czyimkolwiek zgonie. Taki savoir-vivre, bon ton życia i bon mot konwersacji.

— Jesteście rodzeństwem? — zapytał. — Ciągle mówiłem o sobie, a nic o was nie wiem.

— Nie — odpowiedziała kobieta. — Jesteśmy kochankami. Okazało się niedawno, że b y ł y m i.

— Problem z emocjami czy...

Lucek się uśmiechnął i szybko, poskramiając ten śmiech, odpowiedział:

— Ja bym postawił na czy z wielokropkiem.

— Ja bym na twoim miejscu — przemówiła lodowato Afrodyta — na penisa nie stawiała.

AFRODYTA

Włożyłam wiele energii, czasu i wysiłku, także umysłowego, który nie jest moją najmocniejszą stroną, aby wyjednać ułaskawienie Lucyfera.

Wyjednawszy akt łaski i załatwiwszy niezbędne formalności, zstąpiliśmy na ziemię, do kraju w promocji, na ulicę Balladyny, miasto nieważne (Warszawa, Mokotów). Mieszkanie nie oszałamiało, mimo to wydawało się wygodne. Lucek piękny jak na firmamencie. Strącenie nie poczyniło widocznych szkód w jego zewnętrzu, wzrok może tylko mu osłabł, ale intelektualiści już tacy są, niedowidzący.

Przeczuwałam, że na Ziemi stanie się coś okropnego. Nie wiedziałam, co dokładnie. Przewidywanie przyszłości to nie moja branża. Mam intuicję, która czasem mnie zawodzi, czasem jakby mniej — dlatego na niej nie polegam, staram się nie. Tym razem jednak znowu miałam rację. Szydło wyszło z worka zaraz na początku, w sypialni, gdzie stało się jasne, że Lucek nie ma atrybutów, najcieńszego nacięcia sugerującego waginę lub jakiejś kurzajki od biedy zapowiadającej członka. Nic. Gładź. Tynk doskonały.

Chyba się rozpłakałam ze złości albo rozzłościłam — nie pamiętam, jestem przecież taka impulsywna. Moje łzy czyniły cuda, ale wtedy, padając na ugór jego krocza, nie zdołały niczego wyczarować. Wszak nie brak tak mną poruszył, lecz fakt, że uświadomiłam sobie przyczynę mojej złości i źródło łez — otóż ja już nie kocham Lucyfera, ponieważ go kochałam.

Ten romans bogini i anioła, mezalians pogańsko-chrześcijański, transgresja pustego w próżne, ta miłość pomiędzy porządkami, to wszystko znikło. Nic nie pozostało, trochę wspomnień.

Ja, żona Hefajstosa, matka Erosa, kochanka Aresa i — jeden raz — samego Buddy, uświadomiłam sobie oczywistość: miłość nie jest wieczna.

Miłość jest tymczasowa i warunkowa. Prawdziwa miłość zawsze mija, przechodzi mimo. Przemyka się wobec.

Moje łzy się skończyły. Będę musiała zmienić atrybucję. Moim nowym atrybutem zostanie klepsydra. Dwie szklane bańki z piaskiem. I stelaż. Taka jest miłość. Ja, Afrodyta, to mówię. Bogini Miłości, wersja 2.0.

BARTEK

Przepiękny mężczyzna z krokiem manekina patrzył na Bartka. Oczy mężczyzny pozostawały nieprzeniknione, co znaczy mniej więcej tyle, że nie sposób przeniknąć przez polerowaną powierzchnię czarnej źrenicy i tęczówki. Uprzejma obojętność, pomyślał Bartek, to chyba najbardziej adekwatny opis tego spojrzenia. To chyba również, pomyślał Bartek z lekkim rozbawieniem, najbardziej adekwatny stosunek do świata.

Wpatrywali się w siebie. Nieznajomy mężczyzna z uprzejmą obojętnością, Bartek z powściągliwym zainteresowaniem na granicy odrazy.

Pomiędzy nimi, poniżej linii spojrzenia — zarówno Bartek, jak i nieznajomy stali — znajdowała się kanapa, a na kanapie naga kobieta z nogami wystrzelonymi w powietrze i głową Rafała, niedawnego najbliższego przyjaciela, w spojeniu swoich ud i okolicach. Z kanapy dochodziły jęki i dźwięki.

Bartek strzepnął z ramion absurdalny koc, który się jego ramion uczepił. Wykonał kilka kroków bardziej zdecydowanych, niżby sądził, że jest w mocy i stanie wykonać. Podszedł do nieznajomego. Zamierzał się przedstawić i wyciągnąć dłoń. Nieznajomy uprzedził go jednak:

— Na cztery istoty w tym pomieszczeniu, trzy są całkowicie nagie. Tylko ty jesteś ubrany — powiedział.

— Jestem świrem? To chcesz powiedzieć? — zapytał Bartek.

Nieznajomy nie odpowiedział. Należy on chyba, pomyślał Bartek, do tej wąskiej grupy ludzi, z którymi bardzo trudno się rozmawia. Pewnie jest studentem psychologii albo prawicowym publicystą.

Bartek zaczął się rozbierać. Bez celu, nie zamierzał pójść spać (dopiero co wstał) ani na plażę nudystów, ani nie zamierzał dołączyć się do Rafała i kobiety; zresztą ubranie nie wyklucza seksu, a wręcz — casus garderobianych fetyszystów — je zakłada, lub go.

Bartek rozbierał się metodycznie: sweter, podkoszulek — złożyć w kostkę. Następnie wyciągnął pasek ze spodni i zwinął go w spiralę. Następnie zdjął skarpetki. Nienawidził mężczyzn, którzy rozbierają się w takiej kolejności, że zostają — licencia poetica — z ręką w nocniku, czyli w samych skarpetkach: wieś i obciach, lata osiemdziesiąte. Po skarpetkach, wygładzonych i zwiniętych w rulonik, zdjął spodnie; po nich — bokserki. Bartek nigdy nie boksował.

Kiedy się wyprostował, odłożywszy bokserki na wierzch schludnie złożonej piramidki ubrań, zdał sobie sprawę z komizmu sytuacyjnego. Był nagi, w nie najlepszej formie (boląca szczęka i utrata etatu) i bez najlżejszych oznak senności czy podniecenia seksualnego, które to w jakimś stopniu mogłyby tłumaczyć radykalny negliż.

— Wyglądasz komicznie — stwierdził nieznajomy.

— Właśnie o tym samym pomyślałem — zgodził się Bartek.

— Napijemy się piwa? — zaproponował nieznajomy — bo to tutaj na kanapie jeszcze trochę potrwa.

— Dobrze — zgodził się Bartek. — Ale moglibyśmy się ubrać.

— Pijemy tylko w ubraniu? Takie macie zasady?

— Nie mam żadnych zasad.

Bartek podniósł z podłogi koc, okrył się kocem i — boso — wyszedł do ogródka, gdzie pod ogrodzeniem czekały reklamówki z piwem i napojami izotonicznymi. Maluchów z przedszkola trzymano w zamknięciu do godziny szesnastej w ramach przedszkolnego abonamentu, plac zabaw pusty, nikt się nie zgorszył i nie zdziwił. Bartek wrócił do mieszkania z reklamówkami. Poszedł do kuchni, wstawił puszki i butelki do lodówki. Reklamówki wyrzucił do kosza.

W salonie nic nie uległo zmianie. Rafał i nieznajoma kobieta spędzali czas na kanapie i w jej okolicach. Nieznajomy, pół manekin, pół posąg, stał posłusznie za oparciem kanapy, tak jak go wykuto, chciałoby się powiedzieć. Bartek podał mu puszkę piwa.

— Nazywam się Bartek — przedstawił się Bartek. — Do niedawna byłem najlepszym przyjacielem Rafała.

— Nazywam się Lucyfer, Gwiazda Zaranna i tak dalej, pitu-pitu. Dawno temu byłem kochankiem tej kobiety, która żegluje obecnie przez morza rozkoszy, że pozwolę sobie na kiepskie porównanie.

— Kundera?

— Nie.

— Mam nadzieję, że stać cię na więcej.

— O tak, stać mnie — potwierdził Lucyfer. — Stać mnie na dużo więcej.

— Mnie też stać na więcej — wyrwało się Bartkowi, który nie wiedzieć czemu spojrzał na własnego, skurczonego i poddanego grawitacji członka, co nie uszło uwagi Lucyfera.

— Tak czy owak, w porównaniu ze mną masz fory — powiedział.

— Czyli fiuta — doprecyzował Bartek.

Stuknęli się puszkami, wznosząc konwencjonalny toast. Lucyfer kilka kropli strącił na dywan, dopiero potem się napił. Pewnie spełnił ofiarę dla starożytnych bogów, stulecia temu wyeliminowaną z obyczaju przez wzgląd na higienę i robactwo.

Napili się, usiedli w fotelach.

— Co robisz w życiu? — zapytał Lucyfer.

Bartek zastanawiał się nad odpowiedzią. Wreszcie zdecydował się na zdanie tyleż prawdziwe, ile efektowne:

— W ostatnim czasie gniję płytko.

— Rozumiem cię. Ja spędziłem niewyobrażalny czas w Bibliotece.

— Pisałeś doktorat? Bo nie wyglądasz.

Lucyfer uśmiechnął się.

— W mojej Bibliotece zgromadzono niepoliczalną liczbę tekstów kultury i mało światła. To taka — podpowiem ci — wyrafinowana forma tortury.

— Nie wzbudzasz sympatii. Mówił ci to już ktoś?

— W sympatii — uprzejmie zgodził się Lucyfer — rzeczywiście nie jestem najlepszy. Nie moja branża.

RAFAŁ

Rafał, doktor bez habilitacji, był, o czym już wspomniano, powszechnie lubiany. Lubili go przełożeni, lubili pracownicy naukowo-techniczni (czyli doktoranci zatrudnieni w sekretariacie). Lubili go studenci, a nawet — co jest niezmiernie rzadkie i cenne — lubiła go własna narzeczona. Można wysnuć przypuszczenie, że Rafała lubiliby również jego rodzice. Gdyby żyli. Jedyną osobą na całym świecie, a przynajmniej w Warszawie, która Rafała nie lubiła, był sam Rafał. A obecnie — w pewnym stopniu — także Bartek.

Rafał okazał się dobrym wykładowcą. Potrafił przekuć swój dystans do wykładanego przedmiotu, studentów oraz samego siebie w zabawną anegdotę lub efektowny sylogizm. Rafał zapracował na opinię najdowcipniejszego wykładowcy w gronie zatrudnionych przez Instytut Filozofii, o ile brać pod uwagę jedynie żywych i niealkoholików. Dowcip przechodzący niekiedy w efekciarstwo spłycał co prawda głęboką myśl filozoficzną, ale bez wielkiej szkody dla głębi myśli filozoficznej i z wielkim zyskiem dla studentów, którym się nieraz zdawało, że coś rozumieją, chociaż się mylili. Mimo to Rafał zaliczał wykłady i ćwiczenia niemal wszystkim. Starał się nikogo nie dyskryminować. Skoro, twierdził z uśmiechem w czasie nudnych akademickich przyjęć, nie dyskryminujemy ludzi ze względu na rasę czy płeć, to również nie powinniśmy dyskryminować studentów ze względu na ich możliwości intelektualne. W moich grupach od lat są niemal wyłącznie inwalidzi umysłowi i renciści intelektualni, mówił, mądrzejsi już oni nie będą, więc im pomagam — przepuszczam z roku na rok. Pomagać niepełnosprawnym to nasz obowiązek, mówił Rafał kolegom wykładowcom.

Na kolokwiach Rafał zadawał swoim niepełnosprawnym studentom pytania proste i w sposób nieoczywisty związane z obowiązkowymi lekturami lub wcześniejszym wykładem. Na przykład kiedyś zapytał: „Po co bóg objawia się na Ziemi?". Siedemnaścioro studentów odpowiedziało w sposób różny i — to budujące — nie ściągali od siebie: wypisywali idiotyzmy najzupełniej samodzielnie. Rafał najdokładniej zapamiętał następującą odpowiedź: 0 605 011 027; bez imienia i nazwiska.

Zadzwonił.

Ryzykował rozmowę z którymś z pryszczatych studentów, lecz — po namyśle — wykluczył taką możliwość. Żaden umysłowy inwalida na kolokwium nie zapisałby numeru swojej komórki. Do tego trzeba było poczucia humoru (przypomnijmy pytanie: „Po co bóg objawia się na Ziemi?") oraz sprawnego umysłu. To mogła być tylko Julia, atrakcyjna, choć nieszczególnie piękna, z dobrze wykształconymi piersiami oraz mózgiem, czym odróżniała się od kolegów z grupy, nie mających ni jednego, ni drugiego. Rafał zadzwonił i się nie pomylił.

— Spodziewałam się, że zadzwonisz pojutrze. Nie sądziłam, że sprawdzasz prace na bieżąco — powiedziała.

— Niewiele jest do sprawdzania — wybąkał Rafał.

Usłyszał śmiech.

— Orły intelektu to my nie jesteśmy. Miałeś kiedyś mniej zdolnych studentów niż nasza grupa?

— Chciałbym cię przelecieć.

Słyszał, jak Julia oddycha. Wyobrażał sobie, że oblizuje wargi. A także, że nagrywa rozmowę, co skończy się skandalem i wyrzuceniem z uniwersytetu.

— Chętnie.

Rafał doświadczył wzwodu tak błyskawicznego jak upadek Francji w 1940 roku.

— Gdzie i kiedy?

— Natychmiast i u ciebie. Gdziekolwiek zresztą. Hotel?

Od tej rozmowy zaczął się dwuletni romans Rafała i Julii. Od pytania, po co bóg objawia się na Ziemi.

Romans skończył się tak, jak rozpoczął. Zabawną konwersacją i wzwodem z granitu:

— Błogosławione łono, które cię nosiło, i piersi, które ssałeś — powiedziała Julia.

— To Jezus?

— Nie. Łukasz. Jedenaście, dwadzieścia siedem. Numer mojej komórki.

Julia wyjechała na stypendium do Stanów. Nie pisała, nie dzwoniła. Rafał nie cierpiał — wbudowane weń mechanizmy obronne zadziałały właściwie.

Tylko czasem Rafałowi brakowało jednego. To znaczy brakowało mu wielu rzeczy: rozmów, spojrzeń, całej tej liturgii kontaktu człowieka z człowiekiem, do jednej rzeczy jednak szczególnie tęsknił. Julia okazała się mistrzynią minety. Bardzo precyzyjnie instruowała Rafała, co, gdzie i jak długo. Niektórzy ludzie charakteryzują się świetną orientacją przestrzenną, Julia świetnie orientowała się we własnym ciele. Nawet gdy mieli nie więcej niż pięć minut, w zamkniętej na klucz sali wykładowej, między jednymi zajęciami a drugimi, Julia potrafiła nieomylnie wyznaczyć dukt do własnej rozkoszy. „Głębiej, zwolnij, teraz dobrze, cofnij język" — pamiętał wszystkie polecenia, a nawet pamiętał sekwencje poleceń. Po orgazmie Julia dokonywała podsumowania: „Dobrze się spisałeś", mówiła, albo też: „Coś poszło nie tak. Trzeba powtórzyć. Mam czas pojutrze między trzecią a czwartą". Julia imponowała Rafałowi. Bo przecież to cecha niecodzienna: zatracać się w rozkoszy i jednocześnie wydawać precyzyjne polecenia.

O tak, myślał Rafał, czasem bardzo brakuje mi Julii. Mój język za nią tęskni. Habent sua fata libelli. Ludzie także.

Po rozstaniu z Julią Rafał spróbował spożytkować nabytą na gruncie językoznawstwa wiedzę na ciele swojej narzeczonej. Bez powodzenia.

— Kochanie — stwierdziła narzeczona dość obcesowo — usta mam powyżej pępka. Język w usta, penis w pochwę. Tak urządzono świat.

Rafał próbował nieśmiało zaprotestować: że to, co znajduje się powyżej pępka, zależy od ułożenia ciała. Narzeczona wyznawała niewzruszone zasady, sprzed Kopernika i Galileusza, z okolic Świętego Oficjum. Wiedziała, co do czego pasuje: kwiat do butonierki, ksiądz do kolędy, na przykład. Wiedziała również, co do czego nie pasuje: pięść do nosa, język do waginy, na przykład. Rafał ustąpił.

Przez lata od rozstania z Julią rosła w Rafale językowa frustracja. Nagromadził wiele nowych pomysłów, wymyślił kilka neologizmów na skróty prowadzących do wielokrotnego orgazmu, ale zbywało mu osoby do przetestowania swych wynalazków: taka studentka jak Julia już mu się nie przydarzyła, zaś studenci, abstrahując od zdecydowanej heteroseksualności Rafała, nie posiadali wymaganych przezeń atrybutów.

Lata mijały, niespełnienie rosło, język się dusił, kołowaciał. Narzeczona wyjechała na szkolenie do Bostonu, USA. A później skończyła się przyszłość, gdzieś w oceanie alkoholu, pornografii i winogron. I to było dobre: pewność, że wraca, co minęło.

Julia wróciła. Teraz nazywała się Afrodyta. Wypiękniała. Taka widać jest natura wspomnień. To dlatego w pierwszej chwili jej nie rozpoznał.

— Czym mógłbym służyć? — zapytał dwornie.

— Mineta byłaby w sam raz.

Wtedy zrozumiał, że Julia wróciła.

— A on? — Rafał wskazał na mężczyznę towarzyszącego Afrodycie.

— On nie będzie nam przeszkadzał.

BARTEK

Rozmowa z Luckiem się nie kleiła. Wymienili się kilkoma sekwencjami banałów, podobnie jak pierwotniaki wymieniają się sekwencjami DNA. Bez większego zainteresowania.

W pewnej chwili, gdy Bartek beznamiętnie streszczał wydarzenia dnia, które nie interesowały Lucyfera i nudziły samego Bartka, partnerka Rafała osiągnęła himalajskie wierzchołki rozkoszy. Trzeba przyznać, że wspinaczka na szczyt była długa i mozolna. Po orgazmie głośnym niczym zderzenie tektonicznych płyt kochankowie oddali się konwersacji, kompletnie ignorując obecność Bartka i Lucyfera.

Nim upłynęła półgodzina, przyjechał dostawca pizzy. Pizzę odebrała Afrodyta. Dostawca zapomniał zainkasować należność. Reklamacji, jak wiadomo, nie uwzględnia się po zamknięciu drzwi; przed ich otwarciem również nie; trzeba zmieścić się w szczelinie.

Do stołu zasiedli wspólnie, we czworo i nadal nago, nie przedstawieni sobie wzajemnie. Rafał łapczywie pochłaniał trójkąty pizzy (śródziemnomorska, na cienkim cieście); z łapczywością równą tej na kanapie, której świadkował niedawno Bartek. Może Rafał lubił trójkąty. Bartek nigdy nie rozmawiał z przyjacielem o geometrii.

Zjedli wszystko. Nawet sałatkę coleslaw, którą Bartek lata temu przechrzcił na Zboczysława; tak bardzo mu nie smakowała kapusta. Zjadłszy, nikt nie wstał od stołu. Nie posprzątał, nie zaproponował herbaty, na przykład, jak gdyby w stołowym przebywali wyłącznie goście, a gospodarz wyszedł za potrzebą, niekoniecznie pierwszą.

Bartek lubił wpatrywać się w płomienie. Jego ulubiona stacja telewizyjna pokazywała w przerwie programu, gdzieś tak od dwudziestej drugiej do szóstej rano, planszę z rozpalonym kominkiem. Bartek wpatrywał się w płomienie, fonia w trybie off, i prędzej czy później, zawsze między dwudziestą drugą a szóstą rano, zasypiał. Śnił oczywiście ogień. Wielobarwną, pełgającą tkaninę, zasłonę, za którą nie umiał zajrzeć, lecz wiedział, że za nią nie ma nic, popiół. Mimo to jego ciekawość nie słabła, chociaż, można rzec, ciekawość ta została już zaspokojona (wiedział, co znajdzie za zasłoną) (nic) (popiół). Zaspokojona ciekawość bardzo nieznacznie różni się od niezaspokojonej.

— Przepraszam na chwilę — powiedział Bartek, wstając. — Muszę zadzwonić.

Przeszedł do salonu, wydobył telefon z kieszeni kurtki leżącej na podłodze. Wybrał numer do żony. Włączyła się poczta głosowa: „Witaj, jeśli musisz, zostaw wiadomość, oddzwonię". Bartek znał na pamięć tych sześć słów. Od dwóch lat płacił abonament za numer żony, aby usłyszeć tych sześć słów. „Witaj, jeśli musisz, zostaw wiadomość, oddzwonię". Ciągle liczył na jakieś dodatkowe słowo, chociaż jedno, bo na to, że oddzwoni, chociaż raz, już nie liczył. Minęły dwa lata.

Wyjechała dwa lata temu, na trzy tygodnie, do USA. Była dziennikarką, specjalizowała się w prawie dotyczącym migracji: emi- i imi-. Wąska specjalizacja, choć — przecież — obejmująca miliony ludzi, dziesiątki albo setki milionów. Po raz ostatni widział ją na lotnisku. Pomachała mu przez szybę, już po odprawie paszportowej i — przepadła jak kamień w wodę, w Nowym Jorku. Woda okazała się mętna i głęboka. Miesiące poszukiwań nie dały żadnych efektów. Była, nie ma.

Bartek pogodził się lub, co chyba lepiej oddaje istotę jego stanu, przyjął do wiadomości, że żona wyjechała i jeszcze nie wróciła. Takie były fakty: (1) wyjechała, (2) nie wróciła. Pomiędzy nimi (faktem 1. a faktem 2.) rozciągał się krajobraz spekulacji, mniej lub więcej fantastycznych. Bartek jednak trzymał się faktów:

1. wyjechała;
2. nie wróciła.

A mimo to w jakiś sposób ta przestrzeń od 1 do 2 musiała zostać zagospodarowana. Czas robi swoje. Chwasty rosną. Liczby nie muszą być całkowite.

Bartek przedsięwziął kilka kroków:

co trzy tygodnie na nowo zaczynał odliczanie; czas się resetował; za trzy tygodnie żona wróci; nie pozwalał znajomym mówić o żonie w czasie przeszłym, żył w przyszłym; wyjechała-nie wróciła, co nie znaczy nic ponad to, że wyjechała-nie wróciła; nie można mówić

o śmierci, wypadku, prawdopodobieństwie tychże etece;
przynajmniej dopóty nie zostanie odnalezione jej ciało
lub jakiś inny ślad (ciało jest najwyrazistszym śladem
człowieka) (Coelho) (albo Cioran);
nie zdradzał żony; nie mógłby z tej prostej przyczyny,
że opanowała go impotencja, między innymi; w czasie
tych dwóch lat (trzech tygodni) jego stosunki z innymi nie
wykroczyły poza wątły flirt i — jeden raz — jeden klubowy
pocałunek;
dzwonił do niej często, co kilka dni, w czasie tych trzech
tygodni (dwóch lat);
nie zmieniał nawyków i przyzwyczajeń; praktycznie
dzisiejszy dzień był pierwszym, w którym odważył się
na wprowadzenie istotnej zmiany: porzucił etat i statystykę,
upił się za dnia...
no tak;
ech.

Muszę ją znaleźć albo pogrzebać, pomyślał.
Zaczął od wykasowania jej numeru z pamięci telefonu.
Z czasem numer zniknie również z jego pamięci.
Przecież kiedyś w jego pamięci nie było żadnego numeru.
Z niczego powstaje nic (Coyne).

RAFAŁ

Nic nie może powstać z niczego (Lukrecjusz).

Nic może powstać z niczego (Rafał, por. jego przedmowa
do dzieł zebranych Wittgensteina).

Czy ta różnica twierdzeń jest różnicą filozoficzną (ontolo-
giczną, epistemologiczną etece)? Czy też gramatyczną (brak
przeczenia)?

Czy różnica nie jest (jeżeli w ogóle jest) przeoczeniem-
-błędem korektora?

Czy stanowisko (patrz powyższa kwestia) zależy od upodobań moralnych, od predyspozycji psychomotorycznych (skłonności do pesymizmu, optymizmu, do marksizmu lub chrześcijańskiego konserwatyzmu), od rodzaju zażywanego placebo?

Czy świat jest kształtowany przez niezmienną matrycę?

A może decydują upodobania osobnicze, jednostkowe?

Czy można uciec od popkultury albo szerzej: popśrodowiska?

Czy środowisko (także i przede wszystkim pop) odwzorowuje zasady podstawowe (w rozumieniu: zewnętrzne) (jeśli takowe istnieją), czy też podlega zasadom wewnętrznym (równie zmiennym jak następujące po sobie mody)?

Ale po kolei.

Rafał zjadł pizzę, wspólnie z sąsiadami oraz Bartkiem, dawnym najbliższym przyjacielem, obecnie dalekim serdecznym znajomym. Każdy najbliższy przyjaciel stawał się — z czasem — dalekim serdecznym znajomym. Po pierwsze, przyjaciele (Kołakowski).

BALLADYNA

Przygotowane przez moją firmę przyjęcie, zaślubiny Ateny i Ozyrysa połączone z pogrzebem, udało się nadspodziewanie, chociaż prawie wszystko poszło inaczej, niż zaplanowałam. Lecz tego właśnie się spodziewałam. Nagromadzenie omnipotentnych bytów zawsze prowadzi do korekt i zmian w harmonogramie, a niekiedy nawet do towarzyskich faux pas, które Grabiec nazywa z nietypową dla siebie subtelnością hekatombkami lub (gdy faux pas ma naturę bardziej gazową niż metafizyczną) armagedonkami.

Pojawili się wszyscy zaproszeni, a także ci, którym zaproszenia nie doręczono, z wielu zresztą powodów, pośród których brak rąk nie należał do najistotniejszych. Bramkarze (wypożyczyłam Cerbera i Różę Luksemburg) roboty mieli co niemiara: kłótnie, spory i groźby karalne, połączone z członkoczynami. Pośród wszechmocnych gości, co odnotowały wszystkie niebiańskie brukowce dnia następnego, znaleźli się także ci od miliard-, milion-, tysiąc- czy stuleci nieobecni na salonach miasta miast.

Przedstawię co zacniejszych, sympatyczniejszych lub najrzadszych (wybór autorski):

Prawda (po raz ostatni zmaterializowała się w okolicach stworzenia materii) (okazało się, że jest bardzo dowcipna, dusza towarzystwa);

No Future Band (pod taką nazwą Mojry zagrały dla gości koncert deathmetalowy) (wśród publiczności doszło do omdleń i utraty płynności finansowej) (Eos założyła się z Hefajstosem tysiące lat temu, że Mojry nigdy nie wystąpią publicznie);

Allach w burce, burka z dziurkami (sączył bezalkoholowe wino);

Jezus (za rękę z Nike);

Duch Święty (jako Gołębica, zafajdał suknię Lutrowi);

Zeus (gromowładny, tunika od Gaultiera);

Eros, Ares i Hermes (jako rodzina);

Ra (dysk słoneczny, lubi grać w ping-ponga);

Neo (z Matriksa) i Noe (z Arki);

Demeter (bez Kory);

Kora (bez Hadesa) (pokłócili się);

Apollo (z Maćkiem);

Pynchon (z maszynopisem nowej powieści);

Światowid;

Hajle Syllasje z Bobem Marleyem;

Bolek i Lolek;

Gilgamesz;

Homer (o lasce);
Dante (na przepustce z zamkniętego zakładu);
Krzysztof Zanussi (jak zawsze w świetnym humorze)
oraz inni.
Przedstawię również zdarzenia, w kolejności przypadkowej i takimże znaczeniu:
zaślubiny Ateny i Ozyrysa;
ogłoszenie Karty Praw Bogów (nikt nie potraktował mego wystąpienia poważnie — przyjęto, że to performance, część estradowo-satyryczna przyjęcia);
rozmowa (burzliwa i nieprzyjemna) Ciorana z Ceauşescu (konkluzja: religia ma charakter wyłącznie ilościowy, a nie jakościowy, ponieważ jakość zawsze jest taka sama — człowiek);
rozmowa Bonmotu z Banałem (ratuje nas Kontekst);
panel dyskusyjny pod tytułem: Bóg zawsze pragnie mniej, niż może;
decyzja Trybunału o zamknięciu nieba do odwołania (to jest na czas nieokreślony) (należy przeprowadzić remanent bytów oraz pogłębioną refleksję nad tym, po co to wszystko oraz w ten deseń) (wzory ludowe mile widziane);
amnestia dla przebywających w Bibliotece (między innymi Lucyfer i Milton);
pokaz farsy *Anioły i demony* (w roli głównej Tom Hanks);
ogłoszenie finansowych wyników Nike Co. (imponujące);
minuta ciszy (powitanie Michaela Jacksona w mieście miast) (umrze za jakieś dwa lata, ale co szkodzi pewne rzeczy przyspieszyć?) (Billie Jean is not my lover) (moją zresztą też nie);
złożenie wieńca pod pomnikiem Nieznanego Boga;
prezentacja pigułki zbawienia (kolejna) (niestety, badania kliniczne dowodzą, że ludzie zawsze wymiotują pigułką,

niekiedy nawet na odległość pięciu metrów)
(por. *Księga rekordów Guinnessa*);
pogrzeb Ateny i Ozyrysa.

Tak. To było bardzo udane przyjęcie, znakomicie imitujące porządek i teleologię. Przyjęcie dobiegło końca, następnie (czyli później, po końcu) otrzymałam nagrodę od moich pracodawców: list żelazny, glejt, nieograniczony czasem ni przestrzenią. Mogę wyruszyć w podróż.

Dopilnowałam ekipy sprzątającej, oddałam namiot i przestrzeń (wypożyczone na potrzeby uroczystości z Biura Nieruchomości i Xiąg Wieczystych). Gdy wszystko zostało uprzątnięte, złożone, zwiezione, zwrócone, gdy na moje konto w beemie wpłynęła spodziewana kwota, gdy uregulowałam należności względem istot wynajętych przeze mnie, jednym zdaniem — gdy doprowadziłam wszystko do stanu sprzed przyjęcia (wyłączywszy niektóre zagadnienia), mogłam się pożegnać i spakować.

Pożegnanie krótkie. Zrobiłam loda Grabcowi, płacząc przy tym z niespodziewanego zimna i od wspomnień (ucisk na migdałki zawsze wywołuje we mnie wspomnienia). Uściskałam i ucałowałam Alinę (wcześniej umyłam zęby, po lodzie) (dziękuję, powiedziałam, byłaś dla mnie taka dobra). Wznieśliśmy toast (do wina dosypałam proszek nasenny). Moja siostra i mój kochanek zasnęli.

Chciałam spakować podstawowe rzeczy do plecaka, takiego całkiem dużego. Zastanowiwszy się, uznałam jednak, że niczego nie potrzebuję. Zabrałam tylko karty kredytowe, glejt, plasterki na odciski i panthenol na oparzenia (w sprayu).

A więc — ruszam. Wyprawa po sprawiedliwość. Moje miejsce jest w piekle. Powinnam cierpieć. Zabiłam siostrę, wyrzekłam się matki. Jeżeli wszystko może zostać wybaczone, świat nie zasługuje na trwanie. Jestem fundamentalistką, przyznaję, oraz konserwatystką: nie zgadzam się z tym, że mi przebaczono. Sympatyzuję z al-Kaidami.

Nie zgadzam się.

Nie zgadzam się.

Nie zgadzam się.

Do trzech razy sztuka.

Kto nie szuka — ten trąba.

Przejrzałam się po raz ostatni w lustrze. Nigdy chyba nie wyglądałam tak dobrze. Znajdowało się we mnie coś prawdziwego. Coś szlachetnego. Może to narcyzm. Albo nawet altruizm. Sama nie wiem.

Spojrzałam na mapę Drogi Mlecznej, długiej jak weselna limuzyna lub żałobny kondukt. Na mapę ziemi i nieba, starodruki Otchłani. Wiedziałam, że łatwiej przyszłoby mi znaleźć igłę w stogu siana (to tylko kwestia cierpliwości i właściwej metodologii poszukiwań) niż piekło we wszechświecie.

Gdzie powinnam zacząć?

W tej chwili liczyłam na to, że przemówi mój głos wewnętrzny, to znaczy intuicja lub bulgotanie w kiszkach.

Gdzie zacząć?

Mój głos wewnętrzny, podobnie jak kiszki, milczał, co oznaczało, iż skazana jestem na: (1) przypadek (wybór losowy) lub (2) dedukcję. Jestem tak skonstruowana, iż bardziej ufam dedukcji niż przypadkowi. Nie lubię chodzić na skróty ani nadkładać drogi. Przywykłam pokonywać całą potrzebną trasę bez narzekania i oszukiwania. Chciałam męża króla, musiałam zabić siostrę. Chciałam wykończyć męża krótkochuja, musiałam zawrzeć sojusze taktyczne na łamach opinii publicznej i w ramie łóżka. Żadnego przypadku, tylko dedukcja i realizacja przedsięwziętego planu, punkt po punkcie, rypanko po zabójstwie, zabójstwo przed obiadem, obiad bez przystawek.

Postanowiłam, zdając się na zawodny rozum (czasy Kartezjusza przeminęły), rozpocząć poszukiwania tam, gdzie udała się większość bogów — od kraju z promocji: last minute, będziesz zadowolony, reklamacje nie są uwzględniane.

Wzięłam w dłonie list żelazny.

Zamknęłam oczy.

Zabierz mnie do miasta, w którym przebywa Jezus, rozkazałam.

Strasznie zmarzłam.

Otworzyłam oczy.

Stałam w tej letniej sukience na przystanku autobusowym w środku zimy, na szczęście niedaleko domu dla wariatów, więc mój ekstrawagancki strój nie wzbudzał większego zainteresowania.

Udałam się do bardzo pobliskiego sklepu, gdzie nabyłam buty z futerkiem model kozak tipsiary oraz kurtkę z futerkiem model ale-laska. Zapłaciłam kartą (Visa Trans Worlds). Wyszłam ze sklepu na ulicę. Zimno już nie dokuczało. Jak na piekło za niska temperatura, stwierdziłam. Ale może byłam uprzedzona. Trzeba walczyć z uprzedzeniami, aby dojść do piekła. Piekło to sprawiedliwość. Piekło dla każdego! Pomyślałam, samplując myśl Lenina i Mao Tse-Tse-Tunga.

Spacerowałam ulicami.

To jednak nie to.

Choć blisko.

Za zimno.

Piekło to sprawiedliwość; sprawiedliwość najlepiej rozwija się w temperaturze około trzydziestu stopni Celsjusza. Przy temperaturze bardzo ujemnej sprawiedliwość zamiera. Że też o tym zapomniałam! Muszę dostać się do dobrze ogrzewanego mieszkania, na tych ulicach niczego nie wychodzę, dojdę najwyżej do zapalenia płuc, a jak mi się rzuci ucisk na migdałki, to jeszcze osunę się we wspomnienia.

BARTEK

Zaczął od wykasowania numeru żony z pamięci telefonu.

Z czasem numer zniknie również z jego pamięci.

Przecież kiedyś w jego pamięci nie było żadnego numeru.

Z niczego powstaje nic (Coyne).

Niestety, w stanie Bartka żadna sentencja nie przynosiła pociechy, ani nawet nie pasowała, w stanie Bartka każda sentencja zwisała zeń jak ubranie na hiphopowcu: może to i modnie trzymać krok w okolicach kostek (trendy się pogłębiają, pięć lat temu krok był powyżej kolana, a czterdzieści lat temu krok był — to skandal! — w okolicach kroku), może to i modnie, lecz bardzo niewygodnie. A poza tym Bartek nadal pozował nago.

A skoro żadna sentencja nie niosła ulgi, ulgę przynieść mogło tylko coś bardzo wąskiego, jakiś na przykład malutki cel. Potem kolejny malutki cel i kolejny, i nagle Bartek wyląduje na onkologii w wielu lat sześćdziesięciu, dajmy na to, gdzie umrze z ulgą. Albo przeciwnie wręcz. Jako upierdliwy staruszek.

Malutki cel, pomyślał Bartek.

Rozwaliłbym chętnie jakiś malutki cel.

Koniecznie nieduży, koniecznie blisko i koniecznie nieruchomy — żebym trafił.

Zawadził o lustro w złoconej pretensjonalnie lub nonszalancko, zależy, jak padało światło na siatkówkę, ramie. Lustro spadło na podłogę. Zbiło się. Bartek nie poczuł się lepiej: mógł się przecież skaleczyć (i musiał odkupić). Poszedł do kuchni po szczotkę i kubeł na śmieci. Sprzątnął.

Ubrał się, a następnie wrócił do stołowego, gdzie Afrodyta, Lucek i Rafał poruszali żuchwami, wykańczając sałatkę coleslaw (po pizzy dawno nie pozostał żaden okruszek).

— Chciałem cię jeszcze raz przeprosić za lustro — powiedział Bartek.

— Nie ma za co. Kiedyś wpadłem do ciebie i zbiłem ogromny flakon. Jesteśmy kwita — odparł Rafał.

— Mimo to… — zaczął Bartek.

— Och! Skończ już! Było — nie ma! Nie potrzebowałem tego lustra.

— Jeżeli chcesz — jad podszedł Bartkowi do gardła — z radością coś jeszcze zbiję.

— Dziękuję. Poradzę sobie sam.

— I wy jesteście najbliższymi przyjaciółmi? — zapytała (nie wiadomo kogo) Afrodyta.

— Jeśli o mnie chodzi — powiedział Rafał — nie lubię tego skurwysyna na sterydach. Takie zresztą było moje pierwsze wrażenie sprzed kilku lat, gdy się poznaliśmy.

— Skurwysyn na sterydach — rzekł Bartek, powoli i cicho wymawiając każde słowo — również nie przepada za tym żałosnym filozofkiem, co dwie książki napisał, a każda jest wstępem.

— Król minety — Afrodyta zabrała głos — i król statystyki albo sztangi. Co za ambaras, żeby dwoje chciało naraz.

Bartek wyszedł bez pożegnania.

Wyszedł, jak wszedł: balkon, ogródek, płot, plac zabaw, płot, spierdalajcie, gówniarze (pozdrowienie Bartka dla obserwującej go młodzieży).

Złość dusiła Bartka za gardło, bulgotała w trzewiach. Przed oczyma latały szare ciapki w kształcie kurzych łapek lub śniegowych płatków. Z tej ogromnej złości członek Bartka drgnął, a takiego poruszenia w spodniach nie zanotował od dwóch lat (trzech tygodni). Nie miał żadnych wątpliwości: gołym okiem widać, że złość doprowadziła do erekcji w pełnym wymiarze posiadanych przez Bartka centymetrów (przypomnijmy: szesnastu) (Vonnegut, Kurt). Bartek, zaślepiony złością, czuł, co następuje:

testosteron, He-man, full power;
wysoka zdolność kredytowa;
szybki jak czerwień samochód;
platynowa gangsta visa;
Ruth Benedict, lewa ręka Franza Boasa;
pot, przemoc, jebanie;
seksizm, mizoginizm, promiskuityzm;
kiedy jebać mi się chce, to jebać mi się chce (Liroy).

Cytat z rapera Liroya powtarza definicję prawdy filozofa Alfreda Tarskiego, która to brzmi na przykład następująco: „Zdanie *Jan loves Ania* jest prawdziwe wtedy i tylko wtedy, gdy JAN KOCHA ANIĘ". Zasługa rapera Liroya w naukach filozoficznych polega na zredukowaniu prawdziwościowego spójnika logicznego (wtedy i tylko wtedy) do krótkiego pop-filozoficznego „to".

Lecz wracajmy do Bartka.

Bartek czuł powyższe, jako supersamiec, dinozaur i przygłup, mimo to identyfikacja z powyższym nie trwała długo. Złość tak potężna nie płonie długo.

Złość Bartkowi — maszerował raźnym równym krokiem przed siebie donikąd (w kierunku Pól Mokotowskich) — przechodziła. Zatrzymał się na światłach i przypomniał sobie dowcip. Zawsze przypominał sobie dowcipy, najczęściej nieśmieszne, w sytuacjach niestosownych, na czerwonym świetle, w chwilach osłabienia ducha, osamotnienia, nadwątlenia stałych fizycznych i psychicznych, gdy rozpacz swą obręczą podmieniała horyzont.

Dowcip jest krótki. Pod oknem stoi dres. Dres mamrocze, usiłując sobie coś przypomnieć. Dres mamrocze: Zajebać, zajebali i zajebał... — następnie wali się otwartą dłonią w czoło i krzyczy w stronę okna: Izabela!!!

— Izabela — powiedział Bartek.

RAFAŁ

Pytania, pytania, pytania.
Porno, pizza, papierosy.
Przyszłość, przeszłość i paruzja.
Przyjaciel poszedł.
Proszę piwo i przepraszam.
Piękno, prawda i przedmiot.
Przedmiot, podmiot, pozytywka.
Problem, pizda i parówka.
Przyszłość przepadła, paradygmat pozostał.

PIĘKNO

Dzień dobry wieczór.

Nazywam się Piękno. Jestem właściwością estetyczną bytu (fizyka), mówiąc najkrócej, oraz/lub jestem transcendentalną właściwością bytu (metafizyka). Mam rodzeństwo (Prawda i Dobro). Rodzice nie są znani, wymienię wszak kilkoro podejrzanych i nie łożących na moje potrzeby: Harmonia, Proporcja, Umiar, Stosowność, Użyteczność, Przejrzystość, Doskonałość, Wdzięk, Subtelność, Dysharmonia, Subiektywizm, Obiektywizm. Oraz Platon, Plotyn i święty Tomasz z Akwinu. Podobnie jak Sukces mam rodziców moich, co imię ich jest legion. Nie jestem sierotą, jak Klęska.

Chadzam na terapię od czasu swego poczęcia. Na samym początku chciałom odkryć moje drugie ja, to stłumione, wyparte aż na granice wymiaru ultymatywnego. Bardzo trudne zadanie. Bowiem jestem tak przejrzyste, tak świetliste, tak bardzo brakuje mi ostentacji i baroku, jestem wykonane z tak prostych i szlachetnych materiałów, iż dogrzebać się drugiego dna, ciemnego ja w tym bagnie umiaru i harmonii — niepodobna.

Z moim terapeutą spróbowaliśmy wielu ścieżek terapeutycznych, także tych ryzykownych: burzliwy romans z turpizmem, rezygnacja z rytmu, rymu i rytmiki. Wchodziłom w barbarzyńskie języki, w ciemne zaułki portowych knajp cuchnących rybą, spermą i Genetem. Wchodziłom do zakładów penitencjarnych, na pola bitew, do chlewu. Weszłom nawet do obozów koncentracyjnych, co je Niemcy zafundowali sąsiadom swoim na przemysłową skalę. I nawet tam rosłom jako kępka trawy, niski kwiatek, błysk na misce, błękit nieba (fizyka) albo prosty ludzki odruch, stosowny gest, coś małego, coś zwyczajnego i dobrego (metafizyka). Nawet tam, w miejscu pełnym popiołu, nawet tam nie mogłom uciec od siebie. Bo ja — chyba — zwyczajnie nie mam dna, nie mam ciemnego ja. Jestem właściwością niepełną, uszczerbioną, acz ten uszczerbek stanowi o mojej pełni i doskonałości.

Powiem jeszcze, co cenię najwięcej: ciszę i krajobrazy nieimponujące, monotonne (pustynie, tafle wód, wieczne śniegi), kolory niejaskrawe, raczej w macie niż połysku, wonie stłumione, myśli proste, pragnienia zaspokojone, haiku broń boże w przekładzie. Wolę zmierzch niż brzask. Wolę brzask od pożaru. Pożar od Heideggera. Heideggera od Derridy.

Wolę mało zamiast dużo.

Przedkładam maraton nad sprint.

Celuję w skromności.

Kosztuję krocie.

Jestem nieosiągalne oraz pod podeszwą buta.

Jestem bardzo trwałe.

Niekiedy nie trwam dłużej niż uderzenie serca.

Czasem oślepiam jak reflektory nadjeżdżającego z naprzeciwka auta.

Czasem chowam się głęboko i czekam.

Nie piję, nie palę, nie ćpam.

Lubię komizm sytuacyjny.

Mój ulubiony film to *Żywot Briana*.
Dobranoc dzień dobry.

BALLADYNA

Spacerowałam ulicami. Miasta znałam dotąd z folderów, które namiętnie przeglądałam na górze gór — w realu okazały się mniej błyszczące i dużo brudniejsze. Szkoda, że Photoshop nie wykracza poza ekran komputera.

Nie odczuwałam zmęczenia. Zimno minęło. Nie do końca wiedziałam, w jakiej kondycji przebywam na ziemi. Czy jako zwykła śmiertelniczka, czy byt wyższy, z egzaminem śmierci już zdanym i zaliczonym? Innymi słowy nie wiedziałam, czy jestem ponownie śmiertelna, czy nadal nieśmiertelna, oczywiście nieśmiertelnością podlejszego niż bogowie gatunku?

Musiałam się przekonać, czy krwawię, muszę jeść, czy się męczę i muszę spać. Zatrzymałam jakiegoś dużego mężczyznę. Prawdę mówiąc, mężczyzna stał i nad czymś się zastanawiał.

— Dzień dobry — przywitałam się. — Bardzo proszę mnie uderzyć.

— Izabela — rzekł, chyba bez większego związku z moją wypowiedzią.

Powtórzyłam swoją prośbę, on spojrzał na mnie przytomniej. Wydaje mi się nawet, że zrozumiał, co powiedziałam, co — z kolei — chyba nie jest takie częste tutaj na dole, na górze zresztą również.

— Nie uderzę pani — stwierdził.

— Czy już nie ma prawdziwych mężczyzn na Ziemi? — zakpiłam.

— Chyba nie. Ale może pani pojechać na Pragę po zmroku. Szansa, żeby ktoś pani nie uderzył, jest bliska zera. Jeśli akurat na tym pani zależy. Aha, w bonusie dostanie pani prawdopodobnie gwałt.

— Dziękuję za informację. Gdzie jest ta Praga? Bo nie jestem stąd.

Mężczyzna zastanowił się.

— Właściwie to może być nawet bliżej niż Praga. Jestem przekonany, że chętnie ktoś pani dołoży na Żelaznej. Proszę podejść do rosłego mężczyzny o łysej czaszce i powiedzieć do niego: „Ty cioto" — ewentualnie: „cwelu". To całkiem niedaleko. Mogę wskazać drogę.

— Nie chciałabym pana fatygować. Byłoby znacznie prościej, gdyby mnie pan po prostu uderzył.

— Nie, kuszące, ale jednak dziękuję.

Zauważyłam, że stoimy obok latarni. Wzięłam niewielki rozpęd i uderzyłam twarzą w metalowe jej ramię. Upadłam, kozaki model tipsiary nie zaliczały się do stabilnego obuwia.

— I jak? — zapytałam. — Krwawię?

Mężczyzna zgłupiał.

— Jezu Chryste! — krzyknął. — Tryska z pani jak z parkowej fontanny!

Chciałam powiedzieć, że już o tym wiem, bo nic nie widzę, lecz straciłam przytomność.

Głupia sprawa.

Jeszcze ten mężczyzna gotowy pomyśleć, że go podrywam.

BARTEK

Bartek posiadł sporą wiedzę o statystyce, sterydach, socjologii i siłowni, o socjologicznych interpretacjach siłowni i siłowych ekscesach socjologii. Istniały również obszary przez Bartka nie spenetrowane, a nawet nie przeczuwane. Nic prawie nie wiedział o Mikołaju Sępie-Szarzyńskim (przełom renesansu i baroku, tyle wiedział, kontekst i punkt odniesienia: Jan Kochanowski), niewiele o kulturze sumeryjskiej i teorii strun. Cóż, renesans dawno przeminął, a świat od tego czasu sporo urósł, mimo regularnie przeprowadzanych prac porządkowych.

Pośród spraw, o których pojęcie Bartka wydawało się ograniczone, znalazła się również sprawa udzielenia pierwszej pomocy. Bartek nie miał pojęcia, jak zatamować krwawienie z twarzy nieznajomej kobiety (znajomej również nie; uwaga na marginesie). Kobieta leżała na chodniku. Po krótkiej rozmowie straciła przytomność, a w istocie — po zderzeniu z latarnią (kobieta wzięła niewielki rozpęd i bum). Krwawienie tamuje się za pomocą uciśnięcia chyba jakiejś żyły, przypomniał sobie Bartek. Gdybym miał poduszkę, przyłożyłbym ją do twarzy nieznajomej, ryzykując, że zamiast zatamować krwawienie, uduszę ją, co doprowadzi tak czy siak do ustania krwawienia.

Na szczęście krwawienie ustało samo z siebie, bez udziału poduszki, którą Bartek i tak nie dysponował ni dysponowałby (najbliższy sklep sprzedawał porcelanę oraz inne kruche przedmioty; miękkiego nie prowadzimy, odpowiedziałaby sprzedawczyni, gdyby o poduszki zapytał ją ktoś, na przykład Bartek). Ostatecznie, wracając do meritum: trudno jest popełnić samobójstwo za pomocą latarni, a do tego w kozakach na dość wysokim obcasie (kozaki model tipsiary, z futerkiem, sezon disco lato paradajs 2006). Na domiar dobrego nieznajoma kobieta odzyskała świadomość.

Bartek, przywoławszy wiedzę z filmów, postanowił sprawdzić, czy nieznajoma jest w pełni władz umysłowych. Dlatego zadał klasyczne filmowe pytanie:

— Jak się nazywasz?

— Balladyna — odpowiedziała.

— To ja jestem Tristan.

— Miło mi.

— Mi mniej — skonsternował się, więc załagodził: — czyli również.

— Muszę się umyć i opatrzyć. Mieszkasz może niedaleko?

— Stosunkowo.

I ruszyli przez miasto: ona zakrwawiona i uczepiona jego ramienia, on ze wzrokiem wbitym w ziemię ze wstydu (czy zakłopotania). Kto ich mijał, myślał, że oto kurwa wraca ze swoim alfonsem do burdelu: standard wyposażenia moralnego, jak meblościanka i tapczan-półka. Ludzie starsi, wychowani w świecie, w którym istniało dobro i zło (ponieważ w sklepach nic nie było, między innymi), potępiali widok, któremu świadkowali. Ludzie młodsi, wyrośli w świecie, w którym dobro i zło to tylko kwestia piaru, ociągali się z potępieniem (mogli przecież być w Ukrytej Kamerze) (!). Każdy ma swoje życie, a w swoim życiu może być, kim chce: także kurwą i alfonsem. Tak jedni (starsi), jak i drudzy (młodsi) nie zaproponowali pomocy, ale też nie okazali agresji. Nie mój cyrk, mówią, nie moje małpy (Albertus Magnus, *De animalibus*) (chyba) (albo państwo Gucwińscy) (Wrocław).

Dotarli do mieszkania Bartka. Nieznajoma (Balladyna) zamknęła się w łazience.

Najpowszechniejszy model rodziny, wywodzący się z Biblii, to model Abla i Kaina, pomyślał Bartek bez związku z sytuacją, tak własną, jak i ogólnie.

> Wiekuista mądrości, Boże niezmierzony,
> Który wszystko poruszasz, nie będąc wzruszony.

Powyższy cytat również nie wiązał się z sytuacją. Przyszedł Bartkowi do głowy, niczym echo sprzed lat, z liceum, niczym czkawka, jak kartkówka. Brak konsekwencji to jednak fantastyczna sprawa, pomyślał Bartek (Tristan), zaś Balladyna wyłoniła się z łazienki, wyszorowana i opatrzona.

— Dziękuję — powiedziała.

— Nie ma za co — odpowiedział. — Sama zrobiłaś wszystko. Zniszczyłaś sobie twarz, naprawiłaś twarz. Ja tylko byłem obok.

— A więc jesteś współodpowiedzialny.

— Jeśli sobie życzysz, mogę być.

— To bądź.

— Naprawdę nosisz takie głupie imię? Bo ostatnio spotykam wyłącznie ludzi o debilnych imionach. Afrodyta, Lucyfer, teraz ty. Jakby nie było już Michałów czy Ryszardów...

— Mogę być dla ciebie Ryszard.

— Nie zależy mi na tym.

— No to ja spadam. Gdzie położyłam torebkę?

— W korytarzu — odpowiedział Bartek. — Zostań, proszę. Nasze spotkanie — dodał — zapowiadało się bardzo romantycznie. Żal zepsuć taki początek.

— Jaki początek?! Nie było żadnego początku. Po prostu musiałam sprawdzić, czy jestem nieśmiertelna.

Bartek się roześmiał. Co te komiksy, puszki zupy pomidorowej Campbell, zespół U2 etece robią ludziom z mózgu! Bardzo go to rozbawiło. Śmiejąc się, powiedział:

— Jeśli jesteś chrześcijanką, to jesteś nieśmiertelna. Oni tak mają. Chrześcijanie.

— Pieprzyć taką nieśmiertelność. Ja mówię serio.

— Zostań — poprosił Bartek. — Jesteś najdowcipniejszą osobą, jaką spotkałem w ostatnich latach. Mam doła. Jestem zerem. Lub nawet mniej niż. Lady Punk.

— Nie mogę. Jestem wściekle zajęta. Możesz iść ze mną.

— Pójdę. Choćby na skraj świata.

— Idę znacznie dalej.

— Nic nie szkodzi. Rzuciłem pracę. Albo mnie z niej wyrzucono. Nie pamiętam dokładnie.

— Ja szukam sprawiedliwości — powiedziała poważnie.

Bartek ponownie się roześmiał, powiedział (ponownie) przez śmiech:

— No to zgaduję, że podróż znacznie się przeciągnie. Bezterminowo, rzekłbym.

— Co cię w tym tak bawi? Bardzo chciałabym wiedzieć.

— Jesteś taka... taka... sam nie wiem. Przestarzała? Intrygująca? Dowcipna? Uszkodzona?

Próbował jej wytłumaczyć coś, czego sam nie rozumiał do końca, a nie rozumiał, ponieważ nie leżało to ani w jego kompetencjach (jako wykładowcy), ani gestii (jako człowieka). Otóż, mówił, żyjemy w świecie pop. Stary świat jeszcze się trzyma, na uniwersytetach, na obrzeżach i peryferiach, w kościołach, w weekendy także w opiniotwórczych dziennikach, w encyklikach, czasem w anegdotach i wspomnieniach, co jednak nie uchyla faktu, że żyjemy w świecie pop. Świat pop jest wspaniały, w tym świecie każdy ma szansę na swoje pięć minut. Nie ma świata bardziej demokratycznego niż popświat. Ale też wszystko ma swoją cenę. Ceną za życie w tym wspaniałym popświecie jest akceptacja zasad działania popświata, który działa jak niszczarka dokumentów, tyle że to nie dokumenty ulegają zniszczeniu, lecz pojęcia, a przede wszystkim aksjomaty. Nie ma już prawdy, piękna, sprawiedliwości. Są tylko zamienniki i podróbki, których skład i metoda produkcji przeistaczają się z dnia na dzień, aby taniej, aby więcej. Ale również nie ma już czystego zła, dyskryminacji innej niż bieżące mody, coraz trudniej zostać męczennikiem, samobójców chowa się w poświęconej ziemi, kara śmierci została w większości krajów popdemokracji zniesiona lub zawieszona. To jest wspaniały świat, mówił Bartek, Internet jest wspaniały, mówił, coraz mniej wiedząc, o czym mówi, i coraz bardziej tracąc wiarę we własne słowa. Przerwała mu Balladyna:

— Jestem jednak śmiertelna, a obecnie senna. Chciałabym pospać chwilę.

— Proszę bardzo. Mam spore doświadczenie w przesypianiu nieznajomych. Zaczęło się niedawno. Od Maćka. Nie przypuszczam, byś go zdążyła poznać.

— Ależ znam go! Jest teraz bardzo słynny. Przynajmniej w niebie. Jeśli to ten sam. Nowa nadzieja, jakoś tak. Trzyma się z Apollem. Opowiem po drodze. Teraz potrzebuję poduszki i koca.

— Służę. Dobranoc — odpowiedział Bartek, by dorzucić złośliwie: — Staraj się spać na plecach. Szkoda twarzy.

RAFAŁ

Rafał był dość pijany, zresztą od wielu dni. Siedział przy stole razem z Afrodytą i jej niesympatycznym towarzyszem, bladym pięknym cieniem. Całkiem niedawno wyszedł Bartek, Rafała — do niedawna — najbliższy przyjaciel. Chyba się obraził, chociaż zbił lustro, jakąś pamiątkę rodzinną w złoconej ramie, po powstańcach styczniowych lub listopadowych, obecnie trupach, w sensie — cenną, przynajmniej w kontekście kraju, w którym mieszkał.

Czemu powstania zawsze wybuchały w zimie? Może dlatego, że latem byłaby większa szansa na zwycięstwo, a mniejsza na martyrologię? Chociaż, pomyślał Rafał, w sumie nie. Wiosna Ludów, upalna kampania wrześniowa z trzydziestego dziewiątego roku, Rzeź Warszawska z czterdziestego czwartego. Z drugiej strony sierpniowy Cud nad Wisłą, Sierpniowe Porozumienia (po których przyszedł Grudniowy Stan Wojenny). Mimo to, pomyślał Rafał (ponieważ był dość pijany), szansa na zwycięstwo zdecydowanie spada przy ujemnym Celsjuszu. Polakom udawało się powyżej dwudziestu stopni Celsjusza, no, może, skorygował Rafał, piętnastu.

Całkiem niedawno wyszedł Bartek, Rafała — do niedawna — najbliższy przyjaciel, a obecnie, jak wcześniej, ktoś zupełnie obcy. Chyba się Bartek obraził, chociaż stłukł lustro, mimo że wszystko sprzątnął i przeprosił. Rafał miał bardzo niejasne i bardzo przykre wrażenie, że powiedział coś, czego powiedzieć nie chciał, a co Bartka rozbolało.

Rafał poczuł, że skrzywdził osobę, którą kochał (Bartka) i która go (Rafała) kochała. Oczywiście, jak to w prawdziwej miłości, kochała z zastrzeżeniami i rzadko częściej niż raz w tygodniu, najczęściej przez telefon.

Jaki jest mój stan?, zapytał się Rafał.

Idealny, odpowiedział sobie.

Piwo i pizza na wyciągnięcie telefonu. Cudna mineta naprzeciwko. Lacan i Žižek stoją na półce. Batalistyka grzecznie czeka w krążkach CD. Za Internet zapłaciłem. Narzeczona, jedyna osoba, względem której mam zobowiązania (kłamstwa) (kłamstwo) — nieobecna. Do tego urlop, powiedzmy, że zdrowotny oraz naukowy.

Stan idealny, przyszłość zneutralizowana, przeszłość mało groźna, bo wnyki już dawno temu się zatrzasnęły; piwo w lodówce, żołądek wypełniony.

Tylko ten Bartek Rafała uwierał. Obraził się lub został obrażony. Tak czy tak, poszedł sobie. Gdyby nie on, ten Bartek, wszystko byłoby najwyższej jakości, może nawet pierwszej.

Czemu tak o nim myślę, czemu tęsknię, czemu pojawiają się atawizmy moralności, skąd ten zapach naftaliny: przywiązanie, przyzwoitość, wyrzuty sumienia?

Że zawsze przy mnie stał? Że nie oceniał? Nie krytykował, nie sugerował? Że się nie zgadzał? Że walczył, ale nie tak, aby jego koniecznie było na wierzchu?

Rafał się rozpłakał. Mógł pójść do toalety zrobić siku, ale się rozpłakał. Ciało zna rozmaite sposoby na pozbycie się nadmiaru wody.

— Muszę znaleźć Bartka i go przeprosić — powiedział, wysiąkując nos w papierową serwetkę (dołączoną do pizzy). — Oraz chciałbym ci zrobić minetę.

— Zaprowadzę cię do niego — obiecała Afrodyta. — Po minecie.

Słowa Afrodyty wstrząsnęły Rafałem. Słowa jak słowa, raczej czas przyszły: z a p r o w a d z ę. Może się przesłyszałem, pomyślał. Chciałbym.

Afrodyta odsunęła się z krzesłem (od stołu).

— Jestem gotowa — poinformowała.

— Ja również. Ale wolałbym wprowadzić pewne... hmm...

— Tak?

— Chciałbym, żebyś mi czytała... kiedy ja tobie... no...

— Dobra. Co mam czytać?

— Poczekaj chwilę.

Rafał, nadal nago, podszedł do półek z pornofilozofią i pornoliteraturą. Przez lata sporo się tego nagromadziło. *Lolita* Nabokova stała obok *Warunku* Rylskiego. Trochę Mackiewicza i szczypta Ziemkiewicza. Oczywiście Rymkiewicz w komplecie, od rymowanek na Nike (*Zachód słońca w Milanówku*) po science fiction (*Rozmowy polskie*). Do tego starczy Philip Roth, Elfride Jelinek, Le Clézio (w oryginale, przed Noblem, choć równie słabe jak po Noblu, w tłumaczeniu). Dostojewski, Mann (Thomas), a z Polaków jeszcze Gombrowicz (*Pornografia* i *Kosmos*). Ponadto Lacan, Derrida, Žižek, Foucault, Freud i Dennett. Z tekstów obszerniejszych: kilka encyklik papieskich; z tekstów skromnych: dwa zbiory haiku (niestety w przekładzie). Prawdziwy melanż. Eklektyzm. Ecclesia Dei, ekskomunika idei.

Rafał zastanawiał się. Wysunął grzbiet *Warunku* Rylskiego i *Rewolucji u bram* Žižka. Trudny wybór. Gejowski pornos Rylskiego versus przypisy z ekshumacji Lenina. Trudny wybór. Oba teksty były brawurowo śmieszne. Ze względów praktycznych Rafał wybrał Rylskiego. Rylski liczył sobie ze czterysta stron mniej. Lepiej leżał w dłoni, mimo twardej okładki (Žižek, jak na marksistę przystało, wyszedł w miękkiej), i to bez najmniejszej szkody dla jakości dowcipu.

Rafał wrócił do Afrodyty. Podał jej książkę.

— O czym? — zapytała bez większego zainteresowania.

— Historia romansu brawurowo pięknego kapitana szwoleżerów Andrzeja Rangułta z porucznikiem Semenem Hoszowskim.

— Dużo seksu? — zapytała.

— Sporo — odpowiedział — ale wszystkie sceny wycięto. Mimo to książka zadowala.

— Mam nadzieję — praktycznie stwierdziła Afrodyta, rozsuwając nogi.

Pierwszy orgazm wstrząsnął Afrodytą gdzieś w 1812 roku, już na samym początku. Dzielni wojacy na swoich koniach, w błysku białej broni, czarne litery na białym papierze, zapach prochu, alkoholu i walki, ojczyzna w potrzebie, bóg w niebie, aprowizacja kiepska. Męski pot, brud wojny, honor i zasady — bardzo podniecające. W miarę jak Afrodyta czytała, jak język Rafała obracał się w niej na wszelkie sposoby, jak armia napoleońska uciekała z podkulonym ogonem, jak pełna nienawiści miłość Rangułta i Hoszowskiego kwitła, aby ulec cięciu redaktora czy autocenzurze autora, Afrodyta przeżywała kolejne orgazmy, nie przerywając lektury. Orgazmy przychodziły po sobie jak maszerujące wojska.

Wreszcie skończyła lekturę. Spocona i zmęczona. Nasycona i ciężka od rozkoszy.

— Masz tego więcej? — zapytała.

— Na drogę biorę Rymkiewicza. Puszki plastik dwa psie gówna i milczenie — zacytował Rafał z pamięci. — Śmieci śmieci — jest w tym jakieś Boże tchnienie.

Afrodyta westchnęła rozkosznie:

— Niezłe. Głębokie. Daj mi chwilę. Odetchnę, wezmę prysznic, przebiorę się i ruszamy.

— Ruszamy — powtórzył za nią. — A ten twój cień — Rafał wskazał na Lucyfera — idzie z nami?

— Jest nieszkodliwy. To zwyczajna bryła lodu. Może kierować autem.

— W porządku. Idę się spakować.

— Nie zapomnij o książkach!

BALLADYNA

Spałam snem kamiennym. Utraciłam poczucie czasu. Obudził mnie głód, prawdziwy głód, a nie ta namiastka, to przyzwyczajenie wyniesione z nieba. Ssanie w żołądku.

Przygotowałam śniadanie. Gotuję nieźle. Mój gospodarz jeszcze spał.

Zastanawiałam się, czy dotrzymać danego słowa. Jestem ponownie śmiertelna, więc przysięgi mnie nie obowiązują. Mogę je łamać bezkarnie. Nie muszę zabierać mego gospodarza ze sobą.

Obawiałam się, że moja podróż skończy się banałem, jakimś gładkim zdaniem z popularnej filozofii, tabloidu lub innej literatury, jakimś, dajmy na to: piekłem, które każdy nosi w sobie; jakimś: piekło jest w nas; czymś takim, upokarzającą drwiną z moich poczynań, z mojej winy, z moich poszukiwań.

Obawiałam się, że tak właśnie moja podróż się skończy.

Doprawdy, w chwili gdy piekło upadło, niebo zaś zamknięto, trudno jest być konserwatystką. Trudno żądać kary za swoje zbrodnie, skoro uległy one przedawnieniu, skoro wszędzie jak sięgnąć okiem rozciąga się smród miłosierdzia, będącego w istocie jeno usprawiedliwieniem powszechnego niezainteresowania i niechęci do spraw trudnych. Prawdziwe miłosierdzie, tak mi się wydaje, nie istnieje bez kary i pokuty, tak myślę, ale jestem przecież zwyczajną pięcioaktówką, prostą dziewczyną z prasłowiańskiej wioski pod Genewą, spłodzoną przez Słowackiego Juliusza z niedostatku dwu- i więcej osobowego seksu.

Mimo wszystko obudziłam mego gospodarza. Uznałam, że nie warto gromadzić nowych grzechów i kłamstw, nawet jeśli są one jedynie nieistotną adiustacją mego CV. Tyle energii kosztuje mnie próba odpokutowania zbrodni poprzednich (dobijam się do każdych drzwi), po co dodawać sobie nowe?

Dlatego obudziłam mego gospodarza.

Podałam mu śniadanie do łóżka.

Zjadł.

— Pyszne — powiedział, aby dodać: — Twoja twarz wygląda dziś dużo lepiej.

Mogłam odpowiedzieć, że dziękuję w imieniu Estée Lauder, ale zebrałam naczynia i wstawiłam je do zmywarki.

— Jestem gotowy. — Tristan (tak chyba się przedstawił) zatrzymał się w drzwiach do kuchni. — Powinienem coś ze sobą zabrać? Poza kartami i komórką, i ładowarką?

— Chyba nie — odparłam. — Czekasz na telefon?

Mój gospodarz zarumienił się i zmienił temat:

— Ruszamy? — zapytał.

— Gdy tylko zmywarka się wyłączy.

Wyszliśmy na ulicę.

— Dokąd teraz? — zapytał mnie Tristan.

— Może na tę Pragę, o której wspomniałeś?

Mój towarzysz się roześmiał.

— Tam możesz zaliczyć łomot i gwałt. Nie myl tego z piekłem. Albo ze sprawiedliwością.

— Masz lepszy pomysł?

Gospodarz zastanowił się.

— Umiesz przenosić się w czasie? — zapytał.

(Gdybyś umiała, pomyślał, poszukałbym żony).

— Nie.

— No to pomysłu brak.

— Świetnie — odpowiedziałam. — Zawsze wszystko muszę robić sama. Zamorduj siostrę, zdradź męża, znikąd pomocy. Wszystko sama!

— Ja też wszystko robiłem sam, ale nie wiem, czy to ci jakoś pomoże.

— Nie pomoże — odpowiedziałam.

Otworzyłam moje trzecie oko, kupione okazyjnie na pchlim targu w dzielnicy buddyjskiej. W pierwszej chwili uderzył we mnie zgiełk i pozorny chaos. Odpowiednio dobierając filtry mego trzeciego oka, stopniowo eliminowałam szum i niepotrzebne bodźce, te wszystkie nadzieje i cierpienia, wysyłane w eter bez umiaru. Powolutku rzeczywistość dostosowywała się do oglądu mego trzeciego oka. Wreszcie moje oko dostrzegło trzy drogi; trzy, ponieważ moje oko było trzecie; trzy, ponieważ każda przyzwoita logika ma trzy wartości: do fałszu i prawdy dochodzi jeszcze zero.

— Już wiem, gdzie się udamy — powiedziałam. — Chwyć mnie za rękę.

— Polecimy na miotle?

— Wprost do kotła — odparłam uśmiechnięta.

BARTEK

— Już wiem, gdzie się udamy — powiedziała Balladyna. — Chwyć mnie za rękę.

— Polecimy na miotle?

— Wprost do kotła — odparła uśmiechnięta.

Bartek zawahał się. Nie miał nic przeciwko podróży, niechby nawet podróży do nie istniejącego miejsca. Piekło, sądził Bartek, jest właśnie takim miejscem, poza materią, a więc poza istnieniem. Bartek nie wierzył (to była kwestia wiary), że istnieje coś, czemu nie można przypisać materialnego znaku.

Emocje na przykład są jak najbardziej materialne, to wypadkowa zewnętrznego świata i świata wewnętrznego: pracy mózgu, perystaltyki jelit itede.

Piekło nie istnieje.

Jedyne istniejące Piekło to tatrzańska kotlina.

Bartek nie znał innych środków podróży niż samochody, samoloty, statki, pociągi. Może, jeśli uchwycę się ramienia Balladyny, wciągnie nas wir retrospekcji?, pomyślał. Albo retardacji?

Bartek uświadomił sobie, że od dwóch lat (trzech tygodni) z wielką łatwością wchodzi w sytuacje absurdalne, oderwane od rdzenia rzeczywistości. Nie godzi się na zniknięcie żony, idzie do gejowskiego klubu, całuje się z nieznajomym chłopakiem, który — niewiele lat brakuje — mógłby być jego synem, a wszystko to z pobudek niejasnych: nie znajduje przecież w sobie homoseksualnych skłonności; nie znajduje nie dlatego, że źle szuka; po prostu mężczyźni go nie podniecają, nie wywołują obrzydzenia, ale też nie podniecają. Zatem: dlaczego?

Nie ma dobrej odpowiedzi. Do głowy przychodzą psychoanalityczne brednie. Psychoanaliza, myśli ze złością, klejnot w koronie rewolucji przemysłowej.

Zatem: dlaczego?

Bartek chwycił Balladynę za rękę.

RAFAŁ

Spakowanie się nie zabrało dużo czasu: Rafał wrzucił do plecaka (chlebaka) kilka książek (rymowanki Rymkiewicza, po namyśle dorzucił *Historię filozofii* Tatarkiewicza w paperbacku po angielsku, z rozległymi jak syberyjska tundra skrótami) (to właśnie skróty były najzabawniejsze). Miał nadzieję, że nie znajdzie się na bezludnej wyspie z takim zestawem lektur. Gdyby przyszło mu się rozbić, chętnie rozbiłby się z *Tęczą grawitacji* Pynchona albo z *Ulissesem* Joyce'a, albo *Pod wulkanem* Lowry'ego. Robinson Crusoe z Rymkiewiczem w garści, Rafał zdawał sobie z tego sprawę, to widok cokolwiek niepoważny i śmieszny. Jeszcze śmieszniejszy byłby rozbitek z *Przypadkami Robinsona Crusoe* (1719).

Wszedł do salonu zdecydowanym krokiem.

— Jestem gotowy — powiedział.

— Widzę — skwitowała Afrodyta. — Myślę jednak, że powinieneś się ubrać.

Rafał posłusznie wrócił do sypialni i z szafy wyjął kilka ubrań. Ubrania rzucał na łóżko. Nie potrafił się zatrzymać. Sterta na łóżku rosła. Nie przypuszczał, że przez lata tyle się tego nazbierało. Przecież kupował coś, sweter czy spodnie, tylko wtedy, gdy poprzedni sweter (czy spodnie) się zużył. Rosnący na łóżku stos rzeczy wydawał się nie na miejscu.

Nabrał ochoty na spalenie wszystkich ubrań, gotów był przystać do nudystów, odstając od ich ideologii. Mimo to przemógł złość. Wygrzebał spodnie, koszulę i sweter. Pasowały do siebie — wszystkie ubrania szare, rozmaite odcienie szarości. Kolor pojawiał się właściwie jedynie na wewnętrznej stronie, na metkach: czerwień, zieleń, błękit, złota nitka.

Pomyślał z gorzkim rozbawieniem, że strój oddaje sprawiedliwość osobowości człowieka. Taki jestem: płaszczyzny popiołu w wielu fakturach i wariacjach. I nie mam pewności, czy za nimi, głębiej, od spodu wszyto jakąś metkę ze śladem prawdziwego koloru: moją duszę (Fukuyama).

Ubrał się. Spojrzał w lustro zawieszone na szafie, zadowolony z siebie i bardzo jednokolorowy.

Obejrzał obuwie: kilkanaście par napawających otuchą, między szarością bowiem zdarzyły się czarne pantofle, brązowe kapcie oraz zielonkawe tenisówki. Wybrał tenisówki.

Wydały mu się radosne, biorąc pod uwagę perspektywę tła oraz przeszłość.

— Jestem gotowy — powiedział na głos. — Podejście drugie. Klaps. Akcja.

BALLADYNA

Gdyby ktoś mnie zapytał, jaka jestem, odpowiedziałabym, że pięcioaktowa. Wydana w Paryżu w 1839 roku na stulecie drugowojnia. Co prawda poprzedzam drugą wojnę światową, lecz jednocześnie jestem jej jubileuszem. Mimo braku powinowactwa czy pokrewieństwa.

Tristan uchwycił mnie za ramię. Sama go o to poprosiłam.

Zapytał mnie, czy udamy się do piekła.

Odpowiedziałam chełpliwie, na wyrost:

— Wprost do kotła.

Kotła pełnego bogów.

Może i piekło się uwarzy?

RAFAŁ

Nie wiedział, dokąd jadą. Nie wiedział, z kim jedzie. To znaczy: chciał odnaleźć Bartka (dokąd), korzystając z uprzejmości Afrodyty i Lucyfera (imiona te nic mu nie mówiły, popkulturowe ikony, ramy z wyciętym obrazem).

Klaps, akcja, podejście drugie, powiedział lub pomyślał.

Samej drogi nie zapamiętał. Na pewno wcześniej ją przemierzył, samotnie albo w towarzystwie. Pamiętał jednak, że się spieszył, poganiał Afrodytę, która robiła częste przystanki.

— Nie zachowuj się jak autobus miejski — zganił ją, gdy zatrzymali się na kolejnej stacji benzynowej.

— Jedziesz bez biletu, nie marudź — odpowiedziała.

Kierował Lucek. Bezbłędnie i uważnie. Wyprzedzał brawurowo, łamał przepisy, a jednak nie przekraczał granicy bezpieczeństwa, jeśli taka granica w ogóle istnieje w oderwaniu od bieżącego kontekstu.

LUCYFER

Okazało się, że jestem dobrym kierowcą. W plastikowy prostokąt ze zdjęciem wpisano wszystkie dostępne kategorie. Umiem prowadzić rower, motor, samochód osobowy, ciężarówkę, czołg, koparkę, rikszę. Umiem zarządzać hufcami nieba i piekła, a także kuchnią wielkiej restauracji. Umiałbym pokierować samolotem, statkiem i sputnikiem. Gdyby bóg dał mi pod komendę drobnicowiec „Arka Noego", rozbiłbym się w odpowiednim czasie i miejscu, doprowadzając do katastrofy ontologicznej stosownych rozmiarów.

Teraz prowadzę perłowego mercedesa vito. Jest piękny, szybki, muskularny i kanciasty. Łamię przepisy, wyprzedzam przez ciągłą linię, hamuję gwałtownie, redukuję biegi nieprzewidywalnie, żongluję ustawieniami trakcji. Którymś z dodatkowych zmysłów wyczuwam policję i fotoradary (nie lubię, gdy mi paparazzi robią zdjęcia). Omijam dziury. Unikam dróg lokalnych.

Wiozę Afrodytę i jej przydupasa, królewiątko od minety i Wittgensteina.

Mam ochotę spowodować wypadek.

Obawiam się, że wyszlibyśmy z niego bez szwanku.

Prawie nic już nie widziałem. Grad padał. Wycieraczki zawodziły.

Dojechaliśmy.

Afrodyta powiedziała:

— To tutaj. Na pewno.

Zatrzymałem auto. Afrodyta odsunęła drzwi i krzyknęła do grupki stojącej przed recepcją hotelu:

— Chodźcie! Zabieramy was.

Do wozu wpakowali się ludzie. Niektórych znałem bardziej, niżbym chciał: Jezus, Nike, Bartek, Balladyna. Innych nie znałem. Zamoczyli tapicerkę.

Grad padał.

Ja: zimny jak próżnia i gorący jak sagan smoły. Pusty i przepełniony. Jam punkt dojścia i wyjścia, jam ramię lewe i prawe ramię, a jedno wiedzące o drugim za pomocą tułowia. Jam był krok i stopy. Rytm i kierunek. Rondo i rozdroże. Trzcina wiatr łapiąca i pierwsze wydanie komiksu z Batmanem. Patos w oku lewym, etos w prawym — zez w komplecie. Oto ja. Gwiazda Zaranna i Błąd w Tłumaczeniu. Ja: co ja tu robię?

Patrzyłem w lusterku wstecznym na ludzi i bogów, przemieszanych i zmoczonych, sadowiących się na miejscach, wymieniających pospieszne uwagi i podekscytowanych tym wielkim dzisiejszym nic: gradem, niespodziewanym spotkaniem, bankructwem transcendencji, stratą dziecka czy kochanka, nadzieją na coś, na to lub tamto, tu i ówdzie. Słuchałem tego zgiełku, poszarpanych słów, nie dokończonych zdań, niejasnych motywacji. Tak dużo w tym było życia i tak mało treści.

Zrozumiałem, że to mnie już nie dotyczy. Zrozumiałem, że mój szef zrobił mi jeszcze jeden numer: wymazując płeć, wymazał moją śmierć.

Jestem nieśmiertelny. Na bardzo długo.

Nikt nie zauważył, że wysiadłem z auta.

Szedłem pod dyktando padającego gradu. Lód mi chrzęścił pod podeszwą. Szedłem i zrozumiałem, że mój bóg się nie pomylił, strącając mnie w Bibliotekę, chociaż sporo się pospieszył. Będę zły. Jestem nieśmiertelny. To otwiera przede mną ciekawe perspektywy.

Moje ramię jest długie, mój refleks niespieszny. Szedłem i z trzaskiem kruszonego lodu rósł mój plan, wąski i ostry, iglica. Plan wywołany goryczą strącenia oraz klęską ułaskawienia. Po raz pierwszy poczułem się wolny. Wolny absolutnie. Poczułem, jak ziemia pod moimi stopami się rozprężyła, jak gdyby zdjęto z niej wielki ciężar: zabobony i relikwie, dekalogi i kajdany. Nie mam wstecznych ambicji, nie stworzę piekła na ziemi. Nie ma takiej potrzeby. Uczynię coś innego, coś okrutnego i chłodnego: będę obserwował, będę patrzał. Mój wzrok stanie się nieodparty. Obejrzę wszystko dokładnie: śmierć bogów i życie ludzi. A także narodziny.

Zawsze ktoś patrzy. Nigdy nie jesteś sam. Patrzeć będę ja. Nauczyłem się patrzenia. Nie jesteś sam, bardzo mi przykro, istoto, nigdy nie będziesz. Tak.

KONIEC

Witam serdecznie,

nazywam się Koniec. Jestem dzieckiem Początku oraz jego ojcem jak i matką oraz akuszerką, w skrócie — rodzicami oraz personelem oddziału położniczego, żeby nie komplikować.

Najsamprzód opowiem, gdzie występuję:

na czubku (k. nosa, palca, ołówka);

w określonej przestrzeni (k. ulicy, wsi);

w określonym czasie (k. miesiąca, roku);

w wytworach kultury (k. pieśni, dzieła);

a zwłaszcza w eschatologii (k. wyrazu, świata)

oraz w rolnictwie (k. siania, plonów).

Jeśli idzie o moje upodobania przymiotnikowe, są one takie, jak następuje:

smutny, tragiczny;

radosny, komiczny;

szary;

niejednoznaczny;

biorę wszystko, nie wybrzydzam.

Gdy ma mnie coś, co jest podłużne na ten sposób, że charakteryzuje się dwoma przeciwległymi i najbardziej od siebie oddalonymi punktami, wtedy jeden z tych punktów nosi moje imię. Ponieważ bardzo często nie wiadomo, który z tych dwóch punktów jest mną (a który jest początkiem), przyjęło się uważać, że każda podłużna rzecz, na przykład kij lub życie, ma dwa końce (i żadnego początku). Te dwa końce bardzo trudno ze sobą związać.

Można mnie czekać i dobiegać, można mnie położyć. Sen mam płytki.

Bez końca i do końca, na koniec i w końcu, koniec końców — jestem tautologią, jak wszystko, co istotne i trwałe.

W tym rozdziale dobiegam samego siebie. To chyba Einstein powiedział, że gdyby człowiek umiał poruszać się z prędkością światła, to doganiałby własne plecy (Einstein). Jestem szybszy.

Ograniczmy się do najistotniejszych kwestii: jestem. Jestem.

Teraz pozostało już tylko jedno do uczynienia (lub zaniechania). Należy poddać mnie narracji.

W końcu niczego nie można ciągnąć bez końca.

Przejdźmy do ostatniego rozdziału.

ROZDZIAŁ ÓSMY

PUNKT G

Witam serdecznie. Nazywam się Punkt G i bardzo proszę nie mylić mnie z Punktem G. Ten inny Punkt G, nazwany na cześć lekarza Ernesta Gräfenberga, leży zupełnie nie tam, gdzie ja.

Leży on na przedniej ścianie pochwy, jakieś pięć centymetrów od wejścia, i ma rozmiar ziarnka grochu. Jego istnienie nie zostało dotąd potwierdzone, podobnie jak jego nieistnienie, co — samo w sobie — jest zastanawiające. W końcu ziarnko grochu to całkiem sporo, to nie jest kwark, przeoczyć trudno, tym trudniej że pochwa na Ziemi jest, jak na razie, dość powszechna, występuje pod każdą szerokością geograficzną, w każdym wieku, nigdy w poprzek, zawsze wzdłuż i trochę w głąb.

Nazywam się Punkt G. G jak Godot. Jestem punktem potwierdzonym, występuję tylko raz. Raz na jakiś czas.

Jestem osobliwością. We mnie zaczyna się świat. Świat to czekanie na, żeby, wbrew. Z miłością, w pokorze, gniewie.

Wskutek, ponieważ, a jednak, pomimo.

Co by było (...)

Nazywam się Punkt G. Nie jestem erogenny. Zwykle wywołuję torsje. Jestem dość sejsmiczny. Lubię dym. Dymię jak Wezuwiusz, głównie marlboro gold.

OZYRYS

Po hucznym przyjęciu, odebrawszy hołdy nad-, śród- i podziemia, wypowiedziawszy stosowne grzeczności lub obelgi,
przenieśliśmy się z ukochaną do pięknej drewnianej willi
w Konstancinie koło Warszawy, w kraju nadal w promocji, nie
zniszczonej jeszcze nowymi pieniędzmi.

Obeszliśmy pokoje, przytuleni do siebie i swobodnie ubra-
ni, nasze dobra stały w kartonach, nie rozpakowane, jeden
karton na drugim, z nalepkami fragile i caution.

— Ciekawe, w którym pudle są moje genitalia? — zażarto-
wałem; nic mnie moje genitalia nie obchodziły.

— One należą do mnie — Atena uśmiechnęła się słod-
ko. — Może je nawet zawieszę na ścianie? No wiesz, jak poro-
ża w domku myśliwskim.

Najpierw zdjęliśmy pokrowce z kanap i podłączyliśmy
ogromny telewizor.

— Na co masz ochotę? — zapytałem.

— Coś lekkiego, relaksującego. Trochę o życiu, trochę
o śmierci. Najchętniej w czerni i bieli. Wysoki budżet. Może
być o przezwyciężeniu zła i nie musi trzymać się faktów.

Obejrzeliśmy *Wojnę światów*, jednak w kolorze.

Potem *V jak Vendetta*.

— Oglądamy coś jeszcze?

— Byłabym, boże któryś w niebie, zapomniała. Muszę uratować Faetona. Przebywa w zoo jako szympans. Obiecałam
Mojrom. Ze względów estetycznych.

— Oczywiście, pani mego papirusu i parabellum z pudła.

Nasze auto przybyło razem z bagażami. Sam wybrałem
model. Przepiękny rolls-royce z 1956 roku. To był świetny rok
dla motoryzacji, dla wolności nieszczególnie.

Prowadziłem osobiście za pomocą GPS-a. Odnalezienie stada szympansów nie nastręczyło większych trudności. Rozer-

wać siatkę ogrodzenia i wygiąć pręty klatki. Poszło jak z płatka. Spacerujących niewielu. Zwróciłem jedynie uwagę na mężczyznę, którego jakiś bóg dotknął pieczęcią zapomnienia.

— Spójrz na niego — powiedziałem do Ateny.

— Woda Lete. Nurt niepamięci. Minimalna dawka. Któryś z moich braci musiał narozrabiać. Pewnie mu się ulało z krawędzi.

Patrzyłem na Faetona. Z bytów cenię sobie najchętniej i nad wyraz te pozbawione sierści, krokodyle oraz psy peruwiańskie, na przykład. Faeton niestety nie przypominał krokodyla ni psa peruwiańskiego. Pospolicie owłosiony, bez ogona, co za upadek, wszędzie sierść.

— Jeżeli zniszczysz mi tapicerkę — zwróciłem się do Faetona — przerobię cię na świnkę morską i rzucę na pożarcie. Obiecuję.

Bez przeszkód dotarliśmy do domu. Wprowadziłem wóz do garażu.

— Kochanie, przywrócę Faetonowi właściwą miarę i zaraz wracam.

— Gdybyś mogła go też pozbawić sierści, byłoby świetnie. Zapaskudził całą tylną kanapę.

MACIEK

Opowiem teraz, co się zdarzyło po mojej śmierci.

Niebo nieb i tak dalej żyło przygotowaniami do zaślubin i pogrzebu Ateny z Ozyrysem. Przyjęcie udało się fantastycznie. Poszedłem na nie z Apollem. Było to przyjęcie z przytupem i suspensem, którego większość gości się nie spodziewała. Otóż oficjalnie podano do publicznej wiadomości decyzję o zamknięciu nieba. Decyzja ta służyć miała naprawieniu świata. Apollo mi wytłumaczył, że nie da się już dłużej tego ciągnąć równocześnie: ziemi i nieba. Trzeba na coś się zdecydować. Jeżeli ma istnieć ziemia, trzeba zamknąć niebo. Jeżeli ma istnieć niebo, trzeba zamknąć ziemię.

Ale powinienem cofnąć się jeszcze bardziej w mojej opowieści, żeby wszystko stało się jasne. Apollo namówił mnie na naprawienie świata. Zgodziłem się niechętnie i głównie dlatego, że nie miałem nic lepszego do roboty. W tym celu, to jest świata naprawienia, miałem stawić się przed Trybunałem, który obradował w wielkim sekrecie, wnosząc z tego, co pisały niebiańskie tabloidy.

Trybunał mieścił się w największym budynku miasta miast, zwanym Colosseum. Żeby dotrzeć na arenę obrad, musiałem przejść przez wiele pomieszczeń, taka obowiązywała procedura. Minąłem dział statystyki, sekcję psychologizacji bytów z podsekcjami traum i wyparcia, departament prawd i sensów, biuro zapomóg i jałmużny, dział wypłaty odszkodowań (nieczynny), komisję ds. dialogu (jedno biurko), biuro rzecznika praw boskich, główny zarząd dróg i manowców itepe.

Sędziowie już się zebrali. Dziewięcioro. Incognito. Było ciemno niczym w darkroomie. Jedynym jasnym punktem okazała się tablica, na której wyświetlano wynik głosowania. Głosowano za zamknięciem nieba lub ziemi. Wynik głosowania, mimo że sędziów było dziewięcioro, to remis.

— Musisz zagłosować — powiedział ktoś.

Bardzo się zestresowałem. Poczułem się mały. Pomyślałem, że to niesprawiedliwe, żeby tak mali jak ja decydowali o tak wielkich rzeczach jak świat.

Mimo to.

Gdybym myślał rozsądnie, zagłosowałbym za zamknięciem ziemi. W ten sposób mógłbym ponownie spotkać się z Bartkiem albo z Pawłem. Albo z Kamą. A nawet z Jude'em Law. Nie wiem, co mnie skłoniło do oddania głosu za zamknięciem nieba. Nie potrafię tego wytłumaczyć. Może to złośliwość względem samego siebie przeważyła? A może względem tych, którzy nadal żyli? Albo względem bogów? Nie wiem. Może też był to turpizm. Może autyzm. Nie wiem.

— Tak się stanie — powiedział ktoś, a sędziowie zaczęli się kłócić.

Wtedy zerwał się wicher i znalazłem się bez ostrzeżenia ni przygotowania w pałacu Apolla.

— No i? — zapytał mnie Apollo.

— Zamykamy niebo.

Apollo odetchnął z przyzwyczajenia i z ulgą.

— Chodźmy — rzekł. — Wpadniemy do Moirai na herbatkę i herbatnika.

Tak też zrobiliśmy.

ATENA

Uratowawszy Faetona, przywróciwszy mu stosowny blask, wysławszy go na nieboskłon, mogłam powrócić do mego umiłowanego Ozyrysa, mego męża, mego pana i pantofla.

W salonie oglądaliśmy późnego Almodóvara. Kocham Almodóvara, zwłaszcza późnego. Mało kto tak świadomie i lekko rozgrywa kicz, może jeszcze Hades, także wybitny stylista, choć niedoceniony. Kicz jest pochodną samoświadomości, a zatem — dystansu. Kicz jest esencją życia, przynajmniej od czasów, gdy maczugę (pierwszy wynalazek techniczny człowieka) zastąpił pędzel (por. malowidła naskalne), eter zaś został wymieniony na piksele.

— Jeśli nie masz nic przeciwko, sprawdziłabym pocztę — powiedziałam.

Ozyrys powiedział, że bardzo proszę, skoro muszę.

(Musiałam się zalogować; mój login to: atena_partenos44).

Przyszło kilka mejli. Klasyczne i przestarzałe złośliwości od Afrodyty, lichwiarskie propozycje od Hermesa, spam od Nike. Przyszedł też e-wyciąg z Banku Materii. Przeczytałam uważnie, potem raz jeszcze.

— Transcendencja zbankrutowała. Przepadło wszystko, co zgromadziłam. Z czego teraz będziemy żyć? — powiedziałam, zaskoczona wiadomością.

— Nie martw się — odpowiedział mój Ozyrys. — Jestem bardzo bogaty. Większość środków zainwestowałem na Ziemi. Ale — jeśli będziesz tego pragnęła — możesz iść do pracy. Zawsze uważałem, że warto mieć jakieś hobby.

— Kochany — przemówiłam — jestem nieco przybita. Chyba nieprędko urodzę nasze dziecko.

MACIEK

Mój mentor, słoneczny i zaćmiony Apollo, pan bram i zaułków, pogromca smoka jak Lee Bruce i w ogóle szacun, zwrócił się do trzech kobiet siedzących na krzesłach z Ikei:

— Czcigodne Moirai, oto jesteśmy.

Skłoniłem się. Zawsze wyobrażałem sobie, że Mojry wyglądają wspanialej, ale one najwyraźniej nie przywiązywały wagi do wyglądu.

— To wielka ulga — rzekła któraś z nich.

— Siadajcie — powiedziała inna.

— Częstujcie się.

— To wielka ulga.

— O tak, siostro, nie być potrzebną to wielka ulga.

— Oni schodzą na ziemię.

— Spróbuj herbatnika, chłopczyku.

— Są świeże.

Rozmawialiśmy. To znaczy Mojry mówiły jedna przez drugą.

Czy dowiedziałem się czegoś nowego?

Chyba nie.

Chyba tylko tyle, że Bank Materii ogłosi niewypłacalność. Po tym, jak bogowie już się przeniosą na Ziemię. Żeby uniknąć strajku i manifestacji.

— Transcendencja zbankrutowała.

— Bogowie potracą wszystkie oszczędności.

— Pójdą do pracy.

— Niektórzy na etacie.

— Inni na zasiłek.

— Potem umrą.

— Błąd zostanie naprawiony.

— Nareszcie!

— Tyle czekałyśmy!

— Bóg to oszustwo.

— Czasem piękne.

— Jak Apollo.

— I prawdziwe.

— Tylko że martwe.

APOLLO

Po przyjęciu Ateny i Ozyrysa udałem się z Maćkiem na krawędź krawędzi, skraj skraju i tak dalej. Wielki ruch zapanował. Bogowie migrowali na Ziemię. Sporo się tam miejsca zwolniło, po żelazkach i kawie, dość, by przyjąć wszystkich chętnych. Niektórzy szli boso, niektórzy bogato. Niektórzy szczęśliwi, niektórzy z obawą. W końcu będą musieli spojrzeć twarzą w twarz temu, za co są odpowiedzialni. Co w ich imieniu powstało. Albo zniknęło.

Widywałem już wcześniej takie obrazy. Na BBC czy CNN, w czasie walk Persów z Hellenami. W czas deportacji, repatriacji.

Patrzyłem na początek nowego świata. Świata bez nieba.

Ten nowy świat nie będzie gorszy od starego.

Tak myślę. Poza tym nigdzie się nie wybieram. Mój czas przeminął. Jestem martwy. Mogę mówić o sobie w pierwszej osobie. To wystarczający dowód.

Długie godziny patrzyliśmy, Maciek i ja, jak niebo się wyludnia. Jak opróżniają się slumsy i dzielnice, poruszają macewy i urny. Jak na świątyniach i ołtarzach pojawiają się niedbale przymocowane karteczki FOR RENT.

— Tamtych na dole — skomentował złośliwie w pewnej chwili Maciek — czeka prawdziwy niuejdż i melanż.

— O, widzisz, tam, tam na początku drugiej kolejki, tam jest Allach — powiedziałem. — Pomachaj mu na drogę. Bogowie tego kalibru rzadko zstępują dobrowolnie.

Maciek pomachał. Potem poszliśmy prawie pustymi ulicami do Utopii, jedynej otwartej knajpy. Zarówno Puchatek (kubuś), jak i Ezechiel (prorok), właściciele lokalu, wybrali niebo. Postanowili pozostać. Skończyć się tutaj, nie tam — na Ziemi.

Większość stolików pusta. Przy największym zebrały się liczby pierwsze. Zawzięcie o czymś dyskutowały. Przy mniejszym, w kącie, siedziały cnoty kardynalne, piły na smutno, sporo już musiały wypić, zwłaszcza Temperantia ostro miała w czubie. Przy trzecim stoliku siedział starzec o pięknej brodzie. Też pił. Kufel za kuflem.

— Chyba gdzieś go widziałem — powiedział Maciek.

— Pewnie na Ziemi — podpowiedziałem. — To szef dzielnicy chrześcijańskiej. Lepiej go nie zaczepiać. Nie ma najlepszej opinii w mieście miast.

— Wiem — powiedział pogodnie Maciek. — Gdy był młody, to wszczynał burdy. Zwłaszcza w Starym Testamencie. Strasznie kłótliwy koleś.

— Strasznie ambitny — odpowiedziałem. — Dwie duże ambrozje poproszę.

MACIEK

Bardzo się niebo wyludniło. Kolorów mniej. Gwar zerowy. Decybeli ze świecą szukać.

Ulicami hula wiatr. Wiatr toczy zmięte w kule papieru tabloidy. Stare numery. Nowych nikt nie wykręca.

Niewielu nas pozostało. Apollo twierdzi, że jeszcze nigdy w historii materii nie zapanowała taka równowaga. Uważa, że równowaga to taki stan, w którym z jednej strony siedzi grubas, z drugiej chudzina; z jednej strony dużo i ciężko, z drugiej — mało i lekko. Stan, w którym przy minimum energii otrzymujemy maksimum entropii. Do równowagi — wbrew etymologii — zmierza cała materia. Uczę się tego rozumowania od Apolla.

Spędzamy razem długie godziny w Banku Materii. Podsumowujemy kolumny. Wysyłamy zawiadomienia o bankructwie.

„Z żalem zawiadamiamy", tak rozpoczyna się każdy list, „że Bank Transcendencji musiał ogłosić niewypłacalność", następnie pojawia się wyciąg z konta, „tym samym informujemy o całkowitym i prawomocnym przepadku wszystkich zgromadzonych dotąd środków", czasem dodajemy sformułowanie, że „bardzo nam przykro". Listy podpisują Mojry, czasem także ja. Jako sióstr p.o.

Ciągle te listy piszemy i wysyłamy, czasem SMS-em, czasem pocztą. Nie zdawałem sobie sprawy, że aż tylu bogów, tyle bytów i abstraktów ludzie przez tysiąclecia karmili. Aż się dziwię, że cały ten system padł dopiero teraz.

— Wiara — rzuciła ironicznie Kloto — to potężna waluta, chłopczyku.

— Chcesz herbatnika? — zapytała Atropos.

— Powinieneś jeść, skoro już nie musisz — dodała Lachesis.

Po pracy Apollo zabrał mnie na wycieczkę. Często zabiera mnie w urokliwe miejsca. Apollo ma dużą wiedzę i świetnie opowiada. Widziałem już Siedem Nieb w dzielnicy chrześcijańskiej. Widziałem zigguraty i latające ogrody Semiramidy. Widziałem lądowanie Armstronga na Księżycu. Widziałem Oczko Wodne, z którego wyciekł Potop. Obejrzałem Stocznię imienia Solidarności, w której zwodowano „Arkę Noego". Byłem w muzeum napalmu. W galerii idei obejrzałem stałą ekspozycję pod tytułem *Główne pomyłki*, a także wideoinstalację *Kościół przeprasza za molestowanie seksualne* (mocna rzecz, swoją drogą, świetna stylistycznie, aczkolwiek zagrana średnio). Rozbiliśmy też piknik w Jaskini Platona, opalaliśmy się na plaży Ultima Thule, nurkowaliśmy w Wielkiej Rafie Dialektyzmu.

Dziś wybraliśmy się na wycieczkę do Hadesu, Tartaru, Otchłani etece. Było ciemno jak w darkroomie, na początku. Apollo zapłacił. Wstąpiliśmy na chybotliwą łódź.

— To mój ostatni kurs — powiedział Charon. — Zwijam interes.

— Kiepsko idzie? — zapytałem.

— Fatalnie — potwierdził Charon.

— Ale dlaczego? — zdziwiłem się. — Przecież ludzie umierają, jak umierali zawsze.

— Dzisiejsze śmierci w niczym nie przypominają wcześniejszych. A za darmo pływać nie będę.

Zamilkłem. Przepływaliśmy ciemne rzeki i puste cele. Żeglowaliśmy przez wygaszone kotły ze smołą i pola cierpienia, przez bagna rozpaczy i trzęsawiska nadziei, przez zatoki odkupienia i przytulne, utrzymane w ciepłej sepii półwyspy tradycji. Wszędzie pusto, ani duszy.

— Co się z nimi wszystkimi stało? — zapytałem.

— Zostali zwolnieni. Reinkarnacja, amnestia, wymiar ultymatywny.

— A Hades?

— On pewnie gdzieś tu jest. Może nawet patrzy na nas. Opłakuje swoje królestwo.

— Najwyraźniej — powiedziałem — inwestycja w życie pozagrobowe okazała się chybiona.

— Chybiona — przytaknął Apollo. — Pięknie żarło i zdechło.

APOLLO

Nigdy nie przepadałem za konkurencją i tłumami. Dlatego teraz mam się naprawdę dobrze. Świetnie. Wreszcie czuję się w niebie jak u siebie w domu.

Pomagam Mojrom. Zwijamy interes. Likwidujemy, rozliczamy, demontaż i dekonstrukcja, ślemy listy, zawiadomienia i ponaglenia. Trzeba to wszystko zrobić dokładnie i profesjonalnie. Żeby nikomu już do głowy nie przyszło powtórne otwieranie nieba.

— Ten kurort jest zamknięty — rzekła Lachesis.

— Nie spełniał nawet podstawowych wymogów BHP — dodała Kloto.

— Herbatnika?

Koniec nie ma w sobie nic z eschatologii. Koniec to po prostu praca. Praca jak każda inna. U podstaw, organiczna. Kiedyś dobiegająca końca.

Szliśmy z Maćkiem, obok siebie, do mego pałacu, zatrzymałem się, bo coś mi się nagle przypomniało:

— Widzisz tamtą polanę? — zapytałem.

— Tak — powiedział. — Zupełnie zwyczajna.

— Może i zwyczajna, ale to właśnie tam Marksa ugryzł Hegel.

— W co go ugryzł?

— Przypuszczam, że w dupę — odparłem, choć nie mogłem sobie przypomnieć.

Maćka bardzo ta wizja rozbawiła. Zbliżyliśmy się do polany.

— Zobacz — powiedział — jest nawet tablica pamiątkowa! Rzeczywiście, była.

MACIEK

Coraz bardziej mi się tutaj podoba. Zupełnie nie rozumiem, dlaczego tak głupio się kiedyś upierałem, żeby żyć. Za wszelką cenę i pomimo wszystko. Kompletna schiza. Fiksacja chora.

Pracujemy, zwiedzamy. Na Mojry mówię ciocie, bo po imieniu to jakoś niezręcznie wypadało, nie szło.

Wieczory zwykle spędzamy w Utopii. Przepaliły się skrajne neony i obecnie nazwa lokalu brzmi: topi, chociaż „o" nie zawsze się zapala. Topi to taki ssak, rzadko dożywa siedemnastu lat; występuje w Afryce, Afryka zaś nie sprzyja długowieczności z powodu wysokich temperatur i niskiego PKB.

Wypijamy z Apollem po dwa kufle na głowę, najczęściej, choć bywa, że mniej, bywa, że więcej. Kilka wieczorów temu do naszego stolika dosiadł się szef chrześcijańskiej dzielnicy. Dosiadł się bez słowa. Zwyczajnie. To znaczy odsunął krzesło, postawił kufel i usiadł. Potem siedział i pił. Bez słowa.

Na początku bardzo mnie to krępowało. W końcu zostałem ochrzczony, a moi rodzice to katolicy, co prawda niepraktykujący, lecz to ich nie usprawiedliwia. W końcu moi pradziadkowie na pewno ginęli w którymś z licznych powstań, na pewno się do niego wtedy modlili, jeśli starczało czasu. No więc chcę tylko powiedzieć, że czułem się onieśmielony. Jak mi bóg zagląda przez ramię, to się peszę, tak po ludzku, zwyczajnie, z nawyku.

Z czasem się przyzwyczaiłem. Że on dosiada się bez słowa. Już mi nie przeszkadza. Lubię go. Myślę nawet, że po to musiałem umrzeć. Żeby go polubić.

NARRACJA

Dzień dobry, nazywam się Narracja. Jestem rodzaju żeńskiego, jak wszystko, co ma sens.

Narodziłam się w czasie. Umiem jednak sięgać głębiej niż mój początek i dalej niż mój koniec.

Jestem ogromna, najogromniejsza, mimo że na diecie. Pierwszo- i trzecioosobowa, przygodnie także drugo-. Wszechwiedząca i ograniczona. Auktorialna i personalna. Zależnie od typologii, potrzeb, upodobań, wykształcenia, wrażliwości, poczucia humoru, rasy, kontekstu, dominujących memów.

W *Poetyce* Arystotelesa definiuje się mnie jako opowieść posiadającą początek, środek i koniec oraz wiążący je główny wątek. Dodano mi również garść warunków (trochę później), jak dodaje się garść przypraw dla smaku. Na przykład: warunek istnienia postępu w czasie (bardzo sexy). Albo: warunek istnienia świata zamieszkanego przez agensów, których działania mają efekty (bardzo dowcipny, wziąwszy pod rozwagę fakt, iż większość światów zgadza się na sytuację, w której działania agensów nie przynoszą żadnych efektów). I jeszcze jeden: istnienie związku przyczynowo-skutkowego pomiędzy opisywanymi zdarzeniami.

Pamiętam takie oto zdarzenie: siedziałyśmy w kawiarni, ja, Eurydyka (ta od Orfeusza), Penelopa i Marlena (zwana Błękitnym Aniołem). Zajadając się bezami, rozmawiałyśmy na tematy neutralne, to znaczy — o życiu i śmierci. W pewnej chwili Marlena wypaliła:

— Ty niewiele wiesz o życiu i śmierci. Jesteś jak wirus.

Oczywiście obraziłam się; nie żeby mnie to szczególnie dotknęło, ale byłyśmy kobietami na pewnym poziomie i po prostu nie wypadało się nie obrazić. Maniery trzeba mieć, a jak już się je ma — należy z nich korzystać bez wahania.

Wyszłam, nie płacąc rachunku.

Wróciłam do swego pałacu (al. Homera 35C; bardzo prestiżowy adres, piętro drugie) i sprawdziłam w Wikipedii, czym jest wirus, albowiem moje o nim zdanie nie należało do wyrobionych.

Skupiłam się na artykule: *Czy wirusy są żywe?*.

To zależy od definicji życia. W definicjach funkcjonalnych tak, w strukturalnych — nie. Definicje funkcjonalne nie odwołują się do struktury, liczą się funkcje, na przykład: zdolność do powielania się i wykazanie się dziedziczną zmiennością. Definicje strukturalne odwołują się do struktury, a więc: budowy komórkowej, materiału genetycznego, występowania białek i kwasów nukleinowych, metabolizmu etece.

Przeczytawszy, musiałam postawić sobie po raz pierwszy (chciałabym dodać: w moim życiu) pytanie: czy ja, Narracja, jestem żywa?

Czy jestem żywa? Funkcjonalnie tak: powielam się, dziedziczę i podlegam ewolucji. Strukturalnie nie do końca.

Nazywam się Narracja, femme fatale (fr.), a na pewno najbardziej fatale pośród wszystkich femme.

Na koniec chciałabym podzielić się refleksją na własny temat: tak naprawdę nie istnieje nic poza mną. Jestem wszystkim.

Narrator umarł. Pozostała tylko Narracja.

Kobieta żyje dłużej. Zwykle znacznie gorzej.

Jest lżejsza.

APENDYKS

OLGA

Ze szpitala wypisano Janka na drugi dzień. Olga nie znalazła w sobie dość odwagi, żeby go odebrać. Poprosiła Ankę. Anka nie miała odwagi, żeby ciotce odmówić. Tak to się właśnie kręci.

Olga zadzwoniła do szefowej. Nie poprosiła o kolejny dzień wolnego. Powiedziała, że nie przyjdzie. Może dodała jeszcze, że przeprasza, nie pamięta.

Siedziała w swojej kawalerce. Czuła, jak ściany napierają na nią, jak gdyby znalazła się w imadle, w sytuacji bez wyjścia. Zwymiotowała na dywan.

JANEK

Okazało się, że jest młody i zdrowy, nie licząc kilku siniaków i rany na czole, ale o tym wszystkim Janek wiedział i bez badań. Ta cała medycyna to jednak wielka ściema, tyle lat studiują, tyle pieniędzy kosztują, pomyślał Janek, a potem mówią ci coś, co i tak wiesz.

Miał nadzieję, że odbierze go Olga. Zadzwonił do niej wczoraj, jak tylko się wywiedział o termin wypisu. Cieszył się, że ją zobaczy. Nie mógł zasnąć. Motyle w brzuchu, w głowie — galopada stada dzikich koni, grad za oknem, styczeń nadal.

Rankiem na dole czekała na niego Anka. Też się ucieszył, ale inaczej, niż się spodziewał. Spodziewał się Olgi.

Pocałował Ankę w policzek. Źle wyglądała. Szaro i chudo. Opierała się o rączkę wielkiej walizki na kółkach.

— Wyjeżdżasz gdzieś? — zapytał.

— Wyprowadziłam się z domu — odpowiedziała. — Na razie zamieszkam u Olgi. Potem się zobaczy.

ANKA

Na klatce schodowej spotkała Erosa. Pomógł jej wtaszczyć walizkę na trzecie piętro. Nie rozmawiali. Miłości Anka na bieżąco miała po kokardę.

Do rodziców już nie wróci. W sumie mogłaby z nimi mieszkać dalej. W sumie ich kochała. W sumie człowiek to przedmiot elastyczny. Ale nie wróci.

Teraz trzeba odmalować twarz. Trzeba iść na wykład. Jeżeli jej się poszczęści, znajdzie po drodze, z dnia na dzień, nowe kłamstwo. Może zacznie zbierać znaczki pocztowe? Może uczyć polskiego w podstawówce? Albo zostanie prostytutką? Kto wie. Świat jest wielki i wspaniały, przecież.

EROS

Wczoraj się skaleczyłem. Wbijałem w ścianę gwóźdź. Na gwoździu chciałem zawiesić reprodukcję. Ta reprodukcja nic sobą nie przedstawia. To zdjęcie małej dziewczynki, która puszcza mydlane bańki. Do puszczania baniek służy dziewczynce plastikowe urządzenie: taki patyczek z kółkiem.

Bańki są rozmaitego rozmiaru i rozmaitej barwy. Zdjęcie jest czarno-białe.

Uderzyłem młotkiem nie tam, gdzie zamierzyłem. Poleciała krew. Poczułem ból. Ładne uczucie. Krew też niebrzydka. Zrozumiałem, że niebo jednak zamknięto nieodwołalnie. Można mnie zranić, podlegam krwawieniu, muszę chyba uważniej przechodzić na zebrze: w lewo, w prawo, w lewo, iść, jak zaczyna semafor bipać.

Jutro minie rok, odkąd przenieśliśmy się na ziemię, do kraju z promocji. Tworzymy prawdziwą rodzinę, ja i tatowie. Hermes załapał się w DHL-u. Ares robi w filmach porno. Ostatnio przebąkuje, że chyba przerzuci się z hetero na homo. Podobno płacą znacznie lepiej, a praca taka sama.

Zarabiamy, płacimy rachunki, dajemy radę. Nie jest źle. Można takie życie polubić, zwłaszcza w sytuacji braku alternatywy.

ARES

Właśnie wróciłem z San Francisco z festiwalu filmowego. Otrzymałem nominacje w trzech kategoriach: najdłuższy członek, oral roku i pierwszoplanowe rżnięcie. Wygrałem w oralu i pierwszoplanowym rżnięciu, chociaż konkurencja była gorąca, nikt tu nie zasypuje gruszek w popiele. Kupiłem dużo prezentów dla moich najbliższych, to jest syna, kochanka i sąsiadek.

Kiedy zstępowaliśmy, spodziewałem się katastrofy, otwarcie wyznaję. Teraz, patrząc wstecz oraz przed siebie, mogę powiedzieć śmiało, że bywało ciężko i lżej nie będzie, mimo to nie żałuję. Polubiliśmy się, zbliżyliśmy się do siebie. Chciałbym, żebyśmy umarli wspólnie. Nie że w tej chwili, za jakiś czas, poczekam.

HERMES

Czasem leżę i rozmyślam. Niedługo rozmyślam, bo najczęściej do pracy idę na szóstą rano. Rozmyślam o tym, jak trudno mi uwierzyć w to, że pięć lat temu byłem bogiem. Nie ja jeden zresztą.

Czasem zaczynam chichotać, tak w środku, żeby nie zbudzić swego syna ani kochanka. Plan Zeusa powiódł się w stu procentach, lecz nie przypuszczam, żeby o to Gromowładnemu chodziło. Bardzo mnie to śmieszy. Chichot materii. Nic na to nie poradzę.

Praktycznie jestem zadowolony. Dostałem podwyżkę niedawno. Wymienili mi samochód na nowy. Ambicji większych nie przejawiam. Poza tym wdałem się w romans z Anką, naszą sąsiadką z dołu. Czasem do niej wpadam po pracy, wypijamy piwko albo wino, oglądamy coś, a następnie idziemy do łóżka. Wygodny układ. Czysty. No i daleko do siebie nie mam.

ARTUR

Pamięć mu nie wróciła. Dopiero przed śmiercią zobaczy własne życie w telegraficznym skrócie, zgodnie z tradycyjną cepelią transgresji, w pokazie egzotycznych slajdów. Bardzo się zdziwi, lecz to zdziwienie będzie zdziwieniem pozbawionym jakichkolwiek konsekwencji — zaraz przecież umrze.

Dostał rentę, po długiej serii elektrowstrząsów, badań i eksperymentalnych kuracji. Ta renta, wytłumaczyła mu ciocia Kama, to takie jakby kieszonkowe. Nie rozumiał co prawda, dlaczego państwo wypłaca mu kieszonkowe, no ale spierać się nie będzie. W sumie należało mu się: tyle godzin spędził w szpitalach i klinikach z nieżyczliwymi ludźmi, którzy zadawali mu ból i pytania, tysiące pytań, niektóre z nich w skali od jednego do dziesięciu, gdzie jeden to nie, a dziesięć to tak, lub na wspak.

Mieszkał z ciocią Kamą. Nie spali już w jednym łóżku, gorączka dawno mu przeszła. Artur dostał własny pokój. Do szkoły też chodzić nie musiał. Nauczył się gotować. Gotował rewelacyjnie, podobno. Dramaturgia przygotowywanych przez Artura posiłków nawiązywała do greckiej tragedii: na początku dobrze oswojone smaki, klasyczne wyraźne połączenia zapachu, koloru i konsystencji, potem na podniebieniu gościł niepokój, przechodzący taktownie w niesmak, zgrzyt, aż wreszcie — w okolicach deseru — dochodziło do prawdziwego katharsis. I żeby nie było: nikt nie wymiotował.

KAMA

Była silna, zawsze wiedziała, że się nie da światu. Przetrwała wszystko: wypadki (te prawdziwe i o włos), rozczarowania, romanse. Przetrwała nawet decyzje, które podjęła, a to nie każdemu się udaje.

Z biegiem miesięcy zrezygnowała z obudzenia dawnego Artura w obecnym. Nie przejawiała ambicji, żeby niszczyć ład, nawet jeśli ład nie był po jej myśli. Poza tym skupiła się na chronieniu swego męża przed światem. Artur stał się na moment medyczną zagadką i znakomitością. Jego zdjęcie trafiło na okładkę „Sukcesu", „Polityki" i „Men's Health", a z prasy obcojęzycznej — „Timesa", „Vouge'a" i „Attitude" (bez koszulki) (pewnie coś przeoczyła).

Wszystko się ułożyło. Zawsze się układa, czasem pod włos.

Po raz pierwszy miała prawdziwych przyjaciół. Nie tylko wiecznie dwunastoletni mąż, nie tylko Nike, ale również Jezus, ale też Paweł. Po śmierci swojej ciotki, Olgi, zbliżyła się również do Anki.

Zresztą Anka niedawno nocowała na Balladyny.

Kiedy Kama otworzyła drugą butelkę wina, Anka patrzyła w punkt na ścianie:

— Wiesz, czasem tak mi brakuje Olgi. Tak bardzo, że mogłabym wyć. Oczywiście — dodała, obtarłszy nie wylane łzy — przed dziesiątą wieczór. Od dziesiątej obowiązuje cisza nocna. Chyba że jest pełnia.

— Ciotka... Olga... ona... — Kama wypowiadała słowa niepewnie, szukając tego właściwego — ona nigdy tego chłopca nie zapomniała. Prawda?

— Ten skurwysyn siedział w niej do końca. Do samego końca.

NIKE

Powodzi mi się nadal świetnie, chociaż Jezus kosztuje mnie krocie. Buty i odzież ciągle się sprzedają, raz więcej, raz mniej, obuwie i skarpetki wyłącznie w parach, nawet na Bałkanach, bluzy i spodnie pojedynczo, a wszystko zawsze powyżej potrzeb i poniżej oczekiwań; jak sprzedaje się mniej, to zwalniamy pracowników, jak więcej — zatrudniamy. Przywykłam.

Jestem wierna sobie. Kocham Kamę, moją słodką homofobkę. Mimo że się starzeje i bywa niemiła, w porywach — cyniczna.

Czasem spotykam swoje siostry i swoich braci, tych z mojej dzielnicy i z dzielnic obcych. Różnie się w życiu urządzili: jedni lepiej, inni gorzej, nikt się nie skarży. Skarga pozbawiona adresata to głupota. Brak szacunku i odpowiedzialności.

Niczego nie żałuję. Na iPodzie mam wszystkie piosenki Edith Piaf.

Niedawno spotkałam Zeusa. Przekwalifikował się i jest obecnie świętym w Indiach. Urósł mu ogon, co jest jednym z dowodów świętości, ci w Indiach tak mają, fiksacja na punkcie wołowiny, w skrócie. Ogon zresztą się przydaje. Można nim odganiać muchy.

— Ojcze — zapytałam — jesteś zadowolony? Udało ci się przeprowadzić swój plan.

Nie odpowiedział.

JEZUS

Nadal mieszkam z Nike. Myślałem, że to miłość, ale może to oportunizm. Już nie wiem, nie sposób rozstrzygnąć. Ona jest niewyobrażalnie bogata, realizuje wszystkie moje pomysły i zachcianki. Bez wahania płaci za studnie w Sudanie i namioty na Haiti. Funduje stypendia, gdy poproszę. Wysyła transporty leków. Mleko w proszku i środki czystości. Obuwie i odzież. Wstawia się za dysydentami w Chinach i w Birmie. Dba o zabytki. Dokłada się do festiwalu muzyki cerkiewnej w Hajnówce. Odbudowuje synagogi (jestem przecież, o czym często się zapomina, Żydem). Organizuje dożywianie dzieci w szkołach. Letnie kolonie i ferie zimowe. Lobbuje za lub przeciw.

Na początku mój plan polegał, przypominam sobie wyraźnie, na zstąpieniu i śmierci, tak, na pewno. Paruzja. Tym razem bez melodramatu. Żadnych, jakże dla mnie bolesnych, sztuczek z krzyżem. Z daleka od Hollywoodu. End bez happy. Wydawało mi się, że to wystarczy, ale zstąpiłem w błędzie. Nike miała rację. Moja kolejna śmierć przeszłaby bez echa. Dlatego żyję. Żyję i pomagam. Na koszt Nike.

PAWEŁ

Po ostatnich zdarzeniach zmienił się nie do poznania. Nie idzie wcale o to, że chodził w nieuprasowanych koszulach (żelazka nie wróciły) (podobnie jak cnoty). Paweł zmienił się, ponieważ wykonał obrót, on sam lub jego życie, trudno rozstrzygnąć, ale nie taki połowiczny stuosiemdziesięciostopniowy zwrot, lecz na całego, o trzysta sześćdziesiąt stopni. Zatoczenie pełnego koła zmienia człowieka bardziej niż półśrodki i wycinki okręgu. Żeby się zmienić, trzeba wrócić do punktu wyjścia. (Myśl tę zaczerpnięto z poradnika *Schudnij z nami. 350 nowych przepisów*. Myśl ta jest jednak uniwersalna. Pasuje i tu, i ówdzie).

Został ojcem chrzestnym. Anka, siostra cioteczna Kamy, urodziła, dość niespodziewanie, mimo że po dziewięciu miesiącach, syna. Ojcem był Hermes. A ponieważ Paweł zaprzyjaźnił się z Kamą naprawdę, cokolwiek to znaczy, zaprzyjaźnił się także z Kamy przyjaciółmi. Został ojcem chrzestnym.

BARTEK

Po rocznej przerwie wrócił na Uniwersytet Warszawski. Wykładał statystykę, ponownie, choć bez przekonania, za to z identycznym skutkiem. Przestał płacić za abonament telefonu Marty, swojej żony. Jej numer wyparował z jego pamięci. Pozostały pojedyncze cyfry. One również przepadną.

Z czasem, na ulicy Ludowej, miasto Warszawa, nawiązała się nić porozumienia między nim a Balladyną. Nie miał wątpliwości, że ona jest trzepnięta, ostro trzepnięta. Szukać sprawiedliwości, piekła! Tutaj?! Na tym świecie?! Trzeba mieć naprawdę krzywy parkiet w głowie, żeby na coś takiego się porwać. Mimo to nić porozumienia nie uległa zerwaniu, przeszła w romans. Balladyna została podróżniczką-reporterką, bardzo znaną. Udzielała lakonicznych wywiadów, zarówno dla „Vivy!", jak i „Krytyki Politycznej", spora rozpiętość, lecz przecież człowiek został stworzony do życia w szpagacie. Szpagat to najpopularniejsza z figur. Z niewielką przesadą można powiedzieć, iż człowiek rodzi się w szpagacie, a z biegiem lat doskonali tylko tę naturalną pozycję.

RAFAŁ

Kiedy jego narzeczona, Alicja, wróciła z korporacyjnego szkolenia w Bostonie, USA, zapytała:

— Tęskniłeś?

Rafał zaryzykował i postawił na szczerość:

— Nie. Ale fajnie, że już jesteś znowu.

— Kochanie — powiedziała — kamień spadł mi z serca. Bo widzisz, ja w Stanach kogoś poznałam.

Alicja wkrótce przeprowadziła się do Kanady. Dwa lata później Rafał poleciał na ślub Alicji i Matthew. Polubił męża swojej narzeczonej, obecnie z prefiksem (eks-).

W jego życiu zawodowym dokonała się wielka przemiana. Rafał porzucił Wittgensteina, zarówno tego z *Traktatu…*, jak i tamtego z *Dociekań…* Porzucił niemodne szare ubrania i zdania podrzędnie złożone. Zrezygnował z trudniejszych słów i wołacza, pozostawiając jedynie to, co niezbędne do zachowania pozorów naukowości i obiektywności. Rafał stworzył teorię, zwaną przez złośliwców skamleniem wydmuszki. Teoria ta odbiła się głośnym echem w mediach światowych oraz telewizjach śniadaniowych, a także czkawką z orderem Orła Białego na czele.

Teoria Rafała dawała się sprowadzić do kilku efektownych, acz pustych zdań logicznych. Jak widać, lektura Žižka nie poszła w las. Rafał głosił, co napisał, choć nie był tak głupi, żeby wierzyć w to, co mówił.

AFRODYTA

Ile to już lat?, zastanawiam się czasem, patrząc w lustro.

Zostałam modelką. Obecnie obsługuję wieloletni kontrakt dla fundacji Żyło Szczęśliwie™. Założyli ją producenci przetworów mięsnych. Na parówkach, puszkach z pasztetami, szynkach, mięsie mielonym i tak dalej umieszcza się znak graficzny. Znak ten przedstawia szczęśliwe zwierzę w kółku, oczywiście takie sprzed obróbki. Znak ten informuje, że mięso pochodzi z ekohodowli. Ekohodowla to taka hodowla, w której zwierzę umiera szczęśliwe, zgodnie z oficjalną wykładnią fundacji. Na przykład gdy zwierzę jest świnią, to należą mu się przynajmniej cztery metry kwadratowe chlewu codziennie przez dwa lata (wtedy idzie na ubój), a jak jest gęsią, to ma prawo do oczka wodnego raz w tygodniu przynajmniej. Złamanie tych zasad grozi cofnięciem znaku. Cofnięcie znaku oznacza straty finansowe.

Wczoraj miałam sesję zdjęciową na tle wołowiny. Chyba się przeziębiłam. Jutro czeka mnie cielęcina. Trochę to wszystko monotematyczne, przyznaję i nie narzekam. Muszę płacić rachunki.

Czasem, gdy jestem przemęczona — w końcu ładnie wyglądać to niełatwa praca, zwłaszcza na tle półtusz — czasem odwiedzam mego sąsiada, Rafała. Dawno temu połączył nas gorący romans. Romans się wypalił, acz pogorzelisko pozostało. Zatem ciągle istnieje coś, co nas łączy.

ATENA

Chyba ze trzy już lata nosiłam w sobie moje i Ozyrysa dziecko. Świat nie jest najlepiej urządzoną przestrzenią. Wahałam się, czy warto wyłowić z własnego brzucha kolejnego rozbitka, moją córkę. Naszą córkę.

Rozmawiałam o swoich wątpliwościach z Ozyrysem. Ozyrys wspiera mnie we wszystkim. Powiedział:

— Urodzisz, gdy będziesz gotowa. Tylko mnie uprzedź z dzień-dwa wcześniej, proszę.

Bardzo go kocham.

Rodziłam w domu, zaraz po *M jak miłość*, żeby zdążyć na *Fakty*.

Moja córeczka jest śliczna. W stu procentach ludzka. Nie ma pępka. Ma błękitne oczy i różową skórę, żadnych niepokojących znamion czy umiejętności. Nie umie nawet chodzić. Ja w jej wieku już umiałam. Mam nadzieję, że ona nie jest jakaś opóźniona.

OZYRYS

Odkąd po raz pierwszy zmartwychwstałem, wiedziałem, że transcendencja zbankrutuje. Nie wiedziałem kiedy ani jak, lecz wiedziałem że. To dlatego większość oszczędności lokowałem na ziemi. Dość dyskretnie, żeby nie wzbudzić niepotrzebnych plotek, oraz nie w Egipcie; nie przepadam za turystyką, a piramidy od początku zapowiadały się na wakacyjny hit i cud świata.

Niedawno urodziła się nasza córka. Daliśmy jej Penelopa na imię. Przy bierzmowaniu weźmie sobie jakieś inne. Nie mam nic przeciwko bierzmowaniu, jestem tolerancyjnym bogiem.

Mam także nadzieję, że moja córka zostanie dobrym człowiekiem. Nie dlatego, że na horyzoncie życia świta nagroda. Ale dlatego, że warto wybrać trudniejszą drogę. Po prostu, powiedziała kiedyś Atena, oczywiście z ironią, zaraz po obejrzeniu nowego odcinka *Dra House'a*: dobro to pochodna ambicji. Warto być ambitnym, tak myślę.

BALLADYNA

Szukałam wszędzie. W Ruandzie i Kambodży. Sudanie i Kongu. W Kolumbii i Wenezueli. W Gruzji i Iraku. Iranie i Nepalu. W Czeczenii i Strasburgu. Widziałam dwadzieścia siedem rewolucji, byłam na dwunastu frontach, a cztery razy chciano mnie rozstrzelać, w tym raz z broni palnej.

Szukałam wszędzie. Goniłam za piekłem, tropiłam sprawiedliwość. Z nosem przy ziemi, z aparatem na szyi i dyktafonem w kieszeni. Szukałam wszędzie, dlatego zostałam reporterką.

Obserwuję, słucham, zapisuję.

Jutro wylatuję.

Na Tajwanie szykuje się rewolucja.

Dwudziesta ósma w mojej zawodowej karierze.

W powieści autor przywołuje następujące cytaty:

s. 325 — Wiktor Woroszylski, fragment wiersza *Zagłada gatunków*,
   za: *Wiersze 1954–1996*, Wydawnictwo a5, Kraków 2007.
s. 370 i s. 402 — fragmenty *Pieśni nad pieśniami*.
s. 469 — Tymoteusz Karpowicz, fragment wiersza *miłość:*,
   za: *Słoje zadrzewne*, Wydawnictwo Dolnośląskie, Wrocław 1999.
s. 531 — Mikołaj Sęp-Szarzyński, *Pieśń II* (*„O bożym rządzie na świecie"*)
s. 548 — Wisława Szymborska, fragment wiersza *Wszelki wypadek*,
   za: *Wiersze wybrane*, Wydawnictwo a5, Kraków 2007.

© Copyright by Ignacy Karpowicz
© Copyright for this edition by Wydawnictwo Literackie, 2010

Wydanie pierwsze, dodruk

Opieka redakcyjna
Anita Kasperek

Redakcja
Waldemar Popek

Korekta
Weronika Kosińska, Małgorzata Wójcik, Barbara Turnau, Adam Jarzębski

Projekt okładki i stron tytułowych
Przemysław Dębowski

Zdjęcie na pierwszej stronie okładki „Children Undergoing Light Therapy"
© Wally McNamee/CORBIS/Fotochannels

Zdjęcie autora na czwartej stronie okładki
Anna Tomaszewska-Nelson/Miguel Nieto

Redaktor techniczny
Bożena Korbut

Książkę wydrukowano na papierze Ecco Book Cream 70 g vol 2,0

Printed in Poland
Wydawnictwo Literackie Sp. z o.o., 2011
ul. Długa 1, 31-147 Kraków
bezpłatna linia telefoniczna: 800 42 10 40
księgarnia internetowa: www.wydawnictwoliterackie.pl
e-mail: ksiegarnia@wydawnictwoliterackie.pl
fax: (+48-12) 430 00 96
tel.: (+48-12) 619 27 70
Skład i łamanie: Scriptorium „TEXTURA"
Druk i oprawa: Drukarnia Kolejowa Kraków Sp. z o.o.

ISBN 978-83-08-04585-5